CONNY WALDEN

Der Medicus von Konstantinopel

GOLDMANN
Lesen erleben

Buch

Konstantinopel um 1453: Vom Byzantinischen Reich ist nur ein schmaler Landstreifen rechts und links des Bosporus geblieben. Die Türken stehen vor den Toren, und in den Ruinen der Stadt, die einst fast eine Million Einwohner beherbergte, leben noch knapp 50 000 Menschen. Die Kaiser wechseln schnell, die meisten fallen den Palastintrigen zum Opfer – oder der Pest. Und der Glaube an das baldige Jüngste Gericht breitet sich ebenso aus wie okkulter Aberglaube.

Auch der Bruder Maria di Lorenzos hat sich einer Sekte angeschlossen, und die junge Frau muss nach dem Tod der Eltern das Handelshaus der Familie allein weiterführen. Als sie dem Arzt Wolfhart begegnet, entspinnt sich eine leidenschaftliche Liebe. Wolfhart Brookinger ist Kaufmannssohn aus Lübeck, und er ist in die Stadt gekommen, um Fausto Cagliari zu treffen, den berühmtesten Pest-Arzt seiner Zeit. Der tritt an ihn heran und will ihn als Helfer für einen so ungeheuerlichen wie teuflischen Plan gewinnen …

Autorin

Conny Walden ist das Pseudonym für das Autorenduo Alfred und Silke Bekker. Alfred Bekker schreibt Fantasy, historische Romane, Kinder- und Jugendbücher. Seine Frau Silke Bekker veröffentlicht vor allem Humoresken und Erzählungen. Unter dem Pseudonym Conny Walden schreiben sie gemeinsam historische Romane.

Außerdem von Conny Walden bei Goldmann lieferbar:

Die Bernsteinhändlerin. Roman
Die Papiermacherin. Roman

Conny Walden

Der Medicus von Konstantinopel

Roman

GOLDMANN

MIX
Papier aus verantwortungsvollen Quellen
FSC® C014496

Verlagsgruppe Random House FSC-DEU-0100
Das FSC®-zertifizierte Papier *München Super* für dieses Buch
liefert Arctic Paper Mochenwangen GmbH.

1. Auflage
Originalausgabe November 2012

Umschlaggestaltung: UNO Werbeagentur, München
Umschlagbild: Trompe l'Oeil, 1785, Boilly, Louis Leopold
(1761–1845)/Sterling & Francine Clark Art Institute,
Williamstown, USA/The Bridgeman Art Library; ARTOTHEK
Finepic®, München
Redaktion: Martina Czekalla
LT · Herstellung: Str.
Satz: omnisatz GmbH, Berlin
Druck und Bindung: GGP Media GmbH, Pößneck
Printed in Germany
ISBN: 978-3-442-47316-8

www.goldmann-verlag.de

Anno Domini 1448–1453

Erstes Kapitel

Das Unheil ist nah

Pera bei Konstantinopel

Das flackernde Licht Dutzender Fackeln ließ unzählige Schatten tanzen. Flammen loderten auf, und dunkler Rauch quoll aus den Fenstern des zweistöckigen, herrschaftlichen Hauses an der Via del Piero in Pera, der Genueser Kolonie von Konstantinopel.

Maria di Lorenzo murmelte zitternd ein Gebet. Die Lippen der jungen Frau bewegten sich beinah wie in Trance. Das lange kastanienbraune Haar fiel ihr unfrisiert über die Schultern, angegraut von der Asche, die man ihr aufs Haupt gestreut hatte.

»O Herr, was nur haben wir getan, dass wir so bestraft werden?«, flüsterte ihr Bruder Marco, gerade 22 Jahre alt und damit anderthalb Jahre älter als Maria. »Der Jüngste Tag ist nahe, und das Tier Satan wütet über die Erde!«

Die Pestknechte mit ihren schweren Umhängen und den Schnabelmasken riefen durcheinander und luden dabei zwei menschliche Körper auf den Karren. Es waren die bleichen, von Beulen gezeichneten Leiber von Marias und Marcos Eltern, die der faulige Pesthauch befallen und innerhalb kürzester Zeit dahingerafft hatte. Schwarzrotes Blut hatten ihre Lungen mühsam unter Schmerzen ausgeworfen und war ihnen aus Mund und Nase geronnen. Maria wollte sich dem Wagen nähern, aber einer der Pestknechte hielt sie auf und stieß sie grob zurück. Tränen liefen ihr über das Gesicht.

»Bleibt, wo ihr seid, und freut euch der Zeit, die der Herr euch noch gelassen hat!« Der Blick hinter den Augenlöchern der Schnabelmaske wirkte unruhig.

Maria schluckte. Sie hätte schreien mögen und konnte es doch nicht. Ein dicker Kloß schien ihr im Hals zu stecken und sie daran zu hindern, auch nur einen einzigen Ton herauszubringen. Nicht einmal mehr ein Gebet wollte jetzt über ihre Lippen kommen.

Ein kühler Wind wehte über das Goldene Horn, jenen Meeresarm, in dem der von einer gewaltigen Eisenkette geschützte kaiserliche Kriegshafen lag. Diese Kette wurde bei Gefahr hochgezogen, um fremde Schiffe an der Einfahrt zu hindern und die eigene Flotte zu schützen. Doch das Wasser des Goldenen Horns, das Pera von der eigentlichen Stadt trennte, bewahrte keineswegs vor dem Miasma, dem Hauch des Bösen, der aus den Tiefen der Erde hervorquoll und so viel Leid und Verzweiflung über die Menschen brachte. Wenn irgendwo zwischen den rattenverseuchten Straßen Konstantinopels mit ihren verwinkelten Fachwerkhäusern der Schwarze Tod umging, dann zogen die Wolken der Fäulnis und des Übels einfach über das Wasser, und selbst eine Quarantäne war oft genug ohne Wirkung geblieben. Wie viele andere Orte war Konstantinopel vor rund hundert Jahren besonders verheerend von der Pestilenz heimgesucht worden und seitdem mehr als ein Dutzend Mal gleichsam die Brutstätte dieses Übels gewesen. Manche sagten, dass der böse Hauch die Ratten im Schlamm der unterirdischer Kanäle wachsen ließe und unsichtbare Insekten nähre, die in Mund und Nase der Menschen eindrängen und sowohl Körper als auch die Seele verdürben.

Aus dem Halbdunkel waren Gesänge zu hören. Eine Prozession von Büßern zog durch die Straßen von Pera. Die Teilnehmer trugen graue Gewänder und flehten darum, vor dem Jüngsten Gericht Gnade zu finden.

Die Flammen schlugen jetzt immer höher aus den Fenstern.

Die Luft war erfüllt von den scharfen ätherischen Dämpfen. Es sollte nicht nur alles verbrennen, was sich im Haus befand, sondern alle Räume mussten darüber hinaus auch ausgeräuchert werden. Die beißenden Dämpfe bestimmter Öle könnten das Übel vielleicht für lange Zeit zurück in die niederen Erdspalten und Sümpfe vertreiben, aus denen es gekrochen sein mochte.

Knarrend setzte sich der Wagen in Bewegung.

»Wir werden alle sterben und der Verdammnis anheimfallen«, murmelte Marco neben ihr. Seine Augen wirkten glasig. »Satan ist mächtiger als Gott, sonst könnte das alles nicht geschehen!«

»Was redest du da?«, fragte Maria entsetzt.

Marco sah sie an. Das Licht der Fackeln spiegelte sich in seinen dunklen Augen.

»Wie könnte es sonst sein, dass es kein Mittel gegen das Übel gibt, das uns heimsucht?«

»Du versündigst dich!«

Maria schlug ein Kreuzzeichen. Marco di Lorenzo neigte schon seit ein paar Jahren wiederholt zu Äußerungen, die der Ketzerei nahekamen und anderswo vermutlich entsprechend verfolgt worden wären. Aber bis hierher, in den Herrschaftsbereich des Kaisers von Byzanz, reichte die Macht der römischen Kurie nicht – allen Gerüchten um eine bevorstehende Wiedervereinigung von Ost- und Westkirche zum Trotz, die immer dann von Neuem aufkamen, wenn die Truppen des osmanischen Sultans dem schrumpfenden Kaiserreich wieder irgendeinen Zipfel Land wegnahmen oder gar vor die Mauern der Stadt selbst vorrückten. Insgeheim hoffte so mancher, dass ein Heer der vereinigten Christenheit Konstantinopel vor den Osmanen rettete. Diese Hoffnung schien allerdings genauso trügerisch zu sein wie jene, dass die Pestilenz die Stadt in Zukunft verschonte.

»Satan siegt! Das Tier des Unheils ist überall!«, schrie Marco jetzt aus vollem Hals und übertönte damit sogar die Gesänge der Gläubigen.

Marias Augen waren tränenblind. Aus ihrem Mund kamen wie von selbst Gebete, so als würde eine geheime Kraft erneut ihre Lippen bewegen und die Worte formen. Es war ihre Antwort auf den Ausruf ihres Bruders.

Undeutlich hörte sie einen der Pestknechte etwas sagen, während sich der Zug, einem schaurigen Totentanz gleich, vorwärtsbewegte. »Die Erben der Familie di Lorenzo haben Glück«, murmelte der Pestknecht unter seiner Maske. »Das Haus ist aus Stein, und wenn es ausgeräuchert ist, werden wenigstens die Mauern noch stehen.«

Ein leichter Regen setzte ein, und ihre Tränen vermengten sich mit seinen Wassertropfen. Sehr bald schon klebten Maria die Haare im Gesicht.

Sie folgte dem Wagen durch die Gassen. An viele Türen war eine umgedrehte 4 mit schwarzer Farbe aufgemalt worden – ein Kreuz, das ohne abzusetzen mit einem einzigen Strich aufgetragen worden war. Ein Zeichen gegen den Schwarzen Tod, gegen diese Geißel, die Gott einfach nicht von den Menschen Konstantinopels nehmen wollte. Er allein musste wissen, weshalb. An manchen dieser Türen war nicht Farbe, sondern Blut verwendet worden. Schafblut – so wie das Volk Israel vor seinem Aufbruch aus Ägypten seine Häuser gezeichnet hatte, damit der Todesengel vorüberginge, den Gott gesandt hatte, um die Erstgeburt der Ägypter zu töten. Aber dieser alte Zauber wirkte offensichtlich nicht mehr. Maria kannte mindestens ein Dutzend Häuser, in die der Schwarze Tod trotz dieser schützenden Zeichen Einzug gehalten hatte. Der Todesengel schlug anscheinend wahllos zu und holte sich, wen immer er wollte. Es schien keine

Macht zu geben, die der Willkür seiner unberechenbaren Kraft hätte Einhalt gebieten können.

Der Regen war stärker geworden, als sie den Gebeinacker vor den Mauern von Pera erreichten, wo die Toten von den Pestknechten in Gruben geworfen wurden. Särge gab es für keine Menschenseele mehr zu kaufen, nicht für Arm und nicht für Reich, und schon seit Wochen nahm man weder auf die Religionszugehörigkeit noch den Stand Rücksicht. Selbst die mehrfach benutzbaren Pestsärge, an deren Unterseite eine Klappe angebracht war, sodass die Toten herausfielen, wenn man sie löste und den Sarg danach wieder aus der Grube heben konnte, wurden nicht mehr verwendet. Ihr Holz war dunkel geworden vom blutigen, fauligen Auswurf, der den Toten noch aus dem Mund und anderen Körperöffnungen oder den aufgeplatzten Beulen quoll, mit der Folge, dass die Pestilenz längst darin wohnte. Der Regen, der in diesem Jahr so stark wie selten war, hatte das Holz zusätzlich mit Fäulnis geschlagen und die häufig schon jahrelang verwendeten Pestsärge morsch und brüchig werden lassen, sodass die rostigen Nägel aus ihnen herausbrachen. Überdies gab es kaum noch Zimmerleute, die bereit und in der Lage gewesen wären, die Särge zu ersetzen: Die einen waren selbst vom Pesthauch geschlagen und lagen darnieder, die anderen hatte das Miasma der Furcht sich verkriechen lassen; manche Handwerker glaubten, dass das Anfertigen eines Pestsargs ihnen Unglück brächte und vielleicht sogar die Pestilenz erst anlockte.

Der Regen fiel jetzt in dicken Tropfen. Der Boden zu Marias Füßen war aufgeweicht. Das Wasser sammelte sich in Pfützen und trieb überall die Ratten aus ihren Löchern, die völlig die Furcht verloren hatten und wie trunken über den Acker schlichen – so wie man sie in den Straßen antreffen konnte.

Pater Matteo da Creto versuchte, dem Akt der Bestattung einen letzten Rest von Würde zu geben. Er sprach ein Gebet, hatten doch die meisten der Toten schon keine heiligen Sakramente mehr empfangen können, bevor sie dahingeschieden waren. Pater Matteo war der letzte Priester der römischen Kirche, den es zurzeit in Pera noch gab. Alle anderen waren entweder geflohen oder in Ausübung ihrer Pflichten gestorben. Matteo war ein Mann in den Vierzigern, mit einem fleckigen und von Narben entstellten Gesicht. Man sagte, er habe in seiner Kindheit als Einziger eine Pestepidemie in dem Dorf Creto, unweit des gleichnamigen Berges bei Genua, überlebt. Während der Schwarze Tod das ganze Dorf hinweggerafft hatte, war der Junge noch am Leben geblieben. Reisende Mönche nahmen ihn mit – trotz der Tatsache, dass der kleine Matteo jene Geschwüre trug, wie sie der Schwarze Tod häufig mit sich brachte, und pflegten ihn. Dass er gesundete, werteten sie als ein Wunder: Es musste ein Zeichen sein, mit dem der Herr ihre Menschlichkeit und Nächstenliebe belohnt hatte.

Seitdem, so verkündete es Matteo da Creto immer wieder von der Kanzel, wenn er die Messe las, kannte er keine Furcht. Nicht vor dem Schwarzen Tod und auch nicht vor den osmanischen Heiden, die der Lehre Mohammeds folgten und deren Kanonenschläge selbst aus meilenweiter Ferne die Mauern Konstantinopels erzittern ließen.

So stand Matteo nun da und sprach unbeirrbar seine Gebete. Genauso unbeirrbar deckten die Pestknechte die Toten mit Erde zu, auf dass mit ihnen das Böse dorthin verschwände, wo es hergekommen war.

»Der Beweis ist erbracht!«, hörte Maria ihren Bruder Marco mit schreckensbleichem Gesicht und weit aufgerissenen Augen sagen. »Satan ist mächtiger, als Gott es je war!«

»Hör auf, so zu reden!«, widersprach Maria.

»Es ist die Wahrheit, Schwester, selbst wenn du sie schlecht ertragen kannst! Wohin du auch siehst, siegt das Böse!«

Sie gingen jetzt um das Grab herum, während der Karren bereits fortgerollt wurde und die Pestknechte aufs Neue ihrer schauerlichen Arbeit nachgingen. Von der anderen Seite der Begräbnisstätte hörte man lautes, hemmungsloses Wehklagen. Schreie – von Männern, Frauen und Kindern, die in ihrer Trauer nicht einmal mehr zu einem Gebet fähig waren und offenbar das Vertrauen in den Herrn verloren hatten, wie es bei Marco der Fall war.

»Der Herr hat das Übel geschaffen, um die Gläubigen zu prüfen«, sagte Matteo da Creto, der Marcos Worte sehr wohl gehört hatte.

»Ach ja? Und im Moment prüft er wohl gerade uns?«

»Vertraue auf seine Führung, wie es dein Vater und deine Mutter getan hätten!«

»Man sieht, was ihnen das gebracht hat!«, rief Marco so laut, dass sich einer der Pestknechte, der mit seiner Maske wie ein unmenschliches, grauenvolles Fabelwesen der Hölle aussah, noch einmal umdrehte, bevor er den anderen folgte.

Matteo legte Marco eine Hand auf die Schulter.

In diesen Tagen, da sonst so gut wie niemand es wagte, einen anderen zu berühren, aus Angst, sich anstecken zu können, und in der es manche Geistliche sogar vermieden, das Abendmahl zu reichen, war Pater Matteo eine Ausnahme. Ein Mensch gewordenes Zeichen der Furchtlosigkeit; jemand, der allein dadurch, dass er noch lebte, zu beweisen schien, dass der Herr auf seiner Seite sein müsste und dass das, was er sagte, unverkennbar durch ihn inspiriert wäre.

Pater Matteos Blick ruhte für eine Weile nachdenklich auf dem jungen Mann.

»Du und deine Schwester, ihr braucht jetzt einander«, meinte der Geistliche schließlich. »Es wird schwer genug werden, das Handelshaus di Lorenzo zu erhalten.«

Marco lachte heiser. »Sorgt Ihr Euch um die Stiftungen, die mein Vater der Kirche überließ? Um das Krankenhaus von Pera, in dem Christen, Juden und Muslime genauso wie die Armen von der Straße behandelt werden?«

Pater Matteos von Narben übersätes Gesicht blieb unbewegt. Seine dunklen Augen musterten Marco eindringlich. »Für die Toten können wir nichts mehr tun. Sie sind in der Hand des Herrn. Aber ich sorge mich um dein Seelenheil, Marco!«

»Und um das Geld unserer Familie!«

»Ich kenne dich beinahe von Geburt an, mein Junge! Ich habe dich getauft und habe deiner Mutter geraten, dir den Namen eines Evangelisten zu geben. Wenn du mir Geldgier unterstellst, bist du wirklich im Irrtum. Ich will euch nur helfen!«

»Ach ja?«

»Marco!«, fuhr Maria dazwischen.

»Du bist zu arglos, Maria!« Er drehte sich um und ging davon.

Maria sah ihrem Bruder nach.

»Sieh nicht auf das, was ihr verloren habt, sondern auf das, was noch blieb!«, riet der Pater. »Denn nur Letzteres führt dazu, dem Herrn zu danken, anstatt ihn unbedachterweise zu verfluchen, was auf den ersten Blick so viel näherliegend zu sein scheint.«

»Ja«, flüsterte Maria. »Wenn ich in ein paar Wochen noch lebe, dann will ich das gerne tun.«

Tage später

Eine Barkasse legte im Eutherios-Hafen von Konstantinopel an. Gleichmäßig tauchten die Ruderblätter in das dunkle Wasser.

Nebelschwaden hingen in diesen letzten dunklen Stunden der Nacht über dem Wasser und quollen unheimlich wie ein Sinnbild des bösen Hauchs die Uferböschungen empor und hüllten die Schutzmauern ein. Die Lichter von Laternen waren nur als helle, verwaschene Flecke zu sehen.

Maria saß am Bug und blickte der Einfahrt zu diesem größten Hafen Konstantinopels entgegen. Unter Justinian oder Basileios II. war Eutherios der größte Handelshafen der Welt gewesen, doch auf diesen Glanz war ein immer größerer Schatten gefallen. Dass Konstantinopel so viel häufiger als andere Städte von der Pest heimgesucht wurde, war dabei nur einer der Gründe. Ein noch entscheidenderer Umstand war wohl die militärisch zunehmend verzweifelte Lage, in der sich das – bis auf wenige kleine Landgebiete in unmittelbarer Nähe der Stadt und einige Exklaven auf dem Peloponnes sowie ein paar griechische Inseln – geschrumpfte Imperium befand. Eines konnte allerdings niemand der Stadt nehmen: ihre Lage am Eingang zum Bosporus. Der Schiffsverkehr zu den Ländern am Pontischen Meer hatte deshalb nichts an Bedeutung verloren. Allerdings war Konstantinopel weit davon entfernt, den Schiffsverkehr dorthin noch allein kontrollieren zu können: Den größten Teil dieser Meerenge nannte längst der osmanische Sultan sein Eigen, sämtliche Besitzungen am asiatischen Ufer hatte der Kaiser schon vor Jahren verloren.

Maria dachte darüber nach, ob es unter diesen Umständen nicht doch das Beste wäre, der Stadt sehr bald den Rücken zu kehren. Seit Generationen waren die di Lorenzos hier in Konstantinopel ansässig. Vor fast zwei Jahrhunderten hatten Genueser dabei geholfen, die Stadt zurückzuerobern, und Niccolò Andrea di Lorenzo, ein Vorfahre Marias, hatte sich mit seinem Schwert und seinem Geld an diesem Unternehmen beteiligt und war dafür reich belohnt worden. Das war die Grundlage für den

Reichtum der Familie und den Aufbau des Geschäfts gewesen. Die Privilegien, die man Niccolò Andrea gewährte, hatten das Handelshaus schnell wachsen lassen. Jede Generation hatte ihren Beitrag dazu geleistet, seinen Reichtum und seinen Einfluss zu mehren. Genua, die alte Heimat, blieb der wichtigste Herkunftsort der Waren, mit denen das Haus di Lorenzo handelte. Maria und Marco hatten beide etliche Jahre bei Genueser Verwandten verbracht und dort den Unterricht von Hausgelehrten genossen. Aber als ihre eigentliche Heimat hatte Maria immer die Straßen von Pera empfunden und jenes Haus, das jetzt nur noch eine rauchende Ruine war.

Marco saß in der Mitte der Barkasse. Er wirkte ganz in sich versunken und blickte starr ins Nichts. Seitdem die Barkasse sie beide am Galata-Turm an Bord genommen und mit ihnen die Altstadt umfahren hatte, war er vollkommen schweigsam gewesen. Finster brütete er vor sich hin und schien die neue Situation einfach nicht annehmen zu können.

An und für sich hätte Marco die Führung des Handelshauses übernehmen sollen. Maria klangen noch gut die Worte ihres Vaters im Ohr, die sein Bedauern darüber widerspiegelten, dass Marco sich nie mit jener Intensität für das Geschäft interessiert hatte, die sein Vater sich gewünscht hätte. Oft genug war deswegen Streit zwischen den beiden aufgeflammt. Schlussendlich hatte sich dann wohl die Erkenntnis durchgesetzt, dass Marco di Lorenzos aufbrausende, zur Unberechenbarkeit neigende Art die Zukunft des Handelshauses gefährdete. Nicht zuletzt deswegen war im Testament die alleinige Verfügungsgewalt nicht auf ihn übertragen worden. Marco sah darin eine nachträgliche Bestrafung dafür, dass er oft so unbotmäßig gewesen war, während sein Vater nichts anderes als die Bewahrung dessen im Sinn gehabt hatte, was mehrere Generationen der di Lorenzos mit Schweiß und Blut aufgebaut hatten. Dass der Handelsherr seinen letzten Willen bereits zu Lebzeiten und in bester Gesundheit öffentlich gemacht hatte, musste Marco als zusätzliche Schmähung empfinden. Nach Marias Eindruck war es dadurch zum endgültigen und nicht wiedergutzumachenden innerlichen Bruch zwischen Vater und Sohn gekommen.

Was jetzt werden würde, war nicht gewiss.

Fest stand nur, dass Maria und ihr Bruder zu gleichen Teilen das Vermögen und die Besitztümer ihrer Eltern geerbt hatten und dass es deren sehnlichster Wunsch gewesen wäre, wenn sich auch in dieser nächsten Generation dieser Besitz erhalten und mehren würde, sodass er später die Lebensgrundlage wiederum ihrer Nachkommen sein könnte.

Die sechs kräftigen Ruderer, die die Barkasse jetzt mit ihren Ruderschlägen in die offene, durch Leuchtfeuer gekennzeichnete Einfahrt des Eutherios-Hafens trieben, waren griechische Tagelöhner, die für ein paar Münzen angeheuert worden waren, um Marco und Maria di Lorenzo unter Umgehung aller Quarantäne-Bestimmungen in den Eutherios-Hafen zu bringen. Niemand, der aus Pera kam, hatte gegenwärtig irgendeine Möglichkeit, den Meeresarm zu überqueren, den man das Goldene Horn nannte und der dieses Viertel vom eigentlichen Konstantinopel trennte. Jener Stadtteil, der von der Pest betroffen war, sollte isoliert bleiben. Aber es gab nicht genug Kräfte, um das wirklich kontrollieren zu können. Und die wenigen Männer, die der Kaiser unter Waffen hatte, waren vorrangig für andere Aufgaben vorgesehen – zum Beispiel dafür, die große Theodosianische Mauer zu besetzen, die schon Hunnen und Goten getrotzt hatte und seit geraumer Zeit auch als letztes Bollwerk gegen die türkischen Osmanen diente.

Davon abgesehen verfügte das Haus di Lorenzo über beste Beziehungen zur Hafenverwaltung. Das war nicht nur in Zeiten der Pest eine Überlebensfrage für jeden, der in jener Stadt, die man auch das Neue Rom nannte, in größerem Stil Handel treiben wollte.

Die Barkasse legte schließlich an. Einer der Griechen sprang an Land und vertäute sie.

»Eure Fahrt ist zu Ende, Herrin«, sagte der Steuermann an Maria gerichtet. Er sprach Griechisch. Maria beherrschte diese Sprache ebenso gut wie ihren Genueser Dialekt oder das Lateinische, das sie in seiner reinen und klaren Form hatte erlernen müssen, da es noch immer die Lingua franca der christlichen Länder war.

Maria stieg an Land. Sie fühlte sich so schwach wie noch nie zuvor in ihrem Leben. Ein flaues, drückendes Gefühl machte sich in ihrer Magengegend bemerkbar. Sie hatte in den letzten Tagen nichts gegessen und sehr wenig getrunken. Dieses Fasten war noch nicht einmal Teil der Bußgebete gewesen, die sie in der Kapelle am Ende der Via del Piero in Pera absolviert hatte. Vielmehr hatte sich einfach keine Gelegenheit gefunden. Davon abgesehen konnte jeder Laib Brot, jeder Schluck Wasser und alles, was sonst in den Körper drang, auch die Pestilenz mit sich bringen, von der bisher niemand wirklich wusste, was sie auslöste und verbreitete. Sie war wie die Pfeile eines Armbrustschützen, der im Hinterhalt lauerte. Nur er allein wusste, auf wen er zielte, aber für diejenigen, deren Körper von den Bolzen zerschmettert wurden, war sie wie ein Schlag aus heiterem Himmel. Etwas, gegen das es keine Verteidigung geben konnte. Das vor allem machte sie so grauenvoll.

Marco folgte seiner Schwester.

In der Nähe der Kaimauer war der Schatten eines zweispännigen Wagens zu sehen, der sich aus dem aufkommenden Nebel abhob. Eine hochgewachsene Gestalt trat auf Maria und Marco zu. Eine der wenigen Öllaternen, die die ganze Nacht über den Bereich in unmittelbarer Nähe der Kaimauer erhellten, beschien das stark konturierte Gesicht eines Mannes von unbestimmtem Alter. Das Haar an seinen Schläfen war grau, ebenso der Bart, der sein ohnehin sehr spitz zulaufendes Kinn noch stärker hervorhob.

Er trug eine Lederkappe mit Fasanenfeder und einen langen Rock. An dem breiten Gürtel hing neben einer Geldbörse auch ein kurzes Seitschwert, wie es viele Händler und Kaufleute mit sich führten – zumeist eher zur Zierde, als um sich im Ernstfall tatsächlich damit zu verteidigen.

»Davide!«, stieß Maria hervor.

»Kommt! Wir sollten hier kein unnötiges Aufsehen erregen!«

»Sind die Hafenwächter nicht immer mit ausreichenden Zuwendungen bedacht worden?«, fragte Marco höhnisch.

Davide wandte den Blick an Marco. »Ihr könnt sicher sein, dass uns die Hafenwache treu ergeben ist. Trotzdem ist es besser, wenn man Euch nicht im Bußgewand und mit Asche auf dem Haupt sieht.«

»Muss man sich jetzt schon für seine Bereitschaft zur Buße schämen?«, spottete Marco.

»Wo gebüßt wird, ist auch der Grund für die Buße zu Hause – und das ist die Sünde«, erwiderte Davide ruhig. »Und die wiederum lockt das unsichtbare Fliegengeschmeiß an, das die Pestilenz verbreitet, indem es in Nasen und Ohren hineinkriecht.«

»Ach, so ist das!«

»Ja, *so* ist das!«

Nur mit Mühe schien Davide den Ärger über Marcos herablassenden Tonfall beherrschen zu können. Vielleicht ahnte Davide auch, dass Marcos Überheblichkeit gegenüber Bediensteten nach dem Tod der Eltern wohl vollkommen ungehemmt zum Vorschein kommen würde, sodass jeder, der für das Haus di Lorenzo arbeitete, schwierige Zeiten zu erwarten hatte.

Davide führte die beiden Geschwister zum Wagen. Sie stiegen

auf, und der Kutscher trieb die Pferde voran. In halsbrecherischer Geschwindigkeit jagte der Wagen durch die Gassen und erreichte wenig später die Mese, jene große Ost-West-Straße in Konstantinopel, die vom Goldenen Tor am Südende der Theodosianischen Mauer über das Forum Tauri und vorbei am ehemaligen Hippodrom führte, das inzwischen zu einem unkrautüberwachsenen Ruinenfeld und Steinbruch verkommen war. Die Mese endete schließlich vor dem Kaiserpalast.

Der Wagen nahm die Mese in westlicher Richtung, während im Osten, jenseits der unübersehbaren großen Kuppelbauten, das verwaschene Licht des neuen Tages im Nebeldunst heraufdämmerte.

»Ich habe die Gästeräume des Kontors herrichten lassen. Dort werdet Ihr bis auf Weiteres wohnen«, erklärte Davide in der ihm eigenen, ruhigen Art.

»Habt Dank, Davide«, sagte Maria. »Wir wüssten nicht, was wir ohne Euch tun sollten!«

»Ich habe Eurem Vater und sogar noch Eurem Großvater treu gedient«, erklärte Davide. »Und es ist für mich eine Selbstverständlichkeit, jetzt dazu beizutragen, dass das Handelshaus di Lorenzo diesen schwersten Schlag seiner Geschichte überlebt … Es geht um die Zukunft, Maria!«

Ein mattes, schwaches Lächeln glitt über Marias Gesicht. »Das sind auch die letzten Worte, die Vater zu uns sagte, kurz bevor das Leben ihn verließ.«

»So sollten wir alles tun, um sein Vermächtnis zu bewahren! Euer Vater hat mir dazu die Vollmachten über seinen Tod hinaus gegeben.«

Davide entstammte einer traditionsreichen levantinischen Familie von arabischen Christen, die ursprünglich in Alexandria ansässig gewesen war. Für das Haus di Lorenzo war er seit langem als Schreiber und Prokurist beschäftigt.

Sein eigentlicher arabischer Name, unter dem er geboren worden war, lautete Daoud al-Khatib – »David der Schreiber«. Gegenüber den Genuesern und Venezianern in Konstantinopel nannte er sich hingegen Davide Scrittore, während er unter der griechischsprachigen Mehrheit Konstantinopels seinen Namen in David Syngraféas übersetzte.

Für Maria war er von klein auf einfach nur »Davide« gewesen – ein Mann, der mehr als nur ein treuer Freund des Hauses war. Abgesehen von ihren Eltern vertraute sie allenfalls noch Pater Matteo da Creto auf ähnliche Weise. Und was die Zukunft des Hauses di Lorenzo anging, würden dessen Erben auf die Hilfe und den Beistand des Levantiners mehr denn je angewiesen sein.

»Ein Arzt wird Euch beide gleich nach Eurer Ankunft eingehend untersuchen«, erklärte Davide.

»Ein Arzt?«, echote Maria, und in ihrem Tonfall schwang durchaus mit, dass ihr diese Aussicht nicht übermäßig behagte. Wie hilflos hatte sie doch schon allzu oft die Ärzteschaft im Angesicht dieser furchtbaren Krankheit gesehen. Dem Vernehmen nach kannte nicht einmal die fortgeschrittene Medizin der Araber ein Heilmittel gegen die Pest. Und vielleicht gab es das auch gar nicht. Vielleicht hatten ja alle diejenigen Recht, die in dieser Seuche eine Geißel Gottes sahen, der man nur durch Frömmigkeit und ein gottgefälliges Leben, aber nicht durch Heilgetränke von beißendem Duft entgehen konnte – deren Dämpfe nur in den Augen brannten, das Übel jedoch nicht aus den Körpern herauszubrennen vermochten.

»Es handelt sich um den fähigsten Pestarzt der ganzen Christenheit. Angeblich hat sogar der große Paracelsus von ihm gelernt, und er soll die polnische Stadt Warschau mit seinen Maßnahmen vor einer drohenden Pestepidemie bewahrt haben. Der Doge von Venedig soll ihn angeblich als Berater zu halten versucht haben, gleichwohl waren nicht einmal die gut gefüllten Schatzkammern Venedigs ausreichend, um diesen außergewöhnlichen Mann weiter bezahlen zu können!«

»Wenn er Reichtum sucht – was will er dann in dem elend heruntergekommenen Konstantinopel?«, fragte Maria. »Und in wessen Diensten steht er hier, wenn schon der Doge ihn nicht zu bezahlen vermag?«

Davide lächelte nachsichtig und stieß ein Stoßgebet in arabischer Sprache aus. Diese Angewohnheit war ihm eigen, solange Maria sich zurückerinnern konnte, und gewiss hatte man ihn deshalb mehr als einmal verdächtigt, ein Anhänger des Propheten Mohammed zu sein, obwohl er in Wahrheit ein tiefgläubiger Christ war, so wie es sich nur von wenigen Lateinern oder Griechen behaupten ließe.

»Möglicherweise habe ich mich missverständlich ausgedrückt«, erklärte er. »Wenn ich gesagt habe, dass Geld ihn nicht in seiner venezianischen Heimat halten konnte, dann nicht, weil ich damit andeuten wollte, es käme ihm in erster Linie auf Reichtum und Profit an. Er ist Arzt und kein Kaufmann – seit vielen Jahren von dem Gedanken besessen, die Pest zu erforschen. Und wenn einer wie er mehr darüber erfahren will, dann tut er gut daran, sich dorthin zu begeben, wo er dem Objekt der eigenen Wissbegier mit möglichst großer Wahrscheinlichkeit auch begegnet.«

»Er ist Venezianer?«, wunderte sich Maria. »Wie heißt er?«

»Fausto Cagliari. Erschreckt Euch nicht, wenn er Euch gegenübersteht oder wenn er Euch auffordert, eigenartige Dinge zu tun. Er weiß sehr genau, was er tut. Der Kaiser vertraut ihm seit vielen Jahren.«

Maria sah Davide fragend an. Eine Falte hatte sich auf ihrer glatten, aber von Ruß befleckten Stirn gebildet. »Ist es nicht ein Risiko, sich von einem Arzt des Kaisers untersuchen zu lassen?

Davide, was ist, wenn sich die Befunde bei Hof herumsprechen und sie von den falschen Schranzen benutzt werden, um Intrigen zu spinnen?«

»Ein gutes Argument, Schwesterlein!«, mischte sich nun Marco ein, der sich bisher zurückgehalten und so gewirkt hatte, als würde ihn weder das Gespräch noch die bevorstehende Begegnung mit einem Arzt in irgendeiner Weise besonders interessieren. »Zumal er doch Venezianer ist – und wir wissen doch beide, mit welch üblen Tricks uns die Venezianer lieber heute als morgen aus dem Geschäft drängen würden!«

»Ihr habt nicht Unrecht«, gestand Davide ein. »Doch was Fausto Cagliari angeht, so sind Eure Bedenken unbegründet, Marco. Wie gesagt, Kaiser Johannes vertraut ihm seit vielen Jahren. Er berief ihn in seine Dienste, nachdem seine Frau an der Pest gestorben war.«

»Ein weiterer Beweis dafür, dass die Macht Satans inzwischen überall zu Hause ist – auch und vor allem im Palast des Kaisers!«, meinte Marco.

»Du redest wirres Zeug, Marco!«, sagte Maria.

»Ach ja? Hast du den Tag nicht mehr in Erinnerung, als die Kaiserin starb, die deinen Namen trug? Jedem muss spätestens von da an doch klar gewesen sein, dass die Macht des Übels selbst die fugenlosen Wände des kaiserlichen Palastes durchdrungen hat!« Marco schüttelte energisch den Kopf. »Ich werde mich von diesem Quacksalber nicht untersuchen lassen!«, entschied er. »Es besteht kein Anlass dazu!«

»Es ist unumgänglich, sich untersuchen zu lassen!«, erwiderte Davide in einem Tonfall, der eine wohlwollende Bestimmtheit ausdrückte, die keinen Widerspruch duldete. »Nur, wenn Euch Meister Cagliari als jemand einstuft, der nicht in der Gefahr steht, die Krankheit zu verbreiten, werdet Ihr noch damit rechnen können, Eure Anliegen bei Hof vortragen zu dürfen.

Und darauf sind wir angewiesen, wie ich Euch erinnern darf, Marco!«

»Ihr redet wie mein Vater!«, maulte Marco. »Aber bildet Euch nur nicht ein, dass Ihr dieselben Rechte mir gegenüber hättet oder dass nun alles beim Alten bliebe, Levantiner! Das Testament mag Euch die eine oder andere Befugnis über die Geschäfte geben, mehr jedoch nicht!«

»Marco, seid vernünftig! Sonst setzt Ihr alles aufs Spiel, was Generationen vor Euch aufgebaut haben! Das könnt Ihr doch unmöglich wollen!«

Marco antwortete nicht. Während der Wagen weiterhin die Straße entlangfuhr, die immer häufiger von Schlaglöchern unterbrochen wurde, zog er es lieber wieder vor, sich in sich zurückzuziehen.

Davide wandte sich an Maria. »Vielleicht habt Ihr den nötigen Einfluss auf Euren Bruder, um ihm zu erklären, weshalb Euch beiden, also auch ihm, unbedingt die völlige Freiheit von jeglichen Symptomen des Schwarzen Todes bescheinigt werden *muss*. Andernfalls wird man Euch sicher in jeder Hinsicht meiden – geschäftlich kann das, nein, wird das den Ruin mit sich bringen.«

»Vermutlich überschätzt Ihr meinen Einfluss«, sagte Maria bescheiden und mit leicht resigniertem Tonfall. Früher standen sie sich sehr nahe, und Marco hatte all die Zweifel mit ihr geteilt, die ihn innerlich zerrissen: Fragen nach dem Sinn des Lebens im Angesicht einer Welt, die aus den Fugen zu geraten schien, Fragen nach der Macht Gottes, der doch angeblich allmächtig war und trotzdem das Leid und den allgemeinen Verfall nicht zu verhindern vermochte und der seine Macht so schrecklich selten erkennen ließ, dass man darüber vom Glauben abfallen mochte. All diese Dinge hatten ihn zum Leidwesen seines Vaters immer schon mehr interessiert als die Belange des Geschäftes und die Pflege guter Handelsbeziehungen. Geld und Gut bedeuteten ihm nicht viel, denn für ihn waren sie selbstverständliche Attribute seines bisherigen Lebens und stets im Überfluss vorhanden gewesen. Allein diese gleichgültige Haltung den materiellen Dingen gegenüber hatte ihn in einen schier unüberbrückbaren Gegensatz zu seinem nun der Pest erlegenen Vater gebracht. Am liebsten wäre Marco seinerzeit schon in Italien geblieben und einem Orden beigetreten, um sich ganz dem Studium der letzten Fragen des Lebens widmen zu können. Sein Vater aber hatte dafür nicht das geringste Verständnis aufgebracht, und es war immer deutlicher geworden, wie grundverschieden der alte Handelsherr Luca di Lorenzo und sein Sohn doch waren. Einzig die Tatsache, dass sie beide nach Aposteln benannt worden waren, schienen sie gemein zu haben. Oft genug hatte Maria miterlebt, wie ihre Mutter Catarina vergeblich versucht hatte, zwischen den beiden zu vermitteln. Letztlich hatte sich Marco irgendwann – zumindest dem äußeren Schein nach – dem Willen seines Vaters gebeugt.

»Wir hätten niemals in dieses verfallende Ruinenfeld zurückkehren sollen, Schwester«, murmelte plötzlich Marco an Maria gewandt, während er auf die dunklen Schatten der großen Häuser und Türme starrte, die entlang der Mese standen. »Wie spärlich ist die Beleuchtung in der Stadt inzwischen! Früher soll Konstantinopel des Nachts einem Sternenmeer geglichen haben. Jetzt hausen in manchen Vierteln nur noch die verblassenden Schattengeschwister einer glorreichen und erhabenen Vergangenheit. Vielleicht ist es gut, dass die Straßen nicht mehr so hell erleuchtet sind und dass sich der Lichterschein nicht in den goldenen Kuppeln der Kirchen spiegelt. Vielleicht ist es gut so, denn so sieht man mehr Schatten – und nicht das volle Ausmaß des Niedergangs, wie es am Tag der Fall ist. Es ist ein langsamer, qualvoller Tod, den diese Stadt stirbt. Vielleicht sogar ist sie ohnehin nichts weiter als bereits ein großer, verwesender Leichnam, und wir sind wie die Maden, die sich von seinen gerade noch genießbaren Überresten ernähren.«

»Was sollen diese Worte, Marco?«, fragte Maria. »Seien wir lieber froh, der Pest entronnen zu sein.«

Marco di Lorenzo schüttelte den Kopf.

»Es gibt hier keine Zukunft für uns, Maria. Schon unser Großvater hätte seine Besitzungen am Goldenen Horn verkaufen sollen und dies womöglich sogar noch mit Gewinn tun können! Und wie ist es jetzt? Eines Tages wird der osmanische Sultan die Stadt erobern. Mag sein, dass seine Kanonen den Mauern des großen Theodosius heute noch nichts anhaben können. Doch wenn es so weitergeht wie bisher, werden diese Mauern sowieso irgendwann von selbst zerfallen, genauso wie alles andere auch! Es gibt nicht genug Handwerker, die sie erhalten und von dem Moos befreien könnten, das sich in ihre Fugen setzt. Die Fäulnis dieses Niedergangs hat sich überall eingeschlichen, und die aufsteigenden Dämpfe des Bösen zerfressen die Gemäuer von innen heraus!«

Seine Augen waren weit aufgerissen, als er diese Worte sprach, und Maria erkannte, dass es nun sinnlos war, ihn anzusprechen. Immer öfter steigerte er sich in einen Redefluss und in einen Gemütszustand hinein, der sie an die fanatischen Prediger und Geißler erinnerte, die man inzwischen an jeder Straßenecke antreffen konnte und die nicht müde wurden, vom baldigen Ende der Welt zu reden.

Der Wagen erreichte das Außentor des Kontorgebäudes, das von einer hohen Mauer umgeben war. Immer zahlreicher wurde das Diebesgesindel, das die Straßen Konstantinopels unsicher machte. Man konnte sich kaum auf Hilfe durch die Söldner des Kaisers verlassen, wenn es darum ging, sein Eigentum zu schützen. Es kam selbst hin und wieder vor, dass Gardisten des

Kaisers mit Dieben gemeinsame Sache machten und ihren Teil vom Erlös bekamen, den die Beute auf einem der wilden Hinterhofmärkte erbrachte. Diese Märkte waren von den Gilden der Kaufleute und Handwerker zwar bekämpft, aber letztlich nie erfolgreich unterbunden worden.

Der Kutscher rief ein Losungswort auf Latein. Daraufhin öffnete ein Wächter das Tor. Der Wagen fuhr in den Innenhof. Davide hatte darauf geachtet, dass die Wächter, die für das Handelshaus di Lorenzo tätig waren, möglichst kein Wort Griechisch verstanden. Die Gefahr, dass sie sich von verbrecherischen Elementen aus den Gassen Konstantinopels bestechen ließen und für ein paar Silberstücke wertvolle Hinweise an Diebe und Einbrechergesindel herausgaben, sei dann viel geringer. So hatte zumindest die Ansicht des alten Luca di Lorenzo gelautet. Natürlich lernten auch diese Männer, die zumeist von Davide angeheuert worden waren, irgendwann die Sprache, die in dieser Stadt am meisten gesprochen wurde und sich auch als Amtssprache durchgesetzt hatte – zumal inzwischen der Hass auf die sogenannten Lateiner, worunter man sämtliche Angehörige der römischen Kirche ebenso zusammenfasste wie alle Sprecher einer der inzwischen recht zahlreich gewordenen lateinischen Mundarten, stark zugenommen hatte.

Der Wagen hielt nicht vor dem Hauptgebäude, sondern vor einem der Nebenhäuser. Davide stieg aus, und Marco wollte ihm folgen. Aber Maria hielt ihn zurück. »Ich bitte dich, tu, was Davide verlangt, und lass dich von diesem Cagliari untersuchen! Du wirst sonst nur Misstrauen säen, und womöglich werden sich selbst unsere Angestellten vor dir fürchten, weil sie glauben, dass auch du den Keim des Bösen in dir trägst!«

»Ach, Schwester, ist das alles nicht furchtbar gleichgültig? Was spielt es schon für eine Rolle, was mit dem Handelshaus di Lorenzo oder sogar mit dieser Stadt wird? Wir sind doch alle nur Sandkörner, die durch übermächtige Hände rieseln, ohne sich dagegen wehren zu können. Wir haben geglaubt, dass es die Hände Gottes sind, die das tun, aber vielleicht sind es nur die Hände achtlos spielender Kinder, die überhaupt nichts mit der Welt im Sinn haben, außer dass sie sie auf eine Weise verändern, die ihnen Abwechslung und Erlösung aus ihrer Langeweile verspricht.«

»Ich hoffe, dass du das nie einen Mann der Kirche hören lässt – ganz gleich, welcher Kirche übrigens!«, gab Maria zurück. »Im Übrigen geht es hier zur Abwechslung um die kleinen praktischen Dinge des Lebens und nicht um die Frage, wann der Jüngste Tag anbrechen wird und welche Kräfte die Welt in ihrem Innersten bewegen. Tu einfach, was jetzt notwendig ist! Tu es im ehrenden Gedenken an deine Eltern!«

Marco lachte heiser auf, und Maria erschrak, als sie die Bitterkeit wahrnahm, die aus dem Tonfall ihres Bruders überdeutlich herauszuhören war.

»Hat Vater etwa jemals auch nur einen einzigen Gedanken daran verschwendet, was wirklich wichtig ist im Leben? All das, was ihm wesentlich erschien – war es nicht nur hohler Tand? Was davon konnten sie denn letzlich mitnehmen, als die Pestknechte sie in die Dunkelheit ihres Grabes hinabließen?« Er schüttelte energisch den Kopf und gab die Antwort selbst. »Nichts, Maria! Gar nichts!«

»Dann tu es einfach, weil ich dich darum bitte, Marco«, erwiderte sie mit großem Nachdruck.

Ihre Blicke begegneten sich. Der flackernde Schein einer Laterne, die vor dem Eingang des Nebengebäudes brannte, spiegelte sich in seinen Augen, sodass es Maria vorkam, als wären sie von einem beinahe dämonischen Glanz erfüllt. Marco atmete tief durch. »Also gut«, sagte er schließlich. »Ich tu dir diesen Gefallen.«

Zweites Kapitel

Fausto Cagliari

Maria betrat wenig später einen von unzähligen Kerzen erleuchteten Raum. Stark riechendes Räucherwerk machte das Atmen schwer. Sie fühlte ein Kratzen im Hals und wie ihr Herz heftiger zu schlagen anfing.

Auf einem hölzernen Stuhl hatte eine Gestalt Platz genommen, deren Anblick Maria zusammenfahren ließ. Auf den ersten Blick wirkte ihr Gegenüber wie eine Kreatur, die geradewegs dem Höllenschlund entwachsen war oder sich ebenso im Schlamm der unterirdischen Abwasserkanäle der Stadt gebildet hatte, wie man es den Ratten nachsagte; die waren viel zu zahlreich geworden, als dass sie einem natürlichen Zyklus von Geburt, Vermehrung und Tod folgten. Nein, andere Mächte mussten es sein, die sie aus dem Schlamm der Erde entstehen ließen und in erschreckenden Massen an die Oberfläche trieben! Flackernde Schatten tanzten auf der an ein vogelähnliches Wesen gemahnenden Schnabelmaske nach Art der Pestknechte. Dumpf mischte sich der Atem ihres Trägers mit dem Knistern des verbrennenden Räucherwerks, dessen freigesetzter Rauch Maria inzwischen Tränen in die Augen trieb. Der Körper jener Gestalt auf dem Stuhl war vollkommen von einer ledernen Kluft verhüllt, die wie die runzelige Haut eines urtümlichen Krokodils wirkte, wie es sie am Nil gab. Maria hatte ihren Vater einmal auf eine Handelsreise nach Alexandria begleitet und dort die Tiere auf dem Markt gesehen – sowohl in ihrem furchteinflößenden lebendigen Zustand als auch zu kostbarstem Leder verarbeitet, für das man in Genua ein Vermögen zahlen musste. Bisweilen wurden diese Geschöpfe aber ebenfalls als Mumien feilgeboten. Wie auch die Mumien von Menschen, Katzen und Ibissen, die man in Ägypten vor langer Zeit mit inzwischen unbekannten Verfahren vor der Verwesung zu bewahren gewusst hatte, waren sie als Rohstoff für Heilmittel aller Art in ganz Europa beliebt, so als könne die geheimnisvolle Lebenskraft, die diesen Artefakten innewohnte, übertragen werden, indem man die Mumie zu einem Pulver zerrieb, das dann als Beimengung von Arzneien und Heiltinkturen diente. Das Haus di Lorenzo hatte sich über Jahre hinweg immer wieder am Handel mit Mumien beteiligt, wenngleich der Anteil der Familie am Handelsumsatz bei weitem nicht so bedeutend war wie der von Zucker, Seide und Seife, die man vornehmlich aus den levantinischen Küstenstädten bezog.

Damals in Alexandria hatte Maria zum ersten und einzigen Mal auch eine vollständig erhaltene menschliche Mumie zu Gesicht bekommen, deren Anblick ihr noch jahrelang in Form von Alpträumen gegenwärtig gewesen war. Der Art und Weise, wie die Gestalt vor ihr auf dem Stuhl die Arme mit Binden umwickelt hatte, erinnerte Maria unwillkürlich an jenen Anblick. Unter diesen Binden, deren Sinn sich der jungen Frau in diesem Moment einfach nicht erschließen wollte, waren immer wieder freie Flächen zu sehen, die den Blick auf das eigentümliche Leder freigaben, aus dem der ganze Anzug bestand. Das Erstaunlichste daran waren für Maria die Handschuhe, die bemerkenswert fein gearbeitet waren. Das Material schien fast hauteng anzuliegen und musste sehr dünn sein, denn die Konturen der Fingerglieder stachen deutlich hervor.

»Ihr seid Maria di Lorenzo?«, wisperte die Stimme unter der Schnabelmaske auf Venezianisch.

»Ja, die bin ich. Und Ihr müsst der berühmte Pestarzt Fausto Cagliari sein, dem selbst der Kaiser vertraut!«

»Ja, das ist wahr. Wo ist Euer Bruder?«

»Er wartet draußen vor der Tür. Es hieß, wir sollten einzeln eintreten.«

»Zieht Euch aus«, forderte Cagliaris wispernde Stimme. »Legt alle Kleidung, die Ihr am Leib tragt, ab! Ich muss Euren Körper nach den Zeichen der Krankheit untersuchen!«

»Ich trage keine Pestbeulen! Dann wäre ich in Pera geblieben und hätte den stillen Tod erwartet, so wie er meine Eltern ereilte!«

»Tut, was ich sage!«, forderte Cagliari. Seine Stimme war nur ein leises, krächzendes Flüstern und schien doch eine geradezu unheimliche Kraft in sich zu tragen. Eine Kraft, deren Einfluss man sich kaum entziehen konnte. »Es geht mir nicht nur um die Pestbeulen, deren Anfangsstadium Ihr vielleicht selbst gar nicht bemerken würdet. Es gibt noch weitere Zeichen. Und nun ziert Euch nicht länger oder sucht Euch jemand anderen, der Euch die Pestfreiheit bestätigen könnte! Jemanden, dem der Kaiser vertraut, was ja nicht ganz unwichtig ist. Schließlich sollt Ihr ja einige wesentliche Geschäfte mit dem Hof und der kaiserlichen Familie abmachen.«

Der Gedanke daran, sich vor Fausto Cagliari zu entkleiden, war ihr äußerst unangenehm. In seiner eigenartigen, ihn vollständig bedeckenden Kluft wirkte er kaum noch wie ein Mann, sondern eher wie ein der Hölle entstiegener Tiermensch. Zugleich war ihr klar, dass sie keine andere Wahl hätte. Der Kaiser hatte seine Frau durch die Pest verloren, und seitdem verfolgte ihn eine geradezu panische Furcht vor dieser Krankheit. Zugang zum Kaiserhof ohne eine Bestätigung darüber, dass man frei von Zeichen des Übels war, galt als schier undenkbar. Aber Geschäfte in Konstantinopel zu machen ohne eine gute Verbindung zum Kaiserhaus war ebenfalls nicht vorstellbar. Das Urteil eines Arztes, dem der Kaiser vertraute, war für den Fortbestand des Handelshauses überlebenswichtig, das allein durch die Erkrankung und den Tod seines Herrn bis an den Rand seiner Existenzfähigkeit gebeutelt worden war. Es kam einer besonderen Gnade des Hofs gleich, dass dieser Arzt des kaiserlichen Vertrauens die Untersuchung durchführen sollte. Maria war das sehr wohl bewusst. Es war ein Akt des Vertrauens, der von Generationen der di Lorenzos verdient worden war – angefangen mit Niccolò Andrea, der geholfen hatte, die Franken und Lateiner zu vertreiben, bis hin zu ihrem Vater. Was war dagegen ihre Scham? Wie hätte sie sich angesichts dessen zieren können – zumal sie fest entschlossen war, das Handelshaus weiterzuführen. Und dem musste sich alles andere unterordnen. So soll geschehen, was zu geschehen hat, dachte sie. Der Herr hat mich bisher beschützt, warum sollte er es nicht auch in Zukunft tun?

Maria ließ das graue Büßergewand hinabgleiten, und mehr als das trug sie ohnehin nicht mehr am Leib. Im Grunde genommen hatte sie so ein aufrichtiges Zeichen der Buße zum Herrn senden wollen, wie Pater Matteo es ihr geraten hatte. Unter all den Mitteln, deren tatsächliche Wirkung gegen die Pest höchst zweifelhaft waren, erschien es ihr noch am vielversprechendsten, sich auf diese Weise direkt an die höchste Macht selbst zu richten.

Eine Gänsehaut überzog ihren gesamten Körper, als der Arzt an sie herantrat und sie zu untersuchen begann. Maria fühlte tiefe Scham, derart den Blicken dieses Fremden ausgesetzt zu sein. Er kam ihr nahe genug, um die Farbe seiner Augen erkennen zu können: Sie waren eisgrau, und der Blick wirkte so kalt, dass ihr Schauder über den Rücken jagten. Ein Blick, der alles zu durchdringen schien und vor dem man nichts verbergen konnte. Ein Blick aber auch, dem alles Menschliche zu fehlen schien. Maria schob diesen Umstand auf die optische Wirkung der Schnabelmaske. In ihrem tiefsten Inneren ahnte sie freilich, dass es damit nichts zu tun hatte. Selbst wenn er ihren Körper mit Lüsternheit und Begierde gemustert hätte, wie sie zunächst befürchtet hatte, dann wäre darin zumindest eine Spur von Menschlichkeit zu finden gewesen. Die Art und Weise jedoch, wie diese grauen Augen sie betrachteten, war dermaßen unangenehm, dass sie keine Worte gefunden hätte, um es zu beschreiben. Die Tücher, mit denen seine Arme umwickelt waren, strömten den Duft ätherischer Öle aus, in die sie offenbar getränkt worden waren. Ein Geruch, der so stark war, dass Maria kaum noch atmen konnte und dass das Wasser aus Augen und Nase zu laufen begann. Cagliaris behandschuhte Hände tasteten unter ihre Achseln und an den Leistenbeugen. Er ging dabei ziemlich grob vor, sodass Maria beinahe schreiend zurückgewichen wäre. Doch sie beherrschte sich. So ähnlich musste es sein, wenn die nackten Menschenseelen in der Hölle von den tierhaften Dämonen gequält würden. In Genua hatte sie Gemälde gesehen, die dies in aller drastischen Deutlichkeit darstellten. »Keine Schwellungen«, murmelte Cagliaris Stimme unter seiner Schnabelmaske, und der dumpfe, fast röchelnde Laut, der dann folgte, mochte in Wahrheit ein Aufatmen sein. »Stellt Euch mehr ins Licht!«, verlangte er dann. »Hierhin!« Er deutete mit dem Zeigefinger auf eine bestimmte Position. Maria trat ein paar Schritte zur Seite, der helle Schein des Kerzenlichts erfasste sie nun noch deutlicher. Cagliari hob ihr Gewand vom Boden auf, eilte damit zum Kamin und warf es in die Flammen. Knisternd begann es zu verbrennen. Dann kehrte der Arzt zurück. Aus einer Tasche an seinem Gürtel holte er ein Vergrößerungsglas hervor und machte sich daran, nun mit diesem Hilfsmittel ihren gesamten Körper eingehend zu betrachten. Fingerbreit für Fingerbreit ging er vor, und er musste dabei den Schnabel seiner Maske stets gesenkt halten, um eine der Augenöffnungen näher an das Glas halten zu können. »Habt Ihr Stiche oder Bisse kleinster Tiere an Euch bemerkt?«, erkundigte er sich. »Von Flöhen zum Beispiel?«

»Nein, Meister Cagliari. Allerdings habe ich auch nicht sonderlich darauf geachtet, denn wie Ihr wisst, sind Flöhe überall, und man kann ihnen nicht entweichen.«

»So wie der Pestilenz«, ergänzte der Arzt, während er mit seinem akribisch ausgeführten Handwerk fortfuhr. Dass die Pest oft gerade dann auftauchte, nachdem vermehrt Ratten auf den Straßen zu sehen gewesen waren, wusste Maria natürlich. Die Nager waren daher als Boten der Krankheit berüchtigt. Boten, die das Miasma im Schlamm urplötzlich entstehen, an die Oberfläche kriechen und einem unbändigen Drang zur unaufhörlichen Wanderung folgen ließen. Aber Flöhe? Als jene unsichtbaren Insekten, von denen gemunkelt wurde, dass sie die Krankheit möglicherweise verursachten, hatte sich Maria jedenfalls anderes Ungeziefer vorgestellt.

»Ich habe keine Flohbisse bemerkt«, teilte sie ihm mit. »Allerdings gibt es so vieles winziges Getier, das sticht und zwickt.«

»Doch nur Flöhe beißen mehrfach und in einer geraden Reihe«, erklärte der Arzt.

»Verzeiht, wenn ich Euch noch einmal darauf anspreche – indes höre ich die Ansicht, dass Flöhe etwas mit der Pest zu tun hätten, zum ersten Mal. Ich dachte, diese Insekten wären unsichtbar und flögen einem in Mund und Nase, wenn man den Pesthauch einatmet.«

»Achtet stets darauf, Euch von allen Tieren und Menschen fernzuhalten, die auf Euch Flöhe übertragen könnten«, sagte Cagliari, ohne weiter auf Marias Nachfrage einzugehen. »Ich kann keine Zeichen der Krankheit an Euch erkennen und auch keine frischen Flohbisse, was nicht heißt, dass Ihr nicht vor kurzem noch solche Bisse an Eurem Körper getragen habt und dass das krankmachende Dämonengift dieser Kreaturen in Euren Leib gedrungen ist. Vierzig Tage werdet Ihr nicht sicher sein, ob Ihr die Seuche in Euch tragt. Meidet in dieser Zeit alle Kontakte, soweit dies irgend möglich ist! Auch untereinander, auch wenn es Euren Bruder betrifft – letztendlich ist es durchaus möglich, dass einer von Euch die Krankheit in sich trägt und der andere nicht.« Er drehte sich um und ging zur Seite. Dort stand ein Bottich, den Maria bisher nicht bemerkt hatte. Aus dem Behälter zog er ein großes, dünnes Tuch heraus. Es wirkte feucht und schwer. Damit kam er zurück und schlang dieses Tuch um ihren bloßen Körper. Der unfassbar scharfe Geruch, den dieses Tuch ausströmte, brannte wie Feuer in Nase und Rachen. Marias Augen begannen so stark zu tränen, dass sie kaum noch etwas sehen konnte. »Lasst dieses Tuch, solange Ihr es ertragen könnt, auf Eurer Haut. In vierzig Tagen werde ich Euch erneut untersuchen. Und wenn Ihr dann nach wie vor ohne Befund seid, kann man davon ausgehen, dass Ihr nicht von der Krankheit befallen seid!«

Maria wollte antworten, der beißende Geruch hinderte sie jedoch daran, auch nur ein einziges Wort herauszubringen.

»Jetzt soll Euer Bruder zu mir kommen!«, ordnete Cagliari zum Abschluss noch an. Er wandte sich in Richtung der Tür und rief mit überraschender Stimmgewalt: »Bringt den anderen!«

Die Tage bis zur nächsten Untersuchung durch Meister Cagliari waren für Maria und Marco dazu bestimmt, jeweils in der Abgeschiedenheit eines eigenen Zimmers zu verweilen, das man eigens für jeden von ihnen hergerichtet hatte. Eine Dienerin brachte Maria die Mahlzeiten und frische Kleidung. Die Frau kam nur bis zur Tür, legte an der Schwelle alles auf den Boden, klopfte dann an und verschwand sofort wieder.

Maria wartete, bis sie ein paar sich entfernende Schritte gehört hatte, und öffnete schließlich, um die Sachen hereinzuholen.

Bereits am zweiten Tag jedoch entdeckte sie die Dienerin an einer Ecke des Korridors, sie war dort stehen geblieben. Die junge levantinische Frau hatte blauschwarzes Haar und war sicher nicht älter als Maria selbst. Der Blick ihrer dunklen Augen senkte sich.

»Wie heißt du?«, fragte Maria. Eigentlich kannte sie jeden der zahlreichen Angestellten und die umfangreiche Dienerschaft, die im Dienst des Hauses di Lorenzo standen. Selbst viele der Tagelöhner, die nur für bestimmte Aufgaben und für die Dauer von ein paar Stunden angeheuert wurden, um Waren ins Kontor zu bringen, waren ihr zumindest dem Gesicht nach bekannt. Von vielen wusste sie auch den Namen, denn die meisten dienten dem Handelshaus schon seit langem und wurden immer wieder verpflichtet. Früher, so hatte Maria noch die Erzählungen ihres längst verstorbenen Großvaters Francesco di Lorenzo im Ohr, hätten sich Tausende von Arbeitswilligen im Hafen gedrängt und darauf gewartet, dass man ihnen für ein paar Kupfermünzen Arbeit gab. Aber diese Zeiten waren längst vorbei. Manchmal war es inzwischen schon schwierig geworden, genügend Träger zu einem bestimmten Termin zu bekommen. All diese Veränderungen hatten wohl damit zu tun, dass die wiederholte Rückkehr des Schwarzen Todes die Stadt regelrecht hatte ausbluten lassen und ihre Bevölkerung auf ein Minimum geschrumpft war. »Nenn mir deinen Namen!«, wiederholte Maria ihre Aufforderung in sehr deutlichem Griechisch, nachdem sie die junge Frau zunächst ganz selbstverständlich in ihrem Genueser Dialekt angesprochen hatte.

»Seriféa«, antwortete sie nun.

»Ich habe dich hier früher noch nie gesehen.«

»Euer Schreiber Davide hat mich angestellt. Ich bin die Tochter seines Neffen Walid und erst vor einigen Wochen nach Konstantinopel gekommen.«

»Und woher?«

»Aus einem Ort, der auf Griechisch Chrysopolis heißt. Ihr könnt ihn sehen, wenn Ihr über das Meer blickt.«

Natürlich kannte Maria Chrysopolis, es lag am asiatischen Ufer. Früher hatte es nicht nur eine Eisenkette gegeben, die den Zugang zum Kriegshafen und zum Goldenen Horn versperrte, sondern auch noch eine zweite, die sich von der innerhalb des kaiserlichen Palastbezirks gelegenen Gotensäule bis zum hölzernen Leuchtturm, dem Leanderturm, kurz vor dem asiatischen Ufer spannte – und von dort aus weiter bis nach Chrysopolis. Auf diese Weise war es in besseren Zeiten des byzantinischen Kaiserreichs möglich gewesen, die Einfahrt in den Bosporus für sämtliche Schiffe vollkommen abzusperren und damit eine der wichtigsten Handelsstraßen unpassierbar zu machen. Mittlerweile gehörte Chrysopolis zum Reich des Sultans. Er kontrollierte die Meerenge am Bosporus und an den Dardanellen. Zwar vermochten die Osmanen nicht, es den Rhomäern gleichzutun und Ketten über das Wasser zu spannen, die Zahl ihrer Kriegsschiffe war jedoch der Konstantinopels überlegen; dasselbe galt für die Anzahl der Kanonen, die in den Festungen zu beiden Seiten des Bosporus stationiert waren. Konstantinopel hatte schon lange nicht mehr die Macht, den Bosporus zu verschließen, dazu fehlte dem Kaiser in diesen Tagen schlicht und ergreifend jener wenn auch noch so kleine Landstreifen am asiatischen Ufer, auf dem Chrysopolis lag. Der Sultan hingegen hatte diese Macht jederzeit. So hatten sich die Gewichte im Laufe der Zeit verschoben.

»Darf ich gehen?«, fragte Seriféa.

»Nein, warte noch einen Augenblick.«

»Ja, Herrin.«

»Was hat dir Davide über mich und meinen Bruder berichtet?«

»Ich fürchte die Pest nicht«, sagte sie. »Sie schlägt den, den der Herr damit schlagen will. Es liegt nicht in unserer Hand. Also habe ich nichts dagegen einzuwenden, Euch die Nahrung zu bringen. Davon abgesehen bin ich verschwiegen. Alles, was ich in Ihrem Haus höre oder sehe, bleibt in seinen Mauern.«

Anscheinend hatte Davide umfassender mit seiner Großnichte Seriféa gesprochen, als es Maria im ersten Moment genehm war. Aber vielleicht war das auch gut so. Wenn sich Davide Scrittore durch eine besondere Eigenschaft auszeichnete, dann war dies neben seiner absoluten Loyalität ganz gewiss seine gute Menschenkenntnis. Und wenn er jemanden seines Vertrauens für würdig hielt, dann lag er damit normalerweise richtig. Immer wieder hatte er Marias Vater Berater und Helfer empfohlen, deren Tätigkeit sich im Nachhinein als äußerst wertvoll erwiesen hatte. Warum sollte ich ihm in dieser Sache also nicht auch trauen?, ging es Maria durch den Kopf.

»Erzähl mir etwas mehr über dich«, forderte Maria. »Dann weiß ich besser, ob und inwieweit ich dir trauen kann.«

»Meine Eltern und drei meiner Geschwister starben ebenfalls an der Pest, so wie es mit Euren Eltern geschah«, sagte Seriféa, ohne dabei den Blick zu heben. Während sie mit einer Stimme sprach, die sehr gefasst und stark klang, griff sie mit einer schnellen Bewegung nach dem messingfarbenen Kreuz, das sie an einem Lederband um den Hals trug. Offensichtlich war es die Kraft des Glaubens, die ihr angesichts dieser Schicksalsschläge die nötige Kraft verlieh, um weiterleben zu können, ohne die Hoffnung zu verlieren.

»In den Ländern des Sultans wütet diese Krankheit anscheinend genauso wie innerhalb der Mauern unserer Stadt«, stellte Maria fest.

Serifea nickte.

»Was wohl heißt, dass die Anhänger Mohammeds und die Christen Gott in gleichem Maße fernstehen müssen, denn sonst würde er sie nicht in derselben Weise geißeln!« Ein Anflug von Bitterkeit klang jetzt in ihrem Tonfall mit, obgleich sie davon in ihren Gesichtszügen nichts erkennen ließ.

»Es ist nicht so, dass ich über deine Dienste hier unglücklich wäre oder etwas daran auszusetzen hätte«, legte Maria schließlich klar. »Aber ich weiß nicht, ob du dir wirklich einen Gefallen damit getan hast, in diese Stadt zu kommen, die langsam vor sich hin stirbt.«

»Ich hatte keine Wahl – und bin sehr froh, im Haus von Davide untergekommen zu sein. Ihr müsst nämlich wissen, dass mancherorts in den Ländern des Sultans die Christen für den Ausbruch der Seuche verantwortlich gemacht werden – so, wie es heißt, dass in den Städten der christlichen Kaiser eher die Juden als Sündenböcke herhalten müssen, obgleich aller Wahrscheinlichkeit nach keine der beiden Gruppen irgendetwas mit dieser Plage zu tun hatte.«

»Nein, gewiss nicht.«

»Diese Geißel Gottes ist wie ein unsichtbarer Krieger, der seine Opfer blindwütig und anscheinend ohne Wahl erschlägt. Also sollten wir dem Herrn für jeden Tag danken, der uns bleibt.«

»Du scheinst dir viele Gedanken zu machen, Serifea. Mehr, als ich dir zugetraut hatte.«

Tage waren in Abgeschiedenheit dahingegangen. Abgesehen von Serifea suchte Davide sie fast jeden Tag auf. Es gab viele Dinge für das Handelshaus zu entscheiden, und manche waren von einer dermaßen großen Tragweite, dass Davide sich der Zustimmung der Erben sicher sein wollte. In dem letzten

Willen, den Luca di Lorenzo lange vor seinem Ableben zu Papier in Anwesenheit seiner Kinder sowie Davide Scrittores und Pater Matteos schriftlich niedergelegt hatte, war unter anderem auch festgelegt worden, dass Davide für seine langjährigen treuen Dienste einige Anteile an dem Handelshaus erbte. Anteile, die ihn zum Zünglein an der Waage machten und ihm, falls es zwischen den Erben zum Zerwürfnis käme, die ausschlaggebende Stimme gaben. Maria hatte nichts dagegen einzuwenden gehabt, da Davides Loyalität dem Haus und der Familie gegenüber außerhalb jeden Zweifels stand. Dasselbe galt überdies für seine Fähigkeiten als Geschäftsmann und Verwalter. Marco allerdings hatte an jenem Tag völlig die Fassung verloren. Diese Regelung war in seinen Augen nichts anderes als ein weiterer Beweis dafür, wie sehr sein Vater ihm und seinen Fähigkeiten letztlich misstraute und wie wenig er ihn verstand. Der heftige Streit, der danach folgte, war Maria bis zum heutigen Tag in lebhafter Erinnerung geblieben – verletzende Worte waren dabei von beiden Seiten gefallen. Worte, die sich nicht mehr zurücknehmen und ungeschehen machen ließen.

Kerzengerade saß Maria di Lorenzo vor dem aus dunklem Holz kunstvoll gedrechselten Tisch, der in ihrem Zimmer stand. Sie strich sich eine verirrte Strähne ihres kastanienbraunen Haares aus dem Gesicht, die sich irgendwie aus ihrer Frisur gestohlen hatte, nahm mit der Rechten den Stift aus Blei und trug damit sorgfältig Zahlen in die vorgezeichneten Spalten ein. Hinter jeden dieser Beträge machte sie ein Zeichen, das für die jeweilige Münze stand – denn auf den Märkten und in den Häfen am Bosporus wurde in allen Währungen der Welt gezahlt.

Das Sonnenlicht fiel in ihr feingeschnittenes Gesicht, und ihre blaugrauen Augen erinnerten an die Farbe des Meeres. Trotz ihrer zierlichen Figur wirkte sie keineswegs zerbrechlich, sondern sie strahlte eine innere Stärke aus, die wohl nur ein aufrichtiger Glaube verlieh. Die Zeit, da sie ein Büßergewand getragen hatte, war vorbei. Nichtsdestotrotz war ihre Kleidung schlicht geblieben. Schlichter, als es sonst unter den Kaufleuten Konstantinopels üblich war – besonders dann, wenn sie ihre Wurzeln in Italien hatten! Ihr erschien das in Anbetracht ihrer Trauer allerdings angemessen zu sein.

Sie hielt inne, und ein leichter Zug von Wehmut trat in ihre Züge. Durch das Fenster, das mit echtem venezianischen Glas versehen war, leuchteten die letzten Strahlen der über dem Bosporus stehenden Abendsonne und tauchten den ganzen Raum in ein warmes rotgoldenes Licht.

Das Gesicht ihres Vaters stand ihr plötzlich vor Augen, wie es so häufig geschah, wenn sie in Gedanken war, ein Gesicht, so bleich wie eine Totenmaske, die Augen von schwarzen Ringen umgeben und der Ausdruck so elend im Angesicht des sicheren Todes. So oft war der üble Hauch der Pest über Konstantinopel gekommen – mehr als zehnmal in den letzten hundert Jahren. Der schmale Meeresarm, den man das Goldene Horn nannte und der diese große und einstmals so ruhmreiche Stadt von Pera trennte, hatte Marias Eltern nicht davor bewahrt, von diesem bösen Hauch hinweggerafft zu werden, sodass sie und ihr Bruder Marco nun allein dastanden. »Du musst stark sein, Maria, und das Erbe unseres Handelshauses bewahren!«, hatte ihr Vater ihr auf dem Totenbett gesagt. »Wir schaffen Reichtum nicht um seiner selbst willen, sondern um Gutes damit zu bewirken und das Leben künftiger Träger unseres Namens zu sichern …«

Wahrscheinlich war mein Vater der Einzige, der diesem Gedanken in aller Ernsthaftigkeit folgte!, dachte Maria nicht zum ersten Mal.

Es klopfte an der Tür.

»Herein!«, bat Maria.

Davide Scrittore betrat im nächsten Moment den Raum. Eigentlich hätte er sich von ihr fernhalten müssen, doch die Geschäfte waren ihm wichtiger als das Verbot des Pestarztes. Er sah mit einem Blick, womit sie sich gerade beschäftigte, und nickte zufrieden. »Wie ich sehe, widmet Ihr Euch den Dingen, die für unser Geschäft wichtig sind.«

»Ich bemühe mich darum, schnell zu lernen«, antwortete Maria. »Habt Ihr Neuigkeiten aus Pera?«

»Nach allem, was ich gehört habe, wütet die Seuche dort nicht mehr ganz so heftig. Jedoch gibt es inzwischen gerüchteweise sogar ein paar Pestleichen im Konstantin-Hafen. Es sollen aragonesische Seeleute gewesen sein!«

»Wer weiß, was davon wahr ist!«, meinte Maria. »Ihr wisst, wie wenig beliebt die Männer aus Aragon sind! Vielleicht hat man ihnen die Pest bloß an den Hals gewünscht.« Seit Jahren schon versuchte König Alfonso von Aragon in Konstantinopel Einfluss zu gewinnen und konkurrierte darin mit den Venezianern und Genuesern. Manche spotteten, der Kaiser hätte langfristig nur die Wahl, sich dem muslimischen Sultan oder dem katholischen König von Aragon zu ergeben. Gerade in den Reihen der orthodoxen Kirche gab es nicht wenige, die es vorgezogen hätten, sich den Muslimen zu ergeben, anstatt sich den Katholiken unterzuordnen – ganz gleich, ob diese nun aus Italien, Spanien oder von irgendwo sonst stammten.

»Eigentlich müsste Euer Bruder an dieser Unterredung teilnehmen«, erklärte Davide. »Es geht nämlich um außerordentlich wichtige Entscheidungen.«

»Entscheidungen?«

»Es gibt Schwierigkeiten mit einigen unserer Schiffe. Wie Ihr wisst, hatte Euer Vater über einen Mittelsmann aus Chrysopolis dafür gesorgt, dass unsere Schiffe nicht von türkischen Kanonen beschossen werden, wenn sie das Marmarameer verlassen. Der Mann, der diese Art Geschäfte für uns abwickelt, heißt Andreas Lakonidas. Ich hatte Euren Vater stets vor ihm gewarnt, denn ich halte ihn für einen der größten Halsabschneider rund um den Eutherios-Hafen.«

»Welcher Art sind die Probleme, die es mit ihm gibt?«, fragte Maria.

»Er will mit einem Mal die doppelte Summe haben. Dagegen habe ich nicht den Eindruck, dass er seine Aufgabe besonders zuverlässig erfüllt und seine Kontakte zu den Türken wirklich so gut sind, wie er behauptet …«

Maria wusste, worauf Davide damit anspielte. Vor kurzem erst war ein dringend erwartetes Schiff aus dem an der Schwarzmeerküste gelegenen christlichen Kaiserreich Trapezunt bei seiner Durchfahrt durch den Bosporus schwer beschossen worden. Nur mit Mühe hatte es schließlich noch den Hafen von Konstantinopel erreichen können. Der Kapitän war ein Genueser, die Mannschaft hatte hingegen vorwiegend aus angeheuerten Dalmatiern, Ungarn und Serben bestanden. Das Schiff war mehrfach getroffen worden, und fast ein Drittel der Besatzung war umgekommen. Davon abgesehen hatte man auch einen Großteil der Ladung verloren. Stoffballen waren ruiniert worden, und Fässer mit Wein oder Seife mussten vorsorglich über Bord geworfen werden, damit das Schiff leichter wurde und weniger Tiefgang hatte. Einige der durch die Kanonentreffer geschlagenen Löcher waren nämlich dermaßen dicht an der Wasserlinie, dass bei voller Beladung unweigerlich genügend Wasser eingedrungen wäre, um das Schiff zum Kentern zu bringen. Auch ohne den Verlust des Schiffes waren das demnach herbe Einbußen für das Haus di Lorenzo. Das sorgenvolle Gesicht ihres Vaters, als er die Nachricht von den Geschehnissen erhalten hatte, war Maria noch lebhaft im Gedächtnis.

»Haben wir eine Alternative zu diesem Andreas Lakonidas?«, wollte Maria wissen.

»Genau das ist das Problem. Ich fürchte, wir werden in Ermangelung anderer Optionen auf eine Zusammenarbeit mit ihm angewiesen sein, auch wenn seine Leute offenbar nicht in der Lage sind, Schiffen, die in unserem Auftrag unterwegs sind, auch tatsächlich eine reibungslose Fahrt durch die von den Türken beherrschten Gewässer zu gewährleisten.«

»Ist es nicht möglich, diesen Andreas Lakonidas als Mittelsmann zu umgehen und selbst mit Männern in Verbindung zu kommen, die Einfluss auf die Kanoniere des Sultans haben?«, fragte Maria stirnrunzelnd. Das erschien ihr das Naheliegendste zu sein.

Davide lächelte mild. »Das versuchte ich Eurem Vater seit längerer Zeit schon anzuraten. Gleichwohl ist das nicht ganz so einfach, wie Ihr Euch das vielleicht vorstellen mögt. Zudem ist es sehr risikoreich, wie ich zugeben muss.«

»Inwiefern?«

»Angenommen, jemand erführe von einer solchen Verbindung, dann wäre es jederzeit möglich, Euch und alle, die davon wüssten, des Verrats zu bezichtigen.«

Maria zuckte mit den Schultern. »Kann denn irgendjemand wirklich glauben, dass auch nur einer unter denjenigen, die in Konstantinopel überhaupt noch Fernhandel betreiben, dies tun kann, ohne sich auf irgendeine Weise mit den Türken zu arrangieren?«

»Nein, natürlich nicht. Das tun alle, wenngleich niemand darüber spricht. Aber wie gesagt, wenn wir Lakonidas übergehen, dann erhöhen wir das Risiko, dass ein direkter Kontakt zu den Türken eventuell gegen uns verwendet würde. Euch wird doch auch bekannt sein, wie die Hofintrigen entstehen und wie sich hinter den erhabenen Mauern des Kaiserpalastes die unterschiedlichsten Gruppen bis auf das Messer bekriegen und vor nichts zurückschrecken.«

»Soweit mir bekannt ist, sind unsere Beziehungen zum Hof doch ausgesprochen gut«, erwiderte Maria. »Schließlich stammen wir von Niccolò Andrea di Lorenzo ab, dem das Imperium einiges schuldet!«

Imperium – dieses Wort kam Maria in diesem Zusammenhang fast wie Hohn vor. Die Grenzen dieses Staates, der sich nach wie vor als solches sah und bezeichnete, waren mittlerweile nahezu mit den Mauern seiner Hauptstadt identisch.

»Nur, weil Euer Urahn geholfen hat, die Lateiner zu verjagen, solltet Ihr Euch der Loyalität des Kaiserhauses nicht auf Dauer zu sicher sein«, warnte Davide. »Das Haus di Lorenzo hat Konkurrenten, die ebenso gut auf den Saiten jener Laute zu spielen wissen, die man Hofdiplomatie nennt und die in Konstantinopel wichtiger ist als alles andere, um Erfolg zu haben.«

»Und was schlagt Ihr vor?«

»Zunächst werden wir die Bedingungen von Andreas Lakonidas akzeptieren müssen. Doch auf lange Sicht wird uns keine andere Möglichkeit bleiben, als das Risiko einzugehen und selbst nach zuverlässigen Verbindungen zu den Türken zu suchen. Aber gnade uns Gott, wenn davon jemand erfährt, für den dieses Wissen nicht bestimmt ist!«

Maria nickte. »Was ist mit Marco?«

»Ja, da ist auch etwas, was mir Sorgen bereitet. Wie ich schon erwähnte, hätte er an diesem Gespräch eigentlich teilnehmen sollen, wobei ich mir inzwischen gar nicht mehr sicher bin, ob es nicht besser so ist …«

»Was meint Ihr damit?«

»Marco ist nicht in seinem Zimmer. Seriféa will gestern noch Schritte in seinem Zimmer gehört haben, also gehe ich davon aus, dass er zu diesem Zeitpunkt noch dort war.«

»Wo ist er hin?«, erkundigte sich Maria.

»Ich hatte gehofft, dass Ihr mir das sagen könntet, Maria. Er ist Euer Bruder, und wie ich weiß, steht Ihr ihm so nahe wie sonst wohl kaum jemand anderes.«

Maria schluckte. »Ich weiß nicht, wo Ihr ihn suchen solltet«, meinte sie, während ihr schlagartig bewusst wurde, dass sie ihren Bruder mutmaßlich doch weniger gut kannte, als sie es bisher geglaubt hatte.

Zwei Tage später tauchte Marco wieder auf. Er trug ein ungewöhnlich schmutziges Lederwams, und auch das Hemd darunter war besudelt. Maria stellte ihn zur Rede. Er sah sie nur an und schwieg.

»Rede mit mir! Wie kannst du einfach verschwinden, ohne zu sagen, wohin und aus welchem Grund? Davide und ich haben uns Sorgen gemacht. Und davon abgesehen wissen wir nicht, ob wir nicht doch die Krankheit in uns tragen und …«

»… falls das der Fall sein sollte, so sind wir doch nur Werkzeuge in den Händen Gottes oder Satans, wenn wir den Tod in die Stadt tragen. Aber du kannst beruhigt sein – dort ist er bereits. Auch wenn noch nicht viele davon wissen, in den Gassen am Eutherios-Hafen munkelt man davon.«

»Marco!«, stieß Maria befremdet hervor. Er sah sie wieder mit diesen glasigen Augen an. »Was redest du?«

»So ist es doch! Nicht einmal ein frommer Mann wie unser Pater Matteo da Creto kann sicher sein, ob er nicht in Wahrheit dem Satan dient, obgleich er sicherlich das Gegenteil beabsichtigt!«

Marias Blick blieb stirnrunzelnd an der besudelten Kleidung haften. »Das – das sieht aus wie … Blut!«, stellte sie fest. »Was ist geschehen?«

»Nichts, worüber ich mit dir sprechen könnte, Schwester«, murmelte er und ließ sie damit einfach stehen.

Die Tage gingen dahin, und wie sehr sich Maria auch darum bemühte, etwas mehr darüber herauszufinden, wo Marco gewesen und was in jener Nacht mit ihm geschehen war, nach der er mit blutbeschmierter Kleidung zurückgekehrt war – er schwieg darüber. Die Fragen, die die Zukunft des Handelshauses betrafen, schienen ihn nicht zu interessieren.

Als sie ihn wieder einmal in seinem Zimmer aufsuchte, saß er in sich versunken auf dem Bett und las in einem kleinen Buch. Er wirkte sehr angestrengt. Marco hatte in der Vergangenheit immer wieder ganze Tage in den Bibliotheken Konstantinopels verbracht und manchmal auf einem der Märkte Abschriften von Büchern erworben. Sein Griechisch war perfekt, sein Latein ebenfalls, und er konnte sogar genug Arabisch und Persisch, um auch Bücher lesen zu können, die in diesen Sprachen verfasst worden waren. Maria hatte das stets bewundert, denn obschon man in einer Stadt wie Konstantinopel darauf angewiesen war, sich in mehreren Zungen zu verständigen, war Marco ihr in dieser Hinsicht immer voraus gewesen.

»Marco«, brachte sie vorsichtig seinen Namen über die Lippen. Dreimal schon hatte sie ihn angesprochen, ohne dass er sie beachtet hatte. Zu sehr schien er in die Lektüre des in Leder gebundenen Buches vertieft zu sein. Ein Ruck ging nun durch seinen Körper, bevor er aufschaute. Er bedachte sie mit einem sehr eigenartigen Blick. Seine zunächst weit aufgerissenen Augen verengten sich plötzlich und bekamen einen quälend intensiven Ausdruck. Er klappte das Buch zu. »Du solltest diese Verse lesen!«, sagte er. »Sie geben Kraft und Halt!«

»Was ist es denn, was du da liest? Allem Anschein nach fesseln dich diese Zeilen ja ganz außerordentlich! Sind es Psalmen aus unserer Heiligen Schrift?«

Marco schüttelte energisch den Kopf. »Da preist man eine Schrift als heilig, und es wird dadurch nur umso offenbarer, dass alle anderen Schriften von nun an unheilig sind«, empörte er sich ziemlich düster, jedoch mit einer Entschlossenheit, die ihresgleichen suchte. »Alles kann sich im Handumdrehen ändern, werte Schwester. Dinge verkehren sich in ihr Gegenteil. Stärke verwandelt sich in Schwäche, Gutes in Böses, Wasser in Blut und Gott in den leibhaftigen Satan.«

»Marco, du redest wirr!«

Er stand auf, kam auf Maria zu und reichte ihr das Buch. »Das alles steht hier drin.«

»Was ist das?«

»Eine Abschrift des Buches der Cherubim. Ich habe sie selbst angefertigt. Sie ist nicht vollständig, aber leider gibt es dieses Buch nur in wenigen Exemplaren, und kaum eines ist wirklich lückenlos erhalten geblieben. Darin heißt es zum Beispiel, dass man selbst zum Satan werden müsse, um ihn zu besiegen. Ein interessanter Gedanke, nicht wahr?«

»Das ist gewiss eine Ketzerschrift!«, stellte Maria stirnrunzelnd fest. Sie öffnete das Buch und sah die wohlgeordneten Reihen griechischer Buchstaben.

»Was heißt schon Ketzerei, Maria? Es waren Konzilien, die bestimmt haben, welche Texte zum heiligen Kanon gezählt werden und welche nicht. Es sind Menschen, die bestimmen, welche Gedanken wahr sein dürfen und welche nicht! Nicht Gott – denn zum Herrn selbst hat offenbar sowohl unsere als auch die östliche Kirche schon längst jegliche Verbindung verloren. Es geht darum, die Macht von wenigen zu erhalten – nicht um die Wahrheit. Und diejenigen, die ihr bis auf den Grund gehen wollen, werden dann allzu leicht als Ketzer bezeichnet. Wenn du es so sehen willst, dann bin ich ein Ketzer.« Er lachte auf.

Maria gab Marco das Buch unverzüglich zurück. Sie hatte das Gefühl, es nicht länger als unbedingt notwendig in ihren Händen halten zu dürfen, so als würde sie sonst selbst Gefahr laufen, in den eigentümlichen Bann zu geraten, den es unverkennbar auf ihren Bruder ausübte.

»Wo warst du?«, fragte sie ihn noch eindringlicher als zuvor.

Doch Marco schüttelte nur wieder den Kopf. »Das kann ich dir nicht sagen«, erklärte er. »Ich darf es nicht.«

»Warum nicht?«

»Um dich nicht in Gefahr zu bringen.«

»Von was für einer Gefahr sprichst du?«

»Jedes weitere Wort ist zu viel, Maria. Sei unbesorgt, ich habe die Pest nicht, so wie du auch nicht. Noch nicht. Sonst würden wir die Symptome der Krankheit längst an unserem Körper spüren, und dieser Quacksalber des Kaisers hat schließlich keine Zeichen an unseren Körpern entdeckt. Also kannst du unbesorgt sein, ich habe das Übel nicht in die Stadt getragen und nirgendwo Argwohn geweckt.«

»Marco, Davide und ich brauchen deine Hilfe!«

»Meine Hilfe? Maria, niemand hat je meine Hilfe gebraucht. Du solltest voll und ganz auf Davide vertrauen, das hat unser Vater auch getan. Und wenn auch ansonsten mehr Entzweiendes als Gemeinsames zwischen uns geherrscht haben mag, so wäre ich mit ihm in diesem Punkt ganz gewiss einer Meinung!«

Maria spürte in diesem Moment so deutlich wie selten zuvor, dass es ihr offensichtlich nicht mehr möglich war, ihren Bruder innerlich zu erreichen. Die ketzerischen Lehren dieses sogenannten Buches der Cherubim schienen ihm auf irgendeine, für die junge Frau kaum nachvollziehbare Art und Weise innere Kraft zu geben. Kraft, um den Schrecken zu verwinden, der hinter ihnen lag und sie beide gewiss noch lange in ihren Alpträumen verfolgen würde; Kraft, die Maria nicht mehr hatte. Unter anderen Umständen hätte sie vielleicht versucht, ihm diese ketzerischen Gedanken mit aller Macht auszureden, obgleich sie wusste, wie schwierig das hätte werden können. Derzeit brauchte sie einfach alle Kraft, die sie noch besaß, für sich selbst, um nicht völlig zu verzweifeln.

Eines Nachts kam Fausto Cagliari zum zweiten Mal zum Kontor des Hauses di Lorenzo, um die Körper der beiden überlebenden Erben zu untersuchen. Wieder hatte man einen Raum so herrichten lassen, wie es Meister Cagliari wünschte. Die Scham, die Maria diesmal empfand, war nicht geringer als bei der ersten Untersuchung. Dennoch ließ sie es über sich ergehen. Das Urteil dieses Arztes bedeutete zumindest gegenwärtig ein wenig Gewissheit – sofern es diese im Zusammenhang mit der Pest überhaupt geben konnte. Schließlich konnte selbst dann, wenn festgestellt würde, dass sie völlig frei von den Zeichen dieser Krankheit war, niemand ausschließen, dass sie nicht schon am Tag darauf das üble Miasma einatmete, woraufhin sie dann dem Verderben anheimgegeben wäre.

Cagliari verrichtete seine Untersuchung wortlos und mit schmerzhafter Rohheit. Bei der ersten Untersuchung war er derart grob gewesen, dass sich an einigen Stellen ihres Körpers blaue Flecken gebildet hatten, von denen sie erst befürchtet hatte, sie könnten frühe Stadien der Pestbeulen sein.

»Zieht Euch wieder an«, murmelte der maskierte Arzt hinter seiner Schnabelmaske.

»Diesmal ist es nicht nötig, die Kleider zu verbrennen?«, fragte Maria.

»Nein. Ihr seid frei von allen Zeichen der Pestilenz.«

»So sei dem Herrn Dank dafür!«

Maria streifte sich ihre Kleider rasch wieder über. Der Arzt hatte sich bereits abgewandt. Im flackernden Licht der Kerzen und Öllampen schien er kaum etwas Menschliches an sich zu haben, sondern wirkte wie ein groteskes dämonisches Mischwesen aus Vogel und Mensch.

»Meister Cagliari«, sprach Maria dann den Arzt mit fester Stimme an.

Cagliari wandte den Kopf. »Ich habe meinen Dienst an Euch verrichtet. So werdet Ihr Zugang zum Hof bekommen, was für Euch ja wohl von großer Bedeutung sein wird, wenn Ihr das Wohlwollen und die Privilegien des Kaiserhauses behalten wollt. Alles andere soll mir gleichgültig sein. Schickt also Euren Bruder zu mir – und ich will hoffen, über ihn dasselbe sagen zu können wie über Euch!«

»Ich würde gerne Euer Gesicht sehen, Meister Cagliari – nun, da Ihr bereits zum zweiten Mal alles gesehen habt, was an mir verborgen war!«

Maria sprach mit sehr klarer Stimme, von der eine Stärke ausging, die sie selbst am meisten überraschte. Sie hatte einfach das Gefühl, unbedingt sehen zu müssen, was für ein Gesicht unter dieser Maske verborgen war und zu wem diese unsagbar kalten grauen Augen gehörten, deren Blick sie auf so unangenehme Weise gemustert hatte.

Cagliari drehte sich halb um. Der Lichterschein ließ den eigentümlichen Anzug, den er trug, jetzt erst recht wie die Haut eines Reptils erscheinen. Die Augenlöcher in der Schnabelmaske lagen im Schatten. »Seid glücklich, wenn Ihr mein Antlitz niemals zu Gesicht bekommt!«, wisperte er auf eine Weise, die keinen Widerspruch duldete.

Ein kalter Schauder überlief Maria.

Drittes Kapitel

Ein Kaufmannssohn aus Lübeck

Lübeck, 1448

Wolfhart Brookinger durchschritt das Stadttor von Lübeck, jener Stadt, die man insgeheim auch als Hauptstadt der Hanse bezeichnete. Das geschäftige Treiben an den Wechselbänken erweckte heimatliche Gefühle und Erinnerungen. Fünfundzwanzig Jahre war Wolfhart Brookinger nun – und es war lange her, dass er zum letzten Mal den Fuß in diese Stadt gesetzt hatte.

Aufgebrochen war er einst zu Pferde und in edlen Kleidern, wie sie für einen Kaufmannssohn aus einer Familie angemessen waren, die in der wechselvollen lübischen Geschichte schon dreimal den Ältermann der Bergenfahrer gestellt hatte, einer der einflussreichsten Bruderschaften von Fernhandelskaufleuten.

Jetzt kehrte er zu Fuß und in einfachen Gewändern zurück. Das sackartige, gegürtete und knielange Wams, das er über Hosen aus fleckigem Leder trug, war mehrfach geflickt. Der grobe dunkle Stoff erinnerte an die Kutten von Mönchen. Am Gürtel hing ein Langmesser, kein Seitschwert, das früher dem Ritterstande vorbehalten gewesen war, sich inzwischen aber auch unter der patrizischen Kaufmannschaft der Städte immer größerer Beliebtheit erfreute, wenngleich dort kaum einer damit wirklich zu kämpfen wusste. Das Langmesser war eigentlich für jemanden wie Wolfhart nicht standesgemäß. Eine Bauernwaffe, die sich von einem richtigen Schwert vor allem dadurch unterschied, dass die Klinge nur eine Schneide haben durfte. Zweischneidige Waffen waren – gleichgültig in welcher Länge – den höheren Ständen vorbehalten. Das einzige etwas edlere Kleidungsstück, das Wolfhart Brookinger trug, war die Lederkappe auf seinem Kopf. Zwar fehlte ihr jeglicher Federschmuck, und davon abgesehen zeigte sie auch Spuren starker Beanspruchung, aber immerhin war sie von gediegener Verarbeitung. Ergiebige Regengüsse hatten an ihr allerdings ebenso ihre Spuren in Form dunkler Flecken hinterlassen wie die bleichende Kraft der Sonne. Doch jeder, der diese Mütze aus der Nähe betrachtete und nur ein wenig davon verstand, konnte ihr die gute Verarbeitung und das hochwertige Material ansehen. Wer noch genauer hinsah, bemerkte vielleicht sogar ein eingearbeitetes, verschnörkeltes *B* – das weit über Lübeck hinaus bekannte Zeichen der Familie Brookinger. Allein diese Mütze brachte Wolfhart aus der Fremde wieder zurück in die Stadt seine Vorväter. Von allem anderen hatte er sich nach und nach getrennt, um es zu Geld zu machen, bei dieser Mütze hatte er das einfach nicht übers Herz gebracht. Überdies war sie irgendwann ohnehin nicht mehr in einem Zustand, der es möglich erscheinen ließ, mit dieser Mütze mehr als nur ein paar Kupfermünzen zu erzielen.

Wolfhart drängte sich durch das Getümmel auf den Straßen. Marktschreier boten Stockfisch feil – getrockneten Kabeljau, der von den Bergenfahrern in die lübischen Häfen gebracht und entladen wurde. Von Lübeck aus fand dieser lange haltbare Fisch seinen Weg bis nach Italien, wo gerade in der Fastenzeit vor Ostern immer ein großer Bedarf daran herrschte. Mit Stockfisch hatte auch das Handelshaus Brookinger stets den größten Teil seiner Einnahmen verdient. Das Geschäft mit diesem lange haltbaren, fast unverderblichen Nahrungsmittel war so sicher wie sonst kaum ein anderes Gewerbe. Auf jeder etwas längeren Seereise war Stockfisch für die Verpflegung sowieso unverzichtbar. Gaukler führten ihre Kunststücke vor. Ein Kutscher verlangte lautstark, dass man Platz für ihn machte. In all dem Trubel sichtete Wolfhart plötzlich Jan-Jacob Lodarsen, ein Mitglied der ehrenwerten Bruderschaft der Rigafahrer. Wolfhart war Lodarsen ehedem oft im elterlichen Haus begegnet. Er kannte den Mann mit dem zeitig erblichenen Haar und dem gelblichen Spitzbart seit frühester Kindheit. Lodarsens Blick blieb eine Weile an Wolfhart haften, wobei sich eine tiefe Falte auf der Stirn des Rigafahrers bildete. Es sah fast so aus, als würde er darüber nachdenken müssen, ob er den jungen Mann in abgerissener Kleidung nicht irgendwoher kannte. So stark hatte sich Wolfhart Brookinger doch nicht verändert! Zumindest dachte Wolfhart das. Lodarsen griff zu seiner Nürnberger Brille und hielt sich die beiden durch einen Metallbügel miteinander verbundenen geschliffenen Gläser vor die Augen. Die Brille hatte dazu eigens einen recht stabilen Griff an der Seite.

Alsbald verdeckte ein hoher, völlig mit Stoffballen überladener Wagen die Sicht des Rigafahrers, und Wolfhart nutzte die Gelegenheit und machte ein paar schnelle Schritte, um für Lodarsen zunächst hinter dem Wagen verborgen zu bleiben. An der nächsten Straßenecke blieb Wolfhart noch einmal stehen und spähte vorsichtig zurück.

Jan-Jacob Lodarsen stand noch immer da, ließ suchend den Blick schweifen und wirkte zunehmend verwirrt.

Vielleicht war es wirklich besser, dass er den jungen Kaufmannssohn nicht erkannt hatte. Schließlich kam Wolfhart, der Sohn des angesehenen Ältermanns Adam Brookinger, in einem schäbigen Gewand in die Stadt seiner Väter zurück, zerrissen und zerlumpt wie ein verlorener Sohn, der mit viel Geld gegangen und als geflohener Schweinehirt zurückgekehrt war.

Aber diesen Gedanken verscheuchte er sofort wieder. War all das nicht irdischer Tand, auf den es gar nicht ankam? Wie bedeutungslos mutete jedweder Besitz an, den ein Mensch in seinem Leben anhäufen konnte, im Angesicht des tausendfachen Todes und des unsäglichen Leides, das man überall beobachten konnte. Gott schien prüfen zu wollen, wie viel die menschliche Seele ertragen konnte! Wie anders war es zu erklären, dass er die Länder der Christenheit in den letzten hundert Jahren so oft mit dem Schwarzen Tod geschlagen hatte? Alle zehn bis fünfzehn Jahre kehrte der über die Häfen zurück, und so hatte es auch in Lübeck nicht eine Generation gegeben, die nicht mehrfach Berührung mit dieser Geißel gehabt und das unerklärliche Sterben miterlebt hatte. Nicht immer schlug diese Plage mit der gleichen tödlichen Wucht zu. Manchmal war ein Ausbruch auch schon nach kurzer Zeit vorbei und verebbte bei ihrem Vormarsch zu Lande – sicher auch deshalb, weil es mittlerweile weite unbesiedelte Gebiete gab, in denen niemand mehr lebte, den die Seuche hätte treffen können.

Zweimal hatte Wolfhart erlebt, wie die Seuche in Lübeck gewütet hatte. Beim ersten Mal war er noch ein Kind gewesen und hatte mitansehen müssen, wie zwei ältere Brüder und eine Schwester blutspuckend und von schrecklichen Krämpfen geschüttelt der Seuche erlegen waren. Es hatte so viele Tote gegeben, dass sie tagelang in den Straßen liegen blieben – zusammen mit den Kadavern der Ratten, die das üble Miasma offenbar aus der tiefen Erde trieb, bevor sie ebenso elendig wie die Menschen an der Krankheit zu Grunde gingen. Selbst Hunde und Katzen waren vor dem Übel nicht sicher, und man fand diese treuen Hausbewacher dann am Morgen in ihrem eigenen blutigen Auswurf liegen – oft in irgendeinem verborgenen Winkel, in den sie sich zum Sterben zurückgezogen hatten. Diese Erinnerungen hatten Wolfhart niemals aus ihrem eisigen Schreckensgriff gelassen. Niemand war vor diesem unsichtbaren, blindwütigen Ungeheuer sicher, das die Reichen genauso in ihren reich ausgestatteten Patrizierhäusern tötete wie die armen Bettler und Tagelöhner, die sich täglich am Hafen verdingen mussten. Alte und Junge, Fromme und Heuchler, Barmherzige und Grausame – sie alle raffte der dunkle Schatten dahin. Weder die hohen Mauern von Patrizierhäusern und Fürstenpalästen noch die inbrünstige Buße der sich selbst geißelnden Flagellanten konnten Schutz vor dem Unheil bieten. Den Gedanken, diesem Schrecken vollkommen machtlos ausgeliefert zu sein, hatte Wolfhart schon als Kind kaum ertragen können.

Als die Pest zum zweiten Mal zu Wolfharts Lebzeiten Lübeck erreichte, war er bereits ein junger Mann von siebzehn Jahren gewesen, der die örtliche Lateinschule besucht und dort vor allem in Arithmetik, im Lesen und Schreiben und in den Sprachen ausgebildet worden war. Das waren jene Fähigkeiten und Fertigkeiten, die ein zukünftiger lübischer Fernhandelskaufmann nach Ansicht der Familie haben sollte. Die Wissbegier hatte ihn erfasst, und seine Lehrer hatten ihn als begabt angesehen. Wolfhart hatte von den Magistern seiner Schule von den Universitäten in Erfurt, Köln, Heidelberg und Prag gehört, an denen sich die gelehrtesten Köpfe der Zeit trafen, um nach Erkenntnissen zu suchen und sie auszutauschen. Männer, die lateinische und griechische Grammatik lehrten und die die alten Schriften zu deuten wussten wie niemand sonst; Theologen, die dem Willen Gottes und dem verborgenen Sinn heiliger Schriften auf der Spur waren, Arithmetiker, die den Zahlen den Zauber ihrer inneren Gesetze und Eigenschaften zu entlocken versuchten, und Rechtsgelehrte, die die Grundlagen des römischen Rechts ebenso kannten wie das lübische Stadtrecht, das von Antwerpen bis Riga galt. Es war nicht leicht gewesen, Adam Brookinger, den traditionsbewussten Patrizier, davon zu überzeugen, dass sein Sohn Wolfhart für mehrere Jahre in eine ferne Stadt geschickt werden sollte, um sich einem Studium zu widmen. Aber er hatte wohl gespürt, wie drängend dieser Wunsch bei Wolfhart gewesen war. Drängender als irgendetwas anderes, was ihn bewegte. Folglich hatte Adam Brookinger nachgegeben – unter der Voraussetzung, dass Wolfhart sich dem Studium der Rechtskunde widmete.

»Es steht einem Kaufmann gewiss gut an, die Grundlagen des Rechts zu kennen und seinen Vorteil daraus zu ziehen!«, so hatte Wolfhart die Worte seines Vaters noch im Ohr. »Und die paar Jahre werde ich schon auf dich verzichten können. Sie werden dich reicher an Erfahrung machen und dich zu einem noch besseren Kaufmann werden lassen.«

Jetzt war Wolfhart zurück – mit einer Verspätung von fast fünf Jahren. Ein verlorener Sohn, der nur gekommen war, um sich auf eine noch weitere Reise zu begeben. Eine Reise, die vielleicht keine Wiederkehr kannte …

Wolfhart Brookinger erreichte das dreistöckige Haus seiner Familie. Die gezackten Giebel reckten sich stolz empor. Der Anblick war ihm so vertraut wie jener des Domes, dessen Türme sich ganz in der Nähe erhoben und beim gegenwärtigen Sonnenstand ihren übermächtigen Schatten genau auf das Brookinger-Haus warfen.

Wolfhart atmete tief durch. Der Bart war während seiner Reise von Erfurt nach Lübeck stark gewachsen, denn er hatte keine Kupfermünze für den Bader ausgeben wollen. Bei seinem Aufbruch war sein Bartwuchs nicht mehr als ein dünner Flaum gewesen, der kaum hatte erahnen lassen, wie sein Bart einst aussehen würde. Von dem Geld, das ihm sein Vater seinerzeit mitgegeben hatte, war ohnehin nichts mehr übrig. Das wenige, was er zurzeit besaß, stammte einerseits aus dem Verkauf seiner letzten Habseligkeiten und andererseits von seiner Verdingung als Schreiber sowie seiner Beteiligung am Kurrende-Gesang, wie er bei den Studenten Erfurts üblich war. So singen zu lernen, dass man dafür auch tatsächlich ein paar Münzen in die ausgelegte Lederkappe legte und nicht mit faulen Eiern oder schlecht gewordenem Obst nach ihm warf, hatte ihn viel Mühe gekostet; eine wirkliche Begabung hatte er auf diesem Gebiet an sich selbst wohl auch nicht feststellen können.

Immerhin hatte diese Tätigkeit dazu beigetragen, ihm die Fortsetzung seiner Studien weit über den vom Vater eigentlich festgesetzten Zeitpunkt hinaus zu ermöglichen.

Wolfhart zögerte, ehe er die Straße überquerte, um auf das Hauptportal des Brookinger'schen Hauses zuzugehen und mutig dessen Stufen zu betreten.

Ein vierspänniger Planwagen, der bis unter das stockfleckige Leinentuch mit Stoffballen beladen war, rumpelte an ihm vorbei und gab Wolfhart einen Vorwand, die wenigen, entscheidenden Schritte noch nicht sofort gehen zu müssen. Das Herz schlug ihm bis zum Hals, während er sich mit einer Reihe unruhiger Gesten den Staub von den Kleidern schlug.

Damals, als er die Stadt verlassen hatte, war der Schwarze Tod umgegangen. Ein Bediensteter seines Vaters hatte Wolfhart auf dem Weg nach Erfurt begleitet. Wolfhart erinnerte sich noch lebhaft daran, sich im Sattel umgedreht und auf die Rauchsäulen der Pestfeuer gestarrt zu haben, die sich dunklen, übermächtigen Schatten gleich über die Stadt erhoben hatten. Die Erinnerung an dieses zweite Auftreten des Schwarzen Todes in Lübeck zu Wolfharts Lebzeiten lastete noch viel schwerer auf seiner Seele als die furchtbaren Erlebnisse, die er in seiner früheren Kindheit mit dem Dämon dieser Krankheit gehabt hatte. Das lag in erster Linie daran, dass er sich insgeheim bis heute schämte, Lübeck und alle, die ihm lieb und teuer gewesen waren, genau in jenem Moment verlassen zu haben, in dem sie von dieser übermächtigen und völlig unkalkulierbaren Gefahr bedroht wurden.

Gleichzeitig war aber auch das Gefühl einer großen Erleichterung darüber in ihm gewesen, diesen Ort hinter sich lassen zu können und so nicht das bösartige Miasma einzuatmen, das jetzt allüberall aus dem Boden hervorquoll und den Pestdämon verbreitete.

Womöglich war es tatsächlich so, dass der Herr diese Geißel auf die geschundenen Körper der Menschen herniederzucken ließ, um ihren Widerstandsgeist zu wecken. An eine solche Prüfung schienen die wenigsten zu denken, die davon überzeugt waren, dass der Herr diese Plage nur deswegen geschickt hätte, um sich erweisen zu lassen, ob ihr Glaube stark genug war.

Man musste unbedingt etwas tun gegen diese schreckliche Krankheit – und vor allem durfte man die von ihr Geschlagenen nicht einfach sich selbst überlassen. Jedenfalls konnte sich Wolfhart nicht vorstellen, dass es der Herr so bestimmt haben sollte, dass man die Hände in den Schoß legte und geduldig sein Ende erwartete. Es musste doch irgendein Mittel gegen diese Seuche geben!, hatte er damals gedacht, und dieser Gedanke ließ ihn bis heute nicht los. Es mochte ja sein, dass Gott es war, der dieses Unheil zur Erde gesandt hatte – gleichwohl sprach auch einiges dafür, dass dieser Dämon ganz und gar den Gesetzen der Natur folgte, sobald er einmal auf der Erde freigesetzt worden war. Diese Gesetze zu erfassen war vielleicht der erste Schritt, um das Leid endlich bekämpfen zu können, das der Schwarze Tod verursachte.

Wolfhart Brookinger atmete tief durch, bevor er nun geradewegs auf jenes Haus zuging, in dessen zweitem Geschoss das Zimmer lag, in dem seine Mutter ihn einst mit der Hilfe einer erfahrenen Hebamme zur Welt gebracht hatte.

Nachdem er die Stufen des Portals emporgeschritten war, zögerte er noch einmal einen Augenblick, ehe er dann den schweren Messingring gegen das Türholz schlug.

Wolfhart schluckte schwer bei dem Gedanken daran, wie man ihn wohl empfangen würde.

Ein hagerer Mann in mittleren Jahren öffnete die Tür. Er trug eine blaue Livree und sah Wolfhart mit einem ungläubigen Stirnrunzeln an.

»Ja, schaut nicht so, Joop von Großwörden!«, rief Wolfhart. »Ich bin es wirklich! Wolfhart Brookinger! Erkennt Ihr mich denn nicht?«

Joop von Großwörden war der Hausverwalter der Brookingers. Der Namenszusatz »von Großwörden« war dabei keineswegs ein Adelstitel, sondern bezog sich lediglich auf das Dorf, aus dem Joop stammte. Die Gewohnheit, Familiennamen zu führen, hatte sich zwar in den Städten schon sehr verbreitet, war aber gerade in den niederdeutschen Dörfern oft noch eher die Ausnahme.

»Wolfhart!«, stieß Joop hervor.

»Anscheinend habe ich mich mehr verändert, als ich es umgekehrt von Euch sagen kann, Joop!«

Joop musterte Wolfhart von oben bis unten. »Nun, ich kann mich noch daran erinnern, wie Ihr die Stadt verlassen habt, um in Erfurt Euren Studien nachzugehen – derart elende Kleider, wie Ihr heute tragt, hatte Euer Vater Euch nicht mitgegeben!«

Joop kannte Wolfhart seit seinem zehnten Lebensjahr, und deshalb konnte er es sich erlauben, so mit dem jungen Brookinger zu sprechen. Im Übrigen war Joop von Großwörden ohnedies dafür bekannt, dass er sein Herz auf der Zunge zu tragen pflegte und im Allgemeinen sehr direkt sagte, was er dachte. Genau diese Eigenschaft schätzte auch Wolfharts Vater an ihm. »Eure Eltern werden sich freuen, dass Ihr endlich wieder den Weg zurück nach Lübeck gefunden habt! Die Nachrichten, die Ihr ihnen habt zukommen lassen, waren ja schließlich nicht gerade zahlreich.«

»Ich weiß«, gab Wolfhart etwas kleinlaut zu.

»Ihr habt Glück. Euer Vater ist erst gestern von einer Reise nach Antwerpen zurückgekehrt, sodass Ihr heute beide Eltern antrefft! Wie ich gehört habe, hat er gute Geschäfte machen können …«

»Stockfisch dürfte sich überall verkaufen lassen, wo Ostern gefeiert wird oder wo es Seefahrer gibt, die auf gut haltbaren Proviant angewiesen sind.«

»Na, wenigstens das habt Ihr nicht vergessen, Wolfhart!« Joop bedachte den jungen Mann mit einem nachdenklichen Blick und rümpfte die Nase. »Ich sage es geradeheraus: Ihr braucht so schnell wie möglich einen Bader, der nicht an Seife spart und sich darüber hinaus auch darauf versteht, Euch den Bart so zurechtzustutzen, dass Ihr nicht wie ein Mannwolf ausseht!«

Wolfhart fasste sich an das dicht bewachsene Kinn. »Ist es so schlimm?«

Joop von Großwörden seufzte hörbar.

»Schlimm genug, um Euren Eltern peinlich zu sein, wenn man Euch so in der Öffentlichkeit sieht!«

»Wo sind sie? Im großen Zimmer?«

Wolfhart ging durch die Eingangshalle, geradewegs auf die Tür zu, die zum sogenannten »großen Zimmer« führte. Wolfhart hatte die Tür mit wenigen Schritten erreicht und Joop hinter sich gelassen. »So wartet!«, rief der Verwalter ihm hinterher – aber sollte er sich wie ein Gast verhalten? Auch wenn er lange fort gewesen war, dies war nach wie vor sein Elternhaus, der Ort, an dem er zu Hause war. Ungestümer, als er beabsichtigt hatte, riss er die Tür auf, blieb dann jedoch wie angewurzelt stehen. Licht flutete durch die hohen Fenster aus venezianischem Glas. Die Brookingers waren hier in Lübeck schon lange ihrer Zeit voraus. Während die Fenster des Rathauses noch mit Alabaster versehen waren, um die Zugluft abzumildern und trotzdem gleichzeitig das Tageslicht hereinzulassen, gehörte das Haus der Kaufleute zu den ersten Gebäuden in Lübeck, deren Fenster vollständig verglast waren. Nun blickte Wolfhart auf die vom gleißenden Licht der tiefstehenden Sonne angestrahlte Gestalt, die dadurch etwas Traumhaftes, Unwirkliches bekam.

Wolfhart nahm die Lederkappe vom Kopf und strich sich das viel zu lang gewordene dunkelblonde Haar zurück. Es war seine Mutter, die ihm gegenüberstand und auf die er nun mit freudiger Erwartung schaute. Sie war eine Frau in mittleren Jahren und verkörperte den ganzen Stolz ihres Patrizierstandes. Das Kleid war aus schwerem Brokat, die Taille sehr eng geschnürt. Ihr brünettes Haar trug sie in einer kunstvollen Frisur. Um den Eindruck einer hohen Stirn zu verstärken, war der Haaransatz ausrasiert, so wie es unter den vornehmeren Frauen üblich war. Eine Brosche mit einem goldenen, verschnörkelten *B* prangte an ihrer Brust. Dieses *B* glich in seiner Form bis in die letzte Windung der girlandenhaften Verzierung jenem *B*, das Wolfharts Lederkappe zierte. Eine Halskette mit einem goldenen Kruzifix war Ausdruck ihrer tiefen Gläubigkeit.

Margarete Brookinger starrte ihren Sohn zunächst fassungslos an, doch bald löste sich die Anspannung in ihren Zügen, und sie breitete die Arme aus. »Wolfhart! Du bist zurück!«

Im nächsten Moment nahm Wolfhart seine Mutter in die Arme. »Ich weiß, dass ich nicht gerade standesgemäß aussehe, und gewiss habt Ihr mich früher erwartet!«

Margarete fasste ihren Sohn am Oberarm. »Das ist doch jetzt ganz gleichgültig!«, fand sie. »Du bist zurück, und das ist das Einzige, was zählt.« Ein Schatten fiel in ihr feingeschnittenes Gesicht. Die Augenbrauen waren ebenso ausrasiert worden wie der Haaransatz. Umso deutlicher war zu sehen, wie sich genau dort nun eine Falte bildete. Für einige Augenblicke blitzte all das

Leid auf, das hinter ihr lag. Der Schmerz einer Mutter, die mehrere ihrer Kinder an den Schwarzen Tod verloren hatte, zeigte sich in aller Deutlichkeit. Wolfhart kannte diesen Ausdruck sehr gut, er war häufig in ihrem Antlitz sichtbar gewesen in der bitteren Zeit nach der ersten Epidemie. Der große Kummer über den Verlust ihres eigenen Fleisch und Bluts war damals noch frisch gewesen, und Wolfhart hatte sehr wohl gespürt, wie viel Kraft es seine Mutter gekostet hatte, ihn nicht allzu sehr zu zeigen. Mit der Zeit hatte sie das immer besser geschafft, und nur noch manchmal war in dem Tonfall ihrer Stimme eine unterschwellige Härte, die an Granit erinnerte.

»Adam!«, rief sie laut und wandte sich an Joop von Großwörden. »Ich bitte Euch, holt meinen Mann!«

Aber das war gar nicht mehr notwendig, denn gerade eben öffnete sich auf der anderen Seite des großen Zimmers knarrend eine Tür. Ein breitschultriger Mann, dessen Haar an den Schläfen bereits grau durchwirkt war, trat ein. Er trug ein Wams aus bestem dunklen englischen Tuch, das mit silbernen Knöpfen besetzt war. Ein weißer Fächerkragen bildete einen farblichen Kontrast und ließ den exakt begrenzten Spitzbart ein wenig dunkler erscheinen, als er in Wahrheit war. Die Augenbrauen waren kräftig, und der Blick der meergrünen Augen, die Wolfhart von seinem Vater geerbt hatte, drückte Entschlusskraft und einen sehr starken Willen aus – Eigenschaften, die Wolfhart stets nachgesagt worden waren und die sein Vater so lange an ihm geschätzt hatte, wie sie seinen eigenen Zielen und Plänen nicht in irgendeiner Weise zuwiderliefen.

»Vater!«, stieß Wolfhart hervor.

Er ging auf Adam Brookinger zu, und beide umarmten sich kurz. »Es ist schön, dass du wieder in Lübeck bist, mein Sohn! Es warten hier viele Aufgaben auf jemanden, der sich in den Rechten auskennt!«

Wolfhart wollte etwas erwidern, doch er brachte nicht einen einzigen Ton hervor, weil ihm ein dicker Kloß im Hals saß. Hätte er jetzt etwa seinem Vater eröffnen können, dass er keineswegs vorhatte, länger in Lübeck zu bleiben, und dass er eigentlich nur gekommen war, um sich zu verabschieden – diesmal wohl für eine noch viel längere Zeit, vielleicht sogar für immer?

Adam Brookinger sah an seinem Sohn herab und legte ihm eine Hand auf die Schulter. »Du wirst müde und hungrig sein! Und was du am Leib trägst, ist auch nicht gerade die Gewandung, wie sie einem Brookinger in Lübeck geziemt!«

»Vater …«

»Joop, lass ein Bad herrichten und ein paar Gewänder heraussuchen, die ihm passen könnten. Außerdem soll mein Sohn an Speise und Trank alles bekommen, was sein Magen verlangt!«

»Jawohl, Herr«, sagte Joop von Großwörden und verneigte sich dabei leicht.

»Macht um meinetwillen keine Umstände!«, versuchte Wolfhart, die Bemühungen seines Vaters etwas einzuschränken.

»Umstände? Da bist du endlich zurückgekehrt, wo ich schon kaum noch Hoffnung hatte, dass dein Wissensdurst jemals gestillt sein könnte, und da soll ich keine Umstände machen? Sei nicht albern, mein Junge! Ich bin froh, dass du wieder hier bist, und deine Mutter ist es auch.«

»Nach drei Jahren hatten wir dich zurückerwartet – und es sind insgesamt sieben geworden!«, stellte Margarete Brookinger fest. »Doch ich will dir keine Vorhaltungen machen. Wie Adam schon gesagt hat, es ist wunderbar, dass du wieder bei uns bist. Die Verpflichtungen, die dein Vater als Ältermann hat, nehmen doch viel mehr von seiner Zeit in Anspruch, als dies den eigenen Geschäften guttun kann, und daher kann er jede Entlastung gebrauchen!«

»Martin ist ja erst zwölf und einfach noch nicht so weit, als dass man von ihm wirklich eine Hilfe erwarten könnte – wenngleich er ein gelehriger Schüler ist und schon besser mit dem Abakus zu rechnen versteht als ich!«

Martin war Wolfharts jüngerer Bruder. Mit ihm war Margarete Brookinger ein paar Jahre nach jener Pest schwanger geworden, die Wolfhart in seiner Kindheit miterlebt hatte und die beinahe alle seine anderen Geschwister hinweggerafft hatte. Alle bis auf Agnes, die jetzt neunzehn sein müsste und seit den Tagen des Schwarzen Todes zu sprechen aufgehört hatte. Nur hin und wieder war ihr Wimmern im Schlaf zu hören, aber ansonsten hatte sie das Grauen völlig verstummen lassen. Sie schien dem Wahnsinn verfallen und in der Welt ihrer eigenen Gedanken und Ängste gefangen zu sein. Ein befreundeter Priester hatte den Brookingers geraten, es mit einem Exorzismus zu versuchen, denn allem Anschein nach sei sie seit den Tagen des Schwarzen Todes von einem Dämon besessen. Wolfhart erinnerte sich noch genau an den Anblick des kleinen Mädchens, das von Pestbeulen völlig entstellt gewesen war, die Krankheit dennoch wie durch ein Wunder überlebt hatte. Doch dieses Wunder schien eine grausame Kehrseite zu haben: Ihr Körper war zwar dem Schwarzen Tod entronnen, ihre Seele indes in die Gefilde der Schatten entführt worden – vermeintlich ohne Aussicht darauf, jemals von dort zurückzukehren.

Dreimal hatte Adam Brookinger eine Teufelsaustreibung bei seiner Tochter durchführen lassen. Ohne Erfolg. Ihr Zustand hatte sich nicht verbessert. Hinter vorgehaltener Hand gab es sogar Stimmen, die mutmaßten, dass vielleicht ein übler Fluch auf der Familie des Ältermanns der Bergenfahrer lastete und man sich deshalb besser von ihr fernhielt.

Wohlmeinende Freunde hatten Adam Brookinger geraten, seine Tochter außerhalb der Stadt in einem Kloster barmherziger Schwestern unterzubringen. Dies sei für alle Beteiligten das

Beste. Doch Adam Brookinger hatte dies ebenso kategorisch abgelehnt wie Margarete.

»Heute Abend haben wir Gäste und geben ein Bankett«, erklärte die Herrin des Hauses. »Natürlich laden wir auch die Armen der Stadt dazu ein, wie es sich für das Haus eines Ältermanns gehört. Dann werden dir sicher viele Ohren gespannt lauschen.«

»Ja, und bis dahin ist noch viel zu tun«, ergänzte Adam Brookinger die Worte seiner Gemahlin. Er atmete tief durch und sah Wolfhart geradewegs in die Augen. »Fast sieben Jahre, das ist eine lange Zeit!«

»Vater, ich muss Euch etwas sagen«, begann Wolfhart.

»Später!«

»Nein, es muss jetzt sein! Es ist nämlich so, dass ich nicht lange in Lübeck bleiben werde. Um genau zu sein, bin ich gewissermaßen auf der Durchreise, obwohl Lübeck von Erfurt aus gesehen nicht gerade auf dem Weg nach Konstantinopel liegt.«

Adam Brookinger wechselte einen stirnrunzelnden Blick mit seiner Frau und sah danach Wolfhart verständnislos an. »Was redest du da? Ich habe dich die Rechtswissenschaften studieren lassen, damit du die Interessen unseres Handelshauses wahrnehmen und mir helfen kannst, wenn ich schwierige Verhandlungen zu führen habe!«

»Und was willst du denn in Konstantinopel?«, fragte seine Mutter. »Willst du eine Pilgerreise ins Heilige Land unternehmen?«

»Wir hätten ihn nicht auf die Lateinschule gehen lassen sollen! Sonst hätten ihm diese verfluchten Mönchsbrüder nicht solche Gedanken in den Kopf gepflanzt, die ihn jetzt wirr daherreden lassen! Hast du überhaupt eine Vorstellung, wie weit Konstantinopel entfernt ist? Ich schon! Denn ich beziehe Waren von dort!«

»Hört mich an, Vater! Und auch Ihr, Mutter! Ich habe Euch noch mehr zu berichten.«

Für eine Weile herrschte angespanntes Schweigen. Adam Brookingers Körper straffte sich. Den Daumen der linken Hand klemmte er hinter den Gürtel, die restlichen Finger krampfte er zusammen. Er wandte sich an Joop von Großwörden. »Lass uns allein, Joop. Dies ist eine Angelegenheit, die wir ausschließlich innerhalb der Familie zu besprechen haben!«

Joop neigte den Kopf. »Ganz wie Ihr wünscht!«, murmelte er kaum hörbar und verließ dann das große Zimmer. Adam Brookinger sprach nun seinen Sohn an. »Und jetzt will ich wissen, was du mir zu sagen hast, Sohn!«

Tausend Gedanken gingen Wolfhart in diesem Moment durch den Kopf. Während des langen Weges hatte er Zeit genug gehabt, sich genau diesen Moment, in dem er seinem Vater erklären musste, dass der Plan, den er für sein Leben hatte, vollkommen im Gegensatz zu dem stand, was seine Eltern sich von ihm wünschten, immer wieder vorzustellen. Er hatte in Dutzenden von Nächten davon geträumt – seit dem Zeitpunkt, da sein Entschluss gefallen war und er erkannt hatte, dass seine Bestimmung nicht darin lag, mit einem Abakus die Preise von Stockfisch, Bier, Wein und Zucker zusammenzurechnen, seine Tage damit zu verbringen, gute Geschäfte zu machen, und die Nächte damit, sie in doppelter Buchführung festzuhalten, damit man einen ständigen Überblick über Einnahmen und Ausgaben hatte.

»Ich habe in Erfurt die Rechtslehre studiert, so wie Ihr es mir ermöglicht habt, Vater. Dafür bin ich Euch sehr dankbar.«

»Was spricht dann dagegen, dass du dein Talent nun im Sinne unseres Hauses einsetzt?«

»Mein Durst nach Wissen war mit diesem Studium noch

nicht befriedigt. Ich wollte mehr – mehr Erkenntnis und den Dingen auf den Grund gehen. Nicht nur den Gesetzen der Menschen, sondern auch denen Gottes und der Natur!«

»Ich verstehe immer noch nicht, worauf du hinauswillst, mein Sohn!«

»Ich bin bei Ärzten in die Lehre gegangen und habe neben meinem Studium der Rechtslehre auch die Heilkunde zu verstehen versucht, sodass ich inzwischen ein passabler Arzt geworden bin und sogar in der Lage wäre, eine Apotheke zu betreiben!«

»Du weißt, dass ich immer auch mit Arzneien gehandelt habe, die uns aus den Ländern der Araber erreichen, Wolfhart. Den Zucker müsste ich eigentlich dazurechnen, denn es ist noch gar nicht so lange her, dass man ihn nur in Apotheken kaufen konnte. Aber das ist vorbei! Nicht einmal Venedig hat sein Zuckermonopol aufrechterhalten können.«

»Vater! Ich werde kein Krämer! Ich werde niemals jemand sein, der mit irgendetwas Handel treibt, und wenn es noch so viel Gewinn verspricht!«

»Wie kannst du so etwas sagen!« Adam Brookinger wich einen Schritt vor seinem Sohn zurück und schüttelte fassungslos den Kopf. Er schien sich noch immer regelrecht zu weigern, Wolfharts Worte zur Kenntnis zu nehmen.

»Ich will ein Pestarzt werden und dem Geheimnis auf die Spur kommen, das den Schwarzen Tod bis heute umgibt. Ich will ein Mittel gegen dieses Leid finden, das die Menschen in allen bekannten Ländern immer wieder in so abgrundtiefe Verzweiflung stößt.«

Als er wahrnahm, dass sein Vater den Kopf zur Seite drehte und sich damit deutlich von ihm abwandte, sah Wolfhart zu seiner Mutter, die beide Hände vor das Gesicht geschlagen hatte. Langsam rutschten diese Hände nun herab, sodass ihr entsetzter Blick sichtbar wurde.

»Jeder, der etwas Verstand hat, nimmt vor der Pest Reißaus und flieht, so weit er kann! Du willst dich ihr entgegenwerfen, wie es ein Wahnsinniger tun mag, der sich mutwillig ins Meer stürzt?«

»Mutter!«

»Jeder, der mit der Pest zu tun hat, zieht das Unheil auf sich. Kaum ein Priester, der seine Aufgaben noch ernst nimmt und den Sterbenden die Sterbesakramente gibt, überlebt, und selbst von den Pestknechten, die die Leichen fortschaffen, bezahlen viele ihren Einsatz mit dem Leben!«

Adam Brookinger konnte das nur bestätigen. »Beim letzten Ausbruch der Epidemie war es kaum noch möglich, genug Knechte für diesen Dienst zu gewinnen. Der Rat musste sie in weit entfernten mecklenburgischen Dörfern anheuern und ihnen so viel Silber dafür zahlen, dass jeder von ihnen mehr verdiente als der Kommandant der Stadtwache oder so mancher Kapitän für eine erfolgreiche Bergen-Fahrt!«

Margarete Brookinger ging auf ihren Sohn zu, und noch ehe der weitgereiste Rückkehrer auch nur ein einziges Wort entgegnen konnte, hatte sie ihn an den Oberarmen gefasst und redete weiter geradezu beschwörend auf ihn ein. »Wie kommt es, dass du etwas freiwillig tun willst, wozu man selbst diese ungebildeten Einfaltspinsel vom Lande kaum noch mit viel Silber überreden kann? Sei doch kein Narr, Wolfhart, und verschwende dein Leben nicht!«

»Mein Leben wäre nicht verschwendet!«, erwiderte Wolfhart.

Aber Margarete ließ ihrem Sohn kaum Gelegenheit dazu, seine Gedanken auszuführen. »Habe ich nicht schon genug Kinder durch die Seuche verloren? Martin ist mir geblieben – und du! Agnes ist nicht mehr dieselbe, seit der Dämon der Pestilenz in sie gefahren ist, und manchmal ertappe ich mich dabei, dass ich denke, der Herr wäre barmherziger gewesen, wenn er sie damals zu sich genommen hätte, anstatt nur ihre Seele zu nehmen und ihren Leib als leere Hülle zurückzulassen.«

»Irgendjemand muss sich dem Schrecken doch entgegenstellen. Es kann doch nicht sein, dass man sich von der Furcht regieren lässt, anstatt nach Mitteln und Wegen zu suchen, den Schrecken zu besiegen!«

»Die meisten derjenigen, die diesen Mut hatten, sind bereits nicht mehr am Leben«, gab seine Mutter zu bedenken. Sie ließ Wolfhart los und bekreuzigte sich. »Der Herr bestimmt unser Leben und unseren Tod, und wir sollten demütig hinnehmen, was seinen Ratschluss bestimmt. Alles andere führt uns nur in die Irre und lässt uns verzweifeln.«

Für einige Augenblicke herrschte Schweigen. Keiner der Anwesenden schien mehr in der Lage zu sein, noch etwas zu sagen. Die Standpunkte waren so unversöhnlich, wie Wolfhart es befürchtet hatte. »Ich habe in Erfurt von einem Mann namens Fausto Cagliari gehört. Er lehrte einst dort für kurze Zeit als Magister, bevor es ihn weiter in die Ferne zog. Dieser Mann gilt als der größte Arzt und Gelehrte, der sich jemals mit der Natur des Schwarzen Todes beschäftigt hat. Er soll den polnischen König und den Kaiser in Prag beraten haben, und selbst der Papst in Rom soll aufgrund der Beratung durch Meister Cagliari der Pest entronnen sein, obwohl sie die zahllosen Pilger dorthin gewiss genauso oft einschleppen, wie es die fremden Schiffe in Lübeck oder Stralsund tun.«

Wolfhart atmete tief durch. Er fühlte sich erleichtert, jetzt das eigentliche Ziel endlich ausgesprochen zu haben, das er sich gesteckt hatte. »Ich will nach Konstantinopel gehen, weil ich mich Meister Cagliari als Schüler anbieten möchte. In meiner Tasche habe ich ein Empfehlungsschreiben von Magister Munsonius aus Erfurt, der Meister Cagliari sehr gut kennt und dessen Hochachtung genießt. Damit ausgestattet wird er mich sicherlich annehmen, denn die Furcht davor, selbst dem Pestdämon zu erliegen, dürfte in Konstantinopel nicht geringer sein als andernorts. Daher wird er nicht gerade von einer Vielzahl von Interessenten bedrängt werden, die sich nichts sehnlicher wünschen, als alles über den Schwarzen Tod zu erfahren! Ich rechne mir also gute Chancen aus.«

»Eine derart weite Reise auf die vage Aussicht hin, bei einem offenbar recht bekannten Arzt zu lernen?«, fragte Adam Brookinger zweifelnd.

»Seid Ihr nicht auch schon wegen einer zweifelhaften Aussicht auf einen großen Gewinn und gute Geschäfte ins Ungewisse aufgebrochen, Vater? Seid Ihr nicht sogar nach Nürnberg und schließlich bis Venedig gezogen, um Eure Geschäfte auszuweiten, und hat Euch nicht zuvor fast jeder unter den Bergenfahrern einen Narren geschimpft?«

»Nun, das will ich nicht abstreiten ...«

»Und hat man Euch nicht später gerade um Eurer Erfolge in der Ferne willen zum Ältermann gewählt? War nicht letztlich das, was erst als Narrentum verunglimpft wurde, plötzlich ein Zeichen für Euren Weitblick?«

»Du kannst das nicht vergleichen«, stellte Adam Brookinger harsch fest. »Es ist schon bitter für mich, dass ich nun ein weiteres Kind an die Pest verlieren werde – wenn auch dadurch, dass es sich freiwillig wie in einem Wahn an diese Seuche hingibt!« Er schüttelte mit düsterem Gesicht den Kopf.

»Vater, ich denke bereits seit langer Zeit daran. Schon, als ich in jungen Jahren erleben musste, wie meine Geschwister und viele, die ich kannte, vom Schwarzen Tod dahingerafft wurden, hat mich der Gedanke nicht mehr losgelassen, dem Geheimnis dieses Schreckens auf die Spur zu kommen, denn ich wollte einfach nicht glauben, dass man dagegen machtlos sein sollte!«

»Es reicht, wenn du unvorsichtig und ein Narr bist!«, meldete sich nun wieder seine Mutter zu Wort. »Es ist nicht notwendig, dass du dich auch noch in Blasphemie übst und die Allmacht Gottes verspottest!«

»Unser Sohn wird es sich vielleicht noch einmal überlegen«, meinte Adam, wenngleich in seinem Tonfall nur ein sehr geringes Maß an Zuversicht mitschwang. »Wobei ich hoffe, dass er sich an seine Verpflichtungen erinnert, die ihn an dieses Haus und an diese Stadt binden!«

Am Abend war im Haus der Brookingers zum Festbankett geladen worden. Die Tische bogen sich beinahe unter all den Speisen, die aufgetragen wurden. Die vornehmsten Patrizier der Stadt waren gekommen, denn eine Einladung von Adam Brookinger schlug niemand aus. Im Innenhof des Hauses hatten Bedienstete zusätzliche Tische und Bänke aufgestellt, wo die Armen abgespeist wurden. Auch sie waren zahlreich gekommen. Diese Speisung als Zeichen mildtätiger Barmherzigkeit, das sich immer weniger Adelige noch leisten konnten, die von den Erträgen ihrer Landgüter lebten, hatte sich längst auch unter den angesehenen Kaufmannsfamilien in den Städten verbreitet. Die hohen Herrschaften zeigten, was sie hatten, und teilten zumindest einen Bruchteil davon mit den Mittellosen. Schließlich wusste niemand, ob es dem Herrn nicht gefiele, ein weiteres Mal den Schwarzen Tod zurückkehren zu lassen, und wer dann darauf verweisen konnte, in der Vergangenheit selbst gnädig mit anderen gewesen zu sein, könnte womöglich eher auf die Gnade Gottes hoffen. Zumindest war das eine stille Hoffnung, die viele hegten, und Wolfhart erinnerte sich noch gut daran, wie seine Mutter die Durchführung solcher Armenspeisungen ihm gegenüber einst genau auf diese Weise begründet hatte. Denn wenngleich sie es vermied, dies nach außen allzu häufig sichtbar werden zu lassen, so war doch Margarete Brookinger zutiefst von dem Erlebnis jener Schrecken geprägt, die der Schwarze Tod für sie und ihre ganze Familie mit sich gebracht hatte.

Während es im Hof lärmend zuging, speiste man im großen Zimmer weitaus gesitteter. Es gab nicht wenige unter den Gästen, die es bereits vorzogen, das Fleisch mit dafür hergestellten Werkzeugen zum Mund zu führen und dies nicht einfach praktischerweise mit den Händen zu tun.

Wein wurde gereicht. Adam Brookinger erhob sich von der Tafel, um die Rückkehr seines Sohnes zu verkünden. »Mein Sohn ist nach langen Lehrjahren zurückgekehrt, und ich hoffe, dass dieses Haus und alle von den Fähigkeiten profitieren werden, die er in der Fremde erworben hat!«

Wolfhart hatte inzwischen ein Bad hinter sich. Sein Bart war zurechtgestutzt, und er saß in Kleidern da, die ihm zwar eine Nuance zu groß waren, da sie von seinem Vater stammten und er noch nicht dessen breite Schultern besaß, sein Aufzug war jedoch eines lübischen Kaufmannssohnes auf jeden Fall würdig.

Man hatte Wolfhart neben seinen Vater gesetzt – dorthin, wo in den letzten Jahren wohl der Platz des jungen Martin gewesen war, der jetzt einen Stuhl weiter hatte rücken müssen. Seit seiner Rückkehr war kaum Gelegenheit für Wolfhart gewesen, mit seinem jüngeren Bruder zu sprechen, welcher erst kurz vor Beginn des Banketts von seinem Unterricht in der Lateinschule zurückgekehrt war. Die Begrüßung war merklich verhalten ausgefallen, so als gäbe Martin seiner nicht ganz unberechtigten Befürchtung Ausdruck, dass Wolfhart in Zukunft wieder die Rolle einnehmen würde, für die er als Älterer eigentlich bestimmt zu sein schien.

»Die Lehrer an der Lateinschule reden immer noch von dir und davon, wie verständig du warst!«, sagte Martin.

»Und wie geht es dir beim Lernen?«

Martin machte eine wegwerfende Handbewegung. »Frag mich nicht! Ich werde wohl kaum so lange auf der Schule sein wie du! Wer Geld genug hat, kann sich einen Schreiber leisten und braucht nicht selbst imstande zu sein, formvollendete Buchstaben zu Papier zu bringen!«

»Doch wer sich beim Rechnen auf andere verlässt, wird schnell übers Ohr gehauen!«, gab Wolfhart zu bedenken.

Martin lachte. »Ja, das mag sein. Aber so gut bekomme ich es dann doch hin! Vater sagt immer, dass es auch seinen Vorteil hat, dass ich nicht so klug bin wie du.«

»So?«

»Ja – denn somit bestünde nicht die Gefahr, dass es mich zu den Magistern an die Universität zieht, anstatt damit zufrieden zu sein, hier als ehrlicher Kaufmann dem Namen des Hauses Brookinger alle Ehre zu machen!«

»Aus seiner Sicht mag er wohl Recht haben.«

»Bleibst du denn nun hier in Lübeck?«

»Nein. Ich werde die Stadt schon sehr bald wieder verlassen. Und wer weiß, ob es je wieder einen Weg zurück gibt …«

Wolfhart erzählte Martin von seinem Plan, nach Konstantinopel zu ziehen und bei Meister Cagliari zu lernen. »Magister Munsonius in Erfurt war vor langer Zeit einmal in dieser Stadt, deren goldene Kuppeln man schon von Weitem sehen kann und deren Bibliotheken noch größer sind als bei uns die Kornspeicher, so viele Bücher von berühmten Weisen beherbergen sie – von Griechen, Arabern, Persern und mag der Herr wissen, woher sie noch alle stammten. Selbst wenn Meister Cagliari nicht bereit wäre, mein Anliegen auch nur anzuhören und wenigstens einen Blick auf mein Empfehlungsschreiben zu werfen, so würde doch allein schon der Besuch einer dieser mit Büchern gefüllten Hallen den Besuch lohnen.«

»Dir scheint Großes bestimmt zu sein«, meinte Martin. »Bei mir ist das nicht der Fall. Zumindest was Letzteres betrifft, sind sich meine Lehrer und mein Vater einig. Aber ich will mich nicht beklagen. Schließlich gibt es Schlimmeres.« Nachdem er das gesagt hatte, wurde Martin sehr nachdenklich, und sein Blick glitt zur gegenüberliegenden Seite des Tisches, wo man Agnes Brookinger hatte Platz nehmen lassen. Stumm und mit einem stieren Blick saß sie da und wirkte so, als würde sie etwas anstarren, das allen anderen vollends verborgen blieb. Ihr Haar war zu einem einfachen Knoten zusammengefasst, und sie trug ein kostbares, mit edlen golddurchwirkten Stickereien versehenes Kleid, das zur Aussteuer ihrer Mutter gehört hatte und von dieser auch früher häufig zu festlichen Anlässen dieser Art getragen worden war. Inzwischen war Margarete Brookinger das Kleid allerdings zu eng geworden, und so trug Agnes es, die außerordentlich schlank war, da sie nicht viel aß.

Auf ihrer Brust ruhte ein Amulett mit einem Bernstein, in dem ein Insekt gefangen war. Genauso gefangen schien sich Agnes in ihrem Dasein zu fühlen. Immer wieder berührte sie das Amulett mit den Fingerspitzen der linken Hand, so als sollte es ihr auf magische Weise Kraft und Halt geben. Später hob sie etwas den Kopf und sah Wolfhart an. Natürlich hatte Wolfhart seine Schwester zuvor begrüßt und sie angesprochen, war sich aber wie bei jeder Begegnung mit ihr nicht sicher, ob sie ihn wirklich verstanden hatte. Es war Wolfhart nicht einmal klar gewesen, ob sie überhaupt erkannt hatte, wer vor ihr stand. Das war nichts Neues. Von dem freundlichen, lebensfrohen Mädchen, das sie damals war, bevor die Schrecken des Schwarzen Todes diesen Schatten über ihre Seele geworfen hatten, war nichts geblieben.

Sie schaute nun hoch, und für einen Moment sahen sie sich an. Der Schleier, der sonst ihre Augen zu umgeben und ihre Blicke ins Unbestimmte zu verwischen schien, war auf einmal nicht mehr da. Ein kurzes Lächeln huschte über ihr Gesicht. Sie nannte Wolfharts Namen. Wolfhart sah es an den Bewegungen ihrer Lippen, denn hören konnte er ihre Stimme nicht. Zu lärmend waren die Gespräche, die unter den Gästen des Ältermanns der Bergenfahrer geführt wurden.

»Agnes!«, brachte Wolfhart vollkommen überrascht hervor. Allein dieser Moment, in dem seine Schwester ihn in voller Klarheit ansah, währte nicht länger als ein paar Herzschläge lang. Danach schien sie wieder geradewegs durch ihn hindurchzusehen, so als wäre da niemand.

»Es wird nicht mehr besser mit ihr«, hörte er neben sich Martin sagen, der die Veränderungen in Agnes' Gesicht offenbar ebenfalls beobachtet hatte. »Ich bin leider zu jung, um mich noch daran erinnern zu können, wie sie früher gewesen ist.«

»Ich erinnere mich noch gut daran«, murmelte Wolfhart, mehr zu sich selbst, als dass er tatsächlich seinen jüngeren Bruder mit diesen Worten angesprochen hätte. Zugleich mit dieser Erinnerung stiegen freilich auch all die anderen Schreckensbilder in ihm empor, die der Schwarze Tod verursacht hatte. Erinnerungen, die er ebenso eingeschlossen in seiner Seele trug, wie es das Insekt im Bernstein von Agnes' Amulett war. Die Toten, der faulige Geruch, der über der ganzen Stadt gelegen und an faule Eier erinnert hatte, das Wimmern und Husten der Sterbenden, das Knarren der Totenwagen, auf die die Pestknechte die Dahingeschiedenen warfen. An dieses Knarren der Wagenräder, die von niemandem mehr geschmiert werden konnten, weil alle, die sich darauf verstanden hätten, entweder krank oder tot waren, würde er sich bis ans Ende seiner Tage erinnern. Noch heute erschrak er manchmal, wenn ein Wagen in seiner Nähe daherfuhr, bei dem der Fuhrmann allzu sehr mit dem Pech an Rädern und Achsen gespart hatte. Wolfhart schluckte. Agnes' Anblick brachte ihm wieder zu Bewusstsein, warum er hierhergekommen war und dass er sich um keinen Preis der Welt von seinem Ziel abbringen lassen würde.

Dass dies den Hoffnungen seiner Eltern, insbesondere den

Plänen seines Vaters bezüglich des Handelshauses, vollkommen zuwiderlief, musste er dabei in Kauf nehmen. Morgen, dachte er, morgen in aller Frühe werde ich gehen – mit nichts als dem, womit ich hergekommen bin.

Am Morgen hatte er seine Sachen gepackt und machte sich zur Abreise bereit. Die feinen Kleider seines Vaters, die er noch während des Banketts getragen hatte, ließ er zurück. Dann ging er in die Kanzlei, die sich im Erdgeschoss des Brookinger-Hauses befand. Hier fand er Tinte, Bleistifte, Papier und – für sehr wichtige Dokumente – auch einige Bogen Pergament.

Er überlegte zuerst, Feder und Tinte zu nehmen, entschied sich dann allerdings doch für den Bleistift. Mit diesem Schreibgerät war er einfach viel geübter und schneller. In Erfurt hatte er ungezählte Seiten aus gelehrten Schriften exzerpiert – aber auch gelernt, wie Zeichnungen anzufertigen waren. Zu alledem eignete sich der Bleistift viel mehr als die Tinte, überdies musste man nicht immer wieder absetzen, sondern konnte im Schreibfluss bleiben. Allerdings musste man ziemlich stark aufdrücken, denn das Blei färbte nur sehr schwach ab, und wenn das Papier zu schlecht war, konnte es sein, dass es beim Schreiben zerriss; das war der einzige Nachteil gegenüber einer Feder.

Doch in der Kanzlei des Brookinger-Hauses war stets nur Papier von bester Qualität verwendet worden. Seit Adam Brookinger gute Handelsbeziehungen bis nach Venedig unterhielt, bezog er das Papier aus den dortigen Papiermühlen.

In warmherzigen, dennoch sehr klaren Sätzen schrieb Wolfhart einen Brief an seine Eltern, in dem er all das noch einmal zusammenfasste, was er ihnen auch mündlich bereits gesagt hatte – nur, dass er jetzt noch einiges an Erklärungen hinzufügte, um ihnen seine Entscheidung nachvollziehbar machen zu können.

Als er schließlich fertig war und den Brief unterzeichnet hatte, legte er ihn an den Platz, an dem sein Vater die Geschäftsbücher zu bearbeiten und die jeweils aktuellen Zahlen nachzutragen pflegte. Das Oberhaupt des Handelshauses ließ es sich nicht nehmen, das selbst zu tun, denn das Wichtigste für einen Kaufmann war es seiner Ansicht nach, den Überblick über die Zahlen zu besitzen.

Offen legte Wolfhart das Schriftstück dorthin und überlegte, ob er auch tatsächlich alles aufgeschrieben hatte, was ihm wichtig war, und ob er dabei einen angemessenen Ton getroffen hatte. Insgesamt hatte er etwas länger dazu gebraucht, um alles in die richtigen Worte zu fassen, als er ursprünglich angenommen hatte. Die Sonne stand bereits bedenklich hoch am Himmel und schien nun geradewegs durch die Fenster der Kanzlei herein.

Da hörte Wolfhart Schritte hinter sich. Er drehte sich um und sah, wie sein Vater durch die offen stehende Tür stumm auf ihn zuging. Er bemerkte den Brief auf dem Pult, nahm ihn und überflog die Zeilen. Dann nickte er leicht und legte das Papier wieder dorthin, woher er es genommen hatte. Der Bleistift fiel dabei zu Boden, und die Spitze brach ab.

»Du bist also fest entschlossen«, stellte Adam Brookinger fest.

»Vater …«

Mit einer Handbewegung brachte Adam seinen Sohn zum Schweigen und deutete auf das gepackte Bündel, das neben Wolfhart auf dem Boden lag. »Ich habe es geahnt, mein Sohn. Du scheinst es sehr eilig zu haben, Lübeck wieder zu verlassen.«

»Man muss den Tag nutzen, Vater. Das habt Ihr immer gesagt. Und es liegt ein weiter Weg vor mir.«

»Ich will nicht, dass du gehst, aber ich ahne, dass ich dich nicht davon abhalten kann.«

»Martin wird einen guten Kaufmann abgeben. Einen besseren, als ich es je sein würde, ich wäre nicht mit dem Herzen dabei.«

Adams Blick verlor jetzt die Strenge und Entschlossenheit, die ihm sonst eigen waren. Er wirkte jetzt traurig und nachdenklich, und seine Stimme klang belegt. »Wie gesagt, ich will nicht, dass du gehst – doch wenn es sich schon nicht ändern lässt, dann will ich wenigstens verhindern, dass du in Lumpen und auf Schusters Rappen zum Stadttor hinausziehst!«

»Ich bin nicht gekommen, um Euch um Silber zu bitten!«

»Das weiß ich. Trotzdem sollst du genug davon bekommen, damit du dich während der Reise verpflegen kannst und nicht darauf angewiesen bist, jedes Wirtshaus zu meiden, nur weil du es nicht bezahlen kannst! Ich habe ein paar gute Arbeitspferde in unseren Stallungen. Du magst dir darunter aussuchen, welches du möchtest. Außerdem könnten dich ein paar meiner Waffenknechte begleiten.«

»Nein, Letzteres möchte ich ganz bestimmt nicht! Aber ansonsten …«

Wolfhart zögerte, dieses Angebot anzunehmen. Adam Brookinger spürte sofort, was es war, das seinen Sohn zögern ließ; das Band zwischen ihm und seinem Sohn war offenbar immer noch stark genug.

»Ich erwarte nichts dafür, Wolfhart. Weder die Zusage, dass du eines Tages zurückkehrst und deinen Platz hier im Haus übernimmst, noch irgendetwas anderes. Wenn der Herr, unser himmlischer Vater, mit dir ist und seine Hand über dich hält, dann will ich, als dein weltlicher Vater, dem nicht nachstehen und alles dafür tun, dass du erreichst, wonach du auf der Suche bist!«

Ein paar Stunden später als von ihm geplant verließ Wolfhart Brookinger die Hansestadt Lübeck – hoch zu Ross auf einem kräftigen Apfelschimmel ließ er die Mauern der Stadt hinter sich. Er zügelte noch einmal das Pferd und drehte sich im Sattel um. »Lebt wohl«, murmelte er.

Viertes Kapitel

Im Palast des Kaisers

Jeder Schritt erzeugte in den hohen, weiten Säulenhallen des kaiserlichen Palastes ein Echo. Der Palastbezirk war für sich genommen schon größer als in manch anderem Reich die ganze Hauptstadt. Eine Stadt in der Stadt, abgetrennt durch hohe Mauern und in gewisser Weise ein verkleinertes Ebenbild der gesamten Metropole. Dieser Bereich umfasste die äußerste Spitze jener Halbinsel zwischen Goldenem Horn und Marmarameer, auf der die einstmals mächtigste Stadt der ganzen Christenheit lag. Die Mauern erreichten zwar nicht ganz die gigantischen Ausmaße des theodosianischen Bollwerks, waren aber immer noch mächtig genug, um für den Fall der Eroberung der eigentlichen Stadt eine letzte Festung mit eigenem Hafen zu besitzen, in deren Schutz man sich zurückziehen konnte. Die Bevölkerung, die zurzeit noch in der Stadt lebte, war wohl inzwischen schon so weit zurückgegangen, dass wahrscheinlich der Palastbezirk notfalls sogar ausgereicht hätte, um alle Einwohner zu beherbergen – inklusive der genuesischen und venezianischen Kolonisten aus Pera.

Maria di Lorenzo trug ein vornehmes, brokatbesetztes Kleid für diesen Palastbesuch. Es war eigens für diesen Anlass angefertigt worden, denn von ihrer eigentlichen Garderobe war ihr seit der Ausräucherung des Hauses in Pera ja nichts geblieben. Um dem Anlass einer kaiserlichen Audienz zu genügen, war es vornehm genug, andererseits aber auch so schlicht, dass sich keine der Hofdamen in den Schatten gestellt fühlen musste oder sie gar den Unwillen der sehr mächtigen orthodoxen Geistlichkeit zu spüren bekäme. Schlicht und doch edel, in Demut vor dem Kaiser und doch mit allem gebotenen Selbstbewusstsein einer Frau, die ein Handelshaus vertrat, dessen Begründer letztendlich viel dazu beigetragen hatte, das regierende Kaisertum neu zu begründen.

Maria hatte durchaus noch Gespräche ihrer Eltern im Gedächtnis, durch die sie vermittelt bekam, welcher Balanceakt der Diplomatie eine Audienz beim Kaiser sein konnte, dessen zur Schau gestellte Erhabenheit und Entrücktheit in einem immer krasseren Widerspruch zu seiner mehr und mehr schwindenden Machtfülle stand.

Das gute Verhältnis zum Kaiser war für das Handelshaus di Lorenzo von existenzieller Wichtigkeit. Ohne die Handelsprivilegien, die die Genueser Kaufleute eingeräumt bekamen, wäre seine Position kaum haltbar gewesen. Dasselbe galt natürlich für die venezianische Konkurrenz. Aber wenngleich sich der Kaiser seinem Amt entsprechend stets so gebärdete, als sei diese Abhängigkeit einseitig, war sich der gegenwärtige Amtsträger vermutlich mehr als viele seiner Vorgänger bewusst, dass sie in Wahrheit beiderseitig war und die ausländische Kaufmannschaft inzwischen vielleicht sogar ein gewisses Übergewicht besaß.

Marias Herz klopfte wie wild, während sie an den erhabenen Säulen entlangschritt, an denen jeweils ein Wächter stand – Söldner aus Nordeuropa zumeist. Begleitet wurde sie von Davide Scrittore und von ihrem Bruder Marco, der sich in seiner Rolle als Repräsentant des Hauses di Lorenzo sichtlich unwohl fühlte. Als solcher trug er einen Anzug nach der jüngsten Genueser Mode, angefertigt von einem Schneider, der früher in Pera seine Werkstatt gehabt hatte, nun aber eine der vielen antiken Villen erworben hatte, die in den Außenbezirken an der Theodosianischen Mauer langsam verfielen, weil die meisten von ihnen nicht mehr bewohnt, geschweige denn erhalten wurden. Nach und nach hatten sich in vielen dieser Villen auch Bauern einquartiert, da die Grundstücke, auf denen diese Anwesen errichtet worden waren, sich vorzüglich als Acker- oder Weideland eigneten. Man ließ diese Bauern im Allgemeinen gewähren, denn die eigentlichen Besitzer dieser Anwesen hatten oft schon vor mehr als einer Generation Konstantinopel den Rücken gekehrt und sich längst andernorts angesiedelt. Zudem hätte Konstantinopel durch die landwirtschaftliche Tätigkeit dieser Neusiedler einer möglichen Belagerung länger widerstehen können, und selbst eine Seeblockade hätte nicht ganz so verheerende Auswirkungen nach sich gezogen.

Jener Schneider zählte inzwischen auch bei Hof zu den einflussreichsten und vor allem bestinformierten Persönlichkeiten. Sein Name war Silvestre Sarto, unter den Genuesern wurde er hinter vorgehaltener Hand oft auch Silvestre il Pio – der Fromme – genannt, weil der amtierende ökumenische Patriarch von Konstantinopel ihn einst aus Ferrara mitgebracht hatte, wo er für viele Jahre als Gesandter der Ostkirche an jenem Konzil teilgenommen hatte, auf dem letztendlich die Kirchenunion beschlossen worden war. Eine Kirchenunion allerdings, die bislang weitgehend ohne praktische Auswirkungen geblieben war und zu einem tiefen Riss innerhalb der Geistlichkeit in Rom, aber mehr noch in Konstantinopel geführt hatte.

Maria kannte Silvestre Sarto, seit sie fünfzehn war. Ihre Eltern waren in der Villa des Schneidermeisters zu Gast gewesen – einerseits um Maß nehmen zu lassen für ein paar Kleidungsstücke, die anzufertigen waren, aber andererseits auch, um bei Ser Silvestre die letzten Neuigkeiten zu erfahren: wie am Hof gerade die Stimmung war, wer in Ungnade zu fallen drohte und wer im Begriff stand, hoch emporzusteigen. Silvestre hatte einen so ungehinderten Zugang zu den Mächtigen der Stadt wie sonst kaum jemand. Zudem war es erheblich von Vorteil, dass man ihn als Person kaum wahrzunehmen schien und in seiner Gegenwart recht ungeniert Dinge zur Sprache brachte, die eigentlich für niemandes Ohren bestimmt waren. Es war sehr wahrscheinlich, dass sie ihn in dieser Stunde hier im Palast antreffen würden, denn die Audienz, zu der die Vertreter des Hauses di Lorenzo geladen waren, war selbstverständlich nicht nur ihnen allein gewährt worden, sondern einer größeren Zahl von Würdenträgern, Kaufleuten und anderen Persönlichkeiten, die aus irgendeinem Grund für wert befunden wurden, dass der Kaiser ihnen für ein paar Augenblicke seine Aufmerksamkeit schenkte.

Wenig später erreichten die beiden die Türen zum Audienzsaal. Andernorts wäre jede einzelne von ihnen manchem Stadttor ebenbürtig gewesen. Wächter standen davor. Außerdem erwartete sie alle dort einer der untergeordneten Logotheten des Kaisers, deren vornehmste Aufgabe es ursprünglich war, für den Herrscher Konstantinopels das Wort an seine Untergebenen zu richten und umgekehrt die Anliegen der Untertanen und Bittsteller an den Herrscher zu übermitteln. Wie Maria wusste, hatte das Hofzeremoniell im Lauf der Jahre jedoch viel von seiner Strenge und Förmlichkeit verloren. Bisweilen war es sogar möglich, dass der Kaiser der Rhomäer das Wort direkt an jemanden richtete, was früher zumindest in der Öffentlichkeit einer Audienz vollkommen undenkbar gewesen wäre.

Dieser untergeordnete Logothet hieß Nektarios. Maria kannte ihn als häufigen Gast im Haus ihres Vaters, und er war ihr schon als Kind durch seine eigentümlichen Augen aufgefallen. Durch eine Laune der Natur war ein Auge grün und das andere blau, was aber nur auffiel, wenn man ihm geradewegs ins Gesicht sah.

Sein Einfluss war gering, dafür war bei Nektarios der Hass auf die Lateiner weitaus weniger ausgeprägt als bei vielen anderen Mitgliedern der erlauchten Gesellschaft aus Adel und Geistlichkeit, die am Hof den Ton angab.

»Seid über die Maßen gegrüßt«, sagte Nektarios in einem sehr förmlich gehaltenen Griechisch, wie es unter den Beamten des Hofes üblich war.

»Es freut mich, Euch zu sehen, Nektarios«, erwiderte Maria mit einem Kopfnicken.

»Es ist tragisch, was mit Euren Eltern geschehen ist. Immerhin kann ich Euch versichern, dass der Kaiser Euer Leid ermessen kann.«

Nektarios sprach es nicht aus, aber Maria wusste nur zu gut, worauf der niedere Logothet anspielte. Schließlich war allgemein bekannt, dass seine Frau vor Jahren ebenfalls an der Pest gestorben war.

»Wir vertrauen auf den Herrn – und darauf, dass er uns einen Weg weist, den wir gehen können und der uns nicht größere Leiden abverlangt, als wir zu ertragen vermögen«, sagte Maria ruhig und mit dem Blick auf den Logotheten gerichtet.

Nektarios bekreuzigte sich. Dann erst führte er Maria, Marco und Davide Scrittore in den eigentlichen Audienzsaal, in dem sich bereits zahlreiche Männer und Frauen versammelt hatten, die alle zur Stunde in den Palast geladen worden waren.

Unter ihnen war wie erwartet auch Ser Silvestre Sarto, der Davide Scrittore kurz zunickte und anschließend Marco und Maria begrüßte.

»Sieh ihn dir an, diesen scheinheiligen Fädenzieher, der glaubt, dass die Mächtigen Konstantinopels nur Marionetten für ihn sind, die er nach Belieben zappeln lassen kann, wie es ein Puppenspieler auf dem Jahrmarkt tut!«, flüsterte Marco seiner Schwester mit beißendem Spott zu. »Ich habe ihn immer schon verachtet. Unser Vater hat geglaubt, dass Ser Silvestre ihm nützlich wäre, aber in Wahrheit war es der Schneider, der die Fäden in der Hand behielt.«

»Er hat uns sehr geholfen«, gab Maria zu bedenken. »Und wenn du dich etwas mehr um die Belange unseres Hauses kümmern würdest, wie unser Vater das von uns eigentlich erwartet hat, dann wüsstest du, dass er das auch in letzter Zeit getan hat! Oder glaubst du, es ist selbstverständlich, dass wir heute hier sind?«

»Vielleicht hat Vater so etwas von *dir* erwartet, Maria. Von mir ganz bestimmt nicht. Das beweist doch allein die Tatsache, dass er seinen Schreiber zum Zünglein an der Waage bestimmt hat.«

»Marco, ich denke, im Moment ist nicht der rechte Zeitpunkt, um diese Dinge eingehend zu besprechen. Ich bitte dich, wenigstens jetzt einfach das zu tun, was von dir erwartet wird ...«

»... und wofür mich sowohl Davide als auch du dankenswerterweise eingehend instruiert habt«, vollendete Marco ihren Satz, und der beißende Spott in seinem Tonfall kam jetzt noch deutlicher zum Vorschein. »Keine Sorge, Schwester, ich werde nichts tun, was dir schaden könnte! Ich sehe jedoch das alles inzwischen mit dem Blick eines Fremden, der aus irgendeinem Grund auf der Welt zurückgelassen wurde, obwohl er da eigentlich gar nicht mehr hingehört. Gott wird hoffentlich wissen, warum das so ist.«

Maria blieb keine Zeit, darauf zu antworten, denn mehrere Kaufleute, die ebenfalls genuesischer Abstammung waren, begrüßten sie nun. Die meisten waren im Haus di Lorenzo ein und aus gegangen. Und nicht wenige hatten während des letzten Pestausbruchs in Pera selbst Angehörige verloren und ihren gesamten Hausrat in Flammen aufgehen sehen.

»Unsere Zahl ist zusammengeschmolzen«, stellte Bartolomeo Maldini fest, der bereits über achtzigjährige Sprecher der genuesischen Kaufleute, der über lange Perioden hinweg immer wieder zusätzlich die Funktion eines offiziellen Botschafters der Republik Genua am Hof innehatte, die seit dem Ende des von den Venezianern und den fränkischen Kreuzrittern installierten lateinischen Kaiserreichs die Rolle einer verbündeten Schutzmacht einnahm. »Siebenmal habe ich die Pest nach Konstantinopel kommen und wieder aus der Stadt gehen sehen, zweimal haben die Truppen des Sultans die Stadt belagert – und die Stadt existiert immer noch. Sehen wir also in die Zukunft!«

»Etwas anderes wird uns wohl auch nicht übrig bleiben«, erwiderte Maria.

»Ihr sprecht von Zukunft, alter Mann?«, konnte sich Marco eine zynische Bemerkung nicht verkneifen. »Ihr seht doch, wie wenige von uns Genuesern noch da sind! Es gibt keine Zukunft – nur ein nie endendes Siechtum!«

Bartolomeo Maldinis faltiges Gesicht, in dessen Mitte zwei hellwache blaue Augen Marco kurz sehr aufmerksam musterten, ließ sich äußerlich nichts anmerken. Er hatte in den langen Jahren seiner diplomatischen Tätigkeit für die Republik Genua gelernt, seine Gedanken zu verbergen und nicht für jedermann sichtbar auf der Stirn geschrieben zu tragen. »Euer Vater war mir ein teurer Freund, und ich habe wiederholt seinen Rat gesucht, so wie er den meinen«, erklärte Maldini dann sehr ruhig, wobei er Marcos Bemerkung vollkommen überging. »Und falls Ihr meinen Rat braucht, junger Herr, dann werde ich Euch ebenso selbstverständlich jederzeit zur Seite stehen, wie ich es bei Eurem Vater und Eurem Großvater getan habe. Wir Genueser werden zusammenhalten müssen, wenn wir unseren Einfluss behalten wollen.«

»Gewiss«, nickte Maria.

»Wir alle wissen nicht, was die Zukunft für Konstantinopel bringen wird und mit welchen Gegebenheiten wir uns noch zu arrangieren haben.«

»Was auch immer geschieht, werden wir in aller Demut anzunehmen haben«, gab Maria zurück. Sie wusste durchaus, worauf der alte Kaufmann anspielte, ohne es beim Namen zu nennen. Zwei Belagerungen durch die Türken hatte es in der letzten Jahrhunderthälfte gegeben, und es war ganz und gar nicht gewiss, dass Konstantinopel auch noch einer dritten Belagerung würde widerstehen können. Jemand wie Maldini dachte schon seit langem darüber nach, wie sich die Genueser Kaufleute auf eine eventuelle Eroberung der Stadt durch die Truppen des Sultans vorbereiten sollten. Maria hatte ihren Vater, Maldini und andere Genueser oft genug darüber reden hören. Zu guter Letzt musste man sich im Notfall alle Optionen offenhalten, und selbst wenn man während der eigentlichen Kämpfe die Stadt verließe, galt es ja, nach einem eventuellen Sieg der Angreifer die zurückgelassenen Besitztümer zu bewahren. »Besser, der Sultan zieht ein als noch mal die Venezianer!«, hatte Maria noch im Ohr, Worte, die Maldini mehr als einmal ausgesprochen hatte, worauf die Anwesenden meistens mit einem verhaltenen Gelächter antworteten.

Davide machte Maria auf einen bärtigen Mann aufmerksam, der die Gewandung eines orthodoxen Mönchs trug. »Diesen Mann solltet Ihr im Auge behalten, Maria«, riet Davide.

»Wer ist das?«

»Athanasius Synkellos«, gab Davide Auskunft.

Maria sprach gut genug Griechisch, um zu wissen, dass *Synkellos* Zellengenosse bedeutete – für einen Mönch sicherlich kein unpassender Beiname. »Er ist der Privatsekretär und Stellvertreter von Patriarch Gregor III. Mammas und hat erst vor kurzem den Titel eines Protosynkellos bekommen.«

»Das heißt, er wird vermutlich der Nachfolger des Patriarchen?«

»Ja. Und es ist bekannt, dass er nicht nur ein Feind der Lateiner, sondern auch ein Gegner der Kirchenunion ist!«

»Dann sollten wir im eigenen Interesse Patriarch Gregor ein möglichst langes Leben wünschen«, mischte sich Marco ein, der Davides Worte genau vernommen hatte, obwohl ihm vorher eigentlich nicht anzusehen gewesen war, dass er den Worten des Schreibers aufmerksam zugehört hatte.

»Ihr könnt davon ausgehen, dass Patriarch Gregor ihn nicht freiwillig zum Protosynkellos gemacht hat«, stellte der Schreiber des Hauses di Lorenzo fest. »Aber der Patriarch hatte wohl keine andere Wahl. Die Kirche Konstantinopels war in Bezug auf die Union ja von Anfang an tief gespalten, mittlerweile sind jedoch deren Gegner angeblich eindeutig in der Mehrzahl. Sobald Athanasius Patriarch wird, werden wir alle das zu spüren bekommen!«

»Nun, Ihr gehört doch der syrischen Kirche an«, erwiderte Maria. »Also dürfte sich seine Abneigung doch nicht gegen Euch richten!«

»Und ob!«, widersprach Davide. »Wir syrischen Christen sind für die Orthodoxen doch von jeher Ketzer, weil wir die Dreifaltigkeit nicht anerkennen!«

»Das heißt, er würde euch Levantiner am liebsten gleich nach den Lateinern aus der Stadt jagen«, meinte Marco. »Allerdings wäre Konstantinopel dann wohl fast völlig entvölkert, denn von den sogenannten Rechtgläubigen gibt es doch kaum noch welche!« Marco kicherte auf eine fast schon unverschämte Weise, die demonstrierte, wie gleichgültig ihm all der kaiserliche Prunk in Wirklichkeit war, der ihn gerade umgab.

Athanasius ließ den Blick schweifen. Er vertrat offenbar den Patriarchen, für den es undenkbar gewesen wäre, sich bei solch einem Anlass unter die Bittsteller am Hof zu mischen. Schließlich nahm das Kirchenoberhaupt für sich in Anspruch, dem Kaiser übergeordnet zu sein, der ja seinerseits allein durch die Gnade Gottes regierte – und nicht umgekehrt! Hingegen tat der Kaiser alles, um jegliche Unterwerfungsgesten zu vermeiden, die die orthodoxe Geistlichkeit von ihren Geistlichen verlangte.

Die bescheidene mönchische Erscheinung des Protosynkellos stand im krassen Gegensatz zum allgemeinen höfischen Gepränge. Genau diesen Gegensatz wollte Athanasius vielleicht sogar noch betonen. Zehn Jahre war es her, dass Kaiser Johannes VIII. aus dem Geschlecht der Palaiologen Papst Eugen in Rom besucht hätte, um mit ihm die letztlich wirkungslos gebliebene Kirchenunion zu beschließen. Viele nahmen dies dem Kaiser bis heute ebenso übel wie dem Patriarchen, der dabei eine noch entscheidendere Rolle gespielt hatte.

Maria fühlte ein Augenpaar auf sich gerichtet. In einiger Entfernung starrte ein grauhaariger Mann sie an. Er trug ein enganliegendes Wams nach venezianischer Mode, das allerdings sehr abgegriffen wirkte. An manchen Stellen waren die Nähte grob und mit einem Faden in unpassender Farbe ausgebessert worden. Die lederne Weste, die er darüber trug, war fleckig. Darüber hinaus mutete seine Kleidung zu groß an, so als würde sie ihm entweder nicht gehören oder als wäre er hagerer geworden, seit man ihm diese Stücke angepasst hatte.

Das Gesicht des Grauhaarigen war aschfahl und leichenblass, wie wenn er schon lange nicht mehr das Sonnenlicht gesehen hätte. Der dünne Knebelbart, der um das Kinn herum wuchs und ziemlich verfilzt wirkte, sah im Gegensatz zum Haupthaar noch sehr dunkel aus. Dasselbe galt für die sehr buschigen Augenbrauen, die jeweils eine leicht nach oben gebogene Linie beschrieben. Dies gab seinem Gesicht zusammen mit dem kalt wirkenden, leicht spöttischen Lächeln einen beinahe diabolischen Zug. Außerdem waren da diese eisgrauen Augen, deren Blick von einer durchdringenden Intensität war, die einen unwillkürlich frösteln ließ.

»Wisst Ihr, wer das ist?«, fragte Maria an Davide gewandt, mit einem leichten Kopfnicken in die Richtung des Mannes.

»Nein, tut mir leid. Ich bin nicht im Bilde.«

»Er hat mich gerade auf eine Weise angestarrt, die …«

»Was?«

»… die mir mehr als unangenehm war. Ich habe das Gefühl, ihm schon mal begegnet zu sein.«

»Ich kann Euch nicht sagen, wer er ist. Unter den Genueser Kaufleuten habe ich ihn noch nie gesehen. Und um ein Kapitän oder Seeoffizier zu sein, ist er entschieden zu blass, würde ich sagen.«

»Jedenfalls scheinen seine Geschäfte nicht gut zu laufen, sonst würde er nicht in solchen Lumpen herumlaufen«, lautete Marcos gewohnt spöttischer Kommentar.

Maria vermied es zunächst, noch einmal in die Richtung des Grauhaarigen zu blicken. Als sie es schließlich doch tat, war er in der Masse der Bittsteller verschwunden. Sie konnte ihn nirgends mehr entdecken.

Fanfaren erklangen. Der Erste Logothet des Kaisers hielt mit seinem Gefolge Einzug. Sein Name war Stefanos Pantelis, ein dunkelhaariger Mann mit spitzer, leicht nach oben zeigender Nase und dunklen, sehr tiefliegenden Augen. Nektarios, der Maria, Marco und Davide am Tor empfangen hatte, war nur einer seiner untergeordneten Stellvertreter. Er beeilte sich nun, noch rechtzeitig seinen Platz einzunehmen, der sich links von Stefanos Pantelis befand. Wie die anderen hatte er darauf zu achten, nur ja nicht den Blick auf den Herrscher zu verdecken.

Endlich kam auch der Kaiser herein. Johannes VIII. Palaiologos war ein gebeugt gehender Mann von annähernd sechzig Jahren. Der Bart war grau, die Wangen hohl und eingefallen. Zu seinen Begleitern gehörte ein rothaariger Mann mit kantigem Gesicht, der die Livree der Leibgarde trug. Seine behandschuhte

Hand schloss sich um den Griff des Schwertes an seiner Seite. Sein Brustharnisch war messingfarben wie die Schulterstücke an seiner Lederweste.

Maria wusste, wer dieser Begleiter war. Er hieß Jason Argiris. Zumindest nannte er sich seit ein paar Jahrzehnten so – niemand hatte Kenntnis davon, unter welchem Namen er geboren worden war. Man munkelte, dass er ursprünglich aus einem Bauerndorf auf dem Peloponnes stammte. Andere wollten erfahren haben, dass er sich als einfacher Söldner nach oben gedient hatte und entweder aus Skandinavien oder aus Cornwall stammte und seinen Namen gräzisierte, als er die Offizierslaufbahn einschlug.

Maria erinnerte sich, Jason Argiris zum ersten Mal auf einem Empfang gesehen zu haben, zu dem die Genueser Kauffahrer geladen hatten. Er galt als eine der wichtigsten Stützen des dahinsiechenden Kaisertums, dem viele kaum mehr Überlebenschancen als einem Pestkranken gaben. Ohne die Loyalität von Jason Argiris' Garde wäre der Kaiser wohl schon längst einem der Attentatsversuche erlegen, die es immer wieder gegeben hatte und hinter denen vermutlich fanatische Gegner der Kirchenunion standen. Für sie war Kaiser Johannes schlicht und ergreifend ein Verräter und die Ökumene der Kirche nur ein anderes Wort für Ketzerei.

Alle Anwesenden knieten nun nieder.

Kaiser Johannes nahm auf dem Thron Platz. Sein Gesicht hatte die Strenge eines bärtigen Heiligen, den man auf den in Konstantinopel allgegenwärtigen Ikonen bewundern konnte. Einige quälend lange Augenblicke vergingen, ehe sich Stefanos Pantelis erhob, zum Kaiser ging und mit ihm so leise sprach, dass man nicht mehr als ein Wispern im Raum zu hören vermochte. Durch den starken Widerhall wurde es zu einem Geräusch, das schwerlich an menschliche Worte erinnerte.

Dann trat der Erste Logothet in leicht gebückter Haltung und stets dem Kaiser zugewandt zurück, ehe er sich aufrichtete, um ein paar Worte an die Versammelten zu richten. »Johannes VIII., Kaiser von Gottes Gnaden in Konstantinopel und Herrscher im Königreich der Römer, Verteidiger des rechten Glaubens, gewährt Euch in seiner Erhabenheit die Gnade, Euch anzuhören.« Stefanos entrollte ein Dokument. Es war ein dickes Pergament, auf dem eine Liste der Bittsteller verzeichnet war. Sie war ursprünglich von Nektarios erstellt worden, und Maria wusste, dass Davide Scrittore dem niederen Logotheten dafür eine erkleckliche Summe hatte zahlen müssen, damit die Namen der Erben des Hauses di Lorenzo darauf überhaupt erschienen. Allerdings bedeutete dies nicht, dass sie auf der endgültigen Fassung der Liste immer noch zu finden wären – und schon gar nicht in so führender Position, wie es eigentlich dem Preis entspräche, den Davide bezahlt hatte. Die letzte Fassung der Liste und natürlich auch die Reihenfolge, in der die Bittsteller ihre Anliegen dem Ersten Logotheten vortragen durften, wurde nämlich üblicherweise von Stefanos Pantelis vorgenommen, wobei es erfahrungsgemäß vorkam, dass die Reihenfolge zugunsten von jenen Bittstellern verändert wurde, die das Privileg genossen, mit dem Ersten Logotheten gut bekannt zu sein und ihm Geschenke machen zu dürfen. Es gab nicht einen einzigen höheren Hofbeamten, geschweige denn einen Logotheten, der nicht käuflich gewesen wäre. Maria erinnerte sich daran, wie oft ihr Vater über deren schier unersättliche Habgier geklagt hatte.

Bartolomeo Maldini, der in Ehren alt gewordene Sprecher der genuesischen Kaufmannschaft, führte die Liste der Bittsteller mutmaßlich an, denn er sollte nun als Erster vortreten. Mithilfe eines Dieners erhob er sich mühsam aus seiner knienden Haltung, die man auch einem alten Mann wie ihm nicht erspart hatte, und schritt dann zu dem Logotheten. Vor den Treppenstufen, die zu dem etwas erhöhten Bereich um den Thron hinaufführten, blieb er stehen. Stefanos Pantelis blickte auf ihn herab, während Maldini sich vor ihm und dem Kaiser tief verneigte. »Herr, die Mauern von Pera sind an mehreren Stellen baufällig. Gestattet uns, sie aus eigenen Kräften instand zu setzen. Es wurde uns zwar versprochen, dass die kaiserlichen Baumeister sich den Schaden ansehen und ihn beseitigen, aber das ist bislang nicht geschehen. Inzwischen hat es mehrere Erschütterungen des Erdreichs gegeben, und seit dem letzten Ausbruch der Pest haben wir kaum noch genug Wächter, um alle Türme wirklich bemannen zu können.«

Kaiser Johannes gab mit keiner Regung seines Gesichts zu erkennen, dass er den Worten des Kaufmanns überhaupt zugehört hatte. Wie eine regungslose Maske wirkten die Züge des Herrschers auf Maria – diesen Eindruck hatte sie bereits als kleines Mädchen bei den wenigen Gelegenheiten gehabt, da sie dem Kaiser begegnet war. Zu hohen kirchlichen Festtagen beispielsweise pflegte er für jedermann sichtbar in der Hagia Sophia zum Gottesdienst zu gehen. Marias Vater hatte stets Plätze aufgesucht, von wo aus man den Kaiser und seinen engeren Hofstaat jederzeit im Auge behalten konnte.

Der Erste Logothet begab sich zum Kaiser und sprach mit ihm sehr leise in gedämpftem Ton. Auch die Worte des Kaisers waren kaum zu hören. Das Echo machte es nahezu unmöglich, in diesen Lauten mehr zu sehen als ein wisperndes Orakel, dessen Sinn sich nur dem Eingeweihten erschloss.

Anschließend kehrte der Logothet zu dem alten Mann zurück. »Die Kolonie in Pera ist der Republik Genua und ihren Kaufleuten zur freien Verfügung und Ausübung ihrer Handelsinteressen überlassen worden. Unser erhabener Kaiser meint, Ihr könntet dort tun, was immer Ihr beliebt, demzufolge seid Ihr auch selbst für die Ausbesserung der Schäden in den Festungsmauern verantwortlich und habt dafür die Kosten zu tragen.«

»So richte Seiner Erhabenheit aus, dass es nicht darum geht, das Imperium mit Kosten zu belasten, und dass uns sehr wohl bewusst ist, dass diese von den Bewohnern Peras selbst zu tragen sind. Allerdings erbitten wir die Erlaubnis, die Steine von nicht mehr bewohnten Gebäuden in Konstantinopel nehmen zu dürfen, da es unmöglich erscheint, auf anderem Weg schnell genug eine ausreichend große Menge an geeignetem Gestein für die Bauarbeiten nach Pera zu schaffen. Zu unserem Bedauern ist bisher keines unserer diesbezüglichen Gesuche beantwortet worden!«

Kaiser Johannes sah geistig abwesend aus. Sein Blick wirkte auf Maria so, als würde er ins Nichts blicken. In den letzten Jahren schien er vorzeitig gealtert zu sein. Tiefe Falten durchschnitten sein Gesicht, dessen Linien so hart waren, als wären sie mit einem groben Messer geschnitzt worden.

Bedächtig schritt der Erste Logothet auf seinen Herrscher zu, blieb in respektvollem Abstand stehen und wartete ab. Er hätte es nie gewagt, Kaiser Johannes anzusprechen, ohne dass der Herrscher der Rhomäer seinen Blick auf ihn gerichtet hätte. So entstand nun ein quälend langer Augenblick des Schweigens, während die volle Aufmerksamkeit aller im Raum auf den scheinbar teilnahmslos dasitzenden Kaiser gerichtet war, dessen Gedanken unendlich weit entfernt zu sein schienen. Er wirkte müde – und die Blässe seines Gesichts ungesund. Die dunklen Ringe unter den Augen waren nicht zu übersehen. Er hob leicht die Hand und machte ein Zeichen. Daraufhin wandte sich der Logothet an Maldini. »Seine Erhabenheit hat Euren Wunsch zur Kenntnis genommen, und Ihr werdet über alles Weitere zu gegebener Zeit unterrichtet werden«, erklärte Stefanos Pantelis.

Man sah Bartolomeo Maldini an, wie fassungslos er darüber war, dass diese wichtige Entscheidung einfach verschoben wurde und wohl in den nächsten Monaten nicht mehr damit zu rechnen wäre, dass es in dieser Sache voranging. Der alte Handelsherr und Diplomat hatte seine Gesichtszüge normalerweise vorzüglich unter Kontrolle, sodass man ihm zwar ins Gesicht, nicht aber in die Seele blicken konnte, doch in diesem Augenblick vergaß er sich kurz. Sein Kopf wurde dunkelrot.

Noch drei weitere Bittsteller mussten Maria und ihre Begleiter abwarten, dann waren die Erben des Hauses di Lorenzo an der Reihe. Stefanos Pantelis wies sie an vorzutreten. Marias Knie hatten derweil zu schmerzen begonnen.

Der Blick des Kaisers ruhte zuerst auf Marco, dann auf Maria. Von Davide Scrittore schien er kaum Notiz zu nehmen, obwohl Maria aus den Erzählungen ihres Vaters wusste, dass Kaiser Johannes der Schreiber sehr gut bekannt sein müsste.

Hier zählte wohl allein die Einhaltung der Hierarchie. Wer weiter unten in der Ordnung stand, die angeblich der Herr selbst gefügt hatte, dem wurde dies bei einer Audienz des Kaisers auch in besonderer Weise verdeutlicht.

Der Logothet nannte die Namen von Marco und Maria di Lorenzo und stellte sie als Nachfahren des ruhmreichen Niccolò Andrea vor, der einst geholfen hatte, die Franken aus Konstantinopel zu vertreiben. Stefanos Pantelis wollte etwas sagen, auf ein Zeichen des Kaisers hin schwieg er freilich.

»Euer Vater Luca di Lorenzo war ein guter Freund unseres Hauses«, sprach Johannes – überraschenderweise tat er das auf Latein, der alten Amtssprache Konstantinopels, die allerdings schon vor langer Zeit sowohl im täglichen Gebrauch als auch offiziell vom Griechischen abgelöst worden war. »Es tut mir leid, dass Euer Vater und seine Gemahlin dieser furchtbaren Seuche anheimgefallen sind, der auch meine Frau erlegen ist …« Er wandte sich nun an Maria. »Sie war nach der Mutter unseres Herrn benannt worden, genau wie Ihr, Maria di Lorenzo!«

»Wir sind dem Herrn dankbar, dass der Schwarze Tod uns verschont hat«, gab Maria zurück und ahnte sofort, dass sie nicht ganz den richtigen Ton getroffen hatte. Sie sprach nun zwar ebenfalls Latein, doch vielleicht lag es gerade daran, dass ihre Worte nicht die gewohnte Geschmeidigkeit hatten.

»Ich dagegen bedaure jeden Tag, derjenige zu sein, der zurückgeblieben ist, und ich frage mich, warum. Hat der Herr noch einen Plan mit mir? Doch warum hat er dann alles, was ich seitdem versucht habe, letztlich scheitern lassen? Warum vermochte ich seit dem Abschluss der Kirchenunion in Ferrara nichts mehr einem Ziel zuzuführen?« Ein mattes Lächeln erschien auf dem Antlitz des Kaisers. Für einen kurzen Moment milderte es die harten Linien seiner Züge und gab einen flüchtigen Blick auf das Seelenleben des Kaisers frei. Pure Verzweiflung sprach jetzt auch aus seinem Gesicht: Es war das Gesicht eines Mannes, der alles versucht hatte und nun ahnte, dass sich das Blatt für ihn und sein zusammengeschmolzenes Reich doch nicht noch einmal wenden ließe.

Maria schwieg jetzt betroffen. Kaiser Johannes lehnte sich zurück. »Ihr seid hier, um Eure Privilegien zu erneuern, nicht wahr?«

»So ist es«, antwortete Maria fast tonlos und nickte.

Marco hingegen verengte nur leicht die Augen und wirkte auf eine eigenartige Weise teilnahmslos. Maria konnte sich darauf erneut keinen rechten Reim machen, aber es fiel ihr in letzter Zeit ja ohnehin schwer, noch zu verstehen, was in ihrem Bruder vor sich ging. »Verzeiht, mein Kaiser, es geht uns dabei auch um die Erlaubnis, innerhalb Eurer Stadt Waren stapeln und Lagerhäuser betreiben zu dürfen.«

»Die Mauern von Pera sind eng, die von Konstantinopel inzwischen so weit, dass sie wie ein zu großer Hut wirken, der seinem Träger deshalb bis zur Nasenspitze reicht. Warum sollte ich Euch dieses Recht also nicht auch fürderhin belassen, da Ihr doch von einem treuen Verbündeten Konstantinopels abstammt?« Er wandte sich an Marco. »Ich nehme an, dass Ihr es seid, in dessen Händen die Führung des Hauses di Lorenzo jetzt liegt!«

Marcos Gesicht verfinsterte sich leicht. Er kam indessen nicht mehr dazu, dem Kaiser zu antworten.

Kaiser Johannes' Blick veränderte sich plötzlich, auf erschreckende Art und Weise traten seine Augen hervor. Ein röchelnder Laut kam über seine Lippen. Danach erstarrte sein Blick maskenhaft, und er sackte nach vorn. Noch ehe einer seiner Diener oder gar der Erste Logothet ihn hätte halten können, rutschte er zu Boden und blieb regungslos liegen.

Seine Augen waren so ausdruckslos, wie Maria es nur von einem Toten kannte.

»Ein Arzt! Schnell! Ein Arzt!«, rief Stefanos Pantelis auf Griechisch.

Alle, die bis dahin gekniet hatten, waren jetzt aufgestanden und sahen entsetzt auf den Kaiser. »Lasst mich durch!«, sagte eine Stimme, die an das Zischen einer Schlange erinnerte. Sie war nicht laut, aber durchdringend. Die Stimme eines Mannes, der es gewohnt war, dass seine Anweisungen erfüllt wurden. Er hatte Griechisch gesprochen, allerdings mit einem Akzent, wie man ihn von Venezianern oder Genuesern kannte. Unwillkürlich erschrak Maria, noch ehe sie gewahr wurde, wie ein grauhaariger, hagerer und etwas ungepflegter Mann sich zwischen den Gästen hindurchdrängelte.

»Lasst mich vorbei! Ich bin Fausto Cagliari, der Pestarzt des Kaisers!«, rief er, und erst da fiel es Maria wie Schuppen von den Augen. Unter der Schnabelmaske hatte seine Stimme verändert und sehr viel dumpfer geklungen. Darüber hinaus sprach er jetzt Griechisch und nicht sein angestammtes Venezianisch, was den Klang zusätzlich veränderte. Deswegen ist er mir so bekannt vorgekommen!, ging es Maria durch den Kopf. Der unscheinbare, hagere Mann in dem abgetragenen venezianischen Wams war niemand anderes als jener Pestarzt, der sich ihr gegenüber bisher hinter seiner grotesken Schnabelmaske verborgen hatte und den sein von mit ätherischen Ölen getränkten Tüchern umwickelter Anzug aus Krokodilleder wie einen dämonischen Tiermenschen hatte aussehen lassen. Dieser Blick ... Allein bei der Erinnerung daran überlief Maria ein Schauder.

Fausto Cagliari beugte sich über den am Boden liegenden Kaiser.

Jason Argiris beobachtete ihn dabei misstrauisch. Dem Befehlshaber der kaiserlichen Leibgarde gefiel es anscheinend ganz und gar nicht, dass hier und jetzt alles von dem Arzt aus Venedig abhängen sollte.

»Bringt ihn auf ein Lager!«, befahl Fausto Cagliari mit autoritätsgewohnter Stimme und akzentschwerem Griechisch. »Schnell!«

Im Saal hatte sich eine gespenstische Stille ausgebreitet. Wie paralysiert standen alle, die an diesem Tag zur Audienz beim Kaiser geladen worden waren, dort, wo sie eben als Bittsteller noch gekniet hatten – und selbst manch einer der schwer bewaffneten Söldner in Livree und Harnisch, die eine Hand am Stiel der Hellebarde, die andere am Griff des Seitschwertes, verharrte wie versteinert an seinem Platz. Möglicherweise waren es ja die Augen des Kaisers, die sie so entsetzten, denn der regungslose Johannes VIII. starrte vollkommen entseelt zur Palastdecke.

Auf Befehl von Jason Argiris kamen Wächter herbei, nahmen

zögernd und erst auf einen weiteren, sehr viel barscher gehaltenen Befehl hin den regungslosen Kaiser vom Boden auf und trugen ihn fort.

Maria bekam mit, wie Stefanos Pantelis ein paar Worte mit dem Vertreter der Kirche wechselte. Athanasius Synkellos nickte heftig, aber von dem, was ihm gesagt wurde, konnte Maria nichts mehr verstehen, denn überall begann jetzt unter den Anwesenden das Geraune. »Der Erste Logothet des Kaisers und der Stellvertreter des Patriarchen – welch ein schönes Paar!«, murmelte unterdessen Marco voller Spott. »Ich möchte nicht wissen, wessen Trauer falscher ist!«

»Schweig, Bruder!«, zischte Maria. »Um alles in der Welt, zügle nur dieses eine Mal dein Mundwerk, Marco!«

»Ist es etwa falsch, was ich gesagt habe?«

»Nicht jede Wahrheit muss ausgesprochen werden, Marco!«

Marco zuckte mit den Schultern. »Ja, das ist sicherlich auch eine Möglichkeit, die Dinge zu sehen.«

Mit einer schwungvollen Bewegung zog Jason Argiris nun sein Schwert. Die Klinge wirbelte durch die Luft und zeigte schließlich auf einen der Ausgänge des Audienzsaals, während er das Wort ergriff.

»Niemand verlässt diesen Saal«, rief er. »Nicht, bevor nicht aufgeklärt ist, was soeben geschah!«

Die Wachen riegelten sofort sämtliche Türen des Audienzsaals ab. Ringsum stellten sich daraufhin die livrierten Krieger in ihren Harnischen vor den Ausgängen auf und kreuzten die Hellebarden.

Hier und da versuchte tatsächlich der eine oder andere Edelmann oder eine Dame aus einem niederen serbischen Adelshaus, das über mehrere Ecken mit dem Haus des Kaisers verbunden war, noch zu entwischen, aber es blieb beim halbherzigen Versuch. Schließlich wusste jeder im Raum, wie unbarmherzig die Waffenknechte des Kaisers sein konnten, obwohl sie noch nicht einmal die schlimmsten waren.

Wirklich schlimm waren die unerkannt unter der Bevölkerung wandelnden Büttel, die der Kaiser angestellt hatte. Sie spionierten und mordeten im Geheimen, und niemand war in der Lage, sie daran zu hindern.

»Alles muss genauestens untersucht werden«, verkündete nun Stefanos Pantelis. Die Stimme des Ersten Logotheten klang auch jetzt noch autoritär, obwohl er im Moment nicht im Willen des Kaisers von Gottes Gnaden, sondern nur in eigenem Namen sprach. Irre ich mich, oder ist er nur sehr wenig überrascht von den Geschehnissen?, ging es Maria durch den Kopf.

Jason Argiris wirkte ebenfalls sehr ruhig und gefasst – und die Tatsache, dass er sich zurzeit mit Athanasius Synkellos intensiv unterhielt, war wohl auch nur mehr als ein Zufall. Der Stellvertreter des Patriarchen nickte mehrfach und strich sich dabei den nach Art der orthodoxen Geistlichen fast bis zum Brustbein herabreichenden Bart glatt.

»Wir können nur hoffen, dass dies alles nicht das Ergebnis einer Verschwörung gegen die Kirchenunion ist«, raunte Davide Scrittore ihr zu. Es war kaum mehr als ein Flüstern, und die Tatsache, dass er dabei auf Latein sprach, zeugte davon, dass er offenbar nicht von jedem verstanden werden wollte.

»Haltet Ihr das denn für denkbar?«, murmelte Maria.

»Aber natürlich. Die Union war immer umstritten und hätte die Gläubigen in der Stadt beinah in zwei völlig verfeindete Lager gespalten! Dasselbe gilt für die Geistlichkeit. Ich glaube, diese Kräfte haben im Geheimen niemals aufgehört, ihr Spiel voranzutreiben!«

»Ein Spiel, das Konstantinopel den Türken in die Hände würfeln wird!«

»Wenn man diese Stadt wirklich vor diesem Schicksal hätte

bewahren wollen, dann hätte man schon vor Jahren anders handeln müssen!«, meinte Davide. »Was auch getan wurde, es kam wohl alles zu spät.«

Maria sah ihn an. »So pessimistisch, Davide?«

»Nein, nur klarsichtig.«

Augenblicke später kehrte Fausto Cagliari zurück in den Audienzsaal. Er sprach zunächst mit Jason Argiris, dann trat Stefanos Pantelis hinzu.

Es war bezeichnenderweise nicht der Erste Logothet, der dann zu den im Saal versammelten Herrschaften sprach, sondern der Kommandant der Leibgarde. »Der Kaiser ist von uns gegangen. Ein Arzt, der über jeden Zweifel erhaben ist, hat seinen Tod festgestellt und als Ursache die natürliche Schwäche des Körpers im Alter postuliert. Seine Nachfolge ist geregelt, und so gibt es keinen Anlass, das Vertrauen in das Kaisertum der Rhomäer in Frage zu stellen!«

»Wie lange wird man uns hier noch festhalten?«, meldete sich nun Bartolomeo Maldini zu Wort. Niemand anderem als dem über achtzigjährigen Gesandten Genuas hätte ein solcher Zwischenruf zugestanden – und aus keinem anderen Mund wäre er geduldet worden.

»Ursprünglich war es meine Absicht, jeden hier im Saal zu verhören und durchsuchen zu lassen«, erklärte Jason Argiris. »Nachdem jedoch der Medicus Cagliari die Möglichkeit einer Vergiftung kategorisch ausschließt, besteht dafür keine Veranlassung mehr. Ihr seid frei zu gehen, wann immer Ihr den Palast zu verlassen wünscht, Gesandter!«

Ein Raunen ging nun durch die Anwesenden. Stimmengewirr brandete auf.

»Das ist doch lächerlich!«, meinte Marco in zynischem Tonfall. Er lachte rau auf. »Kein Arzt ist so gut, dass er in so kurzer Zeit so etwas zu erkennen vermöchte! Und von Giften, die sich nicht durch ihre Wirkungsweise verraten und keine verräterischen äußeren Zeichen hinterlassen, scheint dieser Arzt wohl auch noch nie etwas gehört zu haben!«

»Lasst uns gehen«, sagte Davide düster. »Sonst zieht uns der Strudel, der sich gerade aufzutun beginnt, mit in die Tiefe.«

Sie hatten bereits den Audienzsaal verlassen und durchschritten eilig einen der hohen Säulengänge. Die Wachen standen regungslos auf ihren Posten und ließen sie ebenso passieren wie all die anderen, die jetzt aus dem Palast hinausdrängten.

Maria bemerkte hinter sich einen Tumult. Wächter stürzten sich auf einen Mann, der ebenfalls versucht hatte, im Strom der Audienzgäste den Kaiserpalast zu verlassen.

Maria erkannte sofort, wer es war.

»Stefanos Pantelis!«, entfuhr es ihr.

Der Erste Logothet sandte ihr einen verzweifelten Blick zu, während die Wächter ihn packten.

»Ich habe niemandem etwas getan!«, rief er.

Aber die Wächter ließen nicht mit sich reden, sie führten das aus, was ihnen befohlen worden war. Einer versetzte ihm einen Schlag, sodass er benommen in sich zusammenfiel und keinen Widerstand mehr leistete. Anschließend schleiften sie ihn davon.

»Wir werden ihn so schnell nicht wiedersehen«, mutmaßte Davide.

»Was geht hier vor sich, Davide?«

»Stefanos Pantelis scheint in Ungnade gefallen zu sein. Wir können nur hoffen, dass in diesem Strudel nicht auch unsere Freunde am Hof mit in die Tiefe gerissen werden.«

»Ihr meint Nektarios?«, fragte Maria.

»Wir können nichts tun, als abzuwarten«, erklärte Davide nüchtern. »Der Wind hat sich eindeutig gedreht, und wir werden genug damit zu schaffen haben, uns selbst zu retten. Der Kaiser hat unsere Privilegien zwar bestätigt – und ich gehe davon aus, dass dies schon vor unserer Ladung zur Audienz schriftlich niedergelegt wurde –, aber das heißt nicht, dass das für alle Ewigkeit so bleiben muss.«

Fünftes Kapitel

Kanonendonner

Tag um Tag war Wolfhart Brookinger von Lübeck aus nach Süden gezogen. Über die ungefähre Route, die er nach Konstantinopel zu nehmen hatte, war er sich im Klaren. Noch vor seiner Reise nach Lübeck hatte er alle Karten studiert, die es an der Universität zu Erfurt zu sehen gab, und sich eingehende Notizen gemacht. Über Böhmen und Ungarn würde sein Weg führen, dann durch die Länder verschiedener kleinerer slawischer Herrscher, um schließlich einen Bereich zu betreten, der unter der Herrschaft des Sultans stand und der die Stadt vollkommen umschloss.

Zweifellos wäre es sicherer gewesen, den Seeweg über Genua oder Venedig zu wählen. Die Kosten für die Passage hätten Wolfharts Mittel allerdings bei weitem überstiegen. Zwar hatte ihn sein Vater für die Reise ganz hinlänglich ausstaffiert, und er hätte auch jederzeit die Möglichkeit gehabt, sein Pferd zu verkaufen, um zu etwas Silber zu kommen, aber andererseits wusste er ja nicht, wie lange er dann davon würde leben müssen. Selbst wenn er Konstantinopel erreicht hätte, hieße das ja nicht, dass er dort gleich das Wohlwollen des großen Medicus Cagliari und eine Stellung in dessen Diensten erhielte. Vielleicht müsste er sich so durchschlagen oder gar dafür bezahlen, dem großen Medicus bei der Ausübung seines segensreichen Handwerks über die Schulter sehen zu dürfen. Also versuchte Wolfhart, mit so geringem Aufwand wie möglich durchzukommen. Daran war er im Übrigen bereits durch seine Zeit in Erfurt gewöhnt. Es war eine ganz grundsätzliche Erkenntnis und Entscheidung in seinem Leben gewesen, die Bildung des Geistes höher zu schätzen als Gold und Silber. Eine Entscheidung, die seine Familie wohl niemals wirklich verstehen würde. Doch musste nicht jeder einen eigenen Weg gehen und dem folgen, was der Herr einem in die Seele gelegt hatte?

Jedenfalls war Wolfhart sehr froh darüber, dass es zwischen ihm und seinen Eltern nicht über diese Frage zu einem endgültigen Bruch gekommen war, und er rechnete es ihnen hoch an, dass sie ihn mit ihrem Wohlwollen ziehen ließen – wenngleich ihm natürlich klar war, dass sie sich etwas anderes von ihm gewünscht hätten.

Wolfhart kampierte an diesem Tag an einem rauschenden Bach, einem der vielen Nebenarme der Moldau.

Keine halbe Stunde zu Pferde entfernt befanden sich die Mauern der goldenen Kaiserstadt Prag. Aber da die Nächte noch nicht zu ungemütlich waren, um sie draußen im Freien zu verbringen, hatte Wolfhart beschlossen, die Tore der Stadt nicht zu durchreiten und sich die Taler für ein Wirtshaus oder einen Platz zwischen den Strohballen eines Mietstalls zu sparen.

Ein lauter Knall ließ Wolfhart im Morgengrauen zusammenzucken. Das Pferd wurde unruhig. Ein weiterer Knall folgte. Er klang eher wie ein donnernder Kanonenschlag, und Wolfhart fragte sich, wem an diesem Tag wohl ein Salut gegeben würde! Denn wenn an diesem Ort ein Krieg getobt hätte, so wäre ihm davon zweifellos längst etwas zu Ohren gekommen. Zu sehen war davon während der gesamten Reise ebenso nichts gewesen. Dass die Auseinandersetzungen mit den hussitischen Ketzern nach fast zwanzig Jahren noch einmal aufgeflammt sein sollten, konnte Wolfhart nicht glauben. Ein Kreuzzug des Papstes hatte diese Abweichler zum Schweigen gebracht, und falls es noch welche von ihnen gab, so übten sie ihre Lehre im Verborgenen aus.

Wieder donnerte es, und Wolfhart hatte diesmal alle Mühe, das noch ungesattelte Pferd ruhig zu halten.

»Schön ruhig!«, murmelte er, während er dem Tier den Hals tätschelte. »Das gilt nicht uns beiden.«

Der Gaul schnaubte, sodass man fast meinen konnte, er hätte die Worte verstanden und wollte ihnen widersprechen.

Ein paar weitere Explosionen folgten noch, dann war endlich Stille.

Wolfhart wartete noch, bis das Pferd sich wieder einigermaßen beruhigt hatte. Das dauerte allerdings eine ganze Weile, aber ehe das nicht geschehen war, konnte er seinen Sattel unmöglich auf den Rücken des Tieres legen. Geduld – das war das A und O im Umgang mit Pferden. So viel hatte Wolfhart inzwischen begriffen, und genau genommen unterschieden sich Gäule in dieser Hinsicht kaum von den meisten Menschen, wie er fand.

Als dann eine ganze Weile nichts mehr zu hören gewesen war, wagte es der Reisende schließlich, seinen Gaul für die Weiterreise wieder zu satteln. Mehr brauchte er dafür nicht zu tun, alles, was er mitführte, trug er ohnehin am Leib.

Hufschlag ließ ihn jetzt aufhorchen. Ein Reiter preschte in scharfem Galopp über den Waldweg. Der Umhang flog ihm hinterher wie eine dunkle Fahne. Sein Pferd war schwarz wie die Nacht. Er riss an den Zügeln, als er Wolfhart bemerkte.

Den Reiter schätzte Wolfhart auf etwa vierzig Jahre. Er war kräftig von Statur, und der Großteil seines Gesichts war von einem dunklen Bart verdeckt, der schon hier und da leicht von silbergrauen Streifen durchwirkt war. Die Stirn war hoch, der Haaransatz schon fast bis zur Mitte des Kopfs zurückgegangen. Dass die Haut dort im Gegensatz zu seinem Gesicht kaum gebräunt war, sprach dafür, dass er normalerweise eine Mütze trug und sie womöglich während eines scharfen Ritts verloren hatte. Am Gürtel hing ein Langmesser. Unter dem Umhang war ein schwarzes, abgetragenes Lederwams zu sehen, dessen herausragendstes Merkmal die vielen aufgenähten Taschen und Ösen waren, mit denen sich Werkzeuge bei der Arbeit kurzzeitig befestigen ließen, um die Hände frei zu haben. Das war zweifellos die Weste eines Handwerkers. Die Ösen und Taschen sprachen für einen Zimmermann, die Art und Weise, wie das Leder vorn verstärkt war, eher für einen Schmied oder einen anderen Berufsstand, der sich gegen Funkenflug schützen musste, aber die trugen bei ihrer Arbeit normalerweise zusätzlich eine Schürze.

Schweißperlen glänzten auf der hohen Stirn des Reiters. Schweißperlen, die im Widerspruch zur Kühle dieses Morgens standen.

»Wohin so eilig?«, fragte Wolfhart.

»Was kümmert dich das?« Einen Augenblick musterte der bärtige Reiter ihn und wirkte dann erleichtert. Wolfhart schwang sich nun ebenfalls in den Sattel. Kaum war er aufgesessen, preschte ein weiterer Reiter herbei. Er war bewaffnet, trug Schwert, Harnisch und eine Livree, wie man es bei den Stadtwachen erwarten konnte. Aus der Ferne waren Geräusche zu hören, die darauf schließen ließen, dass er nicht allein war.

Der herannahende Reiter zog sein Schwert und rief lauthals nach Verstärkung. »Sie sind zu zweit!«, brüllte er.

Der Bärtige war offensichtlich auf der Flucht – und anscheinend hatte dessen Verfolger den Eindruck, dass Wolfhart zu dem Flüchtigen gehörte.

Mit blankgezogener Klinge näherte sich der Reiter.

Anstatt seinem Gaul jetzt endgültig die Sporen zu geben, griff der Bärtige in eine der Taschen an seinem Lederwams. Er holte einen Stein hervor und schleuderte ihn mit ungeheurer Wucht in Richtung des Heranstürmenden. Mit atemberaubender Zielsicherheit traf der Stein das Pferd des Verfolgers am Auge. Wiehernd ging es auf die Hinterbeine. Der Waffenknecht wurde aus dem Sattel geschleudert und landete rücklings auf dem weichen Waldboden, während der Gaul davonstob.

Der Bärtige wandte sich an Wolfhart. »Worauf wartest du – Narr?«

Hierauf drückte er seinem Pferd die Hacken in die Seiten und ließ es voranpreschen.

Wolfhart überlegte nicht lange und tat dasselbe. Jedenfalls hatte er keine Lust, sich mit einer Schar aufgebrachter Waffenknechte darüber zu streiten, dass er mit diesem bärtigen Mann nicht das Geringste zu tun hatte. Er folgte dabei dem gewundenen Waldweg, den auch der Bärtige benutzte. Einen anderen Weg zu nehmen wäre schon deshalb nicht empfehlenswert gewesen, weil das Unterholz immer dichter wurde. Auch so wurde Wolfhart schon oft genug von Ästen gepeitscht, die ausreichend tief herabhingen, um ihn zu streifen.

Der Bärtige schien die Gegend gut zu kennen, und darüber hinaus schlug er die Richtung ein, in die sich Wolfhart sowieso wenden wollte.

Nach einer Zeit erreichten sie wieder den gewundenen Lauf des Baches, an dem Wolfhart des Nachts an anderer Stelle gelagert hatte. Der Bärtige ließ sein Pferd ein Stück bergaufwärts waten. Das Wasser reichte dem Tier zwar nur knapp über die Fesseln, allerdings war aufgrund des Gefälles die Strömung recht stark. Sie reichte in jedem Fall aus, um die Spuren zu verwischen.

»Na, komm schon!«, rief der Bärtige. »Oder willst du die Aufmerksamkeit der Waffenknechte unbedingt auf dich lenken?« Er lachte rau. »Das würde ich dir nicht empfehlen, die können ziemlich grob werden!«

So ließ Wolfhart sein Pferd ebenfalls dem Bachbett folgen. Als sie es später verließen, stiegen die beiden Männer von den Pferden und führten sie eine steile, rutschige Anhöhe hinauf. Dort war der Wald sehr dicht. Die Baumkronen bildeten nahezu ein geschlossenes Blätterdach, durch das nur hin und wieder etwas Tageslicht hindurchblitzte.

»Hier bleiben wir erst einmal für eine Weile und warten ab, bis sich der Sturm verzogen hat«, sagte der Bärtige, während er sein Pferd an einem Ast festmachte.

»Einen Sturm, den du anscheinend ausgelöst hast und mit dem man mich jetzt wohl gleich in Verbindung bringt«, gab Wolfhart zurück. »Würdest du mir wenigstens verraten, wessen Zorn du dir zugezogen hast und aus welchem Grund, damit ich wenigstens ahne, weswegen mir vielleicht einer dieser Waffenknechte den Kopf abschlagen wird und wem ich das zu verdanken habe?«

Der Bärtige legte seinen Zeigefinger auf die Lippen.

»Schlag nicht so einen Krach, du Narr! Mit etwas Glück reiten die Waffenknechte an uns vorbei und verlieren im Bach unsere Spur. Dann können wir unbehelligt weiterziehen!« Seine Stimme war jetzt nicht mehr als ein heiseres Flüstern.

Leider musste Wolfhart eingestehen, dass dieser Kerl in allem Recht hatte, was er sagte.

Der Bärtige lauschte angestrengt, und Wolfhart machte unterdessen ebenfalls sein Pferd fest. Eine ganze Zeit lang sagte keiner von ihnen auch nur ein einziges Wort. Wolfhart konnte keine verdächtigen Geräusche hören, die in irgendeiner Weise darauf hindeuteten, dass man ihnen weiterhin auf der Spur war.

Nachdem die Anspannung des Bärtigen etwas nachgelassen hatte, hieß er Wolfhart, auf die Pferde aufzupassen, und verschwand im Unterholz. Ab und an hörte man noch einen Ast knacken, und Wolfhart dachte: Falls er nicht zurückkehrt, habe ich wenigstens ein zweites Pferd, das ich zu Geld machen könnte. Allerdings war davon vielleicht auch abzuraten. Schließlich war es gut möglich, dass dieses Pferd dem Bärtigen gar nicht gehörte und jemand, der es zu verkaufen versuchte, sich womöglich erhebliche Schwierigkeiten einhandelte. Wie auch immer, Wolfhart stand wahrhaftig nicht der Sinn danach, am Ende als Pferdedieb eingekerkert und abgeurteilt zu werden! So sollte seine dem edlen Zweck der Erkenntnis geweihte Reise nach Konstantinopel unter keinen Umständen abgebrochen werden!

Eine Weile wartete Wolfhart noch – unschlüssig darüber, was zu tun war. Währenddessen zerbrach er sich den Kopf darüber, was es mit dem bärtigen Mann wohl auf sich haben mochte. Seiner Sprache nach stammte er aus einer der weiter südlich gelegenen Regionen des Reiches. Aus Baiern möglicherweise. Jedenfalls hatte er kein Niederdeutsch gesprochen, wie es Wolfhart zu Hause in Lübeck gewohnt war, und die Sprache des Bärtigen hatte auch nur wenig Ähnlichkeiten mit dem Idiom, das er während seiner Studienjahre auf den Straßen von Erfurt gehört hatte. Dort hatte Wolfhart die Bekanntschaft von Schülern und Magistern gemacht, die aus sehr unterschiedlichen Gegenden stammten, und auf diese Weise auch ihre Eigenheiten in der Sprache kennengelernt. Es kam ihm vor, als hätte der Bärtige eine Mischung aus verschiedenen dieser Mundarten verwendet. Von ein paar Wörtern war Wolfhart sogar überzeugt, dass man sie in und um Lübeck zu verstehen vermochte.

Ein Mann, der viel herumgekommen ist in seinem Leben, kam es Wolfhart in den Sinn. Das musste des Rätsels Lösung sein! Vielleicht war dieser geheimnisvolle Flüchtling ein Vagabund, der von Ort zu Ort zog und überall, wo er auftauchte, früher oder später mit den Gesetzen und der Obrigkeit in Konflikt geriet oder der einem schändlichen Gewerbe nachging, das nirgends geduldet wurde.

Wenn er ein Dieb war, so musste er immerhin ein Dieb mit Talent sein, denn wenn er bereits irgendwo erwischt worden wäre, hätte man ihn wohl kaum ohne eine Brandmarkung davonkommen lassen. Eine durchstochene Wange, ein geschlitztes Ohr – das waren die an vielen Orten üblichen Zeichen, mit denen Diebe kenntlich gemacht wurden, sodass jeder gewarnt war, der fürderhin mit ihnen Umgang hatte.

Doch Wolfhart hatte keinerlei Brandmarkung an dem Bärtigen entdecken können. Eine solche zu verbergen wäre für ihn so gut wie unmöglich: Sein Haupthaar war ja dünn und außerdem der Haaransatz bereits so stark zurückgegangen, dass er seine Ohren nur mit einer Mütze hätte bedecken können. Was seinen Bart betraf, so war er zwar dicht, aber keineswegs dicht genug, um eine durchstochene Wange verbergen zu können. Wenn er also ein Dieb war, dann einer, der nie vor einem Gericht gestanden hatte.

Wolfhart dachte an die Kanonenschläge, die er gehört hatte, und fragte sich, ob sie in irgendeinem Zusammenhang mit der Flucht dieses Mannes zu tun hatten. Dass man von der Prager Mauer aus auf einen flüchtigen Reiter mit einem schweren Geschütz geschossen hatte, war wohl auszuschließen. Kein Kanonier und kein Kommandant einer Stadtwache konnte so dumm sein zu glauben, auf diese Weise zum Erfolg zu kommen.

Wolfhart hatte sich gerade dazu entschlossen, auf eigene Faust weiterzuziehen und das fremde Pferd loszubinden und freizulassen, damit es nicht verreckte, da tauchte der Bärtige wieder auf.

Er hatte offensichtlich gute Laune, denn ein breites Lächeln stand in seinem Gesicht, und er wirkte so entspannt und heiter, wie Wolfhart ihn noch nie zuvor während ihrer kurzen Bekanntschaft erlebt hatte.

»Ich habe sie gesehen!«, meinte er mit einem triumphierenden Blick. »Die berittenen Waffenknechte! Fast zwei Dutzend sind es, aber sie sind in die falsche Richtung gezogen und offenbar auf meine Finte hereingefallen!«

Er sprach jetzt ganz und gar nicht mehr im Flüsterton. Offenbar waren die Verfolger tatsächlich weit genug entfernt, um den Flüchtling glauben zu lassen, dass er zumindest fürs Erste nichts mehr von ihnen zu befürchten hätte.

»Ja, du scheinst ein Meister der Täuschung zu sein«, lobte ihn Wolfhart, um ihn eventuell ein wenig aus der Reserve zu locken.

»Wir bleiben noch einige Zeit hier und machen uns erst später wieder auf den Weg«, sagte der Bärtige in einem Tonfall, als wäre das beschlossene Sache, ging jedoch auf Wolfharts Bemerkung nicht ein.

»Anscheinend kannst du nicht nur einen flüchtigen Vagabunden, sondern auch einen befehlsgewohnten Herrscher überzeugend darstellen, sodass man ihn dir fast glauben könnte!«, bohrte Wolfhart weiter nach.

»Du hältst mich für einen Dieb?«

»Oder für einen Betrüger oder Falschwäger oder meinetwegen auch für jemanden, der Fleisch so lange würzt, bis man nicht mehr schmeckt, dass es längst verdorben ist!«

Wolfhart musterte kurz sein Gegenüber. »Nein, ich nehme an, dass du mit Gold überzogene Eisenringe angefertigt hast, um sie zu einem Preis zu verkaufen, den eigentlich nur reines Gold einbringen kann!«

»Wie kommst du denn auf so einen Unsinn!«

»Feuerflug, Schmiedehandwerk – irgendetwas mit Metall muss es sein, was du machst. Die Statur für einen Schmied bringst du jedenfalls mit. Oder …« Wolfhart schüttelte den Kopf. Der Gedanke war zu fantastisch, aber angesichts der Kanonenschläge, die im ganzen Umland deutlich zu hören gewesen waren, ergab das einen Sinn. »Bist du vielleicht jemand, der schlecht gemischtes Schwarzpulver verkauft hat, was dann ein verhängnisvolles Feuerwerk nach sich zog? Na? Heraus damit!«

Der Bärtige lächelte in sich hinein. In seinen Augen blitzte es.

»Auf jeden Fall bist du ein aufmerksamer Beobachter – und mit deiner Vermutung gar nicht so weit von der Wahrheit entfernt, auch wenn sie sich gänzlich anders darstellt, als du denkst.«

»Ach, ja? Welche Lügenmär willst du mir denn jetzt auftischen?«, fragte Wolfhart ziemlich ungehalten.

»Zunächst einmal muss ich mich in aller Form bei dir entschuldigen«, bekannte der Bärtige und deutete eine Verneigung an. »Mein Name ist Urban, Urban Kanonengießer. Und wenn du mich fragst, woher ich komme, dann kann ich nur sagen: von überall und nirgendwo, denn ich bin überall gewesen und nirgendwo zu Hause. Daran, wie man mich nennt, kannst du schon ersehen, welches mein Handwerk ist. Früher nannte ich mich Urban Schmied, aber das ist schon lange her. Mit Hufeisen und ähnlichen Kleinigkeiten gebe ich mich schon lange nicht mehr zufrieden – und dass ich dir etwas gebieterisch erscheine, liegt vermutlich daran, dass ich es gewohnt bin, über Heerscharen von Handwerkern zu gebieten!«

»Du klingst mir ein bisschen großspurig«, gab Wolfhart zurück.

Urban zuckte die Schultern. »Ich sage nur, wie es ist! Die höchsten Herren in den wichtigsten Städten haben sich bereits nach meinen Plänen Kanonen gießen lassen. Das ist ein ganz besonderes Handwerk, von dem nur wenige etwas verstehen und das darum gut bezahlt wird!«

»Offenbar legt man allerdings in Prag auf deine Dienste keinen Wert mehr – oder trügt der Anschein?«

»Nun …« Der Kanonengießer druckste etwas herum. »Es kann schon mal vorkommen, dass eine Kanone ihre Ladung nicht nach vorn verschießt, sondern einfach auseinanderfliegt und zur Gefahr für diejenigen wird, die sie besitzen.«

»Du meinst, sie geht nach hinten los!«

»Man kann das ausdrücken, wie man will. Es ist ein gefährliches Gewerbe, und niemandem, der meine Dienste in Anspruch nahm, habe ich das je verschwiegen. Aber ist der Krieg nicht von jeher ein gefährliches Handwerk gewesen? Haben sich nicht immer schon Landsknechte an ihren eigenen Klingen verletzt oder sind versehentlich von den Geschossen eigener Katapulte oder Armbrüste getroffen worden? Das schwarze Pulver, das die Explosionen hervorbringt, steigert die Gefahren des Krieges für Freund und Feind nur unbeträchtlich. Nicht in jedem Fall kann die Schmiedekunst die durch das Schwarzpulver entfesselten Kräfte in eine Bahn lenken!«

Wolfhart bedachte Urban Kanonengießer mit einem längeren prüfenden Blick und nickte dann langsam. »Jetzt kann ich mir vorstellen, was geschehen ist! Eine der Kanonen aus deiner Fertigung ist auseinandergeflogen – oder sogar mehrere!«

»Ich konnte nichts dafür!«, meinte Urban. »Minderwertiger Stahl und falsch gemischtes Pulver waren dafür verantwortlich!«

»Das würde ich an deiner Stelle wahrscheinlich auch behaupten«, erwiderte Wolfhart.

»Das ist die Wahrheit. Immer wieder wollen die hohen Herrschaften an der falschen Stelle sparen. Wenn es darum geht, eine Kanone von möglichst imposanten Ausmaßen an die Schießscharten zu stellen, dann kann es ihnen gar nicht groß genug sein! Wenn man ihnen hernach freilich auflistet, was man dazu braucht, um solch ein Kunstwerk zu erschaffen, dann schlucken sie und versuchen, an der Qualität des Materials zu sparen – was sich natürlich immer rächt!«

»Und was ist nun genau passiert?«, fragte Wolfhart.

»Bei meiner Erprobung der neuen Geschütze sind zwei von ihnen auseinandergerissen worden und haben außerdem noch ein paar der Kanoniere zerfetzt. Du hast ja gesehen, dass ich mich nur mit Müh und Not habe selber retten können! Nahezu meinen ganzen Besitz musste ich zurücklassen, und auf absehbare Zeit werde ich wohl auch schwerlich nach Prag zurückkehren können, um ihn mir zu holen!«

»Was hast du als Nächstes vor?«, erkundigte sich Wolfhart.

Urban Kanonengießer zuckte mit den Schultern. »Zunächst mal einfach nur möglichst weit fortgehen! Wohin, spielt keine Rolle. Was ist denn dein Ziel?«

»Ich bin auf dem Weg nach Konstantinopel!«

»Oh!«, entfuhr es Urban. »Ich habe früher einmal in den Diensten des Königs von Ungarn gestanden und bin in seinem Reich etwas herumgekommen. Von Konstantinopel habe ich nur gehört, dass man sie zwar immer noch die Stadt der Reichen nennt, sie aber längst nicht mehr so reich ist, wie sie es früher war.« Er zuckte mit den Schultern. »Andererseits muss sich der Kaiser doch gegen die Türken verteidigen, und wen braucht man da am nötigsten? Natürlich einen Kanonengießer.«

»Wer weiß, ob das jetzt noch immer zutrifft und wie wahr die Geschichten sein mögen, die du über die große Stadt gehört hast, Urban!«

»Was hältst du davon, wenn wir uns zusammen auf den Weg machen? Dann könnten wir jedenfalls des Nachts gegenseitig auf unser Eigentum aufpassen und werden sicherlich nicht so leicht das Opfer von Strauchdieben!«

»Ich weiß nicht, ob das wirklich eine gute Idee ist«, meinte Wolfhart. »Schließlich wirst du gesucht, und ich sollte mich vermutlich besser von dir fernhalten!«

»Kommt darauf an, wie gut du den Weg kennst und ob du weißt, wie man all den Fallen entgeht, die auf Pilger warten, die unterwegs ins Heilige Land sind. Darüber hinaus bin ich einiger Sprachen mächtig, die auf dem Weg, den wir vor uns haben, verbreitet sind. Allein, es liegt bei dir! Wenn du lieber auf eigene Faust unterwegs bist, will ich dich nicht davon abhalten.«

»Da man mich inzwischen wohl ohnehin mit dir in Verbindung bringt, sollte ich vielleicht auch die Vorteile deiner Bekanntschaft in Anspruch nehmen«, meinte Wolfhart.

»Recht gesprochen!«, gab Urban zurück. »Sag mal, wo wir schon dabei sind, wie lautet eigentlich dein Name und weshalb bist du ausgerechnet zur Stadt des östlichen Kaisers unterwegs?«

»Ich bin Wolfhart Brookinger aus Lübeck, und ich will bei dem größten Pestdoktor unserer Zeit in die Lehre gehen, einem Magister namens Fausto Cagliari, der mehr über diese Geißel der Menschheit weiß als jeder andere lebende Mensch!«

»So bist du ein Heilkundiger, Wolfhart?«

»Ich würde eher sagen: Ich bin auf dem Weg, einer zu werden, auch wenn ich schon viel studieren konnte und von den besten Meistern der ärztlichen Kunst lernen durfte.«

Urban unterzog sein Gegenüber einer erneuten und, wie es schien, vertieften Musterung. »Ich habe nicht gewusst, auf einen so klugen Mann mit so hohen Zielen gestoßen zu sein!«

»Du übertreibst!«

»So kannst du zweifellos auch lesen und schreiben!«

»Das kann ich.«

»So viel Bildung sieht man dir gar nicht an! Auch nicht, dass du demnach aus gutem Hause stammen musst. Aber da kann man mal sehen, wie man sich in einem Menschen täuschen kann!«

Nach der Unterhaltung der beiden Männer und einer kurzen, erholsamen Rast war genügend Zeit ins Land gegangen, um sich endlich wieder aufzumachen. Zuerst führten sie ihre Pferde am

Zügel durch das dichte Unterholz. Zum Teil war es sehr schwierig voranzukommen, und die Pferde scheuten vor dem dichten Gesträuch. Es dauerte eine ganze Weile, bis sie in weniger unwegsames Gelände kamen und in die Sättel steigen konnten. Auf einem schmalen, halb zugewachsenen Waldweg ritten sie dann weiter.

Sechstes Kapitel

Drohende Schatten

Mit weiten Schritten ging Maria durch den hohen Korridor. Zornesröte hatte ihr Gesicht überzogen. Als sie die Tür zum Zimmer ihres Bruders erreichte, hielt sie kurz inne. Sie strich sich eine Haarsträhne aus dem Gesicht und hob das Kinn. Einige tiefe Atemzüge lang überlegte sie, wie sie ihren Zorn in Worte fassen und zugleich auf ein erträgliches Maß mildern konnte. Doch dann sagte sie sich: Wozu eigentlich? Soll er ruhig merken, wie groß mein Ärger über das ist, was er getan hat!

So klopfte sie – energisch und fordernd. Dreimal und mit sehr viel mehr Kraft, als sie es eigentlich beabsichtigt hatte, schlug sie gegen die Tür.

»Marco! Ich weiß, dass du da bist!«

Sie erhielt keine Antwort. Also öffnete sie kurzerhand. Was sie mit ihrem Bruder zu besprechen hatte, duldete keinen Aufschub.

Die Tür flog zur Seite, und als Maria die ersten Schritte in den Raum geschnellt war, blieb sie abrupt stehen. Sie sah, wie Seriféa gerade ihre Kleider zusammenraffte und sie hastig und recht notdürftig in Ordnung brachte. Marco saß auf der Bettkante. Er trug nur eine enganliegende Hose. Die Stiefel lagen im Raum verstreut herum. Ebenso sein Hemd und sein Wams sowie der breite Gürtel mit dem Zierschwert.

Sein Oberkörper war frei. Maria fiel ein Zeichen an seiner Schulter auf. Es bestand aus den miteinander zu einer Ligatur verbundenen Buchstaben Lambda und Rho. Während Seriféa sich verlegen aus dem Raum stahl, griff Marco nach seinem Hemd und streifte es sich über.

»Was willst du, Maria? Bei aller geschwisterlichen Zuneigung, aber du hast dir einen unpassenden Moment ausgesucht, um mit mir zu sprechen.«

Maria sandte Seriféa noch einen missbilligenden Blick hinterher, als diese sich auf dem Flur noch einmal umdrehte, um dann so schnell wie möglich das Weite zu suchen und sich dabei das Mieder wieder restlos zuzuschnüren und ihre Haare so zu richten, dass sie nicht allzu zerzaust aussah.

»Nein, es ist genau der richtige Augenblick!«, entgegnete Maria resolut. »Es fehlt Geld, Marco – und das nicht zum ersten Mal!«

»Ich weiß nicht, warum du dich so aufregst, Schwesterherz. Die Geschäfte des Hauses di Lorenzo gehen gut – trotz der Pest, trotz der Tatsache, dass diese Stadt sich langsam, aber sicher in ein rattenverseuchtes Trümmerfeld verwandelt, ohne dass auch nur ein einziger Türke dazu beigetragen hätte! Aber anscheinend gibt es Geschäfte, die immer gut laufen, und Orte, die allein durch ihre Lage schon einen guten Umsatz garantieren!« Marco kicherte auf eine derart unangemessene und befremdliche Art und Weise, die Maria zutiefst abstieß. Sie konnte es nicht leiden, wenn er sich wie ein Kind benahm. Dazu waren die Zeiten einfach zu ernst.

»Du irrst dich, wenn du glaubst, dass alles von allein vorangeht, Marco! Da irrst du dich gewaltig! Was glaubst du, was ich den ganzen Tag tue – oder Davide?«

»Oh, natürlich, der unermüdliche Davide, der unserem Vater immer so getreulich nach dem Munde redete und der nun zu glauben scheint, dass zur Abwechslung seine Erbin dies in Zukunft bei ihm tun könnte!« Beißender Spott klang in seinen

Worten mit. Er stand auf, steckte das Hemd in die Hose und hob Wams und Gürtel vom Boden auf.

»Deine Abneigung scheint ja nicht sämtliche Mitglieder von Davides Familie zu treffen«, konnte sich Maria eine spitze Bemerkung im Hinblick auf Seriféa nicht verkneifen.

Marco grinste. »Das mag wohl stimmen«, gab er zu.

»Marco, wohin fließen all diese Beträge, die du anscheinend immer wieder aus unserem Guthaben nimmst?«

»Habe ich nicht das Recht dazu?«, fragte er. »Bin ich nicht auch ein Erbe des Hauses di Lorenzo, genau wie du?«

»Aber du kannst nicht einfach Wechsel ausstellen lassen, ohne dass …«

»… ohne dass ich dich gefragt hätte – oder diesen Davide, der wohl so etwas wie der Sachwalter unseres Vaters über seinen Tod hinaus zu sein scheint oder es sich zumindest anmaßt?«

»Marco, er maßt sich nichts an! Er dient dem Haus, das ist alles! Und das macht er treu und ergeben, wie man es sich von anderen nur wünschen könnte!«

Marco musterte seine Schwester. Er ging auf Maria zu. Sein Blick hatte wieder diese eigenartige, unangenehme Intensität, die Maria erschrecken ließ. Früher war er immer ihr Vertrauter gewesen, aber jetzt wirkte er unsagbar fremd auf sie. Wie jemand, den sie kaum kennen würde. Wie war das nur möglich? Wie hatte es sein können, dass auf einmal so viel zwischen ihnen zu stehen schien? Das hatte nicht nur damit zu tun, dass Marco ganz offensichtlich größere Summen aus den Erlösen des Hauses di Lorenzo abzweigte und für Dinge ausgab, von denen sich Maria nicht einmal vorzustellen vermochte, worum es eigentlich ging.

»Allein in den letzten Wochen fehlt uns eine Summe, die ausreichen würde, mehrere Schiffe auszurüsten und nach Alexandria oder nach Genua zu schicken«, sagte Maria sehr ernst. »Du hast Wechsel auf unseren Namen ausgestellt, die bereits alle eingelöst wurden. Außerdem fehlen Gold- und Silbermünzen aus unseren Tresoren, zu denen du Zugang hast!«

»Ich habe nichts getan, wozu ich nicht berechtigt gewesen wäre!«, verteidigte sich Marco. »Lies es im letzten Willen unseres Vaters nach!«

»Marco, wenn es so weitergeht, dann wirst du uns in den Ruin treiben!«

Marco lachte rau auf. »Maria, du scheinst dir das Schwarzsehen regelrecht angewöhnt zu haben! So schlimm ist es nicht! Du übertreibst maßlos – und abgesehen davon solltest du doch nun, nach dem Ableben unserer Eltern, begriffen haben, dass irdischer Reichtum nichts bedeutet. Wohin willst du all die Güter denn mitnehmen, wenn der Sensenmann an deine Tür klopft – womöglich in Gestalt eines Pestdoktors? Staub, das ist alles, was von uns bleiben wird. Und vielleicht sogar früher, als wir es für möglich halten.«

»Ich möchte einfach nur wissen, wofür du derart große Summen ausgibst, Marco. Wenn ich dich herausgeputzt wie ein Edelmann daherlaufen sehen würde, mit Ringen behängt und mit einem rubinbesetzten Zierschwert an der Seite, dann könnte ich das verstehen. Das ist jedoch nicht der Fall, und eigentlich würde das auch gar nicht zu dir passen!«

»Stimmt, das würde nicht zu mir passen«, nickte Marco.

»Was ist es dann? Frauen? Das liederliche Glücksspiel, dem in einigen Hinterhöfen am Hafen gefrönt wird?«

Jetzt brach aus Marco ein lautes Lachen heraus, das Maria genauso befremdete wie kurz zuvor sein seltsames Kichern. »Von der einstmals von allen Seefahrern des Mittelmeeres gerühmten Hurengasse Konstantinopels dient doch mittlerweile höchstens noch ein Drittel ihrem eigentlichen Zweck – wahrscheinlich haben die schon Schwierigkeiten, ihre Vertreterinnen für die Zunftversammlungen zu benennen, so erbärmlich geht es selbst in dieser Hinsicht hier zu! Was sollte ich dort wohl? Das sind Weiber, bei denen man sich höchstens eine ansteckende Krankheit holen kann und die ihre Gesichter so dick übermalen müssen, dass man die Spuren des Aussatzes nicht gleich sieht! Damit kann man doch nur Seeleute aus den Ländern der Araber beeindrucken, die die Wirkung des Weines nicht gewohnt sind und außerdem ihr Lebtag nur verschleierte Frauen gesehen haben! Und was das Glücksspiel angeht, so solltest du mich auch in dieser Hinsicht besser kennen und wissen, dass ich weder an mein eigenes noch an das Glück irgendeines anderen Menschen mehr glauben kann!«

»Dann sag mir um Gottes willen, was du mit all diesem Geld getan hast!«, forderte Maria ihren Bruder auf. Er wandte sich von ihr ab. Sie fasste ihn bei den Schultern und drehte ihn zu sich herum, was er widerstandslos geschehen ließ. »Sieh mich an! Wir hatten nie Geheimnisse voreinander!«

»Das ist lange her, Maria … Und eins dieser Geheimnisse ist dir doch gerade in diesem Raum begegnet!«

»Jetzt weich mir nicht aus! Ich will die Wahrheit wissen! Was ist los?«

Mit angehobenen Augenbrauen erwiderte er nun ihren Blick. »Es gibt nichts dazu zu sagen, Maria. Nichts, was du nicht bereits wüsstest. Kann sein, dass ich dazu neige, das Silberstück nicht erst lange umzudrehen, bevor ich es dem Bettler am Hafen oder einem Spielmann auf dem Markt gebe. Das Leben ist kurz und endlich, das solltest auch du inzwischen begriffen haben. Davon abgesehen …« Er stockte und sprach nicht weiter.

»Was?«, verlangte Maria zu wissen.

»Nichts«, sagte er. »Du würdest es nicht verstehen. Zudem habe ich keine Lust mehr, mich länger mit dir darüber zu unterhalten.«

»Hat es irgendetwas mit den vielen Nächten zu tun, die du nicht zu Hause bist? Du bist ganze Tage verschwunden gewesen.«

»Ist auch das nicht mein gutes Recht – ohne dass ich dafür Rechenschaft ablegen müsste? Ich erinnere dich ungern daran, aber du bist meine Schwester – und nicht meine Mutter!«

Maria hatte das Gefühl, immer wieder gegen eine unsichtbare Wand anzurennen. Es schien keinerlei Möglichkeit zu geben, diese Barriere, die mit der Zeit immer stärker geworden war, zu durchbrechen. Sie sprach mit ihm, doch er tat so, als hörte er sie nicht oder verstünde sie nicht richtig. Alles, was sie sagte, prallte an ihm ab, so als hätte irgendeine dämonische Macht von seiner Seele Besitz ergriffen. Eine Macht, die ihn unempfänglich für ihre Worte, ihren Segen und ihre beschwörenden Einwände machte. Alles, was ihm früher einmal etwas bedeutet hatte, schien ihm gleichgültig geworden zu sein. Dazu zählte das Wohl und Wehe des Hauses di Lorenzo genauso wie die Sorge seiner Schwester oder sogar sein eigenes Schicksal.

»Es hat einmal eine Zeit gegeben, in der wir uns alles sagen konnten«, stellte sie fest.

»Ich weiß«, sagte Marco. »Aber ehrlich gesagt erinnere ich mich kaum noch daran. Es scheint so lange her zu sein.«

»Was ist in der Zwischenzeit mit uns geschehen?«

»Das weiß ich nicht«, gestand er. »Erklären kann ich es noch viel weniger.« Er ging zur Kommode auf der anderen Seite des Zimmers, öffnete eine Schublade und holte jenes Buch hervor, das er ihr schon einmal gezeigt hatte – die Abschrift des Buchs der Cherubim, dessen Studium er sich in letzter Zeit offenbar sehr stark hingegeben hatte. »Satan mit den Mitteln des Satans bekämpfen, sich selbst das Zeichen des Teufels ins Fleisch brennen, um ihm die Stirn bieten und diesen Feind und Verderber der Menschheit bekämpfen zu können! Das ist es, was ich will!

Und in den Zeilen dieses Buches steht es geschrieben, wie das vor sich zu gehen hat!«

»Hast du das Geld vielleicht für weitere Abschriften dieses Buches ausgegeben?«, fragte Maria.

»Du verstehst mich noch immer nicht, Maria! Du begreifst nicht, was es für diese verderbte Welt bedeuten könnte, wenn jemand auftauchte, der noch verderbter als alle anderen ist. Jemand, der von allen gehasst wird und das Böse anzieht wie das Licht die Motten. Jemand, vor dem sich selbst der Höllenfürst fürchten müsste! Dann wäre uns allen geholfen, Maria!«

»Marco, du redest wirres Zeug«, gab Maria voller Abscheu zurück. »Offen gestanden weiß ich jetzt nach wie vor nicht, was das alles mit den fehlenden Beträgen zu tun haben soll.«

»Maria, es muss etwas geschehen! Das Übel muss mit dem Übel und der Satan mit den Mitteln Satans bekämpft werden. Ich habe dir doch vom Buch der Cherubim erzählt und den Erkenntnissen, von denen es berichtet.«

»Das sind keine Erkenntnisse! Das ist bloße Ketzerei«, erwiderte Maria.

»Nein, da bist du im Irrtum. Die Zahl derer, die genauso denken wie ich, mag noch gering sein, aber sie wächst. Ich habe ...« Er schluckte und rieb die Handflächen gegeneinander. Wie es aussah, rang er um die richtigen Worte, und Maria fragte sich, was für eine schreckliche Wahrheit er ihr wohl gerade stammelnd zu offenbaren versuchte. »Die Kirche, wie wir sie kennen, ist zu nichts anderem als einem Werkzeug der Mächtigen geworden. Das gilt für die in Rom genauso wie für den erbärmlichen Haufen der Rechtgläubigen von Konstantinopel, die nur noch meinen, dass der Wettbewerb um die Gnade Gottes einem Wettbewerb um die Länge ihrer Bärte gleichkommt! Allerdings gibt es auch eine andere, dunkle Kirche, die im Verborgenen existiert und irgendwann die Macht haben wird, das alte Gebäude der Christenheit vom Kopf wieder auf die Füße zu stellen.«

»Diesen Leuten hast du unser Geld gegeben?«, fragte Maria fassungslos.

»Reichtum belastet nur, wenn er nichts bewirkt«, erwiderte Marco. »Warum nicht alles fortgeben, was nur angehäuft wurde, um anschließend doch nur der Vergänglichkeit anheimzufallen.«

»Das kannst du nicht machen, Marco!«

»Ich kann mit meinem Anteil an dem Handelshaus machen, was mir beliebt, Maria. Ob das dir oder dem ach so edelmütigen Davide nun passt oder nicht. Selbst für den Fall, dass sich mein Vater in seinem modrigen Pestgrab umdrehen sollte, würde das meine Meinung nicht ändern.«

Das ist seine Rache!, dachte Maria bitter. Seine späte Rache an unserem Vater! Nichts und niemand schien tatsächlich mehr imstande zu sein, ihn an seinem verwerflichen Tun zu hindern.

»Was sind das für Leute, denen du Geld gegeben hast?«, fragte Maria schließlich und versuchte, ihrer Stimme einen gefasst wirkenden Tonfall zu geben.

»Darüber werde ich dir nichts sagen, Schwester«, erwiderte Marco. »Selbst ich weiß nur das Nötigste – und mehr solltest du auch nicht erfahren!«

Von draußen war jetzt ein Tumult zu hören. Stimmengewirr drang durch das offene Fenster. Maria und Marco wechselten einen irritierten Blick. Marco ging zu der hölzernen Tür, durch die man auf eine Dachterrasse treten konnte.

Er trat ins Freie, und Maria folgte ihm bis zur Balustrade. Von hier aus hatte man einen Blick bis weit über den Eutherios-Hafen hinaus.

Eine kleine Flotte von Galeeren und einige kleinere Begleitboote fuhren in den Hafen ein. Geschmückt waren sie mit dem Wappen des Kaisers. Der Hafen selbst war voller Menschen – und weitere strömten dorthin. Hunderte von Soldaten umsäumten die Anlegestellen an den Kaimauern. Aus der Ferne waren Kirchengesänge zu hören, vermutlich von einer Prozession, die auf dem Weg zum Hafen war.

»Sieh an, da kommt er also – unser neuer Kaiser Konstantin!«, tönte Marco mit beißendem Spott in der Stimme. In der Tat hatte man nach dem plötzlichen und nach wie vor mysteriösen Tod von Kaiser Johannes nicht einen Tag verloren, um seinen Nachfolger auszurufen. Konstantin Palaiologos war der jüngere Bruder des verstorbenen Herrschers und hatte bisher als Verwalter jener wenigen verstreuten Gebiete auf dem griechischen Festland fungiert, die dem Imperium – abgesehen von der Stadt Konstantinopel selbst – noch erhalten geblieben waren. Dazu gehörten insbesondere ein größeres Stück der Halbinsel Peloponnes sowie einige Inseln in der Ägäis, die bis zur Stunde weder Türken noch Venezianer hatten an sich bringen können.

Auf dem Peloponnes hatte man auch den neuen Kaiser ausgerufen – unmittelbar nachdem ein Bote dort eingetroffen war, um die Nachricht von Johannes' Tod zu überbringen. Zur gleichen Zeit war die Ausrufung des neuen Kaisers bereits überall in der Stadt bekannt gemacht worden. Offensichtlich wollte man verhindern, dass etwa von irgendeiner anderen interessierten Seite Ansprüche auf den vakanten Thron des kinderlos gestorbenen Kaisers gestellt würden. Und solche potenziellen Ansprüche gab es zuhauf! Sultan Mehmet zählte ebenso zu den Titelaspiranten wie König Alfonso von Aragon. Selbstverständlich gab es daneben verschiedene rhomäische Adelsfamilien, die nur auf eine Gelegenheit warteten, dem Haus Palaiologos den Kaisertitel zu entreißen, und die dabei mit Sicherheit von den

Teilen der Geistlichkeit unterstützt worden wären, für die die Kirchenunion ein Werk des Teufels war.

»So wird am Ende ihrer Geschichte noch einmal ein Herrscher namens Konstantin auf dem Thron dieser Stadt sitzen«, meinte Marco. »Das ist fast schon Ironie!«

»Konstantin soll ein fähiger Verwalter gewesen sein«, sagte Maria.

»Ich habe gehört, dass bereits Wetten darauf abgegeben werden, wie lange er sich halten kann!«, meinte Marco. »Bezeichnend für ihn ist im Übrigen die Tatsache, dass er mehrere Wochen gebraucht hat, um die nötige Zahl von Schiffen und Söldnern zusammenzubringen, damit er einigermaßen würdig in die Stadt einziehen kann. Aber du solltest dir keine Sorgen machen: Ein Kaiser aus der Familie Palaiologos wird die Handelsprivilegien des Hauses di Lorenzo wohl kaum zurücknehmen!«

»In dieser Hinsicht mache ich mir auch keine Sorgen«, gab Maria zurück. »In anderer allerdings schon!«

»Ach, Maria! Erzähl mir nicht, dass die Beträge, die ich aus dem Geschäft gezogen habe, wirklich eine Gefahr für die Zukunft der di Lorenzos darstellen! Du bist eine übervorsichtige Krämerseele wie unser Vater.«

»Vorsicht und Besonnenheit waren sicherlich nicht seine schlechtesten Eigenschaften, Marco.«

»Und – was haben sie ihm eingebracht? Jetzt fressen die Maden seinen pestverseuchten Leib, und welchen Lohn der Himmel für ihn bereithält, darüber will ich angesichts der Ungnädigkeit unseres Herrn erst gar nicht spekulieren!«

Zwei Tage später fuhr im Schutz der einsetzenden Dämmerung ein geschlossener Wagen die Mese entlang Richtung Westen.

Im seinem Inneren saßen Maria und Davide.

Der Kutscher hieß Michael und gehörte zu Davides ausgedehnter Familie. Nur aus diesem einzigen Grund vertraute Davide ihm genug, um ihn auf diese Fahrt mitzunehmen. Marco hingegen war nicht einmal über diese Fahrt informiert worden. Selbst auf die Begleitung durch ein oder zwei der Waffenknechte, die in den Diensten des Hauses di Lorenzo standen, hatte man aus Geheimhaltungsgründen verzichtet.

Genau genommen war es Davide gewesen, der die Unternehmung genau so geplant und vorgeschlagen hatte, obwohl ihr Weg bis zur Burg der Sieben Türme im äußersten Südosten der Stadt führte. Auf ihrer Route ging es dabei durch Gebiete, die als sehr unsicher galten, Bereiche der Stadt, die kaum noch besiedelt waren, die teilweise nur noch aus verfallenden Ruinen bestanden, in denen sich zuweilen Räubergesindel auf die Lauer legte, um Reisende zu überfallen. Die Mese war, da eine der größten und wichtigsten Straßen Konstantinopels, ein ideales Revier für sie – wie auch die anderen großen, noch in römischer Zeit angelegten Ost-West-Verbindungen zwischen den Toren an der Theodosianischen Mauer und dem eigentlichen Stadtkern. Trotz der eingeschlossenen Lage der Stadt gab es immer noch mehr als genug Händler und Reisende, die darauf angewiesen waren, die Stadt auf dem Landweg zu betreten oder zu verlassen – zumeist weil sie sich eine Schiffspassage nicht leisten konnten. Noch ließen die Türken sie passieren. Freilich war klar, dass sie diesen Verkehr jederzeit unterbinden konnten – was in der Vergangenheit auch schon oft genug geschehen war, wenn sich die gespannte Lage zwischen dem Kaiser der Rhomäer und dem nur wenige Meilen entfernt in Adrianopel residierenden Sultan zu sehr zugespitzt hatte. Zwar konnte die Stadt im Notfall problemlos ausschließlich über den Seeweg versorgt werden, aber jeder Einwohner Konstantinopels spürte es sofort an den Preisen, die auf den Märkten verlangt wurden, wenn die Türken niemanden mehr durchließen.

Etwa eine halbe Meile vor der Burg der Sieben Türme entfernt vereinigte sich die Mese mit der weiter südlich verlaufenden Küstenstraße, die unmittelbar in der Nähe der Befestigungsmauern am Südufer der Stadt entlanglief, vorbei am Eutherios- und am Konstantin-Hafen. Diese Straße endete ebenfalls am Palast. Er war der Mittelpunkt Konstantinopels, und die Straßen wirkten wie ein großes Netz, das der Stadt einst von einem gewaltigen Riesen übergeworfen worden war, um sie niederzuzwingen.

Im Lauf der letzten Jahrhunderte hatte sich allerdings zu selten jemand gefunden, dieses Netz auszubessern und die Zahl der Schlaglöcher zu verringern. Regenfälle hatten Teile der Straßenbefestigungen unterhöhlt, die sich immer mehr absenkten. Wieder und wieder waren Abschnitte unpassierbar, doch der Kaiser hatte schon lange nicht mehr die Mittel, um für eine Instandhaltung zu sorgen. Dann sprangen oft die Zünfte und Gilden der Handwerker und Kaufleute ein und versetzten wichtige Teilstücke mit eigenen Kräften wieder in einen Zustand, der zumindest den ungehinderten Warenverkehr erlaubte.

Um die Burg der Sieben Türme herum befand sich ein dichter besiedelter Teil Konstantinopels. Die Burg bildete, zusammen mit dem zwischen der Mese und der Küstenmauer gelegenen Bereich, eine kleine Stadt für sich. Vor allem Angehörige der kaiserlichen Söldnertruppe lebten hier, aber auch viele Händler und Huren, die nicht Mitglieder der angestammten Gilden für diese Berufsstände geworden waren, was immer wieder zu Auseinandersetzungen führte. Letztlich gab es keine Macht in Konstantinopel, die stark genug gewesen wäre, die Gildenordnung auch hier durchzusetzen. Wie alles andere auch schien sie dem langsamen, unaufhaltsamen Verfall preisgegeben zu sein.

In der Gegend um die Burg der Sieben Türme sprach nur eine Minderheit Griechisch. Während der Wagen in diesen Bereich einfuhr und von der Mese in eine der engen Gassen einbog, hörte Maria das Stimmengewirr aus den Tavernen. Auf dem vorherigen Abschnitt der Mese war es sehr dunkel gewesen, fast so, als wäre man durch die freie Wildnis gefahren, dagegen gab es rund um die Burg der Sieben Türme genug Helligkeit, um die Häuser in einem dämmrigen, flackernden Licht erscheinen zu lassen.

An den Straßenecken befanden sich Leuchten, und auch aus den Häusern schimmerte Licht. Trotz der fortgeschrittenen Stunde schien hier noch lange nicht Ruhe eingekehrt zu sein.

»Halt! Bis hierher!«, rief Davide dem Kutscher zu, woraufhin dieser den Wagen stoppte.

»Sind wir schon am Ziel?«, fragte Maria.

»Nein, das letzte Stück werden wir zu Fuß gehen. Es soll sich niemand an uns erinnern. Auch nicht der Kutscher soll unser Ziel kennen!«

»Stammt er nicht aus Eurer Familie?«

»Ja, aber das heißt nicht, dass er auf der Folter nicht verraten würde, mit wem wir uns getroffen haben. Darum ist es besser, er weiß es gar nicht erst!«

»Ich weiß Eure Vorsicht sehr zu schätzen, Davide.«

Sie stiegen aus dem Wagen. Davide wandte sich an den Kutscher. »Warte auf dem Platz vor dem Triumphbogen des Konstantin! Falls wir dort nicht eintreffen, bevor die Glocken der Märtyrer-Kapelle zweimal die nächste Stunde geschlagen haben, dann fahr zurück zum Kontor, Michael!«, ordnete er an.

»Ich werde alles tun, wie du es verlangst«, versprach Michael. »Aber was wird dann aus euch?«

»Du gehst in diesem Fall zu Thomás. Er weiß, was dann zu tun ist.«

Thomás war ein Veteran der kaiserlichen Garde, der sich im Haus di Lorenzo als Kommandant der Waffenknechte und Leibwächter verdingte. Wie die meisten ehemaligen Garde-Söldner stammte er aus Nordeuropa. Sein eigentlicher Name lautete Thomas Angus de Hamilton, und er entstammte der Nebenlinie eines in Ungnade gefallenen schottischen Adelsgeschlechts.

Maria kannte ihn schon seit ihrer Kindheit – allerdings nur unter der griechisch ausgesprochenen Form seines Namens: Thomás, mit einem weichen, mit der Zunge zwischen den Zähnen gesprochenen Theta am Anfang und einer Betonung auf der letzten Silbe. Sie wunderte sich etwas darüber, dass Davide es vorgezogen hatte, selbst Thomás nicht mitzunehmen. An mangelndem Vertrauen zu dem alten Söldner konnte es nicht liegen, denn offensichtlich hatte Davide ihn eingeweiht. Möglicherweise wollte der kluge Schreiber des Hauses di Lorenzo sich ja einfach noch eine Option für den Fall offenhalten, dass dieses Treffen einen unerwarteten Verlauf nähme.

Maria folgte Davide in den Schatten auf der anderen Straßenseite, während Michael mit dem Wagen auf der Straße weiterfuhr. Der Triumphbogen des Konstantin bildete das stadtwärts ausgerichtete Haupttor der Burg, und davor gab es einen großen Platz, auf dem sie sich später treffen konnten. Dort standen viele Wagen, weil sie entweder darauf warteten, in die eigentliche Burg gelassen zu werden, um Versorgungsgüter dorthin zu bringen, oder um kontrolliert zu werden. Die Liste der Waren, die auf Dauer oder zeitweilig nicht ausgeführt werden durften, veränderte sich so schnell, dass es kaum einem der Fuhrleute noch möglich war, die Vorschriften wirklich einhalten zu können.

Maria und Davide bogen in eine enge Gasse ein, von der aus Davide die junge Frau in einen noch viel schmaleren Durchgang, zwischen zwei massiven Steingebäuden hindurch, führte.

Stellenweise war es hier so dunkel, dass Maria nur mit Müh und Not die Hand vor Augen zu sehen vermochte.

Das Herz schlug ihr bis zum Hals. Das Risiko, das sie einging, war ihr sehr wohl bewusst – Davide hatte davor ausführlich mit ihr darüber gesprochen: Bei einer ungünstigen Auslegung der Gesetze Konstantinopels könnte man ihnen dieses Treffen als Hochverrat auslegen und sie beide damit nicht nur in den Kerker, sondern auch an den Galgen bringen.

Doch Maria wusste, dass ihnen keine andere Wahl blieb.

Das Haus di Lorenzo brauchte einen Verbindungsmann zur türkischen Seite, der Einfluss genug hatte, um den Beschuss von Handelsschiffen zu verhindern. Auf Andreas Lakonidas war ja in letzter Zeit kein Verlass mehr gewesen; sie mussten ihn unbedingt durch eine andere Kontaktperson ersetzen.

Der Mann, mit dem Davide und Maria sich zu treffen beabsichtigten, war als Zacharias der Einäugige bekannt. Maria konnte sich gut vorstellen, welche Mühen es Davide gekostet hatte, ihn aufzuspüren und mit ihm in Verbindung treten zu können.

Maria und Davide erreichten einen atriumähnlichen Hinterhof, in dessen Mitte einst in besseren Zeiten wohl ein Springbrunnen gesprudelt hatte. Doch der war längst versiegt, und die Gesichter der wasserspeienden Geisterfratzen und Satyrn wirkten im Licht des herabscheinenden Mondes fahl und bedrohlich.

Auf der entgegengesetzten Seite des Hofzugangs befand sich eine Tür. Aus ihrem Schatten trat ihnen eine Gestalt entgegen; sie war so riesenhaft, dass gegen sie selbst Davide wie ein schmächtiger, kleiner Jüngling wirkte.

Der Mann trug einen Helm und hatte die Hand am Schwert, das an seiner Seite hing. »Wer ist da?«, fragte er barsch in einem barbarischen Griechisch.

»Zacharias erwartet uns«, antwortete Davide freundlich und deutete eine Verbeugung an.

Der Hüne musterte zunächst Davide und wandte sich dann Maria zu, die er ebenfalls von oben bis unten einem prüfenden Blick unterzog.

»Wenn Ihr verabredet seid, so wisst Ihr sicherlich die Losung!«

»Der Sultan zu Adrianopel wird mit all seinen Kanonen die Mauern des großen Theodosius niemals zerstören können!«, sagte Davide. »Und: Unter den Blinden ist der Einäugige ein König.«

Maria war diesem Zacharias nie zuvor begegnet, aber immerhin schien er bei der Auswahl seiner Losungen Humor zu haben, was ihn ihr schon einmal sympathisch erscheinen ließ. Der Wächter deutete jetzt auf sie.

»Es ist nicht üblich, dass mein Herr seinen Besuch mit Begleitung empfängt. Die Stadt hat schon genügend Ohren – und selbst den Tauben auf den Dächern kann man nicht trauen.«

»Du bist im Irrtum«, erklärte Davide dem Wächter und deutete auf Maria. »*Sie* ist es, die die Geschäfte führt – nicht ich.«

»Ah!«, entfuhr es dem Wächter erstaunt. »So gibt es immer wieder Überraschungen.«

»Lasst uns keine Zeit mehr verlieren!«, verlangte Maria. »Denn das ist die Münze, die für uns alle das knappste Gut ist!«

»Wie Ihr meint!«, nickte der Wächter.

Er führte sie durch die Tür in einen von Fackeln erleuchteten Raum. Ein Mann, dessen linkes Auge von einer Augenklappe aus dunklem Leder bedeckt war, saß an einem groben Tisch, der über und über mit Dokumenten bedeckt war – manche aus Pergament, die Mehrzahl jedoch aus dem preiswerteren, dafür nicht so haltbaren Papier. Ein Tintenfass samt Feder stand ebenfalls auf dem Tisch, und außerdem lagen darauf noch mehrere, bereits ziemlich heruntergeschriebene Bleistifte herum. Von der Decke hing an einer langen Kette eine Leuchte herab – ihr durch hereindringende Zugluft unruhig gewordener Schein erhellte den Tisch nur leidlich. Es roch nach Lampenöl.

»Ihr seid Zacharias der Einäugige?«, vergewisserte sich Maria.

»So nennt man mich«, bestätigte der Mann, der es nicht für nötig zu erachten schien, sich für seine Gäste zu erheben oder ihnen einen Platz anzubieten. »Ich habe schon einiges über Euch gehört, Maria di Lorenzo«, sprach er dann gedehnt. »Bevor ich mich überhaupt bereitgefunden habe, Euch möglicherweise zu Diensten zu sein, habe ich natürlich eingehende Erkundigungen über Euch und Euer Haus eingeholt.«

»Das ist nur zu verständlich«, sagte Maria.

Zacharias nickte Davide zu. Der Schein der Lampe hob dabei die reliefartigen Faltenmuster seiner ledrigen Haut hervor. Sein Alter war schwer zu schätzen, jenseits des fünfzigsten Lebensjahrs schien alles möglich zu sein.

»Ihr, David Syngraféas, dient ja schon seit langem den Genuesern«, wandte er sich nun an Davide und benutzte dabei selbstverständlich die griechische Form von Davides Namen. »Mit Genuesern und Levantinern habe ich stets gute Erfahrungen gemacht. Dass Ihr offensichtlich gute Verbindungen zum Hof pflegt, ist für jemanden Eures Standes unumgänglich. Auch wegen eines gewissen Thomás habe ich keine Bedenken, dem Ihr Eure Sicherheit anvertraut und der ein bemerkenswertes Talent zu haben scheint, in Ungnade zu fallen. Er nimmt sich auf jeden Fall als loyal aus – und er ist außerdem in einem Alter, in dem er wahrscheinlich keinen besonderen Ehrgeiz mehr hegt, was einen im Allgemeinen unbestechlicher werden lässt.«

Was bezweckt er damit?, ging es Maria durch den Kopf. Wollte Zacharias ihr nur demonstrieren, wie gut er über die Belange des Hauses di Lorenzo informiert war und dass es von vornherein keinen Sinn hätte, ihm etwas Wesentliches verschweigen zu wollen? Oder war da noch ein anderer Punkt, auf den er hinauswollte? Maria glaubte Letzteres.

»Eines unserer Schiffe ist bei der Durchfahrt durch den Bosporus durch Kanonenschläge schwer beschädigt worden«, brachte sie ihr Anliegen auf den Punkt. »Wir möchten sichergehen, dass sich so etwas nicht wiederholt!«

»Ja, ich sprach mit einem gemeinsamen Bekannten über diese Angelegenheit – Silvestre Sarto, dem Schneider des Patriarchen. Bedauerlich, wie schwer es ehrbare Kaufleute in diesen Zeiten haben, und noch bedauerlicher ist, dass keine Besserung abzusehen ist!«

»Ja, das ist wahr«, nickte Maria. Dass Zacharias den Schneider namentlich erwähnt hatte, sollte wohl nur deutlich machen, wie weit Zacharias' eigene Verbindungen reichten. Es gab zweifellos nicht eine einzige Bemerkung, die jemand wie dieser Zacharias ohne Hintersinn von sich gab. Unter anderen Umständen wäre er vielleicht ein guter Diplomat geworden!, dachte Maria. Es musste Gründe dafür geben, dass er es nicht geworden war. Gründe, die vermutlich schlicht darin zu suchen waren, dass er nicht zu den alteingesessenen Adelsgeschlechtern gehörte, die seit Jahrhunderten alle wichtigen und einflussreichen Posten in Konstantinopel unter sich aufteilten.

»Ihr kennt einen Mann namens Andreas Lakonidas«, stellte Zacharias fest.

»Das trifft zu«, bestätigte Maria.

»Ihr solltet ihn in Zukunft meiden.«

»Gibt es dafür einen bestimmten Grund?«

»Ich weiß nur, was man hört. Aber fraglos hat es Gründe dafür gegeben, dass er Euer Schiff nicht vor den türkischen Geschützen zu bewahren wusste.« Zacharias hob die breiten Schultern und verzog das Gesicht. »Man könnte sagen, dass sein Stern sinkt. Hier in Konstantinopel ebenso wie am Hof des Sultans.

Und von denen, die fallen, sollte man sich nicht mit in die Tiefe reißen lassen – meint Ihr nicht auch?«

»Gewiss.«

Zacharias' seltsame Art zu lächeln löste bei Maria Unbehagen aus. Der Blick seines einzigen Auges schien sie geradezu durchbohren zu wollen. »Ich hoffe, Ihr wendet diese Erkenntnis auch auf Mitglieder Eurer eigenen Familie an«, setzte er dann hinzu.

»Was meint Ihr damit?«

»Euer Bruder ist es, der mir Sorgen macht und mich zögern lässt, für Euch in der Weise tätig zu werden, die Ihr wünscht.«

»Ich verbürge mich für ihn«, versicherte Maria.

»Ich weiß nicht, ob das wirklich klug ist, werte Maria di Lorenzo! Denn er gehört gleichfalls zu denen, die fallen und andere bedenkenlos mit sich reißen.«

Maria schluckte. Zum ersten Mal ging ihr auf, wie gut der Einäugige offenbar tatsächlich über sie, ihre Familie und das Handelshaus informiert war. Er musste sehr zuverlässige Quellen besitzen. Doch war das wirklich verwunderlich, dass ein Mann wie er buchstäblich das Gras wachsen hörte?

Maria fragte sich, was er wohl im Einzelnen mit seinen Anspielungen auf Marco meinte.

»Mein Bruder ist durch den Tod unserer Eltern innerlich schwer erschüttert, und es mag sein, dass ich mir wünschen würde, er hätte ein größeres Gottvertrauen. Indes, mit den Diensten, die Ihr uns erweisen sollt, hat das alles nichts zu tun. Marco ist nämlich in diese Angelegenheit nicht eingeweiht. Um ehrlich zu sein, mein Bruder hat leider kein großes Interesse an den Geschäften des Hauses di Lorenzo.«

»Es beruhigt mich, das zu hören«, erklärte Zacharias gedehnt. »Und was Ihr gesagt habt, kann zumindest teilweise erklären, was man sich so über Euren Bruder erzählt.«

»Was erzählt man sich denn?«

Zacharias' einziges Auge verengte sich etwas. Er lehnte sich zurück. »Er wirft mit Geld nur so um sich. Mehr, als man beim Spiel oder in den Hurengassen vergeuden könnte. Das sehen manche allerdings nur als ein Zeichen dafür an, dass Eure Geschäfte anscheinend ganz gut gehen. Wirklich bedenklich sind die Leute, mit denen er sich umgibt.«

»Von welchen Leuten redet Ihr?«, fragte Maria in einem sehr viel drängenderen Tonfall, als sie eigentlich gewollt hatte.

»Er pflegt Umgang mit Ketzern, so habe ich gehört.« Seine Miene wurde düster, und er fügte hinzu: »Schlimmen Ketzern!« Bei seinen letzten Worten wechselte er in eine Mischung aus Genuesisch und Latein, um ihnen ein besonderes Gewicht zu verleihen.

»Wir syrischen Christen gelten für viele, die den Lehren des Patriarchen folgen – oder gar jenen des Papstes in Rom! –, ebenfalls als Ketzer«, mischte sich Davide ein. »Manchmal habe ich das Gefühl, je geringer die Unterschiede im Glauben, desto härter die Verfolgung und Verdammung der sogenannten Ketzerei! Wenn Ihr mich fragt, dann ist es eher ein Zeichen von Erkenntnishunger und unerfüllter Suche nach Wahrheit, wenn sich ein junger Mann wie Marco mit seltenen Schriften beschäftigt und mit ihrer Hilfe versucht, sein schweres Schicksal zu akzeptieren.«

»Ihr verkennt die Situation«, erwiderte Zacharias, während er Davide ansah. Hierauf wandte er den Blick in Marias Richtung. »Mir scheint, ich kenne Euren Bruder besser als Ihr. Die Leute, mit denen er in Verbindung steht, glauben, dass man das Feuer nur mit Feuer und das Böse nur mit der Hilfe Satans wirklich zu bekämpfen vermag. Sagt Euch dieses Zeichen etwas?«

Mit dem Finger malte er ein Zeichen in die Luft.

»Ein Lambda und ein Rho – übereinandergeschrieben«, stellte Maria fest.

»Es steht für Lucifuge Rofocale – dem sogenannten Buch der Cherubim zufolge der Name eines gefallenen Engels. Im Liber Sacer wird damit ein Diener des Luzifer bezeichnet – und als ebensolche Diener sehen sich diese Fanatiker wohl auch selbst. Sie brennen sich das Lambda-Rho in die Haut, und wer einmal dazugehört, den lassen sie nie wieder aus ihrem geheimen Kreis.«

»Ich muss mich doch sehr wundern, was Ihr für Bücher lest«, bemerkte Davide. »Soweit ich weiß, ist das Liber Sacer eine ketzerische Zauberschrift!«

Zacharias grinste. »Ein Papst namens Honorius soll sie verfasst haben!«

»Das ändert nichts daran, dass dieses Buch verboten ist.«

»Dafür verkaufen sich seine Abschriften aber sehr gut! In Zeiten der Pest und des allgemeinen Verfalls, in denen Gott ohnmächtig zu sein scheint, suchen viele darin einen Trost, den sie durch Patriarchen und Päpste nicht mehr bekommen. Wollt Ihr vielleicht auch ein Exemplar? Ich habe da gewisse Verbindungen …«

»Nein, danke!«, wehrte Davide empört und geradezu angewidert ab.

Maria erinnerte sich derweil an das Zeichen, das sie auf Marcos Haut gesehen hatte. Lambda und Rho – übereinandergeschrieben, wie man es sonst mit den Buchstabe Chi und Rho als Christus-Monogramm tat. In diesem Zusammenhang wirkte das schon fast wie eine bösartige Parodie auf jenes Symbol, das angeblich Konstantin der Große auf die Schilde seiner Legionäre malen ließ, bevor er mit ihnen in die Schlacht an der Milvischen Brücke zog.

»Was wisst Ihr über diese Leute?«, fragte Maria.

»Sie bilden einen Orden, zu dem immer mehr einflussreiche Persönlichkeiten zählen«, berichtete Zacharias. »Genaues weiß niemand. Man erzählt sich von diesem Brandzeichen und außerdem davon, dass sie sich ›Orden der Cherubim‹ nennen und womöglich sogar Ambitionen haben, in der Stadt die Macht zu übernehmen. Bei der Wahl ihrer Mittel sind sie jedenfalls nicht zimperlich. Wer weiß schon, wie Kaiser Johannes tatsächlich zu Tode gekommen ist?«

»Ihr meint …«

»Ich meine gar nichts!«, schnitt Zacharias ihr das Wort ab. »Vielmehr halte ich nur die Ohren auf und gebe wieder, was man so hört, wenn man sich mit den richtigen Leuten unterhält.«

»Vielleicht sollten wir auf den eigentlichen Grund unseres Gesprächs zurückkommen«, mischte sich nun erneut Davide ein. »Könnt Ihr dafür sorgen, dass die Waren des Hauses di Lorenzo den Bosporus und die Dardanellen in Zukunft ohne Beschuss passieren, oder nicht?«

Zacharias verzog das Gesicht zu einem gequälten Lächeln. »Ich kann für Euch tätig werden. Allerdings sind meine Dienste nicht billig. Und was diesen Geheimorden angeht, dem Euer Bruder anscheinend angehört, Maria, so besteht die größte Gefahr in seiner schier unermesslichen Gier nach Mitteln aller Art«, ergänzte er.

Davide nahm einen prall mit Silberstücken gefüllten Beutel aus Leder unter seinem Mantel hervor und stellte ihn vor dem Einäugigen auf den Tisch. Das darin enthaltene Münzgeld klimperte dabei etwas, und es war nicht zu übersehen, dass Zacharias diesen Klang sehr mochte.

Er öffnete den Beutel und schüttete den Inhalt auf dem Tisch aus, um anschließend die darin enthaltenen Silbermünzen in aller Seelenruhe nachzuzählen.

»Was diesen Orden der Cherubim angeht«, nahm Maria dieses Thema jetzt noch einmal auf, obwohl sie dafür einen tadelnden Blick von Davide erntete, »so möchte ich Euch dazu noch eine Frage stellen, wenn Ihr erlaubt, Zacharias.«

»Fragt besser nicht! Ich habe Euch sowieso schon zu viel gesagt.«

»Ihr wisst keine Namen?«, entfuhr es Maria überrascht.

»Namen?« Zacharias lachte rau auf und unterbrach sogar die Zählung der Münzen. »Es sind Namen darunter, die selbst mich schaudern lassen. Namen aus den höchsten Kreisen des Hofes und sogar aus der Geistlichkeit! Ein langer Bart macht noch keinen wahrhaft frommen Mann, und nicht jeder schafft es, der Versuchung durch den Satan zu widerstehen, wie es einst unser Herr Christus in der Wüste vollbrachte!« Er schüttelte langsam den Kopf. »Das irdische Leben mag ein Jammertal sein, trotz allem hänge ich daran. Deswegen werde ich keinen weiteren Ton dazu von mir geben – denn ich weiß, dass andere dafür schwer gebüßt haben, dass sie zu schwatzhaft waren.«

»Aber es muss doch etwas geben, was ich tun kann!«

»Um die Seele Eures Bruders zu retten? Nichts. Das sagt jedenfalls meine Erfahrung. Wer in die Fänge dieser Teufelsanbeter gerät, ist verloren und hat seinen Platz im Fegefeuer zweifellos sicher. Dessen ungeachtet könnte ich Euch doch noch einen guten Rat geben.«

»Und welchen?«

»Ihr solltet besser auf Euer Geld aufpassen, werte Maria di Lorenzo! Denn dieser Orden der Cherubim weiß sehr wohl, dass es noch etwas Mächtigeres gibt als die Macht Satans! Geld! Sie reißen es an sich, wo immer sie jemanden finden, der es ihnen mehr oder weniger bereitwillig überlässt. Man munkelt, dass bereits der eine oder andere reiche Erbe plötzlich das Zeitliche segnete, weil in sein Weinglas ein geschmackloses Gift geträufelt worden ist – und wie durch ein Wunder taucht in solchen Fällen schließlich ein Testament auf, in dem ein Angehöriger dieser finsteren Bruderschaft als Erbe benannt wird! Also achtet auf Euer Geld – und auf Euren hübschen Hals!«

»Ihr scheint gute Ohren zu haben«, stellte Maria fest.

»Da ich nur noch ein Auge habe, bin ich darauf angewiesen!«, lachte Zacharias.

»Gegebenenfalls könntet Ihr weiterhin die Ohren offen halten, was meinen Bruder betrifft. Sofern Euch etwas Erwähnenswertes zu Gehör kommen sollte, sorgt bitte dafür, dass ich darüber umgehend informiert werde!«

»Ich weiß nicht, ob ich da wirklich etwas für Euch tun kann!«

»Ihr wollt sagen, dass Ihr mehr Silber in Rechnung stellen wollt?«

»Nun ...«

»Das wird kein Problem sein, werter Herr Zacharias!«

In Zacharias' einzigem Auge blitzte für einen Moment die ungezügelte Gier dieses Mannes auf. Eine Gier, die ihn möglicherweise sogar seine sonst geübte Vorsicht gegenüber dem geheimnisvollen Orden der Cherubim vergessen ließ.

Siebtes Kapitel

In der Falle

»Ihr hättet ihn nicht nochmals auf Euren Bruder ansprechen sollen«, sagte Davide, nachdem er zusammen mit Maria wieder die Gasse erreicht hatte. Er flüsterte diese Worte nur, denn sie waren für niemand anderen bestimmt. Maria fiel außerdem auf, dass er mit ihr jetzt Griechisch sprach – und nicht etwa Genuesisch, was er keineswegs schlechter beherrschte.

Er will vermutlich nicht, dass man uns als Genueser erkennt, falls uns doch jemand hören sollte!, überlegte Maria. Das war in dieser Gegend sicherlich richtig. Letztlich sagte man den Genuesern großen Reichtum nach, und nicht umsonst galt dieser Winkel Konstantinopels als äußerst unsicher.

»Warum denn nicht?«, fragte Maria. »Dieser Mann weiß offenbar gut Bescheid und hat hervorragende Verbindungen!«

»Andernfalls könnte er uns wohl kaum dienstbar sein!«

»Eben! Wenn er in der einen Sache nicht vertrauenswürdig wäre, dann wahrscheinlich doch auch nicht in der anderen, oder irre ich mich da?«

»Teure Maria, in Wahrheit hat Zacharias bisher mehr von Euch erfahren als Ihr von ihm. Und wer weiß, wem er seine Erkenntnisse weiterverkauft! Wir sind leider auf seine Hilfe angewiesen, weil auf Andreas Lakonidas kein Verlass mehr ist – aber das heißt keinesfalls, dass wir jegliche Vorsicht über Bord werfen sollten!«

Maria seufzte.

»Seid kein zu strenger Lehrmeister, Davide! Es gibt so vieles, was ich erst noch erfahren muss und was meine Eltern mir nun nicht mehr beibringen können.«

»Gott habe sie selig, Maria.«

»Ja, so wird es sicher sein.«

Sie gingen eine finstere, fast unbeleuchtete Gasse entlang. An den Seiten bewegten sich Schatten in der Nacht: Bettler, die in den Hauseingängen kampierten, Katzen und Ratten, die hier und da über den Boden huschten. In der Luft hing ein fauliger Geruch, was wohl in erster Linie mit der Windrichtung zu tun hatte. Der Lykos, jener Fluss, der mitten durch die Stadt führte, wurde allzu oft als Kloake benutzt, während das seit den Zeiten des großen Konstantin vorhandene Netz von Abwasserkanälen langsam verfiel. Es war häufig so verstopft, dass – nach dem Dafürhalten mancher Leute – selbst die Ratten dort nicht mehr ausharren mochten und dafür dann lieber in den Straßen herumliefen.

Aus einigen Tavernen drang noch Musik und zänkisches Stimmengewirr, hin und wieder durchdrungen von schrillem Hurengelächter.

Die Bettler nahmen alles hin und blieben an diesem fragwürdigen Ort, denn sie hofften wohl, dass diejenigen, die genug Silber hatten, um es in diesen sündigen Häusern auszugeben, auch Mitleid mit Verkrüppelten, Blinden oder aus anderen Gründen gestrauchelten Gotteskindern aufbrächten und ihnen wenigstens ein Stück Kupfer zuwürfen.

»Ist es noch weit bis zum Triumphbogen des Konstantin, Davide?«

»Nur noch wenige Schritte, Maria. Auf Michael ist Verlass. Er wird dort auf uns warten.«

Nachdem sie ein weiteres Mal abgebogen waren, hatte Maria

vollkommen die Orientierung verloren. Dafür schien Davide sich hier hervorragend auszukennen.

Die Gasse, durch die sie nun kamen, war glücklicherweise etwas breiter und auch besser beleuchtet. An der Seite befand sich eine abgegrenzte Feuerstelle, um die eine Gruppe von etwa einem Dutzend Männern stand. Griechische Wortfetzen mischten sich mit slawischen Zungen und ein paar Sprachen, die selbst Maria nie zuvor gehört hatte.

Davide blieb unvermittelt stehen.

»Was ist?«

»Still!«

Der Levantiner hatte die Hand am Griff des Seitschwertes, während sich die Männer am Feuer plötzlich wie auf ein Zeichen hin alle in Bewegung setzten. Sie schwärmten aus und griffen zu Messern, Knüppeln und Äxten. Hin und wieder sah Maria sogar Schwerter und Parierdolche, wie sie eigentlich nur von den Gardisten des Kaisers getragen wurden.

Binnen kurzem hatten die nun bewaffneten Männer einen Halbkreis gebildet und blockierten vor Maria und Davide die gesamte Breite der Straße.

»Los, worauf wartet ihr noch?«, rief einer der Kerle in einem barbarischen Griechisch seinen Kumpanen zu.

Maria und Davide wichen einen Schritt zurück.

Hinter sich nahm Maria jetzt ebenfalls Getrappel wahr. Sie wirbelte herum und stellte mit Entsetzen fest, dass auch dort eine Gruppe von abgerissen wirkenden, aber bewaffneten Männern den Weg versperrte. Sie mussten eben aus den noch engeren Nebengassen und den Nischen an den Hauseingängen herausgekommen sein.

Davide zog sein Seitschwert. Mit dieser schmalen Waffe, die nicht einmal eine ganze Armspanne maß, hätte sich jedoch selbst ein geübter Gardist wohl kaum gegen all diese Männer verteidigen können, aus deren Gesichtern grimmige Entschlossenheit sprach.

Der Kreis um sie wurde immer enger.

Unter all den abgerissenen Gestalten fiel Maria ein Mann auf, dem man Nase und Ohren fast völlig abgeschnitten hatte. Ob man ihm dies als Strafe für ein Verbrechen angetan hatte oder ob er selbst Opfer eines Verbrechens geworden war, konnte man diesen furchtbaren Verstümmelungen natürlich nicht ansehen. Sein Atem ging rasselnd durch die verwachsene, haarige Öffnung, die ihm anstelle seiner Nase im Gesicht geblieben war. Dieser Mann schien hier das Kommando zu haben. »Los, schlagt sie tot! Es trifft die Richtigen!«

Einer der Angreifer wagte einen Vorstoß. Er hielt ein Gardistenschwert, das auf irgendwelchen rätselhaften Wegen in seine Hände gelangt war, bedrohlich auf sie gerichtet. Es hieß, dass der Kaiser mit seinen Soldzahlungen manchmal in Rückstand geriet und die Söldner, die er zur Verteidigung der Stadt angeheuert hatte, dann die Rüstkammern zu plündern anfingen.

Der Angreifer ließ das Schwert durch die Luft wirbeln, schlug mit ein paar sehr wuchtigen Hieben auf Davide ein, der erst mühsam parierte, bald darauf aber so heftig gegen die Klinge seines Gegners schlug, dass dieser sie nicht mehr halten konnte. Der Angreifer schrie auf und ließ das Schwert fallen, bevor er zurückwich.

»Ein trauriger Nichtskönner bist du!«, verhöhnte der Mann ohne Nase den gescheiterten Angreifer.

»Verschwindet!«, rief Davide. »Sonst wird dieser Streit noch einige von euch den Kopf kosten.«

Maria spürte Davides Unsicherheit, und sie hoffte nur, dass die anderen, die den Levantiner nicht so gut kannten wie sie, diesen besonderen Unterton in seiner Stimme nicht mitbekämen.

Der Kreis wurde jetzt wieder etwas enger. Die Angreifer lauerten auf ihre Gelegenheit. Noch traute sich keiner von ihnen, den entscheidenden Schlag zu führen. Dass Davide und Maria keine Chance hätten, sich gegen diese Übermacht erfolgreich zur Wehr zu setzen, lag auf der Hand – doch von den Angreifern wollte offenbar bislang noch niemand riskieren, sich dabei selbst eine blutige Nase zu holen oder gar den eigenen Kopf im Staub der Straße wiederzufinden.

Maria griff unter ihren Umhang an den Gürtel. Dort trug sie ihre Geldbörse. Mit einer schnellen Bewegung löste sie die Schnalle, griff in die kleine Ledertasche und warf die Münzen, die sich darin befanden, auf die Straße. »Hier! Mehr habe ich nicht!«

Es war nicht nur Silber, sondern auch geprägtes Gold dabei.

Einer der Angreifer begann, die Münzen aufzuheben. Als ein zweiter und ein dritter sich auch darauf stürzten, brüllte der Mann ohne Nase mit sich überschlagender Stimme: »Wer etwas davon anrührt, bekommt den Zorn der Cherubim zu spüren!« Gerade noch hatte der Ring, den die Angreifer um Maria und Davide gebildet hatten, angefangen, sich aufzulösen, die Worte des Verstümmelten zeigten jedoch sofort Wirkung. Die Furcht, die sie auslösten, schien größer zu sein als die Versuchung, nach den Münzen zu greifen. »Ihr wisst, dass es keine leere Drohung ist, was ich euch sage! Und jetzt tut, was ihr geschworen habt!«

Cherubim!

Dieses Wort hallte in Marias Kopf wider. Im ersten Moment hatte sie geglaubt, sich verhört zu haben, bis ihr klar wurde, dass er dieses Wort wirklich gesagt hatte!

»Vorwärts!«, schrie der Nasenlose.

Daraufhin fielen alle Männer auf einmal über die beiden her. Davide versuchte, die Schläge zu parieren. Maria spürte, wie sie von einem Knüppel getroffen wurde. Von allen Seiten griffen sie jetzt an. Ein Schlag traf Davide am Kopf, er sackte in sich zusammen. Maria wurde ebenfalls zu Boden geworfen.

Ein lauter Ruf drang durch die Nacht.

»Sie haben den Schwarzen Tod! Fasst sie nicht an!«

Die Angreifer wichen jäh zurück, die Schläge hörten auf. Mitten auf der Straße war ein dunkler Schemen auszumachen, eine schattenhafte Gestalt, die aus purer Finsternis zu bestehen schien.

»Wer bist du?«, rief der Mann ohne Nase fassungslos, denn er spürte, dass der Ruf dieses Unbekannten auf seine Leute Eindruck gemacht hatte.

»Sie kommen vom Eutherios-Hafen, und dort ist die Pest ausgebrochen«, sagte der Schatten in einem Griechisch, dessen Aussprache sich deutlich von jener unterschied, wie sie in den Straßen Konstantinopels üblich war. Dennoch kam diese Art des Sprechens Maria bekannt vor ... Ihr Herz raste. Wer immer dieser Düstere auch sein mochte – der Himmel selbst musste ihn geschickt haben. Im Schein des Mondes sah sie nun das Blut an ihrer Hand. Es war ihr eigenes. Vermutlich hatte sie sich an einer der Messerklingen geschnitten, als sie sich zu schützen versucht hatte.

»Sie tragen die Zeichen an sich! Ich bin Arzt und kann das beurteilen. Schon im Eutherios-Hafen waren sie krank – ich kenne diesen Mann und diese Frau!«

Die Angreifer bildeten eine Gasse. Der Fremde trat näher. Noch immer konnte Maria nicht mehr als seinen dunklen Umriss erkennen, der sich gegen das aus einer Schenke dringende schwache Licht abhob. Das Mondlicht konnte ihn auf seiner Seite nicht erreichen, das sich hinter ihm erhebende Gebäude war zu hoch.

Er schien einen Umhang zu tragen und die Kapuze über den Kopf gezogen zu haben. Eigentlich fehlte ihm nur noch eine Sense, um wie die Erscheinung des Todes selbst zu wirken. Ein Reiter der Apokalypse, der von seinem fahlen Pferd gestiegen war, um den Menschen das Nahen des Jüngsten Gerichts anzukündigen. Für einige Augenblicke war kein Laut zu hören. Die Angreifer waren wie erstarrt, und auch Maria wagte kaum zu atmen.

Im Dunkel auf der anderen Straßenseite war das Schnauben von Pferden zu hören – und das Flüstern eines Mannes, der sie beruhigte. Der geheimnisvolle Schatten war also nicht allein.

»Flieht vor dem Dämon der Krankheit«, sagte der Schatten eindringlich, und seine Stimme hatte dabei ein vibrierendes Timbre, das durch die Fremdartigkeit seiner Aussprache noch zusätzlich verstärkt wurde. Da kam es Maria schlagartig in den Sinn, wo sie diese Art zu sprechen schon einmal gehört hatte – auch wenn es ganz sicher nicht dieselbe Stimme gewesen war: Damals, in ihrer Zeit in Genua, als sie von Hauslehrern unterrichtet worden war und darin unterwiesen wurde, das griechische Neue Testament zu lesen, war Maria einem Pater begegnet, dessen Art zu sprechen sehr ähnlich geklungen hatte. Maria – die natürlich aus ihrer frühen Kindheit das Griechisch der Straße kannte, hatte es sich sogar ein einziges Mal erlaubt, diesen Lehrer zu verbessern. An die Strafe erinnerte sie sich noch heute. Er hatte ihr auferlegt, in einer kalten Kapelle hundert Rosenkränze kniend zu beten – schließlich war Überheblichkeit eine Sünde. Eitle Selbstüberschätzung, die Hybris, durfte nicht geduldet werden, ganz gleich, ob gegenüber Gott oder nur einem seiner geweihten Diener.

Es ist jenes Griechisch, wie es die Gelehrten sprechen!, durchfuhr es Maria. Aber gerade das gab der Erscheinung dieses Schattens obendrein eine sehr eindrucksvolle Note.

Die Gestalt streckte die Hand aus und deutete auf Maria und den regungslos daliegenden Davide, um hiernach weiter die Stimme anzuheben und die umstehenden Männer anzusprechen: »Flieht, denn selbst die Toten atmen den bösen Hauch der Pestilenz aus, der krank macht und mit dem Gott euer Leben auf die Probe stellen wird – denn nur die, die ohne Sünde sind, werden dem Gericht entgehen!«

»Los, weg hier!«, schrie sogleich einer der Angreifer und raste die Straße entlang, als wäre der Leibhaftige hinter ihm her. Für die anderen war das anscheinend die Losung gewesen, auf die sie gewartet hatten: So schnell sich die Angreifer zuvor zusammengerottet und formiert hatten, so rasch suchten sie jetzt das Weite. Sie wagten noch nicht einmal mehr, die Münzen aufzuheben, die Maria ihnen vor die Füße geworfen hatte – haftete das Übel denn nicht auch den sündhaften Edelmetallen an?

Nur der Mann ohne Nase wollte es nicht damit bewenden lassen. »Bleibt hier, ihr Elenden!«, rief er den Davoneilenden hinterher. »Ihr werdet es alle bitter bereuen!«

Allerdings hatte er angesichts des drohenden Dämons keine Macht mehr über das Gesindel.

So hob er das Schwert vom Boden auf, das Davide einem der Angreifer aus der Hand geschlagen hatte. Er schwang die Klinge und stieß dabei einen röchelnden Schrei aus – einen Laut, der mehr von einem wilden Tier als von einem menschlichen Geschöpf zu kommen schien. Ungestüm stürzte er sich auf Maria – offenbar bedingungslos dazu entschlossen, sie zu töten.

Maria riss unterdessen Davides Schwert an sich.

Während die Klinge des Nasenlosen auf sie herabsauste, hielt sie mit Davides Schwert, so heftig sie konnte, dagegen, den Griff mit beiden Händen umfasst. Die Klingen prallten klirrend aufeinander. Maria stieß einen Schrei aus. Die Klinge des Nasenlosen glitt zur Seite. Durch die Wucht seines eigenen Schlages verlor er fast das Gleichgewicht, er taumelte und wollte erneut angreifen. Doch Maria war inzwischen auf die Füße gekommen und richtete die Spitze ihrer Waffe auf ihren Gegner.

Das erste und bislang einzige Mal, dass sie ein Schwert in der Hand gehalten hatte, war schon viele Jahre her. Ihr Großvater hatte damals noch gelebt und dem kleinen Mädchen erlaubt, einmal den Griff jener Waffe zu umfassen, mit der vor Generationen Niccolò Andrea, der legendäre Begründer des Hauses di Lorenzo, gegen die lateinischen Besetzer der Stadt ins Feld gezogen war und sich damit seine späteren Privilegien verdient hatte. Die Waffe hatte ihr Großvater festhalten müssen, so schwer war sie gewesen.

An genau diesen Augenblick damals musste sie jetzt denken, als sie dem Nasenlosen gegenüberstand. Schweißperlen glänzten auf ihrer Stirn. Ihre Haare waren wirr und zerzaust. Schmutz und ihr eigenes Blut waren ihr ins Gesicht geraten. Mit weit aufgerissenen Augen stand sie da wie eine vom Fieberwahn gezeichnete Furie.

»Sie hat bereits Fieber!«, konstatierte der fremde Schatten mit einer schier übermenschlichen Ruhe. »Wenn es deine Absicht ist, sie zu töten, brauchst du nur abzuwarten. Den übernächsten Tag wird sie kaum überleben. Also lauf um dein Leben, gezeichneter Sünder, auf dass der üble Hauch des Bösen keinen Gefallen an dir finde und dich nicht verfolge, um auch dich zu zerfressen!«

Der Mann ohne Nase schluckte schwer. Auf seiner Stirn sah man jetzt ebenso Schweißperlen im Mondlicht glänzen. Die Augen traten flackernd vor Angst aus ihren Höhlen hervor, und sein Atem rasselte pfeifend durch das Loch mitten in seinem Gesicht. Einen Moment zögerte er noch, dann lief auch er davon, so schnell ihn seine Füße trugen. Die Klinge, die er an sich genommen hatte, ließ er fallen, so als wäre ihr Griff plötzlich glühend heiß geworden. Es dauerte nur Augenblicke, bis er in den dunklen Schatten einer Gasse verschwunden war.

Maria stand kurz wie versteinert da und sah ihm nach. Sie konnte noch nicht glauben, dass all die finsteren Gestalten, die gerade noch versucht hatten, sie zu töten, nun das Weite gesucht hatten. Deutlich spürte sie ihren Herzschlag an ihrem Hals und hinter ihren Schläfen hämmern. Eine Vielzahl von Gedanken schwirrte jetzt durch ihren Kopf. Cherubim – der Klang dieses Wortes gehörte ebenso dazu wie die Frage, weshalb es diese Menschen so sehr darauf abgesehen hatten, sie und Davide zu töten. Selbst Geld hatte sie davon nicht abhalten können. Maria konnte sich darauf keinen rechten Reim machen. Sie ließ das Schwert sinken. Solange der Mann ohne Nase sie bedroht hatte, hatte sie gar nicht gespürt, wie schwer diese Waffe war.

Sie drehte sich um. »Davide«, murmelte sie. Dann sah sie dem Schatten entgegen, der wie aus dem Nichts aufgetaucht war und nur mit seinen Worten die Angreifer vertrieben hatte.

Der fremde Retter trat näher. Endlich fiel das Mondlicht auf ihn. Als er die Kapuze seines Umhangs zurückschlug, kam darunter eine Lederkappe zum Vorschein, die schon ziemlich abgetragen war und manchem Wolkenbruch widerstanden hatte.

Sein Gesicht wirkte freundlich. Das Kinn sprang ein wenig vor. Vor allem schien er viel jünger zu sein, als Maria bei dem autoritätsgewohnten Tonfall in seiner Stimme zunächst vermutet hatte.

Er trat an den reglos daliegenden Davide heran, beugte sich über ihn und betastete ihn an Hals und Brust. »Er lebt noch! Dem Herrn sei Dank!«, stellte er zur Freude von Maria fest.

»Ihr seid wirklich Arzt?«, fragte sie.

»Ich habe mich bemüht, die Heilkunst zu erlernen«, erwiderte der Fremde.

Viel älter als sie selbst konnte er nicht sein. Ein junger Mann, der zwar in abgetragener Kleidung lief, jedoch einen gewissen Stolz und Vornehmheit ausstrahlte.

»Könnt Ihr etwas für Davide tun?«, fragte sie.

»Zunächst einmal müsst Ihr beide hier fort! Die Furcht dieser Diebesbande vor dem Pestdämon wird nicht ewig anhalten. Wir dürfen keinesfalls so lange warten, bis sie es sich anders überlegen und ihre Beute doch noch einfangen wollen.«

Der Fremde blickte auf und rief etwas in die Dunkelheit auf der anderen Straßenseite hinein. Dabei benutzte er eine Sprache, die für Marias Ohren äußerst barbarisch klang. In Genua hatte sie diese Redeweise einmal auf dem Markt gehört, und ihr Vater, der sie damals begleitete, meinte, dass man so in den Gebieten nördlich der Alpen sprechen würde.

Jedenfalls kam daraufhin ein zweiter, etwas älterer Mann mit einem dunklen Bart aus der Finsternis hervor. Er führte zwei Pferde am Zügel.

Die beiden Männer sprachen miteinander, ohne dass Maria auch nur ein einziges Wort davon verstand.

Zwischenzeitlich rührte sich Davide wieder. Aus einer Wunde am Kopf sickerte nach wie vor etwas Blut.

Der junge Mann griff unter seinen Umhang. Für den Bruchteil einer Sekunde konnte Maria dort ein Langmesser am Gürtel sehen. Er holte von dort einen ledernen Beutel hervor, griff hinein und steckte dem noch immer nicht richtig zu Bewusstsein gekommenen Davide irgendetwas in die Nase.

»Was tut Ihr da?« Maria war plötzlich verunsichert, was die guten Absichten des Retters betraf.

»Das ist ein Riechsalz, dessen Wirkung sich schon oft bewährt hat!«

Der junge Mann steckte den Beutel wieder weg, nachdem er ihn sorgfältig verschlossen hatte. Dann tätschelte er dem benommenen Levantiner kräftig die Wangen. »Aufwachen, wenn Ihr überhaupt noch einmal zu Sinnen kommen wollt!« Er packte Davide bei den Schultern und zog ihn hoch, sodass der in eine sitzende Haltung kam. »Fasst mit an!«, rief er Maria zu. Diese ließ nun endgültig das Schwert zu Boden gleiten. Sie und der junge Mann packten Davide jeweils unter einer Schulter.

Der Bärtige führte derweil eines der Pferde heran.

Maria und der fremde Arzt stellten Davide auf die Füße – und der Bärtige musste dabei noch kraftvoll mithelfen. Nichts war so schwer wie ein Mensch, der keine Kraft in den Gliedern hatte. Davide erholte sich jetzt endlich ein wenig. Unsicher und wackelig zwar – aber er stand da. Seine Kopfwunde hatte zum Glück unterdessen zu bluten aufgehört. Der junge Mann und sein Begleiter hievten ihn in den Sattel.

Dort hing der benommene Davide wie ein nasser Sack.

Der Bärtige sagte etwas.

»Was hat Euer Gefährte gesagt?«, fragte Maria.

»Er meint, dass ich zu schwach wäre, ihn zu halten – das will er lieber tun. Tut mir einen Gefallen und nehmt das andere Pferd am Zügel, damit es uns nicht davonläuft. Schnell!«

Maria gehorchte. Sie überließ Davide den beiden Männern und nahm die Zügel des zweiten Pferdes, das bisher in aller Geduld ausgeharrt hatte; nichts deutete darauf hin, dass es ein besonders schreckhaftes Tier wäre.

Der Bärtige schwang sich nun hinter Davide in den Sattel, wobei der junge Arzt ihm half. Um ein Haar wäre der schlaffe Davide bei dieser Aktion aus dem Sattel geglitten. Das Pferd schnaubte. Das Gewicht von zwei Reitern tragen zu müssen schien ihm nicht zu gefallen.

»Am Triumphbogen wartet unser Kutscher auf uns!«, meinte Maria.

»Gut, dann sollten wir dort hinreiten, um Eurem Mann einen längeren, unbequemen Ritt in seinem Zustand zu ersparen!«

»Er ist nicht mein Mann – sondern mein Schreiber!«, korrigierte ihn Maria gleich. Sie schwang sich auf den Sattel des zweiten Pferdes und war froh, dass ihr der lange, weite Rock beim Aufsitzen nicht hinderlich war, den sie eigentlich für die Verabredung mit dem neuen Kontaktmann angezogen hatte. Reiten hatte sie in ihrer Zeit in Genua gelernt, wenn auch nur widerwillig, da sie damals nicht eingesehen hatte, wozu es ihr einmal dienlich sein könnte. »Kommt, auch dieses Pferd wird das Gewicht von zwei Personen sicher tragen können!«

»Einen Moment!«, meinte noch der junge Mann, hob Davides Schwert vom Boden auf und begann, die Münzen einzusammeln, die das Mördergesindel hatte liegenlassen, um nicht mit dem Dämon des Schwarzen Todes in Berührung zu kommen.

Der Bärtige sagte etwas in seiner Sprache zu ihm. Man brauchte es nicht zu übersetzen, es war nicht zu überhören, dass er seinen Gefährten zur Eile antrieb. Der junge Mann ließ sich indessen nicht aus der Ruhe bringen, obwohl er vorher der Erste gewesen war, der zum Verlassen dieses Ortes gemahnt hatte. Erst als er die meisten Münzen wiedergefunden hatte, schien er zufrieden zu sein.

Solange sie den Fremden beim Auflesen der Münzen beobachtete, fragte sich Maria, ob sie vielleicht doch an den Falschen geraten war – jemanden, dessen Hilfsbereitschaft ganz und gar eigennützige Motive hatte. Selbst wenn er es von vornherein allein auf die Münzen abgesehen hätte – so wäre das trotzdem halb so schlimm. Sollte er sie ruhig nehmen und behalten! Das war immer noch viel besser, als von den Helfershelfern des Nasenlosen totgeschlagen zu werden.

Er kam jetzt auf sie zu und reichte ihr die Münzen. »Steckt das in Eure Börse, edle Frau!«

Er sprach jetzt kein Griechisch mehr, sondern Venezianisch. Das unterschied sich zwar in einigen Punkten von dem Genueser Dialekt, der Marias Muttersprache war, aber natürlich war es kein Problem für sie, ihn zu verstehen.

»Wie kommt Ihr darauf, dass …«

»Ihr nanntet Euren Schreiber Davide – und das ist ohne Zweifel die Form des Namens, wie sie in Italien üblich ist!«

»Endlich wird eine Sprache benutzt, die ich auch verstehe!«, rief der Bärtige. »Vorwärts jetzt, Wolfhart – wenn du in venezianischer Mundart besser auf mich hörst, als wenn ich plattes Deutsch rede!«

Maria steckte die Münzen ein, während der junge Mann sich hinter sie in den Sattel schwang. Da Maria ihre Füße aus den Steigbügeln genommen und sie ihm überlassen hatte, war das für ihn auch mit Davides Schwert in der Hand möglich.

»Vorwärts!«, rief er. Er legte den freien Arm um Maria und nahm die Zügel. Das Pferd trabte die Straße entlang. Der Bärtige drückte seinem Pferd ebenfalls die Hacken in die Seiten und trieb es nur im starken Schritt voran, damit der verletzte Davide keinen zu heftigen Erschütterungen ausgesetzt würde. Maria wies den beiden Begleitern den Weg zum Triumphbogen, so gut sie ihn von hier aus zu kennen glaubte.

Davide kam während des Ritts immer mehr zu sich. Er war zwar weiterhin leicht benommen, doch das hielt ihn nicht davon ab, sich zu Wort zu melden.

»Nicht diesen Weg!«, ächzte er, nachdem sie in eine recht breite, allerdings von Schlaglöchern übersäte Gasse eingebogen waren.

»Warum nicht?«, fragte Maria.

»Weil man es erwartet. Es ist der kürzeste Weg zum Triumphbogen des Konstantin.«

Der junge Fremde, von dem Maria bislang noch nicht einmal den Namen wusste, ergriff nun das Wort. »Ihr glaubt, dass man Euch immer noch verfolgt?«

»Natürlich!«, zischte es zwischen Davides Lippen hindurch. Er sprach nun im Dialekt der Genueser. »Maria, die wollten uns töten! Euch so sehr wie mich. Dieses Gesindel wird es sicher wieder versuchen, wenn wir ihnen eine Gelegenheit bieten.«

»Was schlagt Ihr vor?«, wollte der junge Mann etwas irritiert wissen.

Davide schloss die Augen. »Wollt Ihr Euer Schicksal wirklich mit dem unseren verbinden?«

»Und wollt Ihr wirklich jetzt darüber eine Diskussion anfangen, da Euer Kopf kaum klar sein dürfte und die Mörderbande noch nicht weit genug fort ist?«

»Sagt einfach, wo wir reiten sollen!«, verlangte Maria.

»Also gut«, stöhnte Davide. »Wir biegen hier gleich links ab, an dem alten Lagerhaus des Damaros vorbei – du kennst es, Maria!«

»Ganz, wie Ihr meint«, sagte der Bärtige in gespielter Unterwürfigkeit.

Sie preschten jetzt die Straße entlang, bogen dort ab, wo Davide es vorgeschlagen hatte, und hetzten anschließend durch ein verwirrendes Labyrinth kleiner Gassen.

Er scheint sich hier wirklich sehr gut auszukennen!, ging es Maria erneut durch den Kopf. Offenbar war Davide öfter in dieser Gegend gewesen, als es ihr bisher aufgefallen war. Andererseits war es sicher nicht ganz einfach gewesen, mit jemandem wie dem einäugigen Zacharias überhaupt in Verbindung zu kommen. Da hatte es gewiss einiger Erkundigungen bedurft.

Als sie schließlich den Konstantin-Triumphbogen erreichten, der von der Stadt aus den Eingang zur Burg der Sieben Türme bildete, wartete dort ein ziemlich verwunderter Kutscher auf sie. Michael stieg von seinem Bock herab und ging ihnen sogar ein paar Schritte entgegen.

Das Tor der Burg war inzwischen geschlossen. Die Wächter patrouillierten mit ihren sich gegen das Mondlicht abhebenden

Hellebarden auf den Wehrgängen. Hin und wieder blieben sie stehen, um zu sehen, was sich auf dem Platz vor dem Triumphbogen täte. Da es ansonsten ziemlich still war, erweckten die vier Reiter auf zwei Pferden selbstredend sofort Aufsehen.

»Wer seid Ihr?«, rief einer von ihnen auf Griechisch.

»Ein Arzt, der sich um einen Geschlagenen kümmert!«, rief Wolfhart zurück, noch ehe Maria antworten konnte.

»Bleibt, wo Ihr seid!«, kam es zurück. »Und versucht nicht zu flüchten!«

Auf dem Wehrgang über dem Tor liefen jetzt mehrere Posten zusammen. Deutlich waren die Armbrüste im Mondlicht zu sehen.

Michael half Davide Scrittore aus dem Sattel. Auch Wolfhart und Maria stiegen ab. Der Bärtige folgte ihrem Beispiel und nahm die Zügel der Tiere.

Zusammen mit dem Kutscher Michael sorgte Wolfhart hernach dafür, dass der verletzte Schreiber auf den Wagen gesetzt wurde. »Ich werde bei ihm bleiben«, bekundete Maria. »Am besten bringen wir ihn so schnell wie möglich zu unserem Kontor.«

»Vorausgesetzt, es hat niemand etwas dagegen einzuwenden«, meinte Wolfhart und deutete in Richtung des Burgtors, das jetzt ein Stück geöffnet wurde. Ein Dutzend Bewaffneter trat ins Freie. Die Klingen der Hellebarden glänzten im Mondlicht.

Ein Hauptmann mit auffälliger, mit einer Fasanenfeder verzierten Ledermütze ging voran. Ansonsten trug er die Livree der kaiserlichen Söldner. Er hatte die Hand am Griff seines Schwertes.

»Wer seid Ihr?«, fragte er barsch. »Nennt mir Eure Namen!«

»Ich bin Maria di Lorenzo, Herrin und Erbin des kaiserlich lizenzierten Handelshauses di Lorenzo, dessen Handelsrechte vom Kaiser erst jüngst bestätigt wurden. Der Verletzte ist mein Schreiber David Syngraféas.«

»Und diese beiden Männer?«, donnerte der Hauptmann weiter. »Gehören die auch zu Euch?«

»Wolfhart Brookinger, Arzt aus Lübeck, der in Erfurt die Kunde der Heilkunst erlernte und hier bei den größten Ärzten der Christenheit die Kunst der Pestheilung erlernen will.«

Wolfhart verneigte sich.

»Pestheilung?«, fragte der Hauptmann stirnrunzelnd nach und strich sich dabei durch seinen struppigen Bart. »Es dürfte ein Gerücht sein, dass es in dieser Stadt jemanden gibt, der dazu imstande wäre! Und wenn, dann hätte ich davon gehört, denn er wäre gewiss ein verehrter Heiliger und Konstantinopel demzufolge voller Pilgervolk!«

»Nun, ich bin wissbegierig und gedenke, hier alles zu studieren, was möglich ist.«

»Was ist denn mit dem da?«, erkundigte sich der Hauptmann unwirsch und deutete auf den Bärtigen.

»Das ist Urban Kanonengießer. Er will seine Dienste dem Kaiser anbieten.«

»Habt Ihr eine Herberge? Gesindel gibt es nämlich schon zu viel in Konstantinopel!«

»Wir waren auf der Suche danach, als wir Zeugen eines Überfalls wurden, bei dem dieser Mann dort« – Wolfhart deutete auf Davide – »verletzt wurde.«

»Glücklicherweise konnte das Diebesgesindel in die Flucht geschlagen werden«, ergänzte Maria di Lorenzo. »Und was die Herberge dieser Herren angeht, die uns in der Not beigestanden haben, so nehme ich an, dass sie in unserem Kontor am Eutherios-Hafen nächtigen werden – zumal mein Schreiber ganz gewiss noch der Fürsorge eines Arztes bedarf.«

Auf der Stirn des Hauptmanns erschien über der Nasenwurzel eine tiefe Furche. Er wandte sich Michael dem Kutscher zu. »Ihr steht in den Diensten des Hauses di Lorenzo?«

»So ist es, Herr«, bestätigte Michael.

»Du hast hier die ganze Zeit über gewartet. Wir haben dich beobachtet.«

»Ja, Herr. Das taten andere Kutscher auch.«

»Aber die sind längst fort.«

»Ich musste warten, bis meine Herrin zurückkehrt.«

Der Hauptmann begutachtete Maria von oben bis unten. »Eurem Äußeren nach seid Ihr eine ehrbare Dame – und vom Haus di Lorenzo habe ich schon gehört. Was das Kontor am Eutherios-Hafen angeht, kenne ich auch das, denn ich gehörte lange Zeit zur Wachmannschaft des Hafens.«

»Ich spreche die Wahrheit«, beteuerte Maria. »Und nun gestattet uns zu gehen, damit dem armen Opfer eines schändlichen Überfalls Hilfe und Erholung zuteilwerden kann!«

Der Hauptmann senkte den Kopf. Beinahe war es eine Verbeugung – aber nur beinahe, Maria entging dieser kleine Unterschied keineswegs. »Ihr müsst schon entschuldigen, Maria di Lorenzo. Indes, wir müssen jederzeit damit rechnen, dass der Sultan seine Spione und Mineure in die Stadt einzuschleusen versucht. Erst letzte Woche haben wir einen Mann gefasst, der genug Schwarzpulver bei sich trug, um einen ganzen Turm einstürzen zu lassen!«

»Sicher habe ich Verständnis für Eure Wachsamkeit«, sagte Maria. »Ihr tut nur Eure Pflicht – und vielleicht sogar ein bisschen mehr als das. Darf ich erfahren, wie Euer Name ist? Ich bin des Öfteren bei Hof und könnte Euren Namen lobend erwähnen.«

»Wirklich?«

Der Hauptmann lächelte, und nur die Art und Weise, wie sich dabei sein Mund auf unnatürliche Weise verzog, ließ Maria eine Narbe bemerken, die unter dem Bart des Hauptmanns als dunkelrote Linie hervortrat.

»Es ist mein voller Ernst!«, versicherte Maria. »Der Logothet Nektarios ist ein guter Bekannter von uns, ebenso wie Silvestre Sarto, der Schneider des Hofes.«

»Mein Name ist Theramenes. Allerdings bin ich mir nicht sicher, ob Ihr ihn tatsächlich bei Hofe erwähnen solltet.«

»Und weshalb nicht?«

»Wer kann schon sagen, wen in ein paar Wochen der neue Herrscher favorisieren und wen er in Ungnade fallen lassen wird?«

»Das ist natürlich wahr.«

»Zieht davon und meidet dieses Viertel in Zukunft. Es ist viel schlechtes Volk mit zweifelhafter Absicht hier versammelt.«

Sie erreichten das Kontor des Hauses di Lorenzo am Eutherios-Hafen. Michael fuhr den Wagen in den Innenhof. Thomás trat zusammen mit zwei der von ihm befehligten Waffenknechte durch den Eingang des Haupthauses ins Freie. Es gefiel ihm nicht, dass man ihn nicht eingeweiht hatte. Sein Missfallen war ihm ins Gesicht geschrieben.

»Wir haben uns große Sorgen gemacht«, verkündete er Maria.

Maria ging darauf nicht weiter ein. »Wir brauchen Unterkünfte für diese beiden Herren«, bestimmte sie und deutete auf Wolfhart und Urban. »Und natürlich auch einen Platz im Stall für ihre Pferde.«

»Ihr wisst, dass wir wenig Platz haben. Doch wenn ich überlege … Nun ja, in den Schlafräumen unserer Knechte dürfte eventuell noch Platz für ein oder zwei zu finden sein. Für die beiden Pferde werden wir ausreichend Heu haben.«

Maria wandte sich an Wolfhart, der inzwischen aus dem Sattel gestiegen war. »Wir haben es hier zurzeit etwas beengt. Unser Haus in Pera ist nur noch eine ausgebrannte Ruine, seit meine

Eltern an der Pest gestorben sind.« Sie schluckte und bemühte sich um Fassung, aber ein dicker Kloß saß ihr im Hals. »Ihr seht, nicht nur Ihr habt ein ganz besonderes Verhältnis zu dieser Geißel, mit der Gott immer wieder die Menschen schlägt – ganz besonders die Menschen in dieser Stadt, wie mir scheint.«

»Eines Tages wird der Dämon dieser Krankheit besiegt sein«, sagte Wolfhart Brookinger. Der Tonfall, in dem er diese Behauptung so beherzt aufstellte, zeigte eine derart tief empfundene Entschlossenheit auf, die Maria unwillkürlich innerlich aufhorchen und erschaudern ließ. Dieser Mann war aus einem sehr fernen Land eigens nach Konstantinopel gereist und hatte damit alle möglichen Unbilden in Kauf genommen, um mehr über das Wesen dieser Krankheit zu erfahren. »Der Pestdämon scheint in Eurem Leben einen ähnlich wichtigen Platz einzunehmen wie in meinem«, meinte sie. Sie verspürte das plötzliche Bedürfnis, mehr darüber zu erfahren – von ihm, Wolfhart. Gegenwärtig ergab sich jedoch leider keine Gelegenheit, das Gespräch fortzusetzen. Es blieb ihnen nur ein Blick – kurz und sehr tief. Doch dieser Augenblick genügte, dass Maria das Gefühl hatte, jemandem begegnet zu sein, der sie verstand, weil er ihre innerste Furcht teilte – die Furcht vor der Unberechenbarkeit des Schwarzen Todes. Vielleicht hat ja auch er jemanden verloren, grübelte sie, bevor Stimmengewirr ihre Gedanken wieder ablenkte.

Davide glaubte, dass er wieder gut genug beieinander wäre, um ohne Hilfe ins Haus gehen zu können, und die Waffenknechte, die ihm beim Verlassen des Wagens unter die Arme gegriffen hatten, waren etwas unschlüssig darüber, was sie nun tun oder lassen sollten.

»Lasst mich!«, verlangte der Schreiber des Hauses di Lorenzo von seinen Helfern. »Ich bin kein Greis!« Er schwankte jedoch bei den nächsten Schritten so stark, dass Thomás höchstpersönlich ihn stützte. »Legt Euch nicht mit mir an, Davide«, warnte ihn der ehemalige kaiserliche Söldner, halb im Ernst und halb im Scherz. »Wir Schotten haben schon Römern, Sachsen, Dänen und Engländern widerstanden, da wird ein invalider Schreiber nicht gerade derjenige sein, der es mit mir aufzunehmen wagt!«

»Ihr seid entlassen, Thomás!«, ging Davide darauf ein und konnte sich trotz seiner Schmerzen ein Grinsen nicht verkneifen.

»Dazu habt Ihr nicht die Befugnis, Schreiber!«, lachte Thomás. »Und wenn schon – es gibt wahrhaft angenehmere Aufgaben für jemanden wie mich, als einen widerwilligen Schreiber ins Haus zu bringen, der nicht mehr Herr seiner Sinne ist!«

In diesem Moment trat Seriféa ins Freie. Der Kopf der jungen Levantinerin wirkte hochrot – ihre Frisur war nur notdürftig gerichtet.

»Onkel Davide!«, rief sie erschrocken aus und verfiel dann ins Arabische. Maria konnte von dem kurzen Gespräch, das sie daraufhin mit Davide führte, natürlich kein Wort verstehen, aber Seriféas Stimme klang sehr besorgt.

Noch jemand trat nun ins Freie. Zunächst sah Maria nur den dunklen Schatten eines Mannes, dessen Gestalt sich schemenhaft gegen das aus dem Inneren des Hauses dringende Licht abhob. »Sieh an, meine Schwester hat Besuch mitgebracht«, drang nun Marcos heisere Stimme so schneidend wie der Herbstwind von den Dardanellen durch die Nacht. Marco näherte sich und trat ins Licht der Laternen, die den Innenhof des Kontors erhellten und einen leichten Ölgeruch verbreiteten. Schwärme von Motten sammelten sich um ihren Schein. Marias Bruder trug kein Wams und hatte das Hemd über der Hose. Darauf waren rund um den Kragen dunkelrote Flecken zu sehen. Auf den ersten Blick hätte man an getrocknetes Blut denken können, doch der Geruch, den der junge Mann verströmte, deutete auf Rotwein, dem er wohl ziemlich stark zugesprochen hatte.

»Marco …«

»Was ist, Schwester? Bin ich dir peinlich? Willst du mich deinen hochwohlgeborenen Gästen nicht vorstellen?«, tönte Marco lauthals, doch mit leicht unsicherer Zunge. Er kam näher und musterte zuerst Wolfhart Brookinger von oben bis unten. »Holst du nun schon die Mühseligen und Beladenen zu dir, um sie zu beherbergen?«, spottete Marco. Er zuckte die Schultern. »Wer mag schon wissen, wozu es gut ist? Vielleicht wird man unsere Eltern dann von der irdischen nicht auch noch in die jenseitige Hölle schicken, sondern beim Jüngsten Gericht etwas Erbarmen mit ihnen haben!«

»Auf solches Erbarmen scheinst du ja keinen Wert zu legen, Marco!«, entfuhr es Maria ziemlich ärgerlich. Was fiel ihrem Bruder ein, sich hier so aufzuführen! Sie versuchte, den aufkommenden Groll etwas zu bezähmen.

»Er sieht aus wie ein Bettler, er riecht wie ein Bettler, und er reitet auf einem vermutlich gestohlenen Pferd wie ein Bettler – ich hoffe, du hast ihm auch schon genug gegeben, Schwester, denn solche Leute haben die Angewohnheit, es sich sonst mit Gewalt zu nehmen!« Mit diesen Worten wandte sich Marco Urban Kanonengießer zu. Eine tiefe Furche bildete sich mitten auf Marcos Stirn, als er den Bärtigen mit einem höchst abschätzigen Blick bedachte. »Zugewachsen bis unter die Augen wie ein Wolf … Man sollte sich vor ihm in Acht nehmen, oder?« Er lachte höhnisch. »Wer weiß, welcher Dämon in ihm steckt und des Nachts zum Leben erwacht? Grüßt mir Euren Herrn und Meister, Schwarzbart! Luzifer persönlich etwa oder irgendein anderes Tier der Hölle, deren Geschöpfe sich jeden Tag aufs Neue als so viel stärker erweisen als die Macht Gottes! Ja – grüßt ihn von mir und sagt ihm, er kann mich mal!« Daraufhin lachte er so dröhnend, dass er sich verschluckte und dabei einige Geräusche ausstieß, die ihn vorübergehend so erscheinen ließen, als würde er selbst kurz vor der Verwandlung in einen teuflischen Werwolf stehen.

Da Marco Genuesisch gesprochen hatte, konnten sowohl Wolfhart als auch Urban alles verstehen. Maria war das sehr unangenehm.

»Schluss jetzt, in diesem Haus haben immer die Regeln der Gastfreundschaft gegolten!«, fuhr sie ärgerlich dazwischen.

»Natürlich!«, ächzte Marco. »Daran wollte ich auch nicht gezweifelt haben.«

»Wir können uns auch eine andere Herberge suchen«, sprach Wolfhart Brookinger nun Maria an. »Es war nicht meine Absicht, zu einem Disput in Eurem Haus beizutragen.«

»Nein, nein, Wolfhart!«, widersprach Maria vehement, und sie fühlte dabei überdeutlich, wie ihr das Herz bis zum Hals schlug. Zum einen aus Ärger über das Verhalten ihres Bruders, zum anderen war daneben noch eine andere Art von Erregung, die Maria noch nicht richtig einzuordnen wusste. Flüchtig traf sich ihr Blick mit dem des jungen Mannes. Sie sah in Augen, die offen und freundlich waren und ihr das Gefühl gaben, Wolfhart schon viel länger zu kennen, als es tatsächlich der Fall war. »Ihr habt viel für uns riskiert, Wolfhart – und Ihr ebenso, Urban Kanonengießer! Da ist es das Mindeste, dass ich Euch die Gastfreundschaft des Hauses di Lorenzo anbiete, solange Ihr sie annehmen wollt und Ihr mit den bescheidenen, beengten Verhältnissen zufrieden seid, die hier derzeit nun einmal herrschen.«

»Wir sind bescheidene Verhältnisse gewohnt«, mischte sich Urban ein, der wohl befürchtete, dass wiederum Wolfhart das Wort ergreifen und darauf bestehen würde, dass sie doch weiterzögen. »Alles, was besser als ein Pferdestall oder der offene Himmel ist, wird uns schon genügen!«

»Seriféa!«, rief Maria nun die Dienerin herbei, welche die Szene mit Marco von Weitem beobachtet hatte.

»Ja, Herrin?«

»Bring unsere Gäste zu den Unterkünften unserer Bediensteten, da müsste noch etwas frei sein. Und wenn nicht, dann wecke einige der Männer, dass sie ein paar Waren umstapeln und dadurch genügend Platz geschaffen oder ein eigener Raum verfügbar wird!«

»Ich möchte wirklich nicht, dass Ihr Euch größere Umstände macht«, meinte Wolfhart noch einmal. »Wir sind auch mit einer Ecke im Lagerhaus zwischen Stoffballen und Zuckersäcken zufrieden!«

»Nein, das wäre ja noch schöner!«, protestierte Maria. »Solange Ihr hier seid, soll es Euch an nichts fehlen. Ich möchte Euch nur darum bitten, dass Ihr vielleicht später noch einmal nach meinem Schreiber sehen mögt und an ihm Eure ärztliche Heilkunst versucht, falls dies notwendig sein sollte.«

»Gewiss«, nickte Wolfhart.

»Um Eure Pferde werden sich unsere Knechte kümmern!«

Nachdem die beiden Fremden ihr Gepäck von den Sätteln geschnallt hatten, folgten sie Seriféa zu den Unterkünften. Nach ein paar Schritten drehte sich Wolfhart noch einmal nach Maria um. Sie erwiderte seinen Blick. In diesem Moment hörte sie nicht einmal mehr die schneidende Stimme ihres Bruders, der sich weitere bissige Bemerkungen einfach nicht verkneifen konnte.

Welch ein Glück, dass wir Wolfhart getroffen haben!, dachte sie. Die widerwärtigen Geschehnisse dieser Nacht hätten sonst einen ganz anderen Ausgang nehmen können.

»Schwester, wir müssen reden!«, sagte Marco, nach wie vor mit unüberhörbarem Zungenschlag.

»Nicht jetzt, Marco.«

»Wann denn dann?«

»Zum Beispiel, wenn die Wirkung des Rotweins in deinem Blut etwas nachgelassen hat!«

»Was wir zu besprechen haben, duldet keinen Aufschub mehr. Und es hat durchaus mit dem zu tun, was heute Abend geschah!«

»Dann lass uns dazu ins Haus gehen«, erwiderte Maria. »Es muss schließlich nicht der ganze Eutherios-Hafen mitbekommen, wie sich die Erben des Hauses di Lorenzo streiten. So etwas kann gar nicht gut fürs Geschäft sein!«

Marco folgte Maria in einen der Empfangsräume, die es in dem Kontor am Eutherios-Hafen gab. Die Einrichtung wirkte gediegen. Tische und schweres Sitzmobiliar aus dunklem Holz sowie Schnitzereien an den Armlehnen und den Ecken der Schränke und Truhen sollten den Eindruck von Erhabenheit vermitteln. Ein Kaminfeuer prasselte. Öllampen und Kerzenleuchter verbreiteten ein warmes Licht. Die Fensterscheiben aus venezianischem Glas waren um diese Zeit von außen mit dicken Holzläden geschützt. Das war notwendig, da es in den Nächten nicht selten vorkam, dass Steine über die Mauern des Kontors geworfen wurden, um die Fenster zu treffen. Zumeist waren es gläubige Eiferer, die der Auffassung waren, dass all das Unheil, von dem Konstantinopel heimgesucht worden war, allein durch die bloße Anwesenheit der lateinischen Ketzer in der Stadt verursacht würde. Anderen wiederum waren von Haus aus all jene verdächtig, die über einen vergleichsweise großen Reichtum verfügten. Der Reichtum und die Sünde, waren sie nicht ein unzertrennliches Paar? Hatte nicht schon Jesus verkündet, dass eher ein Kamel durch ein Nadelöhr gelangen könnte als ein Reicher ins Reich Gottes? Solche Gedanken wurden immer wieder von Eiferern aufgebracht, und manche glaubten, ihrem Herrn am besten damit zu dienen, dass sie die vermeintlichen Unheilsbringer mit Steinen bewarfen. Zu solchen Übergriffen war es in den vergangenen Jahren immer wieder gekommen – und dabei spielte es auch keine Rolle, dass die Genueser doch eigentlich die treuesten und einzig verbliebenen Verbündeten Konstantinopels waren. Viele dieser Eiferer schoren sämtliche Lateiner über einen Kamm, gleichgültig ob etwa Venezianer, Genueser, Aragonesen, Deutsche oder Ungarn; obwohl alle Lateiner letztlich dem Papst in Rom dienten, wurden sie trotz der offiziellen Kirchenunion für schlimmer angesehen als die Anhänger Mohammeds: Lieber Türken als Lateiner, das war eine Auffassung, die von nicht wenigen geteilt wurde.

»Warum habe ich plötzlich keinen uneingeschränkten Zugang mehr zum Vermögen des Hauses di Lorenzo?«, fragte Marco nun. »Davide und seine Helfershelfer verweigern mir die Herausgabe meines eigenen Geldes! Das ist unerhört! Und ich habe den Eindruck, dass du denen dabei auch noch hilfst!«

»Marco, unser Haus ist in einer prekären Situation. Wir können nicht einfach Unsummen für Zwecke abzweigen, die, um es mal gelinde auszudrücken, undurchsichtig sind!«

»Was meinst du damit?«

»Ich meine damit die Güter, die du diesem Orden der Cherubim hast zukommen lassen! Das ruiniert uns!«

Marco lachte heiser. »Lässt du mich beobachten? Ich hatte schon manches Mal gedacht, dass mir ein Schatten folgen würde, aber stets geglaubt, dass es Zuträger des Kaisers oder seiner Logotheten wären. Dass es deine Zuträger sein könnten, das hätte ich nie und nimmer für möglich gehalten!«

»Ich weiß ehrlich gesagt nicht, wovon du jetzt sprichst, Marco!«

»Ach, nein? Tu nicht so! Für mich ist die Sache jetzt klar. Du versteckst dich sicherlich hinter unserem ach so geschätzten

Schreiber Davide, der angeblich nichts anderes im Sinn hat als den Schutz des Hauses di Lorenzo und den Erhalt des Reichtums, den unsere Vorväter aufgehäuft haben. Doch ich sage dir eins, Maria: Dieser Davide denkt nur an sich selbst! Und dass er mir den vollen Zugriff auf mein rechtmäßiges Erbe verweigert und mich mit fadenscheinigen Begründungen daran hindert, es für die Zwecke zu verwenden, die ich für richtig halte, ist wider jedes Recht!«

»Worum geht es denn da im Einzelnen, Marco? Du sprichst in Rätseln für mich.«

»Du willst behaupten, du wüsstest davon gar nichts? Das ist doch lächerlich!«

»Davide und ich hatten diese Dinge ganz allgemein besprochen, das stimmt. Allerdings muss ich zugeben, dass ich anscheinend nicht über jede Einzelheit Bescheid weiß.«

»Maria, er benutzt dich nur! Er denkt in Wahrheit nur daran, seiner eigenen Familie Vorteile zu verschaffen!«

Maria hob das Kinn.

»Dass er seiner Verwandten Seriféa in unserem Haus Arbeit verschafft hat, wirst ausgerechnet du ja wohl kaum beanstanden wollen, Marco!«

»Gleichgültig, wie ahnungslos du jetzt auch tun magst, ich werde das nicht einfach so hinnehmen, darauf kannst du dich verlassen! Meinetwegen kannst du das Davide auch gerne ausrichten!«

»Marco …«

»Ich meine es ernst.«

»Es ist bedauerlich, dass inzwischen so viel zwischen uns zu stehen scheint, wo wir uns doch in der Vergangenheit immer so nahestanden. Gerade jetzt, da unsere Eltern uns nicht mehr helfen können und wir gezwungen sind, auf eigenen Füßen zu stehen, wäre es doch eigentlich wichtiger denn je, dass unser Zusammenhalt bewahrt wird!«

Marco drehte den Kopf zur Seite und wich Marias Blick aus. Dann setzte er sich mit einem Seufzer auf einen der freien Stühle, die um die Tafel gruppiert waren und auf der schon so manch großer Handelskontrakt unterzeichnet worden war. Er stützte sich auf eine der Armlehnen, die jeweils in einem geschnitzten Löwen mit weit aufgerissenem Maul endeten. Ein Handwerker aus der Gasse der Zimmerleute, die sich südlich des Forum Tauri durch die Stadt zog und in der schon lange mehr Huren und Söldner als Zimmerleute wohnten, hatte dieses Möbelstück im Auftrag des Herzogs von Elbara gefertigt, der als Botschafter des aragonesischen Königs Alfonso lange Zeit in Konstantinopel residiert hatte. Der Herzog hatte dies edle Möbelstück dem Hause di Lorenzo seinerzeit als Geschenk überbracht und damit voraussichtlich auch der Hoffnung Ausdruck verleihen wollen, dass sie sich als einflussreiche Genueser Kaufleute für eine Verbindung des Kaiserreichs mit Aragon stark machen würden. Gleichwohl war das hiernach nicht geschehen. Marias Vater hatte ebenso wie die anderen Handelsherrn eher abgewartet, welche der hinter den Kulissen um die Macht in der Stadt ringenden Kräfte schließlich die Oberhand gewinnen würde. Möglicherweise war das unklug gewesen. Jetzt jedenfalls wirkte dieses aufgerissene Löwenmaul wie blanker Hohn, wenn man sowohl an die Situation der Stadt wie an jene des Hauses di Lorenzo dachte.

»Wo wart ihr heute Nacht?«, fragte Marco nun mit finsterem Gesicht, anstatt auf Marias Worte einzugehen. »Nicht einmal Thomás hat mir darüber etwas gesagt, und daraus konnte ich nur schließen, dass ihr beide – du und Davide – mich bewusst nicht eingeweiht habt!«

»Thomás konnte dir nichts sagen, Bruder«, antwortete Maria

und versuchte dabei, so gut es ging, ihre innere Ruhe zu bewahren. »Er war nicht eingeweiht.«

»Worum ging es da?«

Maria schüttelte entschieden den Kopf. Das Treffen mit dem einäugigen Zacharias war einfach zu brisant, als dass sie es hätte wagen können, ihrem unzuverlässigen Bruder davon auch nur ein einziges Wort zu berichten. In diesem Punkt teilte sie Davides Auffassung. »Ich werde darüber nicht mit dir sprechen.«

»Ich dachte, wir sind Geschwister! Ich dachte, wir müssten jetzt gemeinsam die Geschicke des Hauses lenken!«

»Mag sein, aber hast du nicht auch deine Geheimnisse? Ich weiß zum Beispiel nicht, wie groß der Einfluss mittlerweile ist, den dieser sogenannte Orden der Cherubim auf dich ausübt.«

»Ich bin ihm beigetreten, Maria. Und es ist kein Geheimnis dabei. Wenn du willst, werde ich für dich ein Treffen arrangieren. Du wirst sehr angetan sein.«

»Da bin ich mir nicht sicher, Marco!«

»Wie gesagt, du musst es nur sagen. Dann werde ich deine Neugier befriedigen.« Ein mattes, reichlich gezwungenes Lächeln huschte über sein Gesicht. »Es wird nicht mehr lange dauern, Maria, und vieles wird sich ändern hier in der Stadt.«

»Und das hat irgendetwas mit dem Orden der Cherubim zu tun?«, bohrte Maria nach.

Er erhob sich von seinem Platz – ohne seiner Schwester darüber Auskunft zu geben. Mit einem seltsamen Lächeln im Gesicht steckte er dem geschnitzten Löwen jetzt einen Finger in den Rachen. »Na, kannst du noch beißen?« Er kicherte. »Etwas zahnlos geworden, der Löwe des Hauses di Lorenzo!«

»Du erwartest Antworten von mir und weichst gleichzeitig den Fragen aus, die an dich gestellt werden«, stellte Maria fest.

Auch darauf ging Marco nicht weiter ein. »Was sind das für Fremde, die du in unser Haus geladen hast?«

»Männer, die uns selbstlos geholfen haben, als wir durch Diebesgesindel in Bedrängnis gerieten!«

»Wenn Thomás und seine Männer euch begleitet hätten, hättet ihr diese Hilfe niemals benötigt.«

»Mag sein. Aber was geschehen ist, ist geschehen, und ich erwarte, dass auch du den beiden den nötigen Respekt entgegenbringst, so wie es sich geziemt.«

»Aha, demnach siehst du dich nicht nur als Herrin dieses Hauses, sondern auch als Herrin über mich?«, lachte Marco bitter.

Er kam Maria längst wieder nüchtern vor.

In diesem Moment ließ ein Geräusch die beiden Geschwister zusammenzucken. Seriféa stand im Türrahmen. Die Tür hatte erst zu knarren angefangen, als die Dienerin sie bereits einen breiten Spalt geöffnet hatte. Ein kühler Luftzug wehte vom Korridor herein und ließ überall das Licht flackern.

Seriféa schluckte, bevor sie einen tiefen Knicks machte.

»Ich habe getan, was Ihr mir aufgetragen hattet, Herrin.«

»Das ist gut«, sagte Maria. »Geh jetzt noch einmal zu unseren Gästen und frag sie, ob sie hungrig sind. Falls das der Fall sein sollte, so wecke die Küchenmagd, auf dass sie ihnen alles herausgibt, was sie brauchen.«

»Ja, Herrin.« Seriféa warf einen kurzen Blick zu Marco hinüber. Anschließend knickste sie, drehte sich um und verschwand wieder.

Maria wandte sich nach dieser kleinen Unterbrechung erneut an ihren Bruder. »Wir werden uns in der Hagia Sophia zum Gottesdienst zeigen müssen, wenn der neue Kaiser dort erscheint«, erklärte sie. »Konstantin XI. wird es sicherlich genau registrieren lassen, welche von den Genuesern und Venezianern dort erscheinen – und welche nicht.«

Marco machte nur eine wegwerfende Handbewegung.

»Glaubst du, dieser Kaiser wird lange regieren? Oder eines natürlichen Todes sterben?«

»Wenn du glaubst, dass es sich nicht lohnte, sich mit ihm gut zu stellen, dann bist du im Irrtum, Marco. Ich würde mich gerne auf dich verlassen können.«

»Keine Sorge, Schwester, ich werde dort sein und die Rolle zu spielen wissen, die mir gebührt – und die du offenbar schon minutiös für mich vorbereitet hast, sodass ich von der lästigen Pflicht befreit bin, mir irgendwelche eigenen Gedanken dazu machen zu müssen. Und nun schlaf gut, liebe Schwester! Es war auch für mich ein anstrengender Tag, auch wenn ich keinen Überfall hinter mir habe.«

Mit diesen Worten begab er sich zu der kleinen Nebentür dieses Empfangsraums, öffnete sie und verschwand dahinter. Wenig später hörte man ihn eine knarrende Treppe hinaufgehen.

Marco hatte sich nicht die Mühe gemacht, eine brennende Öllampe oder Kerze mitzunehmen. Warum auch? Sowohl Marco als auch Maria kannten die Gebäude des Kontors seit ihrer frühen Kindheit bis in den letzten Winkel in- und auswendig. In ihren ersten Lebensjahren hatte sie ihr Vater oft mit hierhergenommen, bevor sie später zu Verwandten nach Genua geschickt worden waren, um eine standesgemäße Ausbildung zu erhalten. Maria musste schlucken, wenn sie daran dachte, wie unbeschwert sie damals in den Treppenaufgängen herumgetobt hatten. Dass sie jetzt – nach dem bösen Schicksalsschlag durch den Pesttod ihrer Eltern – dazu gezwungen waren, in diesem Gebäude zu leben, das eigentlich dazu geschaffen worden war, um dort Geschäfte abzuschließen und Waren umzuschlagen, war noch das geringste Problem. Ein Schatten fiel über Marias Gesicht. Nichts ist wie zuvor!, ging es ihr durch den Kopf. Das alte Leben war Vergangenheit, und es gab nichts, was die Eltern zurückbringen könnte.

Achtes Kapitel

Stürmische Begegnung

Davide Scrittore erholte sich recht schnell von den Folgen des Überfalls. Wolfhart Brookinger hatte sich in den darauffolgenden Tagen um den Schreiber des Hauses di Lorenzo gekümmert und ihm einen aus Kräuterextrakten aufgekochten Sud zu trinken gegeben. Dieses Gebräu hatte das Schwindelgefühl vertreiben sollen, unter dem Davide zunächst zwar noch gelitten hatte, das ihn jedoch keineswegs davon abgehalten hatte, seinen Aufgaben nachzugehen.

»Was habt Ihr vor, um Eurem Ziel hier in Konstantinopel etwas näher zu kommen?«, fragte Maria, während Wolfhart und Urban im Empfangsraum bewirtet wurden. Seriféa hatte ihnen Brot und Wein gebracht. Letzterem sprach vor allem Urban kräftig zu, und er erklärte, die Qualität dieses Tropfens sei höher als alles, was er während seiner Zeit in Venedig genossen hätte.

In der Lagunenstadt hatte er einige Zeit für den Dogen gearbeitet und mitgeholfen, die Befestigungen der Seerepublik mit Kanonen zu bestücken, die ihre Vernichtungskraft ausschließlich auf potenzielle Feinde richteten und etwa nicht die Kanoniere der Verteidiger zerfetzten, indem sie aufgrund des schlechten Materials auseinanderbarsten – wie leider dann in Prag geschehen.

»Nun, ich denke, wir sprechen einfach mit einem der Beamten am Hof, und der wird uns sofort zum Kaiser der Rhomäer bringen, dem wir von unseren exzellenten Fähigkeiten berichten. Vermutlich werden wir als hochbezahlte Bedienstete des Kaisers fortan ein sorgenfreies Leben führen!« Urban wandte sich dem weitaus weniger enthusiastisch wirkenden Wolfhart zu, der gerade einen tiefen Schluck aus seinem Glas nahm, dazu einen Bissen Brot im Mund zerkaute und hinunterschluckte. »Was meinst du? Jemanden, der weiß, wie man die größten Kanonen der Welt bauen kann, und einen, der versucht, die Pest zu besiegen, wird doch wohl niemand abweisen!«

»Nun, ich weiß es nicht …«, meinte der Angesprochene eher etwas kleinlaut.

»Pest und Heiden! Das sind doch die größten Probleme dieser Stadt, sofern auch nur die Hälfte von dem zutrifft, was ich dazu bisher gehört habe und was sich inzwischen bestimmt bis ins Heilige Römische Reich und darüber hinaus herumgesprochen hat, sodass man vermutlich sogar auf der einsamsten Nordseeinsel schon davon gehört hat!« Er lachte und wandte sich an Thomás, der eben eingetreten war. »Wahrscheinlich erzählt man sich davon bereits unter den Bewohnern Eurer nebeligen schottischen Heimat!«

Thomás schien Urban Kanonengießer näher kennengelernt zu haben, schloss Maria aus dessen Worten. Das war kaum verwunderlich. Die Unterkunft des ehemaligen kaiserlichen Söldners lag in unmittelbarer Nachbarschaft zu dem Raum, der Urban und Wolfhart zugewiesen worden war.

»Es gibt noch schlimmere Dinge als Pest und Heiden«, erklärte Thomás daraufhin.

»So?« Urban hob die Augenbrauen, und mehrere tiefe Falten bildeten sich auf seiner Stirn. »Was auch immer es sei, es gibt gewiss etwas, was sich dagegen unternehmen lässt und woraus man dann Profit schlagen kann! Denn es gibt kein Übel auf der Welt, mit dem sich nicht Gold und Silber verdienen ließe, wenn einer kommt, der es beheben kann.«

Thomás' hageres Gesicht blieb unbewegt. »Das kommt darauf an«, schränkte er ein. »Das Übel, von dem ich spreche, ist nicht so leicht zu bekämpfen – es ist die Uneinigkeit und das Misstrauen gegenüber den eigenen Bundesgenossen. Niemand traut dem anderen, es herrscht ein Netz von Intrigen, in dem keiner dem anderen seinen Erfolg gönnt und sofort eine Gefahr für sich selbst darin erblickt. Wegen minimaler Unterschiede in der Auslegung von Gottes Wort bezeichnet man die Lateiner als Ketzer, und es gibt nicht wenige in der Kirche, die eher den Türken die Tore öffnen, als sich König Alfonso von Aragon oder dem Papst in Rom zu unterwerfen, um Hilfe zu erhalten. Jeder denkt nur an sich, und jeder Beamte, Schreiber oder Logothet hat nur den eigenen Aufstieg im Sinn und ob ihm etwas persönlich Vorteile verschafft! Ihr glaubt, einfach so zum Kaiser gelangen zu können, Meister Urban?« Thomás lachte. »Nicht ohne Bestechungsgelder und Beziehungen. Und selbst dann kann es Euch passieren, dass beides Euch in den Kerker anstatt vor den Kaiser bringt.«

»Stimmt es, dass man den Kaiser nicht direkt ansprechen darf und er auch selbst nicht direkt zu seinen Untertanen spricht?«, mischte sich nun Wolfhart ein. »Man hört bisweilen etwas bizarre Geschichten darüber.«

»Ich war lange in der Garde des Kaisers, und ich kann Euch nur sagen: Jedes Wort, das Ihr darüber gehört haben mögt, ist noch untertrieben! Allerdings scheint in den letzten Jahren das berüchtigte Hofzeremoniell etwas gelitten zu haben.«

Thomás wandte sich nun Maria zu. »Herrin, ich muss Euch dringend unter vier Augen sprechen!«

Maria nickte. »Gewiss!«

»Gehen wir in eins der Nachbarzimmer! Was ich Euch zu sagen habe, ist nicht für die Ohren von Fremden bestimmt!«

Maria strich sich eine verirrte Strähne ihres aufgesteckten

Haares zurück und begab sich mit Thomás in einen Nebenraum.

Der Söldner blickte sie mit seinen grauen Augen durchdringend an. Solange er dem Haus di Lorenzo schon diente, so konnte man seinen stets sehr ernsten, manchmal fast schon finster zu nennenden Gesichtsausdruck im Grunde nicht als Gradmesser für den jeweiligen Ernst der Lage nehmen. Doch jetzt spürte Maria, dass es diesmal anders war.

»Eine der Truhen mit Euren Reserven an Gold und Silber ist aufgebrochen worden«, informierte er Maria mit leiser, aber sehr besorgter Stimme.

»Wie ist das möglich?«, entfuhr es Maria. Erst vor kurzem hatte sie auf Davides Vorschlag hin die Schlösser austauschen lassen. Diese Maßnahme war vor allem deshalb notwendig geworden, um zu verhindern, dass Marco sich unkontrolliert aus diesen Reserven bediente und das wertvolle Metall der unheiligen Bruderschaft zukommen ließe, deren Zielen er sich verschrieben hatte.

»Euer Schreiber weiß Bescheid, dass etwas fehlt. Er erstellt gerade eine Aufstellung darüber. Der Dieb hat allem Anschein nach nur so viel mitgenommen, wie ein einzelner Mann tragen kann.«

»Das klingt fast so, als wüsstet Ihr, wer der Dieb ist!«

»Es tut mir leid, Euch das in aller Grobheit eröffnen zu müssen, Herrin. Aber eine der Mägde hat Euren Bruder dabei beobachtet, wie er sich Zugang zu dem Keller verschaffte, in dem Ihr die Truhen aufbewahrt.«

»Welche der Mägde war das?«

»Es war Dacea.«

»Die Serbin?«

»Sie hatte zunächst keinen Alarm geschlagen, weil es schließlich ihr Herr war, der die Tür aufbrach. Doch sie hat sich einer

Freundin anvertraut, und der Küchenmeister hat diese Unterhaltung zufällig mitbekommen. Ihr wisst, wie beengt hier zum Teil die Verhältnisse sind, sodass jedes Wort durch die Wände dringen kann und weitererzählt wird.«

»Und der Küchenmeister hat sich hernach Euch anvertraut.«

»Ja.«

Maria wusste, dass Christopheros, der Küchenmeister, vor seinen Diensten im Handelshaus di Lorenzo lange Jahre Koch in der kaiserlichen Garde gewesen war. Daher kannten er und Thomás sich schon seit Jahren, und er hatte ein besonderes Vertrauensverhältnis zu ihm. Aufgrund von Thomás' Empfehlung hatte Christopheros vor kurzem hier auch die Nachfolge des bisherigen Küchenmeisters angetreten, welcher bei derselben Pestepidemie dahingerafft worden war, die auch Marias Eltern zum Herrn gerufen hatte.

»Und wer war die Vertraute, mit der Dacea geredet hat?«, wollte Maria noch wissen.

»Es war Seriféa, die Verwandte Eures Schreibers.«

»Weiß Davide über diese Umstände Bescheid?«

»Ja – und ich bin mir sicher, dass er Seriféa deswegen noch zur Rede stellen wird.«

Seriféa!, der Name hallte in Marias Kopf wider wie ein Glockenschlag. Da hatte sich Dacea ja gerade der Richtigen anvertraut!

»Ich danke Euch für Eure Unterrichtung«, sagte Maria aufgewühlt. »Meinen Bruder werde natürlich ich in dieser Sache zur Rede stellen – aber außer mir selbst soll das niemand sonst tun, habt Ihr verstanden?«

»Darum bin ich bei Euch gewesen.«

»Auch nicht Davide! Das ist eine reine Familienangelegenheit. Ich will kein Aufsehen. Sobald Davide seine Aufstellung der Fehlbeträge beendet hat, soll er sie mir unbedingt umgehend zukommen lassen.« Maria gelang es immer weniger, ihren Gemütszustand zu verhehlen.

»Ich werde dafür Sorge tragen.« Thomás verneigte sich leicht. »Eines solltet Ihr auf jeden Fall noch wissen, Herrin.«

»Und das wäre?«

»Dem Vernehmen nach hat Marco noch vor dem Morgengrauen das Kontor verlassen. Niemand weiß, wo er sich nunmehr aufhält.«

Maria nickte. »Ja, so etwas hatte ich schon befürchtet. Aber wie auch immer: Ich will kein Aufsehen! Alles, was Ihr mir erzählt habt, ist für niemandes Ohren bestimmt – und außer Davide und mir ist auch keine weitere Menschenseele darin einzuweihen. Allein das Gerücht, dass man unsere Reserven auf diese Weise angegriffen hat, könnte uns schweren Schaden zufügen. Und wenn sich noch dazu herumsprechen sollte, dass dies durch Marco, den Sohn des hochangesehenen und für seine solide Geschäftsführung bekannten Luca di Lorenzo, selbst geschehen ist, dürfte dies das Vertrauen unserer Handelspartner schneller dahinschmelzen lassen, als wir uns das zur Stunde noch vorstellen können.«

Wenig später kehrte Maria in den Empfangsraum zurück. Nur Wolfhart Brookinger saß nach wie vor dort und aß. Er schien in letzter Zeit nicht viel zu sich genommen und großen Hunger zu haben.

»Wo ist Euer Begleiter?«, fragte Maria.

»Bei den Pferden. Es ist schon so lange her, dass wir sie in einem richtigen Stall unterstellen konnten, dass Urban wohl Euren Stallknechten nicht zutraut, sie richtig zu versorgen.«

»Ihr tragt ein eigenartiges Zeichen auf Eurer Kappe.«

»So?« Ein Lächeln flog über sein Gesicht, und er nahm die Lederkappe vom Kopf. In der Dunkelheit der zwielichtigen Gassen rund um die Burg der Sieben Türme war Maria diese Besonderheit nicht aufgefallen.

»Es ist das Zeichen des Handelshauses Brookinger aus Lübeck«, erklärte ihr Wolfhart. »Ich weiß nicht, ob man so weit von der Ostsee entfernt überhaupt je etwas von diesem Hafen gehört hat!«

»Ihr vergesst, dass ich die Tochter und Erbin eines Handelsherrn bin, der mit Waren aus aller Herren Länder Handel getrieben hat. Ob nun mit Seide aus China oder …«

Er schmunzelte. »Nun?«

»Stockfisch aus den kalten Gewässern des Nordens, die über Lübeck überall dahin gelangen, wo Christen vor Ostern die Fastenzeit halten!«

»Stimmt«, nickte Wolfhart. »Stockfisch war immer eines der wichtigsten Güter, und mein Vater reiste mehrfach nach Venedig, um mit den dortigen Händlern Verträge über den Stockfischhandel zu schließen.«

»Venezianer!«, sagte Maria verächtlich und machte eine wegwerfende Handbewegung. »Er hätte es in Genua versuchen sollen und gewiss ein besseres Geschäft mit ehrbareren Kaufleuten gemacht!«

»Wie lange – wenn ich fragen darf – lebt Eure Familie nun schon in Konstantinopel?«, fragte Wolfhart.

»Alles in allem fast zweihundert Jahre – seit Niccolò Andrea di Lorenzo mithalf, die Stadt von Lateinern, Franken und Venezianern zurückzuerobern, und der Kaiser sich ihm gegenüber dafür durch Handelsprivilegien erkenntlich zeigte«, erzählte Maria nicht ohne Stolz in der Stimme. »Aber das heißt nicht, dass wir nicht im Herzen Genuesen geblieben sind! Im Übrigen haben mein Bruder und ich in Genua auch einen Teil unserer Kindheit und Jugendzeit verbracht.«

»Ich verstehe. Ich nehme an, der Kaiser wird Euch nur in begrenztem Maß trauen, wenn Ihr so unumwunden zugebt, dass eigentlich Genua Eure Mutter ist – und nicht die Stadt, von der man behauptet, sie sei die größte der Welt.«

»Nur die größte der Christenheit«, berichtigte Maria. »Die Städte der Muslime sind noch größer. Ich habe einige von ihnen mit meinem Vater besucht …« Ihr Gesicht bekam einen leichten Anflug von Traurigkeit. »Ihr seht, was ich auch über mich erzähle, es hat in der einen oder anderen Weise mit meinen Eltern zu tun und damit, dass ich noch immer nicht verwunden habe, dass die Pest sie so grausam hat dahinsiechen lassen. Manchmal frage ich mich, weshalb Marco und ich überlebt haben. Wir hätten es genauso verdient gehabt zu sterben wie sie, denn wir stammen doch aus derselben Familie und sind darum durch dieselben Sünden unserer Vorväter belastet! Warum nur sie? Und wir nicht? Ist es ein spöttisches Schicksal, das da über uns lacht? Ein grausamer Gott, der meint, uns immer neuen Prüfungen aussetzen zu müssen, und der nur erfahren zu wollen scheint, wie viel ein Mensch in der Lage ist auszuhalten?« Maria biss sich auf die Lippen. Diese Worte waren einfach aus ihr herausgeplatzt. Ein Schwall von Gefühlen hatte sich wie die Flut hinter einem Stauwehr gesammelt, und ein Teil davon war jetzt hervorgebrochen. Sie schluckte und atmete einmal tief durch. »Verzeiht mir, Wolfhart Brookinger! Ich hätte das nicht sagen sollen, und gewiss habt Ihr mehr als genügend eigenes Leid zu tragen, als dass Ihr Euch wünschen könnt, von dem unbedachten Gejammer einer reichen Händlerstochter belästigt zu werden, die sich eigentlich glücklich schätzen könnte, dem Grauen entgangen zu sein.«

»Aber Ihr seid es nicht.« Wolfhart nickte verständnisvoll.

»Nein«, flüsterte sie. »Es ist, als ob jegliche Freude aus diesem Leben getilgt worden wäre, und auch wenn es ketzerhaft klingt, selbst das Gebet hat mir das innere Gleichgewicht nicht zurückgeben können, das ich vorher in mir gespürt hatte!«

»Ich kann gut nachempfinden, was Ihr mir beschreibt«, sagte er jetzt. »Vielleicht besser, als Ihr glaubt.«

Sie wagte es ein paar quälend lange Augenblicke nicht, ihren Blick zu erheben. Die Scham war zu groß. Sie hatte Dinge aus ihrem tiefsten Inneren offenbart, von denen sie bisher fest überzeugt gewesen war, dass es das Beste wäre, sie blieben in den tiefsten Verliesen ihrer verdunkelten Seele verborgen; eingemauert und auf immer verschlossen vor den Augen und Ohren aller anderen – wenn möglich, sogar Gottes. Zu ihrer eigenen Verwunderung war da, in Gegenwart Wolfhart Brookingers, jedoch auch wieder eine andere Empfindung.

»Erzählt mir von Euch, Wolfhart! Erzählt mir davon, wie es gekommen ist, dass Ihr den weiten Weg aus Eurer Heimat auf Euch genommen habt, um hier ein Mittel gegen die Pest zu finden. Was treibt Euch zu alldem an, was seid Ihr für ein Mensch – und was sagen Eure Eltern dazu, dass Ihr offensichtlich nicht in Geschäften unterwegs seid und mit Stockfisch oder Gewürzen handelt?«

»Nun, um ehrlich zu sein: Sie sind nicht begeistert. Aber ich suche nach Erkenntnis und habe schon vor langer Zeit für mich entschieden, dass es nichts gibt, was wichtiger wäre.«

»Und damit wollt Ihr einen Dämon besiegen, der immer wieder blindwütig zuschlägt und Euch nicht verschonen wird, wenn Ihr ihm zu nahe kommt?«

»Die Pest ist kein Dämon, nicht im wörtlichen Sinn jedenfalls«, widersprach Wolfhart.

»Niemand weiß genau zu sagen, was sie ist, Wolfhart. Die Pest gehört zu einem der Rätsel, die Gott uns gestellt hat und die wir nicht zu lösen vermögen.«

»Wenn es wirklich Gott war, der uns dieses Rätsel stellt, dann gibt es keinen Grund, warum der Mensch es nicht irgendwann lösen sollte. Und dazu möchte ich beitragen.«

Ihre Blicke trafen sich jetzt endlich wieder. Es war ein Moment, in dem sie sich ihm auf eine Weise nahe fühlte, wie sie das bisher nie erfahren hatte. Sie hörte ihm zu, nahm den Klang seiner Stimme in sich auf und schmunzelte innerlich, wenn er vom Venezianischen in das Gelehrtenlatein wechselte, das er wohl etwas besser beherrschte. Der Klang seiner Stimme war angenehm und ruhig. Er war kaum älter als sie, trotzdem schien er sehr genau zu wissen, welchen Weg er gehen wollte.

Wolfhart sprach über seine Familie in Lübeck und über die Pestepidemie, die er dort während seiner Kindheit miterlebt hatte. Je länger er ihr davon erzählte, desto besser verstand sie die Entschlossenheit, die ihn vorantrieb – bis in diese Stadt, die aus der Sicht eines Kaufmannssohns aus Lübeck geradezu am Rand der bekannten Welt liegen musste. Er verschwieg nicht, wie wenig begeistert seine Eltern von seinen Plänen gewesen waren, dass sie es aber letztlich akzeptiert hatten, dass ihm ein anderer Weg bestimmt war als der, den sie für ihn vorgesehen hatten.

»Meine Eltern haben immerhin noch meinen Bruder, der ihr Handelshaus in ihrer ehrbaren Tradition fortsetzen kann«, lächelte er. »Ich habe diese Entscheidung so lange vor mir hergeschoben, und ehrlich gesagt war ich sehr erleichtert, als ich es ihnen endlich mitgeteilt hatte.«

»Sie hätten Euch verstoßen können, Wolfhart.«

»Das ist mir bewusst. Doch das hätte ich in Kauf genommen.«

»Um Eurer großen Ziele willen?«

»Ja. Es gibt hier in Konstantinopel den berühmtesten Pestarzt unserer Zeit. In Erfurt und Prag redet man ebenso von ihm wie in Paris oder Köln. Niemand versteht mehr von dieser Krankheit als er, und ich hoffe sehr, dass er mich als seinen Schüler annimmt.«

Maria hob die Augenbrauen. Sie musste sich Mühe geben,

sich auf seine Worte zu konzentrieren, anstatt sich einfach nur im Anblick seines Gesichts und dem Klang seiner Stimme zu verlieren. »Hat dieser außergewöhnliche Mensch, von dem Ihr sprecht, auch einen Namen?«

»Er heißt Fausto Cagliari – und auch wenn es Euch in Eurem genuesischen Stolz verletzen mag, er ist von Geburt ein Venezianer. Gelebt hat er vermutlich kaum länger als ein ganzes Jahr am Stück in der Stadt des Dogen.«

»Fausto Cagliari …«, murmelte sie.

»Euch scheint dieser Name nicht unbekannt zu sein!«

»Wohl wahr, auch wenn ich keine angenehmen Erinnerungen an unsere Begegnungen knüpfe. Unter Umständen wäre es möglich, Euch mit ihm zusammenzubringen, denn ich glaube kaum, dass Ihr auf dem gewöhnlichen Weg über die Hofbeamten sonderlich erfolgreich wärt. Wisst Ihr, es sollen schon sehr bedeutende Gesandte noch bedeutenderer Herrscher und große Gelehrte mitunter jahrelang in der Stadt geweilt haben, in der Hoffnung, irgendwann zum Kaiser oder wenigstens zu einem seiner Untergebenen vorgelassen zu werden.«

»Und zu jemandem wie Fausto Cagliari kommt man nur über den Kaiser höchstselbst?«, vergewisserte sich Wolfhart.

Maria hob die Schultern. »Wie Ihr vielleicht gehört habt, ist der Kaiser vor kurzem gestorben. Manche sagen auch, er sei umgebracht worden. Was immer man auch über Kaiser Johannes sagen mochte, es gab zwei Dinge, die ihm wirklich am Herzen lagen: Das eine war die Kirchenunion, derentwegen er lange in Ferrara bei Florenz gewesen ist, und das zweite war der Kampf gegen den Pestdämon, dem seine geliebte Frau, meine Namensvetterin Maria von Trapezunt, zum Opfer fiel.«

Wolfhart griff plötzlich über den Tisch und nahm ihre Hände. Sie war im ersten Moment darüber erschrocken, ließ es jedoch geschehen und empfand es bald sogar als angenehm.

»Redet vom Schwarzen Tod nicht mehr wie von einer Person!«, sagte er, und sein Blick verschmolz dabei mit ihrem. »Nennt ihn nicht länger einen Dämon – wie ich es zugegebenermaßen früher ebenfalls getan hatte – oder tut auf andere Weise so, als würde es sich um etwas Lebendiges, Beseeltes handeln. Das ist es nämlich nicht.«

»Dennoch – der Schwarze Tod ist zweifellos etwas sehr Böses«, flüsterte sie. »Etwas Heimtückischeres kann ich mir kaum vorstellen.«

»Es könnte sein, dass der Schwarze Tod weder heimtückisch noch böse ist, auch kein Hauch des Satans oder dergleichen.«

»Was dann?«

»Etwas, was wir nicht verstehen – noch nicht – und was uns nur aus diesem einen Grund wie ein übler Feind erscheint. Ein Feind, dessen Schlagkraft wir vielleicht mit Leichtigkeit ausweichen könnten, wenn wir in der Lage wären, ihn zu verstehen und deshalb seine Angriffe zu parieren – ähnlich wie auch die kalte Jahreszeit für keinen von uns eine Überraschung ist, da sie in jedem Jahr aufs Neue wiederkehrt und man sich gegen sie wappnen kann!«

»Jetzt habt Ihr aber vom Schwarzen Tod wie von einer Person geredet und ihm damit mehr Macht gegeben, als ihm Eurer Meinung nach zusteht!«

Bevor Wolfhart noch auf Marias kleine Neckerei reagieren konnte, kehrte Urban Kanonengießer zurück. Ohne zu klopfen oder sich vorher auf andere Weise bemerkbar zu machen, stieß er ziemlich ungestüm die Tür auf. Er stutzte kurz, als er sah, wie sein Reisegefährte gerade Marias Hände wieder losließ und die junge Frau sich daraufhin fast gleichzeitig mit ihm erhob – nicht ohne leicht zu erröten.

Urban sprach mit dem lübischen Kaufmannssohn ein paar Worte in plattem Deutsch, von denen Maria nichts verstehen konnte und von denen sie daher annehmen musste, dass sie nicht für ihre Ohren bestimmt sein sollten.

»Ich habe Wolfhart gerade unsere Hilfe angeboten«, setzte Maria den bärtigen Urban ins Bild und gewann dadurch, dass sie nun – in ihrer Sprache, dem Genuesischen – das Wort ergriff, auch einen Großteil ihrer Fassung wieder. »Nektarios Andronikos, ein Freund unseres Hauses, ist einer der niederen Logotheten, der derzeit, unter dem neuen Kaiser Konstantin, vermutlich sogar gute Aussichten haben dürfte, noch etwas höher aufzusteigen. Ich könnte mir durchaus vorstellen, dass man Euch dabei helfen könnte, das Gehör des Kaisers für Eure Pläne zu bekommen, Urban Kanonengießer!«

Urban wirkte ob dieses Angebots ziemlich überrascht.

»Nun – ich nehme Eure Unterstützung natürlich gerne an!«, erklärte er, immer noch leicht irritiert. Das merkte man auch daran, dass sein Venezianisch bei seiner Antwort noch eigenartiger klang, als es für genuesische Ohren ohnehin schon der Fall war. Urban machte nämlich eine Reihe von Fehlern und streute hier und da sogar Worte in anderen Sprachen ein, von denen Maria noch nie auch nur einen halben Satz gehört hatte.

Ein paar Tage vergingen. Marco blieb verschwunden, und Maria beauftragte Thomás, sich möglichst unauffällig nach ihm zu erkundigen. Schließlich hatte der ehemalige Söldner der kaiserlichen Garde überall in der Stadt exzellente Kontakte.

Davide erholte sich vollständig. Allerdings verweigerte er zuletzt rigoros jegliche ärztliche Hilfe, die Wolfhart Brookinger ihm zukommen lassen wollte. Maria rätselte zunächst, woran das liegen mochte. In einem Gespräch unter vier Augen, das sie in der Schreibstube des Kontors führten, offenbarte Davide dann seine Beweggründe.

»Im Grunde genommen sollte niemand von einem Heilkundigen, der aus den Ländern nördlich der Alpen kommt, überhaupt einen ärztlichen Rat annehmen«, erklärte er. »Ihr Wissen über den menschlichen Körper ist so gering, dass man sich nur wundern kann, wie sie es verhindert haben, dass dort die Bevölkerung nicht längst ausgestorben ist. Ihre Methoden sind barbarisch. Sie lassen Blut aus den Adern rinnen und erhoffen sich davon eine heilende Wirkung, sie lassen den Kranken alchimistische Tinkturen zu sich nehmen, die ihn erst recht krank machen …« Davide schüttelte sich.

»So müsst Ihr ja froh sein, die Behandlung von Wolfhart Brookinger überlebt zu haben«, gab Maria erstaunt zurück.

»In der Tat! Ich bin froh und dankbar dafür! Ein Großneffe von mir diente bei einem Handelsherrn in Venedig, der mit Zucker handelte, als Schreiber, Buchhalter und Übersetzer. Er reiste mit seinem Herrn bis zu den großen Flüssen nördlich der Alpen und hat am eigenen Leib zu spüren bekommen, mit welchen Giften die Menschen dort ihren Körper traktieren, um sich angeblich zu heilen. Und dabei schaden sie ihm mehr, wenn sie sich Quecksilber einträufeln, als dass es ihnen nutzen oder gar ihr Leben verlängern würde! Ich bitte um Verständnis, dass ich diesen zweifelhaften Künsten niemals wieder mein Leben in die Hände geben würde! Niemals!« Davide machte eine Handbewegung, die seine Entschiedenheit in dieser Frage unterstreichen sollte. »Medizin im eigentlichen Sinn des Wortes gibt es ebenso wie ärztliche Heilkunst nur in den Ländern der Muslime.«

»Gut, es zwingt Euch ja niemand, länger die Hilfe von Wolfhart Brookinger oder irgendjemandem sonst anzunehmen, wenn Ihr nicht wollt«, schränkte Maria ein. »Aber Tatsache bleibt, dass wir diesem Kanonengießer ebenso wie dem jungen Kaufmannssohn zu Dank verpflichtet sind. Womöglich könnten wir uns ja erkenntlich zeigen, indem wir ihnen den ersten Zugang zum Hof etwas erleichterten.«

»Unser Freund Nektarios Andronikos wird in Kürze zum ersten Logotheten ernannt werden«, erklärte Davide. »Ich habe es nur gerüchteweise gehört, aber es scheint eine sichere Quelle zu sein. Sein Vorgänger ist ja seit dem Anschlag auf den Patriarchen eingekerkert, weil er angeblich an einer Verschwörung von Kirchenunionsgegnern beteiligt war.«

»Stefanos Pantelis – ein Verschwörer. Wer hätte das vor kurzem noch für möglich gehalten?«, entfuhr es Maria. »Nektarios' Aufstieg ist für uns natürlich von Nutzen. Mit seiner Hilfe könnten wir vielleicht etwas für Wolfhart und Urban tun.«

»Das wird man sehen …«, meinte Davide skeptisch, der von diesem Gedanken ganz offensichtlich nicht sonderlich begeistert war. Er machte eine kleine Pause und kam danach auf dieses Thema nicht mehr zurück. Stattdessen sagte er in einem deutlich veränderten Tonfall: »Ihr solltet lieber über etwas anderes nachdenken: Bei den Männern, die uns nach unserem Besuch bei Zacharias dem Einäugigen überfallen haben, handelt es sich zweifellos um Gesindel, doch was ich mich schon die ganze Zeit über frage, ist, ob sich dieses Gesindel wirklich zufällig zusammengerottet hat oder aber von jemandem angestiftet und bezahlt worden ist.«

»Weshalb sollte so etwas geschehen?«, fragte Maria.

»Zum Beispiel, um die Erbin eines großen Handelshauses zu entführen und für ihre Freilassung Geld zu erpressen. Es hat in letzter Zeit ein paar ähnliche Fälle gegeben.«

»Davon habe ich nichts gehört.«

»Ja, weil es keine Genueser waren. Aber sie waren reich und wurden überfallen. Außerdem hatten ihre Angehörigen hinterher allen Grund, nicht groß darüber zu reden, weil sie wohl befürchteten, dass ihnen erstens ohnehin niemand helfen würde und sie zweitens Gefahr liefen, Opfer von Racheakten zu werden.«

»Habt Ihr irgendeine Vorstellung, wer dahinterstecken könnte?«

Davide zuckte mit den Schultern. »Konstantinopel hat sich schon vor längerer Zeit von einer Hauptstadt der Christenheit in eine Hauptstadt des Übels verwandelt. Wahrscheinlich ist es an der Zeit, Planungen zu treffen, die bis in die Zeit hineinreichen, in der die Ruinen dieser Stadt unter ihrem eigenen Gewicht in sich zusammengefallen sein werden, Maria.«

»Alles aufgeben?«, fragte Maria. Der Gedanke gefiel ihr nicht. Hätte das nicht bedeutet, all die Leistungen ihrer Vorfahren wenig zu schätzen? Was wäre der Sieg, den Niccolò Andrea di Lorenzo seinerzeit mit erfochten hatte, noch wert gewesen, nicht zu vergessen die lebenslangen Anstrengungen ihrer Eltern und Großeltern?

»Ich spreche nicht davon, fluchtartig die Stadt zu verlassen. Dazu besteht kein Anlass«, erklärte Davide.

»Dann habe ich Euch falsch verstanden?«

»Ich plädiere lediglich dafür, Alternativen zu bedenken und langfristig zu überlegen, ob man den Hauptsitz des Handelshauses nicht an einen sicheren Ort verlegen sollte. Einen Ort mit stabiler Herrschaft und sicheren Gesetzen.« Ein mildes Lächeln huschte über Davides hart geschnittenes Gesicht. »Aber vielleicht ist das auch nur ein vergeblicher Wunschtraum, den insgeheim Händler und Kaufleute überall auf der Welt träumen und der sich in dieser Form immer nur für kurze Zeit erfüllen lässt ...«

Maria suchte Wolfhart Brookinger in der einfachen Unterkunft auf, in der er zusammen mit Urban Kanonengießer lebte, seit die beiden die Gastfreundschaft des Hauses di Lorenzo genossen.

Der Raum, in dem die beiden untergebracht waren, maß

kaum mehr als zwei Schritt in der Länge und genauso viel in der Breite. Er war darüber hinaus mit leeren Kisten und Truhen vollgestellt, die darauf warteten, mit wertvollen Gewürzen, Zucker oder Seide befüllt zu werden.

Eigentlich handelte es sich um eine Abstellkammer, die von den Quartieren der Hausangestellten abgetrennt worden war, um etwas mehr Lagerraum zu gewinnen. Wolfhart hatte sein Lager auf einer der Kisten, Urban kampierte offenbar auf dem Boden und hatte sich dazu einen Strohsack aus dem Pferdestall geholt. Damit man sich in der kleinen Kammer überhaupt bewegen konnte, waren die Sachen des Kanonengießers jetzt allerdings zur Seite geräumt und in einer Ecke aufeinandergeschichtet.

Wolfhart war zurzeit allein im Raum.

Er war gerade damit beschäftigt, einen seiner Stiefel zu flicken. Es war unübersehbar, dass sein Schuhwerk während der langen Reise, die er hinter sich hatte, gelitten hatte – wie seine restliche Kleidung auch. Alles trug Spuren der Abnutzung, war aber offensichtlich gut in Ordnung und sauber gehalten worden. Für das inzwischen etwas abgegriffene Lederwams galt das genauso wie für seine Hosen.

»Wo ist Euer Reisebegleiter geblieben?«, fragte Maria.

»Er ist zum Palast geritten, in der Hoffnung, dass man ihn dort einlassen und anhören wird.«

»Ich dachte, Ihr hättet verstanden, dass dies hoffnungslos ist – wenn man es auf diese Weise versucht.«

Wolfhart lächelte. »Sicher! Doch so etwas wie Hoffnungslosigkeit gibt es für Urban nicht. Auf seine Weise ist er ein sehr gläubiger Mensch. Er glaubt vor allem daran, dass das Glück auf seiner Seite sein wird. Ganz im Vertrauen – ich habe nicht die geringste Ahnung, mit wem er sich eben trifft oder wo genau er sich befindet. Ich hatte nur den untrüglichen Eindruck, dass er mich nicht dabeihaben wollte.«

»Wie habt ihr Euch kennengelernt?«

Wolfhart erzählte von ihrer Begegnung bei Prag, von dem Kanonendonner und der Verfolgung, die damit einhergegangen war. »Kanonen und Schießpulver sind wahrhaftig eine gefährliche Sache, wie ich da begriffen habe. Und bedauerlicherweise nicht allein für diejenigen, die man damit bekämpfen will!«

»Es scheint demnach nicht ganz ungefährlich zu sein, sich in Urbans Nähe aufzuhalten – so wie Ihr mir davon berichtet«, ergänzte Maria.

»Urban ist ein Mann ohne Furcht – und davon gibt es in dieser Zeit, da alle Welt den Jüngsten Tag oder den Teufel oder die Türken fürchtet, nicht allzu viele, wie mir scheint.«

»Und Ihr?«

Wolfhart hob die Augenbrauen. Bis jetzt hatte er in einer leidlich bequemen Haltung auf der Kiste gesessen, auf der er seine Decke und seine wenigen sonstigen Habseligkeiten ausgebreitet hatte. Nun legte er den Stiefel zur Seite, an dem er gearbeitet hatte. Die Nadel und den Zwirn, mit denen er versucht hatte, die zerschlissenen Stiefel daran zu hindern, sich weiter zu lösen, packte er danach noch sorgfältig in die Stiefel hinein, um sie später nicht mühsam suchen zu müssen. Dann erhob er sich. »Eure Dienerin Seriféa war so freundlich, mir alles zu geben, was ich brauche«, erklärte er, anstatt auf ihre Frage zu antworten. Er stand ziemlich dicht vor ihr. Viel dichter, als es sich eigentlich geziemte, aber das war der Enge dieser Kammer geschuldet. Nur kurz fühlte Maria sich unbehaglich und hegte den Gedanken, ein Stück zurückzuweichen. Aber sie tat es nicht. Warum eigentlich nicht, hätte sie in diesem Moment nicht erklären können, aber ihre Füße schienen wie am Boden festgewachsen.

»Was ich wissen wollte, ist, ob Ihr denn keine Angst vor der Pest habt, wenn …« Sie stockte und fand den Klang ihrer Stimme auf einmal entsetzlich unsicher. Was rede ich da eigentlich für einen Unsinn?, schoss es ihr durch den Kopf, gleichzeitig erschien es ihr jedoch noch sehr viel unsinniger, einfach gar nichts zu sagen. Sie blickte zu ihm auf, schluckte und fuhr dann fort: »Ihr reist diesem Dämon doch nach – besteht dann nicht die Gefahr, dass er gerade Euch verschlingt?« Ein Lächeln flog nun über ihr Gesicht – ein verlegenes Lächeln. Sie nahm an, dass ihr Gesicht jetzt von einer gut sichtbaren Röte überzogen war. Glücklicherweise fiel nicht viel Licht in diesen Raum. Es kam nur durch einen Spalt des offen stehenden Fensterladens, der ein unverglastes, zum Innenhof des Kontors ausgerichtetes Fenster schützte – und durch die Außentür, die ebenfalls etwa einen halben Schritt weit offen stand. Das Licht, das durch das Fenster hereinfiel, traf genau auf seine Schultern und ließ ihn fast wie eine von hinten illuminierte Heiligenfigur erscheinen, wie sie so oft auf den in Konstantinopel so beliebten Ikonen abgebildet wurde. Nur der stoppelige Bart, der Wolfhart während seiner Reise gewachsen war, kam ihr noch nicht lang genug vor, um mit den dargestellten Heiligen mithalten zu können. Bei diesem Gedanken musste Maria schmunzeln, und sie erwiderte seinen Blick.

»Eurem Lächeln nach scheint zumindest Ihr keine Furcht zu empfinden«, sagte Wolfhart.

»Nein, allerdings ist das nur dem Umstand geschuldet, dass ich etwas durcheinander bin, wie ich zugeben muss.«

»Bei allem, was wir tun, ist die Furcht unser größter Feind. Ich versuche, sie keine Herrschaft über mich gewinnen zu lassen.«

»Dazu haben nicht viele die Kraft.«

»Ob ich sie habe, wird sich noch erweisen müssen.«

»Ihr habt davon gesprochen, dass Ihr Fausto Cagliari begegnen wollt.«

»Er soll hier in Konstantinopel sein, aber ich gebe zu, dass meine Informationen darüber schon etwas älter sind.«

»Ich erwähnte ja bereits, dass er mir begegnet ist, und ich wüsste eine Gelegenheit, bei der Ihr ihn vielleicht treffen könntet, obwohl ich Euch nichts versprechen kann.«

»Ich bin für jede Chance, die mir das Schicksal bietet, dankbar.«

»Da geht es mir wie Euch«, murmelte sie, und ihre Stimme war nur noch ein kaum hörbares Flüstern. Sie waren sich jetzt so nahe, dass kaum noch ein Fingerbreit zwischen ihnen war. Als junges Mädchen hatte sie erlebt, wie im Hafen von Pera ein Schiff in Flammen aufgegangen war, das einige Fässer mit Schwarzpulver geladen hatte. Es war eine mondlose Nacht gewesen, und die Männer an Bord hatten wohl zu sorglos mit ihren Fackeln und Laternen hantiert, sodass es schließlich zu einer gewaltigen Explosion gekommen war. Das Inferno hatte man vom Obergeschoss ihres Elternhauses sehen können. An diesen Moment musste Maria jetzt denken. Noch einen Fingerbreit näher und es drohte auch hier, zwischen ihnen, ein Funke mit völlig unabsehbaren Folgen überzuspringen! Doch womöglich war es auch schon zu spät ... Sie spürte schon seine Lippen auf den ihren, und sie schlang ihre Arme um Wolfharts Nacken. Ihr Herz raste, und sie glaubte auch das seine mit der Wucht eines Schmiedehammers schlagen zu hören. In diesen seligen Sekunden hatte Maria das Gefühl, alles um sie herum mit einer nie dagewesenen Deutlichkeit und Intensität wahrzunehmen.

Sie lösten sich voneinander. Sie war sich nicht einmal darüber im Klaren, ob sie sich von ihm losriss oder er sie von sich stieß. Was hast du da eigentlich getan?, ging es ihr durch den Kopf, in dem sich alles zu drehen schien. Die Gedanken rasten nur so, und Maria rang nach Luft. Sie wich einen Schritt zurück, blieb aber bei der halb offenen Tür des kleinen Verschlags stehen.

»Ihr müsst mir verzeihen«, hauchte sie.

»Nein, dazu gibt es nicht den geringsten Grund – ich hoffe, dass Ihr mir verzeiht«, sagte Wolfhart weich. Als sie ihn hierauf wieder ansah, registrierte Maria, dass er ebenfalls einen verwirrten Eindruck machte. Zunächst hatte Maria es gar nicht gewagt, den Blick wieder zu heben und dem seinen zu begegnen. Vielleicht, weil sie fürchtete, darin Ablehnung oder Entsetzen zu erkennen. Doch das Gegenteil war der Fall! Der Blick, mit dem er sie bedachte, war voller Zuneigung und Verlangen, aber es war eine Art von Verlangen, die sie nicht ängstigte, sondern anzog und erwidern konnte. Nachdem ihre Blicke sich endgültig wiedergefunden hatten, konnte sie sich nicht mehr von ihm abwenden. Sie wollte noch etwas sagen, öffnete halb den Mund, doch kein einziger Laut kam daraus hervor. Sie schluckte nur und strich sich eine Strähne aus dem Gesicht, die sich aus ihrer Frisur herausgestohlen hatte. Erst nach einer gefühlten Unendlichkeit gelang es ihr, die Sprache wiederzuerlangen und sinnvolle Worte zu formen.

»Ich wollte Euch eigentlich nur sagen, dass der Kaiser am Sonntag in die Hagia Sophia kommt und sich dann alle höheren Stände dort versammeln und ihm die Ehre erweisen, wenn der Patriarch ihn segnet. Das gilt auch für die in der Stadt lebenden Fremden, selbst wenn sie dem lateinischen Glauben angehören. Offiziell haben wir ja seit Jahren eine Kirchenunion, auch wenn es immer wieder vorkommt, dass Fanatiker auftauchen und ein Ereignis von dieser Art zu stören versuchen …« Sie stockte und sprach zunächst nicht weiter.

Wolfhart biss auf seine Unterlippe und wirkte mit einem Mal ganz wach. »Ihr glaubt, dass Fausto Cagliari dort sein wird?«, fragte er.

»Das steht für mich außer Zweifel«, erklärte sie. »Es sei denn, es läge ein wirklich sehr wichtiger Grund vor, sich bei dieser Gelegenheit nicht zu zeigen. Es wäre schon äußerst ungewöhnlich, wenn der Pestarzt des alten Kaisers dort nicht erschiene ... und wenn das der Fall wäre, könnte man Euch im Übrigen auch nur davon abraten, den Kontakt zu diesem Mann zu suchen, denn es wäre zweifellos ein Zeichen dafür, dass er in Ungnade gefallen wäre!«

Wolfhart nickte. Hierauf deutete er auf seine Stiefel. »Dann werde ich mal zusehen, dass ich zumindest mit ordentlichem Schuhwerk die größte Kirche der Christenheit betrete! Und was gerade geschah ...«

»Ja?«

»Das solltet Ihr wahrscheinlich am besten einfach vergessen.«

Maria schluckte. Das kann ich nicht!, dachte sie. In diesem Punkt war sie sich vollkommen sicher.

Neuntes Kapitel

Stachel im Fleisch

Am Samstagabend tauchte Marco wieder auf, so als wäre nichts gewesen. Er schien sehr müde zu sein. Davide hatte vorher versucht, aus Seriféa herauszubekommen, wo Marco sich aufgehalten hatte. Aber der Schreiber des Hauses di Lorenzo war erfolglos geblieben. Vielleicht wusste sie tatsächlich nichts. Das Gespräch zwischen den beiden war so laut gewesen, dass man es im ganzen Kontor hatte hören können. Allerdings hatten sie levantinisches Arabisch gesprochen, sodass Maria nichts hatte verstehen können.

Urbans Versuche, bei Hofe vorzusprechen, blieben erfolglos. Man hatte ganz unverhohlen ein Schmiergeld von ihm verlangt, das für den Kanonengießer einfach nicht aufzubringen war. »Es scheint hier niemanden das Wohl der Stadt zu interessieren!«, beschwerte er sich Wolfhart gegenüber.

Der lübische Kaufmannssohn hatte den Kanonengießer während der gesamten Reise, die sie gemeinsam hinter sich gebracht hatten, noch nicht so erregt erlebt. Urban war regelrecht außer sich. »Es ist unfassbar!«, stöhnte er. »Ich biete diesen Narren die Möglichkeit, die Türken in die Flucht zu schlagen, wenn sie mich meine Kanonen gießen lassen – und sie denken nicht an das Wohl ihrer Stadt, das letztlich auch ihr eigenes ist, sondern nur daran, wie sie ein paar Silbermünzen mehr für sich herausschlagen können! Glauben diese Narren vielleicht, dass ihnen die Türken irgendetwas von ihrem Reichtum lassen werden, wenn sie überhaupt mit dem Leben davonkommen?«

»Vielleicht haben die Leute, die du angesprochen hast, nur schlichtweg nicht verstanden, was du meintest«, erwiderte Wolfhart.

Urban runzelte die Stirn. »Wieso das denn? Nur weil so ein Möchtegern-Magister wie du etwas Griechisch gelernt hat, muss er sich noch lange nichts darauf einbilden.«

»Mag sein, Urban, aber Griechisch ist nun mal die Sprache, die hier in den Gassen jeder versteht!«

»Ja, in den Gassen! Aber bei Hof kann jeder Latein oder die venezianische Abart oder einen anderen der Dialekte, die sich davon ableiten und sich nur in Kleinigkeiten unterscheiden, sodass man alle diese Sprachen gut zu verstehen vermag, wenn man nur eine von ihnen beherrscht! Und ich war lange genug in Venedig, um …«

»Ich habe nie deine Fähigkeiten anzweifeln wollen«, versuchte Wolfhart, ihn zu beschwichtigen. »Allerdings wäre es doch möglich, dass du mit deiner dringenden Botschaft einfach nicht durchgedrungen bist, weil man eben doch nicht so genau verstanden hat, was du meinst!«

»Du willst meine Sprachkenntnisse in Zweifel ziehen?«

»Entweder deine oder die Kenntnisse der Männer, mit denen du gesprochen hast.«

Urban seufzte. »Ich fürchte, der Grund ist noch viel einfacher: Es waren wohl einfach nicht die richtigen, an die ich mich gewandt habe!«

Am Sonntag brachte ein Wagen des Hauses di Lorenzo Wolfhart und Urban zur Hagia Sophia, der »heiligen Weisheit«, wie diese bislang größte und eindrucksvollste Kirche der Christenheit ehrfurchtsvoll genannt wurde. Maria und Marco fuhren zusammen mit Davide und dem etwas bärbeißig dreinblickenden Thomás im ersten Wagen. Wolfhart Brookinger und Urban Kanonengießer saßen in einem zweiten, in dem auch noch Jakob Forlanus, ein mit dem Haus di Lorenzo eng verbundener und angesichts seiner akademischen Ehren noch junger Rechtsgelehrter, sowie Pater Matteo da Creto saßen.

Außerdem wurden beide Wagen durch ein Dutzend bewaffnete Reiter begleitet. Auch das Diebesgesindel wusste, dass zu einem Tag und einer Stunde wie diesen viele Gutbetuchte unterwegs waren, und so musste man entsprechend vorsichtig sein.

Thomás hatte deshalb sogar zwei zusätzliche Männer angeheuert. Männer, die in der Garde des Kaisers dienten und sich durch solche Aufgaben ein paar Silberstücke dazuverdienten, obwohl das eigentlich strengstens verboten war. Aber die allgemeine Tendenz zur immer hemmungsloseren Vorteilsnahme hatte längst auch die Truppen des Kaisers erreicht.

Während die Wagen und die begleitenden Reiter über die Mese am Forum Tauri und am Konstantin-Forum vorbeifuhren, fühlte Maria sich unbehaglich. Das lag nicht nur an dem stoischen Schweigen ihres Bruders, der sich nur widerwillig in sein brokatbesetztes Wams gezwängt hatte und die lederne Kappe mit dem neu eingesetzten Federschmuck etwas linkisch trug, sodass er in seinem Aufzug eher lächerlich als würdevoll wirkte. Maria hatte ein edel verarbeitetes, in der Mitte geschnürtes Kleid angezogen. Der Ausschnitt war gerade so, dass er für den Anlass noch akzeptabel war. Auf Schmuck hatte sie bis auf eine Kette, an deren Anhänger das Familienwappen eingearbeitet war, und einen schlichten Ring aus Gold ohne Steinbesatz verzichtet. Zu viel Schmuck konnte einem leicht den Ruf einbringen, zur Prunksucht zu neigen. Verzichtete man jedoch völlig darauf, kam ein Geschäftspartner womöglich ins Grübeln, ob vielleicht die Geschäfte des Hauses schlecht gingen. Und wenn man nicht aufpasste, dann verbreiteten sich üble Gerüchte sehr schnell, und im Handumdrehen standen dann all jene vor der Tür, die sich darum sorgten, was ihre noch nicht eingelösten Wechsel noch wert seien. Auf diese Äußerlichkeiten musste man sehr achten, das hatte man Maria und Marco von klein auf beigebracht. Dass Marco seine Verachtung dafür geradezu zelebrierte, hatte wohl damit zu tun, dass er sich noch immer nicht mit seinem Vater versöhnt hatte, auch wenn sie inzwischen der Tod trennte.

»Jetzt werden wir diesem aufgeblasenen Palaiologos-Kaiser unsere Aufwartung machen«, meinte Marco schließlich. »Wollen wir darüber Wetten abschließen, ob es Konstantin vergönnt sein wird, eines natürlichen Todes zu sterben, oder ob ihn irgendeiner seiner eigenen, machtgierigen Günstlinge zum Herrn schickt?«

»Reiß dich zusammen, Marco«, sagte Maria. »Wenn jemand hört, wie du über den Kaiser redest …«

»Was sollte uns dann passieren, nun, da doch unser Freund Nektarios Erster Logothet wird und damit zum erlauchten Kreis derer gehört, die einen direkten Zugang zu unserem heiligen Herrscher haben! Nektarios wird es doch sicherlich richten.« Maria wandte den Blick an Davide. Der Schreiber schien ziemlich überrascht zu sein. Woher weiß Marco das?, ging Maria durch den Kopf. Sie hatte es ihm nicht gesagt, und sie konnte sich eigentlich auch nicht vorstellen, dass Davide mit Marco über dieses Thema gesprochen hatte. Dazu hätte auch kaum eine Gelegenheit bestanden, und zudem war Davide inzwischen dazu übergegangen, Marco ohnehin nicht mehr mit Neuigkeiten zu versorgen, die ihm durch seine zahlreichen Kontakte am Hof und in der Stadt zugetragen wurden. Er traute Marco nicht mehr über den Weg, was wohl umgekehrt genauso galt. Hatte Seriféa etwas vom Aufstieg des Nektarios Andronikos mitbekommen und Marco davon erzählt? Maria hielt das für möglich.

»Ich sehe Euch erstaunt, werter Davide … Und dich ebenfalls, geliebte Schwester. Aber nicht, was ich euch sagte, erstaunte euch, sondern die Tatsache, dass ich euch etwas gesagt habe, was ihr zuvor offenbar schon aus anderer Quelle erfahren und mir verschwiegen hattet, löste diesen einmaligen Ausdruck der Überraschung in euren Gesichtern aus, der sich einfach nicht fälschen lässt!« Marco lachte auf eine Art, die Maria nicht gefiel. Wie sehr hatten sie sich doch voneinander entfernt! In Augenblicken wie diesem wurde ihr das immer wieder aufs Neue schmerzlich bewusst. Sie gehörten derselben Familie an, hatten so gut wie ihr gesamtes Leben miteinander verbracht – ob nun in Konstantinopel oder in Genua – und waren sich doch so furchtbar fremd.

»Ich empfehle allen, sich vor Taschendieben in Acht zu nehmen. Die mischen sich immer wieder gerne in die Kirchengemeinde, besonders zu solchen Anlässen wie dem, den wir jetzt gerade vor uns haben«, meldete sich nun Thomás zu Wort. »Vor allem achtet auf Bettler und auf jeden, der Euch in ein Gedränge zu bringen versucht!«

»Ja, die Barmherzigkeit wird immer wieder in schändlicher Weise ausgenutzt«, nahm Davide den Gesprächsfaden auf. Er war offenbar froh darüber, dass es angesichts der angespannten Stimmung überhaupt jemand gewagt hatte, etwas zu sagen.

Was den Diebstahl von Münzen aus den Gold- und Silberreserven des Kontors betraf, so hatte Maria ihren Bruder nicht ausdrücklich darauf angesprochen.

Es hatte einfach keinen Sinn. Im Moment schien es unmöglich zu sein, sein Herz zu erreichen, ganz egal, was man ihm auch immer vortrug, ob man ihm mit Verständnis oder mit Vorwürfen begegnete. So hatte Maria entschieden, die Sache zuerst einmal ruhen zu lassen und sich damit zu begnügen, zusätzliche Sicherungen an den Schatzräumen des Kontors anzubringen, sodass es Marco ein zweites Mal auf jeden Fall sehr viel schwerer gemacht würde. Schließlich war es wichtig, dass sie sich in der Hagia Sophia als innige Familie zeigten.

»Ich habe bemerkt, dass du dich immer wieder zum zweiten Wagen umdrehst, Schwester«, sagte Marco.

»Das scheinst du dir eingebildet zu haben!«, erwiderte Maria gereizt.

»Oh, wirklich? Ich glaube schon, dass ich das richtig gesehen habe, so wie ich auch die Blicke bemerkte, die du diesem dahergelaufenen Fremden zugeworfen hast! Darf ich fragen, wie lange er die Gastfreundschaft unseres Hauses noch in Anspruch nehmen wird?«

»So lange, wie es mir beliebt«, erwiderte Maria spitz.

»Warum so gereizt bei diesem Thema, meine Schwester?«

Innerlich kochte es in Maria. Was nahm Marco sich eigentlich heraus, sich in ihre Angelegenheiten zu mischen! Was ging es Marco an, welche Blicke sie wem aus welchem Grund zugeworfen haben mochte? Fragte sie vielleicht danach, wem er Blicke zuwarf oder noch viel näher kam? Ob Davide wohl wusste, dass Seriféa ihre Nächte in Marcos Bett verbrachte? Vermutlich nicht. Maria konnte sich nicht vorstellen, dass der Levantiner in diesem Fall nichts gesagt hätte. Zumal er Seriféa die Stellung im Haus di Lorenzo verschafft hatte und somit auch in gewisser Weise dafür verantwortlich war, dass sie nun wohl nicht mehr als Jungfrau zu verheiraten war. Aber vielleicht hatte Davide bisher dazu auch nur deshalb geschwiegen, weil er insgeheim auf eine engere Verbindung zwischen seiner Familie und dem Haus di Lorenzo hoffte.

Allerdings bezweifelte Maria, dass es Marco wirklich ernst war. Er schien immer mehr der Gedankenwelt des Cherubim-

Ordens verfallen zu sein. Welche Sünde ließ sich noch begehen, wenn Luzifer die Welt ohnehin beherrschte und man seine Mittel anwenden musste, um das Böse zu besiegen? Welchen Unterschied gab es dann noch zwischen gut und verwerflich? Und welchen Sinn machte es noch, auf eine Verheißung im Jenseits zu warten, wenn Gott offenkundig nicht in der Lage war, durch sichtbare Zeichen im irdischen Leben zu zeigen, dass er dazu überhaupt die Macht hatte. Dann doch lieber alles mitnehmen, was sich einem darbot, denn wer konnte schon wissen, ob man nicht schon wenig später als von Beulen entstellte Leiche in ein Pestgrab geworfen und verscharrt wurde? Lieber noch einmal für kurze Zeit richtig leben und alles auskosten, gleichgültig, was danach folgte. So schien Marco zu denken, und damit war er nicht allein. Selbst der Satan und das Jüngste Gericht verloren ihre Schrecken angesichts des allgegenwärtigen Schreckens, der jeden Tag bestimmte. Maria hatte sich selbst schon bei solchen Gedanken ertappt. Insbesondere in der Zeit, als ihre Eltern so grausam dahinsiechten und nicht klar war, ob der üble Pestdämon nicht auch längst in ihren Körper gefahren war und ihn schon auf eine Weise durchdrungen hatte, die jeden Gedanken an die Zukunft absurd und selbst den Gedanken an ein jenseitiges Paradies unvorstellbar erscheinen ließ.

»Du sagst ja gar nichts, Schwester«, hörte sie Marcos Stimme.

Sie blickte aus dem Fenster des Wagens, sah seitlich die Überreste des einstmals so stolz dastehenden Hippodroms an sich vorbeiziehen, wo sich die Kaiser einer Menge von hunderttausend Menschen gezeigt und sie mit Spielen unterhalten hatten, während dort jetzt nur noch ein paar Säulen und Mauerreste emporragten, die den Baumeistern als Steinbruch dienten. Wie ein Sinnbild des Verfalls wirkte dieser Ort.

Nein, dachte sie, ich werde in diesem Moment keinen Streit mit meinem Bruder anfangen. Irgendwann wird er unumgänglich sein, aber er darf nicht jetzt zum Ausbruch kommen. Um keinen Preis der Welt …

Sie widerstand der Versuchung, sich noch einmal umzudrehen und durch das Rückfenster des Wagens einen Blick in Richtung des zweiten Gespanns zu richten. Wolfhart, dachte sie und sprach in Gedanken diesen Namen immer wieder aus. Wolfhart Brookinger aus Lübeck … Musste es nicht mehr als ein Zufall sein, dass sie sich begegnet waren? Ein Kaufmannssohn, der offenbar in einem ähnlichen Haus aufgewachsen war wie sie selbst und der sich darüber hinaus mit fast mönchischem Eifer der Bekämpfung jener Krankheit widmete, die Marias Eltern hinweggerafft hatte. Jemand, der unter dem Pestdämon ähnlich gelitten hatte wie sie und darum ermessen konnte, welcher Schmerz ihre Seele nahezu zerrissen hatte. Sie dachte auch daran, wie sie sich leidenschaftlich geküsst hatten, und fragte sich, ob sie in jenem Augenblick eigentlich sie selbst gewesen war. In den letzten Tagen hatte sie Wolfharts Gesellschaft gemieden. Vielleicht, weil sie insgeheim fürchtete, dass der Funke, der schon einmal so unvermittelt übergesprungen war, es noch einmal tun könnte und sie dann vielleicht überhaupt nicht mehr Herr ihrer Sinne sein würde.

Inzwischen aber schien ihr die Frage, ob sie in jenem Moment sie selbst gewesen war, beantwortet. Vielleicht war sie nie so sehr sie selbst gewesen wie in dem Moment, als sie sich gegeneinandergepresst hatten. Und eigentlich verging zurzeit kaum ein Augenblick, in dem sie sich nicht wünschte, dass es wieder geschehen würde. Ohne Rücksicht darauf, was danach folgte. Warum nicht?, ging es ihr durch den Kopf. Wie viel Glück kann man in dieser düsteren Welt, in der es kaum jemand schafft, länger zu verweilen, schon erwarten? Kaum ist man geboren, sind die Tage schon gezählt, und vielleicht war ja doch etwas Wahres an den Auffassungen jener, die meinten, man solle nicht allzu sehr an die Zukunft denken oder gar an eine Verheißung in einer anderen Welt glauben, sondern sich lieber mit dem bisschen begnügen, was man hier und jetzt bekommen konnte.

»Meine Schwester ist anscheinend in innerer Versenkung begriffen«, spottete Marco.

»So lasst sie ihren Gedanken nachgehen und sich darauf konzentrieren, eine gute Figur vor Kaiser und Gesellschaft zu machen«, schritt nun Davide leicht gereizt ein.

»Oh, gewiss!«, grinste Marco.

»Wir sind auf dem Weg zu einem Gottesdienst«, erklärte Maria nun fest und mit aller Entschiedenheit. »Da kann es niemandem schaden, sich ins Gebet zu versenken, Bruder!«

»Nein, gewiss nicht!«, lächelte Marco. »Nur sollte man sich fragen, ob die Wesenheit, zu der man betet, einen erstens auch hört und zweitens noch die Macht hat, die Gebete auch in Erfüllung gehen zu lassen. Aber ich fürchte, an einem gehaltvollen Disput über so grundsätzliche Fragen ist hier zurzeit niemand ernsthaft interessiert ...«

Sie erreichten den Vorhof der Hagia Sophia. Überall patrouillierten die Söldner des Kaisers, was Marco zu der spöttischen Bemerkung verleitete, man habe offenbar mehr Furcht vor den Feinden innerhalb der Theodosianischen Mauer als vor den Türken. Dazu öffnete er sein Wams und rief einem der Männer provozierend zu: »Seht, ich bin unbewaffnet!«

»Mäßigt Euch!«, knurrte Davide ihm zu. »Euch scheint ein Vater zu fehlen, der Euch die Richtung vorgibt!«

»Es gibt alles Mögliche, was mir fehlen mag, werter Davide – nur ausgerechnet das nicht! Da bin ich mir sicher!«

Während Marco und Davide bereits ausgestiegen waren, ließ sich Maria noch von Thomás beim Verlassen des Wagens helfen.

Der zweite Wagen hielt ebenfalls an. Wolfhart und Urban

stiegen als Erste aus, dann folgten Pater Matteo da Creto und Jakob Forlanus, der das intensive Gespräch, das er mit Wolfhart schon in der Kutsche geführt hatte, sofort wieder aufnahm.

»Wie mir scheint, hattet Ihr in Erfurt – einer Stadt, von der ich bisher ehrlich gesagt noch nie gehört hatte, geschweige denn, dass mir bewusst gewesen wäre, dass es dort eine Universität gibt – doch einige Kenntnisse des römischen Rechts erlangt, guter Wolfhart!«, sagte Forlanus. »Und da Ihr passabel das Lateinische und Griechische beherrscht, frage ich mich, ob Euer Talent nicht als Arzt verschwendet ist!«

»Verschwendet?«, fragte Wolfhart etwas verwirrt – und es war zumindest Maria klar, dass diese Verwirrung nichts mit der etwas unterschiedlichen Aussprache des Lateinischen oder sonstigen sprachlichen Unterschieden zu tun hatte.

»Was ist ein Arzt? Ein niederer Handwerker. Dass das Heilen von manchen für eine Kunst, vergleichbar mit der Dichtkunst, gehalten wird, liegt doch nur daran, dass beide Künste völlig wirkungslos sind, wenn man es genau nimmt. Beide sind nichts weiter als etwas Wohlklang für die Seele, aber sie ändern die tatsächlichen Verhältnisse nicht. Jeder Knochensäger oder Zahn ziehende Bader hat mehr Heilkraft als ein Arzt! Und insbesondere ein Pestarzt steht doch wie ein völlig unbewaffneter Landsknecht vor einem übermächtigen Feind!«

»Nun, mich wundert, wie wenig Mut man hier in Konstantinopel anscheinend gegenüber übermächtigen Feinden hat, wo man doch fortwährend von ihnen umgeben ist«, erwiderte Wolfhart.

»Ich meine ja nur, dass Ihr Euch überlegen solltet, ob Ihr nicht besser Eure Kenntnisse der Rechtskunde vertieft! Ich könnte immer einen guten Gehilfen brauchen – und an Streit unter Gilden und Einzelpersonen, der vor Gericht ausgetragen werden muss, mangelt es in dieser Stadt nun wirklich nicht, und diese

Zunft muss wohl nie befürchten, brotlos zu sein! Zudem gibt es hier ein riesenhaftes Heer von Logotheten und kaiserlichen Beamten, die den ganzen Tag damit beschäftigt zu sein scheinen, Erlasse und Anordnungen zu erfinden und aufzuschreiben, sodass nur noch derjenige eine Möglichkeit hat, sich vor Gericht durchzusetzen, der sie alle kennt!« Jakob Forlanus zuckte mit den Schultern. »Das macht es selbst klugen Leuten fast unmöglich, ihre Interessen selbst zu vertreten! Aber unser einem sichert es Lohn und Brot bis in alle Ewigkeit!«

Er schaute an seiner edlen Kleidung herab und deutete auf die aus Italien kommenden Schuhe, die nach der neuesten Mode spitz zulaufend und leicht nach oben gebogen waren. Den frommen, langbärtigen und in dunkle Kutten gekleideten Männern der Ostkirche galt ein solcher Anblick sicher als Inbegriff unnützen Tands. Eine Zurschaustellung der eigenen Eitelkeit. Aber wen kümmerte das in einer Zeit, da die angeblich Rechtgläubigen sich in einer ungleichen Union faktisch der Kirche Roms unterworfen hatten.

»Ihr seht, dass sich einiger Wohlstand damit erreichen lässt!«, meinte Jakob Forlanus. Und während sein Blick zu Maria hinüberglitt, fügte er noch hinzu: »Und auch die Damen sind von solchen Äußerlichkeiten gerne beeindruckt!«

Maria schluckte, als Jakob Forlanus' Blick sie traf.

Noch zu Lebzeiten ihrer Eltern hatte der junge Rechtsgelehrte versucht, Luca di Lorenzo davon zu überzeugen, ihm die Hand seiner Tochter zu geben. Zwar stammte Jakob Forlanus aus keiner der traditionsreichen Familien Konstantinopels, aber er war ein hervorragender Rechtsgelehrter und hatte durch seine Tätigkeit in unzähligen Prozessen ausgezeichnete Verbindungen in die höchsten Kreise des Imperiums hinein. Verbindungen, auf die auch Marias Vater immer wieder zurückgegriffen hatte.

Seine Tochter hatte er ihm allerdings nicht gegeben, nachdem er Maria gefragt und sie sich ablehnend geäußert hatte. Nicht, dass ihr Forlanus unsympathisch gewesen wäre. Ganz im Gegenteil. Er war ein charmanter Gesellschafter, und man konnte sich geistreich mit ihm unterhalten. Außerdem bewunderte Maria immer wieder das diplomatische Geschick, mit dem er in schwierigen Angelegenheiten vorzugehen wusste. Aber als Ehemann konnte sie sich ihn beim besten Willen nicht vorstellen.

Maria hatte den Eindruck, dass Forlanus seit dem Tod ihres Vaters dachte, es könne sich nun lohnen, einen zweiten, diesmal etwas weniger direkten Versuch zu unternehmen. Vielleicht lockte ihn aber auch in erster Linie die Aussicht, durch eine Heirat maßgeblichen Einfluss auf die Geschäfte des Handelshauses zu bekommen, mit dem er ja ohnehin schon seit langem auf das Engste verbunden war.

Wolfhart ergriff nun das Wort und erlöste Maria von der Notwendigkeit, etwas Passendes erwidern zu müssen.

»Ich sehe das Bemühen um eine Heilung der Pest keineswegs als sinnlos an«, erklärte er. »Und ich tue das auch nicht in der Hoffnung, daraus Profit zu schlagen, sondern weil ich glaube, dass es eine wichtige Aufgabe ist. Wenn Gott uns diese Geißel geschickt hat, um uns zu prüfen, dann sollten wir uns dieser Prüfung stellen.«

Jakob Forlanus runzelte die Stirn. »Nichts gegen Eure hohe Gesinnung, Wolfhart! Aber vielleicht belehrt Euch die Zeit ja eines Besseren.«

Wolfhart lächelte. »Das glaube ich nicht. Denn das, was Ihr mir sagt, erscheint mir wie die abgewandelte Rede meines Vaters!«

»Euer Vater scheint ein kluger Mann zu sein!«

»Aber es sind uns nun einmal vom Herrn unterschiedliche Wege bestimmt worden.«

»Wie gesagt, ich habe immer die Hoffnung, dass Menschen

ihre Entscheidungen noch einmal überdenken.« Forlanus wandte den Blick an Maria, und es war überdeutlich, dass sich seine Worte auch auf sie bezogen.

Niemand durfte eine Waffe mit in den Gottesdienst nehmen. Deshalb gab auch Thomás sein Schwert an einen der im Dienst des Hauses di Lorenzo stehenden Männer ab. Wolfhart hatte sein Langmesser gar nicht erst mitgenommen, zumal es ihn sowieso als von niederem Stand gekennzeichnet hätte.

Ihm war das Erstaunen über die Gewaltigkeit des Bauwerks anzusehen. Auch wenn die Hagia Sophia für jeden, der sich der Stadt von Weitem näherte, mit ihrer gewaltigen, im Sonnenlicht glänzenden und all die Gemäuer weit überragenden Kuppel einfach nicht zu übersehen war, so war es noch einmal ein ganz anderer Eindruck, dieses Gebäude auch tatsächlich zu betreten.

Maria trat auf ihn zu. Im ersten Moment war sie etwas verlegen, aber der offene, freundliche Blick, mit dem er ihr begegnete, wischte dieses Empfinden schnell fort.

»Sobald ich Fausto Cagliari sehe, werde ich Euch Bescheid sagen und ihn Euch zeigen«, versprach Maria und lächelte ihm zu. »Dann müsst Ihr Euer Glück selbst versuchen.«

»Ich danke Euch.«

»Das könnt Ihr hinterher, wenn er Euch nicht gleich zurückgewiesen hat, was mich nicht sonderlich wundern würde. Er machte auf mich immer einen sehr abweisenden Eindruck. Aber davon sollt Ihr Euch nicht beeinflussen lassen.«

Die Gruppe trat durch das Portal. Säulengänge umschlossen den eigentlichen, von der gewaltigen Kuppel überspannten Raum der Kathedrale. Licht fiel durch eine Vielzahl von kleinen Fenstern. Man konnte meinen, dass hier die Großartigkeit der Schöpfung in Stein verewigt worden war. So wie die große Kuppel sich über die Hagia Sophia spannte, so hatte Gott während der Schöpfung den Himmel aufgespannt und die Wasser über und unter dem Horizont getrennt. Maria war schon viele Male hier gewesen, und doch erschauderte auch sie jedes Mal aufs Neue. Schlimmste Erdbeben hatte dieser Bau unbeschadet überstanden, während die Vorgängerin dieser Kathedrale noch zu Kaiser Justinians Zeiten bei einer solchen Gelegenheit in sich zusammengebrochen war. Ihre Kuppel war zum Todesgrab der Gläubigen geworden. Niemand kannte das Geheimnis, das dem wiedererrichteten Gotteshaus innewohnte und sich von jenem untergegangenen ersten steinernen Sinnbild des Glaubens unterschied.

Tatsache war aber, dass die Hagia Sophia seitdem jeder Erschütterung standgehalten hatte – und derer gab es nicht wenige in Konstantinopel. Immer wieder bebte es. Eines dieser Beben gehörte zu einer der frühesten Erinnerungen in Marias Leben. Sie fühlte immer noch die Furcht von damals, wenn sie nur daran dachte. Vier Jahre war sie alt gewesen. Manchmal träumte sie noch davon, wie ihr Vater sie auf den Arm genommen hatte und mit ihr aus dem Haus geeilt war, in dem sie ihm zuvor dabei zugesehen hatte, wie er Waren überprüfte. Die Schreie und erregten Rufe von heiseren Männerstimmen klangen ihr bis heute im Ohr. Und kurz nachdem Maria und ihr Vater das Freie erreicht hatten, war das Lagerhaus in sich zusammengebrochen. Die Erde hatte so stark gebebt, dass ihr Vater das Gleichgewicht verloren hatte und mit ihr zu Boden gestürzt war. Aber mehr als einen aufgeschrammten Ellbogen und ein zerrissenes Kleid hatte sie seinerzeit nicht davongetragen.

Sie gingen zu den Plätzen, die dem Haus di Lorenzo zugewiesen waren. Ihr Blick streifte die mit Ikonen versehenen Wände entlang. So viele Bilder, die so wahrhaftig wirkten, dass man stets dachte, sie müssten jeden Augenblick anfangen, sich zu bewegen.

Die Galerie des Kaisers war noch leer. Dort würde der Herrscher der Rhomäer später erscheinen und sich – wenn auch aus großer Distanz und von oben herab – dem Volk zeigen.

Es gab einen unterirdischen Gang, der vom Kaiserpalast in die Hagia Sophia führte und im Aufgang zur Kaisergalerie mündete. Der Herrscher der Rhomäer konnte auf diese Weise vollkommen unbehelligt geradewegs vom Palast in die Kirche gelangen – ein Umstand, den schon zahllose Attentäter verflucht hatten und dem umgekehrt viele Kaiser ein etwas längeres Leben verdankten.

Maria hatte Wolfhart zur Rechten und Davide zur Linken. Urban Kanonengießer saß ganz außen.

Jakob Forlanus hätte zweifellos gerne neben ihr Platz genommen, doch das hatte sich nicht ergeben. Neben Forlanus saß Marco, der wohl den größtmöglichen Abstand zu Davide suchte. Thomás wiederum saß am anderen Ende und drehte andauernd den Kopf herum. Es schien ihm nicht zu gefallen, dass nicht er es war, der die Kontrolle über die Lage hatte. Und es behagte ihm wohl auch nicht, hier so unbewaffnet und ohne die Begleitung seiner Leute sitzen zu müssen.

Die Kirche füllte sich nur langsam, was einfach an ihren gewaltigen Ausmaßen lag. Zwischenzeitlich verloren sich Marias Gedanken beim Betrachten der an den Wänden dargestellten Szenen.

Davide machte sie auf einen beinahe weißhaarigen Edelmann mit seinem aus drei Männern bestehenden Gefolge aufmerksam.

»Der Herzog von Elbara und seine Männer«, flüsterte der Levantiner. »Dass er sich aus dem fernen Aragon nach langer Zeit wieder hierherbegeben hat, ist ein Zeichen, Maria …«

»Ein Zeichen? Dafür dass ein Bündnis zwischen Aragon und Konstantinopel unter dem neuen Kaiser doch noch zustande kommt?«, fragte Maria.

»Tatsache ist, dass der Herzog die Stadt vor Jahren verließ und Aragon in den letzten Jahren keinen gleichrangigen Botschafter in Konstantinopel hatte. Don Branagórn Duque de Elbara y Asturias kommt aus einer alten asturischen Adelsfamilie, die stolz auf ihren westgotischen Ursprung ist, und genießt großen Einfluss an König Alfonsos Hof!«

»Dann wollen wir das als Zeichen der Hoffnung werten.«

Silvestre Sarto, der Schneider des Kaisers, nahm unterdessen Platz. Bei ihm war Bartolomeo Maldini, der über achtzigjährige Sprecher der Genuesen und Botschafter Genuas am Hof des Kaisers, mit seinem Sohn Claudio Emanuele, dem Maria zuletzt beim Empfang von Kaiser Johannes begegnet war.

»Eine Heirat zwischen Euch und Claudio Emanuele wäre für das Haus di Lorenzo eine sehr nützliche Stärkung«, raunte Davide. »Keine Angst, ich bin nicht Euer Vater und werde mir auch keine dementsprechenden Rechte anmaßen, Maria. Aber ich bin auch jemand, der sich als Ratgeber dem Wohl des Hauses verpflichtet fühlt und auszusprechen pflegt, wie die Dinge stehen.«

»Im Moment, denke ich, gibt es anderes zu bedenken«, wich Maria aus.

»Diese Frage kann sehr viel schneller von Bedeutung werden, als Ihr es vielleicht für möglich haltet.«

Aus einem der von Säulen getragenen Wandelgänge, die das eigentliche Kirchenschiff umgaben, trat ein hagerer, blassgesichtiger Mann hervor. Fausto Cagliari!, erkannte Maria. Ein Mann in voller Livree, im Harnisch und mit einem Schwert an der Seite trat auf ihn zu. Sein Gesicht konnte Maria zunächst nicht sehen, da er ihr den Rücken zuwandte. Er überragte Fausto Cagliari um einen Kopf und hatte sehr viel breitere Schultern. Schon die Tatsache, dass es diesem Mann offenbar gestattet war, hier und jetzt eine Waffe zu tragen, hob ihn aus der Menge heraus. Als der Bewaffnete sich dann etwas zur Seite wandte, erkannte Maria sein Gesicht. Es handelte sich um Jason Argiris, den Hauptmann der kaiserlichen Garde. Die rechte Hand fasste um den Griff seines Schwertes. Mit der linken gestikulierte er. Natürlich drang kein Wort von dem, was Jason Argiris mit Fausto Cagliari zu besprechen hatte, bis an Marias Ohren. Aber es schien sehr wichtig zu sein, was die beiden Männer miteinander zu besprechen hatten. Das kalte, wie in Stein gemeißelt wirkende Gesicht des Pestarztes veränderte sich, und auch er begann heftig zu gestikulieren.

Was mochte diesen Mann, der wirkte, als wäre er zu keiner einzigen menschlichen Gefühlsregung fähig und als würde er die Welt nur unter dem Gesichtspunkt eines kalten Erkenntnisinteresses heraus betrachten können, so in Rage gebracht haben?

Den Tod von Kaiser Johannes hatte er jedenfalls mit sehr viel mehr Gleichmut hingenommen als jetzt die Worte des Jason Argiris.

Maria wandte sich an Wolfhart. »Seht Ihr den grauhaarigen Mann in dem abgetragenen Wams?«, fragte sie. »Er spricht gerade mit dem Kommandanten der kaiserlichen Garde.«

»Ich sehe ihn.«

»Wir sollten keine Zeit verlieren.«

»Was habt Ihr vor, Maria?«

»Sprecht ihn jetzt an. Kommt mit mir!«

Maria erhob sich von ihrer Bank, und Wolfhart folgte etwas zögernd ihrem Beispiel. Auf eine etwas verwirrte Frage von Davide antwortete Maria nur, sie hätte einen Bekannten gesehen, dem sie Wolfhart vorzustellen gedenke. »Allerdings ganz gewiss kein Heiratskandidat für mich!«

»Du ähnelst immer mehr unserem Vater!«, lautete daraufhin Marcos zynischer Kommentar. »Selbst in der heiligen Kirche am

Spinnennetz der Geschäftsverbindungen weben, anstatt sich in die Andacht zu versenken!«

»Nun, ist es nicht nach deinem Geschmack? Das Übel mit dem Übel und Satan mit den Mitteln des Satans zu bekämpfen?«, erwiderte Maria spitz. »Aber ich weiß nicht, ob das bei dem, was du zurzeit versuchst, auch klappt.«

»Was meinst du damit?«

»Den Reichtum zu bewahren, indem man ihn verschwendet.«

Maria zog Wolfhart mit sich. Urban sagte irgendetwas in seiner Muttersprache, wovon Maria nichts verstand. Wolfhart erwiderte nur sehr knapp ein paar Worte. Vermutlich hatte der Kanonengießer dem Wortgefecht zwischen den Geschwistern sprachlich nicht so ganz folgen können, da seine Kenntnisse italienischer Mundarten dafür wohl doch nicht ganz ausreichten.

»Ihr traut Euch was!«, sagte Wolfhart an Maria gerichtet, während sie sich durch die Kirchenbänke drängten.

Maria hob dabei ihr edles Kleid leicht an. »Achtet darauf, dass uns Euer heilendes Idol nicht davoneilt!«, meinte sie. »Ich bin gerade gezwungen, mein Augenmerk auf andere Dinge zu richten.«

Als sie Fausto Cagliari erreichten, war Jason Argiris bereits verschwunden. Sein Platz wäre ohnehin auf der Galerie des Kaisers.

Der Pestarzt wirkte sehr nachdenklich. Eine strenge Linie zog sich senkrecht über die Stirn und endete schließlich am Nasenansatz. Sein Blick war finster. Finster, aber nicht kalt, wie Maria ihn damals während der Untersuchungen empfunden hatte.

»Meister Cagliari!«, sprach sie ihn an, während sich der hagere Mann bereits zum Gehen gewandt hatte und sich anschickte, zwischen den Säulen zu verschwinden.

Er drehte sich um, wirkte misstrauisch, ja fast feindseilig.

»Wer will mit mir sprechen?«

»Ich bin Maria di Lorenzo, und Ihr habt mich vor noch gar nicht so langer Zeit auf Zeichen der Pest hin untersucht.« Vielleicht wäre ich ihm besser in Erinnerung geblieben, wenn ich tatsächlich solche Zeichen getragen hätte, dachte Maria. Und der Eindruck, dass er sie seinerzeit tatsächlich nur mit einem unmenschlich kalten Interesse an der Auffindung von Beulen im Frühstadium angeschaut hatte, bestätigte sich nun.

»Ich schaue viele Leiber an«, sagte er. »Tote und lebendige.«

»Maria di Lorenzo, Erbin des Handelshauses di Lorenzo, das einst vom ruhmreichen Niccolò Andrea gegründet wurde!«, versuchte sie, ihm auf die Sprünge zu helfen.

»Mich interessiert der irdische Ruhm nicht«, sagte Cagliari. »Weder mein eigener noch der von anderen. Und falls Euch irgendwelche Symptome des Unwohlseins plagen, so wendet Euch an einen meiner zahlreichen Quacksalber-Kollegen, die Ihr auf jedem Markt antreffen könnt! Ich kann nichts für Euch tun …«

»Meister Cagliari, ich möchte Euch einen Kollegen vorstellen, der ebenso an der Erforschung der Pest interessiert ist wie Ihr und der Euch sehr bewundert. Er hat in Erfurt studiert und …«

Cagliari wandte sich an Wolfhart. »Ihr seid der Mann, von dem diese junge Frau spricht?«, unterbrach er Marias Redefluss.

»So ist es. Ich habe ein Empfehlungsschreiben von Magister Munsonius bei mir, der sich rühmt, Euch zu kennen, und der Euch über alle Maßen als Gelehrten schätzt!«

»Magister Munsonius …« Die Augen des grauhaarigen Mannes wurden sehr schmal. »Ich erinnere mich dunkel. Ein einfältiger Geist – aber ganz amüsant, auch wenn er zum endlosen Schwadronieren neigt und ihm im Lateinischen ein paar charakteristische grammatische Fehler einfach nicht abzugewöhnen sind!« Ein kurzes Lächeln flog nun über sein Gesicht. »Wie ich jetzt an Euch höre, scheint er dieses Unglück auch auf Generationen seiner Lateinschüler zu übertragen.«

»Hier ist das Empfehlungsschreiben«, sagte Wolfhart, »wenn ich es Euch höflichst überreichen darf …« Er hatte das zusammengerollte und versiegelte Dokument bereits zuvor unter seinem Wams hervorgeholt und reichte es Cagliari mit einer angedeuteten Verbeugung.

Der Pestarzt nahm es ohne sonderlich großes Interesse entgegen. »Wo residiert Ihr zurzeit?«

»Ich genieße die Gastfreundschaft des Hauses di Lorenzo.«

»Er wohnt im Kontor am Eutherios-Hafen«, ergänzte Maria schnell. »Unser Haus in Pera ist ja ausgebrannt, weil …«

»Weil dem Pestdämon Einhalt geboten werden musste?«, unterbrach Cagliari sie.

»Ja. So könnte man es sagen. Es wundert mich nur, dass Ihr von einem Dämon sprecht. Ich dachte, Euresgleichen tut das nicht und sieht eher kühl darauf, ob und wenn ja, welche Gesetze der Natur walten, wenn die Krankheit um sich greift.«

»Wer sagt Euch, dass es nicht trotz allem ein Dämon ist?«, wisperte Cagliari. »Es geht nur darum, ob man in Furcht vor ihm erstarrt oder ihn zu beherrschen trachtet.«

In Fausto Cagliaris Augen flackerte es unruhig. Ein kaltes Feuer brannte dort, und Maria schauderte es unwillkürlich. Dasselbe unbehagliche Gefühl, das sie schon bei den Untersuchungen durch diesen Mann empfunden hatte, stellte sich sofort wieder ein. Ihm haftete etwas zutiefst Unmenschliches an, und ihr war klar, dass es damals wohl nicht die besondere Situation war, in der sie sich befunden hatte, weshalb sie sich in Anwesenheit dieses Mannes nicht wohlzufühlen vermochte.

»Es gibt nicht viele, die es wagen, dem Dämon in die Augen zu sehen!«, sagte Cagliari, und sein prüfender Blick schien

Wolfhart geradezu zu durchbohren. »Und wenn Ihr tatsächlich so gescheit seid, wie es den Anschein hat, dann kann ich die Hilfe von jemandem wie Euch gut gebrauchen.«

»Ich bin hier, um zu lernen«, gestand Wolfhart. »Ich gebe nicht vor, schon viel zu wissen. Vor allem nicht im Vergleich mit Euch.«

»Das ist gut. Denn Ihr werdet feststellen, dass Euch nichts von dem, was Ihr schon gelernt habt, bei Euren künftigen Aufgaben zu helfen vermag. Fast nichts jedenfalls. Die Schriften der gelehrten Geister sind bestenfalls dazu geeignet, ein Kaminfeuer zu heizen! Erkenntnis gewinnt man nämlich nicht aus dem Studium von Schriften, sondern einzig und allein durch den Versuch ...«

»Deswegen bin ich hier!«

»... der den Irrtum beinhaltet, und der ist im Umgang mit etwas so Gefährlichem wie dem Pestdämon sehr oft tödlich!«

»Ich habe keine Furcht«, behauptete Wolfhart.

Das Gesicht des Pestarztes verzog sich grimassenhaft. Es war die satyrhafte, verzerrte Parodie eines Lächelns.

»Dann werdet Ihr sie noch lernen müssen!«, erklärte er. »In ein paar Tagen wird jemand kommen, um Euch abzuholen, und in den Palast bringen. Haltet Euch in diesem Kontor am Eutherios-Hafen, in dem Ihr wohnt, bereit.«

»Das werde ich, Meister Cagliari. Und Ihr werdet es nicht bereuen, mich angehört zu haben.«

»Das wird sich herausstellen!«, antwortete Cagliari ausweichend.

Während sich Maria und Wolfhart zurück zu ihren Plätzen in der Kathedrale begaben, verschwand Cagliari irgendwo im Schatten zwischen den mächtigen Säulen.

»Na, was sagt Ihr?«, fragte Maria.

»Ich bin noch ganz sprachlos.«

»Das Schicksal scheint es gut mit Euch zu meinen!«

»Ja, das muss wohl so sein!«

»Es war also doch für etwas gut, sich von diesem unangenehmen Kerl untersuchen zu lassen. Wie eine Höllenkreatur sah er in seinen eigenartigen Kleidern und der Schnabelmaske aus. Und er hatte sich mit Tüchern eingewickelt, die in schrecklich stinkende Öle getaucht worden waren, sodass man kaum atmen konnte.«

»Vielleicht hat dieser üble Geruch Euch vor der Pest bewahrt!«

»Davon verstehe ich nichts. Und ich würde mir an Eurer Stelle auch zweimal überlegen, ob ich mit einem derart unangenehmen Menschen auch nur einen Augenblick länger als unbedingt notwendig in einem Raum bleiben würde. Aber das müsst Ihr selbst beurteilen.«

»Jedenfalls bedanke ich mich sehr für Eure Unterstützung, Maria.«

Sie drehte sich zu ihm um. Ihre Blicke trafen sich, und selbst hier in der Kirche fühlte sie jene besondere Anziehungskraft, die schon in der Kammer des Kontors zwischen ihnen gewirkt hatte. Maria erschrak im ersten Moment über die Intensität dieser Empfindungen. Aber dann fasste sie sich. »Ich habe das gerne getan«, sagte sie.

»Ich glaube, wir sollten jetzt wieder unsere Plätze einnehmen. Ich kenne zwar den Ritus nicht so genau, der hier üblich ist, aber ich denke, er wird bald beginnen.«

Wie zur Bestätigung von Wolfharts Vermutung fingen jetzt die Glocken an zu schlagen. Ihr Klang war sehr mächtig und ehrfurchtgebietend – und laut genug, um alle anderen Geräusche zu übertönen. Ein Gespräch war nicht mehr möglich. Aber das, so dachte Maria, war vielleicht auch ganz gut so.

Inzwischen tat sich bereits etwas auf der Galerie des Kaisers. Seine Wächter und engsten Vertrauten hatten dort bereits Aufstellung genommen. Wenig später traf auch der Herrscher selbst ein. Vielleicht lag es am Licht, aber Maria kam es so vor, als hätte die Anzahl grauer Strähnen in Kaiser Konstantins Bart während der bisher kurzen Zeit seiner Regentschaft schon deutlich zugenommen.

Er trug eine goldbesetzte Krone und ein Gewand, das so prächtig mit Brokat und Gold verziert war, wie man es sich nirgendwo sonst in der christlichen Welt hätte vorstellen können. Mit huldvollem, ernstem Gesicht blickte Konstantin XI. in das Hauptschiff der Hagia Sophia. Abgesehen von den seitlichen Säulengängen wurde dieses von vier muschelförmigen Ausbuchtungen umgeben, den sogenannten Konchen. Die Kathedrale diente jetzt dem Kaiser, um einerseits seine Erhabenheit zu zeigen, andererseits aber auch die Nähe zum Volk zu demonstrieren. Schließlich war, seitdem das Hippodrom nicht mehr als Versammlungsort zu benutzen und völlig verfallen war, die Hagia Sophia der einzige Ort, an dem Kaiser und Volk sich begegneten und sich gegenseitig ihrer Pflichten erinnern konnten.

Maria musste wie so oft an ihren Vater denken, der ihr bei ihrem ersten Besuch in der Hagia Sophia eine Legende erzählt hatte. Danach sei Kaiser Justinian kurz nach Fertigstellung des Bauwerks mit seinem Triumphwagen in die Kirche eingefahren und habe ausgerufen: »Salomo, ich habe dich übertroffen!«

Vom Tempel des Salomo in Jerusalem war nichts geblieben.

Dass die Hagia Sophia dieses Schicksal eines Tages teilen sollte, erschien angesichts ihrer Gewaltigkeit vollkommen ausgeschlossen.

Die Glocken verstummten unterdessen. Eine Orgel erklang, die erste Orgel im Übrigen, die jemals in eine Kathedrale hineingebaut worden war – eine Mode, die sich inzwischen in den anderen Länder der Christenheit zu verbreiten begann. Dass sie ausgerechnet hier ihren Anfang genommen hatte, war eine gewisse Ironie. Schließlich war nach Auffassung der Ostkirche Musik innerhalb eines Gottesdienstes nur in Form von Gesang statthaft, denn der Gesang war ein Gebet. Musik, die durch Instrumente erzeugt wurde und daher ohne Wort war, jedoch nicht. Aber die Haltung in dieser Frage schien im Klerus Konstantinopels so schwankend zu sein wie in der Frage der Kirchenunion, von der man eigentlich meinen sollte, dass sie vor mehr als zehn Jahren in Ferrara beschlossen worden war.

Gesänge von tiefen Mönchsstimmen erfüllten nun den Raum und hallten zwischen den gewaltigen Mauern vielfach wider. Der Geruch von Weihrauch verbreitete sich, und Patriarch Gregor III. Mammas zog mit seinem Gefolge durch den Gang des Mittelschiffs. Im Gegensatz zu den Messen, wie Maria sie aus der römischen Kirche kannte, wirkte dieser Ritus stets etwas düster auf sie. Er verbreitete einen besonderen Ernst. Aber seit dem Pesttod ihrer Eltern fand sie diesen Ernst durchaus angemessen und hatte festgestellt, dass sie innerlich davon sehr viel stärker berührt wurde, als dies vorher der Fall gewesen war.

Der Patriarch trat vor den Altar, kniete nieder. Sein Gefolge blieb zurück. Darunter entdeckte Maria auch Athanasius Synkellos, den Sekretär und designierten Nachfolger des Kirchenoberhaupts. Er wirkte unruhig. Unruhiger zumindest, als es Maria für den sakralen Ernst der Zeremonie angemessen erschien.

Plötzlich durchdrang ein heiserer Schrei die eher tiefen Klänge von Orgel und Mönchsgesang wie ein scharfes Messer.

Ein Mann stürzte nach vorn – bärtig und gekleidet in die dunkle Kutte eines Mönchs. In seiner Hand glänzte etwas Metallisches: die Klinge eines Dolchs.

Der Mann stürzte sich mit dem Ruf »Keine Einheit mit den

römischen Ketzern!« auf den Patriarchen und stieß ihm den Dolch in den Rücken.

Der Gesang brach ab. Das Orgelspiel verstummte. Bewaffnete Gardisten rannten ebenso herbei wie Männer aus dem Gefolge des Patriarchen. Der Attentäter war innerhalb von Augenblicken an Händen und Füßen gepackt. Er konnte gerade noch daran gehindert werden, ein weiteres Mal mit dem Dolch zuzustoßen. Blut floss. Blut, das offenbar nicht nur von dem vor dem Altar zusammengebrochenen Patriarchen stammte, sondern auch von Verletzungen derjenigen, die den Attentäter überwältigt hatten.

Der Mann wehrte sich immer noch mit aller Kraft. Klirrend fiel endlich der Dolch auf den Steinboden. »Keine Einheit mit den Ketzern!«, rief er immer wieder. »Verräter am rechten Glauben führen unsere heilige Kirche! Aber Gott sieht es! Und er wird es nicht ungestraft lassen!«

Ein Pulk von Menschen hatte sich sowohl um den Attentäter als auch um den vom Dolch getroffenen Patriarchen Gregor III. gebildet. Maria war wie fast alle anderen Besucher der Hagia Sophia von ihrem Platz aufgesprungen. Zu sehen war so gut wie nichts. Ein lautes Stimmengewirr setzte ein, das durch das Echo innerhalb der dicken Mauern noch um ein Vielfaches verstärkt wurde. Dann ertönte ein Schrei. Der Attentäter wurde von zwei Gardisten durch das Kirchenschiff hinausgeschleift. Sein herabhängender Schädel war durch einen Schwertstreich gespalten worden. Blut und Hirn quollen daraus hervor und besudelten den Boden. Maria sah ihnen nach, während das Stimmengewirr in der Hagia Sophia fast völlig verstummte, um dann erneut in bisher nicht gekannter Intensität und Lautstärke aufzubrausen.

Maria schlug das Herz bis zum Hals. Der Lärm war ohrenbetäubend. Der Gesang der gequälten Seelen in der Hölle konnte nicht stärker in den Ohren schmerzen als dieser Lärm.

Es dauerte lange, bis sich der Lärm etwas legte. Der blutüberströmte Patriarch wurde ebenfalls hinausgetragen. Vier Gardisten waren bei ihm, außerdem einige Mönchsbrüder.

Nur Athanasius Synkellos sah Maria nicht in der Nähe seines Patriarchen. Er scheint das Attentat überlebt zu haben!, dachte Maria. Und das wiederum gab zu der Hoffnung Anlass, dass sich die Folgen des Anschlags in Grenzen hielten.

»Warum hat man diesen mörderischen Schweinehund gleich umgebracht?«, konnte Maria Thomás' Worte hören. Er schrie sie Davide beinahe in die Ohren, denn er fürchtete wohl, sonst nicht verstanden zu werden.

»Was hätte man denn Eurer Meinung nach tun sollen, Thomás?«, fragte Davide.

»Ihn befragen! Und einen so leichten Tod hat jemand, der einen Kirchenmann angreift, ohnehin nicht verdient!«

»Ihn befragen?« Davide lachte rau. »Glaubt Ihr wirklich, irgendjemand von denen, die in dieser Stadt das Sagen haben, wäre an den Antworten überhaupt interessiert? Im Gegenteil! Sie müssten sie vielleicht sogar fürchten …«

»Aber so werden wir nie erfahren, wer hinter diesem perfiden Anschlag steckt!«

»Vielleicht ist das nur für Narren wie uns noch ein Geheimnis, Thomás!«, meinte Davide düster. Der Lärm schwoll wieder etwas an, und Maria konnte seine Worte nur deswegen verstehen, weil sie an seinen Lippen ablesen konnte, was er sagte.

Zehntes Kapitel

Ein Augenblick des Vergessens

Am nächsten Tag herrschte große Unruhe in der Stadt. Soldaten patrouillierten durch die Straßen, und es war zeitweilig untersagt, die Häuser zu verlassen. Märkte wurden abgesagt. Jede Art der Versammlung war auf die Dauer einer Woche untersagt.

Maria saß in ihrem Zimmer über den Geschäftsbüchern des Hauses di Lorenzo. Die Kunst der doppelten Buchführung hatte sie von ihrem Vater gelernt. In Venedig, Florenz oder Genua war sie längst üblich. Luca di Lorenzo hatte darauf bestanden, dass sowohl Marco als auch Maria darin unterrichtet wurden, denn dies sei das Handwerkszeug ehrbarer Kaufleute.

Es klopfte an ihrer Tür.

Dass sie keine standesgemäßen Wohnräume mehr zur Verfügung hatte, sondern sich mit den behelfsmäßigen Möglichkeiten im Kontor bescheiden musste, ärgerte sie schon seit längerem. Hier konnte man weder Gäste von gesellschaftlichem Rang empfangen noch Feste ausrichten, was eigentlich stillschweigend von den Inhabern des Hauses di Lorenzo erwartet wurde. Man konnte auf Dauer nicht Gast anderer sein und selbst keine vergleichbaren Anlässe mehr ausrichten. Zudem war es sowohl dem Seelenheil als auch dem Ansehen auf Erden überaus zuträglich, bei diesen Gelegenheiten die Armen zu speisen, wie man es auch von guten Herrschern erwartete – wenngleich diese Tradition wohl im Westen etwas stärker ausgeprägt war als im Osten, namentlich in Konstantinopel. Aber das lag vielleicht auch daran, dass man traditionell in den Ländern des Westens und Nordens an mehr Armut gewöhnt war, während Konstantinopel trotz seines nun schon so lange anhaltenden Verfalls immer noch von Slawen und Türken als die »Stadt der Reichen« bezeichnet wurde.

Aber Maria war gewillt, diesen unbefriedigenden Zustand zu ändern, sobald es möglich war. Immerhin gab es nun schon seit längerem keine Pest mehr in Pera, und es war offiziell wieder erlaubt, die ausgeräucherten Häuser zu bewohnen, denn man nahm an, dass sich das böse Miasma durch das sengende Feuer und den beißenden Rauch in der Zwischenzeit verflüchtigt hatte. Man konnte also daran denken, das Elternhaus wieder instand zu setzen. Die steinernen Mauern hatte das Feuer schließlich nur mit einer dicken Schicht aus Ruß überziehen, aber nicht vernichten können, wenngleich Fenster, Dachstuhl und die Inneneinrichtung gewiss nicht mehr verwendbar waren.

Maria war so in ihre Arbeit vertieft, dass sie das erste Klopfen nur wie aus weiter Ferne gehört hatte. Beim wiederholten Klopfen zuckte sie nun regelrecht zusammen, und sie legte den Bleistift zur Seite.

»Wer ist dort?«, fragte sie.

»Ich bin es, Wolfhart«, kam es von der anderen Seite der Tür.

»So tretet ein. Die Tür ist nicht verschlossen.«

Knarrend öffnete sich die Tür aus schwerem, dunklem Holz, und Wolfhart trat etwas zögerlich ein. Maria schluckte unwillkürlich. Seit den Ereignissen in der Hagia Sophia hatten sie sich nicht oft und wenn, dann nur beiläufig gesehen. Davon abgesehen hatte ihre Hauptsorge ihrem Bruder gegolten, denn er war nur schwer zu überzeugen gewesen, das Verbot, sich in den Straßen zu zeigen, nicht einfach zu missachten. Davide hatte Marco klarzumachen versucht, dass sie letztlich von der Gnade des Kaisers abhängig waren. Mochte Niccolò Andrea auch vor zweihundert Jahren dem Kaiserhaus bei der Rückeroberung geholfen und sich dabei große Verdienste erworben haben, so war das keine Garantie dafür, dass man sich auf immer angemessen daran erinnerte. Zudem gab es in der Stadt inzwischen durchaus eine Stimmung, die sich gegen alle richtete, die römischen Glaubens waren oder die man aus sonst irgendeinem Grund als Fremde ansehen mochte. Und das waren sie leider geblieben – Fremde trotz all der Zeit und all der Verdienste, die sich die Angehörigen des Hauses di Lorenzo erworben hatten.

Auch wenn es sich kein Kaiser Konstantinopels erlauben konnte, alle Genueser der Stadt zu verweisen, so konnte er das mit Einzelnen unter ihnen durchaus tun. Und sei es nur, um scheinbar der wachsenden Fremdenfeindlichkeit unter seinen Untertanen nachzugeben. Denn noch dringender als die Unterstützung der genuesischen Kaufleute brauchte jeder Kaiser die der Einwohner Konstantinopels. Wie es schien, konnte sich Kaiser Konstantin der Treue von beiden nur zum Teil sicher sein.

»Schließt die Tür hinter Euch, Wolfhart.«

»Wenn Ihr meint.«

Maria erhob sich von ihrem Platz. Sie rieb ihre plötzlich feucht gewordenen Handflächen am Stoff ihres Kleides, während Wolfhart die Tür ins Schloss gehen ließ.

Dann trat er etwas näher – ebenso befangen wie sie. »Ich wollte mich eigentlich nur noch einmal für Eure Hilfe bedanken, was die Übergabe des Empfehlungsschreibens angeht.«

Sie zuckte mit ihren schmalen Schultern. »Es war eine Gelegenheit. Sie einfach ungenutzt verstreichen zu lassen wäre doch sträflich gewesen!«

»Ja, das mag sein. Allerdings habt Ihr eigentlich nichts mit meinen Ambitionen zu tun, Pestarzt zu werden.«

»Doch«, sagte sie nun mit großem Ernst und machte einen Schritt auf ihn zu, dessen Größe für eine Dame ihres Standes gerade noch vertretbar erschien. »Das geht mich mehr an, als Ihr glaubt. Ich hoffe so sehr wie sonst niemand, dass es Euch tatsächlich gelingt, eine Behandlung zu finden, die diese Krankheit vertreibt. Ich spüre sehr wohl, dass Ihr all die Anstrengungen nicht um Euer selbst willen auf Euch genommen habt, sondern um künftig das Leiden zu mindern.«

»Ja, das ist wahr«, gab er zu. »Ihr habt meine Beweggründe gut zusammengefasst.«

»Und hat unser Herr Jesus nicht gesagt: Was ihr dem Geringsten unter euch getan habt, das habt ihr mir getan?«

»Und die Pestkranken sind ganz gewiss die Allergeringsten unter allen menschlichen Geschöpfen, denn sie haben bisher keinen Grund zur Hoffnung. Und dabei spielt es eigenartigerweise keine Rolle, ob sie von hohem oder niedrigem Stand sind. Dieses Grauen macht sie alle gleich erbärmlich …«

»Aber vielleicht wird Euer Einsatz ja belohnt, Wolfhart. Ich wünsche es mir sehr, auch wenn all das, was Ihr vielleicht erreichen könnt, für meine Eltern und so viele andere zu spät kommen wird.«

Sie schwiegen.

Ihre Blicke fanden sich, und erneut spürte Maria diese besondere Anziehungskraft zwischen ihnen. Ihretwegen hatte sie sich in den letzten Tagen von ihm ferngehalten. Aber das hatte nichts an den Tatsachen geändert. Und ihm schien es nicht anders zu gehen.

»Noch ist keine der Palastwachen hierhergekommen, um Euch abzuholen«, murmelte sie.

»Im Moment durchstreifen die Palastwächter und Gardisten die Straßen der Stadt aus ganz anderen Gründen, und Ihr solltet froh sein, wenn sie Euer Haus übergehen, Maria.«

»Ja, ich weiß«, sagte Maria. »Man sucht die Verschwörer, die den Patriarchen umzubringen versucht haben, und wird dies wohl als Vorwand nehmen, um jeden bekannten Gegner der Kirchenunion einzukerkern, dessen man habhaft werden kann. Ich fürchte nur, dass sie zu zahlreich sind.«

Was rede ich da?, ging es ihr durch den Kopf. Ich sollte diesen Augenblick nutzen. Wie viele Menschen trifft man, für die man dasselbe empfindet wie ich in diesem Moment für Wolfhart?

»Wie gesagt, ich möchte Euch nicht länger aufhalten«, sagte er, aber bevor er sich abwandte, hatte sie ihre Arme um seinen Hals geschlungen. Er schien auf dieses Zeichen gewartet zu haben und zog sie an sich. Sie spürte seinen Herzschlag sich mit dem ihren vermischen. Ihre Lippen trafen sich zu einem Kuss voll aufkeimender Leidenschaft.

»Maria …«

»Sprecht nicht!«, sagte sie. »Lasst einfach geschehen, was schon bei unserer letzten Begegnung hätte geschehen sollen. Wer weiß denn, wer morgen noch von uns lebt und auf Erden ist.«

Sich küssend und liebkosend bewegten sie sich auf das Bett zu, in dem Maria seit der Ausräucherung ihres peräischen Elternhauses schlief. Sie sanken auf das Lager nieder.

So viele Gedanken rasten jetzt auf einmal durch Marias Kopf. Aber kein einziger davon schien ihr wichtig. Die Entscheidung war längst gefallen. Und Maria hatte nicht die Absicht, sich den Rausch dieses Moments dadurch nehmen zu lassen, dass sie über irgendwelche Konsequenzen nachdachte.

»Schon, als wir uns in Eurer Kammer geküsst haben, wusste ich, dass dies geschieht«, sagte sie in einer der wenigen Atempausen, die sie sich gönnten. »Und Ihr auch, wenn Ihr aufrichtig seid.«

»Sagen wir so: Ich habe es mir gewünscht, denn ich muss gestehen, dass ich seit unserer ersten Begegnung von Euch fasziniert bin!«

»Seid so gut und schiebt den Riegel vor die Tür, Wolfhart.«

Er sah sie an, und sie bemerkte das kurze Zögern. Seine Augen verloren für einen Moment jenen besonderen Glanz, den sie gerade noch gehabt hatten. Die kühlen, klaren Gedanken schienen in diesem Augenblick die Oberhand zu gewinnen. »Es gibt für Euch genauso viele Gründe, um zu zögern wie für mich«, sagte sie. »Und ich glaube dennoch, dass keiner davon stichhaltig ist.«

Er lächelte. »Wenn Ihr meint … Ich lasse mich von Euch von allem Möglichen überzeugen.«

»Wir sollten für den Augenblick leben und für nichts sonst.«

»Und das ist die Herrin des Hauses di Lorenzo, die die Zahlen so gut kennt wie sonst kaum jemand? Die kühl den Profit eines Geschäfts abzuwägen weiß und der ihr Vater offenbar sehr gut beigebracht hat, wie man ein Netz von Verbindungen knüpft.«

»Genau die!«, sagte sie.

Wolfhart erhob sich, ging zur Tür und schob den Riegel vor. Als er sich dann umdrehte, lag sie auf dem Bett und streckte ihm die Hand entgegen. »Komm«, sagte sie.

Er kam zu ihr, legte sich zu ihr auf das Bett, und sie begannen wieder, sich zu küssen. Diesmal etwas verhaltener, zärtlicher. Seine Hand glitt ihren Nacken entlang, strich ihr Haar zurück und erreichte schließlich jene Stelle, an der sich die Verschlüsse ihres Kleides befanden. Er löste sie einen nach dem anderen.

Nach und nach streiften sie ihre Kleider ab. Eigenartigerweise fühlte sie dabei kaum Scham. Und als sie den Blick bemerkte, mit dem er sie betrachtete, war auch der leiseste Anflug davon verschwunden.

Bereitwillig nahm sie ihn in sich auf, schlang ihre Beine um seine Hüften, um ihn noch stärker zu sich heranzuziehen. Schweiß glänzte auf ihrer Haut, und sie dachte an nichts weiter als an diesen Moment. Immer rasender brannte die Leidenschaft in ihnen, bis sie schließlich in völliger Atemlosigkeit dalagen. Sie schmiegte sich an ihn, und das Schweigen zwischen ihnen empfand sie als den Ausdruck vollkommener Übereinstimmung. Kein Wort jetzt!, dachte sie. Kein einziges Wort, das an Aufgaben von erdrückender Nichtigkeit oder an eine düstere Zukunft, gebrochene Gelübde oder irgendwelche Konsequenzen gemahnte, für die das Leben vielleicht zu kurz war, um ihr Eintreten noch zu erleben.

In diesem Moment galt es einfach nur glücklich zu sein.

Nichts sonst.

Wolfhart strich ihr über das Haar, die Schultern und tiefer über die Brüste, und als sie sich mit dem Ellbogen aufstützte, begegnete sie seinem Blick. Es würde nicht lange dauern, bis die gerade gestillte Leidenschaft von Neuem in ihnen erwachte.

»Wusstet Ihr, dass ich ernsthaft erwogen habe, ein Mönchsgelübde abzulegen?«, murmelte Wolfhart.

»Sprich nicht auf so förmliche Weise mit mir«, sagte sie.

Sie hob die Augenbrauen und strich sich das zerzauste Haar aus dem Gesicht. Ihre Frisur hatte sich vollkommen aufgelöst, und wahrscheinlich würde sie die Haarnadeln später mühsam wieder zusammensuchen müssen.

»Wie schon gesagt«, nahm er den Faden wieder auf, »ich hatte den Eintritt in einen Orden erwogen, und doch war da immer etwas, das mich davon abhielt.«

»Was? Fehlt es an Gottvertrauen? Oder ist es die Furcht, gewisse Einschränkungen durch das Gelübde nicht erfüllen zu können?«

»Nenn mir einen Menschen, der die Pest erlebt hat und dessen Gottvertrauen nicht erschüttert wurde, Maria!«

»Oh, da fällt mir durchaus jemand ein.«

»So?«

»Pater Matteo da Creto. Seit er die Pest erlebte und von ihr genas …«

»Er genas?«

»Manche sehen als es als ein Wunder an.«

»Vielleicht ist es das auch. Aber wie viele unter Abertausenden haben die Stärkung an Leib und Geist durch ein solches Wunder erlebt? Vielleicht eine Handvoll … aber um ehrlich zu sein, waren es nicht Glaubenszweifel, die mich davor zurückschrecken ließen, die Kutte zu tragen – und schon gar nicht die Armut, die mich ja wohl so oder so getroffen hätte.«

»Sondern?«

»Der Gehorsam. Vermutlich wäre es mir sehr schwer gefallen, mich in ihm zu üben. Die Gedanken müssen frei sein, und der Drang nach Erkenntnis verträgt keine Fesseln.«

Maria nickte. »Ja, das leuchtet mir ein.« In ihren Augen blitzte es, als sie schließlich fortfuhr: »Und was ist mit dem dritten Gelübde, das Mönchen auferlegt wird?«

»Du meinst die Keuschheit?«

»Ja.«

Er lächelte. »Das hätte ich spätestens jetzt bereut, fürchte ich.«

Maria zuckte mit den Schultern. »Andererseits heißt es, dass sich viele geweihte Herren nicht so genau daran halten.«

»Angeblich soll die Stadt Rom zurzeit das größte Bordell des Abendlandes sein.«

»Darüber spricht man sogar hier in Konstantinopel!«

»Wahrscheinlich wird es nur noch eine Frage der Zeit sein, wann der erste Papst seinen eigenen Sohn zum Nachfolger zu machen versucht, nicht anders als bei Königen und Kaisern.«

»Mag sein.«

»Aber in einem könntest du sicher sein: Wenn ich einen Eid oder ein Gelübde ablegen würde, dann nicht mit dem Vorsatz, dagegen zu verstoßen.«

Maria sah ihn an. Sie mochte die Aufrichtigkeit, die er ausstrahlte und die ein wesentlicher Teil seines Wesens zu sein schien. »Dann bin ich ja froh, dass wir uns noch rechtzeitig begegnet sind«, sagte sie, beugte sich vor und berührte ihn leicht am Kinn. Dann küsste sie ihn auf die Lippen. Zuerst sehr vorsichtig und zart, dann fordernder.

Elftes Kapitel

Im Angesicht des Pestdämons

Am folgenden Tag sahen sich Maria und Wolfhart kaum. Das zeitweilige Verbot, die Häuser zu verlassen, brachte einiges an Ungemach mit sich. Schiffe konnten nicht entladen werden, und Ware verdarb im Eutherios-Hafen.

Von Davide erfuhr Maria jedoch, dass in der Nacht ein Schiff den Hafen verlassen hatte.

»Thomás hat das aus seiner Kammer beobachtet«, erklärte der Schreiber.

Die Kammer, die der ehemalige Gardist bewohnte, befand sich im obersten Geschoss eines Nebengebäudes auf der Ostseite des Kontors. Es hatte die Form eines Turms und hatte früher wohl zu den Verteidigungsanlagen der Stadt gezählt, die für den eher unwahrscheinlichen Fall eines Angriffs von See aus errichtet worden waren. Wikinger und Araber hatten das vor langer Zeit versucht und dafür einen hohen Preis zahlen müssen. Seitdem war niemand mehr kühn genug gewesen, etwas Vergleichbares zu wagen – oder es hatte einfach keine Gegner mehr gegeben, deren Flotten auch nur annähernd stark genug für ein derartiges Unternehmen gewesen wären.

»Thomás meint, dass eine sehr hochgestellte Persönlichkeit die Stadt verlassen haben musste, denn es gab zahllose Reiter und Wagen im Hafen. Das kann nicht unbemerkt geschehen sein.«

»Das bedeutet, die Gardisten haben davon gewusst und es geschehen lassen.«

»Zweifellos«, nickte Davide. »Thomás meint sogar, dass sie daran beteiligt waren und bei der Sicherung geholfen haben.«

»Aber wer sollte das gewesen sein?«, fragte Maria. »Eigentlich kann es sich doch nur um den Kaiser gehandelt haben! Meint Ihr wirklich, dass er die Stadt in dieser Lage verlassen würde?«

»Der Kaiser oder der verletzte Patriarch«, meinte Davide. »Vielleicht fürchtet er um sein Leben und fühlt sich einfach nicht mehr sicher innerhalb der Mauern dieser Stadt. Aber wir werden es sicher bald erfahren.«

Maria begegnete Wolfhart nur kurz, während sie über den Innenhof des Kontors ging. Es war keine Gelegenheit, sich zu unterhalten, geschweige denn für mehr. Zu viele Augen waren auf sie beide gerichtet, und sie befürchtete ohnehin schon, dass jeder Blick, den sie Wolfhart zuwarf, sie verraten und alles öffentlich machen würde. Wenn auch nur ein Einziger unter den Bediensteten des Hauses zu ahnen begann, was sich zwischen Wolfhart und Maria abgespielt hatte, wäre es wenig später überall bekannt. Zuerst in der Gemeinde der Genueser und wenig später dann auch unter den Kaufleuten. Maria hatte nicht darüber nachgedacht, wie das, was zwischen ihr und Wolfhart begonnen hatte, weitergehen sollte. Er mochte ja der Spross einer Kaufmannsfamilie aus Lübeck sein – aber das hieß noch lange nicht, dass eine Verbindung mit ihm anzuraten wäre. Zumindest wenn man Davides Maßstäbe anlegte – oder die ihres Vaters Luca di Lorenzo. Du bist eine Närrin!, dachte Maria. All diese Gedanken verschleiern dir nur den Blick auf die Wahrheit! Es war nur ein Augenblick! Mehr nicht, auch wenn du es dir von Herzen wünschtest!

Wolfhart hatte große Ziele. So viel hatte Maria begriffen. Aber zu diesen Zielen gehörte es ganz sicher nicht, ein Ehemann zu sein und eine Familie zu gründen. In diesem Sinn war er vielleicht wirklich ein Mönch ohne Gelübde.

Gegen Mittag klopften Gardisten des Kaisers ans Tor des Kontors und verlangten nach Wolfhart Brookinger.

»Ich wünsche dir viel Glück!«, meinte Urban, als Wolfhart abgeholt wurde.

»Danke. Deine Stunde schlägt auch noch, Urban.«

»Ja, fragt sich nur, ob mein Bart dann inzwischen so lang wie der des Sultans und vor allem furchtbar grau sein wird! Ach, was rede ich! Schlohweiß wird er sein, so schleppend wie hier die Dinge vorwärtsgehen.«

»Hab Geduld«, sagte Wolfhart zuversichtlich. »Jemand, der Kanonen gießen kann, wird in einer Stadt, die seit Jahrhunderten belagert wird, ja wohl nicht vor die Hunde gehen!«

»Was glaubst du wohl, was alles mit solchen Leuten wie mir geschieht!« Urban machte eine wegwerfende Handbewegung. »Ich könnte dir Sachen erzählen.«

»Ein andermal, Urban! Ein andermal. Die Gardisten werden schon ungeduldig!«

»Immerhin das haben sie mit mir gemeinsam«, seufzte der Kanonengießer.

Im Innenhof des Kontors wurde Wolfhart von den Gardisten in die Mitte genommen. Ein Hauptmann sprach ihn an. Seine Stimme war barsch. Sein Griechisch so vulgär, dass Wolfhart es kaum verstand.

Die Gardisten führten ihn hinaus auf die Straße, wo ein Wagen wartete. Wolfhart stieg auf. Der Wagen setzte sich in Bewegung, noch während die Gardisten ihre Pferde bestiegen, die sie vor dem Kontor an einer der dafür vorgesehenen Querstangen festgemacht hatten.

Wolfhart hatte absichtlich nicht erwähnt, dass er Besitzer eines Pferdes war, denn er hätte jemandem wie diesem Hauptmann sein Tier niemals anvertrauen wollen.

Als der Wagen mit den ihn begleitenden Reitern an der Nordseite des Kontors entlangfuhr, bemerkte Wolfhart Maria auf einem der Balkone. Sie beugte sich über die Brüstung und winkte ihm kurz zu. Ein Lächeln stand auf ihrem Gesicht, und Wolfhart erwiderte es. Sein Lächeln war voller Zuversicht. Jetzt, so glaubte er, werde er einen entscheidenden Schritt vorwärtskommen.

Er atmete tief durch. Wolfhart konnte es kaum erwarten, ein zweites Mal jenem Mann gegenüberzustehen, den er über die Maßen bewunderte und von dessen außergewöhnlichen Fähigkeiten er zu lernen hoffte.

Fausto Cagliari!

Wolfhart murmelte diesen Namen, der schon in den Universitätshallen zu Erfurt so erhaben geklungen hatte, in Gedanken vor sich hin. Jetzt kam alles darauf an, dass Meister Cagliari ihn für würdig hielt, ihn in die Geheimnisse der Pestkunde einzuweihen.

Du träumst!, dachte Wolfhart.

Der Wagen fuhr mit hoher Geschwindigkeit die Mese entlang. Die meisten der bewaffneten Reiter folgten ihm. Nur zwei von ihnen, darunter der Hauptmann der Gruppe, bildeten eine Vorhut.

Cagliaris Einfluss bei Hof musste groß sein, so schloss Wolfhart. Anders war diese Vorgehensweise nicht zu erklären.

Der Wagen hielt schließlich vor dem Palast. Weitere Gardisten schritten durch das Säulenportal, befahlen ihm ziemlich grob, aus dem Wagen zu steigen, und nahmen ihn anschließend in ihre Mitte. Dann zogen sie durch eine Vielzahl von Korridoren und Säulenhallen. Wolfhart hatte einen vergleichbaren

Palast noch nie gesehen. Kein Bürgerhaus in Lübeck konnte da mithalten und selbst die gewaltigsten Dome nördlich der Alpen nicht. Und schon gar keine der Burgen, Festungen und Königsresidenzen, die Wolfhart auf dem weiten Weg von Lübeck über Prag nach Konstantinopel in den Donauländern gesehen hatte. Er konnte nicht umhin, eine gewisse Ehrfurcht zu empfinden, während er durch die hohen Säulengänge geführt wurde, flankiert von Gardisten, die schnellen, forschen Schritts voranmarschierten.

»Was ist?«, fragte der Hauptmann ziemlich unfreundlich, als Wolfharts Gang kurz stockte. Pure Herablassung klang in seinen Worten. »Staunen kannst du später. Jetzt beweg die Beine!«

Der Hauptmann verzog das Gesicht zu einer höhnischen Grimasse, als er Wolfhart ansah – ein Blick, der ihm noch einmal sehr deutlich bewusst machte, dass er hier ein Niemand war. Weder seine akademischen Studien noch seine Herkunft als Spross einer angesehenen lübischen Kaufmannsfamilie spielten in Konstantinopel irgendeine Rolle. Mochte die große Zeit dieser Stadt auch schon lange vergangen sein, im Selbstverständnis ihrer Bewohner schien sie immer noch der Nabel der Welt zu sein, der Punkt, um den sich alles drehte, die Hauptstadt der Christenheit, die nicht umsonst den Namen des allerersten christlichen Herrschers auf Erden trug.

Eigentlich hatte Wolfhart geglaubt, dass ihm schon durch seine Zeit in Erfurt jeglicher Standesdünkel ausgetrieben worden war, denn schließlich hatte er sich während seines Studiums überwiegend als Kurrende-Sänger durchbringen müssen und sich in nichts von den anderen Zöglingen unterschieden. Aber hier in Konstantinopel schien einfach noch einmal ein anderer Maßstab zu gelten.

Die hohen Säulen flogen nur so an Wolfhart vorbei, eine Tür öffnete sich, er schritt hindurch, gelangte in einen weiteren

Gang, dann in noch einen und hatte schon nach kurzer Zeit völlig die Orientierung verloren. Allein dieser Palast, so schätzte er, musste eine Grundfläche haben, die ganz Lübeck entsprach.

Dann gelangten sie in eine große Halle, deren Dach von dicken Säulen getragen wurde, die ein halbes Dutzend Männer kaum hätten gemeinschaftlich umfassen können.

»Geht!«, sagte eine schneidende, scharf klingende Stimme auf Griechisch und in einem Tonfall, der keinerlei Widerspruch duldete.

Wortlos gehorchten die Gardisten. Selbst der nie um ein unverschämtes Wort verlegene Hauptmann enthielt sich jeden Kommentars. Die Gardisten machten kehrt und marschierten davon. Wolfhart ließen sie zurück. Erst nachdem die schwere Tür am Ende des Raums hinter den Bewaffneten ins Schloss gefallen war, trat die Gestalt aus dem Schatten der Säulen, die Wolfhart zuvor schon als dunkler, unruhig wirkender Schemen aufgefallen war.

Es war Meister Cagliari.

Er trug eine fleckige Kutte aus zerschlissenem Stoff, dem man die Beanspruchung bei allerlei gewiss unappetitlichen Arbeiten deutlich ansah. Man hätte Cagliari in diesem Moment für einen Mönch halten können, der das Armutsgelübde besonders ernst nahm, wenn da nicht die spitz zulaufenden Schuhe gewesen wären. Schuhe, wie sie jene teuren Schuhmacher aus edelsten Materialien herstellten und in den Handwerkergassen der Stadt denjenigen anboten, die sie bezahlen konnten. Die kleinen Ränder aus Goldbrokat, die man in Cagliaris Schuhe eingearbeitet hatte, waren jedoch verschmutzt, und insgesamt roch die Kleidung des Pest-Medicus so, als wäre er damit in eine Kloake hinabgestiegen und hätte anschließend versucht, dies durch den Einsatz scharf riechender Essenzen und Öle zu überdecken.

Cagliari schritt auf Wolfhart zu.

»Ich hatte nicht geglaubt, dass Ihr tatsächlich der Aufforderung der Gardisten Folge leisten und Euch hierherführen lassen würdet!«, sagte Cagliari, und sein Blick wirkte dabei abschätzig.

»Hat man wirklich eine freie Wahl, wenn Bewaffnete kommen, um einen abzuholen?«

»In diesem Fall schon«, sagte Cagliari. »Die Frage ist doch stets, wovor man die größere Furcht hat. Vor diesen Söldnern oder vor dem Schwarzen Tod.«

»Sagte ich Euch nicht, dass ich keine Furcht habe?«

»Das sagen viele. Und nur bei wenigen trifft es auch tatsächlich zu.«

»Da mögt Ihr wohl Recht haben.«

»Ich gebe zu, dass ich dringend Hilfe brauche. Wir haben erst vor kurzem einen unserer getreuen Helfer verloren.«

»Das tut mir leid.«

»Das braucht es nicht. Er wusste, worauf er sich eingelassen hatte und dass man, wenn man die Mächte des Teufels erforschen will, immer Gefahr läuft, in seine unsichtbaren Fänge zu geraten, ehe man sichs versieht.«

»Dann starb er …«

»… an der Pest. Woran sonst? Er war ein Krieger in der Schlacht, er ist gefallen wie viele andere vor ihm.«

»Das verstehe ich.«

»Wirklich?«

Cagliari trat auf Wolfhart zu. Das Lächeln, zu dem sich sein Gesicht nun verzog, war undeutbar. Spott und Sarkasmus kamen darin zum Ausdruck. Und noch etwas anderes, was Wolfhart erst nach und nach erfasste. Es war die kalte Grausamkeit eines Menschen, der sich kompromisslos einem Ziel verschrieben hatte und dabei keine Skrupel kannte.

»Ich gebe zu, dass ich Euch gar nicht erst hierher hätte kommen lassen, wenn da nicht in Magister Munsonius' Empfehlungsschreiben ein paar Eigenschaften aufgezählt wären, die

Euch ganz gewiss aus der Vielzahl aller wissbegierigen Menschen herausheben. Insbesondere lobt er Eure ausgesprochen gut entwickelte Auffassungsgabe. Aber das liegt vielleicht auch nur daran, dass Munsonius selbst ein einfältiger Narr ist. Wir werden sehen ... Und jetzt folgt mir!«

»Wohin führt Ihr mich?«

»An jenen Ort, wo ich mit einigen wenigen furchtlosen Mitstreitern meiner Arbeit nachgehe. Aber zwei Dinge muss ich Euch noch sagen.«

»Bitte!«

»Falls Ihr trotz des Anblicks, der sich Euch gleich bieten wird, entschlossen seid, an diesem ehrwürdigen Werk teilzuhaben, dann bestehe ich darauf, dass Ihr hier im Palast wohnt.«

»Dagegen ist nichts einzuwenden«, sagte Wolfhart.

»Ihr sollt möglichst durchgängig für Eure Arbeit zur Verfügung stehen, und davon abgesehen will ich nicht verschweigen, dass es längere Zeiten geben wird, in denen Ihr die unterirdischen Verliese nicht verlassen werdet.«

»Wenn Ihr damit sagen wollt, dass ich dazu bereit sein muss, hart und lang zu arbeiten und wenig Ruhe zu finden, so muss ich Euch sagen, dass ich nichts anderes erwartet habe.«

»Das freut mich zu hören«, murmelte Fausto Cagliari, während sich sein dünnlippiger Mund kaum bewegte und wie ein blasser, mit Bleistift gezogener Strich auf schlechtem Papier wirkte.

»Komm, du Narr!«, sagte Cagliari – und wechselte vom Griechischen ins platte Niederdeutsch, wie es an der gesamten Küste zwischen Antwerpen und Riga verstanden wurde. Cagliari schien die Gedanken zu erraten, die jetzt in Wolfharts Kopf herumschwirrten. »Ja, ich habe einige Jahre in den Diensten des Bischofs von Münster gestanden, der allerdings meiner überdrüssig wurde. Ihr wollt wissen, was geschah?«

Wolfhart hob die Schultern.

»Wie kann man einen Mann, der etwas von der Natur der Pest versteht, fortschicken?«

»Ein großer Brand sorgte dafür, dass die Epidemie zum Stillstand kam – und da brauchte man mich nicht mehr. So einfach ist das, Wolfhart! Und es ging mir andernorts nicht anders.«

Fausto Cagliari nahm Wolfhart mit auf einen ziemlich verwirrenden Weg durch die weitläufigen Räumlichkeiten des Palastes. Er schien sich hier völlig frei bewegen zu können, Wächter ließen ihn ohne weitere Nachfrage passieren.

Schließlich ging es eine schmale Wendeltreppe hinunter, und Wolfhart hatte schon den Verdacht, dieser Abstieg in die Finsternis würde nie enden.

Unten angekommen herrschte überraschenderweise keine vollständige Dunkelheit. Fackeln und Öllampen spendeten ein flackerndes, unruhiges Licht, das sich im dunkel wirkenden Wasser eines riesigen Sees spiegelte, in dem Hunderte von Säulen standen. Diese Säulen trugen die Decke eines gewaltigen unterirdischen Bauwerks, das Wolfhart erst beim zweiten Blick erkannte.

Vier Gestalten warteten offenbar auf Cagliari. Eine davon lief unruhig hin und her. Eine andere hörte Wolfhart kurz »Na endlich! Ich dachte, das wird heute nichts mehr!« sagen, woraufhin eine weitere mit einem fast tierhaften Knurrlaut antwortete. Nur für einen kurzen Moment fiel genug Licht auf eines der Gesichter. Wolfhart erschrak. Es war auf eine so furchtbare Weise entstellt, wie Wolfhart es noch nie zuvor gesehen hatte. Eine andere, in der Nähe stehende Gestalt, die nur als dunkler Umriss zu erkennen war, ging ein paar Schritte, schwenkte eine Fackel und hinkte.

»Nachdem Ihr gewiss die Stadt schon ein wenig kennengelernt habt und nun sogar in die Stadt in der Stadt – den Palast nämlich – vorgedrungen seid, ist es nun an der Zeit, dass

Ihr auch das dritte Konstantinopel betretet, Wolfhart!«, ergriff Cagliari jetzt das Wort und ließ seinen Satz in einem meckernden Kichern enden. Es hallte in dieser unterirdischen Säulenhalle dutzendfach wider, und allein dadurch bekam Wolfhart schon einen vagen Eindruck davon, wie weitläufig es hier unten tatsächlich sein musste. »Ihr wisst nicht, wovon ich spreche, Wolfhart? Das bisschen Licht, das Euer Gesicht bescheint, und die Schatten, die dort tanzen, lassen Euch noch ratloser erscheinen! Keine Angst, dies ist nicht die sprichwörtliche Unterwelt!«

»Was dann?«, fragte Wolfhart, der sich Mühe geben musste, Cagliari zu verstehen, denn aufgrund des Echos flossen die Worte einfach nur so ineinander, sobald der Pestarzt etwas schneller sprach.

»Viele glauben, die Theodosianische Mauer oder die Kette von Galata seien die Geheimnisse, die Konstantinopel bisher unbesiegbar gemacht haben, gleichgültig, wie groß die Armeen gewesen sein mögen, die da draußen vor den Toren der Stadt ihre Belagerungsfront geschlossen hatten. Aber in Wahrheit gibt es noch einen weiteren, mindestens ebenso wichtigen Faktor! Die Zisternen! Nirgends in der Welt gibt es größere Zisternen als hier, Wolfhart. Sie bilden eine unterirdische Stadt, über die man fast überallhin gelangen kann – zumindest so weit die einzelnen Gänge noch zugänglich sind.«

»Von den Zisternen habe ich ehrlich gesagt noch nichts gehört«, bekannte Wolfhart.

»Man kann über sie an viele Orte gelangen. Es gibt eine Vielzahl von Gängen, Verliesen, künstlich angelegten Grotten und so weiter und so weiter. Über alte Aquädukte wird das Wasser von überall hergeleitet …«

»… und macht die Stadt unabhängig! Selbst von einer Versorgung von der See her!«, entfuhr es Wolfhart.

»Ihr sagt es! Genau aus diesem Grund sind diese Bauwerke entstanden. Hier ist mehr Wasser, als die Bürger der Stadt in vielen Monaten brauchen. Übrigens nutzt selbst der Kaiser das unterirdische Netz von geheimen Gängen, um in die Hagia Sophia zu gelangen.« Cagliari zuckte mit den Schultern. »Allerdings pflegt er mit einer mit Gold und Silber verzierten Gondel zu fahren und benutzt außerdem einen Geheimgang, der nur ihm vorbehalten ist.«

Ein paar Ratten huschten über den Steinboden, eine von ihnen schnappte nach einem Gegenstand, der ans Ufer dieses unterirdischen Sees angeschwemmt worden war. Ein Stück Treibholz vielleicht.

Am Ufer lagen mehrere Barken, die an Pfählen vertäut waren.

Im schwachen Licht der Fackeln bemerkte Wolfhart charakteristische Spuren an den Säulen. Ähnliche Spuren kannte er von den Kaimauern im Lübecker Hafen, und sie waren ein Indiz dafür, dass der Wasserstand hier zum Teil erheblich variierte. Vermutlich reichte das Wasser bei Höchststand bis zu den untersten Stufen der Wendeltreppe, über die sie aus dem Palast hinabgestiegen waren.

»Worauf wartet ihr noch?«, fragte Cagliari barsch die vier wartenden Männer. Wolfhart sah nun das Gesicht des Entstellten in seiner vollen, selbst ihn schockierenden Hässlichkeit. Ein Auge war vermutlich mit einem heißen Eisen geblendet worden. Außerdem hatte man ihm die Ohren abgeschnitten. Ob die Wolfsscharte und die eigenartige Form seiner Lippen, die verhinderte, dass er den Mund richtig schließen und seine Zähne verdecken konnte, ein böser Scherz der Natur oder der Behandlung durch die Henker und Schinder zuzuschreiben waren, ließ sich nicht so ohne weiteres sagen. Jedenfalls überragte er Wolfhart um fast zwei Köpfe und hatte ausgesprochen kräftige Arme. Der zweite Mann hinkte und machte sich sofort an der Vertäuung einer der Barken zu schaffen. Sein linkes Bein war sehr viel kürzer als sein rechtes. Die beiden anderen Männer waren beide vollkommen kahlköpfig, schienen trotzdem aber noch recht jung zu sein. Sie hatten auch keine Augenbrauen und sahen vollkommen gleich aus. Offenbar waren sie Zwillinge. Einer von ihnen sagte etwas, sprach aber so verwaschen und undeutlich, dass zumindest Wolfhart nichts davon verstehen konnte. Er war sich noch nicht einmal vollkommen sicher, welche Sprache das gewesen war.

Einer der Kahlköpfigen deutete mit der ausgestreckten Hand auf eine bestimmte Stelle, während er mit der anderen eine Fackel hielt.

Wolfhart folgte seinem Blick. Aus irgendeinem Grund regte sich der Kahlköpfige sehr über die Ratten auf. Dann trat er vor, sodass der Fackelschein die Ratten besser erfasste. Sie schienen wenig Furcht vor den Menschen zu haben, und manche von ihnen hatten eine erschreckende Größe erreicht.

Nun sah Wolfhart, was den Kahlköpfigen offenbar so aufgeregt hatte.

Es war keineswegs ein Stück Treibholz gewesen, das eine der Ratten vorhin angeschleppt hatte.

Es war eine halb zersetzte, aber dennoch eindeutig zu erkennende menschliche Hand.

»Kein Grund zur Aufregung, Theo!«, meinte Cagliari, woraufhin sich beide Kahlköpfige angesprochen fühlten und eine Mischung aus Knurrlauten und Worten erwiderten, die wohl doch irgendwie der griechischen Sprache entstammen mussten. »Daran müssten sich doch auch eure zarten Seelen inzwischen gewöhnt haben! Schließlich seid ihr nicht zum ersten Mal hier unten.«

Sie begaben sich alle in eine der Barken. Der Entstellte ruderte mit kräftigen Bewegungen, während er darauf achtete, dass die

Kisten nicht verrutschten, die nur notdürftig vertäut worden waren. Offenbar hatten Cagliaris Gehilfen sie schon aufgeladen, bevor er und Wolfhart an der Anlegestelle aufgetaucht waren.

Während der Fahrt leuchteten sie mit ihren Fackeln in die ewige Nacht hinein, die in diesem unterirdischen Konstantinopel herrschte. Der Hinkende hielt eine Öllampe in der rechten Hand und wirkte ruhiger als die beiden Kahlköpfigen. Er schien von Wolfhart kaum Notiz zu nehmen. Sein Blick war starr in die Dunkelheit gerichtet, so als erwartete er, dass dort jeden Moment irgendetwas – oder irgendjemand – auftauchen könnte.

Die Ruderblätter schlugen in das vollkommen glatte, dunkle Wasser der Zisternen. Manchmal entstand der Eindruck, dass irgendetwas unter der Wasseroberfläche war. Irgendwelche Wesenheiten, die sich vielleicht einfach nur durch einen schlechten Gedanken im Schlamm bildeten, wie man es von den Ratten annahm, sobald sie in unverhältnismäßig großer Anzahl an die Oberfläche kamen und damit zumeist ein baldiges Auftauchen des Schwarzen Todes ankündigten.

Zunächst wurde nicht gesprochen, und Wolfhart beschloss, erst einmal keine Fragen zu stellen.

Der Fackelschein erhellte Fausto Cagliaris Gesicht, das jetzt nachdenklich und in sich gekehrt wirkte. Die Kälte, die ihn sonst zu umgeben schien, war in diesen Momenten von ihm gewichen. Wolfhart hatte jetzt eher den Eindruck, jemanden vor sich zu haben, der von einer Fülle tiefer Sorgen geplagt wurde.

Ein Ruck ging durch Cagliaris Körper, als einer der Kahlköpfe etwas sagte. »Red nicht so viel, Theo!«, fuhr er ihm brüsk über den Mund, was den Angesprochenen sofort verstummen ließ. Furcht spiegelte sich in seinen unruhigen Augen. Wolfhart fragte sich, wie es Meister Cagliari möglich war, die beiden kahlköpfigen Männer so sicher zu unterscheiden, dass er sie mit ihrem Namen ansprechen konnte.

Cagliari hob den Kopf.

»Ich darf Euch meine Helfer vorstellen, mit denen auch Ihr zusammenarbeiten werdet, wenn Ihr den Ekel, den ich in Eurem Gesicht geschrieben sehe, zu unterdrücken vermögt und von dem Drang nach Erkenntnis wirklich so durchdrungen seid, wie Ihr das mir gegenüber behauptet habt.« Er deutete auf den Entstellten, der immer noch mit viel Kraft dafür sorgte, dass sich die Barke beständig vorwärtsbewegte und dabei sicher ihren Weg zwischen den Säulen hindurch fand. »Das ist Timon. Man nennt ihn auch Timon den Entstellten. Wie man seinem Gesicht ansehen kann, hat er des Öfteren und an verschiedenen Orten mit den Scharfrichtern und Folterern Bekanntschaft gemacht, weil es ihm schwerfällt, sich an die Gesetze Gottes und der Menschen zu halten. Ich will nicht in die Einzelheiten gehen, aber ich kann Euch nur den guten Rat geben, ihn nicht zu reizen. Mit seinem Kopf stimmt einiges nicht, wie man sieht – und seine Gedanken mögen ihm vom Satan eingegeben sein, aber seine Muskeln sind in Ordnung, und wenn er wütend wird, hat er Euch schneller erwürgt, als Ihr schreien könnt.«

Wolfhart schluckte. »Ich werde darauf achten«, versprach er.

»Lazaros der Hinkende ist so geboren, wie Ihr ihn seht. Manche halten ihn für verflucht, weil er das Kind einer Hure ist, die offenbar ein zu gutes Herz hatte und ihn nicht gleich nach der Geburt getötet hat.«

Lazaros nickte Wolfhart freundlich zu. »Bei jemandem wie mir denkt jeder gleich an den leibhaftigen Satan, der sich ja den Menschen auch vorwiegend mit einem Pferdefuß zu zeigen pflegt.«

»Ich habe keine Furcht vor dem Satan«, sagte Wolfhart.

»Jemand, dessen Glaube an Gott fest und stark ist, sollte das auch nicht«, meinte Lazaros. »Aber daran, dass die Verhältnisse überall von ganz anderer Art sind, könnt Ihr sehen, wie schlecht es um das Gottvertrauen der meisten Christen in Wahrheit bestellt ist!«

Cagliari ergriff wieder das Wort. »Die beiden Kahlköpfe heißen Theofilos und Theofanos. Sie sind Zwillinge, so ähnlich wie vielleicht Gott und Satan Zwillinge sein mögen, und beim besten Willen nicht zu unterscheiden, weswegen ich sie beide einfach Theo nenne. Meistens fühlen sie sich sowieso beide angesprochen, wenn man nur mit einem von ihnen spricht.«

Wolfhart nickte auch den beiden kahlköpfigen Männern namens Theo freundlich zu. Sie antworteten mit ein paar Lauten, die nur ganz entfernt an Wörter der griechischen Sprache erinnerten.

»Die beiden sind geistig zurückgeblieben«, erklärte Cagliari. »Als ich nach Konstantinopel kam, wurden sie mir als eine Art Sensation gezeigt. Sie waren am Oberkörper zusammengewachsen.«

»Habt Ihr sie getrennt?«, wunderte sich Wolfhart.

»Das war schwieriger als ein Hieb mit einer Henkersaxt, kann ich Euch sagen, und ich war mir keinesfalls sicher, ob die beiden das überleben würden. Haben sie aber, wie Ihr seht.«

»Ich habe von einem solchen Fall in Warschau gehört«, sagte Wolfhart.

»Eine Laune Gottes oder Luzifers, wie die meisten Leute glauben. Viele dieser Kreaturen dürften wohl von ihren eigenen Eltern erschlagen werden, weil man sie für Ausgeburten Satans hält, die außerdem noch Rückschlüsse auf die Sündhaftigkeit der Eltern zulassen, wie manche Kleriker uns weismachen wollen.« Cagliari zuckte mit den Schultern. »Sie sind treue Gehilfen und gehören zu den wenigen, die bereit sind, die Risiken zu tragen, die dieses Werk der Erkenntnissuche birgt.«

»Vielleicht durchschauen sie diese Risiken nur nicht und sind deshalb leichter geneigt, sie einzugehen«, meinte Wolfhart.

Cagliari fixierte Wolfhart daraufhin mit einem durchbohrenden Blick. »Ihr sagt, was Ihr denkt – und das ohne Furcht!«, stellte er dann fest.

»Entschuldigt meine Schroffheit. Aber ich neige manchmal dazu, Dinge zu tun, bei denen ich nur das Ziel im Auge habe, ohne an die unmittelbaren Folgen zu denken.«

»Das gefällt mir«, bekannte Cagliari.

Zum allerersten Mal sah Wolfhart im blassen, blutleer wirkenden Gesicht des Pest-Medicus ein Lächeln, in dem ein wenig menschliche Wärme aufblitzte. Aber vielleicht war das auch nur der Wirkung des flackernden Fackellichts zu verdanken. »Es gefällt mir, wenn jemand die Wahrheit ausspricht, so wie er sie sieht, denn nichts anderes ist der Suche nach Erkenntnis förderlich. Man muss dem Gedanken mit aller Rücksichtslosigkeit bis zu seiner letzten Konsequenz folgen. Und dabei darf man sich durch nichts aufhalten lassen. Auch nicht durch vorgefasste Überzeugungen oder gar ...«, er zögerte, ehe er weitersprach, »... den Glauben an Gott!«

Wolfhart sagte daraufhin zunächst nichts. Dann fiel ihm ein, dass Cagliari eben bei der Vorstellung von Theofanos und Theofilos in einem Nebensatz Gott und Luzifer als Zwillinge bezeichnet hatte. Wolfhart war dies zunächst nicht weiter aufgefallen, aber nun kehrte die Erinnerung umso stärker in sein Bewusstsein zurück. Er hatte schon während seiner Zeit in Erfurt von jener Lehre gehört, wonach Gott und Luzifer eine Art Zwillingspaar darstellten, von denen bis zum Jüngsten Tag keiner den anderen endgültig zu besiegen vermochte. Einer der Magister, sein Name war Franziskus Borsodius, hatte eine ähnliche Lehre vertreten. Oft genug hatte Wolfhart seinen Worten gelauscht und sich nie so recht entscheiden können, ob er sie nun für wahr halten oder verwerfen sollte. Gerade noch rechtzeitig, bevor er der Ketzerei angeklagt werden konnte, war Borsodius in Richtung seiner Heimat, die wohl in Ungarn lag, geflohen. In Erfurt wurde er danach nie wieder gesehen, und Wolfhart hatte sich immer gefragt, weshalb keine Bereitschaft bestanden hatte, die Auffassungen von Borsodius in einem öffentlichen Disput zu diskutieren. Der geistigen und geistlichen Freiheit hätte das gut zu Gesicht gestanden, wie er fand.

Jetzt überlegte Wolfhart, ob Fausto Cagliari vielleicht insgeheim einer ketzerischen Gruppe angehörte. Dass es unter Umständen gefährlich werden konnte, einen Ketzer überhaupt nur gekannt zu haben, hatte er in Erfurt am eigenen Leib erfahren: Weil er zunächst nicht bereit gewesen war, umfassend Zeugnis darüber abzugeben, was er über den geflohenen Magister wusste, hatte man ihn für drei Tage eingekerkert.

Die Barke erreichte eine Steinkanzel, die ungefähr einen halben Meter aus dem dunklen Wasser herausragte. Einige Boote unterschiedlicher Größe lagen dort. Ungefähr die Hälfte lag im Wasser und war an den dafür vorgesehenen Holzpfählen festgemacht. Die anderen waren zur Gänze aus dem Wasser gezogen worden.

Eine schwere Holztür geriet in den Schein der Fackeln. Die beiden kahlköpfigen Zwillinge stießen ein paar Laute aus, mit denen sie offenbar anzeigten, dass sie ihr Ziel erreicht hatten.

Sie stiegen an Land. Die Barke drohte dabei fast zu kentern, weil der entstellte Timon ein paar ausholende und sehr unbedachte Bewegungen machte.

»Pass auf, du Narr! Es ist hier so tief, dass ein Haus darin verschwinden könnte, und soweit ich weiß, hat dir nie jemand das Schwimmen beigebracht!«

»Mir auch nicht«, sagte Wolfhart.

»Und dabei seid Ihr doch an der See aufgewachsen!«, gab Cagliari zurück.

Sie verließen das schwankende Boot. Der entstellte Timon und die kahlköpfigen Zwillinge vertäuten es sorgfältig bei den anderen Barken. Cagliari ging zu der schweren, mit Eisenbeschlägen versehenen Tür und klopfte an. »Macht auf, Darenius!«, rief er, und seine Stimme hallte heiser in dem Zisternengewölbe wider.

»Was ist das für ein Ort?«, stieß Wolfhart hervor.

»Es gibt viele solcher Kammern und Verliese hier unten«, erklärte Cagliari. »Christen haben sich hier versteckt, um den Verfolgungen zu entgehen, später haben sich die Heiden hier vor den Christen verborgen, und immer – ganz gleich ob Heide oder Christ – haben die Herrscher in diesen Kammern und Gewölben Menschen gefangen gehalten und geschunden. Wer jemanden einfach verschwinden lassen will, für den ist dies der richtige Ort dafür.«

»Die Hand …«

»Ich möchte nicht wissen, wie viele Leichen von Überfallenen, die in den Gassen das Opfer von Dieben wurden, hier unten gelandet sind.«

»Vergiften die Leichen nicht das Wasser?«, fragte Wolfhart.

»Doch, das tun sie.«

»Nach der Vier-Säfte-Lehre des Galenus …«

»Vergesst, was man Euch in Erfurt beigebracht hat, Wolfhart. Vergesst so viel wie möglich davon und bildet Euch Eure eigenen Urteile durch Versuch und Irrtum. Einen anderen Weg zu klarer Erkenntnis gibt es nicht. Und was das Gift der Leichen angeht, so ist es wie bei vielem eine Frage der Dosis.«

»Ich verstehe, was Ihr meint.«

»Darüber hinaus gibt es hier noch viel schlimmeres Gift als jenes, das Leichen entströmt.«

Cagliari klopfte noch einmal, diesmal heftiger. »Hörst du mich nicht, du schwerhöriger Greis?«

Nun wurde eine Reihe von Riegeln zur Seite geschoben, und die Tür öffnete sich endlich.

Ein Mann von unbestimmbarem Alter, einem sehr kantigen Gesicht und grau durchwirkten Haarkranz stand vor ihnen. Er war kräftig und sein Bart so grau wie die Farbe seiner Augen, während die sehr dichten Augenbrauen tiefschwarz und in der Mitte zusammengewachsen waren.

»Oh, wie ich sehe, haben wir Besuch!«, sagte er.

»Dies ist Wolfhart Brookinger aus Lübeck, der in Erfurt studierte und von Magister Munsonius empfohlen wurde«, erklärte Cagliari.

»Eine Empfehlung durch einen eitlen Narren muss ja nicht gegen ihn sprechen«, sagte der Mann in der Kutte. »Da an Euch rein äußerlich kein Mangel erkennbar ist, so darf ich Euch fragen, welches Verbrechens man Euch angeklagt hat oder welches geistige, moralische oder sonstige Defizit Ihr so geschickt verbergt, Wolfhart?«

»Nun, ich hoffe keines, außer einem unstillbaren Wissensdurst!«, sagte Wolfhart etwas irritiert.

»Die Höflichkeit vergisst man hier unten in der Gesellschaft von Ratten und allerlei Wassergetier sehr schnell«, ergriff nun Cagliari wieder das Wort. »Wolfhart, ich möchte Euch Johannes Darenius vorstellen, der von seinem Orden verstoßen wurde, weil er verbotene Studien durchführte und den Gehorsam verweigerte. Aber davon abgesehen dürfte er unter meinen Gehilfen derjenige sein, mit dem Ihr Euch am ehesten verstehen werdet!«

»Ich freue mich, Euch kennenzulernen, Johannes.«

»Nennt mich Darenius«, sagte der verstoßene Mönch. »Als Darenius von Morea wurde ich geboren, Johannes war wohl mein Ordensname, und auch wenn ich unter ihm einige viel beachtete Traktate verfasst habe, verfluche ich diese Zeit, so wie man mich verflucht hat!«

»Ganz, wie Ihr wollt, Darenius.«

»Es freut mich, dass Ihr Euch entschlossen habt, uns zu helfen. Darf man ihn in alles einweihen?«, wandte sich Darenius dann an Cagliari. Ihm gegenüber schien er den Gehorsam besser akzeptieren zu können, als es seinerzeit gegenüber den Oberen seines Ordens der Fall gewesen war. Aber vielleicht war Darenius inzwischen einfach auch nur bewusst geworden, dass er vermutlich nirgendwo sonst noch eine Möglichkeit finden würde, seinen Neigungen nachzugehen. Neigungen, die mit dunkler Alchimie zu tun hatten, die einen nur schaudern lassen konnte. Wolfhart sollte sie bald näher kennenlernen.

»Alles der Reihe nach. Ihr seht doch, wie kreidebleich unser Freund schon geworden ist«, sagte Cagliari, der verzweifelt bemüht war, dem Klang der eigenen Stimme einen warmherzigen Tonfall zu geben, und dem es einfach nicht gelingen wollte.

Wolfhart folgte Darenius durch einen schmalen Korridor. Aus der Ferne hörte er wirre Schreie, stöhnende Laute wie aus einer Folterkammer. Um Himmels willen, welcher Art von Erkenntnisdrang wurde hier nachgegangen?, ging es dem Kaufmannssohn Schlimmes befürchtend durch den Kopf.

»Seid nicht beunruhigt. Das, was wie Qual klingt, ist in Wahrheit eine Hilfe. Ein Erbarmen mit Kreaturen, mit denen sonst niemand Erbarmen hat!« Fausto Cagliari schien zu spüren, welche Gedanken Wolfhart beschäftigten, und versuchte offenbar, den inneren Aufruhr des jungen Mannes bereits zu besänftigen, noch bevor er sich wirklich entfalten konnte.

»Was ist da?«, fragte Wolfhart aber trotzdem. Er blieb stehen.

Einer der beiden Kahlköpfigen fing irre an zu kichern. Sein Zwillingsbruder fiel darin ein. Sie verstummten sofort, als sie Cagliaris eisigen Blick bemerkten.

»Es sind Kranke, die leiden«, sagte Darenius. »Ein paar wenige Menschen, deren Leben nur noch Tage währen wird, die sich aber dazu bereit erklärt haben, dass wir aus ihrem Tod Erkenntnis gewinnen.«

Wolfhart hatte das Gefühl, eine feuchtkalte, modrige Hand würde sich auf seine Schulter legen. Eine Gänsehaut bildete sich auf seinem gesamten Körper, und er fror auf einmal bis ins Mark.

»Es gibt immer noch Pestfälle in Konstantinopel?«, entfuhr es ihm. »Ich dachte …«

»Das gehört zu den Dingen, über die Ihr schweigen müsst, Wolfhart«, erklärte Cagliari sehr ernst. »Diese Kranken stellen keine Gefahr dar, aber wenn sich herumspräche, dass sie in der Stadt sind, würde eine Panik ausbrechen.«

»Aber – kann es nicht sein, dass …«

»… die Krankheit diese Mauern verlässt? Dass sie durch das Gestein dringt, wie man es dem bösen Miasma nachsagt? Dass es durch die Ritzen quillt und die Menschen über uns vergiftet und anschließend krank dahinsiechen lässt?« Cagliari schüttelte energisch den Kopf. »Nein, das ist Unsinn und Aberglaube, Wolfhart. Wir wissen inzwischen schon einiges mehr über das Wesen des Dämons, dem wir unseren Willen aufzuzwingen versuchen!«

Wolfhart atmete tief durch.

Er fühlte seinen Herzschlag bis zum Hals und hinter den Schläfen.

»Mir scheint, ich habe ihm bereits zu viel gesagt«, meinte Darenius mit einer Spur von Bedauern im Tonfall.

»Wenn das alles für Euch unerträglich ist, Wolfhart, dann geht wieder. Geht so schnell wie möglich und schweigt über das, was Ihr gesehen oder gehört habt.«

»Nein, nein!«, wehrte Wolfhart ab. »Ich bin bereit, alles zu lernen.«

Cagliari nickte langsam. »Das ist gut«, sagte er. »Sehr gut.

Denn das, was Ihr bisher gesehen und gehört habt, war noch nicht einmal der Anfang!« Er wandte sich an die beiden Kahlköpfe, die regungslos dastanden und Wolfhart anstarrten. »Worauf wartet ihr? Bringt den Ratten endlich ihr Futter, ihr zusammengewachsenen Hohlköpfe!«

Zwölftes Kapitel

Wolfharts Rückkehr

Maria hatte nicht schlafen können. Es war bereits Mitternacht, und Wolfhart war noch nicht zurückgekehrt. Sie hatte den Tag damit verbracht, die Buchführung in Ordnung zu bringen und mit Davide über einige Geschäfte zu entscheiden. Ein Schiff, das für das Haus di Lorenzo Seide und Zucker aus dem an der Schwarzmeerküste gelegenen Trapezunt liefern sollte, war schon seit einer Woche überfällig, also schon seit der Zeit vor der zeitweiligen Sperrung des Hafens. Das konnte natürlich den schwierigen seemännischen Bedingungen am Bosporus geschuldet sein. Die Meerenge war für ihre tückischen Strömungen und Winde bekannt.

Aber ebenso gut konnte es auch sein, dass der Beschuss türkischer Kanonen die Fahrt vorzeitig beendet hatte. Vielleicht waren die Verbindungen von Zacharias dem Einäugigen zum Hof des Sultans doch nicht so gut, wie er behauptet hatte, und all das Silber, das für die Hilfe dieses zwielichtigen Gesellen ausgegeben worden war, musste man schlicht und ergreifend als eine Fehlinvestition abschreiben.

Auf Andreas Lakonidas war ja schon seit längerem kein rechter Verlass mehr, und so musste man das Schlimmste annehmen. Außerdem beunruhigte Maria, dass sie zurzeit aufgrund der Ausgangssperre von allen Neuigkeiten abgeschnitten war. Dass der Patriarch sich offenbar abgesetzt hatte, ließ befürchten, dass das Kaiserreich fürs Erste nicht zur Ruhe kommen würde. Aber wer konnte das auch schon ernsthaft erwarten?, überlegte Maria.

Hinter den Mauern des Palastes tobten offenbar verborgene Kleinkriege zwischen verschiedenen Gruppen, die sich gegenseitig bis aufs Blut bekämpften. Das Kaiserhaus der Palaiologen, die Kirchenunionsbefürworter, die Unionsgegner, die Parteigänger Genuas, Aragons und Venedigs – all das ergab ein äußerst explosives Gemisch.

Es war schon früher Morgen, als eine Gruppe von Palastwächtern Wolfhart schließlich zurückbrachten. Maria sah durch ihr Fenster, wie sich die Gruppe über eine Verzweigung der Mese dem Kontor am Eutherios-Hafen näherte. Am liebsten wäre sie Wolfhart einfach entgegengelaufen und hätte ihn in die Arme geschlossen. Aber ihr war natürlich klar, dass das nicht so einfach ging. Schließlich musste sie nach außen hin zumindest einigermaßen die Form wahren.

Erst einige Stunden später begegnete sie ihm am Tisch des Empfangsraums. Er hatte wohl kaum geschlafen und ging nun unruhig auf und ab. Normalerweise hätte Seriféa den Gästen ein Morgenmahl bereiten sollen. Aber die schöne Levantinerin hatte offenbar verschlafen. Maria konnte sich schon denken, was der Grund dafür war. Vermutlich war sie noch immer in der Kammer von Marco und raffte gerade ihre verstreuten Kleider zusammen. Aber in diesem Fall nahm Maria es der schönen Levantinerin ausnahmsweise nicht übel, dass sie ihre Pflichten vernachlässigte, denn so blieb ihr eine Begegnung allein mit Wolfhart.

Wolfhart sah sie an, und Maria erkannte in seinen Augen dasselbe Verlangen wie bei ihrem ersten, so stürmischen und vollkommen unvernünftigen Zusammensein. Unwillkürlich musste sie schlucken. Es war ihr unmöglich, auch nur einen Ton herauszubringen. Ein Kloß saß ihr im Hals, ihre Zunge wirkte wie gelähmt.

»Maria!«, sagte Wolfhart einfach, und die Art und Weise, wie er ihren Namen aussprach, gefiel ihr. Es war voller Liebe und Zugewandtheit, und der Klang seiner Stimme erweckte wieder all die wohligen Gefühle in ihr.

Dann löste sich ihre Erstarrung. Sie gingen aufeinander zu, und er nahm sie in die Arme, drückte sie an sich, strich ihr über das Haar, während sie seinen kräftigen Nacken umschlang und sich gegen ihn presste. Sie küssten sich mit der Innigkeit zweier Menschen, die sich zum Abschied trafen und wussten, dass sie sich für sehr lange Zeit nicht wiedersehen würden. Atemlos lösten sie sich voneinander. »Ich bin froh, dass du wohlbehalten zurück bist, Wolfhart!«

»Was hätte mir denn in einem Kaiserpalast geschehen sollen?«, lächelte der Kaufmannssohn.

»Man sagt, der Palast sei im Grunde der gefährlichste Ort, an dem man sich in Konstantinopel befinden kann. Gefährlicher als die Gegend um die Burg der Sieben Türme oder so manche halb verfallene, finstere Gasse, die es hier geben mag.«

»Wenn die Herrin des Hauses di Lorenzo das sagt, wird es sicher stimmen«, lächelte er. »Ich bin ja ein Fremder hier.«

Erst jetzt bemerkte sie den eigenartigen, sehr scharfen Geruch, der Wolfhart anhaftete. Einen Geruch, der ihr im Sturm des Wiedersehens zunächst nicht aufgefallen war.

Aber der scharfe Duft, von dem Wolfharts Kleider durchdrungen waren, hatte eine ganz besondere, für Maria auf ewig unvergessliche Note. Der Hauptbestandteil waren ätherische Öle. Maria wurde sofort an die Stoffbinden erinnert, die Medicus Cagliari getragen hatte, als er seine Untersuchungen bei ihr durchgeführt hatte. Aber da war noch eine andere Nuance. Rattenpisse!, durchfuhr es sie. Die ätherischen Öle überdeckten diesen Geruch aber größtenteils.

»Wie war es bei Eurem Meister-Medicus?«, fragte Maria.

»Über das meiste darf ich nicht sprechen.«

»So geheim?«

»Alles, was dieser große Medicus tut, scheint der Geheimhaltung zu unterliegen. Teilweise kenne ich die Gründe, teilweise sind sie mir noch verborgen. Aber ich bin überzeugt davon, dass Fausto Cagliari seinen Ruf nicht von ungefähr hat. Wenn jemand dem Wesen des Schwarzen Todes wahrhaftig auf der Spur ist, dann er! Und wie es scheint, werde ich an seinen künftigen Entdeckungen teilhaben dürfen.«

»Du sagst das sehr …«

»… demütig!«

»Ja!«

»Angesichts all dessen, was wir nicht wissen, kann man nur demütig sein – genauso wie der Mut derer, die Meister Cagliari zur Seite stehen und sich der Gefahr aussetzen, selbst vom Schwarzen Tod geholt zu werden, mich nur in Demut zurücklässt.«

»Und du? Du hast auch diesen Mut?«

»Ich hoffe es. Und ich bete dafür, dass er mich nicht verlässt, bevor ich die Grenze des Unwissens überschritten habe und dorthin vorgedrungen bin, wo es möglich wird, diese Krankheit nicht nur zu verstehen, sondern zu beherrschen und ihr den Schrecken zu nehmen.«

Maria lächelte mild und auch etwas traurig. Der Enthusiasmus, mit dem er sprach, machte ihr klar, dass wohl nichts und niemand in Wolfharts Leben so wichtig war wie der Gedanke, die Pest besiegen zu können. Er würde ihr nie ganz gehören, das spürte sie. Selbst wenn sie sich unter viel günstigeren Bedingungen kennengelernt hätten, wäre das so gewesen. Maria erkannte dies zum ersten Mal in aller Deutlichkeit. Ein Traum, dachte sie. Und jetzt kam eben das Erwachen. Aber das bedeutete nicht, den Traum nun im Nachhinein bedauern zu müssen. Ganz im Gegenteil. Ihr Lächeln wirkte dennoch etwas gezwungen.

»Es freut mich, dass dieser große Medicus offenbar von deinen Fähigkeiten überzeugt ist«, sagte sie.

»Ich will nicht groß angeben«, sagte Wolfhart. »Die anderen Helfer, die ihm zur Verfügung stehen, sind allesamt vom Schicksal schwer gezeichnete Gestalten, denen wohl keine Wahl bleibt, als jemandem wie Cagliari zu folgen. Aber das soll meine Bewunderung für ihren Dienst nicht schmälern! Einer muss es doch tun. Einer muss es doch wagen, einen Schritt auf diesen Dämon zuzugehen, um ihm die Stirn zu bieten.« Sein Lächeln wurde breiter, wirkte zum ersten Mal während dieses Gesprächs wieder so frei und offen, wie Maria es gesehen hatte, als sie zusammen in ihrer Kammer gewesen waren und sich ihrer Liebe hingegeben hatten.

»Jetzt rede ich auch schon von einem Dämon, obwohl ich dieses Gerede immer abgelehnt habe. Vielleicht liegt es daran, dass Meister Cagliari das auch tut. Seine Sichtweise leuchtet mir ein. Es geht darum, diesen Dämon, oder was immer es ist, zuerst zu verstehen. Denn aus dem Verständnis erwächst die Herrschaft und aus der Herrschaft die Möglichkeit, ihn zu vernichten.« Er ballte die Hände zu Fäusten, was auf Maria in diesem Moment etwas befremdlich wirkte. Er schien das zu spüren. Die Fäuste lösten sich wieder, und er berührte sie zärtlich an den Schultern. »Ich habe nie zu träumen gewagt, dass dies in Erfüllung geht«, gestand er.

»Dann freue ich mich mit dir!«

»Vielleicht habe ich sogar etwas für Urban erreichen können. Meister Cagliari scheint am Hof großen Einfluss zu haben und auch beim neuen Kaiser viel Vertrauen zu genießen. Er will die Dienste des Kanonengießers dort anpreisen – mal sehen, ob ihm das seine Geschäfte etwas erleichtert.«

»Nun, unser Freund Nektarios ist ja nun zum Ersten Logotheten aufgestiegen und könnte sich auch für ihn verwenden.«

Maria atmete tief durch. »Allerdings kann ich nur hoffen, dass die handwerklichen Fähigkeiten deines Begleiters tatsächlich so groß sind, wie er selbst sie anpreist, sonst wird sein Versagen zweifellos auf die zurückfallen, die sich für ihn eingesetzt haben.«

»Nun, ich will ehrlich sein – ich habe ihn in der Nähe von Prag kennengelernt, als er auf der Flucht vor seinen Herren war. Kanonen haben die unangenehme Eigenschaft, dass sie ab und zu zerbersten, anstatt mit ihrer Kraft ein Geschoss zu schleudern. Natürlich sagt er, dass er keine Schuld daran trüge, aber verbürgen kann ich mich dafür nicht, zumal ich nichts von der Metallgießerei und allem, was man zur Herstellung von Kanonen wissen muss, verstehe.«

»Ich bin überzeugt davon, dass es in den Diensten des Kaisers Männer gibt, die das beurteilen können«, war Maria zuversichtlich. Sie seufzte. »Das Problem unseres Handelshauses sind zurzeit eher die Kanonen der Türken, die es jedem Schiff, das vom Schwarzen Meer her nach Konstantinopel zu segeln versucht, außerordentlich schwer machen, sein Ziel zu erreichen.«

Maria nestelte an seinem Wams herum. Was rede ich hier eigentlich?, dachte sie. Sie spürte, dass er ihr noch etwas anderes zu sagen hatte – und sie ihm ebenfalls. All das Gerede von Dingen, von denen sie beide nichts verstanden, ließ letztlich nur die rare Zeit verstreichen, die sie für sich hatten. Jeden Moment musste man damit rechnen, dass entweder Seriféa oder Urban auftauchten. Vielleicht auch einer der anderen Bediensteten. Wie oft geschieht es, dass man auf einen Menschen trifft, von dem man schon im nächsten Moment weiß, dass man ihn liebt, bei dem es keine Zweifel gibt, obwohl man ihn eigentlich kaum kennt, und der einem vertrauter erscheint als so viele andere, denen man täglich begegnet? Maria öffnete die Lippen. Sie wollte ihre Gefühle in Worte fassen, ihm sagen, wie sehr sie das Zusammensein mit ihm genossen hatte und wie sehr sie ihn auch jetzt begehrte und liebte.

Ein Moment verstrich.

Und bevor sie ein Wort herausgebracht hatte, sprach Wolfhart. »Ich muss noch etwas sehr Dringendes mit dir besprechen. Man erwartet von mir, dass ich im Palast wohne. Meister Cagliari wird dafür sorgen, dass ein Quartier für mich gerichtet wird, und sosehr ich die Gastfreundschaft hier auch genossen habe, so kann ich das doch in keinem Fall ablehnen.«

»Gewiss«, brachte Maria heraus.

»Und dann ist da noch mein Pferd. Nun, da ich mein Reiseziel erreicht habe, habe ich keine Verwendung mehr dafür. Dasselbe gilt für das Sattelzeug, denn vermutlich werde ich für lange Zeit hier in Konstantinopel bleiben. Man wird mich zwar entlohnen, aber nicht so fürstlich, dass ich davon den Unterhalt für ein Pferd bestreiten könnte.«

»Du kannst dein Pferd im Stall unseres Kontors lassen. Solange du möchtest.«

»Ich würde es am liebsten verkaufen und wüsste den Gaul gerne in guten Händen. Falls dir jemand einfällt …«

»Das Haus di Lorenzo wird das Pferd kaufen und einen guten Preis zahlen«, versprach Maria.

Sie berührte Wolfhart an der Wange und sah ihn an. In diesem Augenblick knarrte die Tür.

Seriféa kam herein. Sie senkte den Blick und errötete.

»Verzeiht, Herrin, ich habe mich heute verspätet«, sagte sie.

»Nicht zum ersten Mal«, stellte Maria fest, die ihre Hand augenblicklich zurückgezogen hatte. Ihr Herz schlug ihr bis zum Hals. Aber inzwischen hatte sie immer besser gelernt, die Fassung zu wahren und zumindest nach außen hin das zu sein, wozu sie nun einmal geboren war: die Herrin des Hauses di Lorenzo.

»Es wird nicht wieder vorkommen«, versprach Seriféa.

Maria begegnete Seriféas Blick. Wer soll dir das noch glauben?, dachte sie, enthielt sich aber einer Bemerkung.

Wolfhart aß nicht viel. Mit Urban, der etwas später dazukam und sich von Seriféa Brot und Bier geben ließ, redete er nur das Nötigste. Zu sehr schien er mit seinen Gedanken bereits bei dem zu sein, was ihm bevorstand.

Maria setzte sich zu ihnen an den Tisch, aber nun, da sie und Wolfhart nicht mehr unter sich waren, konnte nur Belangloses besprochen werden – zum Beispiel Einzelheiten des Pferdeverkaufs.

»Du bist anscheinend davon überzeugt, hier wirklich dein Ziel gefunden zu haben«, staunte Urban und nahm einen großen Bissen.

»So wird es sein«, gab Wolfhart zurück, und der Tonfall, in dem er das sagte, unterstrich die Tiefe seiner Überzeugung.

»Ich sag dir was – aus Erfahrung mit Fürstenhöfen!«

»Er kann jeden guten Ratschlag gebrauchen!«, mischte sich Maria ein.

»Man sollte sich immer einen Fluchtweg offen halten«, sagte Urban. »Das ist mein Rat. Du hast ja sicherlich in Erinnerung, wie wir uns kennengelernt haben!«

»Ich muss zugeben, dass ich für eine Weile ziemlich ärgerlich darüber war, dass ich in die Angelegenheit in Prag hineingezogen wurde – obwohl ich bis heute nicht ganz genau weiß, worum es da eigentlich ging.«

Urban machte eine wegwerfende Handbewegung. »Vergiss es, Wolfhart! Die Vergangenheit zählt nicht. Du musst in die Zukunft sehen und sie dir so schön wie möglich ausmalen. Allerdings nicht so schön, dass du blind für die Gefahren wirst. Denn Fürsten und andere gekrönte Häupter haben die unangenehme Eigenschaft, ihre Meinungen manchmal im Handumdrehen zu ändern – und dann braucht man vielleicht ein schnelles Pferd, das einen davonzutragen vermag.«

»Das heißt, du würdest dein Pferd auch dann nicht verkaufen, wenn der Kaiser dir eine Anstellung auf Lebenszeit und unbegrenzte Mittel anbieten würde, um die größten Kanonen der Welt zu bauen?«, fragte Wolfhart mit leisem Spott in der Stimme.

Urban runzelte die Stirn. Er schien tatsächlich noch einmal ins Grübeln gekommen zu sein, aber dann schüttelte er energisch den Kopf. »Nein, mein Pferd würde ich behalten! Auf jeden Fall!« Er zwinkerte Maria zu. »Allein schon, um mir die Möglichkeit offenzuhalten, die paar Meilen hinüber zum Hof des Sultans zu reiten und dort mal zu erfragen, was mein Angebot ihm wert wäre.«

Maria sah ihn entsetzt an.

Urban verschluckte sich beinahe an seinem letzten Bissen, als er dies bemerkte.

»Ich hoffe, Ihr meint das nicht ernst!«, sagte Maria.

»Nein, natürlich nicht. Wenngleich Ihr mir zugestehen müsst, dass ich mich keiner Stadt und keinem Land auf dieser Welt genug verpflichtet fühle, um für sie mein Leben zu riskieren oder – noch schlimmer! – ohne angemessenen Lohn für seine Herrschaft zu arbeiten!«

»Die Lage *dieses* Reiches ist allerdings von ganz besonderer Art«, sagte Maria.

»Reich?«, echote Urban. »Ich spreche anscheinend Eure Sprache zu schlecht, um Euch richtig zu verstehen. Ihr macht wohl einen Witz.«

»*Basileia ton Romaion* – Königreich der Römer.«

»Ein Königreich, zu dem Rom gar nicht gehört und das zudem von einem Kaiser regiert wird – das ist ein Witz.«

»Es wird auch einfach Imperium genannt.«

»Das ist ein noch größerer Witz! Ein Imperium, das bis zur Stadtmauer reicht!«

»Ihr vergesst die Besitzungen auf dem Peloponnes!«

»Ein paar abgelegene Dörfer von Schafhirten vermutlich!« Urban lachte. »Je kleiner das Reich, desto imposanter der Name, so will es mir scheinen.«

»Dieses Reich ist der letzte Vorposten der Christenheit in dieser Gegend, und wenn es fallen sollte, dann wäre das nicht einfach nur der Fall irgendeiner Stadt, sondern ein Erdbeben für die gesamte Christenheit. Und da sollte man sich schon überlegen, auf welcher Seite man steht!«

»Nun, ich bin natürlich ein Mann des Glaubens«, versicherte Urban, wobei das aus seinem Mund nicht so recht überzeugend klang. »Und bisher habe ich ausschließlich christlichen Herren meine Dienste angeboten!«

»Ich wette, Euch ist das Hemd näher als die Hose, und auch Ihr würdet für den Teufel persönlich Kanonen bauen, so er Euch darum bäte!«, ertönte nun eine schneidende Stimme, die von der halb offenen Tür her klang.

»Marco!«, entfuhr es Maria.

Marco trat ein. Sein Wams war nachlässig zugeknöpft. Er warf Seriféa einen kurzen Blick zu, der sie erröten ließ, und wandte dann seine Aufmerksamkeit denen zu, die am Tisch saßen. »Versteht mich nicht falsch, Herr Kanonengießer! Ich würde Euch das noch nicht einmal vorwerfen! Es muss schließlich nicht jeder so unheimlich rechtschaffen sein wie meine Schwester. Und wer weiß, vielleicht ist sie das auch gar nicht und versteht es nur, ihre Sünden vor der Welt geheim zu halten. Vor der Welt wohlgemerkt, denn Gott sieht ja bekanntlich in jedes Herz, sei es noch so finster oder noch so hell!«

»Nun, ich bin ein einfacher Mann, der gelernt hat, wie man mit Metallen umgeht und sie in eine Form bringt, die fest und haltbar ist«, sagte Urban. »Ich maße mir aber nicht an, von allem anderen irgendetwas zu verstehen, geschweige denn, dass ich dazu fähig wäre, andere zu belehren!«

»Ihr wollt Euch nicht festlegen und keine Meinung kundtun – außer über handwerkliche Fragen!«, stellte Marco fest und verzog dabei das Gesicht. »Eine kluge Haltung, würde ich sagen. Männer wie Ihr behalten den Kopf meistens länger auf den Schultern als diejenigen, die klaren Grundsätzen folgen! Ihr könnt Euch beglückwünschen!«

»Marco, das ist ein Gast«, sagte Maria gereizt.

»Nun, ich bin überzeugt, dass er über versteckte Bosheiten schon deshalb hinwegsieht, weil er sie gar nicht versteht!«, war Marco überzeugt. Er wandte sich an Seriféa. »Bring mir Wein! Dazu ist es nie zu früh!« Dann fixierte er Urban mit einem durchdringenden Blick und sagte: »Ihr seid doch ein Fachmann für Kanonen – und Ihr könnt den Boden dieser Stadt kaum betreten haben, ohne der gewaltigen Mauern ansichtig geworden zu sein, die sie schützen.«

Auf Urbans Stirn erschien eine Falte. Der Tonfall unterschwelliger Feindseligkeit konnte ihm selbst dann nicht verborgen bleiben, wenn er sprachlich nicht alle Nuancen zu erfassen vermochte. »Das ist richtig«, stellte er zögernd fest.

»Dann habt Ihr doch sicher eine Antwort auf die Frage, ob die Mauern unserer Stadt so unzerstörbar sind, wie viele glauben.«

»Nichts ist unzerstörbar.«

»Könnt Ihr das etwas näher ausführen?«

»Es hängt von der Größe des Geschosses und der Kanone und der Menge des verwendeten Pulvers ab. Und davon, ob es gelingt, das Metall in eine Form zu bringen, die den Kräften standhält, die im Inneren der Kanone entfesselt werden. Die einzige Grenze der Zerstörungskraft liegt in der Kunst des Gießers.« Urban zuckte mit den breiten Schultern. »Mit genügend

Pulver könnt Ihr Geschosse aus Blei oder Gestein durch die Luft fliegen lassen, die schwerer als die größten Kirchenglocken sind und die die mächtigsten Mauern zermalmen.«

»Oh«, gab Marco zurück. »Das ist ja geradezu beängstigend, was Ihr da sagt.«

»Es ist eine Frage des Willens und der Mittel – sonst nichts.«

»Und warum, glaubt Ihr, hat der Sultan es bisher nicht geschafft, die Mauern dieser Stadt zu zerstören? Schließlich hat er es – und haben es auch seine Vorgänger – bereits mehrfach versucht. Von all den anderen, die an den Mauern Konstantinopels gescheitert sind, will ich gar nicht erst reden.«

»Nun, eins von beidem muss ihm offenbar fehlen: der Wille oder die Mittel. Aber früher oder später wird beides vorhanden sein, das ist so sicher wie das Amen in der Kirche!«

Marco wandte sich an Maria. »Hörst du, Schwester? Dein Vertrauen auf die Mauern des Theodosius, das du mit fast allen Rhomäern teilst, scheint nicht ganz so berechtigt zu sein, wie man uns das immer wieder einzureden versucht!«

»Es wird geschehen, was Gottes Wille ist«, sagte Maria. Sie hatte keine Lust, sich hier und jetzt mit ihrem Bruder zu streiten. Dass die Stadt, die auch sie als ihre Heimat empfand, von außen bedroht wurde, war nichts Neues und ihrer Ansicht nach kein Grund, in atemloser Furcht vor einem unabänderlichen Schicksal zu erstarren. Es hatte immer wieder schwierige Situationen für Konstantinopel und seine Bewohner gegeben. Und doch waren das Leben und die Geschäfte immer weitergegangen. Andererseits war ihr eigener Vorfahre, der gerühmte Niccolò Andrea di Lorenzo, selbst an einer Eroberung der Stadt beteiligt gewesen.

»Was ist, Schwester, du siehst so nachdenklich aus! Vielleicht wird es ja für das Haus di Lorenzo langsam Zeit, sich nach einer neuen Heimat umzusehen – oder ängstigt dich allein der Gedanke daran so sehr, dass du diese Möglichkeit von vornherein ausschließt?«

»Ich glaube, dass die größte Gefahr für diese Stadt ganz woanders herkommt. Aus der Tiefe der Erde und durch die Ratten, die Schiffe aus fernen Ländern hierherbringen«, sagte Maria ernst. »Ich meine den Schwarzen Tod, Bruder. Und eigentlich solltest gerade du noch nicht vergessen haben, wie nah diese Gefahr sein kann.«

»Ja, gewiss«, knurrte Marco unwirsch, so als wäre es ihm unangenehm, von Maria an diese Dinge erinnert zu werden. »Jedenfalls kann der Schwarze Tod sich trotz dickster Mauern in eine Stadt schleichen«, gab Marco zu. »Ich habe gehört, dass auf der Krim – oder war es in Serbien? – die Leichen von Pesttoten mit Katapulten in eine belagerte Stadt geschleudert wurden, damit die Krankheit sich dort verbreitet!«

»Eine Krankheit als Waffe – so schändlich sind nicht einmal die Türken bisher gewesen!«, meinte Maria.

»Ihr versteht doch am meisten von der Pest, Wolfhart Brookinger!«, wandte sich Marco nun an den Kaufmannssohn. Dieser hatte sich bisher aus dem Gespräch herausgehalten. Einerseits, weil er nichts mit den unübersehbaren Spannungen zwischen den Geschwistern des Hauses di Lorenzo zu tun haben wollte. Andererseits aber auch einfach deshalb, weil er mit seinen Gedanken bei anderen Dingen war.

Schließlich stand ihm nichts weniger als die Erfüllung seines sehnlichsten Traums bevor.

»Davon, eine Plage als Waffe zu benutzen, verstehe ich nicht das Geringste«, widersprach Wolfhart, nachdem er zunächst mit seinem Schweigen die Aufmerksamkeit aller auf sich gezogen hatte, wie es ihm durch keine Worte hätte gelingen können. »Ich habe in Erfurt die Kunst eines Medicus studiert und bin hier, um mich darin zu vervollkommnen, Menschen von ihren

Leiden zu erlösen – nicht um Leiden zu vermehren. Darum mache ich mir auch keine Gedanken darum, wie man mithilfe von Krankheiten Vorteile im Krieg erringen kann.«

»Das heißt, wenn Ihr die Macht hättet, dem Pestdämon zu befehlen, nur die Türken oder wen auch immer hinwegzuraffen und alle Christen zu verschonen, so währt Ihr nicht gewillt, diese Fähigkeit einzusetzen?«, fragte Marco. »Zum Wohl der Stadt und der heiligen Kirche und aller Christen?«

»Die Pest tötet wahllos«, sagte Wolfhart. »Wenn wir etwas über den Schwarzen Tod wissen, dann das: Er macht alle gleich. Die Christen und Muslime genauso wie die Reichen und die Armen oder die Sünder und diejenigen, die sich bemüht haben, ein Leben im Geiste Jesu Christi zu führen. Sie sterben alle auf dieselbe grausame Art und Weise, und es gibt keine Gruppe im Volk, die verschont wird. Der Schwarze Tod ist ein wahllos mordender, unsichtbarer Angreifer, dessen Schläge man erst spürt, wenn man getroffen ist, und dessen Angriffe wir nicht sehen können. Was für ein absurder Gedanke, dieses Übel zu disziplinieren und zum eigenen Nutzen einsetzen zu wollen!«

»Es ist ja nur ein Gedanke, fremder Medicus!«, lächelte Marco, und in seinen Augen blitzte es.

»Wie gesagt, ein absurder Gedanke!«

»Es wundert mich, dass jemand, der den Mut hatte, den weiten und gefährlichen Weg von der Ostseeküste bis nach Konstantinopel auf sich zu nehmen, nicht den Mut aufbringt, einem einfachen Gedanken bis zu seiner letzten Konsequenz zu folgen!« Marco zuckte mit den Schultern. »Aber Ihr müsst selbst wissen, wie kühn Ihr sein wollt, Wolfhart!«

Dreizehntes Kapitel

Ein Fest der Gerüchte

Nur eine flüchtige Verabschiedung blieb Maria, als die Palastwächter kamen, um Wolfhart abzuholen. Es war unmöglich, nur ein Wort über die Dinge zu sagen, die Maria wirklich bewegten.

»Auch wenn ich in nächster Zeit sicherlich viel zu tun haben werde, hoffe ich auf ein baldiges Wiedersehen«, sagte er.

»Ganz gewiss«, versprach sie. »Wie Ihr wisst, sind die Verbindungen des Hauses di Lorenzo in den Palast sehr gut. Und Euer Pferd ist bei uns in den besten Händen.«

»Daran habe ich nicht den geringsten Zweifel«, lächelte er.

Wolfhart verabschiedete sich auch von Urban Kanonengießer. Was die beiden in ihrer für Marias Ohren ziemlich barbarischen Mundart sprachen, konnte sie nicht verstehen.

Vielleicht würde ja auch Urban schon bald eine Aufgabe in den Diensten des Kaisers wahrnehmen können.

Maria sah Wolfhart nach, als er zusammen mit den Palastwächtern den Innenhof des Kontors verließ, dessen Tor anschließend durch zwei der Knechte, die sonst beim Umladen von Waren halfen, geschlossen wurde.

Davide stand ein paar Schritte von Maria entfernt und kratzte sich nachdenklich das Kinn. Maria war es nicht verborgen geblieben, dass er sich eine ganze Weile mit dem Hauptmann der Palastwächter unterhalten hatte. »Wir können damit rechnen, dass man noch heute wieder auf die Straße gehen kann, Maria!«, sagte er.

»Das ist eine gute Nachricht«, fand sie.

»Übrigens hat der verletzte Patriarch Gregor tatsächlich die Stadt verlassen, und hinter vorgehaltener Hand erzählt man sich, dass niemand damit rechnet, ihn hier je wiederzusehen. Ich nehme an, dass nun Athanasius Synkellos sein Nachfolger wird – früher oder später jedenfalls. Faktisch füllt er schon jetzt die Funktion des Patriarchen aus.«

»Ein Kirchenunionsgegner«, stellte Maria fest.

»Sehr richtig.«

»Das wird nicht zur Beruhigung der Lage beitragen.«

Es kam, wie Davide gesagt hatte. Gegen Mittag verkündeten kaiserliche Boten überall, dass die bis dahin gültigen Ausgangsbeschränkungen aufgehoben seien. Davide spottete, dass sich in manchen Vierteln ohnehin niemand an die Beschränkungen gehalten hatte, weil sich kein kaiserlicher Gardist etwa in die Gassen östlich der Burg mit den Sieben Türmen traute.

Maria hatte keine Zeit, um viel darüber nachzudenken, wann sie Wolfhart wohl wiedersehen würde. Zusammen mit Davide und Thomás sowie einigen Wächtern und Knechten musste sie sich zu den Anlegestellen des Eutherios-Hafens begeben. Es ging um ein Schiff mit einer Ladung inzwischen verdorbener Früchte, die längst auf die Märkte gehört hätten und jetzt nur noch über Bord geworfen werden konnten. Über dem Hafen hing ein fauliger Geruch nach verdorbenem Fleisch und fauligem Fisch.

»Wir werden die Kapitäne zumindest zum Teil bezahlen müssen, selbst wenn die Ware verdorben ist«, sagte Davide. »Euer Vater hat das in vergleichbaren Situationen auch so gemacht. Sonst können die ihre Mannschaften nicht bezahlen, und wir können dann in Zukunft vielleicht nicht mehr auf ihre Dienste zählen.«

»Ich hoffe nur, dass sich die Verluste in Grenzen halten«, meinte Maria. »Ich hatte ja jetzt Zeit genug, mich mit den Büchern zu beschäftigen. Es sieht nicht so gut aus, wie es sein könnte.«

»Ich weiß. Aber das Geschäft ist nun mal schwankend.«

»Dann sollten wir uns von dem Handel zurückziehen, der besonders starken Schwankungen unterliegt«, meinte Maria.

Davide verzog das Gesicht, während das Kreischen der Möwen die Rufe der Männer übertönte, die die Tagelöhner für ihre Arbeit einteilten. »Jemand wie Urban Kanonengießer, der handelt mit einer vollkommen unverderblichen und zudem gerade im Moment sicher äußerst gefragten Ware! Ich werde in den nächsten Tagen mal mit Nektarios sprechen. Und falls in Konstantinopel tatsächlich demnächst vermehrt Kanonen gegossen werden sollten, dann könnte das Haus di Lorenzo vielleicht dafür sorgen, dass die dafür benötigten Stahlbarren geliefert werden.«

»Eher wird man dazu die Glocken in den römischen Kirchen und Kapellen von Pera einschmelzen«, glaubte Maria.

»Das würde der Kaiser nicht wagen«, widersprach Davide. »Er weiß, dass die Genueser seine besten Verbündeten sind!«

Maria seufzte. »Ich hoffe, dass sich der Kaiser auch daran erinnern wird.«

»Das wird er, da bin ich mir sicher!«

»Auch wenn er sich mit Aragon verbünden sollte?«

Davide lächelte. »Ihr nehmt zunehmend Eigenschaften Eures Vaters an, Maria. Der hat auch immer versucht, jede der vielen Möglichkeiten zu bedenken, die vielleicht eintreten könnten. Aber das ist unmöglich. Es ist wie mit den Preisen auf den Märkten. Sie steigen und fallen, und mal begünstigt einen das, und ein anderes Mal droht es einen zu ruinieren. Und wenn es jemanden gäbe, der all das im Voraus zu bedenken vermag, dann – so glaubt mir! – hätten wir gewiss von ihm gehört!«

»Und was ist mit der Möglichkeit, dass Konstantinopel fällt?«, fragte Maria dann nach einer Pause.

Davide stutzte. Seine Stirn wirkte umwölkt. »Das halte ich für abwegig«, erklärte er.

Maria schluckte. Hatte ihr Gottvertrauen sie verlassen? Reichte das wirre apokalyptische Gerede ihres Bruders bereits aus, um die Fundamente ihrer Überzeugungen derart zu erschüttern? Vielleicht lag es aber auch daran, dass Davide nicht mit derselben Überzeugungskraft gesprochen hatte, wie sie es sonst von ihm gewohnt war. Er schien wohl selbst Zweifel an der Uneinnehmbarkeit Konstantinopels zu haben, und seine Worte dienten vielleicht mehr der eigenen Ermutigung, als dass sie tatsächlich seine Ansicht widerspiegelten. Und dies veranlasste Maria erst recht dazu, sich Sorgen zu machen.

In den kommenden Tagen hörte Maria nichts von Wolfhart. Er schien voll und ganz in seinen neuen Aufgaben aufzugehen. Andernfalls, so überlegte Maria, hätte er den Palast gewiss schon wieder verlassen – etwa dann, wenn sein verehrter Meister-Medicus Cagliari zu der Erkenntnis gelangt wäre, dass Wolfharts Fähigkeiten vielleicht doch nicht ausreichten, um ihm behilflich sein zu können. Aber das konnte sich Maria eigentlich nicht vorstellen.

Im Haus von Silvestre Sarto, dem Schneider des Kaisers, wurde ein Fest gegeben, zu dem auch die verbliebenen Mitglieder der Familie di Lorenzo eingeladen waren. Dass Marco sich entschuldigen ließ, nahmen sowohl die Gäste als auch der Gastgeber mit Erleichterung zur Kenntnis, denn es hatte sich inzwischen nicht nur in der Gemeinde der Genueser herumgesprochen, dass Marco zu einem ungebärdigen Benehmen neigte. Und so war jeder froh, weder Zeuge noch Opfer von Marcos mitunter blasphemischem Spott zu werden.

Die Maldinis waren ebenso auf dem Fest wie ausgesuchte Vertreter des Hofes, und sogar der Botschafter Aragons war gekommen. Allerdings ließ sich der äußerst schweigsame Herzog von Elbara nur zu einer kurzen Visite herab. Manch einer der Anwesenden hätte gerne Genaueres darüber gewusst, ob es endlich zu einem Bündnis käme oder gar einem gemeinsamen Vorgehen von Genuesen, Venezianern und Aragonesen – vielleicht sogar noch unterstützt durch Truppen aus dem Heiligen Römischen Reich. Konnte der Papst nicht zu einem Kreuzzug aufrufen, um Konstantinopel zu retten? Aber die Tatsache, dass der Herzog von Elbara sich zu all diesen Dingen nicht äußerte, deuteten viele als ein Zeichen dafür, dass die Gespräche, die zweifellos hinter den Kulissen geführt wurden, nicht vorangingen.

»Es geht doch immer um dasselbe!«, meinte Silvestre Sarto, als er sich mit Davide und Maria in dem weitläufigen Garten seiner Villa unterhielt. »Manche mögen darin, dass der Herzog von Elbara meinen Wein verschmäht, ein böses Omen sehen. Ich hingegen glaube eher, dass er ihn nicht verträgt ... Kaiser Konstantin unterscheidet sich in seiner Haltung gegen eine aragonesische Dominanz nicht von seinem Vorgänger Johannes! Und ich fürchte, daran wird letztlich ein Bündnis scheitern.«

»Und die Kirchenunionsgegner blasen ins selbe Horn!«, meinte Davide.

Silvestre Sarto nickte. »Ja, das ist wohl wahr – zumal sie einen großen Sieg errungen haben, als Patriarch Gregor die Stadt verließ. Es war noch nicht einmal nötig, ihn zu töten.«

»Der Mut der ersten Märtyrer hat die Anführer der Christenheit wohl schon seit langem verlassen«, meinte Davide.

»Stattdessen sind die Anhänger Jesu Christi kleinster Unterschiede in der Auslegung des Glaubens wegen untereinander zerstritten, anstatt sich zusammenzuschließen.« Sarto grinste und sah Davide an. »Aber wem sag ich das!«

»Einem levantinischen Christen«, sagte Davide.

»War Eure Abspaltung nicht die allererste?«

»Unterschiedliche Deutungen des Begriffs Dreieinigkeit in Rom und Konstantinopel machen mich streng genommen zu einem Ketzersohn!«, lächelte Davide.

»Wenn man unter Christen nicht einmal im Angesicht höchster Gefahr zur Einheit gelangen kann – wann denn dann?«

Maria stellte Silvestre Sarto auch Urban Kanonengießer vor, der bisher etwas unvermittelt daneben gestanden und versucht hatte, dem Gespräch, so gut es ging, zu folgen.

»Ein Kanonengießer? An dessen Diensten müsste der Kaiser doch eigentlich sehr interessiert sein!«, meinte Sarto.

»Ihr wisst doch, wie schwer es ist, bei Hof zu den wichtigen Leuten vorgelassen zu werden!«, gab Maria zu bedenken.

»Logothet Nektarios ist Euch doch recht wohl gesonnen, wie man so hört. Zumindest hat er nie geleugnet, ein Freund des Hauses di Lorenzo zu sein – und da er es auch geblieben ist, seit Euer Haus ausgeräuchert wurde und man bei Euch keine Feste mehr geben kann, nehme ich an, dass Ihr wirklich auf ihn zählen könnt, Maria!«

Der leise Spott in Silvestre Sartos Worten entging weder Maria noch Davide, der leicht schmunzelte. Urban hingegen schienen die Worte des kaiserlichen Schneiders eher verwirrt zu haben. Er sah etwas hilfesuchend in Marias Richtung.

»Mit Nektarios werde ich über diese Angelegenheit auch reden«, sagte Maria schließlich. »Aber man sagt Euch einen ungleich direkteren Zugang zum Ohr des Kaisers nach.«

Sarto lächelte.

»Da kann man mal wieder sehen, was so alles erzählt wird.«

Sarto liebte es, seine Rolle am Hof herunterzuspielen. Dabei konnte man einen solchen Einfluss vermutlich gar nicht hoch genug einschätzen. Er wandte sich nun geradeheraus an Urban, musterte ihn von oben bis unten. »Was sind das für Kanonen, von denen da die Rede ist?«

»Kanonen, die den Feind in die Flucht jagen und es ganz gewiss so schnell nicht wieder zu einer längeren Belagerung Konstantinopels kommen lassen würden!« Als Urban dann von einer Waffe berichtete, wie er sie sich vorstellte, runzelte Sarto zunächst die Stirn. Urban untermalte seine Rede mit weit ausholenden Bewegungen und sprach von einer Kanone, die dreißig Schritt oder länger wäre und mit Steinen oder Kugeln aus Blei oder Eisen geladen werden könnte, deren Durchmesser der Armspanne eines erwachsenen Mannes entsprach.

»Seid Ihr ein Märchenerzähler?«, fragte Silvestre Sarto skeptisch.

»Ich bin ein Handwerker«, erklärte Urban. »Meine Kanonen haben schon Prag, Venedig und dem König von Ungarn geholfen, weshalb nicht auch diesem schwachen, in sich selbst eingemauerten Imperium, das diesen Namen nicht mehr verdient? Stellt Euch nur die Wirkung vor, wenn die Truppen des Sultans über die thrakische Ebene ziehen und eines solchen Ungetüms ansichtig würden! Allein der Anblick einer solchen über die Mauern ragenden Waffe wäre so furchtbar, dass er einen Krieg entscheiden könnte! Ein paar Schüsse damit, und die Feinde würden jeden Glauben fahren lassen, gleichgültig, ob er nun der Lehre Mohammeds oder der von Jesus Christus entsprechen mag!«

Silvestre Sarto rieb sich das Kinn und wirkte nachdenklich. »Es klingt geradezu fantastisch, was Ihr da sagt, Urban!«

»Es ist fantastisch! Aber es ist machbar und nur eine Frage des richtigen Handwerks, des richtigen Werkzeugs und der richtigen Materialien. Dann fliegt so ein Monstrum auch nicht gleich auseinander, wenn sich jemand mal beim Abmessen der Pulvermenge etwas zu großzügig zeigen sollte.«

Sarto wandte sich an Maria. »Jedenfalls verstehe ich jetzt, dass Ihr Euch nicht gleich direkt an Nektarios gewandt habt. Diesen trockenen Logotheten-Knochen wird man wohl erst etwas überzeugen müssen …«

»Aber liegt das Überleben und die Verteidigungsfähigkeit dieser Stadt nicht auch in Eurem ureigensten Interesse?«, fragte Davide mit einem hintergründigen Lächeln und machte eine weit ausholende Handbewegung über die kunstvoll angelegten und gut gepflegten Gartenanlagen hinweg, die das Haus umgaben. »Ich meine, könnte sich andernorts ein Schneider den Unterhalt eines solchen Anwesens leisten?«

»Ein guter Schneider immer«, erwiderte Sarto hörbar beleidigt. »Und wer weiß, vielleicht ja auch bald ein Kanonengießer …« Er wandte sich Urban zu. »Ich werde sehen, was ich für Euch tun kann, und auch mit Nektarios sprechen, der übrigens durch sein neues Amt als Erster Logothet ziemlich beansprucht wird. Manche munkeln schon, er sei ein bisschen überfordert und könnte nicht mehr ruhig schlafen, woher wohl die dunklen Ringe kommen, die man seit neuestem unter seinen Augen sehen kann. Aber das ist wohl der Preis für seinen Aufstieg.«

Sie sahen Nektarios aus einiger Entfernung mit Claudio Emanuele sprechen. Sein greiser Vater Bartolomeo hatte nicht zu dem Fest kommen können, da ihn ein hartnäckiger Husten befallen hatte, und hier und da machte man sich bereits Sorgen um den altehrwürdigen Sprecher der Genueser Kaufleute.

»Ich möchte noch etwas mit Euch besprechen, Maria, und zwar ohne dass Fremde zuhören …« Damit blickte Sarto in Urbans Richtung, der einige Augenblicke brauchte, um zu begreifen, dass seine Anwesenheit im Moment nicht erwünscht war.

»Ich werde dann mal sehen, wie weit der Braten für das Büfett schon ist. Er riecht ja bis hier schon sehr köstlich!«, meinte er und ging schließlich davon.

Silvestre Sarto wartete geduldig, bis der Kanonengießer tatsächlich außer Hörweite war.

»Es geht um Bartolomeo Maldini, der leider heute nicht anwesend sein kann. Er bittet mich, inoffiziell vorzufühlen, was Ihr von einer Verbindung Eurer beider Häuser halten würdet. Ich weiß, dass es ungewöhnlich ist, auf diese Weise darüber zu sprechen, und ich mich eigentlich an Euren Bruder richten müsste, aber …«

»Eine Verbindung unserer Häuser?«, unterbrach Maria ihn. »Ihr sprecht von einer Heirat?«

»Ja«, gab Silvestre Sarto zu.

»Und ich gehe recht in der Annahme, dass Maldinis Sohn Claudio Emanuele der Kandidat sein soll!«

»Er sieht gut aus, ist kultiviert und gebildet – und er ist der Erbe eines mächtigen Handelshauses, dessen Einfluss im Übrigen nicht auf Konstantinopel beschränkt ist«, pries Sarto den Kandidaten an. »Tja, ich habe meine Pflicht damit erfüllt. Soll ich dem ehrenwerten Herrn Maldini eine Antwort ausrichten?«

»Sagt ihm, dass ich noch nicht bereit bin, mich in dieser Weise mit irgendwem zu verbinden«, sagte Maria. Ihre Stimme klang dabei fest und klar. Sie hob das Kinn, während sie sprach, und wirkte sehr entschlossen.

»Ihr habt bedacht, dass diese Antwort – wie soll ich sagen – etwas schroff wirken könnte?«, fragte Silvestre Sarto.

»Sie ist ehrlich. Und nach allem, was mir mein Vater über Bartolomeo Maldini erzählt hat, schätzt er eine offene und ehrliche Antwort mehr als verlogene Freundlichkeit. Und was seinen Sohn angeht, so nehme ich dasselbe an!«

»Ich werde meine Antwort an die Maldinis etwas hinauszögern, sodass Ihr bis übermorgen noch Zeit habt, Eure Meinung zu überdenken, Maria.«

»Ich glaube nicht, dass das nötig sein wird.«

»Ihr steht ohne Eltern da, und so hoffe ich, dass es jemand anderen in Eurem näheren Umkreis gibt, der Euch über die Zukunft Eures Hauses aufklärt. Jedenfalls kann ich mir nicht vorstellen, dass Ihr in dieser Hinsicht darauf setzt, dass Euer Bruder sich plötzlich seiner Verantwortung bewusst wird.«

»Es tut mir leid, Meister Sarto, aber ich habe zu dieser Angelegenheit nicht mehr zu sagen. Was meinen Bruder angeht, so habe ich die Hoffnung noch nicht aufgegeben, dass es ihm noch gelingt, mit dem Verlust unserer Eltern fertig zu werden. Ich bete jeden Tag dafür.«

Silvestre Sartos Stirn umwölkte sich. Maria fragte sich, weshalb er eigentlich ein so großes Interesse daran hatte, eine Verbindung zwischen ihr und Claudio Emanuele zu fördern. Vermutlich bekam er dafür vom Haus Maldini irgendeine Gegenleistung. Sarto war ja einst mit Gregor III. Mammas nach Konstantinopel gekommen, und nun, da der durch das Attentat verletzte und wohl auch zutiefst verängstigte Patriarch geradezu fluchtartig die Stadt verlassen hatte, bangte wohl auch Sarto um seine Zukunft. Da konnte er Verbündete wie die Maldinis gut gebrauchen.

»Wie gesagt, ich lasse Euch noch etwas Zeit für Eure Entscheidung«, sagte Sarto. »Es gibt aber noch etwas, was ich Euch sagen muss.«

Davide, der die ganze Zeit schweigend neben den beiden gestanden hatte, wurde hellhörig.

»Man hat während der Ausgangssperre viele Leute verhaftet«, sprach Sarto weiter. »Angeblich im Zusammenhang mit dem Attentat auf den Patriarchen, aber ich nehme an, dass der neue Kaiser dies nur zum Vorwand genutzt hat, um all diejenigen unschädlich zu machen, von denen er glaubt, dass sie ihm gefährlich werden könnten.«

»Und was hat das mit uns zu tun? Das Haus di Lorenzo hat

immer treu zum Kaiser gehalten«, antwortete Maria. Sie bemerkte Sartos Zögern. Er umkreiste noch das eigentliche Anliegen, und vielleicht war er sich auch noch nicht sicher, wie viel davon er eigentlich hier und jetzt offen aussprechen sollte.

»Unter den Verhafteten ist ein Mann namens Andreas Lakonidas«, murmelte Silvestre Sarto jetzt in deutlich gedämpftem Tonfall. »Bei einer Anprobe für die Festgewänder des Jason Argiris hörte ich mit, wie der Kommandant unserer Garde darüber unterrichtet wurde. Anscheinend wurde dieser Andreas Lakonidas gefoltert. Man wirft ihm vor, über Kuriere Verbindungen zum Hof des Sultans unterhalten zu haben und ein Hochverräter zu sein!«

Während Davides Gesicht von einer stoischen Ruhe geprägt und vollkommen unbewegt blieb, schien Maria ihre Mimik noch nicht auf eine ähnlich vollkommene Art und Weise beherrschen zu können. Sartos geschulter Blick sah das sofort. »Ihr kennt diesen Lakonidas?«

»Wir haben den Namen nie gehört«, griff Davide entschlossen ein.

»Seltsamerweise ist aber der Name di Lorenzo unter denen seiner Auftraggeber, die er auf der Folter preisgegeben hat«, stellte Silvestre Sarto fest.

»Ein zwielichtiger Geselle, der mit den übelsten Verbrechern der Stadt zusammenarbeitet und wahrscheinlich vom Sultan für seine Dienste reichlich entlohnt wurde, hat vermutlich einfach willkürlich irgendwelche in der ganzen Stadt bekannten Namen von sich gegeben, um sein eigenes Schicksal zu erleichtern«, erklärte Davide, und Maria war erstaunt darüber, mit welchem Gleichmut und mit wie viel Überzeugungskraft der Levantiner eine Lüge auszusprechen vermochte. »Niemand, der bei Verstand ist, wird dem irgendeine Bedeutung zumessen!«

»Niemand, der bei Verstand ist – aber vielleicht könnte jemand, der dem Haus di Lorenzo nicht wohlgesinnt ist, dies eines Tages gegen Euch verwenden!«, glaubte Silvestre Sarto.

»Habt Ihr, was diesen Punkt angeht, einen Verdacht?«, fragte Maria.

»Ich habe schon viel zu viel gesagt!«, erklärte Sarto.

In diesem Moment ertönte eine Glocke, die alle zum Büfett rief, das in der großen Säulenhalle von Sartos Villa angerichtet worden war. Ein Diener kam herbei und flüsterte Sarto etwas ins Ohr, woraufhin er sich entschuldigen ließ. Maria und Davide blieben allein zurück.

»Kann uns dieser Andreas Lakonidas noch gefährlich werden?«, fragte Maria.

»Ihr könnt guten Gewissens sagen, ihm nie begegnet zu sein, Maria. Das sind alles Dinge, die noch Euer Vater in die Wege geleitet hat.«

»Wenn uns wirklich jemand Übles will und diese Angelegenheit gegen unser Haus einzusetzen versucht, wird dieser Umstand keine Rolle spielen«, war Maria überzeugt, und Davides Schweigen zu diesem Punkt gab ihr Recht. »Müsste Nektarios nicht etwas darüber wissen?«

»Das ist nicht gesagt«, meinte Davide. »Jedenfalls können wir ihn nicht darauf ansprechen, das würde nur einen Verdacht schüren, den vielleicht noch niemand wirklich erhoben hat.«

»Ist es denn denkbar, dass ein Schneider Dinge weiß, von denen der Erste Logothet nichts ahnt?«

»Am Hof des Kaisers von Konstantinopel ist alles möglich«, erklärte Davide. »Auch das. Davon abgesehen dringt nicht unbedingt alles, was an die Ohren von jemandem wie Jason Argiris gelangt, auch zum Ersten Logotheten oder gar zum Kaiser.« Davide versuchte, ein etwas entspannteres Gesicht zu machen, aber sein Versuch eines Lächelns wirkte aufgesetzt, als er fortfuhr: »Macht Euch vorerst keine Sorgen, Maria. Man wird diesen Andreas Lakonidas auspressen, um Verschwörer und Verräter zu finden, das mag sein. Und es könnte zu Schwierigkeiten führen, in diesem Zusammenhang genannt zu werden. Aber ich bin mir sicher, dass sich keine Beweise für die Zusammenarbeit des Hauses di Lorenzo und Lakonidas finden lassen.«

»Wenn es darauf nur ankäme«, murmelte Maria.

»Umso mehr solltet Ihr darüber nachdenken, ob uns eine Verbindung mit den Maldinis nicht stärken und für eventuelle Angriffe wappnen könnte. Denn kein Kaiser würde es sich mutwillig mit dem Sprecher der Genueser Kaufleute von Konstantinopel verderben, wenn es irgendeinen anderen Weg für ihn gäbe!«

»Ihr meint also …«

»… dass es im Fall der Fälle von unschätzbarem Wert sein kann, zur Familie des ehrenwerten Bartolomeo zu gehören, dessen angegriffene Gesundheit sich hoffentlich bald wieder erholt!«

Maria schluckte. »Ich soll einen Mann heiraten, mit dem mich nicht einmal Sympathie verbindet, geschweige denn Liebe oder etwas dergleichen? Mein Vater hätte mich niemals zu so etwas gezwungen.«

»Dann müsst Ihr vielleicht jetzt selbst dazu die Kraft haben. Und ich bin überzeugt davon, dass auch Euer Vater die Vorteile dieser ehelichen Transaktion gesehen hätte.«

Eine Transaktion!, echote es in Marias Gedanken. Das eigene Leben als Teil eines Handels. Ihr war der Gedanke keineswegs fremd, und doch sträubte sie sich dagegen, dies als den Weg anzusehen, den sie für sich selbst wählen sollte. Vielleicht hatte es damit zu tun, dass sie Wolfhart Brookinger begegnet war. Eine Begegnung, die ihr zumindest eine Ahnung davon gegeben hatte, was Glück sein konnte. Aber war es andererseits wirklich richtig, nur an die eigene Erfüllung zu denken? Das hatte der große Niccolò Andrea schließlich auch nicht getan, als er sich an dem Versuch, das uneinnehmbare Konstantinopel zurückzuerobern, beteiligt und damit den Grundstein für das Haus di Lorenzo gesetzt hatte.

Bin ich eine Magd, die über sich bestimmen lassen muss?, ging es ihr etwas ärgerlich durch den Kopf. Wieso konnte nicht einmal jemand wie Maria di Lorenzo frei und ohne Furcht vor den Konsequenzen darüber entscheiden, mit wem sie ihr Leben teilen und wessen Kinder sie gebären wollte? Die Welt hätte so geordnet sein sollen, dass nur die Frage, wie sehr man jemandem zugetan war, über solche Dinge entschied. Aber das gehörte wohl ins Reich der Wunschträume.

»Wenn Euch der Gedanke daran, von Claudio Emanuele berührt zu werden, zuwider ist, so glaube ich, dass ich Euch zumindest einen Teil Eurer Befürchtungen nehmen kann, Maria«, sagte Davide nun, während sie bereits auf dem Weg zur Säulenhalle waren.

»So?«

»Man sagt über ihn, dass seine Zuneigung eher den Jünglingen gilt. Ich würde so etwas niemals öffentlich behaupten, zumal die Knabenliebe schwer bestraft werden kann, auch wenn mir so scheinen will, als würde sie gleich anderen Verirrungen und Lastern in dieser Stadt stillschweigend geduldet und nur dann vor Gericht gebracht werden, wenn es irgendwem nützt. Aber das ist ein anderes Thema.«

»Worauf wollt Ihr hinaus, Davide?«

»Darauf, dass die Gerüchte über Claudio Emanuele aus sehr zuverlässiger Quelle kommen und Ihr deshalb kaum befürchten müsstet, dass der junge Maldini über das zur Zeugung eines Erben notwendige Maß hinaus darauf bestünde, die Ehe auch körperlich zu vollziehen. Ich denke, er würde Euch überwiegend Euren Frieden lassen.«

Maria errötete leicht.

»Und Ihr glaubt wirklich, dieser Umstand würde mir eine Entscheidung zu Maldinis Gunsten erleichtern, Davide?«

»Nicht?«

»Ihr kennt mich seit meiner Geburt und scheint doch nichts über mich zu wissen.«

In einiger Entfernung tauchte jetzt Jakob Forlanus auf. Der Rechtsgelehrte war offenbar ebenfalls zu dem Fest geladen worden, was Maria etwas verwunderte, denn er entsprach nicht so ganz dem gesellschaftlichen Rang, den die Gäste Silvestre Sartos normalerweise hatten. Auch Urban Kanonengießer war nur aufgrund seiner Verbindungen zum Hause di Lorenzo eingeladen worden. Man spottete darüber, dass Sarto den Umgang mit niederem Volk vor allem deswegen vermied, weil er selbst von dort emporgestiegen war, und dass er auch aus diesem Grund auf die ansonsten bei Festbanketten durchaus übliche Armenspeisung tunlichst verzichtete.

Jakob Forlanus schien allerdings Fürsprecher zu haben – oder Sarto knüpfte die Erwartung an ihn, dass der Rechtsgelehrte in absehbarer Zeit zu großem Einfluss gelangen könnte. Forlanus grüßte Maria aus der Ferne und blieb dazu eigens stehen. Er hatte sich offenbar verspätet.

»Nun, es gäbe natürlich Alternativen«, stellte Davide mit Blick auf Forlanus klar. »Aber keine, die auch nur annähernd so lohnend wäre!«

Etwa eine Woche später wurde Urban Kanonengießer zum Kaiserhof geladen. Nektarios, nun Erster Logothet des Kaisers, ließ sich die Pläne des Kanonengießers ausgiebig erläutern. Jason Argiris, der Kommandant der kaiserlichen Garde, war dabei anwesend, sprach allerdings kein einziges Wort.

Schließlich wurde Urban mit der Anweisung entlassen, ausführliche Zeichnungen von den Geschützen anzufertigen, wie er sie sich vorstellte, und außerdem eine Aufstellung darüber zu machen, wie viel Personal und welche Materialien zur Erschaffung solcher Kanonenmonster notwendig waren.

Als er zum Kontor am Eutherios-Hafen zurückkehrte, ließ er sich Papier und Bleistifte geben. In den nächsten Tagen sah ihn kaum noch jemand, er erschien sogar nur noch sporadisch zu den Mahlzeiten. Eine weitere Woche später holten ihn Wächter des Palastes am Kontor ab. Die Tatsache, dass man sogar einen Wagen für ihn bereitgestellt hatte, wertete Urban als ein gutes Omen. Das war schließlich nicht einmal Wolfhart Brookinger widerfahren, von dem Urban in der Zwischenzeit nichts mehr gehört hatte, er nahm aber an, dass es ihm gut ging.

Als Urban den Palast betrat, überprüften mehrere Posten seine Zeichnungen, weshalb sie nun fettige Abdrücke trugen. Seit dem Anschlag auf den Patriarchen war man sehr misstrauisch. Selbst der unterste Wächter war voller Furcht, dass sich etwas Ähnliches noch einmal ereignen könnte – diesmal vielleicht mit dem Kaiser als Ziel. Deshalb waren die Kontrollen verstärkt worden.

Anschließend wurde Urban in den Audienzsaal des Kaisers geführt. Er kniete sich auf den Marmorboden und warf sich dann vollkommen nieder. Erst als der Erste Logothet es ihm gestattete, durfte Urban den Kopf heben, musste aber weiterhin in äußerst unbequemer Haltung am Boden kauern.

Ein Diener nahm Urban die Zeichnungen aus der Hand und gab sie an Nektarios weiter. Der Erste Logothet wiederum überbrachte sie in gebeugter Haltung Kaiser Konstantin XI.

Der Kaiser sah sich die Blätter an. Besonders lange verharrte sein Blick bei den Aufstellungen für die Mittel, die für die Verwirklichung von Urbans hochfliegenden Plänen aufgewendet werden mussten.

Dann sprach Konstantin XI. leise zum Logotheten. Aufgrund seiner fehlenden Griechischkenntnisse hätte Urban aber ohnehin kein Wort verstanden.

Etwas später richtete sich Nektarios auf Lateinisch an Urban: »Unser erhabener Kaiser von Gottes Gnaden meint, es sei gut, dass Ihr keinen Staat zu lenken habt, Meister Urban. Denn dann wärt Ihr gewiss längst bankrott!«

»Nun, die vornehmste Eigenschaft einer Herrschaft ist es doch, für den Schutz vor Feinden zu sorgen!«, antwortete Urban. »Und dazu sind alle Mittel recht, die wirksam sind! Die Stadt unseres ehrwürdigen Herrschers ist gefährdet, und ihre Rettung wird nicht umsonst geschehen. Selbst christliche Bundesgenossen aus Genua oder Aragon werden nicht aus Selbstlosigkeit handeln!«

Der Logothet sprach kurz mit dem Kaiser, wobei er sich dessen Thron in gebeugter Haltung näherte und es vermied, den Herrscher direkt anzusehen.

Einen Augenblick später fasste der Logothet die Antwort des Kaisers in sein wohlklingendes Latein. »Unser göttlicher Kaiser ist der Ansicht, dass es niemandem gelingen kann, die Mauern Konstantinopels zu zerstören. Goten, Araber, Hunnen – und nun zum wiederholten Mal die Türken: Sie alle sind gescheitert. Solange die Mauern der Stadt mit genug Söldnern besetzt sind, ist nichts zu befürchten. Die Kanonen, die wir haben, mögen nicht so gewaltig sein wie die, die Ihr in Eurer Vorstellung entwerft – aber sie reichen aus. Darüber hinaus sind die immensen Mittel, die Eure Pläne verschlingen würden, nicht durch den Nutzen zu rechtfertigen, den wir davon hätten.«

Urban schluckte die Worte, die ihm auf der Zunge lagen, mühsam herunter. Er wusste, dass es das Protokoll des Kaiserhofs nicht vorsah, dem Herrscher eine Erwiderung zu geben. Konstantin XI. hatte offenbar sein Urteil über ihn gefällt, und das, so dämmerte es Urban, war unabänderlich. Vielleicht bin ich ein paar Monate zu spät nach Konstantinopel gekommen, überlegte er. Möglicherweise hätte Kaiser Johannes anders entschieden. Aber darüber nachzudenken war sinnlos.

Nektarios überreichte die Zeichnungen einem Diener, der sie zurückgab.

»Es tut mir leid, aber unser Kaiser hat keine Verwendung für Eure Dienste, Urban Kanonengießer«, erklärte Nektarios. Sein Tonfall wirkte klirrend kalt und ließ nicht im Mindesten erkennen, wie er selbst zu dieser Sache stand.

»Gut, dass ich mein Pferd nicht verkauft habe, wie Wolfhart es getan hat«, meinte Urban später, als er sich wieder im Kontor am Eutherios-Hafen befand und seine Sachen bereits gepackt hatte. Er wollte sich von Maria di Lorenzo verabschieden und traf sie im Empfangsraum des Kontors, wo sie zusammen mit Davide und dem Kapitän eines Schiffs, das vor ein paar Stunden aus Alexandria gekommen war, Frachtlisten verglich.

Immerhin war dieses Schiff ohne Probleme durch die Dardanellen gekommen. Vielleicht zahlte sich die Zusammenarbeit mit Zacharias dem Einäugigen nun doch aus. Allerdings hing schon seit Tagen Nebel über dem Meer, wie der Kapitän berichtete. Vielleicht waren es also auch nur die schlechten Sichtverhältnisse gewesen, die das Schiff vor dem Beschuss von den Uferfestungen aus bewahrt hatten.

»Ihr wollt wirklich die Stadt verlassen?«, fragte Maria, nachdem Urban seine Pläne kundgetan hatte. »Ihr könnt meinethalben gerne noch eine Weile hierbleiben. Und es könnte doch sein, dass sich die Meinung des Kaisers noch ändert.«

»Nein, das glaube ich ehrlich gesagt nicht«, meinte Urban. Er wirkte ziemlich resigniert. »Ich hatte durchaus das Gefühl, dass der Erste Logothet und auch der Hauptmann der kaiserlichen Garde an meinen Plänen interessiert waren. Aber letztlich dürfte wohl den Ausschlag gegeben haben, dass der Kaiser dafür zurzeit einfach nicht die nötigen Mittel aufwenden will.« Urban zuckte mit den breiten Schultern. »Vielleicht kann er es auch nicht. Schließlich habe ich nicht gesehen, ob seine Schatzkammer auch nur noch annähernd so gefüllt ist, wie man es sich andernorts immer erzählt.«

»Und was werdet Ihr dann anfangen?«, fragte Maria.

»Jemanden, der Metall in eine Form zu bringen vermag, braucht man überall. Wer weiß, vielleicht werde ich ja in Zukunft Glocken für serbische Kirchen anstatt Kanonen für den griechischen Kaiser gießen!«

»Ich würde an Eurer Stelle nicht so schnell aufgeben und noch abwarten«, mischte sich nun Davide ein. »Die Verhältnisse ändern sich hier in Konstantinopel sehr schnell, und es könnte sein, dass man Euch schon in Kürze eine Möglichkeit gibt, Euer Talent zu beweisen!«

»Diese Geduld habe ich nicht!«, bekannte Urban. »Und davon abgesehen möchte ich die Stadt gerne verlassen, bevor sie womöglich von den Türken eingeschlossen und belagert wird. Irgendwann in nächster Zeit wird das nämlich zweifellos wieder geschehen, und dann sitze ich hier fest, weil ich mir eine Schiffsreise nicht leisten kann!« Urban wandte sich noch einmal an Maria. »Bedauerlicherweise kann ich mich nicht von Wolfhart verabschieden. Er scheint im Palast unabkömmlich geworden zu sein. Nun, wenigstens einer von uns macht hier wohl sein Glück. Das ist kein schlechter Schnitt. Würdet Ihr ihm meinen Gruß ausrichten, wenn Ihr ihn wiederseht?«

»Natürlich«, sagte Maria. »Auch wenn ich Euch nicht genau sagen kann, wann das sein wird.«

Urban grinste. »Ich bin überzeugt, dass Eure Wege irgendwann wieder zusammenführen!«

Maria fragte sich, ob Wolfhart mit Urban über ihre Verbindung gesprochen hatte. Aber vielleicht war der bärtige Kanonengießer auch einfach nur ein guter Beobachter, der aus der Art des Umgangs die richtigen Schlüsse zu ziehen wusste.

»Alles Gute und Gottes Segen für Euch, Urban Kanonengießer«, sagte Maria. »Was Ihr für uns getan habt, werde ich nie vergessen!«

Nur wenig später verließ Urban Kanonengießer durch das Pempton-Tor die Stadt und folgte dem Fluss Lykos.

Das thrakische Umland von Konstantinopel war kaum noch bewohnt. Es gab nur noch ein paar Dörfer, doch deren ehemalige Bewohner hatten längst Häuser innerhalb der Stadtmauern bezogen und kamen nur hin und wieder hierher, um ihre Felder zu bestellen. Zu oft war in den letzten Jahrzehnten in diesem Gebiet gekämpft worden. Immer wieder war hier das Aufmarschgebiet jener Heere gewesen, die versucht hatten, gegen das Bollwerk der Theodosianischen Mauer anzustürmen, und die dann irgendwann wieder unverrichteter Dinge hatten abziehen müssen – dank der Zisternen und der Häfen der Kaiserstadt, die es schier unmöglich machten, das so winzig gewordene Imperium auszuhungern.

Aber das Umland war durch all diese Kriegszüge arg in Mitleidenschaft gezogen worden. Die an vielen Stellen immer noch herumliegenden verrottenden Skelette von Pferden, die durch Pfeile getroffen worden waren, gaben davon ein beredtes Zeugnis. Und man erzählte, dass man keinen Acker pflügen konnte, ohne auf die Gebeine von Kriegern zu stoßen.

Als die Sonne bereits milchig wurde und sich die Dämmerung ankündigte, zügelte Urban Kanonengießer sein Pferd.

Wie viele Meilen, so fragte er sich, sind es eigentlich von hier bis zur Hauptstadt des Sultans? Es konnte nicht mehr weit bis

Adrianopel sein. Und wenn schon der Kaiser seine Hilfe nicht brauchte, um seine Mauern zu schützen – dann war vielleicht ein anderer Herrscher an seinen Diensten interessiert, dessen größter Traum es seit langem war, genau diese Mauern zu zerstören.

Vierzehntes Kapitel

Wiedersehen im Pesthaus

Mit einem der Schiffe, die regelmäßig das Goldene Horn passierten, ließ sich Maria di Lorenzo übersetzen. Davide und Thomás begleiteten sie zusammen mit ein paar Wächtern. Seit dem Pestausbruch, der Marias Eltern das Leben gekostet hatte, war sie nicht mehr in Pera gewesen, und als sie den Galata-Turm sah, stellte sich ein eigenartig beklemmendes Gefühl ein, so als ob nach wie vor ein Fluch auf diesem Ort läge. Die Kolonie der Genueser war eine Stadt für sich, hoch ummauert und gut geschützt durch Wehrgänge, Kanonen und Mannschaften. Es gab einen eigenen Hafen, auch wenn der Warenverkehr hier in letzter Zeit nahezu zum Erliegen gekommen war und nun erst langsam wieder anlief. Bei Gefahr konnte auf Befehl des Kaisers die Eisenkette zwischen Pera und dem Südufer des Goldenen Horns gespannt werden. Es gab noch eine weitere Kette weiter westlich, denn sowohl Wikinger als auch die Araber hatten versucht, Schiffe über Land zu ziehen und auf diese Weise in den Meeresarm, an dem die kaiserlichen Kriegshäfen lagen, einzudringen.

Der Seegang war rau. Der Wind wehte heftig und war sehr böig. Es dauerte unverhältnismäßig lange, bis das Fährschiff endlich in Pera anlegen konnte, denn immer wieder wurde es durch die tückischen Strömungen abgetrieben. Thomás äußerte ziemlich ungeniert den Verdacht, dass es schlichtweg überladen sei. Aber das war bei diesen Schiffen eher die Regel als die Ausnahme.

»Es war eine weise Entscheidung Eures Vaters, das Kontor am Eutherios-Hafen zu erwerben«, meinte Davide. »Nicht auszudenken, wenn wir es in dieser schweren Zeit nicht zur Verfügung gehabt hätten.«

Sie gingen an Land. Die Pferde waren etwas widerspenstig, aber schließlich hatten Thomás' Männer sie über ein breites Fallreep von den schwankenden Planken geholt. Wenig später stieg Maria in den Sattel, und sie hielten auf eines der See zugewandten Tore Peras zu.

Als Erstes fiel Maria auf, dass die sonst so häufig verstopften Gassen frei waren und man hindurchreiten konnte, ohne das Pferd zügeln zu müssen. Kein Fuhrwerk, keine spielenden Kinder, keine kläffenden Hunde und keine Bettler versperrten die gepflasterten Wege zwischen den Häusern. Es schienen sich derzeit einfach sehr viel weniger Menschen in Pera aufzuhalten. Die Pest hatte sie entweder vertrieben oder getötet. Von einigen Holzhäusern, besonders von den Fachwerkbauten, war nichts geblieben als verkohltes Gebälk. Aber auch einige der Steinhäuser trugen deutliche Spuren der Ausräucherung. Nicht jedes Haus, das Brandspuren trug, war tatsächlich auch das Heim eines Pestkranken gewesen. Manchmal griffen die Brände, die eigentlich die Ausbreitung der Krankheit verhindern sollten, ungewollt auf andere Gebäude über, und es war immer wieder vorgekommen, dass dadurch ganze Straßenzüge ein Raub der Flammen geworden waren.

Schließlich erreichten sie das Haus, in dem Maria, abgesehen von den Jahren in Genua, aufgewachsen war. Das Haus, in dem sie laufen und sprechen gelernt hatte und in dem sie glücklich gewesen war. Aber das schien ihr alles unvorstellbar lange her zu sein. Sie stieg aus dem Sattel und vergaß sogar, ihre Kleider wieder zu richten. Sie musste unwillkürlich schlucken, als sie die dunklen verkohlten Flecke an den Wänden sah. Die von venezianischen Glasern eingesetzten Fensterscheiben waren geborsten. Die Splitter lagen noch auf dem Pflaster.

In Pera standen die Häuser enger zusammen als im übrigen Konstantinopel. Die äußeren Mauern bildeten seit jeher eine Grenze für die Besiedlung, weshalb die Häuser in die Höhe gebaut werden mussten. Drei Stockwerke hatte das ausgeräucherte Haus der Familie di Lorenzo. Dazu Stallungen, in denen man ein Dutzend Pferde unterbringen und mehrere Wagen abstellen konnte.

Maria zögerte, bevor sie durch die halb offene und völlig verkohlte Tür trat. Sie bestand aus einem dunklen, afrikanischen Holz, das Marias Großvater aus Alexandria geliefert worden war. Es war härter und widerstandsfähiger als alle Hölzer, die man in den Ländern der Christenheit kannte. Doch auch dieses Hartholz hatte dem reinigenden Fegefeuer nicht standhalten können. Die Tür sah aus wie ein dunkles Stück Holzkohle. Ein scharfer Geruch ging von ihr aus. Die Scharniere, an denen sie aufgehängt war, knarrten, als Davide sie vollends öffnete und ebenfalls eintrat.

Eine Ratte huschte über den Boden und verschwand in einem Nebenraum.

»Sie sind immer noch da – die Boten des Übels«, sagte Maria tonlos.

»Aber die Pest ist geflohen«, gab Davide zu bedenken.

Im Inneren des Hauses waren die Wände mit Ruß bedeckt. Die Einrichtung war größtenteils zu Asche verbrannt. Hier und da gab es noch ein verkohltes Stück, von dem man kaum noch erahnen konnte, was es mal gewesen war.

Ein Geräusch ließ Maria zusammenzucken. Schritte waren aus dem Obergeschoss zu hören. »Hier ist jemand!«

»Sicher irgendwelches Gesindel, das sich ungebetenerweise

einquartiert hat«, vermutete Davide. »Ich werde Thomás sagen, dass …« Der Schreiber des Hauses di Lorenzo stockte und sah zu der gewundenen Steintreppe, die ins Obergeschoss führte.

Maria sah zuerst die Stiefel. Sie waren abgetragen, aber offensichtlich von guter Qualität.

»Wolfhart!«, entfuhr es ihr.

Er sah sie an. Sein Gesicht wirkte blass. Er hatte dunkle Ränder unter den Augen, so als hätte er über längere Zeit wenig Schlaf bekommen.

»Maria!«, sagte er, und ein verhaltenes Lächeln spielte um seine Lippen.

Ihre Blicke trafen sich für einen kurzen Moment, und Maria spürte, wie wieder jene Gefühle aufkamen, die sie schon einmal völlig überwältigt hatten. Wie hatte er ihr gefehlt! Obwohl sie sich sicher war, dass Wolfhart in jener gemeinsamen Nacht dieselbe Leidenschaft empfunden hatte wie sie selbst, war sie sich trotzdem nicht ganz sicher, ob dieses Erlebnis für ihn wirklich dieselbe Bedeutung gehabt hatte. Bedauerlicherweise war keine Gelegenheit gewesen, sich darüber auszutauschen. Aber in diesem Moment war Maria einfach nur von unendlicher Freude erfüllt.

»Es wundert mich schon, Euch hier zu sehen«, mischte sich nun Davide ein, der den jungen Medicus mit einem abschätzigen Blick von oben bis unten musterte. »Und davon abgesehen scheint Euch Eure Lehre bei diesem Meister-Medicus des Kaisers nicht zu bekommen! Ihr seht nicht gut aus!«

»Ich arbeite viel und halte mich fast die ganze Zeit über in feuchten Kellern und halbdunklen Verliesen auf«, erklärte Wolfhart. »Da erscheint einem das ganz normale Tageslicht schon fast etwas grell.«

»Ich bin froh, dich zu sehen!«, sagte Maria, und ihr entging Davides misstrauischer Blick nicht, als ihr diese vertraut klingenden Worte so einfach über die Lippen gingen.

»Trotzdem, es würde mich sehr interessieren, was ein angehender Pestarzt ausgerechnet in diesem Haus zu suchen hat«, bestand Davide auf der Beantwortung seiner indirekt gestellten Frage.

Wolfhart wandte dem Levantiner einen Blick zu. »Gewiss, Ihr habt Anspruch auf eine Erklärung. Sie ist ganz einfach: Meister Cagliari erforscht das Wesen des Schwarzen Todes, und deshalb schauen wir uns unter anderem in den Häusern um, in denen die Seuche gewütet hat.«

»Und wonach sucht Ihr da genau?«, wollte Davide wissen.

»Nach Gemeinsamkeiten und Merkmalen, die vielleicht etwas mit dem Ausbruch der Krankheit zu tun haben könnten. Dazu führen wir Listen und erhoffen uns aus diesen Aufzeichnungen neue Erkenntnisse.«

»Und? Sind daraus schon irgendwelche Erkenntnisse gewonnen worden?« Der Zweifel, der in Davides Worten mitschwang, war unüberhörbar. »Ich kann mir kaum vorstellen, dass wirklich etwas dabei herauskommt, was später auch nur einem einzigen Kranken helfen könnte. Schließlich scheint Ihr noch nicht einmal zu wissen, wonach Ihr eigentlich sucht.«

»Wüssten wir das, hätten wir vermutlich eines der wichtigsten Rätsel bereits gelöst.«

Davide schien sich etwas unbehaglich zu fühlen. »Na, dann werde ich mal die allgemeine Wiedersehensfreude nicht länger stören und mir die oberen Geschosse ansehen. Ich vermute, dass es dort noch ein paar unangenehme Überraschungen gibt.«

»Der Zustand des Hauses ist besser, als man es hätte erwarten können«, sagte Wolfhart. »Ich denke, dass man es wieder in seinem alten Glanz erstrahlen lassen kann.«

»Diesen Glanz habt Ihr nie erlebt, Wolfhart«, gab Davide zu bedenken.

Auf dem Gesicht des jungen Medicus zeigte sich ein nachsichtiges Lächeln. »Das mag sein, aber ich vermag ihn mir vorzustellen.«

Davide hob die Augenbrauen. »So?«

»Ich bin selbst in einem ähnlichen Haus aufgewachsen, das ebenfalls in schweren Zeiten arg verwüstet wurde und doch immer wieder zu seiner alten Herrlichkeit zurückgeführt werden konnte.«

Davide stieg mit dem gerade eingetretenen Thomás die Treppe empor und verschwand im Obergeschoss, sodass Wolfhart und Maria allein zurückblieben. Ihr war klar, wie rar diese Momente sein würden, und deshalb zögerte sie nicht, ihn einfach zu umarmen. Sie spürte ein anfängliches Zögern, von dem sie annahm, dass es gewiss der Situation geschuldet war. Dann fanden sich ihre Lippen zu einem Kuss, von dem sie sich wünschte, er möge nicht mehr enden. Die trostlose Umgebung war augenblicklich vergessen. Atemlos lösten sie sich wieder voneinander. Wolfhart strich ihr zärtlich eine verirrte Haarsträhne aus der Stirn. Die Art, wie er sie ansah, ließ ein glückliches, aber auch verweifeltes Gefühl in ihr aufkommen.

»Ich hoffe, dass es dir gut geht«, sagte Wolfhart.

»Solange ich verhindern kann, eine Ehe einzugehen, die Davide als Transaktion bezeichnet und bei der ich einen Mann ehelichen würde, der nicht nur an mir, sondern an Frauen im Allgemeinen keinerlei Interesse hat, werde ich wenigstens die Hoffnung auf das Glück nicht verloren geben.«

»Das klingt nicht gerade glücklich.«

Sie zuckte mit ihren Schultern. »Ich bin am Leben. Seit dem Tod meiner Eltern weiß ich, dass man damit vielleicht zufrieden sein muss und sich nicht einmal sicher sein kann, dass einem das bisschen Glück, das man hat, nicht auch noch genommen wird. Aber ich klinge schon wie eine alte, verhärmte Frau, die all ihre Kinder an die Pest verloren hat. Dabei sollte ich auf den Herrn vertrauen und bedenken, dass er unsere Wege bestimmt und er mir viel weniger Leid zugemutet hat als anderen.«

»Ja, solche Gedanken sind mir auch gekommen – nach dem, was ich in der letzten Zeit erlebt habe.«

»Ich hoffe, du konntest viel lernen.«

»Fausto Cagliari ist ein sehr ungewöhnlicher Medicus. Ich habe nie zuvor jemanden kennengelernt, der sich den Dingen auf diese besondere Weise nähert. Allerdings muss ich ehrlich zugeben, dass ich noch längst nicht alles verstanden habe, was dort unten in seinen Kellern und Verliesen vor sich geht.«

»Was geschieht denn dort?«

»Darüber darf ich nicht sprechen. Mit niemandem. Alles, was dort geschieht, unterliegt höchster Geheimhaltung.«

Maria runzelte die Stirn. »Aber weshalb denn? Sollten nicht alle Menschen so viel wie möglich über die Pest wissen, um sich besser vor ihr schützen zu können? Es dürfte nämlich selbst unter günstigsten Voraussetzungen kaum möglich sein, für jeden Kranken einen Medicus zu entsenden!«

»Es ist ein Befehl des Kaisers. Und dem muss ich Folge leisten, will ich nicht meinen Kopf riskieren. Die geliebte Frau von Kaiser Johannes starb an der Pest, und das dürfte auch der Grund dafür sein, dass Meister Cagliari mit so großen Vollmachten ausgestattet wurde. Und unter Kaiser Konstantin scheint sich in dieser Hinsicht nichts geändert zu haben. Im Gegenteil! Wir bekommen dort unten des Öfteren hohen Besuch, was aber weder Cagliari noch irgendwem sonst, der dort arbeitet, wirklich recht zu sein scheint.« Wolfhart zuckte mit den Schultern. »Aber um diese Dinge brauche ich mich nicht zu kümmern. Ich versuche einfach nur, so viel wie möglich zu lernen, sodass ich dieses Wissen eines Tages dafür einsetzen kann, um den Schwarzen Tod zu vertreiben.«

»Du wirst sicher ein meisterlicher Pestarzt werden, gegen den der Ruhm eines Fausto Cagliari noch verblassen wird, Wolfhart.«

»Es geht mir nicht um irgendeinen Ruhm, Maria.«

»Das weiß ich«, murmelte sie. »Aber du hast Cagliari etwas voraus, was dieser niemals zu gewinnen vermag. Er ist nur an der Erkenntnis, aber nicht an den Menschen interessiert – dich aber kümmert das Leiden jedes Einzelnen. Das ist der Unterschied zwischen euch, und ich hoffe, dass du dich deinem kalten Meister in diesem Punkt nicht einmal ein bisschen angleichen wirst!«

Wolfhart sah Maria etwas irritiert an. »Du glaubst, ihn so genau zu kennen?«

»Die eisigen Augenblicke in seiner Gegenwart waren Eindruck genug. Jesus sagt, dass man das, was man dem geringsten seiner Brüder getan hat, ihm getan hat. Und darum tust du sein Werk, Wolfhart. Davon bin ich überzeugt. Aber wessen Werk dieser Cagliari tut, da wäre ich mir an deiner Stelle nicht so sicher …«

»Kommt es denn nicht nur darauf an, was am Ende dabei herauskommt?«

»Das Gute erreichen mit den Mitteln des Bösen?« Maria hob die Augenbrauen. »Du redest ja schon wie mein Bruder, der wohl inzwischen völlig in den Bann einer Ketzersekte geraten ist, von der man hier und da reden hört und die genau das propagiert: Das Böse mit den Mitteln Satans bekämpfen. Satan zur Herrschaft verhelfen, da er sich als stärker erwiesen hat. Und das alles im Zeichen von Lambda-Rho – Lucifuge Rofocale.«

»Nein, so weit würde ich niemals gehen!«

»Das darfst du auch nicht! Ich soll dir übrigens Grüße von Urban Kanonengießer ausrichten.«

»Ich hoffe für ihn, dass er am Hof Erfolg hatte!«

»Das hatte er nicht. Urban hat die Stadt verlassen und ihr vermutlich für immer den Rücken gekehrt.«

»Das ist bedauerlich.«

»Eher für die Stadt als für ihn, fürchte ich. Aber offenbar war er etwas zu unbescheiden bei seinen Forderungen, sodass Kaiser Konstantin nicht dazu bereit war, seine Schatulle weit genug zu öffnen.« Sie trat einen Schritt an ihn heran. »Ich würde dich gerne wiedersehen.«

»Ich werde dich besuchen«, versprach Wolfhart.

»Wenn es deine Arbeit zulässt.«

»Nun …«

Sie lächelte. »Du wirst ein Höhlengeist werden, wenn du so wenig unter die Sonne kommst, Wolfhart!«

Von draußen war Geschrei zu hören.

Es waren Thomás' Männer, die in ein lautstarkes Wortgefecht geraten waren, das von einem Knurren und Brüllen unterbrochen wurde, bei dem man im ersten Moment nicht sicher sein konnte, ob es von einem Tier oder einem Menschen stammte.

Wolfhart stürzte zur Tür hinaus. Maria folgte ihm.

Ein sehr kräftiger, großer Mann mit ungeheuren Muskeln, aber einem schrecklich entstellten Gesicht zog einen Karren am Haus vorbei. Sein einziges Auge war weit aufgerissen. »Lasst uns zufrieden!«, rief er, während Thomás' Männer einen Halbkreis um ihn gebildet hatten.

»Seht euch das Schlitzohr an!«

»Möchte nicht wissen, was der alles auf dem Kerbholz hat!«

»Da liegt ein Toter unter der Decke auf dem Wagen!«

Die Männer redeten durcheinander. Der Entstellte hatte ein am Karren befestigtes Geschirr angelegt, so wie es sonst Pferde trugen. Mit rudernden Armen versuchte er, sich daraus zu befreien. Aber das ging nicht schnell genug, um zu verhindern, dass einer der Männer die Decke zur Seite zog. Es staubte darunter. Und dann wichen auf einmal alle, die sich in der Nähe versammelt hatten, wie auf ein Kommando zwei Schritte zurück, und ihre Gesichter wurden totenblass.

»Ihr Narren!«, rief der Entstellte.

»Timon!«, rief Wolfhart, und die Männer wichen zur Seite. Sie bildeten eine Gasse, aber so mancher von ihnen hatte die Hand am Schwert- oder Dolchgriff. Doch gegen diesen Feind würden ihnen solche Waffen nichts nützen. Das wussten sie – und diese Erkenntnis begründete ihren Schrecken.

Maria warf einen Blick auf die Ladefläche des Karrens. Dort lag ein Toter in einem fleckigen Hemd. Dunkle Geschwüre entstellten ihn, und ein unbeschreiblicher Gestank umgab ihn. *Pestbeulen!*, durchfuhr es Maria. Dieser Anblick hatte sich tief in ihr Inneres geprägt, und so unterschiedlich die Ausprägungen der Krankheit auch im Einzelfall sein mochten, so glaubte sie doch, sich in diesem Fall ein sicheres Urteil erlauben zu können.

Inzwischen waren auch Davide und Thomás aus dem Haus geeilt. Auch sie sahen den Toten auf dem Wagen.

»Wer Furcht hat, trete zurück, so weit er kann!«, ergriff Wolfhart das Wort. Er sprach mit sehr fester, Entschlossenheit ausdrückender Stimme.

»Ihr kennt dieses … Ungeheuer?«, fragte Thomás Wolfhart und meinte damit ganz offensichtlich Timon.

»Was bist du denn, du Schlächter für Geld!«, zischte der Entstellte, woraufhin auch Thomás' Hand zum Schwertgriff glitt.

»Ich kann sehr leicht dafür sorgen, dass du in Zukunft noch hässlicher aussiehst als ohnehin schon!«, knurrte Thomás.

»Nein, Ihr werdet diesen Mann in Frieden lassen!«, bestimmte Maria. Ihre klare helle Stimme drang überraschend leicht durch das zänkische Stimmengewirr. Sie wandte sich an Wolfhart. »Er gehört wirklich zu dir?«

»Das tut er.«

»Und der Tote? Woher kommt der?«

»Ein Unglücklicher, den die Seuche dahingerafft hat und der von Raben und Ratten verschont wurde!«, meldete sich nun eine andere Stimme zu Wort. Eine Männerstimme, die jemandem gehörte, der ziemlich außer Atem sein musste. Alle drehten sich zu dem Sprecher um und erblickten einen Mönch, dem das Haar bereits so weit ausgegangen war, dass er sich keine Tonsur mehr ausrasieren konnte. Zumindest war der Mann wie ein Mönch gekleidet. Darauf, dass er kein Kreuz umhängen hatte, achtete in diesem Augenblick niemand.

»Darenius!«, entfuhr es Wolfhart.

Der Angesprochene trat an den Wagen heran, und niemand wagte es, ihn daran zu hindern. Er deckte den Toten wieder zu. »Timon ist immer etwas zu schnell für mich«, erklärte er. »Aber ich wüsste nicht, welchen Grund es geben sollte, ihn und seinen Karren anzuhalten.«

»Er ist ein Gezeichneter«, sagte einer von Thomás' Männern und spuckte vor Timon aus, was dieser mit einem drohenden Knurren erwiderte. Der Entstellte hatte inzwischen die Arme frei, und seine gewaltigen Hände hatten sich zu Fäusten geballt. Er trug nach Bauernart ein hakenförmig zulaufendes Langmesser an der Seite. In der Hand eines so kräftigen Mannes war das gewiss eine Waffe, die genauso gefährlich wie ein Schwert sein konnte.

»Dieses Teufelsgesicht sollte man aus der Stadt jagen!«, meinte Thomás.

»Richtet nicht, auf dass ihr nicht gerichtet werdet!«, rief Darenius. »Denn mit welcherlei Gericht ihr richtet, werdet ihr gerichtet werden! So steht es in der Heiligen Schrift! Und jetzt lasst uns ziehen, damit wir unser Werk tun können.«

»Und was wollt Ihr mit diesem Leichnam?«, ereiferte sich Thomás.

»Ihn untersuchen«, erklärte Wolfhart ruhig.

»Er hat die Pest, nicht wahr?«, meinte Davide.

»Ja, aber er starb schon vor geraumer Zeit«, behauptete Darenius. »Wir fanden ihn in den Trümmern eines ausgeräucherten Pesthauses. Nicht alle Toten der letzten Epidemie, die es hier in Pera gegeben hat, sind auf dem Acker vor der Stadt verscharrt worden, wie es sich gehört. Ihr braucht Euch also nicht zu fürchten. Es ist kein neuer Fall, der Euch dazu veranlassen müsste, Pera fluchtartig zu verlassen.«

»Ist das wahr?«, fragte Maria an Wolfhart gewandt.

»Ja«, sagte er knapp.

»Und wie kommt es, dass er so unversehrt ist?«

»Das liegt vielleicht an dem durchdringenden Geruch der Öle, mit denen sein Körper eingerieben wurde und die einem jetzt noch den Schleim aus der Nase treiben, selbst wenn man ein paar Schritte von dem Toten entfernt ist.«

Maria erinnerte sich an den Geruch der Tücher, mit denen sich Medicus Cagliari, offenbar als Schutz vor einer Ansteckung, umschlungen hatte. Einen Geruch, der sich für immer in Marias Gedächtnis eingebrannt hatte. Es mochte also stimmen, was der Mann in Mönchskluft gesagt hatte.

»Wir müssen weiter«, sagte Darenius. »Und es liegt an allen hier Anwesenden, ob sie dieses Ereignis zum Anlass nehmen wollen, eine unnötige Panik auszulösen, oder ob sie in aller Besonnenheit darüber zu schweigen bereit sind.« Daraufhin legte der entstellte Timon das Geschirr wieder an und zog den Wagen voran. Thomás' Männer wichen zur Seite. Keiner von ihnen hatte ein Interesse daran, dem Pesttoten zu nahe zu kommen. So groß war ihr Mut dann offenbar nun auch wieder nicht.

Bevor Wolfhart ihnen folgte, wandte er sich noch kurz an Maria. »Ich hoffe, dass ich dir eines Tages mehr dazu sagen kann!«, murmelte er.

Während Maria Wolfhart noch nachsah, ergriff Davide das

Wort und sprach zu den Männern. »Kein Wort von dem, was ihr hier gesehen habt! Zu niemandem! Sonst könnte es noch einmal Wochen dauern, bis wir damit anfangen können, das Haus wieder in seinen ursprünglichen Zustand zu versetzen! Hat mich jeder verstanden?«

Ein etwas unwilliges Gemurmel war die Antwort. Aber es gab keine Zweifel daran, dass diese Männer tun würden, was Davide von ihnen verlangte.

Fünfzehntes Kapitel

In der Kammern des Schwarzen Todes

Wolfhart hatte einen Anzug aus Krokodilleder angelegt und sämtliche Öffnungen sorgfältig verschlossen. Nichts durfte in den Anzug eindringen können, keine Körpersäfte von verseuchten Toten und kein Rattenfloh. Wolfhart hatte die Worte seines Meister-Medicus noch im Ohr. »Unglücklicherweise müssen wir atmen, sodass wir uns nicht völlig einhüllen können«, hatte Fausto Cagliari ihm gesagt, als Wolfhart zum ersten Mal einen dieser Anzüge anprobiert hatte, die vom Medicus selbst entworfen und mithilfe eines Schneidermeisters angefertigt worden waren. Keinen Geringeren als Silvestre Sarto hatte er dafür gewinnen können, was verdeutlichte, wie wichtig die Arbeit des Pestarztes Kaiser Johannes gewesen war. Die Schnabelmaske lag auf einem grob gezimmerten Tisch aus grau gewordenem Holz. Fackeln hingen an den Wänden und erfüllten den Raum mit ihrem unruhigen Licht. Von irgendwoher kam hier unten in den Verliesen des Pest-Medicus immer ein Luftzug. Mit einiger Mühe hatte Wolfhart die Handstücke des Anzugs übergestreift. Der Mann, der ihn vor ihm getragen hatte, lebte nicht mehr.

»Der Gegenstand seiner Erkenntnissuche hat ihn getötet«, waren Cagliaris lapidare Worte gewesen. »So etwas kommt vor. Aber seid beruhigt! Der Anzug wurde ausgekocht und in eine beißende Lauge getränkt.«

»Dann ist er an der Pest gestorben?«, hatte Wolfhart gefragt.

»Nein. Durch einen Kranken, der ihn erschlug, weil er ihn

in seinem Wahn für den leibhaftigen Satan gehalten hatte! Ihr könnt am Kopfstück immer noch den Abdruck des Kantholzes sehen, das ihm den Schädel zertrümmerte.«

Wolfhart hatte auch nach dem Namen dieses Unbekannten gefragt. Aber Cagliari meinte, dies zu wissen könne nur Unglück bringen. Und so wusste Wolfhart nur über ihn, wie er gestorben war und dass er zwar breitere Schultern und einen dickeren Bauch, dafür aber kleinere Hände gehabt hatte.

Um zu gewährleisten, dass wirklich nichts durch den Anzug drang, musste Wolfhart die Verschlusslaschen mit Bitumen überschmieren, das eigentlich zum Kitten von Fensterscheiben benutzt wurde. Der Geruch erinnerte Wolfhart an die Fenster des heimischen Hauses in Lübeck. Das erschien ihm jetzt wie aus einem völlig anderen Leben.

Es dauerte stets eine ganze Weile, bis Wolfhart sich in diese Kluft begeben hatte. Darenius und Cagliari waren darin weitaus geübter und deshalb zumeist lange vor dem jungen Medicus fertig, zumal er sich nach dem Anlegen des Anzugs und des Kopfstücks noch in die in ätherische Öle getränkten Tücher einwickeln musste, die gegen üble Dämpfe und andere krankmachenden Einflüsse schützen sollten. Ob sie es wirklich taten, war letztlich nicht bewiesen.

Während Wolfhart damit beschäftigt war, die sorgfältig vorbereiteten Stoffbahnen um seine Arme und den Oberkörper zu wickeln, hörte er dem heftigen Wortgefecht zu, das im Nachbarraum zwischen Darenius und Cagliari tobte.

»So etwas darf nie wieder geschehen«, ereiferte sich Darenius. »Was glaubt Ihr wohl, wie schwierig es war, mit einer Pestleiche von Pera aus an das andere Ufer des Goldenen Horns übergesetzt zu werden! Wir hatten großes Glück, dass niemand etwas bemerkt hat. Von der Gefahr der Ansteckung für alle Beteiligten mal ganz abgesehen.«

»Ihr übertreibt, Darenius.«

»Ich übertreibe? Wir können von Glück sagen, dass wir diesen Mann überhaupt wiedergefunden haben! Mauro Della Croce hat sich bei uns die Pest geholt, weil er mit seinem Anzug unvorsichtig war. Wir hätten verhindern müssen, dass er jemals an die Oberfläche gelangt. Stattdessen hätte er hierbleiben und sein Schicksal annehmen müssen, aber dazu hatte er nicht die Kraft.«

»Sehen wir nach vorn, Darenius, in die Zukunft. Jeder Blick zurück ist wie der Versuch, verschüttete Milch in den Krug zurückzugießen«, erwiderte Cagliari.

Wolfhart trat in vollständiger Montur aus dem Raum, und als er den Flur erreichte, schwiegen die beiden Männer. Auch sie trugen die gleichen krokodilledernen Monturen, hatten aber die Kopfstücke mit den Schnabelmasken noch nicht aufgesetzt. Darenius und Cagliari wechselten einen kurzen Blick.

»Sagt ihm die Wahrheit, Fausto!«, forderte Darenius. »Alles andere ist sinnlos. Diesen Narren, die wir bei dem ausgeräucherten Pesthaus trafen, konnte ich erzählen, dass die Leiche schon lange in einer anderen Ruine lag und sich durch ätherische Öle erhalten hat – aber wenn unser junger Freund hier auch nur ein bisschen während seines Studiums der medizinischen Künste aufgepasst hat, dann hat er erkennen können, dass dies eine Lüge war, um die Leute zu beruhigen.«

»Wer war der Tote?«, verlangte Wolfhart nun unmissverständlich zu wissen.

»Er war einer von uns«, gab Cagliari zu. Er atmete tief durch. »Ein Genueser, der seine ganze Familie durch eine der Pestwellen verloren hatte, die unsere Stadt heimsuchte. Deshalb hatte er sich der Aufgabe verschrieben, das innerste Wesen der Krankheit zu erforschen. Mauro della Croce war kein Medicus so wie Ihr, Wolfhart. Er hatte auch nicht studiert, und ehrlich gesagt, konnte er noch nicht einmal lesen und schreiben. Er war ein Gaukler, der in den Straßen von Pera seine Possen gerissen hat – und da er kaum Griechisch konnte, blieben seine Auftritte wohl auch immer auf Pera beschränkt. Wie gesagt, seine Familie starb, und er verschrieb sich unserer Sache.«

»Wann wurde er krank?«, fragte Wolfhart. Seine Stimme klang dumpf unter dem Kopfstück.

»Kurz bevor Ihr zu uns gestoßen seid. Ihr habt vielleicht die Schreie gehört, als ich Euch hier in den Katakomben herumgeführt habe.«

Wolfhart erinnerte sich an die Schreie, die durch die dunklen Gänge und Kammern gehallt waren.

»Ist er geflohen?«

Cagliari nickte. »Obwohl er wusste, was dies bedeuten kann. Aber das war ihm gleichgültig.«

»Und wir waren nicht aufmerksam genug«, erklärte Darenius.

»Sind wir vielleicht Wachsoldaten?«, fauchte Cagliari. »Jeder muss selbst wissen, was er tut. Und Gott wird ihn dann dereinst dafür richten.«

»So einfach ist das?«, spottete Darenius.

»Jawohl – so einfach ist das!«, nickte Cagliari.

»Warum ist er geflohen?«, wollte Wolfhart wissen. »Es muss doch einen Grund für sein Handeln gegeben haben!«

»Einen Grund?« Cagliari lachte heiser. »Welchen Grund hat denn die Ratte, plötzlich auf Wanderschaft zu gehen, wenn sie von der Seuche befallen wurde? Wir wissen es nicht! Und doch geschieht es einfach.«

Cagliari und Darenius waren sehr geschickt darin, ihre Kopfstücke aufzusetzen und sich anschließend gegenseitig die Stoffbahnen anzulegen. Es schien eine Prozedur zu sein, die sie ziemlich häufig vollführten.

Die vertraute Art, in der sie sich dabei mit giftigen Bemerkungen bedachten, erinnerte Wolfhart an ein altes zänkisches Ehepaar.

Als alle fertig waren, gingen sie einen längeren und ziemlich breiten Gang entlang. Auch hier hingen Lichter an den Wänden. Unterwegs begegneten sie dem hinkenden Lazaros. Er trug ebenfalls eine Schutzmontur, die allerdings aufgrund seines verwachsenen Beins sehr schlecht saß. Daran konnte man ihn immerhin zweifelsfrei erkennen, während man sich bei den anderen auf den durch den Schnabel ziemlich verfremdeten Klang der Stimme verlassen musste.

»Es ist alles bereit«, sagte Lazaros.

»Gut!«

Wenig später erreichten sie einen Raum, der mit unzähligen Kerzen ausgestattet war. Die Lichtkammer, so wurde sie von Cagliari und seinen Getreuen genannt. Ein Name, der sich nicht nur auf die Beleuchtung bezog, sondern auch Optimismus bei der täglichen Arbeit verbreiten sollte. Von der Decke hingen Öllampen, und außerdem brannten noch mehrere Fackeln an den Wänden. Dafür, dass man sich hier tief unter der Stadt in den zum Zisternensystem gehörenden Kellern befand, war es sehr hell, und Wolfhart fühlte sich an den Kerzenschein zu hohen Festtagen im Lübecker Dom erinnert.

Der Pesttote lag entkleidet auf einem Tisch. Seine Beulen waren nun deutlich zu sehen. Das ist er also, unser Feind!, dachte Wolfhart. Und das Netz aus Kellern, Verliesen und Gängen, die hier eine unterirdische Stadt bildeten, kam ihm nun wirklich wie die Unterwelt vor. Der Ort der Toten, das Schattenreich des Totengottes Hades. Wolfhart schien es, als hätte Cagliari in diesem finsteren Labyrinth die Rolle eines kalten Totengottes übernommen.

Aber unser Tun dient dem Leben!, ermutigte sich Wolfhart.

»So wollen wir unsere Suche fortsetzen«, sprach der sinistre Medicus in einem fast feierlichen Tonfall unter seiner Schnabelmaske hervor.

Doch zunächst nahm nicht der Pesttote Mauro della Croce Wolfharts Aufmerksamkeit gefangen. In der Wand gab es eine Einbuchtung, die etwa zwei Armspannen in der Breite und eine Armspanne in der Höhe maß. Eine dicke Glasscheibe war in diese Öffnung mit all der Sorgfalt eingesetzt, zu der das Glaserhandwerk inzwischen imstande war. Eine dicke, schlauchartige Schicht aus schwarzem Erdpech dichtete die Scheibe vollständig. Dumpfe Rufe drangen von dort herüber.

Wolfhart machte einen Schritt auf die verglaste Öffnung zu, um besser sehen zu können, was dort vor sich ging.

Im Schein des Lichts waren Hunderte von Ratten zu erkennen, die wie in heller Panik durcheinanderliefen. Manche bewegten sich nur langsam und schleppend, so als würde sie eine Krankheit lähmen. Und dazwischen lagen Dutzende von Rattenkadavern in unterschiedlichen Stadien der Verwesung. Einige waren von ihren Artgenossen förmlich zerrissen worden.

Zwischen all den Ratten waren zwei Gestalten in Schutzmontur mit Schnabelmasken zu sehen. Es konnte sich nur um die kahlköpfigen Zwillinge handeln; ihre Aufgabe war die Fütterung der offensichtlich pestkranken Ratten, die in dieser Kammer gehalten wurden.

Theofilos und Theofanos tanzten zwischen den Ratten umher. Einer von ihnen scheuchte sie davon, indem er sie mit seiner Fackel anzusengen versuchte. Sein Zwilling warf unterdessen Nahrungsreste, die er einem Kübel mit Abfällen aus der Palastküche entnommen hatte, zwischen die Ratten und sorgte damit zusätzlich für Verwirrung unter ihnen. Obwohl sie regelmäßig gefüttert wurden, wirkten sie sehr ausgehungert. Das lag wohl daran, dass sich ihre Zahl in letzter Zeit stark erhöht hatte. Zwar starben unzählige von ihnen an der Pest, aber erstens zeugten sie selbst unter diesen Bedingungen eifrig Nachwuchs. Und zweitens hatte Wolfhart mitbekommen, dass es zu den Aufgaben der Zwillinge gehörte, an allen möglichen Stellen in der sogenannten Unterwelt Rattenfallen aufzustellen, in denen die Tiere lebend in Käfigen gefangen wurden. So war auch dann für Nachschub gesorgt, wenn die Seuche zu heftig unter den Tieren wütete. Niemals, so hatte es Cagliari allen seinen Helfern eingeschärft, durfte der Kreislauf der Infektion unterbrochen werden und die Seuche unter den Ratten im Gewölbe enden. Denn wie hätte man sonst das innere Wesen des Feindes erforschen können?

Der eine Zwilling flämmte in seinem Übermut eine der langsamsten Ratten mit seiner Fackel an. Sie kreischte, während das Fell Feuer fing, zumal auch noch etwas brennendes Pech auf sie herabtropfte.

Wolfhart gehörte inzwischen schon lange genug zu Cagliaris Gehilfen, um die Lust der beiden Zwillinge an der Qual der Ratten bemerkt zu haben. Es war ihnen eine große Freude, sie mit einer Fackel zu traktieren oder die langsamsten und schon von der Seuche gezeichneten zu packen und ihnen mit einem beherzten Griff alle Knochen zu brechen. Das quietschende Schreien der Ratten mischte sich mit dem dumpfen Glucksen und Kichern der beiden Schwachsinnigen. Ganz besonders freuten sie sich, wenn sich andere Ratten anschließend um die halbtote Kreatur balgten.

Manchmal traten die beiden aber auch einfach nur mit den Füßen nach den schwarzen, langschwänzigen Nagern oder reizten sie, indem sie ihnen die Küchenabfälle entgegenhielten und dann wieder zurückzogen, bis die Tiere halb wahnsinnig wurden.

»Diese Narren!«, dröhnte Cagliari und eilte zum Fenster. Er trommelte so stark gegen die Glasscheibe, dass Wolfhart schon fürchtete, sie könnte aus ihrem Bett aus Erdpech herausbrechen. »Hört auf, ihr Teufelsdiener!«, rief der Pestarzt so laut, dass der Lärm auf der anderen Seite des Fensters zweifellos übertönt wurde.

Während die brennende Ratte unter ihren davonstiebenden Artgenossen noch zusätzliche Panik verbreitete, erstarrten die Zwillinge augenblicklich. Mit ihren Schnabelmasken sahen sie wie Höllendiener auf einem Freskogemälde aus.

»Ich war immer dagegen, diese Schwachsinnigen mit anderen Dingen zu betrauen als mit dem Schleppen von Kisten und Kübeln!«, konnte sich Darenius einen Kommentar nicht verkneifen.

»Ja, die Welt ist ja auch voll von Helfern, die nichts anderes vom Leben erwarten, als ein paar pestverseuchte Ratten in einem Gewölbe regelmäßig zu füttern!«, konterte Cagliari.

Er wartete ab, bis die Zwillinge das Rattengewölbe durch einen separaten Ausgang verlassen und sich die Lage dort wieder einigermaßen beruhigt hatte. Der Brand des Rattenfells erstarb schließlich und ließ nur noch eine Fahne aus dunklem Rauch aufsteigen. Die Ratte selbst lebte aber wohl schon nicht mehr.

»Eines Tages wird die Seuche die beiden holen, wenn sie weiter so unvorsichtig sind«, meinte Wolfhart.

Seine eigene Stimme war ihm fremd, wenn er mit aufgesetzter Schnabelmaske sprach. Der Klang war so dumpf und schien ein Teil seiner Menschlichkeit eingebüßt zu haben. Wolfhart erschrak bei diesem Gedanken. Aber schließlich geschah all das zu einem guten Zweck, beruhigte er sich. Und gehörte es nicht zu den wichtigsten Tugenden eines Medicus und Heilkundigen, sich auch dem Unappetitlichen und Abstoßenden zu stellen? Der Schwarze Tod mochte ein mächtiger, unheimlicher, unberechenbarer Feind sein, aber noch viel schlimmer als er war die Furcht vor ihm. Und vermutlich fielen dieser Furcht sogar mehr Menschen zum Opfer als der Krankheit selbst.

»Die beiden Narren wären nicht die Ersten, denen es so ergeht«, meinte Cagliari und deutete auf den ausgestreckt daliegenden Körper von Mauro della Croce. »Er hier war deutlich vorsichtiger, und der Schwarze Tod hat ihn trotzdem geholt. Und nicht nur das! Vielleicht hat della Croce ihn sogar zurück in die Stadt getragen! Aber davon werden wir dann sicherlich bald erfahren.«

»Ist eigentlich wirklich ausgeschlossen, dass sich die Ratten aus dem Gewölbe befreien können?«

»Wir tun alles, was wir können, um so etwas zu verhindern, junger Medicus«, sagte Cagliari.

»Es heißt, dass Ratten sich durch die winzigsten Spalten zu zwängen verstehen.«

»Deswegen haben wir all diejenigen, die wir finden konnten, verschlossen. Und die beiden Türen, die den Vorraum des Rattengewölbes abriegeln und von denen immer nur eine zur selben Zeit geöffnet werden darf, tun ein Übriges. Das Türholz kratzt so dicht über den Boden, dass man viel Kraft braucht, um sie zu schließen, aber so könnte es nicht einmal einem ihrer Jungen gelingen, sich durch den Türspalt zu zwängen.«

»Warum sollten sie auch?«, meinte Darenius. »Schließlich werden sie hier doch gefüttert. Manchen Menschen in der Stadt geht es schlechter als diesen Ratten hier!«

Cagliari lachte rau. »Und von der Pest werden die Menschen auch geholt!«, meinte er.

Die klirrende Kälte in diesen Worten ließ Wolfhart für einen Moment erstarren. Er hatte diese mitleidlose Art schon ein ums andere Mal an dem von ihm so bewunderten Medicus bemerkt, und inzwischen musste er zugeben, dass sie ihn abstieß.

Er konnte nichts gegen diese Empfindung tun, und es half auch nichts, wenn er sich vor Augen hielt, dass ein mitleidlos-kalter Blick vielleicht die Voraussetzung dafür war, sich ihrer Aufgabe stellen zu können. Wie konnte man Medicus sein, wenn man zu sehr mit dem Kranken mitlitt und deshalb keine klaren Gedanken und Entscheidungen mehr fassen konnte? So ähnlich hatte sich schon der Magister Munsonius in Erfurt in einer seiner Vorlesungen geäußert, und Wolfhart hätte ihm seinerzeit auch gar nicht widersprechen mögen.

Aber bei Fausto Cagliari schien diese innere Kälte ein Maß erreicht zu haben, dem Wolfhart bisher einfach noch nicht begegnet war; und er fragte sich zunehmend, ob sie tatsächlich noch der Sache diente.

»Lazaros, das Messer!«, verlangte Cagliari. Der Hinkende gab dem Medicus ein frisch gewetztes Messer von halbmondartiger Form. Die Klinge glitt in eine der besonders großen Beulen, die sich unter der Achselhöhle hervorwölbte. Eine Flüssigkeit trat aus, die Darenius mithilfe eines Tiegels auffing. Darunter bettete er ein Tuch, das eventuell daneben tropfende Reste aufzufangen hatte.

»Seht genau zu, Wolfhart Brookinger!«, verlangte Cagliari. »Denn Ihr werdet die nächste Beule selbst aufschneiden.«

»Ich hoffe nur, dass meine Hand so ruhig wie die Eure ist!«

Cagliari trieb das Messer tiefer in das Fleisch des Toten hinein und vergrößerte den Schnitt. »Wir suchen das innerste Wesen des Schwarzen Todes, Wolfhart! Das werdet Ihr ja wohl inzwischen begriffen haben.«

»Es liegt nahe, diese Substanz in den Beulen zu suchen!«

»In den Beulen, im Schweiß, der in die Kleidung gezogen ist, im blutigen Auswurf der Lunge … und in den Flöhen, die die Ratten bevölkern und die auf die Menschen springen! Diese

Substanz ist überall und nirgends. Wir wissen, dass sie da ist, aber wir konnten sie bisher nicht isolieren und in ein Konzentrat bringen!«

»Warum wollt Ihr das?«, fragte Wolfhart, während eine schleimige, eitrige Flüssigkeit aus der Beule in den Tiegel hineinquoll, woraufhin die Beule rasch an Volumen verlor.

»Weil man seinem Feind ins Auge sehen muss, Wolfhart. Wenn Euch der Gedanke daran eine zu große Furcht erzeugt, so solltet Ihr darüber nachdenken, ob Ihr hier am richtigen Ort seid. Aber zögert nicht zu lange.«

»Womit?«

Lazaros brachte den gefüllten Tiegel fort, stellte ihn auf einen anderen Tisch und verschloss ihn mit einem Deckel. Schließlich konnte man ja nicht ausschließen, dass diese eitrige Substanz krankmachende Gase absonderte.

Cagliari richtete sich wieder vollständig auf. »Ich spreche von Eurer endgültigen Entscheidung, Wolfhart.«

»Endgültigen?«, echote der Kaufmannssohn aus Lübeck. Er hatte sich seine Lehrzeit bei Medicus Cagliari bisher anders vorgestellt. »Das klingt ja fast so, als müsste ich in eine Art Orden eintreten. Und ich dachte, gerade Meister Darenius hat davon die Nase voll!«

»Es geht um Geheimnisse, die gewahrt werden müssen«, sagte Cagliari. »Wir müssen sicher sein, dass Ihr mit den Dingen, die Ihr hier und jetzt erfahrt, nicht hausieren geht.«

»Aber sollte sich nicht jede Erkenntnis, die es über den Schwarzen Tod gibt, so schnell und so weit wie möglich verbreiten?«

»Im Prinzip habt Ihr Recht, Wolfhart. Aber so weit sind wir noch nicht. Bei einer unbedachten Weitergabe der Erkenntnisse liefen wir Gefahr, der Ketzerei angeklagt zu werden. Es könnte jemand behaupten, wir seien mit dem Satan im Bund, und schon wären wir alle wohl nicht einmal mehr in der Lage, uns selbst zu helfen.«

»Aber der Kaiser hält doch die Hand über Euch und Eure Forschungen.«

»Das tut er«, gab Fausto Cagliari zu. »Ich kann mich in dieser Hinsicht seit Jahren nicht beklagen. Und doch! Wenn ein solcher Verdacht erst einmal in der Welt ist … Ihr habt sicher schon erlebt, wie schnell das in diesen Zeiten geschehen kann!«

»Ich habe meine Entscheidung längst getroffen«, erklärte Wolfhart.

»Das freut mich zu hören.«

»Ich will alles wissen, was es zu wissen gibt!«

»Dann seid Ihr hier richtig.« Fausto Cagliari reichte Wolfhart das Messer. »Es sind noch einige Beulen mit wertvollem Inhalt übrig, junger Medicus!«

Ein Tag verging wie der andere. Die Arbeit war kaum zu schaffen und erforderte ein Höchstmaß an innerer Sammlung und Aufmerksamkeit, denn jeder Fehler mochte unter Umständen grausam bestraft werden. Die aus den Wunden gewonnenen Sekrete wurden in dichten Behältnissen aufbewahrt, die zur Ausstattung jeder guten Alchimisten-Küche gehörten. In kolbenförmigen Glasbehältern wurden sowohl die Sekrete als auch das in kleine Stücke geschnittene Hemd des Toten über einer Flamme erhitzt. Außerdem schnitt Cagliari noch verschiedene Proben aus dem Inneren des Körpers heraus, die auf ähnliche Weise behandelt wurden.

»Wir müssen versuchen, die eigentliche Substanz aus den Proben herauszukochen!«, erklärte Cagliari.

»Ihr sprecht von jener Essenz, die den Schwarzen Tod auslöst«, vergewisserte sich Wolfhart, während er dem großen Medicus dabei zusah, wie er ein Stück der Lunge, das er zuvor in einem Mörser zerstoßen hatte, in einen der Kolben füllte, um auch daraus die Essenz herauszukochen. Eine von außen mit Bitumen abgedichtete und aus einem widerstandsfähigen Leder bestehende Schlauchverbindung wurde auf den Ausgang des erhitzten Kolbens aufgepfropft und fing den entstehenden Dampf auf, der dann in einen weiteren Kolben geleitet wurde, wo er sich in Form von Tröpfchen absetzte.

Es war immer derselbe Vorgang. Im zweiten Kolben setzte sich nichts anderes als klares Wasser ab. Das, worauf es Fausto Cagliari ankam, war der Inhalt des ersten Kolbens.

Die Rückstände wirkten zumeist unscheinbar, aber der Meister-Medicus war davon überzeugt, dass in ihnen in mehr oder minder großer Konzentration das zu finden war, was er die Essenz des Schwarzen Todes nannte.

»Wir haben viel zu wenige menschliche Körper, mit denen wir das tun können«, erklärte Darenius. »Nur zu Zeiten der Pest gibt es so viele, dass wir sie gar nicht alle untersuchen können, selbst wenn wir es wollten!«

»Darum nehmen wir Ratten«, ergänzte der hinkende Lazaros, der gerade einmal wieder die Feuerstelle angefacht hatte, die zu verlöschen drohte.

Wolfhart lernte schnell, wie die entsprechenden Prozeduren durchzuführen waren, und er sog jedes Wort, was Cagliari sagte, in sich auf. Der Meister-Medicus sprach von all den Pestepidemien in ungezählten Städten, die er erlebt hatte, und davon, was man seiner Meinung nach hätte tun können. Das einzige Mittel war seiner Ansicht nach die Quarantäne von vierzig Tagen. »Aber das ist nichts weiter als eine Notmaßnahme, die nichts mit einer wirklichen Abwehr, geschweige denn einem tiefen Verständnis des Schwarzen Todes zu tun hat!«

Cagliari schien die Dinge sehr grundsätzlich anzugehen. Und genau das gefiel Wolfhart. Nur ab und zu hatte er das Gefühl, dass da noch etwas war, was der große Medicus ihm bisher noch nicht offenbart hatte. Manchmal bemerkte Wolfhart bei ihm ein eigenartiges Zögern. Dann stockte er mitten im Satz und führte seinen Gedanken nicht zu Ende, so als wollte er damit stillschweigend ausdrücken: So weit seid Ihr noch nicht, Wolfhart Brookinger!

Mit den gewonnenen Essenzen wurden später Ratten, die in besonderen Räumen gehalten wurden, in Berührung gebracht. Ratten, die von den Zwillingen frisch eingefangen worden waren und die Cagliari nach eingehender Untersuchung für gesund hielt. Nach kurzer Zeit war Wolfhart ebenfalls geübt genug, um zu beurteilen, ob eine Ratte pestinfiziert war. Die Symptome unterschieden sich zumeist nicht sonderlich von jenen, die auch bei den Menschen auftraten.

»Untersuche die Ratten einer Stadt, und du weißt, wie schlimm die nächste Epidemie zu werden droht!«, meinte Cagliari. »Ich habe schon Städte gesehen, da hatte der Fluch längst begonnen, und die Bewohner hatten das noch gar nicht bemerkt! Aber es sind immer die Ratten, die zuerst sterben!«

Das Quartier, das Wolfhart im Palast bezog, lag in einem Trakt, wo ansonsten mittlere Ränge der kaiserlichen Garde und mittlere Würdenträger untergebracht wurden. Schreiber und Sekretäre, aber auch Verwalter und Hofmeister, die dafür zu sorgen hatten, dass im Palast alles reibungslos ablief – gehobene Bedienstete, von denen die meisten den Kaiser kaum öfter sahen als das gemeine Volk in der Stadt.

Manch begabter Handwerker war auch darunter. Ein Goldschmied, dessen Schmuck bei den Damen am Kaiserhof besonderen Anklang fand, und sogar ein Lautenspieler und Sänger, der unter Kaiser Johannes noch hoch angesehen gewesen war und dessen Tage am Hof unter Kaiser Konstantin XI. wohl gezählt waren, da dieser die Ansicht vertrat, dass Musik ausschließlich religiösen Zwecken zu dienen habe, und sie in ihrer weltlichen Ausprägung ablehnte. Es gab einen eigenen Speisesaal für diese Palastbewohner. Mit den wirklich einflussreichen Herrschaften, die so gut wie immer aus den alteingesessenen Adelsfamilien stammten, hatten sie keinerlei Berührung.

Cagliari gehörte auch zu ihnen. Seine Helfer hingegen wurden im Palast nicht geduldet. Sie lebten in den Kellern, in denen sie auch arbeiteten. Es gab schließlich Raum genug in der Unterwelt Konstantinopels.

Dass man Wolfhart mehr entgegengekommen war, schob dieser darauf, dass er immerhin einen akademischen Grad besaß, auch wenn vermutlich kein Einheimischer von Konstantinopel den Namen der Universität Erfurt auch nur schon einmal gehört hatte. Aber es konnte auch daran liegen, dass Fausto Cagliari ihn als in gewisser Weise ebenbürtig betrachtete.

Cagliari benutzte sein Quartier im Palast allerdings selten. Oft verbrachte er auch die Nächte in den Kellern, schlief nur ein paar Stunden auf einer kargen Pritsche und ließ sich dann von dem hinkenden Lazaros wecken.

Wolfhart hingegen hatte das Bedürfnis, die Unterwelt zwischenzeitlich zu verlassen – und wenn es nur für wenige Stunden am Tag war. Diese Gewölbe wirkten auf die Dauer einfach nur bedrückend. Dasselbe galt für die Pestleichen und die dahinsiechenden Ratten, deren Schmerzensschreie manchmal eine erschreckende Ähnlichkeit mit den Lauten kleiner Kinder hatten.

Und darüber hinaus nahm er auch gerne die Möglichkeit wahr, eine Speisung zu bekommen. Ein Festbankett war das zwar nicht, aber das Essen war viel besser als in fast allen öffentlichen Gasthäusern, die Wolfhart jemals betreten hatte.

Sein Quartier war ein kleiner Raum mit einem hohen Fenster. Wolfhart fühlte sich an eine Mönchszelle erinnert. Es gab ein einfaches Bett, und an der Wand hingen ein Kreuz und ein Bild im Stil der Ikonenmaler, von denen einige im gleichen Trakt untergebracht waren.

Zumeist war Wolfhart allerdings so müde, dass er sofort einschlief und sogar die Mahlzeiten vergaß. Manchmal kam er am frühen Morgen oder sogar erst am Nachmittag in sein Zimmer, nachdem er anderthalb Tage in der engen Schutzmontur verbracht hatte.

Oft dachte er dann an Maria – und dass er sie gerne wiedersehen würde. Ihre leidenschaftliche Begegnung im Kontor glich in seiner Erinnerung einem Fiebertraum, von dem man anschließend nicht so recht wusste, ob es wirklich nur ein Traum gewesen war.

Jedenfalls hatte er nie zuvor eine Frau wie sie kennengelernt. Und er konnte sich auch nicht erinnern, jemals eine ähnlich starke Empfindung für einen anderen Menschen gehabt zu haben.

Du hast dich entschieden!, ermahnte er sich. Entschieden für ein Leben, das man alles andere als standesgemäß bezeichnen konnte. Wenn er ein Kaufmannssohn aus Lübeck geblieben wäre, hätte er unter günstigen Umständen daran denken können, Maria zu heiraten und mit ihr ein paar Kinder großzuziehen. Aber das war ein flüchtiger Wunschtraum. Er hatte einen vollkommen anderen Weg eingeschlagen und sich damit aus jenem Kreis entfernt, der für Maria in Frage gekommen wäre.

Am besten, man akzeptierte die Dinge, wie sie nun einmal waren.

Auch wenn er keinem Orden beigetreten war, so hatten sie sich doch alle ihrer Aufgabe auf ähnliche Weise verschrieben wie ein Mönch, der mit aller Konsequenz Jesus nachfolgen und sich einer Sache widmen wollte, die keinen Platz für etwas anderes ließ.

Oh Herr, warum hast du uns nur ein einziges Leben gegeben!, dachte Wolfhart nicht zum ersten Mal.

Sechzehntes Kapitel

Hinter der Maske

Ein Reiter preschte durch die Straße, die vom Forum Tauri entlang des Valenus-Aquädukts zur Apostelkirche führte. Die Nähe zum Aquädukt und der dadurch bedingte Zugang zu einer ständigen Wasserversorgung hatten hier große Villen wohlhabender Bürger entstehen lassen. Hohe Beamte, Veteranen aus den höheren Rängen der kaiserlichen Garde und reich gewordene Händler mit besonderen Talenten, denen die Gassen der Stückgießer, Weber oder Goldschmiede zum Wohnen zu eng geworden waren, lebten hier. Inzwischen aber war das Aquädukt die meiste Zeit über verstopft. An manchen Stellen hatte es Risse, und wenn es ein paar Tage regnete, rann das Wasser die mächtigen Säulen herab und verbreitete einen üblen Gestank von verfaulendem Blätterwerk. Bei Trockenheit lockte das Aquädukt ganze Vogelschwärme an, die sich in dem angeschwemmten Schlamm ihre Mahlzeiten suchten.

Auch jetzt kreischten so viele Raben über dem Aquädukt wie sonst nur über einem Schlachtfeld. Ihr Gekrächze war so laut, dass es die Geräusche der Stadt übertönte. Selbst der ferne Geschützdonner vom Bosporus ging darin unter. Seeleute sagten, dass die Türken eine neue Festung bauten und offenbar eifrig damit beschäftigt waren, sie mit Kanonen zu bestücken. Kanonen, die größer und vor allem treffsicherer waren als diejenigen, die sie bisher besessen hatten.

Wenn der Wind entsprechend stand, dann trug er ihren Klang

wie fernes Donnergrollen zur Stadt, was wie eine dunkle Drohung wirkte. Und schon mancher fürchtete, dass die Schifffahrt durch den Bosporus und damit auch die Verbindung zu den verbündeten christlichen Reichen Georgien und Trapezunt und der Weg ins Schwarze Meer bald völlig unterbunden werden würden.

Marco di Lorenzo schlang sich den Mantel um die Schultern. Er trug die Kapuze tief ins Gesicht gezogen, sodass man ihn kaum erkennen konnte. Er führte sein Pferd bis zum Portal einer etwas heruntergekommenen Villa, an deren Wänden der Wein üppig emporrankte, sodass die abblätternde, rissige und seit Jahren vernachlässigte Fassade gnädigerweise verdeckt wurde. Sie gehörte einem gewissen Leptonos, dem ehemaligen Kommandanten der kaiserlichen Garde, der durch einen Reitunfall an die Sänfte gefesselt war. Man sagte ihm immer noch großen Einfluss nach, und der derzeitige Kommandant Jason Argiris galt als sein Zögling.

Ein Diener lief die wenigen Stufen herab und nahm Marco die Zügel ab.

»Ihr seid Marco di Lorenzo?«

»So ist es!«

»So geht die Treppe empor und wartet im Vorraum. Ich werde mich um Euer Pferd kümmern.«

»Gewiss.«

Marco tat, wie ihm geheißen. Er passierte das Portal, dessen Tür sich einfach öffnen ließ, und wartete im Eingangsraum, einer Halle mit Marmorboden, in die Licht durch die mit Alabaster versehenen Fenster fiel.

Marco wartete einige Augenblicke und ging dabei unruhig hin und her. Aus einem benachbarten Raum vernahm er dunkle Männerstimmen. Ihr Tonfall hörte sich nach Streit an. Doch plötzlich waren die Stimmen verstummt.

Der Diener kehrte zurück, sein Gesicht wirkte vollkommen

ausdruckslos und unbewegt. Unter einer Lederweste trug er eine bunte Livree. Beides war ihm zu groß, wahrscheinlich hatte vor ihm ein anderer Bediensteter diese Kleider getragen. Der Diener deutete eine Verbeugung an. »Folgt mir, Herr!«

Sie schritten durch eine Flügeltür und durchquerten einen großen Raum, der allerdings kaum Einrichtungsgegenstände enthielt. An den Abdrücken an den Wänden war zu erkennen, dass dort einmal Gemälde oder Wandteppiche gehangen hatten. Vielleicht hatte der Eigentümer vieles von dem wertvollen Hausrat verkaufen müssen, um sich den Unterhalt des Anwesens weiterhin leisten zu können.

Der Diener öffnete eine weitere Flügeltür.

Dahinter öffnete sich ein kleinerer Raum, dessen Einrichtung etwas weniger karg erschien.

In einer Sänfte lag Leptonos. Marco erschrak, denn als er ihn zuletzt gesehen hatte, war er noch Kommandant der Garde gewesen. Bei offiziellen Anlässen am Hof, zu denen Luca di Lorenzo seine Familie hatte mitnehmen können, war Leptonos immer in der Nähe des Kaisers zu sehen gewesen. Ebenso während der Gottesdienste in der Hagia Sophia, die Marco als Kind wegen des bunten, aufregenden und irgendwie geheimnisvoll wirkenden Schauspiels, das sich ihm da geboten hatte, immer sehr genossen hatte. Der Ritus der Ostkirche erschien ihm in dieser Hinsicht bis heute mystischer und seelenvoller als die römische Messe.

Allerdings war der Zauber dieser Geheimnisse für Marco längst verflogen. Spätestens seit dem Pesttod seiner Eltern konnte er damit nichts mehr anfangen. Ganz gleich, nach welchen Riten man Gott auch anrief, er schien taub zu sein und sich nicht dazu herablassen zu wollen, machtvoll in das Geschehen einzugreifen. Da lag der Verdacht nahe, dass dem alten Mann die Macht längst abhandengekommen war.

Der Glaube, so empfand es Marco, war dadurch zu einer Parodie seiner selbst geworden. Und auch wenn es ein ketzerischer Gedanke war, für den er gewiss einige tausend Jahre lang im Fegefeuer zu schmoren hätte, so war er doch nicht mehr bereit, diesen Gott als oberste Autorität anzuerkennen. Und seine irdischen Vertreter schon gar nicht.

Leptonos war seit den Tagen von Marcos Kindheit unglaublich dick geworden, und die Sänftenträger waren um ihre wahrhaft beschwerliche Aufgabe, ihn herumzutragen, nicht zu beneiden. Der ehemalige Gardekommandant konnte sich nicht einmal aufsetzen. Er lag auf Kissen gebettet da und konnte lediglich die linke Hand etwas anheben, während die rechte genauso gelähmt war wie seine Beine. Aber nach allem, was man über ihn erzählte, war sein Verstand noch immer so scharf, wie es bei nur wenigen sonst der Fall war.

Leptonos war der Einzige im Raum, dessen Gesicht zu sehen war. Die anderen Anwesenden trugen lange Kapuzenumhänge und Masken aus Bronze, die nur die Augen freiließen und Grimassen schneidende Teufel darstellten. Neidfratzen, wie man sie an vielen Brunnen sehen konnte und deren Aufgabe es war, durch ihren grässlichen Anblick böse Geister zu vertreiben.

»Lass uns allein!«, verlangte Leptonos von seinem Diener.

Dieser machte eine ziemlich tiefe Verbeugung und zog sich dann zurück. Dabei schloss er die Flügeltür sorgfältig. Zu Marcos Überraschung wurde von außen ein Schlüssel herumgedreht und ein Riegel vorgeschoben. War es vielleicht doch ein Fehler gewesen hierherzukommen?, ging es ihm durch den Kopf, während er sich misstrauisch und sichtlich irritiert zur Tür herumdrehte.

»Wir wollen doch ungestört sein«, erklärte Leptonos, und sein feistes Gesicht formte das Zerrbild eines Lächelns.

»Gewiss«, nickte Marco, wobei sich seine Hand um den Griff des Seitschwertes legte.

Jetzt meldete sich einer der Maskierten zu Wort. »Leg deine Waffe auf den Boden!«, verlangte er. Seine Stimme klang dumpf unter der starren Bronzemaske, an deren Oberkante die Hörner des Satans angedeutet waren.

Marco zog das Seitschwert hervor. »Ich habe nie gelernt, mit dieser Waffe zu kämpfen, und wahrscheinlich ist sie auch gar nicht wirklich dazu geeignet«, sagte er etwas verlegen. »Aber sie sieht gut aus.«

Er legte das Schwert auf den Boden.

Einer der Maskierten trat vor, nahm es auf und richtete die Klinge auf Marcos Brust. Es war derjenige, der auch zuvor das Wort geführt hatte. Die Augen hinter den kleinen Schlitzen, die die Maske freiließ, flackerten unruhig.

»Das Wort!«, verlangte er. »Wie heißt das Wort, durch das du dich zu erkennen gegeben hast?«

»Mein Name ist Legion, denn viele sind wir!«, antwortete Marco mit leicht heiserer Stimme.

»Gut, so lasst uns reden.«

»Ich will zuerst sein Zeichen sehen«, meldete sich einer der anderen Maskenträger. »Andernfalls werde ich mich nicht mit ihm abgeben!«

»Mein Zeichen?«, murmelte Marco.

»Das Zeichen in deinem Fleisch«, erläuterte der Maskenträger. Seine Stimme war tiefer und seine Statur größer als die der anderen.

Der erste Maskenträger drehte sich um. »Wir sollten uns nicht länger aufhalten lassen!«

»Ich bestehe darauf. Wer das Zeichen nicht trägt, dem ist nicht zu trauen!«, beharrte der große Maskenträger.

Der erste Sprecher mit dem flackernden Blick sah Marco an. »Du hast gehört, was gesagt wurde!«

Marco schlug den Mantel zur Seite. Darunter trug er eine

Lederweste und ein Hemd, so schneeweiß wie die Wolken über Konstantinopel an einem schönen Sommertag. Er rollte den weiten Ärmel auf, bis der Schulteransatz sichtbar wurde – und mit ihm die eingebrannten Buchstaben Lambda und Rho.

Unter den Maskenträgern kam kurz ein Gemurmel auf.

Marco trat auf die Gruppe zu, um ihnen das Zeichen besser sichtbar zu machen. Einige Augenblicke sagte keiner von ihnen ein Wort. Marco begegnete ihren Blicken. Dunkle Augen, graue Augen, blaue Augen … Bei manchen der Augenpaare war das Weiße von blutigen Adern durchzogen, die jemand mit einer guten Beobachtungsgabe vielleicht sogar wiederzuerkennen vermochte. Manchmal war es ein ruhiger und dann wieder ein äußerst nervös wirkender Blick.

Und in einem Fall blickten ihn ein blaues und ein grünes Auge durch den Maskenschlitz an. Marco stutzte unwillkürlich einen Moment.

Jener großgewachsene Maskenträger, der das Zeichen in Marcos Fleisch unbedingt hatte sehen wollen, hob abwinkend die Hand. Er schien zufrieden zu sein.

»Es ist wohl alles in Ordnung.«

»So können wir zum Thema kommen«, sagte nun Leptonos von seiner Sänfte aus. Seine Stimme hatte einen durchdringenden, befehlsgewohnten Klang, und man konnte sich sehr gut vorstellen, wie er einst in der Garde die Disziplin erhalten hatte. Selbst jetzt reichte der pure Klang seiner Stimme, um sofort die Führung zu übernehmen.

Marco schluckte.

»Ich hatte euch Geld versprochen«, sagte er und wirkte kleinlaut.

»Du gehörst zum Orden der Cherubim«, sagte Leptonos. »Das Zeichen an deiner Schulter beweist es.«

»Ja.«

»Es spricht davon, dass du dich uns verschrieben hast und zu dem Wort, das du gegeben hast, auch stehen musst!«

»Das ist mir wohl bewusst!«

»Und warum haben wir dann keinerlei Geld mehr von dir bekommen?«

»Weil man mich auf kalte Weise von der Verfügungsgewalt über das Vermögen unseres Handelshauses ausgeschlossen hat!«, klagte Marco. »Das waren meine Schwester und ihr levantinischer Schreiber, dieser Davide Scrittore, den man eigentlich bei seinem arabischen Namen Daoud al-Khatib nennen sollte! Schließlich ist er so verschlagen wie ein Bazari in Alexandria oder Kairo! Ich gehe davon aus, dass er nichts anderes im Sinn hat, als sich letztlich das gesamte Vermögen des Hauses di Lorenzo unter den Nagel zu reißen!«

»Du teilst doch unsere Ziele«, sagte der große Maskenträger.

»Das Böse kann nur mit dem Bösen bekämpft werden, und die unbestreitbare Macht Luzifers muss dienstbar gemacht werden!«, zitierte Marco einen Satz aus den Schriften, die unter den Cherubim kursierten. »Gott und Luzifer sind Zwillinge, und wenn der eine zu fallen droht, darf die Hilfe des anderen nicht verschmäht werden!«

»Das sind die Worte, Bruder Marco! Worte aus unseren Schriften, aber doch nur Worte!«, befand der große Maskenträger. »In Zukunft wird es um Taten gehen. Und dazu brauchen wir Mittel!«

»Ich glaube, diese Notwendigkeit hat unser junger Freund längst eingesehen«, mischte sich nun Leptonos ein. »Und ich möchte auch keinesfalls, dass hier missverständlich geredet wird!«

»Ich habe nichts missverstanden«, gab Marco zurück.

»Es stehen große Veränderungen an«, sagte Leptonos. »Und wir werden alle Mittel brauchen, um dann bestehen zu können.«

»Dann ist der Tag nahe, an dem sich alles umkehrt? An dem das Niedrige groß und das Große niedrig und aus Luzifer Gott und aus Gott ein Teufel wird?«

Marco erhielt auf diese Frage keine direkte Antwort.

»Wann können wir mit deinem Geld rechnen?«, fragte schließlich jener Maskierte, der nur ein Auge zu haben schien.

»Bald!«, versprach Marco. »Sehr bald!«

»Zu unserer nächsten Messe?«

»Gewiss! Zumindest mit einem Teil. Ich schwöre es! Beim Zeichen, das ich im Fleisch trage!«

»Wir werden sehen, was dieser Schwur wert ist.«

Daraufhin erhielt Marco sein Schwert zurück.

»Wir sind der Orden der Cherubim – und dieser Name hat durchaus seine Bedeutung!«, meldete sich nun einer der Maskierten zu Wort, der sich bisher noch nicht geäußert hatte.

»Ich weiß«, flüsterte Marco tonlos und mit hörbarem Schauder.

»Die Cherubim sind diejenigen unter den Engeln, die das Schwert führen. Und das tun wir auch. Gegen jeden, von dem wir glauben, dass er uns schaden kann – auch in unseren eigenen Reihen! Dann werden wir zu grausamen Dienern Luzifers, so wie das Liber Sacer und das Buch der Cherubim von Lucifuge Rofocale berichten, in dessen Nachfolge wir stehen und dessen Zeichen wir im Fleisch tragen.« Eine Pause folgte. »Du weißt, was das bedeutet!«

»Du willst mir drohen?«, fragte Marco etwas irritiert.

»Wir wollen dir nur zu verstehen geben, was geschieht und was vielleicht noch geschehen könnte! Denn nichts hassen beide Zwillinge – Gott und Luzifer – so sehr wie die Untreue, Marco!«

»Das habe ich verstanden«, lautete Marcos Antwort.

Aus diesem Orden konnte man nicht austreten.

Luzifer ließ sich nicht die Gefolgschaft aufkündigen. Von niemandem. Zumindest in dieser Hinsicht waren sich die Zwillinge aus Himmel und Hölle doch recht ähnlich.

Auf Leptonos' Ruf hin war der Diener erschienen und hatte Marco di Lorenzo wieder hinausbegleitet. Die Anwesenden schwiegen, bis sich die Flügeltür geschlossen hatte.

»Ich bin mir nicht sicher, ob wir uns wirklich auf ihn verlassen können!«

»Es war unvorsichtig, ihn schon so viel wissen zu lassen!«

»Der junge di Lorenzo ist neugierig!«

»Es geht um einen Sturz des Kaisers! Einen Staatsstreich!«

»Davon ahnt er nichts.«

»Aber vielleicht seine Schwester und dieser Schreiber, Davide Scrittore.«

»Du kennst ihn?«

Einer der Maskierten nahm nun seine Maske ab. Es war der mit einem blauen und einem grünen Auge, was nur auffiel, wenn man ihm geradewegs ins Gesicht sah. »Ich habe bereits versucht, das Problem auf andere Weise zu lösen, aber die Männer, die ich beauftragt hatte, haben sich von irgendeinem Kerl in die Flucht schlagen lassen, der ihnen einredete, die Pest sei ausgebrochen!«

»Ich muss mich schon wundern, was für Männer für dich arbeiten, Bruder Nektarios!«, meinte der Großgewachsene. Auch er nahm nun die Maske ab. Das Gesicht von Jason Argiris, dem Kommandanten der kaiserlichen Garde, kam darunter zum Vorschein.

»Es war Gesindel«, gab Nektarios zu. »Gesindel, das niemand je mit dem Ersten Logotheten des Kaisers in Verbindung bringen wird!« Nektarios lachte meckernd. »Man kann sich nicht immer aussuchen, wen man für sich arbeiten lässt!«

»Fest steht, dass wir das Vermögen des Hauses di Lorenzo

brauchen«, sagte Jason Argiris. »Ich wüsste nicht, wie wir sonst genug Mittel aus unabhängigen Quellen bekommen sollten, um die richtigen Leute zu bestechen, damit sie stillhalten, wenn der Kaiser – ersetzt wird.« Das kurze Zögern vor dem letzten Wort seines Satzes war bezeichnend. Jemand wie Jason Argiris neigte traditionsgemäß zu einer sehr klaren, strikten Analyse der Lage.

»Es gibt zwei Wege, um an ein Vermögen zu gelangen«, sagte ein anderer Maskierter, der sein Gesicht bisher noch bedeckt hielt. »Der sicherste wäre ein Testament.«

»Das haben wir doch!«, meinte Nektarios. »Marco di Lorenzo hat seine sämtlichen Erbansprüche unverdächtigen Mitgliedern unseres Ordens überschrieben, so wie es jeder unserer Ordensbrüder tut!«

»Nur ist das in diesem Fall ungültig«, sagte der maskiert Gebliebene. »Das Testament, das Maria und Marco di Lorenzo sowie zu einem kleineren Teil diesen Davide Scrittore zu Erben macht, ist nämlich so verfasst, dass der Besitz zusammengehalten und der nächsten Generation erhalten bleibt. Falls Marco stirbt, ohne Nachkommen zu hinterlassen, erben seine Schwester Maria und ihre Nachkommen. Falls aber Marco und Maria beide sterben sollten, bevor es Nachkommen gibt, so wird der Großteil des Guthabens dazu verwendet, die mildtätigen Werke eines gewissen Paters namens Matteo da Creto zu unterstützen, der für manche Leute fast den Status eines Heiligen besitzt, weil er in seiner Jugend an der Pest erkrankte und sie überlebte.«

»Und was schlägst du als den Königsweg vor – falls wir uns nicht darauf verlassen wollen, dass Marco es doch noch schaffen sollte, sich gegen seine Schwester und diesen Schreiber durchzusetzen?«, fragte Jason Argiris.

»Eine Heirat ist im Allgemeinen die effektivste Art der Vermögensübertragung!«, meinte der bisher maskiert Gebliebene, der jetzt sein Gesicht doch noch offenbarte und mit dem Hemdsärmel den Schweiß von der Innenseite der Maske wischte.

Nektarios lächelte breit.

»Wie gut, dass wir einen Rechtsgelehrten von deinem Rang in unseren Reihen haben, Jakob Forlanus, der noch dazu die Einzelheiten gewisser Dokumente so gut kennt, als hätte er selbst sie aufgesetzt!«

Siebzehntes Kapitel

Hoffnung und Verfall

Maria hörte italienische Stimmen, als sie in Begleitung von Davide und Thomás die Hagia Sophia betrat. Söldner aus Venedig und Genua!, ging es ihr durch den Kopf. Mehr als dreitausend angeworbene Krieger waren in den letzten Wochen an Bord von schwer bewaffneten Galeonen in Konstantinopel angekommen und verstärkten die kaiserliche Garde. Ein etwas kleineres Kontingent aus Aragon war auch dabei. Das katalanische Idiom, das Maria zwar einigermaßen verstehen, aber nur schlecht sprechen konnte, war nicht ganz so häufig vertreten wie der venezianische Dialekt. Aber vielleicht fiel ihr das auch nur deshalb auf, weil an diesem Tag mehr Söldner vom Kaiser zusammengezogen worden waren, als es in all den letzten Jahren aus irgendeinem anderen Anlass geschehen wäre.

Athanasius Synkellos sollte heute zum Patriarchen geweiht werden. Faktisch hatte er dieses Amt schon seit der Flucht von Gregor III. Mammas inne, doch nun war der Zeitpunkt gekommen, da er mit allen damit verbundenen Ehren eingesetzt werden sollte. Dieser Akt der Einsetzung war keineswegs nur eine kirchliche Feierlichkeit, sondern ein großes politisches Spektakulum.

Der Kaiser würde kommen – und anders als im Selbstverständnis der römischen Kirche war nicht das Kirchenoberhaupt dem Kaiser, sondern umgekehrt der Kaiser dem Kirchenoberhaupt gegenüber die eindeutig höhere Instanz.

Um jeden Preis, so schien es, wollte Kaiser Konstantin XI. verhindern, dass es erneut zu einem vergleichbaren Zwischenfall käme wie beim Attentat auf Gregor III. Mammas. Dem diente das ungeheure Aufgebot an Bewaffneten.

Dass man gerade diese frisch eingetroffenen Kräfte mit der Bewachung betraut hatte, war auch kein Zufall. Schließlich war es sehr viel schwerer, unter diese Fremden Söldner, Spione und Attentäter einzuschleusen, als dies bei einheimischen Kräften der Fall gewesen wäre.

»Es freut mich sehr, Euch hier zu sehen«, hörte Maria eine Stimme hinter sich. Sie drehte sich um und sah Jakob Forlanus zwischen den Säulen hervorkommen. Fast könnte man denken, dass er hier auf mich gewartet hat!, ging es Maria durch den Kopf.

»Beim letzten Mal seid Ihr mit einem Wagen des Hauses di Lorenzo zur Hagia Sophia gefahren«, gab Maria freundlich zurück.

»Das war diesmal leider nicht möglich.« Er beugte sich etwas vor. »Ich hatte im Kaiserpalast zu tun«, verriet er dann. »Ein ziemlich umfängliches Rechtsgutachten. Ich darf nicht darüber sprechen, wie Ihr gewiss verstehen werdet.«

»Natürlich.«

War Forlanus vielleicht gerade dabei, einen entscheidenden Schritt nach oben zu machen? Oder machte er sich lediglich wichtig? Maria durchschaute noch nicht so recht, was der Rechtsgelehrte letztlich im Sinn hatte. Freilich klangen ihr die Bemerkungen von Davide Scrittore im Ohr, wonach Forlanus ein durchaus akzeptabler Heiratskandidat sei – wenn auch von seinem standesmäßigen Hintergrund her nicht unbedingt optimal.

»Ich habe ein Gerücht gehört, wonach Bartolomeo Maldini ganz offiziell angefragt hätte, ob Ihr nicht seinen Sohn Claudio Emanuele heiraten wollt.«

»Da muss ich Euch leider enttäuschen, Forlanus.«

»Es wäre mir angenehm, wenn Ihr mich Jakob nennen würdet. Das hat Euer Vater auch getan.«

»Wie gesagt, es sind nur Gerüchte.«

Jakob Forlanus beugte sich wieder etwas vor und sprach nun in gedämpftem Tonfall. Er wurde so leise, dass Maria manche seiner Worte eher erahnen als verstehen konnte. Offenkundig wollte der junge Rechtsgelehrte verhindern, dass irgendjemand sonst mitbekäme, was er zu sagen hatte. »Wenn es nur Gerüchte sind, dann, muss ich sagen, bin ich ja beruhigt.«

»Weshalb?«

»Weil demnach auch die Gerüchte, die ich außerdem über Claudio Emanuele Maldini gehört habe, vielleicht doch nicht von ganz so gravierender Bedeutung sind. Gerüchte, die besagen, dass er – wie soll ich das sagen? – unempfänglich für die Anziehungskraft des weiblichen Körpers ist und die Gesellschaft von Damen wenig schätzt.«

»Ich habe diese Gerüchte, von denen Ihr sprecht, ebenfalls gehört, aber Ihr könnt ganz beruhigt sein ...«

»Seid vorsichtig damit, den Sohn des großen Bartolomeo Maldini zu verleumden!«, griff nun Davide beherzt ein. »Ihr solltet als Rechtsgelehrter und Advocatus doch wissen, welche Folgen solches Gerede haben kann!«

»Ich habe nichts gesagt, was dem Sohn des ehrenwerten Herrn Maldini schaden könnte!«, behauptete Forlanus. »Geschweige denn von Dingen gesprochen, die man vor ein Gericht bringen könnte. Ich war vielmehr um das Wohl von Maria di Lorenzo besorgt – und das würde doch eigentlich auch Euch gut anstehen, Scrittore!«

»Sollte es ein Angebot der Familie Maldini gegeben haben, so wird dies sehr sorgfältig geprüft werden, Forlanus! Und nun entschuldigt uns, denn jetzt ist es Zeit, einem Gottesdienst beizuwohnen – und Rechtsgeschäfte für das Haus di Lorenzo werdet Ihr ja jetzt wohl nicht abwickeln wollen. Weiter haben wir gegenwärtig auch nichts zu besprechen!«

Jakob Forlanus' glattes Gesicht verwandelte sich nach dieser eindeutigen Abfuhr zu einer eisernen Maske. Sein Lächeln wirkte wie gefroren, und in seinen Augen glitzerte ein kalter Glanz. »Es freut mich immer wieder, Euch zu sehen und von Euch Neuigkeiten zu erfahren, Scrittore!«

»Ganz meinerseits, Forlanus!«

»Im Gegenzug erfahrt auch Ihr von mir eine Neuigkeit: Bartolomeo Maldini liegt im Sterben. Falls Ihr mit ihm zu einer Einigung kommen wollt, dann solltet Ihr das schnell tun – wer weiß, ob sein Sohn nicht eine gänzlich andere Wahl treffen wird als sein Vater. Eine Wahl, bei der jede Frau vermutlich von Anfang an ohne jede Chance wäre!« Er deutete eine Verbeugung an und wandte sich dann an Maria. »Es würde mich freuen, Euch bei Gelegenheit wieder dienen zu dürfen, Maria di Lorenzo!«

»Dazu wird es sicherlich eher früher als später kommen«, gab Maria höflich zurück. »Ihr kennt die Vielzahl der Gesetze und Vorschriften ja am besten und wisst, wie schnell sie sich als Fallstricke erweisen können und man sich vor Gericht wiedersieht.«

»So ist es«, nickte Jakob Forlanus. »Bis bald also ...«

Maria warf ihm noch einen Blick nach und wartete, bis Forlanus außer Hörweite war. Dann wandte sie sich an Davide. »Was fällt Euch ein, Davide!«

Der Levantiner wirkte irritiert. »Ich weiß nicht, wovon Ihr jetzt redet, Maria!«

»Wie könnt Ihr jemandem wie Forlanus erzählen, dass ich irgendwelche Angebote irgendwelcher Heiratskandidaten prüfen würde? Das wird früher oder später bei den Maldinis landen, und die werden es als ein Signal der Zustimmung auffassen!«

»Nein, das wird nicht geschehen«, versuchte Davide Maria zu beruhigen.

»Ach nein?«

»Forlanus wird sich hüten! Ja, ist Euch denn nicht klar, dass er eigene Interessen bezüglich Euch hat? Das hat doch ein Blinder sehen können. Und diesen Interessen würde er schaden, wenn er das weitererzählt. Es mag angenehmere Menschen als Forlanus geben, aber eins kann man ihm nun wirklich nicht vorwerfen: dass er ein Dummkopf wäre!«

Maria atmete tief durch. Innerlich kochte sie. Gleichzeitig wunderte sie sich über sich selbst.

Nie zuvor hatte sie auf eine vergleichbare Weise mit Davide Scrittore gesprochen. Der Levantiner mochte zwar dem Haus di Lorenzo dienen, gleichwohl war er für sie auch immer eine Respektsperson gewesen. Ein wohlmeinender, väterlicher Freund, bei dem sie sicher gewesen war, dass er nichts tun würde, was ihr auch nur im Entferntesten hätte schaden können.

Doch auch wenn Davide es letztlich aus Fürsorge getan hatte, war er nun zu weit gegangen! Maria hatte keineswegs die Absicht, den Heiratsplänen, die der Levantiner insgeheim zu hegen schien, zu folgen. Sie wollte ein Handelshaus führen – musste sie da nicht wenigstens auch die wesentlichen Dinge ihres eigenen Lebens bestimmen?

»Ihr seid nicht mein Vater«, erklärte Maria schließlich nach einer etwas längeren Pause, während der sie mehrere Bekannte gegrüßt hatten.

»Ich wollte Euch nur aus einer peinlichen Situation erlösen«, verteidigte sich Davide.

»Davide, ich respektiere Euch. Aber darüber, ob und wen ich heiraten werde, entscheide allein ich selbst! Und falls mir morgen einfallen sollte, in ein Kloster einzutreten, dann würdet Ihr das auch zu akzeptieren haben.«

»Ich werde versuchen, mich an den Gedanken zu gewöhnen, dass Ihr in der Tat inzwischen erwachsen geworden seid, Maria.« In Davides Gesicht zeigte sich ein verhaltenes Lächeln. Ein weicher Zug war zu sehen – was selten genug bei dem Levantiner vorkam und dadurch von Maria umso eindrücklicher bemerkt wurde. »Wisst Ihr, ich fühle mich eben an die Versprechen gebunden, die ich Eurem Vater gab.«

»Das weiß ich«, gab Maria etwas versöhnlicher zurück. »Das gilt für mich übrigens ebenfalls!«

»Nun, dann sind wir uns ja wenigstens in diesem Punkt einig!«

Während sie ihre Plätze aufsuchten, schaute Maria sich immer wieder um. Sie hatte eigentlich gehofft, Wolfhart hier irgendwo anzutreffen – womöglich sogar auf der Galerie des Kaisers! Das hing natürlich davon ab, für wie wichtig der Kaiser die Bekämpfung der Pest und die Ausmerzung ihrer Seuchenherde nahm.

Von dem jungen Kaufmannssohn aus Lübeck, der nach Konstantinopel gekommen war, um vom besten Pest-Medicus der Christenheit zu lernen, war allerdings nirgends etwas zu sehen. Dasselbe galt im Übrigen auch für seinen Lehrmeister Fausto Cagliari, der noch beim letzten Anlass dieser Art zugegen gewesen war.

Schade, dachte Maria. Es war ohnehin nur eine vage Hoffnung gewesen, ihm hier in der Hagia Sophia zu begegnen.

Die Amtseinsetzung des neuen Patriarchen verlief reibungslos. Angesichts der erdrückenden Präsenz der fremden Söldner war das indes nicht weiter verwunderlich. Bei ihrer Ankunft vor wenigen Tagen im Konstantin-Hafen waren die Männer noch mit begeisterten Jubelrufen von den Rhomäern empfangen worden. Dies hatte sich inzwischen zumindest unter den Besuchern der Hagia Sophia völlig gedreht. Zu rabiat traten sie auf und sorgten für die Sicherheit des Patriarchen und seiner engeren Umgebung.

Nicht nur der neue Patriarch Athanasius wurde völlig abgesondert, sondern auch die anderen Geistlichen und Mönche, die in der Kirche ihre Gebete verrichteten, sangen oder Instrumente spielten, wurden gänzlich von den Gläubigen abgeschirmt. Es gab keine Möglichkeit, sich ihnen weiter als ein paar Schritte zu nähern oder sich gar eine Hand zum Zeichen des Segens auf den Kopf legen zu lassen.

Als sie später die Kirche verließen, winkte ein Mann mit kräftigen Schultern und einem abgetragenen Wams Davide zu sich.

»Ihr entschuldigt mich einen Moment, Maria?«

»Gewiss.«

Zusammen mit Thomás blieb Maria zurück und beobachtete, wie Davide mit dem Fremden hinter einem der breiten Stützpfeiler verschwand. Wenig später tauchte der Levantiner wieder auf – allein.

Erst als sie wieder im Wagen saßen und ein Stück die Mese entlanggefahren waren, sprach Davide über diesen Vorfall. »Dieser Mann hat eine Botschaft von Zacharias dem Einäugigen überbracht.«

»Und?«, fragte Maria. »Kann er endlich für uns etwas tun? Kein einziges Schiff ist in letzter Zeit vom Schwarzen Meer zu uns durchgekommen.«

»Es sieht danach aus, dass diese Route auf absehbare Zeit nicht befahren werden kann. Die Befestigungen am Bosporus werden immer weiter ausgebaut und anscheinend mit mehr Kanonen bestückt. Es scheint, als ob im Augenblick jedes Stück Metall im weiten Umkreis eingeschmolzen und zu Kanonenrohren verarbeitet wird.«

»Und was heißt das jetzt?«

»Wir können im Moment nichts tun, als abzuwarten, bis sich die Lage wieder etwas beruhigt«, erklärte Davide. »Die Frage ist, ob das tatsächlich irgendwann geschehen wird.«

»Inwiefern?«

»Der Mann, den Zacharias geschickt hat, behauptet, dass man in Adrianopel einen Feldzug plant. Es werden Schiffe zusammengezogen, die den Bosporus blockieren könnten. Außerdem werden Soldaten, Schanzleute und Handwerker zusammengezogen, die man zur Herstellung von Belagerungsmaschinen braucht. Er sagte, ganz Adrianopel sei zu einer einzigen Werkstätte geworden, und man würde das Klopfen und Hämmern schon hören, wenn man von der Hauptstadt des Sultans noch einen halben Tagesritt entfernt ist.«

Maria lächelte verhalten. »Das sind doch Geschichten!«, gab sie zurück.

»Darauf würde ich mich ungern verlassen«, erwiderte Davide in einem sehr nachdenklich wirkenden Tonfall. »Übrigens, habt Ihr gehört, dass es im Konstantin-Hafen einen Pesttoten gegeben haben soll?«

»Solche Vorfälle werden doch immer wieder erzählt.«

»Diesmal scheint es zu stimmen. Es war einer der Lastenträger, die dort als Tagelöhner arbeiten. Man fand ihn inmitten einer Ladung wertvoller Hölzer – und ganz in seiner Nähe gab es auch ein paar verendete Ratten.«

Maria atmete tief durch. Sie lehnte sich zurück, während der Wagen über den schadhaften Untergrund der Mese rumpelte, die man auf diesem Abschnitt schon sehr lange nicht mehr ausgebessert hatte. Hört dieses Unheil denn nie auf?, fragte sie sich.

Äußerlich versuchte Maria so zu tun, als würde sie diese Nachricht nicht berühren. In Wahrheit jedoch wurde sie von solchen Nachrichten tiefer aufgewühlt als von allem anderen.

»Vielleicht sollten wir einfach nur noch die Hände in den

Schoß legen und uns zum Sterben bereit machen«, meinte sie voll Bitterkeit. »Es scheinen ja doch alle Anstrengungen keinen Sinn zu haben. Ja, nicht einmal die vage Aussicht auf irgendeinen noch so kleinen Erfolg ist am fernen Horizont auszumachen! Stattdessen geht es nur noch darum, die Verluste in einem erträglichen Rahmen zu halten.«

»Fangt nicht an, Reden zu schwingen, wie es Euer Bruder tut«, hielt Davide ihr entgegen. »Denn ich fürchte, dass damit erst genau das heraufbeschworen wird, was im Grunde verhindert werden soll!«

Die Tage gingen dahin, und die einzige gute Nachricht, von der Maria erfuhr, war das Eintreffen mehrerer Galeonen aus Venedig und Genua. Der Papst in Rom hatte diese Schiffe finanziert, wie sich rasch herumsprach, und mancher Rhomäer im Hafen spottete darüber, dass dies die Münze sei, mit der die Kirchenunion bezahlt worden sei. Für die meisten Einwohner der Stadt war das Einlaufen dieser Schiffe hingegen ein Grund zur Freude – ein vielleicht letztes Fanal der Hoffnung. Die schwer bewaffneten Galeonen blieben immerhin in Konstantinopel, um der einheimischen Flotte zu helfen, die Stadt zu verteidigen.

Die Schiffe des Kaisers mussten vor allem den langgezogenen Meeresarm des Goldenen Horns sichern – denn dort war die schwache Seite der Stadtbefestigungen. Falls der Sultan tatsächlich einen Angriff auf die Stadt plante und in seinen Reihen auch nur einen einzigen halbwegs begabten Offizier hatte, dann würde er versuchen, Konstantinopel vom Goldenen Horn her anzugreifen.

Genau das durften ihnen die Verteidiger nicht erlauben. Die Theodosianische Mauer galt als unüberwindlich, aber die Befestigungen am Ufer des Goldenen Horns waren wesentlich schwächer und die schwache Flanke der Stadt. Durch sie waren schon die Rückeroberer der Stadt vor zweihundert Jahren eingedrungen, zu denen auch Niccolò Andrea di Lorenzo gehört hatte. Doch so lange hier der Großteil der Flotte Konstantinopels lag – nun unterstützt durch Galeonen aus Genua und Venedig –, war die Gefahr beherrschbar, zumal die Eisenketten an beiden Enden des Goldenen Horns jederzeit die Zufahrt versperren konnten.

In den nächsten Tagen bemühte sich Maria, Handwerker für die Instandsetzung des elterlichen Hauses in Pera zu gewinnen.

Wie sich herausstellte, hatte sie sich aber keinen günstigen Zeitpunkt für ihre Pläne ausgewählt. Ein Grund dafür lag darin, dass sich die Auffindung des jüngsten Pesttoten im Konstantin-Hafen schnell herumgesprochen hatte und Gerüchte von weiteren Pesttoten sowohl in den Häfen als auch in anderen Teilen der Stadt die Runde machten und befürchten ließen, dass der Schwarze Tod seit dem Ausbruch in Pera womöglich noch gar nicht wirklich aus der Stadt vertrieben worden war. Nicht nur Maria kam es oft so vor, als ob er wie ein verwundetes Raubtier irgendwo in den labyrinthischen Gassen oder unterirdischen Gewölben der Stadt bloß neue Kraft sammelte, um danach nur noch furchtbarer zuschlagen zu können.

Andererseits hatte es solche Meldungen und Gerüchte über neue Opfer der Pest so lange gegeben, wie Maria sich erinnern konnte. Sparten es sich zum Beispiel die Henkersknechte, einen geschundenen Gefangenen, der in der Haft gestorben war, ordnungsgemäß auf dem Totenacker zu verscharren, und ließen sie ihn stattdessen in einer einsamen, von Ruinen umgebenen Gasse oder inmitten eines verfallenen Gebäudes liegen, fanden spielende Kinder oder Angehörige des Bettlergesindels ein paar Tage später den Leichnam. Da dieser vorher beim Transport oft genug über den Boden geschleift und darüber hinaus vom Raben- und Rattenfraß entstellt worden war, glaubten viele dann sofort, in den Schürfungen und Fraßlöchern eröffnete Pestgeschwüre zu erkennen.

War die Nachricht darüber erst einmal von einem zum anderen gegangen, führte die pure Furcht das Regiment. Die Wahrheit ging dann im Meer der Gerüchte unter, und jede besonnene Stimme schürte eher noch die Angst, denn man vermutete darin einzig und allein Beschwichtigung. Für die kaiserliche Verwaltung stand demzufolge die Verhinderung von Panik an erster Stelle – denn wie leicht hätte sie die fremden Söldner, die gerade erst in die Stadt gekommen waren, um ihre Mauern besser zu besetzen, massenhaft in die Flucht schlagen oder zum Gegner überlaufen lassen können.

Doch es gab noch einen anderen Grund, weshalb es fast unmöglich schien, genügend Handwerker zu finden, die bereit waren, das Haus in Pera in Ordnung zu bringen.

Maria selbst hatte vor kurzem noch erlebt, wie die Genueser beim Kaiser für die Instandhaltung der äußeren peräischen Mauern Baumaterial erbitten mussten. Inzwischen sah man täglich mit Steinen beladene Barken das Goldene Horn überqueren, wo sie bei der Ausbesserung der äußeren Festungsmauern verbaut wurden.

»Die Instandsetzung Eures Elternhauses wird nicht so schnell geschehen können, wie wir es anfangs meinten«, brachte Davide die Angelegenheit auf den Punkt, als Maria mit ihm darüber sprach. »Wir werden nur einen Teil der benötigten Arbeitskräfte bekommen, und falls Ihr das Ganze forcieren wollt, wird das kaum gehen, ohne erheblich mehr dafür ausgeben zu müssen.«

»Haltet Ihr es denn für sinnvoll zu warten, bis sich die Lage wieder entspannt?«, fragte Maria.

»Ehrlich gesagt, nein«, widersprach Davide. »Wir wissen schließlich nicht, wann das je sein wird. Ihr müsst Euch nur damit abfinden, dass die Arbeiten wohl nicht so schnell vorangehen werden, wie Ihr es Euch vermutlich erhofft hattet.«

»Was ist mit der Angelegenheit dieses Andreas Lakonidas?«, erkundigte Maria sich noch. »Glaubt Ihr, dass aus seiner Festnahme noch Ungemach für das Haus di Lorenzo erwachsen kann?«

»Ich habe gehört, dass Lakonidas bereits tot sein soll. Man hat ihn höchstwahrscheinlich zu schlimm gefoltert, was der Tatsache geschuldet ist, dass man ihn am Hof als Hochverräter ansieht. Und bereits vor dem Attentat auf den Patriarchen war man dort mehr als nervös.«

»Habt Ihr eine offizielle Bestätigung dafür?«

»Noch nicht. Aber ich bin überzeugt davon, dass wir in dieser Sache bald Klarheit bekommen werden.«

»Tut mir nur einen Gefallen, Davide.«

»Und der wäre?«

»Haltet Jakob Forlanus aus der Sache heraus!«

»Aber Maria! Er ist der Rechtsbeistand Eures Vaters gewesen!«

»Er ist es allerdings noch nicht lange! Zuvor hatte mein Vater andere Advokaten, die ihn beraten haben. Vielleicht kann man ja einen von ihnen wieder für unser Haus gewinnen. Dieser Forlanus verfolgt offenbar eigene Interessen, die ich noch nicht so recht zu durchschauen vermag.«

»Ihr habt ihn in der Hagia Sophia ganz schön vor den Kopf gestoßen, Maria.«

»Das mag sein. Doch ich hatte keine andere Wahl, als klar mit ihm zu reden.«

»Ihr solltet nur bedenken, dass Ihr Euch nicht zu viele Feinde auf einmal machen dürft. Die gekränkte Eitelkeit eines Jakob Forlanus könnte uns eines Tages noch teuer zu stehen kommen!«

Die Zeit verrann. Die Tage gingen einer wie der andere dahin, und Maria hatte das Gefühl, dass sich in ihrem Leben nichts in eine erkennbar positive Richtung voranbewegte. Vielmehr kam es ihr so vor, als würde sie einem uralten Bauwerk dabei zusehen, wie es langsam zerfiel. Diesen Eindruck hatte man nicht nur, wenn man die Stadt als Ganzes betrachtete, sondern auch, wenn man ausschließlich auf das Haus di Lorenzo schaute.

Marco war kaum noch im Kontor. Und wenn doch, so schlief er tagelang und schien unter dem Einfluss von berauschenden Substanzen zu stehen. Selbst Seriféa mochte sich mittlerweile Sorgen machen. Sie suchte Maria einmal in ihrer Kammer auf. »Darf ich offen zu Euch sprechen?«, fragte sie und sah ihre Herrin dabei unverwandt an.

»Ja, tut dies – aber macht Euch darauf gefasst, dass ich mit derselben Offenheit zu antworten gedenke.«

»Ja, das muss vielleicht so sein«, stimmte Seriféa zu. »Euer Bruder hat mit einer Gruppe von Menschen Umgang, die ihn sehr stark beeinflussen. Es ist eine Art Geheimgesellschaft, die eine verschworene Kirche Satans zu sein scheint. Eine Vereinigung von Ketzern und Hexengläubigen – ich kann es nicht anders sagen, aber ich nehme an, dass Euch das nicht völlig verborgen geblieben ist!«

»Nein, das ist es nicht.«

»Unser Zweig der Familie kommt aus einem Gebiet unter muslimischer Herrschaft. Da müssen Christen zusammenhalten und können sich nicht immer wieder untereinander aufspalten, sodass am Ende hundert Bekenntnisse da sind, die sich gegenseitig schlimmer bekriegen, als sie gegen die Heiden vorzugehen wagten. Außerdem kommen wir aus einer kleinen Stadt, in der man viele Dinge nicht kennt, die an einem Ort wie Konstantinopel üblich zu sein scheinen. Insbesondere viele sündige Dinge, von denen ich nie geahnt hätte, dass es sie gibt.«

»Dann nehme ich an, ist es dort, wo du herkommst, nicht üblich gewesen, dass eine Bedienstete mit ihrem Herrn das Bett teilt?«, fragte Maria und bereute schon im nächsten Moment die Schärfe im Ton, mit der sie diese Gegenfrage gestellt hatte, doch sie hatte sich diese Bemerkung einfach nicht verkneifen können. Darüber hinaus war für Maria auch noch nicht wirklich fassbar, was ihr Gegenüber nun eigentlich von ihr wollte. Welche Absicht verfolgte sie damit, hier und jetzt über die dunkle Seite von Marco di Lorenzo zu sprechen?

Seriféa hielt Marias Blick stand und sagte ruhig: »Ich glaube, wir wissen beide, dass Liebe manchmal sehr ungewöhnliche Wege geht und dass es sein kann, ein derart mächtiges Gefühl zu empfinden, dem man sich nicht entziehen kann. Das mag auch gegen jede Vernunft oder jeden Standesdünkel sein.«

Maria schluckte.

Ja, das wusste sie nur zu gut, ebenso wie ihr natürlich klar war, dass es einfach nur dumm und unbedacht von ihr gewesen war, Seriféa auf diese Weise anzuklagen. Aber Worte ließen sich nicht zurückholen.

»Ja, das verstehe ich tatsächlich«, gab Maria nun in einem viel sanfteren und versöhnlicheren Tonfall zu. Schließlich gab es gegen die Verbindung zwischen Marco und Seriféa so viel oder so wenig einzuwenden wie gegen jene Gefühle, die sich zwischen ihr und Wolfhart Brookinger entwickelt hatten. »Und du hast insofern Recht, als ich mir nicht anmaßen sollte, den ersten Stein zu werfen.«

»Es ist eine ernsthafte Sorge, die mich umtreibt«, begann Seriféa nun aufs Neue von dem zu erzählen, was ihr ursprünglich auf dem Herzen gelegen hatte. Maria erhob sich unterdessen von ihrem Stuhl und klappte das große Buch zu, in dem die Warenein- und -ausgänge der letzten Zeit verzeichnet waren. Ihre Hand ruhte noch ein paar Augenblicke auf dem dicken

Lederfolianten, in dessen Einband ein kunstvoll verziertes lateinisches *L* neben einem ähnlich verzierten griechischen Lambda stand. Das war das Zeichen des Hauses di Lorenzo, und Marias Vater hatte diese Folianten immer im Dutzend von einem Buchbinder anfertigen lassen, der seine Werkstatt in Sichtweite der Markian-Säule hatte, die auf halbem Weg zwischen dem die ganze Stadt durchziehenden Fluss Lykos und der Apostelkirche inmitten eines Handwerkerviertels lag. Beinahe sah es so aus, als müsste sich Maria an diesem Buch und dem Zeichen regelrecht festhalten.

Seriféa kam etwas näher. Ihre Handflächen hielt sie gegeneinander gepresst – fast wie im Gebet. »Natürlich habe ich diese eigenartigen Schriften bemerkt, mit deren Studium sich Euer Bruder beschäftigte. Mit manchen seiner Ansichten hat er sicher jeden Rechtgläubigen provoziert, aber ich war lange Zeit blind für die schreckliche Wahrheit, die dahinter steht!«

»Was für eine Wahrheit meinst du, Seriféa? Dass mein Bruder ketzerische Ansichten vertritt, ist allgemein bekannt – und er selbst tut nicht das Geringste, um es zu verbergen! Ganz im Gegenteil! Es ist kein Geheimnis und wahrscheinlich schon ein Gesprächsthema bei all unseren Freunden und Bekannten.«

»Es steckt mehr dahinter als nur die Lust an der Provokation oder die Verzweiflung an schweren Schicksalsschlägen, die einen unter Umständen auch am Glauben selbst zweifeln lassen … Herrin, ich bin ihm heimlich gefolgt, als er sich mit jenen Nachtgestalten traf, deren Gesellschaft er in letzter Zeit sogar der meinen vorgezogen hat. Und dabei bin ich auf eine Gruppe von vermummten Gestalten gestoßen, die in den Ruinen des alten Hippodroms etwas aufführten, was wie die satanische Parodie einer Messe aussah. Sie riefen Luzifer an und bezeichneten ihn als ›Zwilling Gottes‹! Und gegenseitig bezeichneten sie sich als ›Bruder‹ und ›Cherubim‹!«

Maria schluckte schwer. »So genau wusste ich das alles nicht, auch wenn ich manches vielleicht geahnt habe.«

»So spricht man auch schon in Euren Kreisen von diesem Orden der Cherubim, der eine Herrschaft des gefallenen Engels Luzifer errichten will, weil Gott keine Macht mehr habe?«

»Ich habe mich ehrlich gesagt nie so genau mit dem Gedankengut beschäftigt, das in den Büchern steht, die mein Bruder neuerdings liest!«

»Dann solltet Ihr das vielleicht nachholen, Herrin. Denn das, was ich da sah, war nicht nur Ketzerei! Es war …« Serifêa fehlten für einen Augenblick die Worte dafür. »… blankes Heidentum!«, stieß sie schließlich hervor. »Vermutlich haben der Schwarze Tod und all das Unheil, das über diese Stadt gekommen ist, das Schlechteste in den Menschen hervortreten lassen. Den Aberglauben und die Furcht zum Beispiel, aus denen solche Dinge entstehen! Herrin, ich sah Euren Bruder an einem blutigen Tieropfer teilnehmen, und sie verbrannten Gewächse, deren Rauch sie veränderte und geradezu zu einem rasenden Wahn brachte! Ihr müsst die Veränderungen an Eurem Bruder doch ebenfalls bemerkt haben! Sie sind dauerhaft und gehen nicht mehr ganz fort, auch wenn die eingeatmeten Dämpfe längst ausgeschwitzt sind.« Sie holte tief Luft. »Habe ich Euch mit der Wahrheit entsetzt, Herrin?«

»Das hast du. Trotzdem möchte ich, dass du fortfährst!«, verlangte Maria. Dabei fragte sie sich, ob sie nicht schon viel zu lange die Augen zugemacht hatte. Allein, was hätte sie schon tun können? Marco schien fest entschlossen gewesen zu sein, jeden Einfluss abzuschütteln, der bisher auf ihn eingewirkt und ihn geprägt hatte.

»Ich habe das Gefühl, dass ich ihn nicht mehr erreiche. Er hat sich innerlich vor mir verschlossen – selbst in den Augenblicken, in denen wir uns sehr nahestanden.« Serifêa errötete leicht, während sie das sagte. Hauptsächlich vor Scham, aber es hatte sie wohl tatsächlich auch ein tiefes inneres Unbehagen erfasst. Nur ihre Verzweiflung erklärte, dass sie sich auf diese Weise an ihre Herrin gewandt hatte.

»Dann geht es dir, wie es mir schon seit längerem geht«, antwortete Maria mitfühlend.

»Ich sehe, wie er auf sein Verderben zuläuft, und es scheint keine Möglichkeit zu geben, ihn daran zu hindern, einfach weiter in die Nacht zu flüchten wie jemand, der unter einem Wahn leidet und seinen eigenen Schatten nicht zu ertragen vermag. Er richtet sich früher oder später zugrunde, Herrin, und diese dunkle Bruderschaft, deren willfähriges Werkzeug er geworden ist, hat ihm längst jeden freien Willen genommen.«

»Ich weiß«, murmelte Maria.

»Es war anzunehmen, dass Ihr ebenso wenig Rat wisst. Aber vielleicht finden wir ja doch eine Möglichkeit, ihn zurückzugewinnen und von seinem Irrweg abzubringen.«

»Ich würde dir gerne sagen, dass ich daran noch glauben könnte«, seufzte Maria. »Spätestens seit dem Tod unserer Eltern hat er sich stark verändert. Wir standen uns früher sehr nahe, doch wenn du mich fragen würdest, was uns jetzt noch verbindet, so wüsste ich kaum etwas zu sagen.«

Seriféa atmete tief durch. »Jedenfalls war es angenehm, mit Euch über diese Dinge zu sprechen. Und womöglich hat es ja auch Euch geholfen.«

»Das hat es.«

»Ist ihm bewusst, dass man ihn der Ketzerei und anderer Verbrechen anklagen könnte, wenn herauskäme, dass er diesem Orden der Cherubim angehört?«

»Das ist ihm so gleichgültig wie das Urteil unserer Freunde und Bekannten oder die Geschäfte unseres Hauses.«

»Ich hörte ihn übrigens mit einigen seiner sogenannten Brüder über Geld reden, Herrin. Das zumindest wollte ich Euch noch berichten, denn ich finde, dass Ihr das wissen solltet!«

Maria merkte auf und hob die Augenbrauen. »Ja, so etwas hatte ich schon vermutet«, gestand sie. »Sag mir noch eins, Seriféa: Hast du mit Davide über diese Angelegenheit geredet?«

»Nicht über die Einzelheiten, über die ich Euch gerade informiert habe«, sagte sie. »Allerdings muss ich gestehen, dass er schon seit einiger Zeit von meiner Verbindung zu Marco weiß.«

»Und er hat sie gebilligt?«

»Nein.«

Maria stutzte. »Aber er hat mir gegenüber nie ein Wort darüber verloren oder mir irgendwie bedeutet, ich sollte meinen Einfluss auf Marco geltend machen, um das zu beenden.«

»Mit mir hat er ein sehr ernstes Gespräch geführt und mir ins Gewissen geredet. Eine Frau, die keine Jungfrau mehr ist, gilt unter Levantinern nicht viel.«

»Nicht nur dort«, gab Maria zurück.

»In unseren Gemeinden legt man ganz besonderen Wert darauf.«

»Es war dir gleichgültig?«

»Euch nicht auch?«

Maria ging darauf nicht weiter ein.

Seriféa senkte den Blick, denn ihr war durchaus klar, dass es ihr eigentlich nicht zustand, so mit ihrer Herrin zu reden. Schließlich sagte sie: »Ich glaube, Davide hat es stillschweigend geduldet, weil er sich dadurch eventuell eine auf Dauer stärkere Verbindung zwischen unseren Familien erhofft hatte. Ausgesprochen hat er das zwar nie, das brauchte er freilich auch nicht. Für mich war es ziemlich offensichtlich.«

Ein Ruck ging durch Maria, und ihr Blick begegnete nun Seriféas ruhigen, dunklen Augen inmitten der feingeschnittenen und jetzt sehr gleichmütig wirkenden Gesichtszüge. Züge, die eine innere Stärke ausstrahlten, um die Maria ihr Gegenüber in diesem Moment sogar ein wenig beneidete.

»Ich danke dir für deine offenen und sehr ehrlichen Worte, Seriféa«, sagte Maria abschließend. »Ich bin froh, dass es jemanden gibt, dem das Wohl meines Bruders ähnlich stark am Herzen liegt wie mir – denn trotz aller Entfremdung hat sich dies nie geändert!«

Achtzehntes Kapitel

Kämme und Kolben

Wolfhart Brookinger betrat in voller Montur den Vorraum. Die Sehschlitze der Schnabelmaske boten nur ein kleines Gesichtsfeld, aber daran hatte er sich längst gewöhnt – ebenso an den penetranten Geruch der Tücher, die er sich um Arme, Beine und den Körper gewickelt hatte. Fackelschein erhellte den Raum.

»Schließt sorgfältig die Tür hinter Euch, Wolfhart. Und verschließt auch den Riegel. Ich will nicht, dass die Zwillinge hereinkommen, gleichgültig, was auch passiert.«

»Das kann ich verstehen.«

»Wenn sie die Ratten nach der Fütterung so richtig gequält haben, sind sie unruhig, sodass es sogar schwierig ist, die langsamen und kranken Tiere zu kämmen.«

Durch die Sehschlitze sah Wolfhart, wie der Meister-Medicus den Kopf mit der Schnabelmaske in seine Richtung drehte. Für einen Moment traf der Blick von Fausto Cagliaris eisgrauen Augen mit seinem eigenen zusammen. Ein stechender, durchdringender Blick, der einer eingehenden Prüfung gleichkam. »Wir sind vielleicht an einer entscheidenden Stufe der Erkenntnis«, erklärte Cagliari.

Das behauptete er allerdings nicht zum ersten und wahrscheinlich auch nicht zum letzten Mal, und auch wenn Wolfhart in der letzten Zeit mehr über die Pest erfahren hatte als zuvor in seinen Jahren des Studiums, so schien doch selbst bei dem großen Medicus in einem Punkt ein gewisser Stillstand eingekehrt zu sein. Es ging um die Frage, welche Substanz das innerste Wesen des Schwarzen Todes enthielt, welche Essenz allein in der Lage war, diese Krankheit auszulösen und zu verbreiten. Doch so groß die Anstrengungen auch gewesen waren, so wenig war man genau in diesem Punkt weitergekommen. Nach wie vor standen verschiedene Stoffe zur Auswahl, die jeder für sich gleichermaßen in der Lage zu sein schienen, den Schwarzen Tod auszulösen. Das jedoch, was diesen Stoffen gemeinsam sein musste, war noch nicht zutage getreten.

Von Tag zu Tag spürte Wolfhart deutlicher, wie sehr Cagliari dies umtrieb. Der Pestarzt schien es als eine Art persönlicher Niederlage zu empfinden, der Schöpfung dieses Geheimnis bisher nicht entlockt zu haben.

Wolfhart schob den Riegel vor die äußere der beiden Türen, die zum Rattengewölbe führten.

In der ersten Zeit hatte er es als sehr anstrengend empfunden, oft mehr als eine ganze Tagesspanne lang die zwar gut verarbeitete, aber letztlich doch sehr unförmige Schutzmontur zu tragen und sich darin zu bewegen. Ein Ritter, der zum ersten Mal eine Turnierrüstung anlegte, musste sich wohl ähnlich fühlen, dachte Wolfhart. Deren Gewicht war zwar viel größer, dafür raubte sie ihrem Träger nicht durch den exzessiven Gebrauch von ätherischen Ölen den Atem.

»Nehmt eine Fackel von der Wand!«, forderte Cagliari. »Wir werden im Rattengewölbe für mehr Helligkeit sorgen müssen!«

Während Wolfhart eine der brennenden Fackeln aus ihrer Wandhalterung heraushob, war Cagliari bereits damit beschäftigt, die Riegel der zweiten Tür zu öffnen. Er öffnete sie nicht weiter als unbedingt notwendig und ging in das Halbdunkel, das dahinter herrschte.

Wolfhart folgte ihm. Ratten stoben am Boden davon. Es roch nach verwesenden Kadavern und nach verdorbenen Speiseresten. Selbst die ätherischen Öle konnten das nicht überdecken. Asseln, Käfer und allerlei anderes kleines Getier kroch über den Boden. Fliegen schwirrten um tote Rattenkörper und bereits von den Käfern ausgeweidete Gewölle.

Meister Cagliari trug einen geschlossenen Kübel bei sich, dessen Innenseiten mit Pech ausgegossen und einer Schicht aus Pergament ausgeschlagen waren. Ein passgenauer Deckel sorgte dafür, dass dieser Kübel nahezu vollkommen dicht war.

Wolfhart schloss sofort die Tür hinter sich.

Mehrere Öllampen leuchteten schwach. Sie waren bereits mehr oder minder heruntergebrannt. Eigentlich wäre es die Aufgabe der Zwillinge, für immer genug Öl in den Lampen zu sorgen, damit man durch das Glasfenster zum Nachbarraum beobachten konnte, wie sich die Ratten verhielten.

Hier zeigte es sich ein ums andere Mal, dass die Zwillinge geistig stark zurückgeblieben waren und man immer genau kontrollieren musste, ob sie ihre Aufgaben auch mit der nötigen Sorgfalt erfüllten.

Außer den Öllampen gab es noch mehr als ein Dutzend Fackeln an den Wänden des Gewölbes. Wolfhart entzündete mehrere von ihnen, und es wurde rasch heller. Schatten tanzten an den Mauern. Im Kübel voll Wasser, der den hier gefangen gehaltenen Geschöpfen wohl als Trinkwasservorrat dienen sollte, sah man einen reglosen Rattenkörper treiben.

An den Wänden suchte jetzt alles Mögliche an lichtscheuem spinnenartigem Getier das Weite.

Nachdem Wolfhart insgesamt fünf Fackeln entzündet hatte, sagte Cagliari: »Es reicht! Wir wollen die Tiere nicht blenden!«

Auch wenn Cagliari nicht dieselbe Lust an der Qual anderer Kreaturen eigen war, wie man es bei den Zwillingen feststellen konnte, so blitzte doch bisweilen – zumindest in seinen spöttischen Bemerkungen – ein ganz ähnlicher Wesenszug auf.

»Sorgt dafür, dass Ihr Eure Hände frei habt, Wolfhart!«

»Einen Augenblick!«

Wolfhart steckte die letzte der brennenden Fackeln in einen Eisenring, der in die Wand eingelassen war. Daraufhin reichte ihm Cagliari einen Kamm. Er war viel kleiner als jene, die die Damen bei Hof benutzten, um ihr Haar zu frisieren, er war fein genug, um Ratten die Flöhe aus dem Fell zu kämmen.

»Ihr seht ja selbst, welche Tiere krank und schwach sind. Die müsst Ihr nehmen, denn ihre Flöhe enthalten die Essenz, nach der wir suchen.«

Es war nicht schwierig, eines der Tiere zu ergreifen. Sie leisteten kaum Widerstand. Manche, weil sie schon halbtot waren und der blutige Auswurf ihnen schon zu den Mäulern heraustropfte. Andere, weil sie einfach jegliche Scheu verloren hatten, was man vor Ausbruch einer Seuche immer wieder bei den Nagetieren hatte beobachten können.

Wolfhart nahm die Ratte in den kräftigen Griff seiner Linken. Cagliari hatte unterdessen den Kübel geöffnet, und Wolfhart begann damit, die Rattenflöhe in dessen Inneres hineinzukämmen.

»Gebt unbedingt darauf Acht, dass die Flöhe nicht durch die Löcher Eurer Schnabelmaske dringen!«, verlangte Cagliari.

»Wie soll ich das tun?«

»Indem Ihr den Kopf immer etwas zur Seite dreht und das Atemloch Eurer Schnabelmaske nicht in ihre Nähe haltet! Sie springen sonst vielleicht einfach durch Euer Maskenloch, und man kann in Kürze die Symptome des Schwarzen Todes an Euch studieren!«

Wolfhart hatte die erste Ratte abgekämmt und griff nach einer zweiten. In dem mit Pergament ausgelegten Kübel sammelten sich kleine schwarze Punkte, die sich bewegten. Unwillkürlich musste Wolfhart an die »unsichtbaren« Insekten denken, von denen man glaubte, sie könnten die Krankheit auslösen, indem sie in Mund und Nase ihrer Opfer eindrangen. An diesem Aberglauben war also immerhin etwas Wahres dran.

»In den Wundsekreten der Kranken, im Blutauswurf und in denselben Flüssigkeiten der Ratten ist zweifellos die Essenz, nach der Ihr sucht«, meinte Wolfhart, als er bereits die vierte Ratte von ihren Flöhen freikämmte. »Aber ich verstehe nicht, wie Ihr zu der Überzeugung gelangt seid, diese Substanz könnte auch in den Flöhen enthalten sein.«

»Sie muss dort enthalten sein!«, beharrte Cagliari. »Nun konzentriert Euch! Wir brauchen so viele dieser kleinen Wesen, wie wir bekommen können …«

»Ist es nur eine Vermutung? Oder gibt es wirklich einen Beweis dafür, dass Eure These stimmt?«

»Ihr habt eine unangenehme Eigenschaft, Wolfhart. Ihr fragt zu viel.«

»Verzeiht, Meister Cagliari.«

»Es ist schon in Ordnung. Ihr müsst etwas Nachsicht mit mir haben, Wolfhart.«

»Nachsicht? Inwiefern?«

»Ich bin es gewöhnt, Schwachsinnigen wie den Zwillingen ihre Arbeitsanweisungen zu geben – oder einem sehr einfachen Gemüt wie Timon dem Entstellten, der in seinem Leben nie ein Buch gelesen hat und dessen Griechisch so falsch ist, als wäre er ein Ausländer – obwohl er in dieser Stadt als reinblütiger Rhomäer geboren wurde und nie eine andere Sprache gesprochen hat!«

»Was ist mit Darenius?«

»Der ist eine rühmliche Ausnahme. Es hat freilich lange gedauert, bis ich ihm genug beigebracht hatte, um sich mit ihm wie mit einem gebildeten Menschen unterhalten zu können.«

»Dann möchte ich ehrlich gesagt nicht wissen, wie Euer Urteil über mich ausfällt.«

»Nun, ich bin nicht so leicht zu beeindrucken wie Euer alter Lehrmeister Magister Munsonius, aber bis jetzt stellt Ihr Euch ja ganz geschickt an. Wahrscheinlich werde ich Eure Fragen ertragen müssen – in der Hoffnung, dass Ihr schnell lernt und ich mit Eurer Hilfe dieser Plage dann irgendwann ein Ende bereiten kann.«

»Ich fürchte, ich habe einfach eine Veranlagung dazu, meiner Wissbegier durch viele Fragen Ausdruck zu geben.«

»Manchmal lassen sich selbst üble Anlagen einem guten Zweck zuführen, Wolfhart!«

»Wenn Ihr das sagt, wird es sicher stimmen!«

Die Ratte, die Wolfhart nun vom Boden aufnahm, versuchte, in das Handstück seiner Montur zu beißen. Mit aller Kraft rammte sie ihre spitzen Nagezähne in das dicke Krokodilleder, es war aber unmöglich für sie, es zu durchdringen. Als Wolfhart anschließend mit beruhigenden Bewegungen ihr die Flöhe aus dem Fell zu kämmen begann, gab sie ihren Widerstand endgültig auf.

»Ich bin mir deswegen so sicher, dass die Essenz des Schwarzen Todes auch in den Flöhen enthalten ist, weil ich deren krankheitsauslösende Wirkung ausprobiert habe.«

Wolfhart hielt in seiner Arbeit inne, woraufhin es der Ratte gelang, sich seinem Griff zu entwinden. Sie sprang zu Boden, rollte sich einmal um die eigene Achse und kroch dann davon.

»Ausprobiert?«, echote er, Schlimmes ahnend. »Was meint Ihr damit?«

»Genau das, was ich sage. Nun seid nicht zu schockiert, Wolfhart! Ihr werdet hier unten noch manch andere Wahrheit kennenlernen, eine Wahrheit, die Eure bisherige Vorstellungskraft vermutlich überschreiten wird. Wie Ihr wisst, hat der alte Kaiser meine Arbeit sehr zu schätzen gewusst. Der Pesttod seiner geliebten Gemahlin hat sicherlich dazu beigetragen, dass er mich bedingungslos unterstützt und mir alles gegeben hat, wonach ich verlangte. Unter anderem hatte ich die Gelegenheit, wann immer ich wollte, Gefangene für meine Versuche zu bekommen.«

»Ihr habt Gefangene diesen Flöhen ausgesetzt?«, vergewisserte sich Wolfhart, denn im ersten Moment hatte er geglaubt, sich verhört zu haben.

»Es waren zum Tode Verurteilte. Sie hätten ohnehin nicht mehr lange zu leben gehabt. Die Erkenntnis, dass es auch die Flöhe sind, die den Schwarzen Tod auszulösen vermögen, dürfte obendrein so wertvoll sein, dass alles andere dagegen nicht ins Gewicht fallen sollte!«

Stundenlang kämmte Wolfhart Flöhe aus den Fellen vieler hundert Ratten. Schließlich verschloss Meister Cagliari den Kübel, und sie verließen das Rattengewölbe.

Eines der Versuchstiere schlüpfte dabei in den Zwischenraum. Cagliari fluchte lauthals. »So etwas hat uns gerade noch gefehlt!«, rief er ungehalten aus, was unter seiner Schnabelmaske einen ziemlich eigenartigen Klang hervorbrachte.

Diese Ratte war gut bei Kräften und ganz offensichtlich noch nicht vom Schwarzen Tod befallen. Nach einigen vergeblichen Fangversuchen von beiden erwischte Cagliari sie zu guter Letzt mit einem wuchtigen Fußtritt. Benommen und vermutlich mit ein paar Dutzend gebrochenen Knochen blieb das Tier in eigenartig verrenktem Zustand liegen. Er packte den reglosen Körper, öffnete noch einmal kurz die Tür und schleuderte die Ratte in das Gewölbe, das der Medicus soeben verlassen hatte. »Was jetzt geschieht, daran hätten die Zwillinge sicher ihre Freude!«, mutmaßte Cagliari.

Wolfhart hingegen mochte sich die Einzelheiten gar nicht vorstellen.

Später befanden sie sich in dem Arbeitsraum hinter dem Fenster. Der ausgeweidete und in seine Körperteile zerlegte Leichnam des Pesttoten lag noch auf dem Tisch in der Mitte. Blut war die Tischbeine entlang auf den Boden geflossen und dort geronnen – nicht zum ersten Mal, wie ältere, dunkle Flecken auf den Steinen verrieten.

Darenius war damit beschäftigt, einen Glaskolben vorsichtig über der Feuerstelle zu erhitzen. Wieder war daran ein Lederschlauch angeschlossen, und ein zweiter Kolben fing den Dampf auf. Nur waren es diesmal weder Sekrete noch zerkleinerte Organe oder der Hemdstoff eines Pesttoten, sondern die Schicht, die den Boden des Kolbens bedeckte, bestand aus lauter kleinen, schwarzen Punkten. Ausgekämmte Rattenflöhe – nach dem Auskämmen von Meister Cagliari höchstpersönlich durch die Zugabe von genügend Wasser ertränkt, damit sie nicht wegsprängen.

»Ich weiß wahrhaftig nicht, weshalb Ihr darauf beharrt, diesen Versuch immer aufs Neue zu wiederholen«, sagte Darenius, der anfangs in seiner Montur für Wolfhart am schwersten von den anderen zu unterscheiden gewesen war, da er von seiner Körperform Cagliari stark ähnelte. Zuerst hatte sich Wolfhart an der Stimme oder an den Augen orientiert. Inzwischen fielen ihm eine Reihe von kleineren Unterschieden an der Montur und an der Art auf, wie die beiden Männer jeweils ihre in Öle getränkten Tücher umwickelten. »Es wird nichts dabei herauskommen!«

»Wieso sagt Ihr das?«, fragte Wolfhart.

»Weil er ein Narr ist«, knurrte Cagliari. »Ein ungehorsamer Mönch, der schon gegenüber seinem Abt den Mund nicht halten konnte, wenn es angebracht gewesen wäre, und der den Sinn der Forderung zu beten und zu arbeiten wohl niemals verstanden hat!«

»Wie oft haben wir schon Flöhe ausgekocht! Wir haben sie vorher ertränkt, damit sie nicht wegspringen – und wir haben sie bei lebendigem Leib gekocht, weil ja die Möglichkeit bestand, dass das Wesen des Schwarzen Todes sie verlässt, sobald sie keine Lebenskraft mehr haben. Doch weder die Ratten noch die Gefangenen, denen Ihr das Destillat in die Nahrung gemischt habt, sind später an der Pest verendet!«

»Einige bekamen sie aber sehr wohl!«

»Ja, vermutlich jedoch nicht aus diesem Grund!«

»Das wissen wir nicht genau!«

»Doch, Meister Cagliari! Nach Euren Maßstäben, die Ihr sonst auch an die bei der Erkenntnisgewinnung zu beschreitenden Mittel und Wege anlegt, gibt es da keinen sicheren Zusammenhang. Wir suchen das innere Wesen des Schwarzen Todes – und wer das in destillierter, konzentrierter Form zu sich nimmt, müsste am nächsten Tag in seinem blutigen Auswurf liegen und tot sein!«

Es war nicht der erste und auch keineswegs der heftigste Disput zwischen Darenius und Meister Cagliari. Wolfhart hörte jedes Mal mit äußerstem Interesse zu. So erfuhr er häufig Dinge, über Cagliari und seine Versuche, die ihm bisher noch niemand offenbart hatte und die man ihm möglicherweise ursprünglich auch niemals hatte offenbaren wollen. Aber in der Hitze ihrer Wortgefechte nahm keiner der beiden darauf besondere Rücksicht, dass sie nicht allein waren oder dass nicht länger ausschließlich Schwachsinnige und Ungebildete zu Ohrenzeugen wurden, sondern mit Wolfhart Brookinger ein Mann der Medizin, der in Erfurt studiert hatte.

»Es *muss* gehen!«, sagte Cagliari, als wollte er sich selbst darauf geradezu einschwören. »Es muss gehen! Wenn man Ameisen auskocht – gleichgültig ob tot oder lebendig –, was bekommt man dann? Ihr innerstes Wesen! Ihre Säure nämlich!

Warum sollte das bei Rattenflöhen anders sein? Nur weil sie besser springen können?«

»Die Ameise wird in der Heiligen Schrift wegen ihres Fleißes gelobt – der Floh wird nicht mal erwähnt! Vielleicht ist das der Grund!«, gab Darenius mit dem für ihn typischen, sehr scharfironischen Unterton zurück. »Ich weiß es nicht, Meister! Ich weiß es so wenig wie Ihr, gleichwohl müssen wir doch den Tatsachen ins Auge sehen und können nicht immer wieder dieselben Dinge tun, in der Hoffnung, dass sie irgendwann zu dem Ergebnis führen, von dem wir uns wünschen, dass es einträte!«

»Bedauerlicherweise habt Ihr in Eurer Ordenszeit wohl nie ein Schweigegelübde abgelegt!«, knurrte Cagliari.

»Und wenn es so wäre! Ich würde mich jetzt gewiss nicht mehr daran gebunden fühlen!«

Als die Flöhe ausgekocht waren, blieb ein undefinierbarer Rückstand am Fuß des Kolbens. Cagliari nahm den Kolben und ging zu einem weiteren Tisch, der an der Wand stand. Zwei andere Glaskolben ähnlichen Inhaltes befanden sich dort. Ein Dutzend von ihnen hatte man in einer ordentlichen Reihe aufgestellt. Gusseiserne Halter, die wohl – bevor man sie entsprechend verbogen hatte – eigentlich als Kerzenständer gedient hatten, sorgten dafür, dass diese Behältnisse nicht auf ihren runden Unterseiten herumkugelten.

»Mehr Licht!«, verlangte Cagliari, und es dauerte einen Augenaufschlag, bis Wolfhart begriffen hatte, dass er mit dieser Aufforderung gemeint war.

Wolfhart setzte eine der Öllampen näher an die Kolben heran und versetzte außerdem zwei an den Wänden brennende Fackeln in andere, besser positionierte Halterringe.

»So, Meister?«

»Schaut selbst, ob Ihr etwas sehen könnt!«, gab Cagliari mürrisch von sich. »Ach, *sehen*! Was rede ich? *Erkennen* natürlich! Denn darum geht es doch! Nicht nur hinzusehen, sondern Erkenntnisse zu gewinnen. Das größte Geheimnis liegt oft vollkommen offenbar vor uns auf dem Tisch, und wir erkennen es einfach nicht. Die Blindheit des menschlichen Verstandes ist das Problem, Wolfhart – kein quälerischer Schöpfer, der die Welt so verrätselt hätte, dass wir sie nicht erkennen könnten! Mitnichten! Sie ist manchmal so einfach gestrickt, dass man auf den ketzerischen Gedanken kommen könnte, dass Gott gar nicht an jedem Detail beteiligt gewesen wäre.«

»Und worauf sollte ich Eurer Ansicht nach achten, Meister Cagliari?«, wollte Wolfhart – etwas ratlos geworden – wissen.

»Das, mein lieber junger Medicus, ist die eigentlich entscheidende Frage! Denn wenn man sie richtig beantwortet, kommt die Erkenntnis von selbst. Es fallen Euch dann gewissermaßen die Schuppen von den Augen – oder welchen Eurer Sinne Ihr auch gerade für Euer Studium benutzt!« Er streckte die Hand aus. »Dies ist das Destillat vom Blut eines Pesttoten, dies sein Auswurf, dies sind die Rückstände der eitrigen Flüssigkeit in seinen Pestbeulen, und am Schluss haben wir die verkohlten Fasern seines Hemdes! Vergleicht es mit dem, was von den Flöhen geblieben ist! Wir wissen doch, dass man durch all diese Dinge krank werden kann – und zwar auch allein und für sich genommen!«

»Das habt Ihr alles an Gefangenen ausprobiert?«, fragte Wolfhart nach.

»Und vorher an Ratten. Manches hat sich durch die Grausamkeit des Zufalls oder die Unvorsichtigkeit eines meiner Helfer an Erkenntnisgewinn ergeben. Doch darauf kommt es jetzt nicht mehr an.«

»Worauf kommt es Eurer Ansicht nach denn an?«

»Auf das Gemeinsame! Wolfhart, es muss etwas Gemeinsames in all diesen Substanzen sein, und wir haben es bislang nur nicht gefunden! Kocht Ameisen aus und tut dasselbe mit Brennnesseln – Ihr werdet dieselbe Art von Säure als Rückstand finden! Hier will sich das Gemeinsame hingegen einfach nicht erschließen lassen!«

»Ihr könnt es ja so machen wie mit der Ameisensäure«, meinte Darenius ätzend. »Verdünnt die zurückbleibende Substanz auf ein ungefährliches Maß mit Wasser und prüft den Geschmack! Vielleicht ergibt sich ja dann eine Gemeinsamkeit. Allerdings muss ich Euch sagen, dass mein Geschmackssinn durch die karge Kost im Kloster sehr gelitten hat und ich daher wohl ausscheide, um in diesem Fall Eure These zu beweisen!«

»Euer Spott mag Euch im Halse stecken bleiben, Darenius!«, murmelte Cagliari. Unter der Tischplatte war eine Lade angebracht. Aus dieser holte er ein doppeltes Augenglas hervor. Er hielt es sich vor die Sehschlitze seiner Maske und betrachtete damit die Rückstände in den Kolben.

»Versucht es damit einmal, Wolfhart. Es ist beste Nürnberger Augenglaserarbeit, und ich selbst habe sie oft genug benutzt, wenn ich über Büchern saß, die mit schwachen Bleistiften und in kleiner Schrift geschrieben worden waren.«

Auch Wolfhart betrachtete nun einen Kolben nach dem anderen durch das Augenglas. Dessen Wirkung, alles etwas größer erscheinen zu lassen, als es tatsächlich war, ließ Wolfhart zwar ein paar Einzelheiten der Rückstände besser erkennen – doch was für eine Gemeinsamkeit es nun zwischen all diesen Rückständen gab, wollte ihm gleichfalls nicht aufgehen.

»Ihr spracht vorhin davon, wir stünden vor einem entscheidenden Schritt«, erinnerte sich Wolfhart. »Was habt Ihr damit gemeint?«

»Habe ich das wirklich gesagt?«, verleugnete der Pest-Medicus nun sogar seine eigenen Worte.

»Er meinte wohl immer denselben Schritt, den er einfach nicht wagt, denn der bestünde darin, diese Versuche abzubrechen und in einer anderen Richtung weiterzuforschen«, meldete sich Darenius ungefragt zu Wort.

»Ja, es ist wahr, wir stehen vor einem entscheidenden Schritt, und leider ist es uns unmöglich, ihn zu gehen – und das, obwohl die Schritte, die darauf folgen müssen, schon so klar vor meinem inneren Auge zu sehen sind, dass es mich einfach ungeheuer schmerzt, hier, an dieser Stelle, verharren zu müssen.«

»Was wären denn diese nächsten Schritte?«, fragte Wolfhart. »Ihr scheint ja tatsächlich einen sehr weitreichenden Plan zu haben!«

Selbst unter der dicken Montur war zu sehen, wie Meister Cagliari tief durchatmete. Einem qualvollen Seufzen gleich hob und senkte sich sein Brustkorb, und der Laut, der dabei unter der Maske hervorkam, erinnerte Wolfhart an ein fiebriges Tier. »Darenius wird die hier noch anfallenden Arbeiten allein schaffen«, erklärte Cagliari dann. »Ich glaube, es ist der Zeitpunkt gekommen, Euch auch in die letzten Geheimnisse unseres Werkes einzuweihen.«

»Geheimnisse?«, echote Wolfhart.

»Kommt mit. Ich werde Euch erklären, was ich meine. Zuvor will ich mich jedoch hierfür von dieser Montur befreien. Ihr solltet es mir gleichtun!«

Fausto Cagliari hatte die Montur seit fast einer Woche nicht abgelegt. Selbst zum Schlafen nicht, wenn er für kurze Zeitspannen niedersank. Sein Wasser ließ er einfach in den Anzug rinnen, und er hatte dies auch Wolfhart empfohlen. Denn das Wasser, das ein Mensch ausscheide, habe eine Wirkung, die Entzündungen und Wunden entgegenwirke. »Ich sehe es als eine Vorbeugung gegen Pestbeulen an, falls ich trotz aller Vorsicht doch einmal vom Schwarzen Tod befallen werden sollte. Die Beulen werden nicht so schmerzhaft aufplatzen, wie es sonst meist der Fall ist.« Notdurft gab es für Cagliari in dieser Phase seiner Forschungsarbeiten keine zu verrichten, denn er aß kaum etwas.

Mit der Zeit schien Cagliari den Wechsel von Tag und Nacht kaum noch zur Kenntnis zu nehmen, da er die unterweltliche Stätte seiner Forschungen nur noch selten und allein zu besonderen Anlässen verließ.

Wolfhart hingegen kehrte immer wieder zu seinem Quartier im Palast zurück – wenn auch zu ungewöhnlichen Zeiten und manchmal auch erst, nachdem er bis zu zehn Tage durchgearbeitet hatte. Aber länger konnte er weder die Montur ertragen noch all die anderen zutiefst abstoßenden Begleiterscheinungen, die es in den Kammern des Schwarzen Todes zu ertragen galt. Vielleicht, dachte und hoffte er, würde er allmählich unempfindlicher werden, so wie es seine Mitstreiter im Kampf gegen diesen Dämon der Krankheit inzwischen zweifellos waren.

In einem vergleichsweise kleinen Nebenraum, in dem die Monturen aufgehängt wurden, solange man sie nicht in Gebrauch hatte, machten sich die beiden Männer an diesem Tag daran, sich aus dieser zweiten Haut langsam herauszuschälen. Das Erste war immer, die ölgetränkten Tücher von den Armen und Beinen herunterzuwickeln und anschließend aufzurollen. Man legte den Stoff hernach jedes Mal in ätherische Öle ein, sodass man sie später erneut verwenden konnte.

Eigentlich wäre dieses Einlegen die Aufgabe des hinkenden Lazaros, doch der war zurzeit zusammen mit den Zwillingen und dem Entstellten mit einer der Barken unterwegs. Wolfhart hatte aus den Gesprächen mitbekommen, was ihr Ziel war. Offenbar gab es nicht weit von Cagliaris Gewölbe entfernt ein Verlies, in dem die zum Tode Verurteilten untergebracht worden waren, die Cagliari versuchsweise pestverseuchten Sekreten oder Flöhen ausgesetzt hatte, um die Wirkung untersuchen zu können.

Welche Aufgabe die Helfer des Pest-Medicus nun eigentlich in dem Verlies erfüllen mussten, hatte Wolfhart nicht richtig mitbekommen, nur dass Cagliari Lazaros und die anderen mit Reinigungsutensilien auf den Weg geschickt hatte: mit persischer Seife, Wasserkübeln, Besen und Lappen.

Wolfhart hatte sich vorgenommen, Cagliari noch nach Einzelheiten zu fragen, aber bis jetzt war dazu noch keine Gelegenheit gewesen. Doch gerade eben hatte Cagliari von Dingen gesprochen, die Wolfhart noch weit mehr interessierten als dieses Verlies und die Aufgabe der Gehilfen.

»Ihr spracht von den nächsten Schritten, die Ihr in aller Klarheit vor Euch seht«, erinnerte Wolfhart den Pestarzt an seine eigenen Worte.

Die Antwort war zunächst nur Schweigen – bis Cagliari sich schließlich teilweise aus seiner Montur herausgeschält und zumindest das Kopfstück abgesetzt hatte. Sein Kopf war hochrot. Die Wangen wirkten eingefallen, und unter seinen tiefliegenden Augen hatten sich so dunkle Ringe gebildet, dass man ihn beinahe selbst für krank halten konnte.

»Habt Ihr schon einmal davon gehört, wie Feuer am wirkungsvollsten bekämpft werden kann?«, antwortete er nun mit einer Gegenfrage.

»Ich bin Medicus – und der letzte Brand in einer Stadt, dessen ich ansichtig wurde, betraf nur die Scheune eines Mietstalls. Man löschte es auf ganz herkömmliche Weise – mit Wasser aus einem nahen Brunnen.«

»Nun, in den Dörfern namens Erfurt oder Lübeck, in denen Ihr bisher gelebt habt, mag das reichen. In einer derart großen Stadt wie Konstantinopel können Brände indessen leicht außer Kontrolle geraten. Ein einzelner Hausbrand kann ein ganzes Viertel vernichten, und wenn der Wind es übel mit uns meint, gibt es kein Halten mehr für die Flammen. Dann hilft nur noch ein Gegenfeuer.«

Wolfhart warf einen etwas verwirrten Blick auf Meister Cagliari. Worauf wollte der Pest-Medicus jetzt hinaus? Den eigentlichen Gegenstand umkreiste er offenbar noch. »Es tut mir leid, doch ich vermag nicht zu erkennen, was ein Brand, so schlimm er auch sein mag, mit der Pest zu tun hat!«

»Feuer bekämpft man mit Feuer, das Böse mit den Mitteln des Bösen – und den Schwarzen Tod möglicherweise mit seiner eigenen Kraft!«

»Ich fürchte, Ihr erlebt mich eben als einen begriffsstutzigen Studenten, der nicht im Mindesten in der Lage ist, den weisen Worten seines Magisters zu folgen«, gab Wolfhart vorsichtig zu.

Er hatte inzwischen auch sein Kopfstück und eins der Handstücke abgelegt. Weil seine Kleidung unter der Montur schweißnass geworden war, fröstelte es ihn allein deshalb. Dafür gab es jedoch noch einen anderen Grund, denn die Worte seines Meister-Medicus erinnerten Wolfhart auf eine ganz eigenartige Weise an die hochmütigen und zynischen Reden, die er Marco di Lorenzo hatte schwingen hören. Aber nein!, dachte er. Es war unmöglich, dass diese beiden Männer das Gleiche oder auch nur etwas Ähnliches zum Ausdruck bringen wollten. Wolfhart konnte und wollte sich das jedenfalls einfach nicht vorstellen.

»Wenn man die Essenz des Schwarzen Todes wirklich isolieren könnte und sie im Anschluss in kleinster Dosis einem Kranken gäbe, dann würde sich die Kraft dieses Übels gegen sich selbst wenden!«

»Es gibt meiner Ansicht nach keinen Grund, das anzunehmen«, erwiderte Wolfhart.

»Dann müsst Ihr noch viel lernen.«

»Das wäre so, als würde man Gift nehmen, um die Wirkung eines Giftes zu bekämpfen!«

»Genau das steht in den Büchern eines arabischen Arztes namens Ibn Sina, den man selbst in Erfurt unter dem Namen Avicenna kennen sollte! Und der lebte bereits vor vierhundert Jahren!«

Wolfhart hob die Augenbrauen. »Der Name Avicenna sagt mir durchaus etwas, wenngleich ich zugeben muss, dass mir nur eine Abschrift eines kleineren Werkes aus seiner Feder in griechischer Übersetzung vor die Augen gekommen ist. Solche Ansichten, wie Ihr sie jetzt vertretet, habe ich darin allerdings nie gefunden.«

»Diese Abschrift dort war sicherlich eine Fälschung! Eine entschärfte Fassung des Originals«, glaubte Cagliari. »Aber wie auch immer, es ist wahr, und ich bin nicht der erste Arzt, der diese Methode angewendet hat.«

»Ich weiß nicht, ob das der richtige Weg ist, Meister Cagliari.«

»Es reicht nicht, die Dinge zu erkennen, Wolfhart. Man muss sie beherrschen!«

»Und das gilt auch für den Schwarzen Tod?«

»Gerade für ihn! Wer die Macht hat, eine Epidemie ausbrechen zu lassen, kann sie auch verhindern.«

»Nur Gott hätte diese Macht.«

Cagliari lächelte hintergründig. »Nur Gott? Nicht womöglich auch sein Widerpart?«

Wolfhart war zu müde, um sich auf einen Disput über theologische Fragen mit Cagliari einzulassen. Er unterdrückte ein Gähnen. Ihm fiel gerade noch ein, den Medicus nach der Aufgabe zu fragen, die Lazaros und die anderen Gehilfen in ein nahegelegenes Verlies geführt hatte.

»Gibt es dort zurzeit einen Gefangenen, Meister Cagliari?«

»Wie kommt Ihr darauf?«

»Als ich zum ersten Mal mit Euch hier herabgestiegen war, hatte ich Schreie gehört. Schreie, die nicht alle nur von dem unglücklichen Gehilfen stammten, der die Pest bekommen hatte.«

Cagliari zögerte. »Ihr habt Recht. Es ist erstaunlich, wie laut ein Schrei in den Zisternengewölben dieser Unterwelt sein kann.«

»So trifft meine Vermutung zu?«

»Der Gefangene lebt nicht mehr. Er starb – allerdings nicht an der Pest, wie es meiner Erkenntnissuche förderlich gewesen wäre, sondern an den Folgen der Folterungen, die man ihm angetan hatte. Meine Gehilfen hatten nun die Aufgabe, das Verlies von dem zu reinigen, was er hinterlassen hatte.«

»Wisst Ihr, was man ihm vorgeworfen hatte, um ihn einer derartigen Behandlung zuzuführen?«

»Er soll ein Hochverräter gewesen sein und in Verbindung mit den Türken gestanden haben. Sein Name war Andreas Lakonidas. Vielleicht habt Ihr schon von ihm gehört.«

»Warum sollte ich?«, wich Wolfhart aus.

Meister Cagliari zuckte die Schultern und streifte sich sein Hemd ab, da es selbstverständlich auch bei ihm vollkommen durchnässt war. »Er war zudem ein stadtbekannter Dokumentenfälscher – und Ausländer wie Ihr sind auf die Dienste solcher Leute häufig angewiesen.« Ein breites Lächeln spielte nun um seine Lippen. »Mir ist das zu Anfang nicht anders gegangen.«

Wolfharts Blick fiel auf ein Zeichen, das in Meister Cagliaris Schulter eingebrannt war. Im ersten Moment hatte Wolfhart es für eine der vielen Narben gehalten, die der Medicus bei seinen so zahlreichen und nicht immer ganz geglückten Experimenten davongetragen hatte. Aber dann erkannte er, dass es etwas anderes war.

Das Zeichen zeigte eindeutig die miteinander verwobenen

Buchstaben Lambda und Rho – übereinandergeschrieben wie eine schaurige, geheimnisvolle Analogie zum Chi-Rho der Christen.

Lucifuge Rofocale!, durchfuhr es Wolfhart, und er erschrak bis ins Mark, als er sich dessen bewusst wurde.

Neunzehntes Kapitel

Erste Donnerschläge

Nahezu alles, was in der Gemeinde der Genueser von Konstantinopel Rang und Namen hatte, folgte dem großen Bartolomeo Maldini auf seinem letzten Weg. Aufgebahrt lag er in der Kapelle des heiligen Paulus in Pera, wo der unverwüstliche Pater Matteo da Creto die Messe für ihn las. Dies hatte sich Bartolomeo Maldini ausdrücklich gewünscht, bevor er in eine bessere Welt hinüberdämmerte. Der Sprecher der Genueser Kaufleute hatte Pater Matteo immer sehr geschätzt, und vor allem war er – wie viele andere auch – davon überzeugt, dass er wirklich gesegnet sein müsse. Schließlich hatte er die Pest durchlitten und überlebt. Könnte es ein besseres Zeugnis für die Macht des Glaubens geben?

Maria trug ein tiefschwarzes Kleid, das mit Brokat besetzt war. Ihr Haar war durch einen Schleier verdeckt. Selbst Marco hatte sich in sein Festwams gezwängt und sich für seine Verhältnisse ordentlich hergerichtet. Dass er überhaupt erschienen war, verwunderte so manchen der anderen Trauergäste, denn nachdem er zuletzt sämtliche gesellschaftlichen Anlässe tunlichst gemieden hatte, war damit nicht zu rechnen gewesen. Maria und Marco wurden wie üblich von Davide und Thomás begleitet.

»Es ist ein eigenartiges Gefühl, nach langer Zeit einmal wieder eine lateinische Messe zu besuchen, wie ich sie auch aus meiner schottischen Heimat kenne«, hörte Maria den Söldner sich gegenüber Davide äußern. »Aber um der Karriere in der

Garde willen habe ich mich jenem Bekenntnis angeschlossen, das sich selbst als rechtgläubig bezeichnet.«

Jakob Forlanus war ebenfalls anwesend. Allerdings hielt er sich von den Mitgliedern der Familie di Lorenzo zunächst auffällig fern.

Zur Gemeinde der Genueser gehörte er ja ohnehin nicht. Die Unsicherheit darüber, wie er sich während einer Messe nach römischem Ritus im Einzelnen zu verhalten hatte, war ihm durchaus anzumerken, sodass er wie ein Fremdkörper wirkte.

»Das Haus Maldini ist jetzt zweifellos geschwächt«, flüsterte Davide an Maria gerichtet. »Es könnte sein, dass Claudio Emanuele nun eine Entscheidung von uns fordert.«

»Er soll damit wenigstens abwarten, bis sein Vater unter der Erde ist«, gab Maria leise zurück.

Nach der Totenmesse wurde Bartolomeo auf dem Friedhof bei der Kapelle in allen Ehren zu Grabe getragen. Fast alle Einwohner von Pera waren gekommen, und ihnen allen war wohl bewusst, dass mit diesem Mann ein wichtiger Fürsprecher ihrer Interessen gegenüber dem Kaiser davonging. Ein Nachfolger in dieser weitreichenden Funktion war nicht in Sicht – zumindest gab es niemanden, von dem man erwarten konnte, dass er die großen Schuhe, die Bartolomeo hinterlassen hatte, auch tatsächlich ausfüllen könnte. Hinter vorgehaltener Hand hörte Maria, wie man ganz ungeniert darüber sprach, dass Claudio Emanuele nicht dazu geeignet wäre.

Man sah den jungen Mann zusammen mit seiner Stiefmutter, der noch recht jungen Witwe des Verstorbenen, am Grab stehen und sich von dem Toten mit einem gemurmelten Gebet verabschieden.

Anschließend begab man sich zum Leichenbankett zum Haus der Maldinis, das eines der größten in ganz Pera war. Es bestand aus vier geräumigen Stockwerken und einem imposanten, zum Bosporus ausgerichteten Giebel. In der untersten Etage befand sich eine große Festhalle, die bis auf den letzten Platz gefüllt wurde. Bartolomeo Maldini hatte bestimmt, dass zu seinem Begräbnis auch eine Armenspeisung durchgeführt werden sollte, und so hatte sich allerlei Volk in der Festhalle angesammelt, das verköstigt werden wollte.

Claudio Emanuele nahm neben der verhüllten Witwe Catarina Platz, die kaum älter war als er. Sie war Bartolomeos dritte und sehr viel jüngere Frau. Seine erste Gemahlin – die Mutter von Claudio Emanuele – war im Kindbett gestorben, die zweite an der Pest. Aufgrund des Altersunterschiedes der Eheleute und des vertrauten Umgangs, den die junge Frau mit Claudio Emanuele zu haben schien, waren eine Zeit lang Gerüchte im Umlauf gewesen, dass die beiden eine durchaus engere Verbindung gehabt hätten, als dies zwischen einer Stiefmutter und ihrem Stiefsohn statthaft war. Seltsamerweise hatte Claudio Emanuele nie etwas unternommen, um diesen Gerüchten entgegenzutreten. Höchstwahrscheinlich waren sie ihm ganz recht gekommen, denn letztlich hatten sie für eine ganze Weile von Claudios Neigung zu jungen Männern abgelenkt, über die man sich erst in jüngerer Zeit das Maul zerriss.

Dass Maria und ihre Begleiter an jenem Tisch platziert wurden, der ansonsten den engsten Familienmitgliedern vorbehalten war, erschien schon sehr auffällig.

»Seht darin ruhig eine Offerte«, raunte Davide ihr zu.

»Vielleicht will ich die aber gar nicht sehen!«

»Ihr seid die Tochter von Luca di Lorenzo – und der hat der Wahrheit immer ins Auge zu blicken vermocht. Das solltet Ihr auch tun, Maria.«

Maria fiel auf, dass Marco wenig sagte und auch keine seiner sonst so provozierenden ketzerischen Reden schwang. Sie hatte ursprünglich mit dem Schlimmsten gerechnet. Wenn er schon die Familie di Lorenzo völlig unmöglich und zum Gespött der Genueser in Pera machen wollte, dann wäre jetzt zweifellos eine günstige Gelegenheit dazu. Denn von dem Begräbnis des Bartolomeo Maldini würde noch in Jahrzehnten jeder erzählen, der dabei gewesen war. Und jemand, der sich zu diesem Anlass danebenbenahm, hatte ganz sicher seinen ewigen Platz in diesen Erzählungen.

Aber Marco riss sich erstaunlicherweise am Riemen.

Als das Bankett bereits in vollem Gange war, verließ er von Zeit zu Zeit den Tisch. Am Rand der Festhalle sah sie ihn dann ein ziemlich gestenreiches Gespräch mit Jakob Forlanus führen.

Dass die beiden sich unterhielten, verwunderte Maria nicht weiter. Forlanus war ja der Advokat der Familie und kannte Marco wie Maria. Verwunderlich war für Maria jedoch die Heftigkeit des Gesprächs. Was gab es zwischen den beiden so Wichtiges zu bereden? Beinahe hätte man denken können, es sei eine Frage über Leben und Tod gewesen.

Marco drehte sich dabei um und ließ den Blick durch die Festhalle schweifen und schaute dann geradewegs in Marias Richtung. Es war für Maria zu spät, um diesem Blick auszuweichen, und so hielt sie ihm einfach stand. Aus irgendeinem Grund ist es ihm unangenehm, dass ich ihn mit Forlanus gesehen habe, ging es Maria durch den Kopf. Was freilich der Grund dafür sein mochte, konnte sie sich nicht vorstellen.

Davide war in ein angeregtes Gespräch mit dem um zwanzig Jahre jüngeren Bruder des Verstorbenen vertieft, der sich auf Zypern angesiedelt hatte und die Reise nach Konstantinopel auf sich genommen hatte, als sich Bartolomeos Ende ankündigte. Der Bruder war gerade noch rechtzeitig eingetroffen, um sich von Bartolomeo verabschieden zu können.

Da Marco nicht auf seinem Platz saß, war dort zunächst eine

Lücke. Claudio Emanuele nutzte diese Gelegenheit und setzte sich neben Maria.

»Ihr habt mich nicht einmal um Erlaubnis gefragt«, beschwerte sich Maria.

»Ich weiß, dass Ihr mich nicht zurückweisen würdet. Nicht an diesem Tag und bei diesem allzu traurigen Anlass. Andernfalls würdet Ihr als die personifizierte Herzlosigkeit in den Klatsch unserer Gemeinde eingehen!«

»Nun, möglicherweise liegt Ihr da nicht ganz falsch«, gab Maria zu. »Was den Tod Eures Vaters angeht, so habt Ihr mein aufrichtiges Mitgefühl. Er war unserer Familie immer auf das Engste verbunden. Mein Vater hatte sehr oft und sehr anerkennend über ihn gesprochen.«

»Wir sollten diese Gelegenheit nicht mit schönen Worten vertun und das Entscheidende ungesagt lassen«, erwiderte Claudio Emanuele. »Ich denke, wir brauchen jetzt einander. Das gilt für uns beide so sehr wie für unsere Familien.«

»Heute ist der Tag der Trauer – nicht der Tag, um neue Verbindungen zu knüpfen.«

»Neue Verbindungen? Es ist eine alte Verbindung, wie Ihr selbst gerade ausgeführt habt.«

»Claudio …«

»Wir sind uns immer wieder über den Weg gelaufen, seit wir Kinder gewesen sind, Maria. Reden wir offen miteinander: Die Vernunft gebietet eine Verbindung zwischen uns – und Ihr seid zweifellos eine kluge Frau, die sich nicht von irgendwelchen Stimmungen beeinflussen lässt, sondern das Für und Wider einer Entscheidung genauso kühl abwägt, wie man es von Eurem Vater gewohnt war.« Claudio Emanuele lächelte. »Ich bin überzeugt davon, dass Ihr die richtige Entscheidung treffen werdet.«

»Weil man Euch nicht zutraut, Nachfolger Eures Vaters zu werden?«

»Wie ich sehe, seid Ihr über die Schwierigkeiten informiert. Ich nehme an, Euer Schreiber Davide, den man andernorts auch ›die wandelnde Gerüchteküche‹ nennt, hat Euch die Dinge bereits erklärt. Ich erwarte eine Entscheidung und hoffe, dass es diejenige sein wird, die beiden Häusern dient. Falls Ihr Euch dazu nicht herablassen könntet, müsste ich mich anderweitig orientieren.«

»Ich werde ganz sicher keine Entscheidung treffen, die ...«

Marias Worte wurden durch einen fernen, dumpfen Donnerhall unterbrochen. Jegliche Gespräche im Festsaal erstarben innerhalb von Augenblicken.

»Was war das?«, rief jemand.

»Kanonendonner!«, murmelte Davide. »Daran besteht für mich keinerlei Zweifel.«

Ein schon etwas älterer Mann mit grauem Spitzbart und anscheinend reicher seemännischer Erfahrung in den Diensten der genuesischen Flotte bestätigte dies. »Das kommt vom Meer! Da tobt offenbar eine Seeschlacht.« In welchem genauen verwandtschaftlichen Verhältnis dieser Mann zu den Maldinis stand, hatte Maria nicht herausbekommen können, und seinen Namen hatte er nicht genannt. Da jedoch auch er am Tisch der Witwe saß, musste er eng mit dem Toten verbunden sein.

»Man wird die Ketten hochziehen«, meinte Davide. »Ich glaube nicht, dass wir wirklich in Gefahr sind.«

Das Mahl wurde fortgesetzt, aber die Stimmung hatte sich nun verändert. Die Gespräche wurden verhaltener, und die Gedanken schienen jetzt kaum noch dem Davongegangenen zu gelten – sondern der eigenen unsicheren Zukunft. Die Donnerschläge setzten sich noch fort, als Maria und ihre Begleiter das Haus der Maldinis längst verlassen hatten. Im Hafen mussten sie fast zwei Stunden auf eine Barkasse warten, denn die waren plötzlich sehr begehrt.

Der Hafen von Pera war voller Menschen. Außer ein paar Schaulustigen, die sich dort versammelt hatten, waren es vor allen Dingen Söldner aus Venedig und Genua, die zu ihren Schiffen eilten. Und da die meisten dieser Galeonen auf dem gegenüberliegenden Ufer des Goldenen Horns zusammen mit der Flotte des Kaisers im Kriegshafen vor Anker lagen, wurden zunächst alle verfügbaren Barkassen für den Transport dieser Männer benötigt.

Bis zum Abend mussten Maria, Marco, Davide und Thomás darauf warten, übergesetzt zu werden.

»Warum bleiben die Schiffe im Hafen?«, fragte Maria an Thomás gerichtet. Der gebürtige Schotte schien ihr am meisten von diesen Dingen zu verstehen.

»Ich nehme an, man will nicht den Verlust von Schiffen riskieren«, sagte er. »Der Sultan kann den Bosporus unpassierbar machen und auf jedes Segel schießen, das sich dort bewegt. Seine Flotte dürfte jedoch nicht stark genug sein, um die unsere im Goldenen Horn angreifen zu können – selbst dann, wenn es die Sperrketten nicht gäbe!«

»Wollen wir hoffen, dass Ihr Recht behaltet!«, meinte Davide dazu.

»Das Ende ist nahe«, meldete sich nun Marco zu Wort, der sich so lange zurückgehalten hatte. »Es kommt der Tag, an dem sich alles umkehrt und das Niedrige hoch, das Hohe aber niedrig wird!«

Thomás runzelte die Stirn und wirkte sehr befremdet, er enthielt sich aber einer Bemerkung.

Maria wurde im nächsten Moment einer Entgegnung beraubt, denn heftige seitliche Wellen erfassten das Boot, und sie musste sich festhalten.

In den nächsten Tagen verbreiteten sich Einzelheiten über das Gefecht, bei dem eine kaiserliche Galeone schwere Schäden und hohe Verluste an ihrer Mannschaft erlitten hatte. Das zum Wrack geschossene Schiff lief später in den Eutherios-Hafen ein und wurde dort vertäut. Man ging wohl davon aus, dass es zunächst nicht mehr einsatzfähig sein würde und den Verteidigern des Goldenen Horns nicht helfen konnte.

Mehr als tausend Schaulustige fanden sich im Hafen zusammen. Maria konnte es vom Kontor aus sehen. Soldaten der kaiserlichen Garde machten sich daran, Geschütze und Munition aus dem Wrack herauszuholen, das nun wie eine Mahnung dalag.

»Maria«, hörte sie hinter sich eine Stimme, während sie schon eine ganze Weile in finsteren Gedanken versunken auf einem der Balkone des Hauptgebäudes stand, von wo aus man einen guten Blick über den Eutherios-Hafen hatte.

Der Klang dieser Stimme war ihr nur allzu vertraut. Sie drehte sich um. »Marco!«

»Wir müssen miteinander sprechen«, sagte er.

»Ja, das mag sein.«

»Ich werde es nicht länger hinnehmen, dass man mich daran hindert, über mein Erbe zu verfügen.«

»Unser Erbe«, erinnerte ihn Maria. »Im Übrigen hindert dich niemand daran. Allerdings kann es auch nicht angehen, dass du einen Großteil unserer Mittel irgendwelchen zweifelhaften Predigern in den Rachen wirfst!«

»Es ist ganz allein meine Sache, wofür ich mein Geld ausgebe, Maria. Ich verlange von dir, dass mir mein Anteil ausgezahlt wird – in Gold und Silber.«

»Das würde das Ende des Hauses di Lorenzo bedeuten! Hast du deshalb mit Jakob Forlanus gesprochen? Soll er dir dabei helfen, das Testament, das er selbst mit aufgesetzt hat, nun zu einem wertlosen Dokument zu machen?«

»Nein, du irrst dich!«

Maria schüttelte den Kopf. »Das glaube ich kaum.«

»Jakob Forlanus wollte mich um meine Unterstützung bei dem Ansinnen bitten, dich zu heiraten. Aber dein Herz scheint ja einem anderen zu gehören – und dabei spreche ich nicht von Claudio Emanuele.«

Maria atmete tief durch. Innerlich kochte es in ihr. Indes, es hatte keinen Sinn, sich gegenseitig auch noch mit spitzen Bemerkungen zu traktieren. All ihre Worte schienen ihn so wenig erreichen zu können wie umgekehrt die seinen sie. »Seriféa macht sich Sorgen um dich. Sie scheint dich wirklich sehr zu mögen, aber …«

»Sie ist eine einfältige Närrin!«, schnitt Marco ihr das Wort ab.

»Nur weil sie nicht tatenlos mitansehen will, wie du immer mehr unter den Einfluss dieses dunklen Ordens gerätst, dessen Irrlehre du dich verschrieben hast?«

In Marcos Augen blitzte es. »Was weißt du schon darüber! Du – oder Seriféa!«

»Mehr, als du glaubst, Marco! Eines sage ich dir deshalb hiermit ganz klar: Diese Ketzersekte, die den Satan verehrt, wird nicht ein einziges Silberstück mehr bekommen, das dem Haus di Lorenzo gehört!«

»Für das du dir inzwischen anmaßt, allein sprechen zu können.«

»Das habe ich mir so nicht ausgesucht«, bedauerte Maria.

Marco ging unruhig auf und ab. Er raufte sich mit der Hand durch das Haar. Dann blieb er stehen und fixierte Maria mit seinem Blick. »Ich kann dir nicht sagen, worum es geht, Maria. Sehr bald jedoch wird der Tag der Veränderung kommen. Glaub mir!«

»Es tut mir leid, Marco, aber ich kann dir nicht länger irgendetwas glauben«, erwiderte sie fast tonlos.

Wutentbrannt drehte sich Marco um und stürmte wieder ins Innere des Hauses. Enttäuscht und voller Sorge blieb Maria noch für ein paar Minuten auf dem Balkon. Sie nahm wahr, dass unterdessen die Dämmerung eingesetzt hatte und ein einmaliges Farbenmeer in den Himmel zauberte. Aus der Ferne hörte sie jedoch noch immer das Donnern der Kanonen.

Am Abend verließ der junge di Lorenzo das Haus, ohne jemandem zu sagen, wohin er zu gehen beabsichtigte. Maria bekam den lautstarken Streit zwischen Marco und Seriféa mit, der seinem Aufbruch vorausging. Die Dienerin verlangte immer wieder, dass Marco ihr die volle Wahrheit sagen solle. Doch je eindringlicher sie das forderte, desto mehr verschloss er sich auch vor ihr.

In den nächsten Tagen waren überall in der Stadt Bewaffnete zu sehen. Die Handwerkergilden mussten Männer unter Waffen stellen, es herrschte eine Stimmung von gespannter Erwartung und blanker Furcht. Scharen von Flüchtlingen aus den wenigen Dörfern des thrakischen Umlandes drängten mit Sack und Pack in die Stadt. Sie waren von ihren Feldern geflohen, als sie die gewaltige Streitmacht des Sultans herannahen sahen. Allerorten erzählten sie davon, was sie gesehen hatten: Die Streitmacht des Sultans rückte in breiter Front auf Konstantinopel vor. Die Belagerung hatte begonnen. Niemand konnte jetzt noch die Stadt auf dem Landweg erreichen oder wieder verlassen. Ein riesiger Zug von Belagerungsmaschinen, Geschützen und ein gewaltiger Wagentross folgten den eigentlichen Truppen.

Thomás war als Veteran stets auf dem neuesten Stand und berichtete im Kontor, wie die Lage sich veränderte. »Die Männer des Sultans werden sich jetzt eingraben, so wie sie das bei anderen Belagerungen zuvor auch schon getan haben«, erklärte er, als er zusammen mit Maria und Davide am Tisch des Empfangsraums im Kontor saß. »Danach wird das große Graben losgehen! So eine Schlacht wird vielleicht eher mit der Hacke als mit dem Schwert entschieden. Die Kolonnen der Grabkräfte habe ich selbst von einem der Wehrtürme an der Theodosianischen Mauer aus gesehen! Der Sultan muss wirklich jeden im Umkreis von Hunderten von Meilen aufgeboten haben, der in der Lage ist, eine Schaufel zu halten!«

»Ihr meint, sie werden anfangen, Tunnel zu graben«, schloss David.

Thomás nickte. »In diesen Tunneln werden sie später fässerweise Schwarzpulver zur Explosion bringen und hoffen, dass dies die Mauern einstürzen lässt, die sie bisher auf andere Weise nicht haben zu Fall bringen können. Auf unserer Seite wird man auf jeden Fall Gegentunnel graben. Die Zeiten, da sich Ritter Mann gegen Mann und in Ehre begegneten, waren wohl schon vorbei, als ich in der Garde anfing. Das, was hier bevorsteht, wird mehr an den Kampf von Ratten erinnern, die sich durch den Dreck hindurchwühlen müssen, um sich gegenseitig die Zähne in den Hals schlagen zu können!«

In den kommenden Tagen blieb es recht ruhig, noch war kein einziger Schuss gefallen. Thomás meinte, dass das nicht weiter verwunderlich wäre, denn der Boden des Umlandes sei so weich, dass er dem Rückstoß auch der mittleren Geschütze nicht standhalten könnte und die Belagerer deshalb erst Fundamente graben müssten, damit die Kanonen beim Abfeuern einen festen Stand hätten.

Die Ruhe vor dem Sturm also, folgerte Maria bitter. Einem Sturm, von dem man nur hoffen konnte, dass er über die Stadt hinwegzöge, wie so viele andere vor ihm.

Immer wieder dachte sie daran, wie es Wolfhart wohl ginge.

Dass sie gar nichts mehr von ihm gehört hatte, schmerzte sie. Zugang zum Palast bekam sie gegenwärtig keinen. Man fürchtete Spione und Meuchelmörder und hatte sich im Palast mehr oder minder eingeigelt. Jeder Ausländer war per se verdächtig, und so wurde zurzeit ausnahmslos allen der Zutritt in diese innere Stadt in der Stadt verweigert – selbst den treuesten Verbündeten, zu denen das Haus di Lorenzo seit jeher zweifellos gehörte.

Man erzählte von Dutzenden von tatsächlichen oder angeblichen Spionen, die in den letzten Wochen und Monaten in die Stadt eingesickert wären und von denen man etliche hätte verhaften und auspressen können. Die Vorsicht war längst in Hysterie umgeschlagen, und diese begann sich über den Palast hinaus auszubreiten. So hörte man davon, dass es sogar schon vereinzelt Lynchmorde an vermeintlichen Spionen gegeben hätte.

Wie ein Lauffeuer machten überdies die ersten Berichte von zwei riesigen Kanonen die Runde, die von den Truppen des Sultans in Stellung gebracht worden waren: Kanonen, die jedes bekannte Maß überstiegen und so unvorstellbar gewaltig waren, dass die größere von nicht weniger als sechzig Ochsen gezogen werden musste. Die Posten auf den Wehrgängen der Theodosianischen Mauer konnten diese wahren Ungetüme sehen. Nicht nur die Erzählungen, auch der eisige Schrecken, der sie allein beim Anblick dieser Tötungsmaschinen befallen hatte, breitete sich innerhalb kürzester Zeit in der ganzen Stadt aus.

Zwanzigstes Kapitel

Der schnelle und der langsame Tod

Ich hätte nicht gedacht, die Mauern dieser Stadt so schnell wiederzusehen!, ging es Urban Kanonengießer durch den Kopf. Er schützte sich mit der Hand gegen die tiefstehende Sonne.

Nach seinen Angaben waren 69 Geschütze unterschiedlichster Größe gegossen worden. Der Sultan hatte ihm ein Heer von gleichermaßen willigen und gelehrigen Helfern zur Verfügung gestellt, um das zu schaffen.

Er hatte so viel Material verbrauchen können, wie er wollte, und ganz anders als sein kaiserliches Gegenüber im Palast zu Konstantinopel war der Sultan gegenüber jeglicher Neuerung sehr aufgeschlossen.

Schon seit Wochen waren die alten römischen Straßen, die Adrianopel und Konstantinopel auch jetzt noch miteinander verbanden, in Stand gesetzt und ausgebaut worden, um den Transport all der schweren Belagerungsmaschinen und Geschütze überhaupt zu ermöglichen. Ganz besonders galt das natürlich für jene Riesenkanone, der der Sultan höchstpersönlich nach ihrer Fertigstellung den Namen »Konstantinopel-Geschütz« gegeben hatte. Das Geschütz hatte zwar nicht ganz die Ausmaße, wie er es auf den ursprünglich für den Kaiser angefertigten Zeichnungen skizziert hatte, aber es war immer noch größer als alles, was man bis dahin je an Kanonen gesehen hatte. Zwei Stunden brauchten hundert Mann, um sie zu laden. Die Steingeschosse waren so schwer, dass man sie mithilfe von fahrbaren Gerüsten und Flaschenzügen, die man ansonsten für den Bau von großen Gebäuden brauchte, auf das Niveau der Mündung emporheben musste. Um Kugeln von ausreichender Größe zu gießen, gab es nicht genügend Blei, und zudem war das Metall zu weich. So waren zusätzlich zu den Steingeschossen, für die man die Steinbrüche in hundert Meilen Umkreis geplündert hatte, auch noch gewaltige Eisenkugeln gegossen worden, von denen man sich eine ungleich größere Durchschlagskraft versprach.

Nunmehr quälten sich allerdings noch Hunderte von Pferden und Ochsen damit, diese Kugeln von Adrianopel aus an ihren Bestimmungsort zu ziehen. Und auch ein Großteil der Steinmunition ließ noch auf sich warten, weil es sich als gar nicht so einfach herausgestellt hatte, Brocken von entsprechender Größe als Ganzes unbeschadet bis zum Schlachtfeld zu bringen. Ein einziges Schlagloch an ungünstiger Stelle konnte sie zerbrechen lassen wie trockenen Zwieback, den man in dieser Gegend seit jeher als *Dipyritai* kannte.

»Die werden sich vor Schreck in die Hosen machen!«, meinte der Übersetzer, der ständig in Urbans Umgebung blieb. Zwar hatte der Kanonengießer inzwischen auch einige Worte in der Sprache der Türken in seinen Wortschatz übernommen, doch beim Umgang mit derart gefährlichen Waffen kam es besonders darauf an, dass man wirklich genau verstanden wurde. Schon geringste Fehler bei der Fertigung oder später bei der Dosierung und Mischung des Pulvers konnten verheerende Folgen haben. Gerade die mangelnde Konsistenz bei der Mischung der verschiedenen Inhaltsstoffe des Pulvers blieb dennoch ein unkalkulierbares Risiko, das immer wieder Schusswaffen jeder Größe zu gefährlichen Todesfallen werden ließ, die sich unvermittelt gegen ihre eigenen Besitzer richteten.

»Allein der Anblick des Konstantinopel-Geschützes und seiner kleinen Schwester wird dafür sorgen, dass die Griechen jeglichen Mut verlieren!«, glaubte der Übersetzer namens Tarik.

Der sogenannten kleinen Schwester des Konstantinopel-Geschützes hatte Urban selbst einen Namen geben dürfen. Er hatte die Kanone »Basilisk« getauft, nach dem furchterregenden Fabeltier, das einer Mischung aus Vogel und Schlange gleichkam und – wer wusste das schon – noch irgendwo in abgelegenen Ländern existieren mochte.

»Du sagst ja gar nichts, Urban!«, stellte Tarik etwas irritiert fest. Er rückte sich den Krummsäbel zurecht und trat neben den Kanonengießer. Dann deutete er hinüber zu jener Stadt, die für viele einfach nur *die Stadt* schlechthin war. »Hast du Freunde dort drüben?«

»Ja«, sagte er finster.

»Wir werden ihnen nichts tun.«

»Ach nein?«

»Jedenfalls nicht, wenn sie den wahren Glauben annehmen und erkennen, dass Allah groß und Mohammed sein Prophet ist!« Er schlug Urban auf die Schulter. »Mach dir keine Gedanken! Der Schrecken fördert die Vernunft! Bis man genügend Munition für die großen Geschütze hergeschafft und diese außerdem fest genug verankert hat, vergehen noch Tage, vielleicht Wochen. Bis dahin wird Konstantinopel längst aufgegeben haben.«

Nein, das glaube ich nicht, dachte Urban. Er hatte beide Seiten gesehen, und ihm war mit seinem von vielen Schlachtfeldern und Festungen geschulten Blick klar, dass es hier auf die Zeit ankäme. Wenn die Belagerung lange dauerte, würden sich der römisch-deutsche Kaiser und die Königreiche von England und Frankreich, die sich gegenseitig durch mehr als ein Jahrhundert Krieg erschöpft hatten, doch noch besinnen und ein Entsatzheer schicken. Dann könnte sich das Blatt doch noch wenden. Also musste die Eroberung möglichst schnell erfolgen. Monate durften vergehen – aber nicht ein Jahr oder mehr. Genau dafür waren die mauerbrechenden Riesengeschütze geschaffen worden – unterstützt durch zahllose Kanonen von gewöhnlichen Ausmaßen, dicke Mörser und herkömmliche Katapulte wie die Steine schleudernde Trebuchet oder die einer ins Riesenhafte vergrößerten Armbrust ähnelnde Springald.

Urban hatte in seinem Leben oft die Seiten gewechselt und Kanonen erst für die eine und dann für die andere der jeweils widerstreitenden Parteien gegossen. So war eben das Leben, und er hatte es sich abzugewöhnen versucht, darüber länger nachzudenken. Gleichwohl hatte er diesmal ein mulmiges Gefühl allein bei dem Gedanken, dass die gewaltigen Geschosse seiner beiden Riesengeschütze ausgerechnet in die Mauern dieser Stadt schlagen würden. Deren Kaiser hatte ihn und seine Handwerkskunst zwar abgewiesen und nicht zu schätzen gewusst, und insofern geschah es ihm irgendwie sogar recht, wenn er nun durch genau die Kanonen, die Urban für ihn hatte bauen wollen, seinen Thron und vermutlich noch mehr verlor. Auf der anderen Seite war er im Haus di Lorenzo sehr freundlich aufgenommen worden, außerdem gab es da noch seinen Weggefährten Wolfhart Brookinger, der jetzt wahrscheinlich immer noch mit der Besessenheit eines studierten Medicus nach dem wahren, inneren Wesen des Pestdämons suchte und noch nicht begriffen hatte, dass der Stadt Konstantinopel längst eine ganz andere Gefahr drohte.

Aller Voraussicht nach würden die Türken im Falle einer Eroberung die ausländischen Bewohner ohnehin ziehen lassen, redete sich Urban ein, damit er sich nicht allzu schändlich und treulos vorkam.

Ein lauter Ruf riss Urban aus seinen Gedanken. Er verstand allerdings kein Wort. Als er sich umdrehte, sah er einen der

Männer, die zu einer Geschützmannschaft der kleineren Kanonen gehörten, wild gestikulierend und laut redend herbeieilen. Irgendetwas war geschehen. Urban blickte den Übersetzer fragend an.

»Es gibt Schwierigkeiten mit einem der kleineren Geschütze«, sagte er.

»Was für Schwierigkeiten?«, fragte Urban barsch.

»Er sagt, dass du dir das selbst ansehen müsstest!«

Urban seufzte. »Immer dasselbe! Nichts geht von allein!«

»Du bist eben unersetzbar, Urban!«, meinte der Übersetzer.

Urban folgte dem aufgebrachten Mann zu dem Geschütz, um das es ging. Verglichen mit dem Konstantinopel-Geschütz oder dem Basilisken wirkte es fast winzig, obwohl es stärkere Munition verschoss als die Kanonen auf den genuesischen Galeonen, die es dem Sultan völlig illusorisch hatten erscheinen lassen, die Stadt vom Goldenen Horn aus erfolgreich angreifen zu können.

Tarik, der Übersetzer, versuchte dem manchmal etwas bärbeißigen Kanonengießer zu folgen, blieb dann aber kurz stehen. Eine Staffel von bis zu den Zähnen bewaffneten Reitern preschte die alte Straße zwischen Adrianopel und Konstantinopel entlang. Sipahis!, dachte Tarik. Man erkannte sie schon von Weitem an den roten Mänteln. Als Junge hatte sich Tarik immer insgeheim gewünscht, als Sipahi-Reiter für den Sultan in den Krieg zu ziehen und dafür mit Ländereien und Beute belohnt zu werden. Dieser Traum war jedoch unerfüllbar geblieben, denn ein Sipahi stammte zumeist aus einer Sipahi-Familie – und er nicht. Zudem hatte Tarik schon früh zum Fettansatz geneigt, allein deshalb wäre er nicht zum Sipahi geeignet. Während er in Gedanken versunken dastand und dem imposanten Zug nachsah, gab es einen ohrenbetäubenden Knall. In einem Feuerball wurden plötzlich Erde, Eisenstücke und Holz emporgeschleudert.

Durch die Druckwelle verlor Tarik das Gleichgewicht, er

wurde förmlich von seinen Beinen gerissen und landete unsanft auf dem Boden. Schreie gellten. Innerhalb weniger Augenblicke war alles vorbei.

Tarik erhob sich. Wie durch ein Wunder war er unverletzt geblieben; die rotbemantelten Reiter hatten ihm wohl in schicksalhafter Weise das Leben gerettet. Im Umkreis von hundert Schritt lagen Dutzende von Verletzten am Boden, die von herumfliegenden Eisen- oder Holzstücken getroffen worden waren. »Allah!«, murmelte Tarik, als das Wehklagen einsetzte und er sich mit starrem Blick umsah. Im engen Umkreis der Explosion befand sich nichts als menschliche Gliedmaßen und zerfetzte Körper. Nichts war mehr dort, wo es vorher einmal gewesen war.

Von Urban Kanonengießer, diesem Christen, der für den Sultan die größten Geschütze der Welt geschaffen hatte, blieb nicht einmal eine Spur übrig, und was von den zerrissenen Gebeinen vielleicht zu seinem Leib gehört hatte, konnte niemand mehr feststellen.

Wolfhart wurde von einem fernen Knall geweckt, der wie Geschützdonner klang, und war sofort hellwach. Gleißendes Sonnenlicht fiel breit durch das hohe Fenster seiner Kammer. Schon seit langem folgte er kaum noch dem gewöhnlichen Rhythmus von Tag und Nacht, denn dieser natürliche Wechsel hatte in der Unterwelt von Konstantinopel so gut wie keine Bedeutung. Es war ein tiefer Erschöpfungsschlaf, aus dem Wolfhart erwachte, und das Sonnenlicht erschien ihm grell und ungewohnt.

An der Tür klopfte es.

»Aufmachen!«, befahl eine Stimme.

Als Wolfhart wenig später den Riegel zur Seite schob und die Tür öffnete, standen ihm vier schwer bewaffnete Gardisten gegenüber.

»Folgt uns!«, sagte einer von ihnen.

Wolfhart wurde von den Gardisten durch die zahllosen Gänge des Palastes geführt und schließlich in einen ziemlich abgelegenen Raum mit ausgesprochen karger Einrichtung gebracht. Ein Raum, in dem man wohl Gefangene verhörte. Er glich einer größeren Mönchszelle. Die Fenster waren so hoch im Mauerwerk eingelassen, dass man nicht hinaussehen konnte, und außerdem mit einem gusseisernen Gitter versehen, dessen kunstvoll geschwungene Form nicht über seinen eigentlichen Zweck hinwegtäuschen konnte.

»Was geschieht jetzt?«, fragte Wolfhart. »Warum bringt Ihr mich hierher?«

Er bekam keine Antwort.

Die Tür fiel ins Schloss und wurde von außen verriegelt. Was hatte er getan, um in Ungnade zu fallen? Wolfhart zermarterte sich den Kopf darüber, konnte indes keine Begründung dafür finden. Was oder wer hatte dafür gesorgt, dass sich der Wind anscheinend plötzlich gedreht hatte? Gab es einen neuen Kaiser und er hatte in den Katakomben der Unterwelt bei den Ratten davon nicht einmal etwas mitbekommen?

Es verging eine ganze Weile. Wie lange, vermochte Wolfhart nicht zu sagen. Im Abschätzen von Zeit war er unsicher geworden, in der Tiefe der dunklen Gewölbe gab es ja nichts, was sie einem anzeigen konnte. Man hörte nicht den Schlag von Kirchenglocken und bekam nichts vom Stand der Sonne mit.

Dann wurde die Tür wieder aufgeschlossen.

Ein Mann trat ein. Er trug das Gewand eines Logotheten. Als Wolfhart ihm in die Augen sah, stutzte er einen Moment: Ein Auge war blau und das andere grün. Eine seltsame Laune Gottes.

»Wer seid Ihr?«, fragte Wolfhart.

»Nektarios Andronikos. Ich bin der Erste Logothet. Das Ohr und die Zunge des Kaisers.«

Wolfhart schluckte. »Warum bin ich hier?«

»Um mir Fragen zu beantworten. Fragen, die den Fortschritt betreffen, den die Erforschung des Pest-Dämons macht.«

»Aber weshalb fragt Ihr nicht lieber Meister Cagliari? Er kann Euch so viel mehr darüber sagen! Ich bin nur jemand, der sich bemüht, von ihm zu lernen, auf dass die Pest sehr bald besiegt werden kann.«

»Die Pest? Besiegen?«, echote Nektarios Andronikos, und das Lächeln, das sich nun auf seinem Gesicht zeigte, gefiel Wolfhart ganz und gar nicht. Es hatte etwas an sich, das ihn zutiefst abstieß, auch wenn der Kaufmannssohn aus Lübeck nicht genau hätte sagen können, was es eigentlich war. Offenbar amüsierte sich Nektarios über ihn. Wolfhart beschlich das Gefühl, dass die Ursache dafür auch darin liegen konnte, dass er selbst die Lage in irgendeinem entscheidenden Punkt vollkommen falsch einschätzte.

»Unsere Stadt wird bedroht. Der Kanonendonner ist nicht zu überhören. Niemand kann Konstantinopel auf dem Landweg erreichen oder verlassen, und die Truppen des Sultans sammeln sich draußen vor den Toren unserer Mauern. Sie fahren dermaßen gewaltige Geschütze auf, wie sie die Welt noch nicht gesehen hat, und haben wahrscheinlich fünfzig- oder sechzigtausend Krieger und mehr unter Waffen, während wir nicht einmal ein Fünftel davon aufbringen können. Auf weitere Hilfe von außen werden wir nicht hoffen dürfen. Trotzdem gibt es einen Verbündeten, den wir jetzt vielleicht brauchen und an dessen Zähmung unser geschätzter Meister Cagliari schon so lange wirkt.«

Wolfharts Augen wurden schmal. »Ich verstehe nicht, wovon Ihr redet!«

»Ich war es einst, der Meister Cagliari dem Kaiser empfahl, der tief betroffen über den Tod seiner geliebten Frau, der seligen

Kaiserin, war. Der Meister versprach, das innere Wesen der Pest erforschen zu wollen.«

»Wir sind ihm auf der Spur«, sagte Wolfhart.

»Ist Cagliari denn schon weit genug, um diesen Dämon so gezähmt zu haben, dass wir ihn als Waffe gegen die Belagerer ins Feld führen könnten?«

»Was?«

Wolfharts Stimme war tonlos geworden. War das der eigentliche Zweck von Meister Cagliaris Forschungen? Nahm er all das nur auf sich, um die Pest gegen diejenigen zu wenden, die die Stadt zu erobern versuchten?

»Das Böse muss manchmal mit dem Bösen bekämpft werden«, tönte Nektarios. »Uns bleibt keine andere Wahl, und ich wollte von Euch eine Einschätzung einholen, wann es möglich sein wird, den Schwarzen Tod unter den Feinden wüten zu lassen.«

»Das ist nicht möglich!«, platzte es aus Wolfhart heraus. »Der Schwarze Tod unterscheidet nicht. Er wird genauso unter den Unseren wüten wie auf der anderen Seite! Er kann Christen und Muslime so wenig voneinander unterscheiden wie Arm und Reich, Jung und Alt oder Mann und Frau!«

Der Mann mit den unterschiedlich gefärbten Augen sah Wolfhart einige Augenblicke lang sehr nachdenklich an. »Ihr scheint wirklich noch vieles lernen zu müssen. Ich hätte doch besser zuerst mit unserem Bruder sprechen sollen.«

»Eurem Bruder?«

»Meinem Bruder im Geiste«, korrigierte Nektarios seine mutmaßlich unbedacht dahingesprochenen Worte. »Denn dieser zusätzliche, die Verteidigung unserer stets bedrohten Stadt betreffende Aspekt von Meister Cagliaris Erkenntnissen war ein Gedanke, der in einem Gespräch zwischen Meister Cagliari und mir Gestalt gewonnen hatte. Jetzt müssen wir unter Umständen nach jedem Strohhalm greifen, und ich wollte aus einer unabhängigen Quelle ein Urteil darüber haben, ob wir darauf hoffen können oder uns lieber dem Sultan ergeben sollten.«

»Ich habe keine Ahnung«, flüsterte Wolfhart.

»Das habe ich inzwischen auch begriffen.«

»Man erwartet mich in Meister Cagliaris Gewölben. Es ist dort viel zu tun.«

»Über unser Gespräch schweigt, Wolfhart Brookinger! Sagt Meister Cagliari kein Wort darüber, denn ich werde in Kürze selbst mit ihm sprechen.«

Wolfhart ruderte selbst die Barke, mit der er durch die Zisternen der Unterwelt von Konstantinopel fuhr. Es holte ihn schon lange niemand mehr ab, wie es an den ersten Tagen der Fall gewesen war. Wie der Fährmann auf dem Totenfluss Styx kam er sich vor. Eine lodernde Fackel steckte in einer Halterung am Bug des Bootes, und die Ruderschläge verursachten ein gleichmäßiges plätscherndes Geräusch.

Cagliaris Gewölbe in diesem Säulenwald zu finden bereitete Wolfhart längst keine Schwierigkeit mehr. Seit vielen Generationen waren kleine Wegweiser in die Säulen hineingeritzt oder mit langsam verblassender oder bei hohem Wasserstand wieder fortgewaschener Farbe aufgetragen worden. An ihnen konnte man sich orientieren.

Schon bevor Wolfhart die Anlegestelle erreichte, hörte er furchtbare Schreie. Allerdings kamen sie nicht aus dem Verlies, in dem die zum Tode Verurteilten gehalten worden waren und das ganz in der Nähe lag, sein Eingang gut verborgen hinter den massiven Steinsäulen. Nein, diese Schreie kamen aus Meister Cagliaris Gewölben. Es waren zwei Stimmen, die größtenteils völlig unverständliche, tierhafte Laute ausstießen. Laute, die Schmerz und Wut ausdrücken mochten. Die Zwillinge!, erkannte Wolfhart. Irgendetwas musste während seiner Abwesenheit geschehen sein.

Schnell vertäute er die Barke und lief sofort zum Eingang. Dort fing ihn bereits der hinkende Lazaros ab.

»Nicht weitergehen!«, verlangte er.

»Was geschieht dort?«

»Wartet hier!«

»Nein, ich will wissen, was hier vor sich geht!«

Wolfhart versuchte, sich an Lazaros vorbeizudrängeln, doch der stellte sich ihm so in den Weg, dass dies unmöglich war. Lazaros trug normale Kleidung – ein fleckiges Wams und Hosen, die von einem breiten Gürtel zusammengehalten wurden – und nicht seine Schutzmontur.

Immer noch waren die berserkerhaften Schreie zu hören.

Die Stimmen von Meister Cagliari und dem entstellten Timon mischten sich noch mit ein, allerdings war es unmöglich, irgendeinen Sinn daraus zu entnehmen.

»Einer der Zwillinge hat sich die Pest geholt!«, erklärte Lazaros. »Es müssen sich nicht alle der Gefahr aussetzen!«

»Bei Gott …«

»Die beiden hatten immer ihren grausamen Spaß mit den Ratten. Es muss einer der Flöhe den Weg durch seine Montur gefunden haben. Und jetzt seid vernünftig und wartet hier!«

Das Geschrei hielt noch eine Weile an. Dann wurde es ruhiger. Eine Tür klappte zu. Man konnte hören, wie ein Riegel davorgeschoben wurde. Die wilden Schreie waren zu einem schmerzerfüllten Wimmern geworden, das nach dem Schließen der Tür kaum noch zu hören war.

Wolfhart wurde nun eingelassen.

Einer der Zwillinge – es war unmöglich zu erkennen, ob es nun Theofilos oder Theofanos war – saß zusammengesunken auf dem Boden des Korridors und barg sein Gesicht in den Händen.

Der entstellte Timon war bei ihm. »Beruhige dich«, sagte er. »Meister Cagliari wird alles tun, um deinen Bruder zu heilen.«

Meister Cagliaris Blick wirkte leer. Er starrte scheinbar ins Nichts. Was jetzt an düsteren Gedanken in seinem Kopf herumspukte, darüber konnte Wolfhart nur rätseln.

Jedenfalls fiel es Wolfhart auf, dass keiner der Anwesenden eine Schutzmontur trug.

Unvermittelt sah der sitzende Zwilling auf und murmelte ein paar für Wolfhart unverständliche griechische Worte, die sich für ihn kaum vom Lallen eines Betrunkenen unterschieden, obwohl er sich eigentlich inzwischen auch an die besondere Art zu sprechen, die den beiden Brüdern eigen war, gewöhnt hatte.

»Nein, Theofanos, ich bringe deinen Bruder nicht in das Verlies der zum Tode Verurteilten«, versprach Cagliari. »Das habt ihr gerade gereinigt – und so soll es auch bleiben, denn man braucht es für einen anderen Zweck.«

Theofanos hatte das wohl nicht richtig verstanden und erwiderte irgendetwas. Nur die Worte »nicht« und »bitte« konnte Wolfhart aus diesem Schwall von Worten und Lauten heraushören.

Cagliari hingegen begriff anscheinend sofort, was Theofanos meinte. »Dein Bruder bleibt hier! Hier! Verstehst du? Hier! Und er bekommt ein Mittel, das ihm helfen wird.«

Theofanos beruhigte sich daraufhin langsam wieder, auch wenn er weiterhin heftig atmete und dabei ab und zu ein röchelnder Laut entstand, der ihn dann nach Luft ringen ließ.

Wolfhart fiel das frische Blut auf dem Boden auf.

Viel Blut.

»Ja«, schien Meister Cagliari Wolfharts Gedanken zu erraten. »Es ist die Form des Schwarzen Todes, bei der man aus dem Rachen blutet. Die Beulen sind nur klein und waren deshalb wohl auch erst unbemerkt geblieben bei Theofilos …«

Drei Tage, dachte Wolfhart. Vielleicht auch nur ein einziger. Länger wird es nicht dauern.

»Ich muss dringend mit Euch sprechen, Meister Cagliari.«

»Nicht jetzt.«

»Es duldet keinen Aufschub.«

»Es gibt viel zu tun. Ich hätte Eure Hilfe dringend brauchen können! Wo seid Ihr so lange gewesen? Seid Ihr ein alter Mann geworden, dass Ihr so viel Schlaf in einem bequemen Bett braucht? Was soll ich denn da sagen, der ich seit Wochen so etwas nicht gesehen habe.«

»Der Erste Logothet des Kaisers hat mich unter sehr merkwürdigen Umständen angesprochen. Er wird auch mit Euch reden.«

Jetzt horchte Cagliari auf. »Ja, unter diesen Umständen müssen wir jetzt doch miteinander reden«, nickte er. »Aber viel Zeit können wir uns dafür nicht nehmen!«

Wolfhart hatte zwar versprochen, über das Gespräch mit dem Ersten Logotheten zu schweigen, daran fühlte er sich jedoch in keiner Weise gebunden. Zu ungeheuerlich war es, was er da erfahren hatte.

Meister Cagliari führte Wolfhart in einen Raum, in dem er seine Schriften aufbewahrte und vor allem über seine Forschungen penibel genau Buch führte. Es roch modrig hier, insgesamt war die Luft allerdings sehr viel weniger mit üblen Gerüchen versetzt als überall sonst im unterirdischen Reich des Mannes, der sich offenbar vorgenommen hatte, den Schwarzen Tod nicht nur zu besiegen, sondern ihn gegebenenfalls als Werkzeug einzusetzen. Was der Logothet gesagt hatte, konnte Wolfhart im Grunde genommen noch immer kaum glauben. Vielleicht hatte der von ihm so sehr verehrte Medicus ja nur vorgeblich die Forderungen erfüllt, die man an ihn stellte, und war insgeheim entschlossen, es nie zum Äußersten kommen zu lassen. Herrscher zeigten sich nun einmal immer dann am ehesten bereit, die Erforschung des Unbekannten zu unterstützen, wenn dabei die Aussicht bestünde, neuartige Waffen zu erfinden, die einen Vorteil im fortwährenden Ringen um die Macht brächten.

»Wie gesagt, es ist nicht viel Zeit. Darenius ist schon bei den Ratten und hat angefangen, sie auszukämmen – und wir werden ihm gleich helfen müssen ...«

»Ist es wahr?«, unterbrach Wolfhart ihn. »Ist es wahr, dass Ihr versprochen habt, den Schwarzen Tod als eine Waffe nutzbar zu machen?«

»In Wahrheit war er von Anfang an eine Waffe gewesen«, sagte Cagliari. »Ich habe alles über die Geschichte des Schwarzen Todes herauszufinden versucht, weil sich darin auch Hinweise auf sein wahres Wesen verbergen. Dabei bin ich auf Aufzeichnungen gestoßen, die besagen, dass vor hundert Jahren eine Stadt am Schwarzen Meer belagert wurde. Unter den Belagerern grassierte die Pest, und sie schleuderten ihre Toten mithilfe von Katapulten über die Mauern, sodass der Schwarze Tod alsbald auch in ihrem Inneren reiche Beute nahm und mit den Schiffen weitergetragen wurde – zuerst natürlich hierher, nach Nova Roma, dem Nabel der Welt, an dem damals kein Schiff vorbeigefahren wäre. Es ist nicht die Frage, Wolfhart, ob man aus dem Schwarzen Tod eine Waffe macht, er ist bereits von seiner innersten Natur her eine – und zwar eine der furchtbarsten, die man sich vorzustellen vermag!«

»Dann ist es also wahr!«

»Wolfhart! Seht der Wahrheit ins Auge! Alles kann eine Waffe sein. Ihr könnt einen Menschen mit bloßen Händen erwürgen, um Euch zu verteidigen! Was wäre der Unterschied, wenn Ihr ihm stattdessen ein paar Pestflöhe in den Pelz setzt, die Euren Feind dann auf ihre Weise hinstrecken? Ist das wirklich grausamer als ein Schwertstreich?« Cagliari schüttelte den Kopf. »Vielleicht hättet Ihr doch lieber Mönch werden sollen, Wolfhart Brookinger! Wenn einem auf die eine Wange geschlagen wird, auch noch die andere hinzuhalten, das wird nur gepredigt. In Wahrheit halten sich doch nicht einmal die christlichen Herrscher selbst daran! Und warum auch? Es wäre pure Dummheit.«

»Ihr wollt ein Übel verbreiten, das Ihr nicht beherrscht, Meister Cagliari! Das ist das eigentlich Gefährliche an dem, was Ihr vorhabt. Der Schwarze Tod wird einfach weiterwandern und Abertausende töten, Menschen, die von diesem Krieg hier womöglich noch nicht einmal gehört haben.«

»Wäre es die erste Seuche, die von Konstantinopel aus weitergetragen wird? Die vorhergehenden haben die Stadt eher ihrem Untergang nähergebracht, diese wird hingegen zu ihrem Bestand beitragen.«

»Seid Ihr sicher?«

»Wolfhart! Ich brauche jetzt Eure Hilfe!«

»Ich hatte geglaubt, es ginge Euch darum, Menschen zu helfen, nicht, sie zu vernichten. Daran sollte sich kein Medicus beteiligen!«

»Manchmal müssen zur Heilung Gliedmaßen abgehackt und Wunden ausgebrannt werden, Wolfhart. Das wisst Ihr so gut wie ich. Und nichts anderes habe ich vor!«

Wolfhart begegnete seinem Blick und sagte dann: »Man soll das Übel mit dem Übel bekämpfen – das Böse mit den Mitteln des Bösen. So ähnlich habt Ihr Euch doch geäußert.«

»Und genau so werde ich handeln, Wolfhart! Gott hat keine Macht mehr, auch wenn sich niemand traut, es auszusprechen, und jeder, der es doch tut, Gefahr läuft, ein Ketzer genannt und verbrannt zu werden. Denn in ihrer Intoleranz haben die Kirchen schon seit langem eine wahrhaft vollkommene Union!«

In diesem Moment klopfte es an der Tür.

»Was ist?«, fragte Meister Cagliari unwirsch.

»Meister, Ihr habt Besuch!«, war die Stimme des hinkenden Lazaros zu hören. Gleich darauf fügte er noch hinzu: »*Hoher* Besuch.«

»Das wird der Logothet sein«, stellte Wolfhart fest.

»Ja, das mag zutreffen.« Er trat nahe an Wolfhart heran. »Es gibt kein Zurück, Wolfhart. Das habt Ihr seit geraumer Zeit gewusst. Wir gehen mit dem Tod an sich um, und das fordert Opfer. Immer wieder. Es ist nicht zu ändern, und es sollte Männer wie uns auch nicht schlechter schlafen lassen als ohnehin schon.«

»Wenn Ihr das sagt.«

»Ihr habt schon viel gelernt, Wolfhart. Und diese Lektion werdet Ihr auch noch verinnerlichen, selbst wenn es jetzt auf eine etwas schnellere und rauere Art geschehen musste, als ich es Euch gewünscht hätte.« Sein Blick bohrte sich regelrecht in Wolfharts Augen. »Ich kann mich auf Euch verlassen, nicht wahr?«

Es war keine Frage. Es war eine Drohung.

Einundzwanzigstes Kapitel

Verzweiflung

Kanonendonner war von diesem Tag an ständig zu hören. Die gewaltigen Geschütze, über die einem überall in der Stadt die schauerlichsten und teilweise schier unglaublichsten Geschichten zu Ohren kamen, wurden ohne Unterlass geladen und abgefeuert. Alle zwei Stunden vernahm man einen gewaltigen Donnerschlag des Konstantinopel-Geschützes und in einem genauso langen Intervall einen etwas weniger starken, aber immer noch beängstigenden Knall des Basilisken. Dazwischen feuerten die anderen Geschütze, sodass ein unablässiges Donnern und Knallen stattfand.

Der Beginn des Beschusses hatte die Stadt in den ersten Tagen nahezu gelähmt, ihre Bewohner waren vor Angst wie erstarrt. Nachdem man sich jedoch offenbar auch an solche Schrecken gewöhnen konnte, schien sich das Leben in den Handwerksgassen und auf den Märkten bis zu einem gewissen Grad zu normalisieren. Selbst in den Werkstätten der Handwerker wurde wieder gearbeitet, und bei den Geldwechslern herrschte so viel Betrieb wie seit Tagen nicht mehr. Es mutete fast so an, als ob man das drohende Unheil einfach zu ignorieren versuchte.

Maria machte sich Sorgen um ihren Bruder, der schon seit mehreren Tagen nicht nach Hause gekommen war. Er war nicht aufzufinden, und niemand schien zu wissen, wo er geblieben war.

»Er wird sich mit diesen Ketzern und Teufelsanbetern treffen«, glaubte Maria, als sie mit Davide darüber sprach.

»Seriféa ist ebenfalls verschwunden«, stellte Davide fest.

»Ich dachte, sie sei zu ihrem Vater zurückgekehrt!«, gab Maria überrascht zurück.

Davide nickte. »Ja, weil Euer Bruder ihr das Herz gebrochen hat und sie es nicht mehr ertragen konnte, hier zu leben. Aber ich habe erfahren, dass sie nie dort ankam.«

Marias Augen verengten sich. »Davide, redet offen mit mir! Was, glaubt Ihr, ist da geschehen?«

»Wenn ich das nur wüsste.«

»Ich weiß, dass sie sich sehr um meinen Bruder gesorgt hat und ihm sogar zu einer dieser unheiligen Zusammenkünfte gefolgt ist, die vom Orden der Cherubim abgehalten werden, um irgendwelche Zeremonien abzuhalten. Könnt Ihr Euch vorstellen, dass sie vielleicht ebenfalls in den Bann dieses Ordens geraten ist?«

»Meiner Meinung nach nein«, bekannte Davide. »Ihr Glaube ist gefestigt.«

»Marco hatte zwar immer gewisse Zweifel, und ehrlich gesagt habe ich ihn manchmal dafür insgeheim bewundert, dass er einem Gedanken einfach folgte – ohne Furcht davor, wohin er ihn führen könnte. Allerdings hätte ich niemals gedacht, dass er in solchem Maß zum Sklaven einer Idee werden könnte. Einer Idee, die nichts anderes sagt, als dass man das Böse tun muss, um das Böse zu verhindern. Und was mich am meisten erschreckt, ist, dass er offensichtlich jeden Glauben an die Zukunft verloren hat. Denn wie ist es sonst erklärlich, dass er das Vermögen des Hauses zu verschleudern versuchte und dass es ihm völlig gleichgültig zu sein scheint, was morgen mit ihm sein wird?« Maria hob den Kopf.

Dass Seriféa ihren Dienst im Hause di Lorenzo aufgab, hatte die junge Frau Maria nicht selbst gesagt. Stattdessen war sie von Davide darauf angesprochen worden, der zunächst eine vorübergehende Rückkehr zu ihrem Onkel erwähnte, mit dem sie vor langen Jahren auch nach Konstantinopel gekommen war. Der Onkel lebte mittlerweile am anderen Ende der Stadt, nördlich des alten Konstantinopel an der senkrecht zur Mese verlaufenden Hauptstraße, die vom Konstantin-Hafen im Süden bis zum Ufer des Goldenen Horns führte.

»Wir sollten über wirklich alles offen sprechen, Davide«, sagte Maria.

»Ich habe immer offen mit Euch gesprochen«, behauptete Davide.

»Ich meine damit insbesondere über die Beziehung meines Bruders zu Seriféa.«

Davide schwieg einige Augenblicke. »Die Anziehungskraft zwischen zwei Menschen richtet sich nicht nach den Erwägungen der Vernunft. Seriféa hat sich in Euren Bruder verliebt, doch ich glaube nicht, dass er diese Liebe auf dieselbe Weise erwidert hat. Das hat sie letztlich verzweifeln lassen und es ihr unerträglich gemacht, länger in Eurem Haus zu arbeiten.«

Maria nickte. »Das kann ich sogar verstehen. Aber kann es einen Grund dafür geben, dass sie doch nicht zu ihrem Onkel zurückkehrte?«

»Nein.« Kurz blickte Davide etwas betreten zu Boden.

»Ich verstehe nicht, dass sie sich nicht verabschiedet hat. Denn nach unserem letzten Gespräch, in dem sie mir ihre Sorgen über Marcos Zugehörigkeit zu diesem geheimen Orden offenbarte, hatte ich eigentlich das Gefühl, sie würde mir vertrauen.«

»Sie bat mich, es Euch zu sagen«, erklärte Davide. »Euch gegenüber fühlte sie zu viel Scham.«

Drei Tage später fand man Marco und Seriféa an den Kaimauern des Eutherios-Hafens. Da zumindest Marco dort als Angehöriger des Hauses di Lorenzo wohlbekannt war, wurde Maria sofort benachrichtigt. Dem jungen Paar war das Genick gebrochen worden, und ihre Körper wiesen Spuren von Schlägen und Stichen auf.

Auf die Stirn aber hatte man den Toten mit Kohle die Buchstaben Lambda und Rho gemalt.

Es war mitten in tiefster Nacht, als es an Marias Tür klopfte. Sie hatte unruhig geschlafen. Der Kanonendonner war inzwischen auch die ganze Nacht über zu hören, auch wenn die Abstände zwischen den Schüssen nach Anbruch der Dunkelheit etwas länger wurden. Freilich waren es nicht die Schüsse der türkischen Geschütze, die Maria in erster Linie den Schlaf raubten, sondern die Ereignisse der letzten Zeit – allen voran der rätselhafte Tod ihres Bruders und seiner Geliebten Seriféa. Hatte die junge Frau zu viel gesehen, als sie Marco gefolgt war? Hatte sie Dinge erfahren, von denen sie nichts hätte wissen dürfen, und war vielleicht der Eindruck entstanden, Marco wäre ein Verräter? Alles schien möglich. Die Buchstaben Lambda und Rho waren den Toten so demonstrativ auf die Stirn gezeichnet worden, dass man dies als Warnung verstehen musste. Auch die Tatsache, dass man die Toten nicht einfach in der Unterwelt Konstantinopels oder in einem der Hafenbecken, Kanäle und Arme des Lykos hatte verschwinden lassen, sprach für sich. Sie hatten gefunden werden sollen – und zwar genau so.

In was für ausgreifende Fänge war Marco da nur geraten?

Davide hatte versprochen, mehr über diesen geheimnisvollen Orden in Erfahrung zu bringen, dessen Lehre Marco derart stark verinnerlicht hatte. Trotz dieser Bemühungen waren die Chancen, die Mörder zu fassen und ihrer gerechten Strafe zuzuführen, praktisch nicht gegeben. Und sosehr zunächst alles in Maria gegen diese Erkenntnis zu rebellieren versucht hatte, vermutlich musste sie sich mit dieser Tatsache einfach abfinden.

Es klopfte erneut, und unmittelbar darauf folgte ein Kanonenschlag von so großer Heftigkeit, dass er sie heftig zusammenzucken ließ und sie nun auch vollkommen wach war.

»Wer ist da?«

»Ich bin es. Wolfhart Brookinger!«

Maria glaubte sich im ersten Moment verhört zu haben.

War sie noch in einem Gespinst aus Wunsch- und Alpträumen gefangen und bildete sich nur etwas ein? Sie schlug die Bettdecke zur Seite. In ihrem bis zum Boden reichenden Nachthemd ging sie barfuß zur Tür. Das Herz schlug ihr bis zum Hals, als sie den Riegel zurückschob, öffnete und ihn dann tatsächlich vor sich sah – Wolfhart Brookinger, den Mann, mit dem sie ein Gefühl von einer Stärke und Intensität verband, wie sie es bisher nicht gekannt hatte.

Im Korridor herrschte Halbdunkel. Mondlicht fiel durch das Fenster ihrer Kammer und ließ sein Gesicht fahl erscheinen.

»Wolfhart!«, stieß sie hervor.

»Darf ich eintreten?«

Anstatt seine Frage zu beantworten, schlang sie ihre Arme um seinen Hals. Etwas zögernd umarmte auch er sie, drückte sie dann aber fest an sich und küsste sie. Atemlos lösten sie sich voneinander, sie zog ihn zu sich in die Kammer und schloss die Tür hinter sich.

»Wolfhart!«, entfuhr es ihr, und sie wollte seine Hand jetzt am liebsten nie mehr loslassen. Wie sehr freute sie sich, ihn wiederzusehen. »Du hast mir gefehlt!«

»Es war gar nicht einfach, zu dir vorzudringen«, lächelte er.

»Hat Michael dir das Tor geöffnet?«

»Nein. Ich bin über das Tor geklettert und habe dann den Kutscher schlafend vorgefunden. Wo sind die Wächter des Hauses di Lorenzo geblieben?«

»Vor ein paar Tagen sind sie alle zum Waffendienst an der

Theodosianischen Mauer verpflichtet worden. Selbst Thomás tut dort inzwischen wieder Dienst.«

»Man braucht dort wohl jeden Mann.«

»Für uns ergibt sich daraus die Schwierigkeit, dass unsere Gebäude und die Waren beinahe unbewacht sind. Außer unserem Kutscher Michael, Davide und mir ist zurzeit niemand im Haus. Und wie du gesehen hast, ist Michael nicht unbedingt der zuverlässigste Nachtwächter! Wir können nur hoffen, dass das Diebesgesindel sich von den hohen Mauern abschrecken lässt und nichts davon ahnt, dass wahrscheinlich niemand im Haus sie an einem Raubzug hindern könnte.«

»Auch Diebe werden in diesen Zeiten andere Sorgen haben.«

»Es sind schon in den letzten Tagen Lagerhäuser am Eutherios-Hafen geplündert worden. Die Hafenwächter sind nicht zahlreich genug, und ein Großteil von ihnen ist an die Theodosianische Mauer kommandiert worden – denn ein Angriff vom Marmarameer aus ist sehr unwahrscheinlich.« Maria ließ nun doch seine Hand los und sah sich um.

»Was hast du vor?«

»Licht machen!«

»Nein, lass das! Ich will kein Aufsehen.«

Maria lächelte. Der Mondschein spiegelte sich in ihren Augen. »Aber wieso? Wir lassen in manchen Räumen das Licht die ganze Nacht über brennen, um den Eindruck von Bewohntheit zu erwecken – denn das ist der beste Schutz gegen Diebe. Ich brauche nur über den Korridor zu laufen und kann eine Öllampe oder einen Kerzenständer holen!«

Sie wollte schon an ihm vorbei zur Tür gehen, da fasste er sie an den Schultern und hielt sie fest. »Maria, ich muss dir einiges sagen, das keinen Aufschub duldet. Davon abgesehen weiß ich nicht, ob mir nicht jemand gefolgt ist und aus dem Licht in diesem Zimmer vielleicht schließen könnte, dass ich hier bin.«

Maria erwiderte seinen Blick. Ihre Augenbrauen zogen sich etwas zusammen. »Was willst du mir sagen?«

»Vor einiger Zeit hast du mir von einem Zeichen erzählt, das aus zwei griechischen Buchstaben besteht.«

»Lambda und Rho«, murmelte Maria, und sie hatte auf einmal ein Gefühl, als ob ihr ein Eisenring den Brustkorb einschnürte.

»Was weißt du davon, Maria?«

Sie setzten sich auf das Bett, und Maria erzählte Wolfhart in knappen Worten, was sich zuletzt zugetragen hatte – in der Hauptsache natürlich von Marcos und Seriféas Tod.

»Ich habe die Worte deines Bruders, was den Satan angeht und dass Gott sein ohnmächtiger Zwilling sei, immer für das wirre Gerede eines Menschen gehalten, dessen Seele durch das Schicksal schwer verwundet wurde«, sagte Wolfhart. »Doch zu meinem großen Entsetzen musste ich herausfinden, dass der Mann, dem ich auf einem so weiten Weg gefolgt bin, um von ihm zu lernen, denselben Ansichten anhängt. Auch er will die Hölle mit den Mitteln der Hölle bekämpfen, auch er trägt auf seinem Fleisch dieses eingebrannte Zeichen – Lambda-Rho.«

»Fausto Cagliari? Der Mann, den du so bewunderst und verehrst?«, stieß Maria hervor. »Er gehört auch dazu.«

»Wer weiß, wer noch … Es scheint in höchste Kreise am Hof hinaufzureichen. Was dieser unheilige Orden letztlich erreichen will, weiß ich nicht. Dass der Kaiser selbst dazugehört, will ich nicht hoffen, doch einstweilen halte ich fast alles für möglich und sogar das nicht für ausgeschlossen. Wenn nicht, dann werden wir möglicherweise bald erleben, dass diese Stadt einen anderen Kaiser bekommt, der auch dieses Zeichen auf der Haut trägt. Erzählt man nicht, dass Kaiser Johannes unter sehr merkwürdigen Umständen starb?«

»Ich war dabei, als es geschah.«

»Und wer untersuchte die Leiche?«

»Der Arzt, dem auch ich mein Leben anvertraute.«

»Fausto Cagliari!«

Maria schluckte. »Ja.«

»Der Erste Logothet sprach mich unter sehr eigenartigen Umständen an und hielt mich wohl für einen Eingeweihten.«

»Sprichst du etwa von Nektarios Andronikos, dem Freund unseres Hauses?«

Wolfhart nickte. »Ja, genau. Er gehört offenbar auch dazu. Es gibt anscheinend einen Plan, der so unglaublich klingt, dass man es sich kaum vorzustellen vermag.«

»Was für einen Plan?«

»Der Schwarze Tod soll als Waffe eingesetzt werden. Meister Cagliari sucht seit Jahren nach der Substanz, die das innerste Wesen dieser Krankheit enthält. Wir wissen, dass es in Sekreten und Körperflüssigkeiten der Kranken ist, und Meister Cagliari hat auch herausgefunden, dass es Flöhe übertragen, die von Ratten auf die Menschen springen. Aber er hat diesen Stoff nie isolieren können. Die Erkenntnisse, die er gewann, haben viele Opfer unter seinen Helfern gekostet – und nicht nur dort. Er hält ungezählte Mengen pestverseuchter Ratten in großen Gewölben, deren Flöhe regelmäßig ausgekämmt und in Behältern gesammelt werden. Zuerst ging ich selbstverständlich davon aus, dass all dies geschieht, um ein Heilmittel zu finden. Tatsächlich gibt es die Lehre, dass man von einem Gift ein Quäntchen einnehmen müsse, um den Körper dagegen zu stärken. Cagliari hingegen hat etwas ganz anderes vor – zumindest hat er dies seinen Auftraggebern versprochen: Die Pest soll im Lager des Sultans freigesetzt werden und dort zu wüten anfangen! Aber wie wir alle wissen, wird es ja nicht dabei bleiben. Sie wird sich ausbreiten und in die Stadt zurückkehren – spätestens, wenn die Truppen des Sultans die Mauern so weit zerschossen haben, dass sie in die Stadt vordringen können! Aber dazu müsste es gar nicht kommen. Es würde schon reichen, wenn verseuchte Wühlmäuse und Wanderratten zwischen den Fronten wandern oder die Pestleichen mit dem Wasser des Lykos zurück in die Stadt getrieben würden.«

Zärtlich strich er Maria über das Haar und fasste sie bei der Schulter. »Ich kann dich nur beschwören, die Stadt so schnell wie möglich zu verlassen!«

»Es gehen kaum noch Schiffe«, sagte Maria. »Die Durchfahrt durch die Dardanellen können momentan nur die schwer bewaffneten Galeonen aus Genua und Venedig wagen – und die werden die Stadt ganz sicher nicht verlassen, solange die Belagerung nicht vorbei ist.«

»Du scheinst optimistisch zu sein, was die Belagerung angeht.«

»Es ist nicht die erste Belagerung Konstantinopels – indes, es wäre die erste seit zwei Jahrhunderten, die Erfolg hätte. Abgesehen davon, was bleibt einem anderes übrig?«

»Ich kann dich nur beschwören, doch nach einer Möglichkeit zu suchen, die Stadt zu verlassen.«

»Das könnte ich nicht. Selbst wenn es zurzeit möglich wäre, Wolfhart!«

»Warum nicht?«

»Hier ist unser ganzer Besitz, den Generationen von di Lorenzos bewahrt und vermehrt haben! Ich könnte das alles nicht einfach mir nichts, dir nichts zurücklassen. Schon gar nicht jetzt, wo alles so unsicher geworden ist.«

»Ehrlich gesagt bin ich nur aus diesem einzigen Grund hergekommen: damit ich dich warne, denn ich könnte es nicht ertragen, von einem drohenden Verhängnis gewusst und nichts unternommen zu haben, um dich zu retten.« Er erhob sich. »Ich habe leider nicht viel Zeit.«

Maria sah ihn verständnislos an. »Du willst zurück?«

»Man erwartet mich zurück. Meister Cagliari benötigt meine Hilfe.«

»Aber ich dachte ...«

»Maria, ich warte nur auf die richtige Gelegenheit, die Pläne dieses selbsternannten Todesengels zu durchkreuzen. Das kann ich allerdings nur, wenn ich in seiner Nähe bin ... Außerdem bin ich auch noch nicht in alle Geheimnisse eingeweiht, ich habe gerade einmal eine vage Ahnung von der Verschwörung, die hier im Gang ist.«

»Mir empfiehlst du, die Stadt zu verlassen, und selbst hegst du die Absicht, dich geradewegs wieder in das Zentrum der Gefahr zu begeben.«

»Wenn ich eine furchtsame Natur hätte, wäre ich niemals hierhergekommen, um von einem Pest-Medicus zu lernen«, erwiderte Wolfhart. »Unmöglich kann ich ausgerechnet zu diesem Zeitpunkt davonlaufen – zumal es für mich dazu wahrscheinlich gar keine Mittel und Wege gäbe. Ich kann nur versuchen, das Schlimmste zu verhindern – und das werde ich tun.«

Maria atmete tief durch. »Wie kann ich dich aufhalten?«

»Gar nicht.«

»Das habe ich befürchtet.«

»So wie auch dich wohl niemand daran hindern kann, noch die letzten Trümmersteine des Hauses di Lorenzo zu bewachen, selbst wenn ansonsten schon alles in Schutt und Asche läge.«

So, als wollte irgendein ferner Zuhörer die Worte Wolfharts lautstark bekräftigen, gab es wieder einen besonders heftigen Kanonendonner. Zwei Geschütze – und es konnten nicht die kleinsten unter ihnen sein! – schossen annähernd zur gleichen Zeit, und man wagte sich kaum vorzustellen, welch großes Loch die Geschosse gerade in die Mauern rissen.

Sie umarmten sich. Maria wollte Wolfhart eigentlich gar nicht gehen lassen, aber sie spürte, dass sie ihn nicht aufhalten konnte.

»Wann sehen wir uns wieder, Wolfhart?«

»Ich weiß nicht. Offen gestanden wäre es vielleicht auch besser, wenn wir uns nicht wiedersähen, denn jeder, der Meister Cagliaris Unterwelt betritt, könnte die Krankheit bekommen und weitertragen …«

»Wolfhart, ich liebe dich und kann den Gedanken nicht ertragen, dass du da unten bei diesem Mensch gewordenen Satan in Gefahr bist!«

»Er will ein Reich der Hölle erschaffen, um die Hölle der Heidenherrschaft zu bannen. Die Furcht ist seine Waffe, und ganz gleich, wie diese Schlacht um Konstantinopel ausgehen wird, was er plant, wäre weitaus schlimmer.«

Ihre Blicke trafen sich. Er strich ihr das Haar zurück, und sie berührte zärtlich sein Gesicht und dann seine Schulter. Schließlich küssten sie sich mit einer Mischung aus Zärtlichkeit, Leidenschaft und Verzweiflung.

Wolfhart ruderte die Barke mit hektischen Schlägen. Er musste sich beeilen. Die Fackel am Bug bot gerade genug Licht, um sich orientieren zu können.

Es gab viele Stellen, an denen man die Unterwelt Konstantinopels betreten konnte. Wolfhart war über den Keller eines alten, halb verfallenen Gebäudes, das früher einmal Teil des Hippodroms gewesen war, aus der Tiefe emporgekommen, um Maria im Kontor zu besuchen. Es wäre zu auffällig gewesen, den Palast für diesen Besuch auf dem normalen Weg durch das Tor zu verlassen und später wieder zu betreten. Nach seiner Begegnung mit dem Ersten Logotheten musste er damit rechnen, beobachtet oder gar nicht erst hinausgelassen zu werden.

Das verfallende Gebäude, in dessen Keller er die Barke zwischenzeitlich angelegt hatte, war längst unbewohnbar. Ein Bereich war bereits eingestürzt und ein Großteil der Steine fortgeschafft und in anderen Bauten eingesetzt worden. Nicht mehr lange, und der Rest würde vermutlich ebenfalls in sich zusammenstürzen. Dann wäre ein weiterer Zugang zur Unterwelt von Konstantinopel verschüttet – oder es blieben nur noch kleine Zugänge, Tunnel und Löcher übrig, die von Ratten und Mäusen benutzt würden, gelegentlich hatte man an anderer Stelle auch schon Biber dabei beobachtet. In dem Labyrinth der Zisternen, Katakomben und unterirdischen Wasserwege herrschte eine gewisse Freiheit, nämlich die, unbemerkt von einem Ort zum anderen gelangen zu können, und diese nutzte Wolfhart mittlerweile reichlich. Es bot sich ihm so ebenfalls die Möglichkeit, seine unterirdische Arbeitsstätte zu verlassen, ohne dass es bemerkt würde. Allerdings war er sich dessen nie vollkommen sicher und blieb vorsichtig.

Während er nun mit schnelleren Ruderschlägen dafür sorgte, dass die Barke noch etwas beschleunigte, dachte er an Maria. Er hatte sie zwar gewarnt, aber sie schien die Warnung nicht sonderlich ernst zu nehmen. Jedenfalls nicht ernst genug, um dafür ihren Besitz im Stich zu lassen. Wolfhart machte sich wirklich tiefgehende Sorgen. Wenn der Schwarze Tod irgendwann von seinen Fesseln befreit wäre, würde er wieder so blindwütig zuschlagen, wie er es schon so oft getan hatte. Nur war zu befürchten, dass sich die Krankheit dann angesichts des allgemeinen Chaos, das der Krieg nun einmal mitzubringen pflegte, noch rasanter ausbreiten würde, als dies ohnehin der Fall war.

Zweiundzwanzigstes Kapitel

Im Verlies

Da er Cagliaris Gewölbe aus einer anderen Richtung anfuhr, als wenn er sich vom Palast aus dorthin begeben hätte, kam er nun an dem Verlies vorbei, in dem die zum Tode Verurteilten untergebracht worden waren, an denen Meister Cagliari seine Experimente durchgeführt hatte. Zumindest nahm er an, dass es sich um dieses Verlies handelte und er von hier aus die Schreie vernommen hatte, die ihm zu Anfang so durch Mark und Bein gegangen waren.

Die schwere, eisenbeschlagene Tür stand offen. Ein Fensterausschnitt auf Augenhöhe war nicht nur mit eisernen Gitterstäben, sondern auch mit einer Scheibe aus gelblich schimmerndem Glas verdeckt, was für ein Gefängnis noch viel ungewöhnlicher war als für ein gewöhnliches Bürgerhaus von nicht allzu vermögenden Leuten. Auf dem gemauerten Plateau vor dem Eingang stand ein Bottich, den Wolfhart sofort wiedererkannte. Einer der Zwillinge musste ihn hier vergessen haben, als sie vor kurzem die Räume gesäubert hatten.

Wenig später erreichte Wolfhart die Anlegestelle vor Cagliaris Gewölben. Er vertäute die Barke und nahm die Fackel aus ihrer Halterung. Erst da entdeckte er in deren Schein Theofanos. Der Zwilling saß dort auf den Steinen – in sich gekehrt und den Kopf auf die verschränkten Arme gestützt, wohl deprimiert wegen des Schicksals, das seinen Bruder ereilt hatte.

Ob Theofilos überhaupt noch lebte, mochte Wolfhart gar nicht erfragen. Die blutige, die Atmungsorgane befallende Art des Schwarzen Todes raffte die Betroffenen noch viel schneller dahin als jene Form, deren hervorstechendstes Merkmal die eitrigen Beulen waren.

Theofanos hatte offenbar die ganze Zeit über einfach in der Dunkelheit gesessen. An das Leben in dieser Unterwelt schien er schon so sehr gewöhnt zu sein, dass ihn dies weder ängstigte noch in sonderlich große Gefahr brachte. Wiederholt hatte Wolfhart bei beiden Zwillingen bemerkt, dass sie ohne Fackel oder Öllampe das Gewölbe verließen. Trotzdem hatten sie hernach die Barken immer zuverlässig beladen, sodass Meister Cagliari mit ihnen zufrieden gewesen war.

Theofanos sah auf. Das Licht von Wolfharts Fackel spiegelte sich in seinen Augen. Er öffnete den Mund und sagte ein paar Worte.

Immerhin zwei davon konnte Wolfhart verstehen.

»Bruder ... tot!«

Als Wolfhart durch die eisenbeschlagene Holztür ins Innere des Gewölbetraktes trat, den der Pest-Medicus für seine Forschungen in Beschlag genommen hatte, traf er Darenius im Korridor an.

»Wo ist Meister Cagliari?«, erkundigte sich Wolfhart.

»Er öffnet gerade einem Toten die Brust und will dabei allein sein.«

»Ihr sprecht von Theofilos?«

»Ja.«

»Dann ist es also wahr, was sein Bruder mir gerade gesagt hat.«

»Gesagt?« Darenius lächelte breit. »Wenn Ihr sein Gemurmel inzwischen als Worte bezeichnet und womöglich sogar einen Teil davon versteht, heißt das, dass Ihr Euch hier unten schon gut eingelebt habt.«

»Ich frage Euch noch einmal: Ist es Theofilos' Leiche, die Meister Cagliari aufschneidet?«

»Ja. Und im Hinblick auf die besondere Gefahr, die damit verbunden ist, will er dabei allein sein. Er hofft auf eine seltene Gelegenheit, die Substanz des Schwarzen Todes aus seinem Brustkorb isolieren zu können. Ihr wisst doch, dass diese Art der Pest nicht so häufig vorkommt und man schwer an Leichen herankommt, denn zumeist sterben sie so schnell, wie man sie hinterher vor lauter Furcht in die Grube wirft.«

»Das klingt ja fast so, als sei es unserem Meister-Medicus ganz recht gewesen, dass sich Theofilos die Krankheit geholt hat und daran so schnell zu Grunde gegangen ist!«, konnte sich Wolfhart einer bissig klingenden Bemerkung nicht enthalten.

»Ganz im Gegenteil, Wolfhart. Ihr tut ihm Unrecht.«

»Ach ja?«

»Ich war selbst dabei, wie er in liebevoller Kleinarbeit einige Gramm Rattenflöhe zu einer Arznei zerstampfte und sie Theofilos einflößte, was gar nicht so einfach war, wie Ihr Euch vielleicht denken könnt!«

Wolfhart konnte sich in der Tat gut vorstellen, dass sich Theofilos gegen die Einnahme der Arznei gesträubt hatte, obwohl er vermutlich noch nicht einmal begriffen hatte, was mit ihm eigentlich geschehen war. Die Medizin war offensichtlich wirkungslos geblieben, was Meister Cagliari höchstwahrscheinlich nicht wahrhaben wollte. Der Meister-Medicus stellte deshalb seine Überzeugung, dass Gift durch Gift zu bekämpfen wäre, gewiss nicht in Frage. Vielmehr meinte er, sich nur in der Dosis geirrt zu haben, und suchte nun im Körper nach Anhaltspunkten dafür, dass seine Arznei eventuell doch irgendeine heilende Wirkung gehabt und die Selbstheilungskräfte von Theofilos in irgendeiner Weise gestärkt hätte.

Darenius setzte sich das Kopfstück seiner Schutzmontur auf.

»Für uns hat er eine andere Aufgabe auserkoren«, eröffnete er mit dumpf klingender Stimme.

»Und die wäre?«

»Ratten kämmen. So viele, wie wir schaffen.«

»Wo sind Lazaros und Timon?«

»Schon bei unseren niedlichen Haustieren. Wir brauchen jeden, der mit anfasst. Nur was Theofanos angeht, so ist es wohl besser, er bleibt noch eine Weile dort, wo er ist. Er beruhigt sich dann schon irgendwann wieder.«

»Seid Ihr sicher?«, fragte Wolfhart zweifelnd nach. »Der Tod seines Bruders scheint ihn wirklich in Verzweiflung gestürzt zu haben.«

Darenius zuckte mit den Schultern. »Die Dunkelheit beruhigt ihn. Ihr könnt mir glauben, ich kenne ihn schon länger als Ihr und habe ihn auch schon in einer weitaus desolateren Verfassung erlebt! Er wird schon darüber hinwegkommen!«

»Hoffentlich.«

»Und jetzt zieht die Schutzmontur an! Ihr habt Euch lange genug im Palast ausgeruht und den Wanst vollgeschlagen.«

Wortlos kämmten sie den Ratten die Flöhe aus und praktizierten sie in die dafür präparierten Behälter. Wolfhart fiel auf, dass sie nun alle mit einer doppelten Schicht Pergament ausgeschlagen und nicht höher als eine Elle waren.

Der hinkende Lazaros hatte die Aufgabe, die Deckel mit Pech zu verschmieren, sodass es wirklich keinem Floh möglich wäre, vor dem Abnehmen des Deckels das Gefäß zu verlassen.

»Wie geschaffen, um den Truppen des Sultans den Schwarzen Tod zu bringen«, fand Lazaros, als sämtliche Behälter fest verschlossen vor ihnen standen.

»Wer soll denn diese Behälter auf die andere Seite bringen?«, fragte Wolfhart.

»Das soll nicht unsere Sorge ein«, meinte Darenius. »Söldner, Gardisten, Mineure … Vielleicht gräbt man einen Tunnel, vielleicht spannt man sie in ein Katapult und schleudert sie über die Mauern. Es gibt viele Möglichkeiten.«

Timon sah Wolfhart unterdessen aus den Augenlöchern seiner Schnabelmaske heraus an. »Dann hat der Meister dich also inzwischen eingeweiht«, stellte er fest. »Ich meine, was den Plan angeht, aus dem Schwarzen Tod ein Schwarzes Schwert zu machen.« Er kicherte. Der Vergleich schien ihm zu gefallen.

»Ja, das hat er«, bestätigte Wolfhart.

Sie wussten es alle!, dachte er. Und es schien ihnen nicht einmal einen zweifelnden Gedanken wert. Das mochte vielleicht daran liegen, dass Fausto Cagliari diese Menschen zu dienstbaren Geistern ohne freien Willen degradiert hatte. Er war derjenige, der das Wissen besaß, und ohne diesen genialen Medicus wären sie alle weniger als ein Nichts gewesen. Cagliari gab ihnen immerhin das Gefühl, eine Bedeutung zu haben und etwas wert zu sein. Sie hatten teil an einer großen Aufgabe. Wie es aussah, hatte er dieses Gefühl selbst in den schwachsinnigen Zwillingen erzeugt, die ansonsten kaum begriffen, was hier vor sich ging; sie waren wohl meistens schon froh darüber, wenn sie regelmäßig verpflegt wurden und man ihnen ab und zu das Vergnügen gönnte, Ratten zu quälen – ein Vergnügen, das sich nun bei Theofilos bitter gerächt hatte.

Was Wolfhart am meisten wunderte, war, dass Darenius keinerlei Einwände gegen Cagliaris Pläne hatte und ihn die damit verbundenen Gefahren überhaupt nicht zu berühren schienen. Denn der war ganz gewiss fähig, die Folgen bedenken zu können.

»Ich will offen sein«, sagte Darenius. »Meister Cagliari meinte, wir sollten Euch eine Weile vor der vollen Wahrheit verschonen, denn Ihr hättet ein weiches Herz, das zuerst noch etwas Abhärtung brauchte.«

»So? Das hat er gesagt?«

»Ihr scheint Eure Lektion gelernt zu haben. Ein Arzt sollte kein Mitleid kennen, sonst kann er seinen Beruf nicht ausüben.«

Die Behältnisse mit den Flöhen wurden zunächst im Vorraum des Rattengewölbes abgestellt. Aber hier konnte nicht ihr Bestimmungsort sein, das hatte Wolfhart inzwischen herausgefunden. Immer wieder waren auch schon zuvor Behälter fortgebracht worden. Allerdings hatte es Cagliari bisher stets eingerichtet, dass Wolfhart nicht zugegen gewesen war.

»Wohin bringt er all die Behälter?«, fragte Wolfhart an Darenius gewandt.

Dessen Augen erwiderten durch die Sehschlitze seiner Schnabelmaske Wolfharts Blick. »Das weiß nicht einmal ich«, sagte Darenius. »Ihr könnt ja Theofanos fragen! Nur die Zwillinge haben dabei geholfen, die Behälter fortzubringen, die nicht für die Experimente benutzt worden sind. Unter Umständen ist es sogar viel besser, wenn wir nicht alles wissen, Wolfhart.«

Fast eine Woche lang schien es so, als hätte der Beschuss der Theodosianischen Mauer nachgelassen. Die Einschläge waren nicht mehr so häufig und verstummten für einen halben Tag bis auf gelegentliche Schüsse völlig. Der Grund dafür lag jedoch wohl nur in einer kurzfristigen Knappheit an Geschossen, die dadurch entstanden war, dass die Kanoniere des Sultans im Laufe der Zeit immer besser mit ihren Geschützen umgehen und so ihre Schussfrequenz beschleunigen konnten. Mit dem Transport der Geschosse, also der großen Steine und Eisenkugeln, über die Straße zwischen Adrianopel und Konstantinopel war man dann schlichtweg nicht mehr nachgekommen.

Ein paar Tage nachdem Wolfhart Maria besucht hatte, stand ein Trupp von dreißig Gardisten vor dem Tor des Kontors am Eutherios-Hafen. Ein Hauptmann verlangte lautstark Einlass. »Im Namen des Kaisers! Aufmachen, oder wir verschaffen uns gewaltsam Zutritt!«

Michael, dem Kutscher, blieb nichts anderes übrig, als das Tor zu öffnen. Die Gardisten stürmten mit blankgezogenen Waffen herein. Die Klingen von Hellebarden und Schwertern blinkten im Licht der frühen Morgensonne.

Maria und Davide hatten von einem der Fenster des Hauptgebäudes aus das Geschehen beobachtet.

»Es wird sich um irgendeinen Befehl zur Beschlagnahme von kriegswichtigen Gütern handeln!«, meinte Davide. »Ich denke, dass ich das klären kann!«

»Nein, ich werde das klären«, sagte Maria. »Schließlich bin ich die Herrin des Hauses di Lorenzo. Wir haben uns nichts zuschulden kommen lassen!«

Sie gingen den Gardisten entgegen. Marias Herz schlug bis zum Hals. Sie raffte das Kleid etwas zusammen, um mit energischerem, schnellerem Schritt vorangehen zu können. Warum dieses große Aufgebot, nur um vielleicht ein paar Güter zu konfiszieren, die man für kriegswichtig hält?, ging es ihr durch den Kopf. Noch dazu in einer Lage, in der jeder Gardist eigentlich an der Theodosianischen Mauer gebraucht wurde! Der Verdacht stieg in ihr auf, dass doch mehr dahinterstecken könnte, als sie im Moment wahrhaben wollte.

Der Hauptmann, der die Einheit befehligte, richtete die Spitze seines Schwertes auf sie, sodass sie und Davide stehen bleiben mussten.

»Maria di Lorenzo?«

»Ja, das bin ich!«, bestätigte Maria. »Was fällt Euch ein, hier auf diese Weise hereinzuplatzen! Dafür werde ich Euch vor dem kaiserlichen Gericht verklagen, dass Euch Hören und Sehen vergeht!«

»Das könnt Ihr gerne tun, Maria di Lorenzo – falls Ihr dazu noch in der Lage seid, nachdem man Euch den Prozess in einer anderen Sache gemacht hat.«

»Wie bitte? In welcher Sache?« Maria konnte nicht fassen, was sie vernommen hatte.

»Ihr seid des Hochverrats verdächtig.«

»Das muss ein Irrtum sein!«, mischte sich Davide ein. »Ihr sprecht mit Maria di Lorenzo, der Erbin des Handelshauses gleichen Namens, das von Niccolò Andrea di Lorenzo gegründet wurde, der bei der Rückeroberung Konstantinopels von den Lateinern half!«

Der Garde-Hauptmann verzog das Gesicht. »Ich bin ein gebürtiger Armenier und kenne mich ehrlich gesagt nicht sonderlich gut in der Geschichte dieser Stadt aus. Wir führen nur unsere Befehle aus, das ist alles.«

Die Männer packten Maria.

»Ich muss protestieren!«, rief Davide. Daraufhin wurde auch Davide von zwei Männern gleichzeitig gepackt und festgehalten.

»Seid Ihr David Syngraféas?«

»So nennt man mich bei meinem griechischen Namen«, bestätigte Davide.

Der Hauptmann verzog das Gesicht. Er hatte das Schwert noch immer nicht eingesteckt, obwohl inzwischen längst klar war, dass nirgendwo bewaffneter Widerstand geleistet werden würde. Der einzige Bewaffnete war Michael, der Kutscher, gewesen, und dem hatte man das Langmesser sofort weggenommen.

Der Hauptmann hielt die Klinge an Davides Hals. »Ihr seid ebenfalls beschuldigt, unsere Stadt in einer schweren Zeit an ihre Feinde verraten zu haben.«

»Hört mich an!«

»Abführen!«, befahl der Hauptmann.

»Und was machen wir mit dem hier?«, fragte einer der Gardisten, der, zusammen mit einem anderen, Michael ziemlich grob gepackt und ihm den Arm zurückgebogen hatte.

Der Hauptmann musterte ihn.

»Wer bist du?«

»Michael, der Kutscher.«

»Du dienst in diesem Haus?«

»Ja.«

»Halte dich in Zukunft fern von hier! Es werden alle Eingänge versiegelt, und der Besitz wird vorübergehend konfisziert.«

»Aber …«

»Wir haben nur den Befehl, Maria di Lorenzo und ihren Schreiber gefangen zu nehmen. Du kannst gehen!« Der Hauptmann gab seinen Männern ein Zeichen, und sie ließen Michael los.

Maria und Davide wurden in einen Wagen gepfercht, der sie zum Palast bringen sollte. Beiden waren die Hände gefesselt worden. Ein paar Schaulustige hatten sich vor dem Kontor versammelt. Es waren vor allem die Frauen und Kinder der Tagelöhner, die sonst im Hafen oder in den Lagerhäusern halfen. Aber im Augenblick waren sie alle an der Theodosianischen Mauer, um die Schäden zu beseitigen, die durch die Kanonen gerissen wurden.

»Es geschieht den Reichen recht, dass auch von ihnen jetzt etwas genommen wird!«, hörte Maria eine Frau sagen, deren Stimme fast so durchdringend wie die des schreienden Kindes war, das sie auf dem Arm trug. »Woanders in der Stadt werden Kirchenglocken eingeschmolzen, um daraus Kanonenkugeln zu gießen! Da können die reichen lateinischen Pfeffersäcke auch was dazu beitragen!«

Zustimmendes Gemurmel kam von denen, die in der Nähe standen.

»Davide, ich hoffe, dass sich das alles aufklären lässt«, wandte sich Maria an den Schreiber. In der Kutsche waren sie allein, und es war fraglich, wann sie das nächste Mal Gelegenheit hätten, miteinander zu reden, ohne dass es jemand mitbekam.

»Da steckt mehr dahinter«, sagte Davide finster.

»Und was?«

»Jemand will dem Haus di Lorenzo etwas anhängen. Und das wurde von langer Hand vorbereitet, so viel ist sicher!«

Ein Söldner saß auf dem Kutschbock. Er fuhr den Wagen ruckartig an, da er kein geübter Fuhrmann war. Die Gardisten, die den Gefangenentransport begleiten sollten, stiegen auf ihre Pferde. Die meisten blieben aber beim Kontor, darunter der Hauptmann. Offenbar sollten die Gebäude durchsucht werden. Maria ahnte nichts Gutes.

Michael war zwischen den Schaulustigen zu sehen. Er fiel gleich auf, weil er aus der Masse der zumeist ärmlich gekleideten Frauen und Kinder herausragte.

Davide beugte sich aus dem Fenster der Kutschenkabine. »Michael!«, rief er. »Geh zu Jakob Forlanus! Er muss uns helfen! Hast du gehört?« Es war nicht klar, ob Michael ihn verstanden hatte.

Der Wagen wurde schneller und bog in die Straße ein, die geradewegs zur Mese führte.

»Wir haben nichts verbrochen!«, sagte Maria.

»Gerade dann werden wir unseren Advokaten brauchen«, erwiderte Davide. »Ich will Euch keinen Vorwurf machen, aber gerade jetzt sind wir auf Verbündete wie die Maldinis angewiesen. Allerdings könnte ich mir vorstellen, dass Claudio Emanueles Neigung, uns zur Seite zu stehen, nicht sehr groß ist.«

Man führte Maria und Davide durch einen verborgenen Nebeneingang in den Palast. Die Gardisten, die sie in die Mitte nahmen, sprachen kein Wort. Dann ging es über eine steinerne Wendeltreppe in die Tiefe. Dort war es feucht und kalt. Ein modriger Geruch nach Algen und Fäulnis stieg auf. Es war der Geruch der schlecht gepflegten Zisternen und Aquädukte, der im Laufe der Zeit selbst durch die Ritzen der steinernen Böden drang und wohl nie wieder ganz aus den Kellergewölben unter dem Palast weichen würde.

Schließlich erreichten sie eine Tür, die von Gardisten bewacht wurde. Es bedurfte offenbar keinerlei Erklärungen. Ein Gardist klopfte in einem bestimmten Rhythmus gegen die Tür: dreimal kurz, dreimal lang. Daraufhin wurde von innen ein Riegel fortgeschoben und die Tür geöffnet.

Maria und Davide gelangten in einen nur spärlich beleuchteten Raum. Die Wände waren kahl. Nur an jedem zweiten der in die Wände eingelassenen Eisenringe steckten Fackeln, deren Licht nun durch die Zugluft zu flackern begann.

Hinter einem schlichten Tisch aus schwerem dunklem Holz, auf dem ein paar Kerzen brannten, saß ein Mann vornübergebeugt, den Kopf auf die Hände gestützt. Rechts und links von ihm standen weitere Gestalten. Die meisten hoben sich als dunkle Schemen vom Kerzen- und Fackellicht ab.

Die Tür wurde geschlossen und verriegelt.

Der Mann hinter dem Tisch hob den Kopf, und Maria konnte nun, da sein Gesicht vom Schein des Lichtes erfüllt wurde, erkennen, wer er war.

»Nektarios!«, murmelte sie.

Entsetzen und Hoffnung hielten sich für einen Moment die Waage. Hatte der alte Freund des Hauses di Lorenzo vielleicht die Möglichkeit, etwas für sie und Davide zu tun? Klärte sich nun alles als ein Irrtum auf? Doch sie musste auch an Davides

Worte denken. Und für gewöhnlich irrte sich ein Mann mit der Erfahrung eines Davide Scrittore in solchen Dingen nur selten.

Einige Augenblicke herrschte Schweigen.

In der Stille konnte man das Knistern der Fackeln hören – und die dumpfen Erschütterungen des Geschützfeuers, das selbst hier unten noch zu vernehmen war.

»Maria di Lorenzo, wir leben in schweren Zeiten. Seit Jahren wird unsere Stadt von außen bedroht, und im Augenblick spitzt sich die Lage wieder einmal zu. Die Mauern Konstantinopels haben den Goten, Hunnen, Arabern und Wikingern standgehalten. Die Stadt ist uneinnehmbar, es sei denn, sie fällt durch Verrat. Dementsprechend schwer wiegt ein solcher Verdacht.«

»Verrat?«, fragte Maria fassungslos.

Nektarios hob die Hand und gebot ihr zu schweigen. »Ihr und Euer Schreiber werdet des Hochverrats angeklagt. In diesem Fall gilt das römische Recht nicht, und wir werden auch nicht öffentlich vor dem kaiserlichen Gericht verhandeln.«

»Das ist eine falsche Beschuldigung!«, erklärte Davide. »Und Ihr wisst das sehr genau, Nektarios Andronikos!«

»Die Beweise sind erdrückend«, erklärte Nektarios. Er wandte sich an Maria. »Oder wollt Ihr abstreiten, dass Euer Haus seit langem, auch noch unter Eurer Führung, in Kontakt zu einem Mann namens Andreas Lakonidas stand, der Beziehungen zu den Türken hatte? Er tauschte lange Zeit Botschaften aus und hatte offenbar vielfältige Verbindungen mit Adrianopel.«

Also daraus will man uns jetzt einen Strick drehen!, ging es Maria durch den Kopf.

»Darüber hinaus wurde in der letzten Woche ein Mann, den man Zacharias den Einäugigen nannte und der im Verdacht stand, für Geld feindliche Spione in die Stadt geschleust zu haben, gefangen genommen. Da Zacharias die Härten des Verhörs nicht überlebt hat, liegt nur seine schriftliche Aussage vor, die das Haus di Lorenzo schwer belastet. Ihr kennt die Strafe, die darauf steht. Hochverräter werden unverzüglich hingerichtet.«

»Nektarios, Ihr kennt mich, und Ihr kanntet meinen Vater!«, wandte Maria ein.

»Umso enttäuschender, dass eine einstmals ruhmreiche Familie, die dem Kaiserhaus treu ergeben war, auf solche Abwege geraten ist.«

»Ihr wisst genau, dass diese Anschuldigungen an den Haaren herbeigezogen sind! Alle Fernhandelskaufleute hatten Verbindungen zu den Türken, sofern sie Schiffe durch den Bosporus und ins Schwarze Meer schicken wollten! Und ich nehme an, dass zuvor sogar die Gesandten aus Trapezunt und Georgien einen Emissär nach Adrianopel geschickt haben, um eine ungehinderte Durchfahrt zu erwirken! Von der trapezuntischen Verwandtschaft unseres Kaisers will ich gar nicht erst reden!«

»Schweigt!«, herrschte Nektarios Andronikos sie an.

Maria drehte den Kopf und entdeckte zwischen den schattenhaften Gestalten zur Rechten des Logotheten jemanden, den sie zu erkennen glaubte. Als er den Blick zur Seite wandte, schien kurz das Licht auf ihn, und jetzt gab es keinen Zweifel mehr: Es war Jakob Forlanus!

Maria erbleichte. Hatten sich denn alle gegen das Haus di Lorenzo verschworen? Es schien so. Der Herzschlag ging ihr bis zum Hals und hämmerte unablässig. Sie begann zu ahnen, dass wohl nichts mehr zu retten war: nicht der Besitz, nicht die Freiheit und wahrscheinlich noch nicht einmal das Leben. Irgendjemand hatte im Hintergrund das Ende beschlossen. Die Aussagen von Gefolterten waren wie gesammelte Steine, und man hatte nur auf den passenden Moment gewartet, um sie in einen Geschützlauf hineinzustopfen und zu tödlicher Munition zu machen.

Es ging hier nicht um die Wahrheit oder um ein Verbrechen. Es ging darum, das Haus di Lorenzo zu vernichten.

»Was wollt Ihr?«, fragte jetzt Davide in einem überraschend ruhigen Tonfall. »Ich nehme an, dass Ihr all das gegen meine Herrin und gegen mich nicht umsonst gesammelt habt.«

»Ihr glaubt, Ihr könnt noch verhandeln?«, lächelte Nektarios. »Wenn Ihr da nur nicht im Irrtum seid, Davide!« Nektarios machte eine Pause, erhob sich dann von seinem Platz und winkte die Wächter herbei. Er bedeutete ihnen, die Fesseln zu lösen. Maria rieb sich die Handgelenke. Der Strick hatte sich tief in ihre Haut geschnitten.

»Könnte man nicht durch die Heirat mit einem Einheimischen und einer vollständigen Besitzübertragung an ihn etwas Zeit gewinnen?«, mischte sich nun Jakob Forlanus ein.

»Niemand kennt die Gesetze Konstantinopels besser als Ihr, Forlanus!«, nickte Nektarios. »Wenn wir die Eheschließung sogleich rechtsgültig durchführen und allerseits bezeugen, dass dies vor der Anklage geschah, könnten wir tatsächlich eine gewisse Frist einräumen.«

»Sodass der Besitz der angeblichen Hochverräterin dann nicht in die Hände des Kaisers, sondern in das Eigentum ihres Ehemannes übergehen würde!«, stellte Davide fest.

»Wenn Ihr eine andere Möglichkeit wisst, Eurer Herrin für den Moment das Leben und vielleicht sogar auf Dauer das Vermögen zu retten, dann nur heraus damit, David Syngraféas!«, erwiderte Nektarios.

»Wie viel wird Forlanus Euch dafür geben?«, fragte Davide. »Und ich wüsste wirklich gerne, ob der Kaiser davon weiß, dass Ihr ihm das konfiszierte Eigentum auf diese Weise vorenthalten wollt!«

»Kaiser kommen und gehen«, sagte Nektarios. »Und vor allem sterben sie schnell, wie man immer wieder erleben kann. Vielleicht solltet Ihr Eurer Herrin klarmachen, dass ihr die von Forlanus vorgeschlagene Lösung durchaus nützlich sein könnte. Schließlich kann selbst im Fall von erwiesener Schuld das Hinauszögern der Vollstreckung einer Rettung gleichkommen.«

»Ich habe keine Ahnung, was Ihr damit meint.«

»Damit meine ich, dass ein neuer Kaiser vielleicht eine Amnestie erlässt. Das wäre nichts Ungewöhnliches …«

Er rechnet bereits mit einem Umsturz, ging es Maria durch den Kopf. Wie kann das sein, wenn er nicht selbst an dieser Verschwörung beteiligt ist!

»Ich würde mich selbstverständlich als Heiratskandidat zur Verfügung stellen«, sagte Jakob Forlanus. Ein eisiges Lächeln erschien in seinem Gesicht. »Ihr kennt mein selbstloses Wesen!«

»Und zudem habt Ihr als jemand, der schon Advokat von Luca di Lorenzo war und sein Testament aufzusetzen half, einen guten Überblick über das Vermögen des Hauses!«, entfuhr es Davide. »Ihr seid verachtenswert, Jakob!«

Forlanus' Lächeln wurde breiter. Er wandte sich an Maria. »Es wird niemand abstreiten können, dass ich mein Angebot nicht schon unter für Euch weitaus günstigeren Bedingungen unterbreitet habe, aber auf eine gewisse kühle Zurückhaltung meiner Person gegenüber gestoßen bin!«

»Wenn Ihr es gut mit Eurer Herrin meint, dann ratet ihr zur Annahme dieses Vorschlags«, wiederholte nun Nektarios Andronikos seine Forderung. »Denn wir können nicht garantieren, dass wir dieses Angebot lange aufrechterhalten können. Es muss jetzt, in diesem Moment, entschieden werden – oder es gibt nichts mehr, worüber Ihr entscheiden könnt!«

»Und nachdem nun schon Euer Bruder nicht mehr erben kann, da er so plötzlich von uns gegangen ist, wäre es sicherlich auch im Sinn Eures Vaters, wenn das Haus di Lorenzo auf diese Weise dem Untergang entginge!«, fügte Jakob Forlanus hinzu.

Maria schluckte. »Habt Ihr etwa auch etwas mit seinem Tod zu tun? Ich würde es Euch zutrauen!«

»Genug des Geredes!«, verlangte Nektarios. »Es ist jetzt der Moment der Entscheidung!«

Davide wandte sich an Maria. »Ich muss Nektarios leider Recht geben. Es bleibt Euch keine andere Wahl, als darauf einzugehen.«

Alles in Maria sträubte sich gegen die Erkenntnis, dass Davide damit vermutlich Recht hatte. Es war alles so eingefädelt worden, dass ihr keine andere Möglichkeit blieb, wollte sie ihr Leben nicht in diesen düsteren Gewölben verlieren.

Der Boden zu ihren Füßen zitterte leicht. Es hatte wohl einige besonders heftige Einschüsse gegeben. Und doch schien alles, was zurzeit an der Theodosianischen Mauer geschah, unendlich weit weg zu sein und kaum noch Bedeutung zu haben.

»Ich kann Euer Schweigen wohl als Zustimmung werten«, sagte Forlanus. »Eigentlich hatte ich mir durchaus etwas mehr Enthusiasmus von meiner Braut gewünscht, aber ich denke, das ist wohl der etwas schwierigen Situation im Moment geschuldet.«

Nektarios bedachte Maria mit einem durchdringenden Blick. »Ich will guten Gewissens sagen können, Eure Zustimmung laut und deutlich gehört zu haben.«

Maria schluckte. »Also gut«, murmelte sie fast tonlos. »Ich bin einverstanden.«

»Ihr werdet sicher Verständnis dafür haben, dass die Zeremonie den Umständen entsprechend recht einfach gehalten und auf das Nötigste reduziert werden wird!« Nektarios wandte sich an einen der Wächter. »Holt den Geistlichen!«

Die Zeremonie war kaum als solche zu bezeichnen. Die Urkunden waren bereits vorbereitet worden – ein weiteres Indiz dafür, dass alles von langer Hand geplant worden war. Kaum hatte der Geistliche seinen Segen gesprochen, wurde er auch schon wieder hinausgebracht, wohl um nicht Zeuge dessen zu werden, was anschließend geschah.

Nektarios wandte sich an Davide. »Für Eure Herrin gibt es einen Aufschub, und ich danke Euch für Eure überzeugenden Worte. Allerdings kann ich für Euch leider nicht dasselbe tun, Davide!«

Er machte ein Zeichen, und einer der Gardisten trat von hinten auf Davide zu. Noch ehe der Levantiner dem Logotheten eine Antwort geben konnte, wurde ihm ein Dolch in den Leib gestoßen. Er brach zusammen und blieb regungslos liegen.

Maria wollte sich zu ihm beugen, aber die Wächter packten sie.

»Schafft ihn hier raus!«, verlangte Nektarios von den Gardisten.

»Warum habt Ihr das getan?«, rief Maria.

»Wir brauchen seine Hilfe nicht mehr – und sein scharfes Mundwerk hätte uns gegebenenfalls noch schaden können.« Nektarios' durchdringender Blick traf Maria. »Außerdem ist er ein Hochverräter, und vielleicht trägt es zu Eurem Gehorsam bei, wenn Ihr Euch vor Augen führt, dass Euch jederzeit dasselbe Schicksal blühen kann! Auch jetzt noch!« Er machte seinen Männern ein Zeichen.

»Abführen!«, befahl er. Maria wurde grob gepackt und weggezerrt.

Jakob Forlanus schloss die Tür wieder, nachdem Maria hinausgeführt und die Leiche von Davide Scrittore fortgeschafft worden war.

»Ihr bedenkt, dass wir Maria vielleicht noch brauchen werden«, sagte Forlanus. »Es gibt da ein paar Besitztümer der Familie in der Umgebung von Genua, und es könnte sein, dass das Eigentum bestätigt werden muss. Wenn überhaupt kein Blutsverwandter aus diesem Zweig der Familie mehr lebt, könnte das problematisch werden.«

»Das habe ich nicht vergessen, Forlanus«, erwiderte Nektarios.

»Und wo wird sie nun hingebracht?«

Nektarios lächelte. »So viel Sorge um Eure Angetraute? Ihr entwickelt Euch ja noch zu einem treusorgenden Ehemann, Forlanus. Das hätte ich Euch gar nicht zugetraut.«

»Das war keine Antwort auf meine Frage!«

»Ihr braucht das nicht so genau zu wissen, Forlanus.«

»Sie sollte gewissermaßen in der Versenkung verschwinden«, sagte Forlanus.

»Genau das soll geschehen«, bestätigte Nektarios.

»So lange unser Kaiser noch im Amt ist, können wir sie nicht in den üblichen Verliesen unterbringen, in denen der Kaiser seine Gegner zu quälen beliebt. Eine Genueserin unter den Verhafteten würde sofort auffallen, und davon abgesehen wissen wir nicht, ob sich nicht Claudio Emanuele Maldini für sie einsetzen würde, wenn er erführe, was mit ihr geschehen ist. Und er würde es erfahren, wenn sie bei den gewöhnlichen Gefangenen wäre!«

»Haltet Ihr mich für so unvorsichtig, Forlanus?«

»Ich habe nur meine Bedenken laut geäußert!« Forlanus wandte sich an die wenigen Wächter und Gardisten, die sich noch im Raum befanden. »Und da wir hier unter Brüdern vom Orden der Cherubim sind, die allesamt das Lambda-Rho im Fleisch tragen, dachte ich …«

»Es ist für alles gut gesorgt«, unterbrach ihn Nektarios. Der Schein des Lichtes fiel auf seine Augen, sodass für einen Moment ihre unterschiedliche Färbung gut zu erkennen war – etwas, was einen auf die innere und äußere Ordnung von Gedanken und Dingen fixierten Mann wie Jakob Forlanus immer wieder aufs Neue zumindest kurz irritieren konnte.

»Wir haben, tief in der Unterwelt von Konstantinopel, noch ein besonderes Gefängnis, das jetzt frei wurde und uns für unsere Zwecke zur Verfügung steht«, erklärte Nektarios.

»Ihr sprecht von dem Ort, an dem jene zum Tode Verurteilten untergebracht wurden, die unserem Bruder Fausto Cagliari bei seiner Erforschung des Schwarzen Todes dienten!«, erkannte Forlanus.

»Er braucht dieses Gefängnis vorerst nicht mehr, denn die Zeit der Versuche und der Forschungen ist vorbei. Jetzt kommt die Zeit der Tat.«

»Ich verstehe«, sagte Forlanus.

»Und kein Getreuer des Kaisers kommt dorthin und schöpft Misstrauen.«

»Steht der Tag schon fest, an dem der Schwarze Tod zu unserem mächtigsten Krieger werden wird?«

»Du wirst davon hören. Da bin ich mir ganz sicher. Spätestens dann, wenn man den Befehlshaber der Garde für seinen Sieg gegen die Türken rühmen und ihn zum Kaiser ausrufen wird!«

In Forlanus' Augen blitzte es. »Unser Bruder Jason Argiris sollte sich noch gut überlegen, welchen Thronnamen er annimmt«, meinte er. »Jason klingt für meine Ohren nicht christlich genug. Ein Kaiser sollte nach Johannes oder einem anderen Apostel benannt sein.«

»Er wird sich Konstantin nennen«, sagte Nekatarios. »Wie sein Vorgänger – und wie der erste christliche Kaiser überhaupt, der einst diese Stadt zum neuen Rom machte!«

»Dieser Gedanke gefällt mir«, sagte Forlanus.

»Lambda-Rho – in diesem Zeichen wollen wir siegen, Forlanus!«, lachte Nektarios. »Aber wir werden noch ein wenig Geduld haben müssen.«

Dreiundzwanzigstes Kapitel

Die Hölle auf Erden

Theofanos schrie auf, als Meister Cagliari ihm einen kräftigen Tritt in die Seite gab. »Na los, beweg dich schon!«

Ein Laut, der mehr Schmerzensschrei als wutentbrannte Erwiderung war, folgte aus dem Mund des im doppelten Sinn zurückgebliebenen Zwillings. Seit sein Bruder gestorben war, hatte er seinen Platz an der Anlegestelle nicht verlassen. Aber nun sollte er helfen, die Behälter mit Pestflöhen an ihren Bestimmungsort zu bringen.

»Beweg dich, du Narr! Dein Bruder ist tot – und du solltest mir dafür dankbar sein, dass ich dich vor Jahren von seinem Körper abgetrennt habe, denn sonst würdest du sein Schicksal jetzt zweifellos teilen!«

Meister Cagliari gab Theofanos einen weiteren Tritt.

Diesmal stöhnte der Misshandelte nur auf und wimmerte anschließend.

Die Tür zu den Gewölben stand offen. Der Schein der Fackeln reichte bis zu dem dunklen Wasser, dessen Stand etwas gestiegen war.

»Vielleicht ist es besser, wenn ich Euch helfe«, sagte Wolfhart, der nun durch die Tür in den Bereich der Anlegestelle trat.

»Nein, ich nehme Theofanos mit – so wie immer«, widersprach Cagliari und sah Wolfhart an.

Theofanos erhob sich träge. Er schien nun offenbar doch bereit zu sein, seinem Herrn zu dienen.

Wenig später fuhren Cagliari und Theofanos mit einer der Barken, die mit mehreren Dutzend mit Pech verkleideten Behältern gefüllt war, in die ewige Nacht der säulengestützten Unterwelt von Konstantinopel.

»Man sollte sich nichts daraus machen«, sagte Timon, der plötzlich hinter Wolfhart aufgetaucht war.

Wolfhart drehte sich um. »Woraus?«

»Daraus, dass er nicht jedem traut.«

»So?«

»Er traut niemandem, der nicht dieser Bruderschaft angehört, deren Anhänger sich ein Zeichen auf die Haut brennen.«

»Ich gehöre nicht dazu«, stellte Wolfhart fest.

»Ich auch nicht. Jemanden wie mich würde nicht einmal ein geheimer Orden aufnehmen. Die Bruderschaft glaubt, dass man der Hölle zur Herrschaft verhelfen muss, um dem Bösen zu begegnen.« Er verzog sein entstelltes Gesicht, das für einen kurzen Moment zur Gänze in den Fackelschein geriet, zu einer hässlichen Grimasse.

Die Ruhepausen, die sich Wolfhart und alle anderen Helfer des Meister-Medicus leisteten, wurden immer seltener. Doch letztlich forderte die Natur ihren Tribut, und so sank Darenius schließlich vor Erschöpfung zu Boden. Glücklicherweise geschah dies im Korridor und nicht im Rattengewölbe, wo die Flöhe zweifellos die Möglichkeit genutzt hätten, um durch die Nasenlöcher und Augenschlitze der Schnabelmaske einzudringen. Nicht einmal die stark riechenden ätherischen Öle hätten sie vermutlich daran gehindert.

Doch Darenius war für den Meister unabkömmlich. Cagliari selbst begab sich nach getaner Arbeit zu Besprechungen in den Palast. Er ließ keinen Zweifel daran, dass es dabei um den bevorstehenden Einsatz des Schwarzen Todes gegen die Belagerer gehen würde. Sosehr Wolfhart auch nachfragte, er bekam keine Auskunft, mit wem sich der Medicus treffen wollte. »Ihr müsst nicht alles wissen, Wolfhart«, war Cagliaris lakonische Antwort.

Darenius hatte während der Abwesenheit des Meisters die Befehlsgewalt. Timon sah allein darin schon ein untrügliches Zeichen dafür, dass auch der ehemalige Mönch dieser unheiligen Bruderschaft im Zeichen von Lambda und Rho angehörte. Allerdings wagte Wolfhart nicht, Darenius danach zu fragen und unnötige Aufmerksamkeit zu erregen.

Zu tun gab es auch jetzt noch genug. Meister Cagliari hatte ihnen aufgetragen, den Raum zu reinigen, in dem er den Körper des an der Pest gestorbenen Theofilos zerschnitten hatte. Der ganze Raum sollte mit ätherischen Ölen eingestrichen werden, sodass nichts von der krankmachenden Essenz zurückbleiben würde. Bei der Leichenöffnung war viel Blut auf den Boden getrieft. Der Medicus hatte den Toten vollkommen zerteilt und die Überreste in Tongefäße gefüllt, die anschließend dicht verschlossen wurden. Die Gefäße sollten aber noch zusätzlich mit Wachs versiegelt werden.

»Wisst Ihr, was Meister Cagliari mit diesen Gefäßen beabsichtigt?«, wandte sich Wolfhart an Darenius.

»Sein Ziel ist immer dasselbe, Wolfhart. Es geht um die Essenz des Schwarzen Todes, die in Theofilos' Körper irgendwo verborgen sein muss!«

Der Geschützdonner hallte jetzt manchmal in den Zisternen wider, und es schien, als würden die Hohlräume unter der Stadt wie der Klangkörper eines gewaltigen Instruments wirken. Dazu gab es oft einen Widerhall, sodass ein andauerndes Grollen zu hören war wie bei einem herannahenden Gewitter.

»Man könnte meinen, die Truppen des Sultans müssten jeden Augenblick den Palast erstürmen«, meinte Wolfhart.

»Ihr täuscht Euch, Wolfhart«, glaubte Darenius. »Und davon

abgesehen würde den Belagerern das auch nicht gut bekommen, wie ich annehmen will.«

»Ihr meint – wegen des Schwarzen Todes?«

»So ist es.«

»Glaubt Ihr, Meister Cagliari würde die Behälter auch dann öffnen, wenn bereits in der Stadt gekämpft würde?«

»Natürlich! Die Wirkung wäre dieselbe.« Er lächelte. »Uns müsste das nicht sonderlich beunruhigen, Wolfhart. Wir sind dem Schwarzen Tod so nahe, dass wir uns zu schützen wissen – nun ja, meistens zumindest.«

»Er würde die eigene Stadt fast ausrotten, um sie zu retten?«, fragte Wolfhart und musste sich große Mühe geben, seine Fassungslosigkeit zu verbergen.

In die Geräusche der Geschütze mischten sich auf einmal Stimmen. Wolfhart ging aus dem Gewölbe, weil er wissen wollte, was da geschah, auch wenn Darenius ihm dringend davon abriet. Innerhalb des Gewölbes hatte er die Stimmen nur ganz leise hören können, an der Anlegestelle waren sie jedoch lauter. Nun nahm er auch das Plätschern von Ruderschlägen wahr. Und dann erschallte ein schauerlicher Ruf. Es war eine Frauen- oder Kinderstimme, die plötzlich leiser wurde, so als wäre eine Tür geschlossen worden.

Theofanos saß in einer Barke, die jetzt zur Anlegestelle fuhr. Er hatte die Hände auf die Knie gestützt und wirkte wie erstarrt. Seit dem Tod seines Bruders war er nicht mehr derselbe. Er schien keine Freude mehr zu kennen, aß kaum noch etwas und hatte nicht einmal mehr Spaß daran, die Ratten zu quälen, sofern er überhaupt noch beim Kämmen der Ratten mithalf.

Wolfhart lauschte angestrengt nach den Stimmen. Er erschrak, als Theofanos zu sprechen begann.

»Gefangen«, sagte der Zwilling, »neu.« Er wiederholte die Worte zweimal und garnierte sie mit unverständlichen Lauten.

Häufig genug war sich Wolfhart nicht sicher, was Theofanos meinte, aber diesmal verstand er sofort: Man hatte hoch über ihnen offenbar wieder jemanden zum Tode verurteilt und hierhergebracht.

Eine weitere Barke näherte sich aus der anderen Richtung. Es war Meister Cagliari. Er legte an und vertäute sein Boot wortlos.

Theofanos murmelte etwas vor sich hin, nachdem der Medicus hinter der Tür verschwunden war.

Wolfhart glaubte, die undeutlich gesprochenen Worte zu verstehen: »Böser Mann!«, hatte Theofanos gesagt.

»Wir müssen noch sehr viel mehr Flöhe auskämmen«, sagte Fausto Cagliari später, als er alle seine Gehilfen um sich versammelte – bis auf Theofanos, der einfach nicht bereit war, der Aufforderung zu folgen und sich dazuzugesellen, und bei den Barken sitzen blieb.

Aber Cagliari war es wohl auch nicht so wichtig, dass Theofanos dabei war. Vielleicht glaubte er, dass Theofanos ohnehin nicht richtig verstand, worum es eigentlich ging.

»Wir tun doch seit so langer Zeit nichts anderes, als den Ratten die Flöhe auszukämmen«, meinte Darenius etwas gereizt. »Unsere Ausbeute dürfte ausreichen, um Hunderttausende mit dem Schwarzen Tod zu infizieren.«

»Trotzdem brauchen wir mehr«, sagte Cagliari.

»Aber so viele Soldaten hat doch selbst der Sultan nicht!«

»Ich sagte, wir brauchen mehr!«, beharrte Cagliari. »Die Behälter sollen mit Katapulten zum Feind geschleudert werden. Alle anderen Möglichkeiten, etwa das Graben eines Tunnels oder das Einschleichen von Kundschaftern, die die Behältnisse mitführen und die Flöhe an geeigneter Stelle ausbringen, habe ich verworfen.« Cagliari ballte die Hände zu Fäusten, nachdem er sie mit einem der in Öle getränkten Tücher eingerieben hatte.

Der Geruch trieb Wolfhart selbst auf eine Entfernung von mehreren Schritten die Tränen in die Augen.

»Es nutzt uns nichts, wenn die Flöhe freigesetzt werden und ein paar Feinde anstecken. Es wird erst nach und nach eine Epidemie daraus werden. So wie auf dem Schachbrett, auf dem man auf das erste Feld ein Korn, auf das zweite zwei, auf das dritte vier legt und so weiter. Am Ende werden es unzählbar viele Körner werden – aber eben erst am Ende. Und wenn die Seuche auf diese Weise unter den Türken wütet, dann bleibt das Heer des Sultans noch lange Zeit schlagkräftig. Außerdem können sie in der Zwischenzeit Gegenmaßnahmen ergreifen. Ich will der Schlange aber mit einem einzigen Hieb den Kopf abschlagen.«

»Habt Ihr denn bei Euren Gesprächen Neues über die Lage an der Theodosianischen Mauer erfahren?«, wollte Wolfhart wissen.

»Die Lage ist im Moment nicht besorgniserregend«, behauptete Meister Cagliari. »Aber das kann sich erfahrungsgemäß im Handumdrehen ändern. Wir werden uns also beeilen müssen. Jason Argiris vertraut mir und geht davon aus, dass es uns gelingt, die Türken trotz ihrer Übermacht mit dem Schwarzen Tod zu schlagen.«

Viele Stunden waren sie damit beschäftigt, Flöhe auszukämmen. Alle außer Theofanos hatten ihre Schutzmonturen angezogen und beteiligten sich an der Arbeit. Die meiste Zeit über herrschte Schweigen. Hin und wieder gab Meister Cagliari die knappe, schroff gehaltene Anweisung, vorsichtiger zu sein und die Atemlöcher der Schnabelmaske nicht zu nahe an das Fell einer Ratte zu halten.

Als die Müdigkeit Wolfhart schon fast zu übermannen drohte, ordnete Meister Cagliari an, aufzuhören und den Rattenkeller zu verlassen.

»Ich möchte, dass Timon mich heute begleitet, um die Behälter einzulagern«, sagte er.

»Und Theofanos?«, fragte Darenius. »Ihr wisst, dass er sehr beleidigt sein kann.«

»Er ist im Moment nicht zu gebrauchen«, antwortete Cagliari.

»Ich übrigens auch nicht mehr«, meinte Darenius, woraufhin er ein Gähnen hervorstieß, das unter seiner Schnabelmaske sehr eigenartig klang.

»Eine besondere Lage erfordert die besondere Bereitschaft, sich einzusetzen«, erwiderte Cagliari.

»Habt Ihr übrigens irgendetwas über den Gefangenen gehört, der im Verlies untergebracht wurde?«

»Damit habe ich nichts zu tun. Ich habe niemanden angefordert – aber in einer Zeit der Belagerung gibt es für gewöhnlich nicht genug Verliese für all die Hochverräter, und die Scharfrichter kommen mit ihrer Arbeit nicht nach.«

Meister Cagliari ließ Timon die Barke rudern. Wolfhart sah, wie sich das Licht der Bugfackel langsam entfernte.

Aus dem Verlies waren Rufe zu hören.

»Ist Kind«, sagte plötzlich Theofanos, der die ganze Zeit über gegen das Mauerwerk gelehnt gesessen und zugesehen hatte, wie Wolfhart und Timon die Barke beluden.

»Was?«, fragte Wolfhart.

Theofanos streckte den Arm in die Richtung aus, aus der die Rufe kamen. »Ist Kind«, wiederholte er. Sein Bemühen um eine deutliche Aussprache war nicht zu überhören. »Oder Frau.«

»Wie kommst du darauf?«

»Stimme hoch.«

Wolfhart lauschte angestrengt. Aber da war nichts mehr zu hören.

Theofanos streckte noch einmal die Hand aus. »Licht«, sagte

er und meinte vermutlich die Fackel an der entschwindenden Barke. »Böser Mann!«

»Warum?«

»Bruder – Flöhe in Mund getan. Tot.«

»Wo fährt er hin?«

»Zeigen?«

Wolfhart zögerte einen Augenblick.

Theofanos erhob sich, und als sein Gesicht ins Licht kam, sah Wolfhart, wie groß der Hass sein musste, der sich bei ihm angestaut hatte. Hass auf seinen Herrn, den er für den Tod seines Bruders verantwortlich machte.

»Später«, sagte Wolfhart. »Erst Ratten ärgern.«

In Theofanos' Augen blitzte es, und zum ersten Mal seit langem lächelte er. Aber es war ein kaltes, grimmiges Lächeln.

Als Wolfhart in den Korridor trat, der die Gewölbe miteinander verband, folgte ihm Theofanos. Darenius hatte seinen Kopf auf einen Tisch gebettet und schlief. Den hinkenden Lazaros hörte man im Nachbarraum herumhantieren. Dem scharfen Geruch nach, der durch die offen stehende Tür drang, war er gerade damit beschäftigt, Tücher für den nächsten Tag in Öle einzulegen.

Jetzt oder nie!, dachte Wolfhart.

Weder er noch Theofanos trugen ihre Schutzmontur. Aber sie jetzt anzulegen hätte zu viel Aufsehen erregt. Wolfhart nahm eine Fackel von der Wand. Theofanos folgte seinem Beispiel. Theofanos wollte sofort zum Vorraum des Rattengewölbes gehen, aber Wolfhart hielt ihn zurück. Zunächst öffnete er die Abstellkammer zur Linken. Sie war unbeleuchtet. Wolfhart gab Theofanos seine Fackel und nahm ein großes Ölfass an sich. Außerdem fand sich hier einiges an Werkzeug, darunter auch eine Handaxt, die dem Zerkleinern von Feuerholz diente. Die steckte er sich hinter den Gürtel und nahm noch ein zweites Ölfässchen unter den Arm. Dann durchquerten sie den Vorraum des Rattengewölbes, und schließlich öffnete Wolfhart die Tür zum Rattenverlies.

Theofanos lachte. Er schien begriffen zu haben, was Wolfhart vorhatte, und freute sich darauf. Mit den Fackeln verscheuchte er die Ratten in der Nähe der Tür. Sie stoben angstvoll davon. Wolfhart stellte die beiden Fässer auf den Boden. Dann nahm er die Axt und zertrümmerte sie mit wenigen kräftigen Schlägen. Das Öl drang heraus und verbreitete sich.

»Nichts an die Füße!«, warnte er Theofanos, der zur Seite sprang. Wolfhart nahm ihm eine Fackel ab und entzündete das Öl. Die Flammen loderten empor. Die Ratten kreischten. Die ersten von ihnen brannten bereits, und zahllose Kadaver und Gewölle wurden von dem sich ausbreitenden Flammenmeer ebenfalls erfasst. Dieses Pesthaus musste ausgeräuchert werden!

Innerhalb weniger Augenblicke wurde es so heiß in der Rattenhöhle, wie man sich vielleicht das Höllenfeuer vorstellte. Beißender Rauch erfüllte die Luft. Theofanos jauchzte vor Freude, und Wolfhart musste ihn am Arm mit sich ziehen.

Auf dem Korridor trafen sie Lazaros.

»Was habt ihr getan?«, rief er.

»Hinaus!«, befahl Wolfhart, der noch die Axt in der Hand hielt.

Lazaros musste wegen des beißenden Qualms husten. Er besann sich kurz und stürzte dann hinaus.

Wolfhart riss die Tür des Raumes auf, in dem die Pestleiche seziert und die Flöhe gekocht worden waren. Dort Feuer zu legen war nicht schwer. Es gab offene Behälter mit leicht brennbaren Ölen. Und Dutzende von darin getränkten Tüchern, die sofort Feuer fingen. Die Glaskolben platzten auseinander.

Theofanos stieß im Flur einen durchdringenden Schrei aus.

Wolfhart eilte zurück. Darenius stand in der Mitte des Korridors. In der Hand hielt er einen der Schürhaken, die für den großen Ofen benutzt wurden, auf dem sie die Öle für die Tücher erhitzten.

»Hat Euch dieser Narr mit seinem Wahnsinn angesteckt, Wolfhart?«

»Nein! Dies ist ein Moment der Klarheit, nicht des Wahns. Und jetzt raus hier, oder auch Ihr werdet am Rauch ersticken wie die Ratten mit ihren Flöhen!«

»Ihr zerstört ein Lebenswerk!«

»Aus dem Weg, Darenius!«

Das Gesicht des ehemaligen Mönchs verzog sich zu einer Grimasse, die eine Mischung aus Wut, Hass und Schmerz ausdrückte. Es war nicht nur das Lebenswerk von Fausto Cagliari, das er hier vor der Zerstörung sah. Es war auch sein eigenes.

Wolfhart wich dem Schlag mit dem Schürhaken aus. Die Wucht des Hiebs ließ Darenius nach vorn taumeln. Mit der stumpfen Seite der Axt traf Wolfhart ihn und streckte ihn zu Boden, wo er regungslos liegen blieb.

»Tot«, sagte Theofanos.

Wolfhart kniete nieder. »Nein!«, widersprach er. »Er lebt noch. Fass mit an.«

Sie schleiften Darenius aus dem Gewölbe, in dem es inzwischen kaum noch möglich war zu atmen. Eine der Barken fehlte, und in der Ferne hörte man das Platschen eines Ruderblatts im Wasser. Das musste der hinkende Lazaros sein, der in der Eile seiner Flucht wohl keine Fackel mitgenommen hatte.

Wolfhart und Theofanos trugen Darenius in eine der Barken. Er regte sich leicht. Wolfhart löste die Vertäuung des Boots und gab ihm einen Tritt, sodass es in den Säulenwald des Zisternensees hinaustrieb. Wenn Darenius wieder zu sich kam, würde er nichts mehr tun können, um noch irgendetwas zu retten.

Als die Flammen schon aus der Tür des Gewölbekorridors

schlugen und ihren Schein in die ewige Nacht der Unterwelt sandten, hatten Wolfhart und Theofanos ihre Barke bereits von der Steinkante abgestoßen.

»Jetzt zeigen?«, fragte Theofanos.

»Ja«, sagte Wolfhart. »Zeig mir, wo Meister Cagliari immer mit dir hingefahren ist.«

Vierundzwanzigstes Kapitel

Die Mauern stürzen ein

Die grässlichen Schreie von Sterbenden mischten sich mit dem Bersten von Mauern. Am St.-Romanos-Tor hatte es mehrere Einschläge gewaltiger Eisenkugeln gegeben. Auf einer Länge von gut vierzig Schritt lag das gewaltige Mauerwerk in Trümmern, und die Luft war erfüllt vom Kampfgeschrei der Angreifer.

In all den Jahren bei der Garde hatte Thomás so etwas noch nicht erlebt. Im Zwei-Stunden-Rhythmus feuerten die Riesengeschütze der Belagerer ihre Kugeln ab, und nun waren jene Mauern, die Goten und Hunnen abgewehrt hatten, sturmreif geschossen. Zehntausende von Fußsoldaten näherten sich. Und ein Hagel von Pfeilen regnete auf die wenigen Verteidiger nieder.

Wie eine Flut aus Kriegern, dachte Thomás schaudernd. Er stand auf dem Westturm des St.-Romanos-Tors. Geschützdonner betäubte seine Ohren. Eine Erschütterung erfasste den Turm. Eine der großen Eisenkugeln war zwanzig Fuß tief in das Gemäuer eingedrungen, das nun in sich zusammenbrach. Der Boden schwankte unter Thomás' Füßen, aber noch ehe er in die Tiefe stürzte und unter den Steinen sein Grab fand, durchbohrte einer der Janitscharen-Pfeile seinen Hals. Von dem Lärm des Nahkampfes, der in ein Gemetzel ausartete, hörte der weitgereiste Söldner aus dem fernen Schottland schon nichts mehr.

Wolfhart und Theofanos ruderten an dem Verlies vorbei, aus dem die helle Stimme zu hören gewesen war. Aber jetzt herrschte dort Stille. Zwischendurch glaubte Wolfhart einmal, so etwas wie ein Wimmern zu hören – aber das konnte genauso gut der verfremdete Widerhall eines Rattenschreis sein.

Wolfhart ruderte, und Theofanos zeigte gestenreich mit der Fackel in der Hand den Weg. Sie hatten sich schon etwas von dem Verlies entfernt, da hörte Wolfhart einen hellen Schrei voller Verzweiflung – so, wie man sich den Gesang der verdammten Seelen in der Hölle vorstellte. Irgendwie kam Wolfhart sein Klang vertraut vor. Er konnte aber nicht sagen, wieso.

»Bald tot«, sagte Theofanos.

»Ja«, murmelte Wolfhart.

Theofanos führte ihn durch einen engen Durchgang zwischen zwei Säulen. Dann fuhren sie durch eine Art Tor, das so niedrig war, dass man sich bücken musste. Sie gelangten in ein Gewölbe, dessen Wände mit Fresken versehen waren, deren Farbe abblätterte. Ein uraltes Bad, das anscheinend seit langer Zeit überflutet war. Schließlich kamen sie an eine Treppe, die halb unter Wasser stand. An einem in die Wand eingelassenen Eisenring, der ursprünglich wohl als Haltegriff gedient hatte, war die Barke vertäut worden, mit der Timon und Cagliari hierhergekommen waren.

»Hier!«, sagte Theofanos und fügte noch ein paar Worte hinzu, die Wolfhart nicht verstand.

Sie machten ihr Boot ebenfalls an dem Ring fest und stiegen aus. Mit den Fackeln in der Hand gingen sie die Treppe hinauf und kamen zu einer offen stehenden Tür. Im Inneren des Raumes, der dahinter lag, brannten Fackeln. Öllampen hingen an Seilen von der Decke herab. Man konnte ihre Höhe mithilfe von Flaschenzügen verändern, um die Helligkeit zu regulieren. Sie beleuchteten einen Tisch, an dem Meister Cagliari mit Tinte und Feder vor einem Codex saß, in dem er offenbar genauestens über alles Buch führte, was hier gelagert wurde. Ungezählte mit Pech versiegelte Behälter standen in Regalen. Seit Jahren musste der große Medicus hier seine Präparate aufbewahrt und katalogisiert haben. Neben den Behältern für die Pestflöhe fielen Wolfhart auch Gefäße aus Glas auf, deren Inhalt ihn schaudern ließ. In Öle eingelegte Organe von sezierten Pesttoten, so vermutete er.

Der entstellte Timon stand auf einer Leiter schon beinahe unter der Decke. Er musste offenbar die neuen Behälter an ihren Ort bringen.

Als Cagliari Wolfhart und Thefanos bemerkte, schnellte er hoch. »Was soll das? Wer hat Euch erlaubt hierherzukommen?«

»Ich selbst habe es mir erlaubt!«, erwiderte Wolfhart. Er nahm die Axt und zerschlug die mit Öl gefüllte Schale einer der Lampen. Sofort breitete sich Feuer aus und kroch über den Boden.

»Wahnsinniger!«, rief Cagliari, während Wolfhart einen Satz machte und die nächste Schale zertrümmerte. Der Meister-Medicus zog das lange Messer, das er am Gürtel trug, und wollte sich auf Wolfhart stürzen. Doch Theofanos warf sich mit einem Schrei auf Cagliari und warf ihn zu Boden. Die Kleidung beider fing Feuer, während sie sich durch das brennende Öl wälzten. Sie schrien gleichermaßen vor Wut und Schmerz.

Der entstellte Timon war inzwischen die Leiter herabgestiegen. Mit einem Wutschrei stürmte der unglaublich kräftige Mann auf Wolfhart zu. Dieser hatte unterdessen die Regale erreicht. Er riss an ihnen und brachte eines davon zum Einstürzen. Timon wurde darunter begraben.

Mittlerweile brannten Theofanos und Meister Cagliari lichterloh. Ihre Körper waren kaum noch zu unterscheiden, dann bewegten sie sich nicht mehr. Im Tode hatte Theofanos den Hals des Medicus umklammert gehalten und nicht mehr losgelassen, während ihm von seinem Gegner das Messer in den Leib gerammt worden war.

Der Rauch biss Wolfhart in den Augen. Er konnte kaum noch atmen. Einen Moment blickte er noch zurück, dann lief er davon, taumelte schließlich hustend die Treppe hinunter und löste das Seil, mit dem seine Barke vertäut war.

Während Wolfhart zwischen den Säulen hindurchruderte und versuchte, sich ohne Theofanos' Hilfe zu orientieren, dröhnte der dumpfe Donnerschlag der Geschütze und ließ die gesamte Zisterne in ihren Grundfesten erzittern.

Rauch waberte über das Wasser. Nicht mehr lange, und die Brände, die Wolfhart gelegt hatte, würden die Unterwelt dieser Stadt in einen wahrhaften Höllenort verwandeln. So habe ich in gewisser Weise gemäß Cagliaris Überzeugung gehandelt, wonach die Hölle mit den Mitteln der Hölle bekämpft werden muss!, ging es Wolfhart schaudernd durch den Kopf.

Mehr einer Ahnung oder einem vagen Gefühl folgend, fand er schließlich den Eingang zum Verlies der zum Tode Verurteilten, die Fausto Cagliari für seine Versuche gedient hatten.

Irgendwie hatte Wolfhart das Gefühl, er müsse nachsehen, wer hier so verzweifelt geschrien hatte. Er legte an. Der Bottich, den die Zwillinge nach der Reinigung der Räume zurückgelassen hatten, stand noch immer dort.

Wolfhart steckte seine Fackel in einen der Eisenringe im Mauerwerk und versuchte, die verriegelte Tür zu öffnen, was leichter war, als er gedacht hatte. Die Riegel waren sämtlich von außen angebracht, da sie ja die Flucht eines Gefangenen verhindern sollten. Und das Schloss war uralt und verrostet.

Er trat ein. Das Licht seiner Fackel wies ihm den Weg.

»Ist da jemand?«, fragte er auf Griechisch. Niemand antwortete. Plötzlich hörte er das Atmen eines Menschen. In einer Mauernische fand er eine Frau, die am Boden kauerte und ihm mit angstvollem Gesicht entgegensah.

Ungläubig starrte Wolfhart sie an. Das Kleid war schmutzig und in schlechtem Zustand, die Frisur aufgelöst, das Gesicht hohlwangig und blass wie das einer Toten. Er konnte kaum glauben, was er sah – aber der Frau schien es nicht anders zu gehen.

»Maria!«, brachte er mühsam hervor. Deshalb war ihm die schreiende Stimme bekannt vorgekommen.

»Wolfhart!«

»Wie kommst du hierher?«

»Eine lange Geschichte aus Verrat und Intrige«, sagte eine schwache Stimme. Ein verhaltenes Lächeln spielte um die aufgesprungenen Lippen. Wolfhart half ihr auf und legte den Arm um sie. Sie blinzelte. Das Licht der Fackel schien sie als grell zu empfinden nach all der Zeit, die sie offenbar in Finsternis verbracht hatte.

»Komm jetzt«, sagte er. »Wir müssen hier raus!«

Während Wolfhart die Barke ruderte, erzählte Maria ihm in knappen Worten, was ihr zugestoßen war, dass man Davide umgebracht und sie als Hochverräterin verhaftet hatte.

»Es ist eine große Verschwörung, Wolfhart. Und sie reicht bis in die höchsten Kreise des Kaiserpalastes. Es sollte niemanden wundern, wenn es demnächst sogar einen Kaiser geben wird, der im Zeichen von Lambda und Rho regiert.« Sie schluckte und sah ihn an. »Es muss eine Art Bestimmung sein, die uns wieder zusammengeführt hat.«

»Das weiß ich nicht«, sagte er. »Ich weiß nur, dass ich froh bin, dich wiederzusehen, wenn auch unter Umständen, die schlimmer als ein Alptraum sind.«

Sie musste husten, denn überall krochen Rauchschwaden über das dunkle Wasser.

»Wohin fahren wir?«, wollte sie wissen.

»Es gibt mitten in den Ruinen des Hippodroms eine Stelle, an der man ziemlich unbemerkt aus dieser Unterwelt emporsteigen kann«, erklärte Wolfhart. »Als ich dich zuletzt besuchte, habe ich das auf diesem Weg getan.«

»Und danach? Das Kontor wird bewacht, und Jakob Forlanus und seine Getreuen stellen wahrscheinlich gerade ein Verzeichnis aller Vermögenswerte des Hauses di Lorenzo auf, die er jetzt als seine eigenen betrachtet, seit er …«

»… seit er was?«

Diesen Punkt hatte Maria bisher noch nicht erwähnt. »Seit er mit mir verheiratet wurde.« Und dann berichtete sie auch von diesem Teil des Komplotts.

»Ich weiß nicht, was wir als Nächstes tun sollen«, sagte Wolfhart.

»Dann sind wir jetzt in Gottes Hand.«

»Das waren wir immer, Maria. Kaum jemand bestimmt seinen Weg vollkommen aus eigener Herrlichkeit. Nicht einmal die Fürsten und Kaiser!«

Als sie zwischen den Ruinen des Hippodroms wieder die Oberwelt erreichten, schien dort die Morgensonne. Aber der Geruch und der Klang des Todes lagen über der Stadt. Der Geschützdonner war inzwischen weitgehend verstummt. Dafür trug der Wind Kampflärm herüber. Schreie waren zu hören, und Rauchfahnen stiegen zum Himmel auf. Ein Großteil der Häuser Konstantinopels war in Fachwerkbauweise errichtet worden und ein leichter Raub der Flammen.

Wolfhart und Maria gelangten zur Mese und trafen auf Scharen von Flüchtlingen und Söldnern, deren Verbände sich wohl aufgelöst hatten. Aus dem aufgeregten Stimmengewirr ging hervor, dass die Truppen des Sultans längst in der Stadt waren. Überall wurde gekämpft. Ein Prediger rief laut, man solle zur Hagia Sophia flüchten, und selbst hinter den Mauern des nahen Kaiserpalastes stieg bereits an mehreren Stellen Rauch auf.

Die Stadt war offenbar innerhalb weniger Stunden erobert worden, nachdem es an der Theodosianischen Mauer einen Durchbruch gegeben hatte.

»Wir sollten versuchen, nach Pera zu gelangen!«, meinte Wolfhart.

Maria sah ihn irritiert an. »Aber …«

»Vergiss das Kontor am Eutherios-Hafen, Maria. Vergiss am besten alles, was das Haus di Lorenzo einst hier besessen hat. Du wirst alles verlieren, und je eher du dich damit abfindest, desto besser.«

Maria sträubte sich gegen diese Erkenntnis. Aber insgeheim ahnte sie, dass Wolfhart Recht hatte. Jetzt ging es wohl nur noch darum, das blanke Leben zu retten. Die Welt, in der sie aufgewachsen war und die sie kannte, zerbrach, und es war ausgeschlossen, dass sie je wiedererstehen könnte.

»Und wie kommen wir über das Goldene Horn?«, fragte sie.

»Wir werden sehen«, gab Wolfhart zurück. Kanonendonner ließ sie wie viele andere Menschen auf der Mese zusammenzucken. Aber dieser Kanonendonner kam nicht mehr aus Richtung der Theodosianischen Mauer, sondern vom Goldenen Horn her. Offenbar ließen die Galeonen ihre Geschütze sprechen, was bedeutete, dass sich bereits Truppen des Sultans in ihrer Schussweite am Ufer befinden mussten.

Wolfhart und Maria gingen die Mese entlang bis zum Konstantin-Forum. Die meisten Menschen hatten genau die entgegengesetzte Richtung eingeschlagen. Sie rannten zum Palast, in der Hoffnung, dort eine letzte Zuflucht zu finden. Gegen diesen Strom zu schwimmen war gar nicht so einfach. Maria folgte Wolfhart und fragte sich, ob es wirklich das Richtige war, was sie taten. Aber konnte es in all diesem Chaos überhaupt eine richtige Entscheidung geben?

Eigentlich wollten sie die große Nord-Süd-Verbindung, die den Konstantin-Hafen mit dem Goldenen Horn verband, benutzen, aber auf dieser Straße drängten sich Tausende von Menschen. Janitscharen plünderten die Wagenladungen von Flüchtlingen und drangen in die herrschaftlichen Häuser ein, die sich zu beiden Seiten der Straße befanden. Maria und Wolfhart nahmen den Weg durch die kleinen Gassen um das alte Kapitol herum. Immer wieder mussten sie Soldaten des Sultans ausweichen.

Widerstand gab es nirgends mehr. Die Stadt war erobert.

Sie erreichten die Mauern am Goldenen Horn, in der Lücken klafften so groß wie Tore. Es waren die Kanonen auf den Galeonen der Genueser und Venezianer, die diese Lücken beim Versuch, sich gegen den Beschuss der osmanischen Truppen zu wehren, ins Gemäuer geschossen hatten. Die Osmanen zielten offenbar mit den auf den eroberten Wehrgängen stehenden Geschützen auf die Schiffe, die nun vor der Kette zwischen Konstantinopel und Pera in der Falle saßen.

Dutzende von getöteten Türken lagen zwischen den Trümmern. Hin und wieder auch schreiende Verletzte, denen niemand helfen konnte und die froh waren, wenn sie schnell starben und nicht vorher noch wütenden rhomäischen Flüchtlingen in die Hände fielen.

Auf der anderen Seite des Goldenen Horns arbeitete man daran, die Kette zu lösen, die eigentlich ein Schutz hätte sein sollen, die sich nun aber in einen Fluch zu verwandeln drohte.

Maria und Wolfhart liefen durch die zerstörten Mauern ans Ufer. Mehrere Barkassen lagen dort. An manchen war die Vertäuung gelöst werden, und sie glitten auf das Wasser hinaus. Die Insassen waren durch Pfeile getötet worden. Leichen trieben im Wasser. Wolfhart und Maria nahmen eine der Barkassen und ruderten in Richtung des peräischen Ufers.

Von den genuesischen Galeonen aus wurde wieder geschossen. Pulverdampf zog über das Wasser. Schlimmer, als es war, konnte es nicht mehr werden, dachte Maria. Die karge Gefangenschaft hatte sie sehr geschwächt. Sie war kaum verpflegt worden. Aber nun versuchte sie, die letzten Kräfte aufzubieten, um doch das andere Ufer zu erreichen.

Immer wieder wurde über ihre Köpfe hinweg auf die kaiserliche Kriegsflotte geschossen. Masten brachen, Aufbauten krachten in sich zusammen. Dann senkte sich endlich die Kette am Ausgang des Goldenen Horns, und die Galeonen konnten fliehen.

Starker Wellengang ließ die Barkasse schwanken. Wasser klatschte ins Innere, schwappte hin und her und sorgte für zusätzliche Unsicherheit.

Als sie schließlich das peräische Ufer erreichten, rang Maria nach Luft. Der Hafen war voller Menschen. Flüchtlinge wie sie.

Drei Tage plünderten die Türken Konstantinopel. Der Wind trug die Todesschreie der Erschlagenen ebenso über das Goldene Horn wie den Rauch brennender Häuser.

Für die Menschen in Pera bedeutete diese Plünderung jedoch einen Aufschub, denn solange der Sultan seinen Männern freie Hand ließ, würden sie nicht vor den Mauern der Genueser Kolonie erscheinen und auch diese überrennen.

Die Nächte verbrachten Maria und Wolfhart in dem ausgebrannten Elternhaus der Familie di Lorenzo, dessen Instandsetzung wohl für immer unvollendet bleiben würde.

Niemand wusste, was werden würde.

Maria schmiegte sich an Wolfharts Schulter. Es gab keine Decken und nur ein Lager auf dem blanken Boden. Aber sie hatten sich gegenseitig, und das war mehr, als sie erhofft hatten.

»Ich möchte nicht, dass wir uns je wieder verlieren«, sagte Maria. »Ganz gleich, was die Zukunft bringt.«

»Das möchte ich auch nicht.«

»Was ist mit deinen großen Zielen?«, fragte sie.

»Ich wollte von einem großen Medicus lernen und musste erkennen, dass er völlig gewissenlos war.« Wolfhart strich Maria über das Haar, während ein kühler Wind durch die kaputten Fenster der Ruine wehte. »Man darf auch den größten Zielen nicht die Menschlichkeit opfern«, setzte er hinzu.

Einige Tage später gingen sie an Bord eines genuesischen Schiffes. Die Truppen des Sultans standen inzwischen vor den Mauern Peras. Aber es würde nicht mehr zu einem Kampf kommen. Man hatte den Menschen in Pera freien Abzug gewährt. Zusammen mit vielen anderen standen Wolfhart und Maria an Deck der Galeone. Maria blickte zurück und hatte Tränen in den Augen.

»Sieh nicht zurück«, sagte Wolfhart.

»Das ist leichter gesagt als getan.«

»Tu es einfach nicht, sonst ergeht es dir wie Lots Frau, die zur Salzsäule erstarrte, als sie sich zum brennenden Sodom umdrehte.«

Ein mattes Lächeln glitt über ihr Gesicht. Zum ersten Mal seit langer Zeit. Und während sie darüber nachdachte, was sie wohl in Genua erwartete, nahm er ihre Hand.

Epilog

Genua, 12. Dezember 1453

Es konnte hiermit festgestellt werden, dass Jakob Forlanus, der angetraute Ehemann von Maria di Lorenzo, Tochter von Luca di Lorenzo aus Pera und seiner Gemahlin Catarina, bei den mit dem Fall der Stadt Konstantinopel einhergehenden Wirren ums Leben kam. Es gibt mehrere aus Konstantinopel geflüchtete Personen, die bezeugen können, dass der Advocatus Jakob Forlanus von türkischen Plünderern erschlagen wurde, während er im Kontor am Eutherios-Hafen die in seinen Besitz übergegangenen Vermögenswerte des Hauses di Lorenzo in einer schriftlichen Aufstellung erfasste. Ein griechischer Flüchtling, der sich Michael der Kutscher nennt, sah einen türkischen Bogenschützen mit den reich verzierten Schnabelstiefeln und dem an den aufgestickten Goldbrokat-Verzierungen leicht zu erkennenden Wams des Advocatus daherlaufen.

Maria di Lorenzo ist daher im Stand einer Witwe. Dem Gesuch der Maria di Lorenzo, mit dem Medicus Wolfhart Brookinger aus Lübeck die Ehe einzugehen, steht daher nichts entgegen.

(Im Auftrag des Erzbischofs von Genua)